U0142689

圖解系列

圖解

唐詩100
大考最易入題詩作精解

簡彥姈/著

閱讀文字

理解內容

觀看圖表

圖解讓
唐詩
更簡單

五南圖書出版公司 印行

自
序

　　小時候讀唐詩，雖未必完全體會詩中意境，但就愛那抑揚頓挫、朗朗上口的旋律，一知半解也好，囫圇吞棗也罷，從此與古典詩歌結下不解之緣。長大後，進入中國文學系、所就讀，受教於 李師德超、 張師仁青二先生，讀詩、作詩、品詩、吟詩，深究鑑賞，低回涵咏，使我益加沉醉於傳統詩學之中。後又追隨 邱師燮友做研究，老師本身是一位詩人，課餘閒暇，經常與我們品茗談詩，有時心血來潮，也會邀大家一起限韻賦詩，效法古人以詩會友，酬唱應和，無限風雅。近年講授五專國文課程，得以接觸 顏師瑞芳吟唱詩、詞、文、賦，啟發了我對河洛語吟誦的興趣，在老師音韻鏗鏘的琅琅讀書聲中，彷彿引領我穿越時空，與古人展開深情對話，更覺樂趣無窮。

　　唐代是古典詩歌發展的鼎盛期，唐詩標誌著唐代文學的最高成就。因此，唐詩如四季繽紛的花朵：初唐詩，似春花之高華；盛唐詩，如夏花之璀璨；中唐詩，若秋花之孤絕；晚唐詩，像冬花之冷豔。

　　「初唐」指高祖武德元年（618）至睿宗先天二年（713），九十餘年之間。

　　「初唐四傑」（王勃、楊炯、盧照鄰、駱賓王）繼唐初宮廷詩人之後，承襲六朝唯美詩風，一躍成為初唐詩歌的主流。他們的詩作已擺脫宮體詩的限制，從宮廷閨閣走向街陌邊塞，為有唐一代詩歌開闢了新境界。

初唐詩風高雅華美，如春花之初綻，恰得其時，為中國古典詩壇開啟了嶄新的視野。

「盛唐」指玄宗開元元年（713）至肅宗寶應二年（763），約五十年左右。

盛唐是唐代詩歌的黃金期。詩壇彷彿群芳爭奇競麗般，美不勝收：從「吳中四士」（賀知章、包融、張旭、張若虛）到李白，發展出狂放不羈的浪漫詩；王維、孟浩然輩謳歌山水美景的自然詩；岑參、高適、王昌齡、王之渙等描寫立功沙塞、豪情萬丈的邊塞詩；以及杜甫等社會詩人創作出反映現實、關心民瘼的寫實詩。可謂多姿多采，盛況空前。

盛唐詩風包羅萬象，如夏花之璀璨，各展芳姿，風華絕代，故妝點出中國古典詩歌最絢麗耀眼的一頁。

「中唐」指代宗廣德元年（763）至敬宗寶曆二年（826），共六十餘年間。

詩歌至中唐，發展出其獨特風貌：韋應物、柳宗元等自然詩，繼軌王孟，歌詠山水，詩中帶有些許感傷情調；元稹、白居易提倡新樂府運動，學步杜甫，描寫社會現實，進而開展出平易近人的詩風；韓愈、孟郊、賈

島等奇險詩，獨樹一幟，以散文入詩，開拓了中唐詩歌怪奇險僻的新風格。

中唐詩歌異軍突起，或謳歌自然，或反映現實，一方面力求淺白易懂，一方面又好奇尚怪，堪稱是在講情韻的唐詩中另闢蹊徑，對重理趣的宋詩具有一定啟發作用，故宛若秋花之孤傲絕俗。

「晚唐」指文宗太和元年（827）至唐亡（907），約八十年間。

晚唐綺靡詩風又盛極一時，以李商隱、杜牧為代表。藻飾華美、音韻和諧、對偶工整、典故精妙，極力追求形式之美成為晚唐詩歌的共同特色。至宋初楊億、劉筠諸人標榜雕鏤華麗的「西崑體」詩歌，正是受到晚唐「小李杜」的影響所致。此外，晚唐尚有皮日休、杜荀鶴、羅隱等繼承元白新樂府的精神，儘管辭句淺俗，卻也別具意義，可視為唐詩的尾聲。

晚唐詩歌又恢復六朝時的雕章琢句，華麗綺靡，就像冬花之冷豔無雙。彷彿時代愈動盪、詩風愈綺麗，文士試圖在現實苦難中，透過字斟句酌消磨對人生的熱情與無奈……

《圖解唐詩 100：大考最易入題詩作精解》為您統計整合海峽兩岸大考命題率最高的唐詩 100 首，書中除了歷久彌新的唐人詩作，還包括淺白的語譯、精闢的賞析、優美的圖解及妙趣橫生的活用小精靈，不但引經據典、深入淺出，更教您如何融會貫通，將唐詩意境與現實生活及時下流行的歷史小說、宮廷劇結合，並從中提煉出豁達的人生智慧、高妙的寫作技巧，讓您脫胎換骨成為一位飽讀詩書、縱橫考場的新文藝青年！

唐代詩歌中雋永的佳句、優美的情境、深奧的哲思等往往令人魂牽夢縈，如王勃〈送杜少府之任蜀州〉：「海內存知己，天涯若比鄰。」展現唐人博大的胸襟；王維〈終南別業〉：「行到水窮處，坐看雲起時。」富含深刻的人生哲理；李白〈將進酒〉：「天生我材必有用，千金散盡還復來。」表達其瀟灑自得的意態；杜甫〈茅屋為秋風所破歌〉：「安得廣廈千萬間？大庇天下寒士俱歡顏。」流露出一種悲天憫人的情懷；白居易〈買花〉：「一叢深色花，十戶中人賦。」是中唐社會貧富懸殊的真實寫照；杜牧〈江南春〉：「南朝四百八十寺，多少樓臺煙雨中？」為一幅煙雨濛濛的江南春景圖；李商隱〈登樂遊原〉：「夕陽無限好，只是近黃昏。」多麼發人省思的傳世名句！……這些唐詩好句都是擲地有聲的金玉良言，值得我們含英咀華，銘記在心，不但是言談間、寫作時明引或暗用的祕密武器，更可作為日常修身養性、為人處世的至理名言。俗話說：「腹有詩書氣自華。」的確，多讀唐人詩歌既可讓您厚植學養、勇奪高分，還可陶冶性情、變化氣質，一舉數得，何樂而不為？

自序

回想昔日老師們課堂上妙語如珠，言猶在耳，驀然回首，驚覺　張師、李師已仙逝多年，物是人非，徒增傷感。感謝　五南圖書出版公司黃文瓊主編精心規劃這一系列圖書，讓我得以一償寫作的夢想。寫作期間，感謝嚴師紀華的鼓勵與關懷、好友和家人的大力支持，謹以此獻給所有我愛的人及愛我的人，尚祈就教於博雅方家！

簡彥姈　2020.11.15 於淡水

INDEX 目錄

圖解唐詩 100：大考最易入題詩作精解

自序

第 1 章　初唐詩歌

第 2 章　盛唐詩歌

第 3 章　中唐詩歌

第 4 章　晚唐詩歌

附錄

品讀唐詩，醉吟太白子美

	講授內容		詩苑奇聞	
第 6 講		杜甫〈旅夜書懷〉		**杜甫:** 臭小孩,還我茅草來!
第 7 講		張籍〈節婦吟寄東平李司空師道〉		**張籍:** 這傢伙,竟敢吃老夫豆腐!
第 8 講		劉禹錫〈臺城〉		**劉禹錫:** 玄都觀桃花開,劉郎我又回來啦!
第 9 講		白居易〈琵琶行〉		**白居易:** 關盼盼,對不起害死你了!
第 10 講		李商隱〈錦瑟〉		**李商隱:** 白老,我的心肝兒!

初唐詩歌

初唐詩作已擺脫宮體詩的限制，從宮廷閨閣走向街陌邊塞，詩風高雅華美，如春花之初綻，欣欣向榮，意境開闊，為有唐一代詩歌開拓了嶄新的視野。

UNIT **1-1**
常恐秋風早，飄零君不知

圖解唐詩100：大考最易入題詩作精解

　　盧照鄰一生命運多舛，志大而位卑，後又在益州新都（今四川成都附近）縣尉任上患有麻瘋病，辭官北返，臥病十餘年。高宗咸亨四年（673），他作〈病梨樹賦・序〉云：「……余年垂強仕，則有幽憂之疾，椿困之性，何其遼哉！」可見他年近四十，健康情況已亮起紅燈，故〈病梨樹賦〉云：「怯衡飆之搖落」、「忌炎景之臨迫」。

　　此詩作於高宗永徽三年（652），是詩人早期的作品。本詩之嘆「飄零」與賦中怯「搖落」，雖是不同時期之作，卻有異曲同工之妙。

曲池荷　盧照鄰
浮香繞曲岸，圓影覆華池。
常恐秋風早，飄零君不知。

　　清幽的荷花香飄浮、縈繞在彎曲的池岸旁，渾圓飽滿的荷花、又大又圓的荷葉，月光下的倒影全覆蓋在美麗的池塘上。常常擔心秋風來得太早，滿池花、葉隨之凋零、飄落，讓您來不及飽覽這曲池荷花之美。

　　這是一首五言絕句，開篇「浮香繞曲岸」，先從曲岸邊的淡雅清香切入，採「嗅覺摹寫」法，使人未見其花，先聞其香。由空氣中飄浮的荷香，間接點明此時正值荷花盛開的夏季。該詩首句即點題，以「曲岸」明揭詩題之「曲池」，以「浮香」暗示題中的「荷」字。

　　次句「圓影覆華池」，描寫夏荷花、葉的倒影覆蓋著美麗的荷塘。「圓影」一辭，兼寫荷花、荷葉在月光下的倒影；如此一來，月影是圓的，花、葉之影亦是圓的，風吹池面，搖曳生姿，水中更是波搖影晃，風姿綽約。此「圓影」與上句之「浮香」相呼應，皆暗點題中之「荷」，都是從側面描繪出夏荷脫俗的神韻。

　　末二句：「常恐秋風早，飄零君不知。」語出屈原〈離騷〉：「惟草木之零落兮，恐美人之遲暮。」表面是寫深怕荷花被秋風吹落，提早凋謝，讓人無法欣賞它的美。其實隱藏著絃外之音，用荷花以自比，他憂心自己終因現實殘酷、世態炎涼而懷才不遇，四處飄零，不能得君行道實現人生理想。此二句移情於景中，乍看詠荷花，實則借荷為喻，寄託了詩人的身世之慨。「君」之一字，既指愛花、賞花人，同時象徵愛才、識才的明君。

　　這是一首詠物詩，前兩句直接點明詩題「曲池」二字，「荷」是主角卻用側筆渲染而成。通篇先寫花好月圓、荷香撲鼻之美景；筆鋒一轉，再藉由傷荷之凋殘，托出恐平生志意無成的感慨。正因為後兩句能託物言志，信手拈來，自然真切，卻又含蓄蘊藉，故為詠物詩之佳作。

故宮圖像資料庫典藏

浮香圓影覆華池

第 1 章 初唐詩歌

應考大百科

＊與荷花相關的詩,如王昌齡〈採蓮曲〉:「荷葉羅裙一色裁,芙蓉向臉兩邊開。亂入池中看不見,聞歌始覺有人來。」既寫荷花,也寫採蓮女:那碧色荷葉,一如她身上荷葉邊的綠羅裙;那粉紅荷花,彷彿她氣色紅潤的雙頰。

‧荷花是靜態的景物,採蓮女卻是活潑生動的人物,她們「亂入池中看不見」,應從荷花叢的搖晃、顫動得知;不只如此,原來她們一面工作,還一面唱著輕快的採蓮歌呢!

＊此外,李商隱〈暮秋獨遊曲江〉:「荷葉生時春恨生,荷葉枯時秋恨成。深知身在情長在,悵望江頭江水聲。」是一首很感傷的詠荷詩。相傳詩人曾與一個叫「荷花」的姑娘相戀,不久「荷花」病逝了,之後他只要看到荷花便想起伊人。

‧「深知身在情長在」,雖然伊人已遠,但詩人對她的深情此生不渝。

‧不論這故事是否真實,詩中傳達的那份真情摯意,的確令人動容!

曲池荷 盧照鄰

五言絕句

◆

押上平聲四支韻

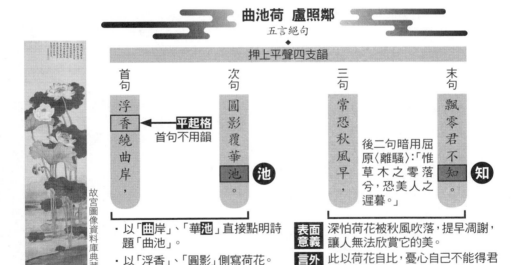

首句	次句	三句	末句
浮香繞曲岸,	圓影覆華**池**。	常恐秋風早,	飄零君不**知**。

平起格 首句不用韻

池

後二句暗用屈原〈離騷〉:「惟草木之零落兮,恐美人之遲暮。」

知

‧以「曲岸」、「華**池**」直接點明詩題「曲池」。

‧以「浮香」、「圓影」側寫荷花。

表面意義 深怕荷花被秋風吹落,提早凋謝,讓人無法欣賞它的美。

言外之意 此以荷花自比,憂心自己不能得君行道,實現人生理想。

故宮圖像資料庫典藏

活用小精靈

關於詠荷的雋永名句:

1. 王昌齡〈越女〉:「摘取芙蓉花,莫摘芙蓉葉。將歸問夫婿,顏色何如妾?」

2. 李白〈折荷有贈〉:「涉江玩秋水,愛此紅蕖鮮。攀荷弄其珠,蕩漾不成圓。」

3. 魏晉樂府〈青陽渡〉:「青荷蓋綠水,芙蓉披紅鮮。下有並根藕,上有並頭蓮。」

按:荷花的別名,又稱「蓮」、「紅蕖」、「芙蕖」、「水芙蓉」等。但「木芙蓉」生長在陸地,它是錦葵科木槿屬落葉灌木或小喬木,亦名「芙蓉花」、「拒霜花」、「木蓮」等,跟荷花不同。

UNIT 1-2
無人信高潔，誰為表予心？

圖解唐詩100：大考最易入題詩作精解

此詩作於高宗儀鳳三年（678），時任侍御史的駱賓王因上書論事，觸怒武后，遭人以貪贓罪名誣陷下獄。

據詩前小序知，在他被囚禁的監獄西方是司法官中庭，有幾棵老槐樹，雖然無復生意，但每到黃昏，太陽照在低低的樹蔭上，秋蟬就斷斷續續發出微弱的鳴叫聲，使人聽了感慨不已。因此藉蟬兒潔身自愛，寄託君子通達事理的美德；藉金蟬脫殼之姿，聯想到仙人羽化而飛昇。詩人命運坎坷，慘遭拘禁，故格外憐憫寒蟬飄零的淒楚。

> 在獄詠蟬　駱賓王
> 西陸蟬聲唱，南冠客思侵。
> 那堪玄鬢影，來對白頭吟？
> 露重飛難進，風多響易沉。
> 無人信高潔，誰為表予心？

> 秋天蟬兒聲聲悲鳴，讓身為囚犯的我心中湧現無限鄉愁。哪能忍受那翅如黑鬢的秋蟬，來對著滿頭白髮的我鳴叫？秋露濃重，壓得牠難以高飛；寒風瑟瑟，輕易湮沒了牠的鳴唱。沒有人相信牠棲身高枝、餐風飲露的清高脫俗，又有誰能代我表述這一番心意呢？

這是一首五言律詩，首聯即對仗：「西陸蟬聲唱，南冠客思侵。」藉蟬聲引起思鄉情緒，見物起興，為「興（聯想）」法。詩題為〈在獄詠蟬〉，首句點出「蟬」，次句以「南冠（楚囚）」緊扣題中「在獄」、下文「客思侵」，說明詠蟬之動機。

頷聯：「那堪玄鬢影，來對白頭吟。」為一流水對，將物、我巧妙縮合在一起。就表面看來，「玄鬢影」指如黑色鬢髮般的蟬翼，借代為秋蟬；「白頭吟」，謂（蟬兒）對著滿頭白髮的詩人鳴唱。其實「玄鬢影」暗示他正值盛年，應當意氣風發，有所作為。「白頭吟」同時隱含樂府中的〈白頭吟〉，前人多因清廉、正直見誣，而賦此詩；詩中藉此表達自己無辜受害，亦想歌一曲〈白頭吟〉，以明心志。此外，卓文君也曾作〈白頭吟〉，感傷愛情的失落；駱賓王對國家一片忠愛纏綿，當權者何嘗不是辜負了他的赤膽真心？意在言外，充滿含蓄之美。

頸聯：「露重飛難進，風多響易沉。」還是對仗；行文至此，蟬與詩人已融而為一。既是秋露濃重，蟬兒難以展翅高飛；也是權貴打壓，詩人在政治上寸步難行。既是秋風蕭颯，蟬鳴極易被湮沒無聞；也是群小當道，詩人輕易地被排擠、構陷，而沉居下僚。乍看詠蟬，實則託蟬為喻，句句自訴處境，真是寄寓遙深！

尾聯：「無人信高潔，誰為表予心？」承頸聯而來，蟬、我渾然無別：沒人相信蟬兒生性高潔，不食人間煙火；一如沒人相信我的品行清高、潔身自愛，不屑做那樣貪贓枉法的事。但是誰來為蟬兒表達心曲？誰來代我陳述冤屈呢？沒有！只有秋蟬為我高歌，我為牠長吟罷了。

詩人身陷囹圄，內心鬱悶，藉物抒懷，無論由物到人或由人及物，皆做到取譬貼切、用典自然、一語雙關，以臻物我合一之境，故成此詠物詩之名作。

露重風多聲淒楚

應考大百科

◆西陸：秋天也。據《隋書・天文志》載：「日循黃道東行，……行東陸謂之春，行南陸謂之夏，行西陸謂之秋，行北陸謂之冬。」

◆玄鬢：指蟬兒黑色的翅膀，亦暗示自己正值盛年。

◆南冠：本指楚冠；據《左傳・成公九年》載，楚人鍾儀頭戴南冠被囚於晉國軍府，後世遂借代為囚犯之意。

◆白頭吟：樂府曲名，鮑照、虞世南諸作皆自傷清直卻遭人誣謗。

在獄詠蟬 駱賓王
五言律詩
◆
押下平聲十二侵韻

首聯

南冠客思侵，
西陸蟬聲唱，

← 仄起格 首句不用韻

對仗

詩題為〈在獄詠蟬〉，首句點出「蟬」，次句以「南冠（楚囚）」緊扣「在獄」、「客思侵」說明「詠蟬」之動機。

頷聯

那堪玄鬢影，
來對白頭吟。

流水對

對仗

★「玄鬢影」暗示他正值盛年，應當有所作為。

★前人多因清廉、正直見誣，而賦〈白頭吟〉；他藉此表達自己無辜受害，亦想歌此詩以明志。

頸聯

露重飛難進，
風多響易沉，

對仗

★秋露濃重，蟬兒難以展翅高飛；亦謂權貴打壓，詩人在政治上寸步難行。

★秋風蕭颯，蟬鳴易遭湮沒無聞；亦指群小當道，詩人易被排擠、構陷而沉居下僚。

沒人相信蟬兒生性高潔，不食人間煙火；一如沒人相信他品行高潔，不屑做那貪贓枉法的事。

尾聯（末聯）

無人信高潔，
誰為表予心？

活用小精靈

　　「玄鬢影」化用魏文帝宮人莫瓊樹的典故：相傳莫瓊樹喜歡將自己臉頰兩旁近耳朵的頭髮梳成薄而翹、如蟬翼般的款式，造形俏麗，宛若仙女下凡，因而引起宮中女子爭相仿效，形成一股「蟬鬢」風潮。

　　當時魏宮中備受寵愛的四大美人，除了莫瓊樹，還有薛靈芸、陳尚衣、段巧笑三位。據說其他三人出於嫉妒，便假裝幫莫瓊樹梳頭，趁她不注意在她頭上抹了香油。適值盛夏時節，當魏文帝牽著莫瓊樹在御花園散步之際，太陽一曬，香油瞬間產生揮發作用，吸引成群的蒼蠅、蚊蚋紛沓而至，嚇得莫瓊樹花容失色。

　　魏文帝因此大怒，下令撤查真相。最後以處罰三名滋事宮女跪地一天，不許吃飯，了結此事。從此，莫瓊樹更受君王憐愛，她花更多心思在那一頭烏溜溜的秀髮上，妝點更加美麗動人。

　　原來蟬兒除了餐風露宿、生性高潔之外，還有這麼一則唯美、浪漫的傳說。下次寫蟬時，別忘了活用莫瓊樹和她的「蟬鬢」典故，這樣一定可以讓文章更充實精彩、生動活潑！

UNIT 1-3
一遣樊籠累，唯餘松桂心

這是一首仄起格首句用韻的五言律詩，押下平聲十二侵韻，韻腳為「岑」、「尋」、「金」、「深」和「心」。從詩題得知，是詩人與好友夏少府於夏天時一同出遊所寫的作品。夏少府，生平不可考，僅知是駱賓王的朋友。「少府」，我國古代中央官名，歷代職掌不一；至唐代，專門負責掌管百工技巧等事務。

> 夏日遊山家同夏少府　駱賓王
> 返照下層岑，物外狎招尋。
> 蘭徑薰幽珮，槐庭落暗金。
> 谷靜風聲徹，山空月色深。
> 一遣樊籠累，唯餘松桂心。

> 當夕陽斜照從層層山巒處緩緩落下，我們追求超然物外的樂趣，所以一同尋訪山林。開滿蘭花的小路上，芳香撲鼻，薰染著隨身所戴的玉珮；槐樹矗立的庭院裡，落日餘暉灑落金黃的疏影。由於山谷靜謐而空曠，顯得風聲響徹雲霄，月色格外深沉、明亮。我們一股腦兒送走了官場的束縛與勞累，只剩嚮往大自然的高潔之心。

首聯：「返照下層岑，物外狎招尋。」以「層岑」點出詩題之「山」字，次句呼應題中之「遊」字。從「返照」可知，詩人與夏少府此遊為夏天傍晚時分。「物外」，即超然物外，唯有不汲汲營營追求世俗的功名利祿，才能超脫於塵世之外，享受遊山玩水、逍遙自在的樂趣。

頷聯：「蘭徑薰幽珮，槐庭落暗金。」以對仗法，交代遊蹤、描寫沿途景色：從「蘭徑」至「槐庭」，可見其「遊山家」之路線；蘭香「薰幽珮」、落日灑庭槐，分別用嗅覺、視覺摹寫法，摹狀路上、庭中之美景。

頸聯：「谷靜風聲徹，山空月色深。」再以對仗法，從聽覺、視覺上摹寫「遊山家」之見聞。此聯同時採用對比法，由於「谷靜」，更突顯出風聲之響徹；由於「山空」，更襯托出夜之深、月之明。此二句亦為「互文見義」，應作：「谷靜、山空風聲徹，山空、谷靜月色深。」正因為山谷幽靜、空曠，風聲顯得響亮，夜月益加深沉而明亮。

中間兩聯由蘭香、庭槐、落日、山谷、風聲、月夜等意象，構成一幅有聲有色的山家風情畫。其中從「落暗金」至「月色深」，足見時間之轉移。

末聯：「一遣樊籠累，唯餘松桂心。」轉而抒發遊興，表達出一份超然絕俗、寄跡山林的閒適之情。「樊籠」二字，語出陶淵明〈歸園田居〉五首之一：「久在樊籠裡，復得返自然。」此處借指官場的束縛。「一遣樊籠累」，如劉禹錫〈陋室銘〉云：「無案牘之勞形。」亦韓愈〈送李愿歸盤谷序〉所云：「車服不維，刀鋸不加；理亂不知，黜陟不聞。」「唯餘松桂心」，藉由蒼松勁節、月桂芳潔，象徵詩人與好友高潔的心志。

全詩緊扣一個「遊」字，字裡行間，流露出他厭倦塵俗，熱愛山水，渴望自由的情感。末句更在有意無意間，傳達了崇尚志節、嚮往自然的人生態度。

谷靜山空月色深

應考大百科

◆岑：高而小的山。
◆狎：親近。
◆招尋：找尋。
◆薰：香氣。此作動詞用，即薰香也；為「轉品」。

◆槐庭：由於槐樹外形優美、花朵芳香，自古以來，常為綠化庭園之用。
◆落暗金：指落日。
◆樊籠：原指鳥籠，此處用來比喻備受束縛之意。

夏日遊山家同夏少府　駱賓王
五言律詩
◆
押下平聲十二侵韻

詩眼 遊

首聯
返物
照外
下狎
層招
岑尋
，。

仄起格
首句用韻

尋
岑

領聯
槐庭
徑落
薰暗
幽金
珮
，。

金

頸聯
山空
谷靜
風月
聲色
徹深
，。

深

（末聯）尾聯
唯餘
一遣
松桂
樊籠
心累
，。

心

★以「層岑」點出詩題之「山」字，次句呼應題中之「遊」字。
★從「返照」可知，詩人與夏少府此遊為夏天傍晚。
★「物外」，即超然物外，唯有不汲汲營營追求世俗的功名利祿，才能超脫於塵世之外，享受遊山玩水、逍遙自在的樂趣。

對仗
★從「蘭徑」至「槐庭」，可見其「遊山家」之路線；蘭香「薰幽珮」、落日灑庭槐，分別用嗅覺、視覺摹寫法，摹狀路上、庭中之美景。

對仗
★採對比法，由於「谷靜」，更突顯風聲之響徹；由於「山空」，襯托出夜之深、月之明。
★此二句亦為「互文見義」，應作：「谷靜、山空風聲徹，山空、谷靜月色深。」正因為山谷幽靜、空曠，風聲顯得響亮，夜月益加深沉而明亮。

＊由蘭香、庭槐、落日、山谷、風聲、月夜等意象，構成一幅有聲有色的山家風情畫。
＊從「落暗金」至「月色深」，足見時間之轉移。

故宮圖像資料庫典藏

★轉而抒發遊興，表達一份超然絕俗、寄跡山林的閒適之情。
★「樊籠」二字，語出陶淵明〈歸園田居〉五首之一：「久在樊籠裡，復得返自然。」此處借指官場的束縛。
★「唯餘松桂心」，藉由蒼松勁節、月桂芳潔，象徵詩人與好友高潔的心志。

UNIT 1-4
雲霞出海曙，梅柳渡江春

大約武后永昌元年（689）前、後，杜審言任職於江陰縣（今江蘇無錫）時，因友人晉陵（今江蘇常州）縣丞陸某賦〈早春遊望〉，而和作此詩。陸丞之詩已佚，然杜審言該詩被胡應麟《詩藪》評為初唐五律第一。

儘管杜審言詩名遠播，但仕途不得意，從高宗咸亨元年（670）中進士以來，宦遊近二十年，始終充任縣丞、縣尉之類的小官，故藉此詩抒發心中感慨和歸思之情。

> 和晉陵陸丞早春遊望　杜審言
> 獨有宦遊人，偏驚物候新。
> 雲霞出海曙，梅柳渡江春。
> 淑氣催黃鳥，晴光轉綠蘋。
> 忽聞歌古調，歸思欲霑巾。

只有我這個出外作官的人，才會對外界景物、氣候的變化如此敏感。海上雲霞燦爛，旭日即將東升；江南的春天隨著紅梅綠柳渡江而來，此時江北才剛回春。暖和的天氣催促著黃鶯鳥的歌唱，晴朗的陽光映照下蘋草逐漸轉綠了。忽然收到你寄來的詩，又引起我的思鄉情懷，不覺淚溼巾帕。

首聯：「獨有宦遊人，偏驚物候新。」以「獨有」、「偏驚」二辭勾勒出宦遊江南的矛盾心情。正因為是異鄉遊子，才會對自然界景物、天候變化大驚小怪；如果人在故鄉，一切彷彿都習以為常，無足為奇。以此開頭，別出心裁，不落俗套。

頷聯：「雲霞出海曙，梅柳渡江春。」承「偏驚物候新」而來，寫江南的新春是與太陽一起從東方的海上緩緩升起，降臨人間；再寫初春的花木，當北方還在踏雪尋梅之際，江南早已梅柳爭相綻放，春意盎然了。

頸聯：「淑氣催黃鳥，晴光轉綠蘋。」仍承襲「偏驚物候新」句而來，並化用陸機〈悲哉行〉：「蕙草饒淑氣，時鳥多好音。」點染出江南春鳥與水草的景致。仲春二月，倉庚（黃鶯）鳴叫，南北皆然，但南方春鳥更顯熱情、歡樂。一個「催」字，寫活了黃鶯鳥歡鳴的興致高昂。再化用江淹〈詠美人春遊〉：「江南二月春，東風轉綠蘋。」暗示江南二月仲春的物候，恰似中原三月暮春，足足早了一個月。

頷、頸二聯明寫「驚新」之奇，實則暗藏「懷舊」之思。隨即，轉入尾聯：「忽聞歌古調，歸思欲霑巾。」藉由接獲友人詩作，無意間觸痛詩人心中的思鄉情緒，因而傷心落淚。既托出前文隱含的鄉關之思，亦點明詩題為和作之意，可謂一舉兩得。

此詩首聯寫傷春，尾聯言思歸，中間二聯展開鋪陳，首尾呼應，結構嚴謹。歷來文士偏愛首、尾二聯，但個人更欣賞中間兩聯，生動刻劃出江南早春的光景，梅紅柳綠，鳥語花香，且景中含情，因新景而引發心中思鄉懷舊之情；加以對仗工整，造語警策，格外耐人尋思！

早春遊望思故鄉

應考大百科

◆和：音「賀」，指用詩歌應答。

◆晉陵陸丞：即晉陵縣丞陸某，不詳其名、字。晉陵，今江蘇常州。丞，乃縣丞，為從八品下的小官。

◆物候：自然界的景物、氣候。

◆淑氣：春天暖和的天氣。

◆蘋：水草名，生長於淺水中。

◆古調：指陸丞的〈早春遊望〉詩。

和晉陵陸丞早春遊望 杜審言
五言律詩

押上平聲十一真韻

首聯

獨有宦遊人，
偏驚物候新。

仄起格
首句用韻

新
人

頷聯

梅柳渡江春，
雲霞出海曙。

春

對仗

頸聯

晴光轉綠蘋，
淑氣催黃鳥。

蘋

對仗

尾聯（末聯）

歸思欲霑巾，
忽聞歌古調。

巾

★以「獨有」、「偏驚」勾勒出宦遊江南的矛盾心情。

★因為是異鄉遊子，才會對自然界景物、天候變化大驚小怪。

★以此開頭，別出心裁，不落俗套。

傷春

★寫江南的新春是與太陽一起從東方的海上緩緩升起，降臨人間。

★再寫初春的花木，當北方還在踏雪尋梅之際，江南早已梅柳爭相綻放，春意盎然了。

★暗用陸機〈悲哉行〉：「蕙草饒淑氣，時鳥多好音。」點染江南的春鳥與水草。

★一個「催」字，寫活了黃鳥歡鳴的興致高昂。

★用江淹〈詠美人春遊〉：「江南二月春，東風轉綠蘋。」暗示江南二月仲春的物候，比中原早了一個月。

驚心＋懷舊

故宮圖像資料庫典藏

★藉由接獲友人詩作，無意間觸痛詩人心中的思鄉情緒，因而傷心落淚。

★既托出前文隱含的鄉關之思，亦點明詩題為和作之意，可謂一舉兩得。

思歸

UNIT 1-5
海內存知己，天涯若比鄰

〈送杜少府之任蜀州〉是王勃在長安時，為將到蜀州（今四川崇州）就任的友人杜少府所賦的贈別詩。「少府」即唐人對縣尉之通稱。通篇意境開闊，雖為送別之作，卻無感傷之情，情意真摯，語句清新，展現出唐詩雄渾博大的新氣象。

> 送杜少府之任蜀州　王勃
> 城闕輔三秦，風煙望五津。
> 與君離別意，同是宦遊人。
> 海內存知己，天涯若比鄰。
> 無為在歧路，兒女共霑巾。

> 你將告別古三秦之地所拱護的長安皇城，在一片風煙迷茫中，遙望蜀州的五大渡口而去。離情依依、難分難捨，只因你我都是出外作官的異鄉遊子。想到四海之內有你這樣的同道好友，即使相隔天涯也彷彿近在咫尺。千萬不要因為分別在即，就像小兒女一樣落淚沾巾。

首聯：「城闕輔三秦，風煙望五津。」從地理位置上著手，先點明送別地點是古三秦之地護衛著的京城長安；次藉由在風煙瀰漫中，遙望好友杜少府即將赴任的蜀州五大渡口。此聯對仗，簡筆勾勒出長安、蜀州二地風貌，不言離情，而送別情意盡在其中矣。

頷聯：「與君離別意，同是宦遊人。」由於詩人與好友同是遠仕他鄉的遊子，出門在外，離家萬里，已有一重離愁別緒；如今客居京師，又與友人話別，離情自然再添一重，無限悲悽，躍然紙上。因首聯已對仗，為了避免板滯，故此聯以散調承之，使文情跌宕，生動活潑。

頸聯：「海內存知己，天涯若比鄰。」化用曹植〈贈白馬王彪〉：「丈夫志四海，萬里猶比鄰。恩愛苟不虧，在遠分日親。」《論語‧顏淵》亦云：「四海之內，皆兄弟也。」由於王勃能推陳出新，自鑄偉辭，故成為千古傳誦的名句。此聯以對仗法為之，境界從狹小轉為宏大，情感從悽愴轉為豪邁，故作曠達語，以突顯彼此的友誼深厚，豈是關山所能阻隔？一掃自古來送別詩悲愴淒涼的氛圍，胸襟廣大，音調爽朗，令人耳目一新。

末聯：「無為在歧路，兒女共霑巾。」最後，勸慰友人不要作兒女之態，分別在即，便依依不捨、落淚沾巾。足見其語壯而情深，高遠而清新，表現了初唐詩人在詩境上另闢新局的企圖心。

全詩四聯緊扣「離別」二字，起、承、轉、合，結構嚴謹，誠如俞陛雲所云：「首句言所定居之地，次言送友所往之處，先將本題敘明。以下六句，皆送友之詞，一氣貫注，如娓娓清談，極行雲流水之妙。」加以語言簡樸，直抒胸臆，情調高昂，氣象開闊，隱藏一種積極進取的精神，為唐代詩壇注入了一股清新活力。此詩風繼續發揚光大，便直接開展出唐詩全盛期的詩歌風貌，即所謂的「盛唐氣象」。

莫學兒女淚霑巾

應考大百科

◆城闕輔三秦：為「三秦輔城闕」之倒裝。城闕，即城樓，借代為京城長安。輔，護衛也。三秦，指長安附近的關中之地，項羽曾將它分封給三位秦朝降將，故稱「三秦」。

◆風煙望五津：五津，即岷江之白華津、萬里津、江首津、涉頭津、江南津五個渡口；此為蜀州之泛稱。

＊此首五言律詩，有別於一般中間（頷、頸）二聯對仗之通則，而是首聯對仗，頷聯不對仗，稱為「偷春格」。

送杜少府之任蜀州 王勃
五言律詩
押上平聲十一真韻

首聯	頷聯	頸聯	尾聯（末聯）
風煙望五津。 城闕輔三秦，	同是宦遊人。 與君離別意，	天涯若比鄰。 海內存知己，	兒女共霑巾。 無為在歧路，

仄起格 首句用韻

津　秦

人　人

鄰　鄰

巾

全詩四聯緊扣「離別」二字

對仗

★從地理位置上著手，先點明送別地點是古三秦之地護衛著的京城長安。

★次藉由在風煙瀰漫中，遙望好友杜少府即將赴任的蜀州五大渡口。

起

由於詩人與好友同是遠仕他鄉的遊子，出門在外，離家萬里，已有一重離愁別緒；如今客居京師，又與友話別，離情自然再添一重，無限悲悽，躍然紙上。

承

對仗

曹植〈贈白馬王彪〉：「丈夫志四海，萬里猶比鄰。恩愛苟不虧，在遠分日親。」

《論語・顏淵》：「四海之內，皆兄弟也。」

至此，境界從狹小轉為宏大，情感從悽愴轉為豪邁，故作曠達語，以突顯彼此的友誼深厚，豈是關山所能阻隔？

轉

★勸慰友人不要作兒女之態，分別在即，便依依不捨、落淚沾巾。

★足見其語壯而情深，高遠而清新。

合

活用小精靈

　　唐人胸襟博大，不喜似小兒女般悱惻作態，何只男子如此，女子亦如是！好比武媚娘十四歲時獲召入宮，其母不忍與愛女分別，泣不成聲；她倒看得開，反而勸母說：「見天子庸知非福，何兒女悲乎？」意思是進宮成為皇上的才人何嘗不是一種福分？為何要像小孩子那樣哭哭啼啼呢？據說其母因此擦乾眼淚，改用祝福代替不捨為女兒送別。

第2章

盛唐詩歌

盛唐詩歌名家輩出，盛況空前，浪漫詩、自然詩、邊塞詩、寫實詩等，應有盡有，如夏花之璀璨，各展風華，故妝點出中國古典詩壇最繽紛絢爛的扉頁。

UNIT 2-1
江畔何人初見月？江月何年初照人？

〈春江花月夜〉是樂府《清商曲‧吳聲歌》之舊題，相傳為南朝陳後主所作，原詩風格靡麗，已亡佚。後來隋煬帝也作過此曲，但以張若虛此首最為人所稱道，其創作背景不可考。不過，大家公認張若虛具有化腐朽為神奇的功力，將此詩點染得情致纏綿，唯美而浪漫，遂成為曠世名篇。

圖解唐詩100：大考最易入題詩作精解

春江花月夜　張若虛

春江潮水連海平，海上明月共潮生。
灩灩隨波千萬里，何處春江無月明？
江流宛轉繞芳甸，月照花林皆似霰；
空裡流霜不覺飛，汀上白沙看不見。
江天一色無纖塵，皎皎空中孤月輪。
江畔何人初見月？江月何年初照人？
人生代代無窮已，江月年年望相似。
不知江月待何人？但見長江送流水。
白雲一片去悠悠，青楓浦上不勝愁。
誰家今夜扁舟子？何處相思明月樓？
可憐樓上月徘徊，應照離人妝鏡臺。
玉戶簾中卷不去，搗衣砧上拂還來。
此時相望不相聞，願逐月華流照君。
鴻雁長飛光不度，魚龍潛躍水成文。
昨夜閒潭夢落花，可憐春半不還家。
江水流春去欲盡，江潭落月復西斜。
斜月沉沉藏海霧，碣石瀟湘無限路。
不知乘月幾人歸？落月搖情滿江樹。

春江潮水浩蕩，與大海連成一片；明月從海上升起，彷彿與潮水一起湧現。月光下，波光瀲灩閃爍千萬里，哪裡的春江沒有皎潔明月光呢？江水曲折地流過芳草豐美的原野，月光照耀開遍鮮花的樹林，好像晶瑩潔白的冰珠閃閃動人。空中月色如霜，讓人無從覺察；洲上的白沙和月色融而為一，實在看不分明。

此時江水、天空清一色，沒有半點微小的灰塵，但見明亮的天空高懸著一輪孤月。江邊什麼人最先看見月亮？江上明月哪一年最先照見誰？人生一代代無窮無盡，江上的月亮卻一年年看來都相似。不知江上的月亮等待著什麼人？只見長江不斷地送走東流水。

遊子就像一片白雲般浪跡天涯，而思婦佇立在離別的青楓浦上，不勝憂愁。誰家的遊子今晚乘坐小舟飄泊？哪裡有人在月光拂照的樓上犯相思？樓上可愛的月光不停移動，應該照拂伊人的梳妝臺。月光照進思婦的門簾，捲不走；照在她搗衣的砧板上，拂不掉。這時兩地望月相思，卻收不到彼此的消息，多希望伴隨月光而去，永遠照耀著思念的人兒。鴻雁展翅翱翔，卻飛不出無垠的月光；月光映照江面，魚龍跳躍激起了陣陣漣漪。

昨夜裡夢見花落閒潭，可惜春天已過了大半，遊子還是不能返家。江水帶著春光將要流盡，潭上的月亮又將西落。斜月慢慢下沉，藏在海霧裡，碣石與瀟湘一南一北，猶如離人相隔遙遠，一時無由相見。不知有幾人能趁著月色回家？但見那西落的月亮搖蕩著離情依依，灑滿江邊的樹林。

月照花林皆似霰

◆瀲灩：波光蕩漾貌。

◆宛轉：曲折也。

◆芳甸：芳草豐美的原野。甸，郊外之地。

◆霰：音「線」，水滴遇冷，凝結成小冰粒，從天而降。

◆汀：音「聽」，在水邊的平坦地。

◆青楓浦：位於今湖南瀏陽境內，泛指遊子的所在地。暗用《楚辭‧招魂》：「湛湛江水兮上有楓，目極千里兮傷春心。」亦隱含離別之意。

◆碣石、瀟湘：一南一北，暗指路途遙遠，無由相見。

◆搖情：情思蕩漾、魂牽夢縈。

春江花月夜　張若虛

七言樂府

首段

春江潮水連海平，海上明月共潮生。
瀲灩隨波千萬里，何處春江無月明？
江流宛轉繞芳甸，月照花林皆似霰；
空裡流霜不覺飛，汀上白沙看不見。

次段

江天一色無纖塵，皎皎空中孤月輪。
江畔何人初見月？江月何年初照人？
人生代代無窮已，江月年年望相似。
不知江月待何人？但見長江送流水。

三段

白雲一片去悠悠，青楓浦上不勝愁。
誰家今夜扁舟子？何處相思明月樓？
可憐樓上月徘徊，應照離人妝鏡臺
玉戶簾中卷不去，擣衣砧上拂還來。
此時相望不相聞，願逐月華流照君。
鴻雁長飛光不度，魚龍潛躍水成文。

末段

昨夜閒潭夢落花，可憐春半不還家。
江水流春去欲盡，江潭落月復西斜。
斜月沉沉藏海霧，碣石瀟湘無限路。
不知乘月幾人歸？落月搖情滿江樹。

UNIT **2-1**
江畔何人初見月？江月何年初照人？（續）

圖解唐詩100：大考最易入題詩作精解

文學創作重質不重量，如張若虛詩歌僅被《全唐詩》收錄兩首，但〈春江花月夜〉一詩，歷來被譽為「孤篇蓋全唐」，奠定了他在中國古典詩壇的不朽地位。

此詩緊扣題目，由「春」、「江」、「花」、「月」、「夜」五字而發，尤其著重在「月」字上。由月啟篇，以月作收，將詩情、畫意及對宇宙人生的體會融為一體，進而營造出情景交融、辭采斑斕的優美意境。

通篇可分為四段：首段描繪出一幅恬靜、美好的春夜月景。一個月圓的春夜，詩人獨自佇立江邊，放眼滔滔江水不斷向天際奔流，在水天相接處，一輪明月從潮水中緩緩升起。江面上波光瀲灩，皎潔月光映照在滿樹繁花的林子裡，猶如閃爍著晶瑩透亮的冰珠，璀璨動人。空中月色銀白如霜，使人渾然不察；洲上的白沙與月色融而為一，教人難以分辨。

次段由此月夜美景，引發他對宇宙人生的省思：「江畔何人初見月？江月何年初照人？人生代代無窮已，江月年年望相似。不知江月待何人？但見長江送流水。」不知誰是江邊第一個見到月光的人？也不知江上的明月哪一年初次照在什麼人身上？人生苦短，人類就這樣一代一代繁衍下去；不像明月是永恆的象徵，年復一年，月光依舊皎潔明亮，每到十五、十六的夜晚便月圓了，

彷如在等待著什麼人！此處有感於自然的亙古長存、人世的無常變化，進而衍生出這樣看似無理、實則有情的疑問。

三段拉回現實，望月懷人，摹寫遊子思婦的相思之情。當遊子乘舟遠行之際，便留下了濃濃的離愁、無盡的牽掛。此刻，無論天涯遊子或閨中思婦都望月徘徊，懷人念遠。詩人於是突發奇想：「此時相望不相聞，願逐月華流照君。」希望他或她能隨著月光來到思念的人兒身邊，從此長伴左右，一解相思之苦。但立刻又從浪漫的幻想中清醒，畢竟兩人相隔太遙遠了，連鴻雁、魚龍也無法為他倆傳遞訊息。

末段再度渲染詩人的無限相思情意。當他想到與所思之人彷彿碣石與瀟湘，各在天一方，關山阻隔，難以相聚。最後，將滿腔的思念寫到眼前景致中：「不知乘月幾人歸？落月搖情滿江樹。」他無法乘月歸去，只能將離情依依伴隨皓月西沉，灑滿江邊的樹林。

詩中巧妙描寫「江」、「月」景色，無論「春江」、「江天」、「江畔」、「江樹」……，或「明月」、「江月」、「落月」、「月華」等意象，加上與「春」、「夜」、「花」、「人」的搭配使用，構成一幅絕美浪漫、迷離跌宕的春江夜月圖。誠如聞一多所評：「一個更深沉、更寥廓、更寧靜的境界！在神奇的永恆面前，作者只有錯愕，沒有憧憬，沒有悲傷。」開啟了「盛唐氣象」的先聲。

月照花林皆似霰

應考大百科

＊「鴻雁長飛光不度,魚龍潛躍水成文。」此二句表面寫月光之清澈無邊,實則隱含魚雁不能代人傳遞書信,相思之情無由傾訴的意思。因為我國自古有「鴻雁傳書」、「魚腹傳書」之說。

＊「江畔何人初見月?江月何年初照人?人生代代無窮已,江月年年望相似。」與李白〈把酒問月〉:「今人不見古時月,今月曾經照古人。」頗有異曲同工處,皆藉由明月的永恆襯托出人生的短暫。

春江花月夜　張若虛
七言樂府
◆
孤篇蓋全唐

★此詩緊扣題目,由「春」、「江」、「花」、「月」、「夜」五字而發,尤其著重在「月」字上。

★由月啟篇,以月作收,將詩情、畫意及對宇宙人生的體會融為一體,進而營造出情景交融、辭采斑斕的優美意境。

首段

★描繪出一幅恬靜、美好的春夜月景。

・一個月圓的春夜,詩人獨自佇立江邊,放眼滔滔江水不斷向天際奔流,在水天相接處,一輪明月從潮水中緩緩升起。

・江面上波光潋灩,皎潔月光映照在滿樹繁花的林子裡,猶如閃爍著晶瑩透亮的冰珠,璀璨動人。

・空中月色銀白如霜,使人不察;洲上白沙與月色融而為一,難以分辨。

次段

★由月夜美景,引發對宇宙人生的省思。

・人生苦短,人類就這樣一代一代繁衍下去;不像明月是永恆的象徵,年復一年,月光依舊皎潔明亮,每到十五、十六夜晚便月圓了,彷如在等待什麼人!

・此處有感於自然的亙古長存、人世的無常變化,進而衍生出這樣看似無理、實則有情的疑問。

三段

★望月懷人,寫遊子思婦的相思之情。

・當遊子乘舟遠行,留下了濃濃的離愁、無盡的牽掛。此刻,無論天涯遊子或閨中思婦都望月徘徊,懷人念遠。

・希望他或她能隨著月光來到思念的人身邊,從此長伴左右,一解相思之苦。

・但立刻又從浪漫的幻想中清醒,畢竟兩人相隔太遙遠了,連鴻雁、魚龍也無法為他倆傳遞訊息。

末段

★再度渲染詩人的無限相思情意。

・當他想到與所思之人彷彿碣石與瀟湘,各在天一方,關山阻隔,難以相聚。

・最後,將滿腔的思念寫到眼前景致中,他無法乘月歸去,只能將離情依依伴隨皓月西沉,灑滿江邊的樹林。

UNIT 2-2
廣樂逶迤天上下，仙舟搖衍鏡中酣

此詩寫作年代不確定，只知是某年農曆三月初三張說與蕭令唱和所賦詩作。蕭令，不知何許人也，為唐代官員，張說的同僚。

> **三月三日定昆池奉和蕭令得潭字韻**
> **張說**
> 暮春三月日重三，春水桃花滿禊潭。
> 廣樂逶迤天上下，仙舟搖衍鏡中酣。

今天是暮春農曆三月初三上巳節，大夥兒一起到水邊舉行修禊之禮，放眼那飄落的桃花隨著春水灑滿潭面。鈞天廣樂，樂音悠揚，充滿了天上人間；我們駕一葉小舟駛過定昆池，彷彿航過澄澈清明的鏡面般，使人感到酣暢淋漓。

這是一首應酬詩，寫詩人與同朝僚友於上巳節，至長安附近的定昆池舉行修禊事；事畢，大家一起欣賞樂曲，泛舟水上，享受春日出遊的樂趣。當時與會人士心血來潮，吟詠賦詩，蕭令先以潭字韻（即下平聲十三覃韻）賦得一詩；張說依其韻腳來押韻，再和一詩，遂成本篇。

此詩為平起格首句押韻的七言絕句，押下平聲十三覃韻，韻腳為「三」、「潭」和「酣」。首句敘事，交代出遊的時間：「暮春三月日重三」，正是暮春時農曆三月初三上巳節那天，點明詩題之「三月三日」。

次句寫景，「春水桃花滿禊潭」，承前句而來，道出當天重要民俗活動──參加修禊之禮。以「視覺摹寫」法，勾勒出大夥兒聚集在水邊，放眼春水碧綠、桃花飄落，禊潭旁充斥著紅男綠女、水面上落花繽紛，景色如詩似畫，美不勝收！

三句寫景兼敘事，以聽覺觀點呈現，「廣樂逶迤天上下」，禊潭畔樂音悠揚、飄盪，彷彿天上仙樂飄飄，瀰漫於宇宙之間，教人萬分陶醉！

末句敘事兼抒情，「仙舟搖衍鏡中酣」，他們一行人就在這片澄淨清澈的水面划著小船，宛如划行在澄明晶亮的鏡面上，使人感到酣暢淋漓，無比快活！此句呼應題中的「定昆池」，點出划船水上、水面澄明如鏡，那般怡然自得、飄飄欲仙的心情，使人神往，足以窮盡此遊之樂。「仙」、「酣」二字，隱含「心覺摹寫」效果，前者謂泛舟水上，快樂似神仙；後者形容行舟水面的酣暢、痛快。

故宮圖像資料庫典藏

春水桃花滿禊潭

◆三月三日:即上巳節,古人會到水邊舉行修禊之事,一方面驅除災厄,一方面清潔身體。文人於這天臨水宴飲、吟詩作賦;年輕男女也會出門春遊踏青。

◆定昆池:為唐中宗愛女安樂公主所建,窮極奢華,堪與漢武帝所鑿昆明池(在今陝西西安西南)相比。

◆禊潭:古代春、秋二季舉行修禊之禮的水邊。

◆廣樂:亦稱為「鈞天樂」;指神話中天上的音樂。據張衡〈西京賦〉載:「昔者大帝說秦繆公而觀之,饗以鈞天廣樂。」

◆透迤:彎曲迴旋貌。此引申為樂聲悠揚的樣子。

三月三日定昆池奉和蕭令得潭字韻 張說

七言絕句

押下平聲十三覃韻

首句	次句	三句	末句
暮春三月日重三,	春水桃花滿禊潭。	廣樂透迤天上下,	仙舟搖衍鏡中酣。

平起格 首句用韻

三 ← 潭 ← 酣

敘事

交代出遊的時間,正是暮春時農曆三月初三上巳節那天。

寫景

勾勒出大夥兒聚集在水邊舉行修禊儀式,放眼春水碧綠、桃花飄落,禊潭旁充斥著紅男綠女、水面上落花繽紛,景色如畫。

寫景兼敘事

以聽覺呈現,禊潭畔樂音悠揚、飄盪,彷彿天上仙樂飄飄,瀰漫於宇宙間,教人陶醉!

敘事兼抒情

★他們一行人就在這片澄淨清澈的水面划著小船,宛如划行在澄明晶亮的鏡面上,使人感到酣暢淋漓,無比快活!

★此句呼應題中的「定昆池」,點出划船水上、水面澄明如鏡,那般怡然自得、飄飄欲仙的心情,使人神往,足以窮盡此遊之樂。

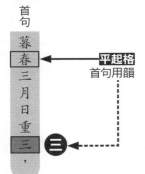

李白〈贈汪倫〉:「李白乘舟將欲行,忽聞岸上踏歌聲。桃花潭水深千尺,不及汪倫送我情。」寫出豪士汪倫與村民在岸邊為他踏歌送別的深情厚意。

相傳汪倫曾寫信邀李白到涇州(今安徽涇縣)一遊,「先生好遊手?此地有十里桃花。先生好飲手?此地有萬家酒店。」李白果然聞風而至。結果呢?這兒沒有十里桃花,倒有一座桃花潭;更無萬家酒店,只有一間賣酒小鋪,主人姓萬。不過,李白受到汪倫的盛情款待,也算不虛此行。

UNIT 2-3
海上生明月，天涯共此時

圖解唐詩100：大考最易入題詩作精解

張九齡於玄宗開元二十一年（733）出任宰相，後遭奸相李林甫排擠出朝。此詩應作於開元二十四年他罷相，貶為荊州長史以後，與〈感遇〉十二首當屬同期之作。

> 望月懷遠　張九齡
> 海上生明月，天涯共此時。
> 情人怨遙夜，竟夕起相思。
> 滅燭憐光滿，披衣覺露滋。
> 不堪盈手贈，還寢夢佳期。

> 茫茫海面上生出一輪皎潔的明月，你我雖人各天涯，卻於此時共賞同一月。有情人都埋怨月夜漫長，整夜無法成眠，故而起身思念遠方的親朋。我熄滅了蠟燭，就愛這滿屋明亮的月光；披衣徘徊時，深深感受到夜露的寒涼。我不能用雙手將美好的月色捧來送給你，只希望能在夢中與你相見。

這是一首望月懷人的五言律詩。首聯：「海上生明月，天涯共此時。」為千古傳誦的名句，意境開闊，情感深摯，乍看下平淡無奇，卻自有一種高華渾融的氣象，令人回味無窮。首句完全寫景，點明「望月」之詩旨。次句語出謝莊〈月賦〉：「隔千里兮共明月。」詩中由景入情，抒發因望月而產生懷人念遠的相思之情。

頷聯：「情人怨遙夜，竟夕起相思。」為流水對，以「怨」字為中心，用「相思」呼應「情人」、「竟夕」呼應「遙夜」，皆緊扣一個「怨」字。承首聯而來，有情人終夜不寐，心懷怨懟，

是因為天涯共此一輪明月，望月懷人，思念遠方親友所致。

頸聯：「滅燭憐光滿，披衣覺露滋。」採對仗法，寫「竟夕起相思」的一舉一動：他鍾愛月光入戶，滿室生輝的美感，所以隨手滅去了燭光；他因思念遠人，鎮夜無法成眠，故而披衣起徘徊，無奈更深露重，仍覺遍體生寒。先從視覺上摹寫月光之可愛，再從觸覺上描摹夜露寒涼。「憐光滿」與首聯「明月」遙相應，「覺露滋」與頷聯「遙夜」、「竟夕」前後照應。「滋」字用得妙，既指夜露潤溼了衣服，亦指相思之愁滋生不已。

末聯：「不堪盈手贈，還寢夢佳期。」既然無法掬一把美好月色送給千里之外思念的人兒，還是回去睡覺吧，但願在夢中能與伊人相會，一解相思之苦。此聯看似無理，實則含有無限深情。無論將月光盈手持贈君，或還寢夢中與君喜重逢，都是異想天開的念頭，虛無縹緲，不切實際，卻是思念至極，無可奈何，聊表衷情的作法。月光象徵滿滿的思念，「不堪盈手贈」，此句化用陸機〈擬明月何皎皎〉：「照之有餘輝，攬之不盈手。」

此詩寫望月懷人，從「天涯共此時」到「不堪盈手贈」，通篇以明月為媒介，寄託了對遠方親人的思念。最後以「還寢夢佳期」作收，隱含現實中無由相見，只好寄望於夢裡重逢，全詩至此戛然而止，但覺餘音裊裊，不絕如縷。總之，該詩委婉曲折，情致盎然，充分展現出張九齡詩自然渾成的風格。

海角天涯共一月

應考大百科

＊曲江風度：形容張九齡正直無私、耿介絕俗的氣度。

・唐玄宗在宰相張九齡被排擠出朝後，依然記得他剛正不阿的風骨。日後每有大臣推薦人才時，皇上都會問：「此人氣度比張九齡如何？」由於張九齡是曲江人，便衍生出「曲江風度」一辭。

＊文場之帥：玄宗評張九齡文章，以為無人能出其右。

・張九齡七歲能詩文，十三歲時被譽為「神童」。二十五歲那年高中進士。其古詩勁練質樸，寄意深遠，洗盡六朝鉛華；其文章，唐玄宗認為自有唐以來無人能及，故云：「此人真文場之帥也。」

望月懷遠　張九齡

五言律詩

◆

押上平聲四支韻

首聯

天涯共此時，
海上生明月。 **時**

仄起格
首句不用韻

對仗

★此聯為千古傳誦的名句，意境開闊，情感深摯。

★首句寫景，點明「望月」之詩旨。次句語出謝莊〈月賦〉：「隔千里兮共明月。」

★詩中由景入情，抒發因望月而產生懷人念遠的相思之情。

流水對

頷聯

竟夕起相思。
情人怨遙夜， **思**

對仗

★以「怨」字為中心，用「相思」呼應「情人」、「竟夕」呼應「遙夜」，皆緊扣一個「怨」字。

★有情人終夜不寐，心懷怨懟，是因為天涯共此一輪明月，望月懷人，思念遠方親友所致。

流水對

頸聯

披衣覺露滋。
滅燭憐光滿， **滋**

對仗

★從視覺摹寫月光之可愛，再從觸覺描摹夜露寒涼。

★「憐光滿」與首聯「明月」遙相應，「覺露滋」與頷聯「遙夜」、「竟夕」相照應。

★「滋」字用得妙，既指夜露潤溼了衣服，亦指相思之愁滋生不已。

（末聯）尾聯

還寢夢佳期。
不堪盈手贈， **期**

★無論將月光盈手持贈君，或還寢夢中與君喜重逢，都是異想天開的念頭，虛無縹緲，卻是思念至極，聊表衷情的作法。

★「不堪盈手贈」句，化用陸機〈擬明月何皎皎〉：「照之有餘輝，攬之不盈手。」

此詩寫望月懷人，從「天涯共此時」到「不堪盈手贈」，通篇以明月為媒介，寄託了對遠方親人的思念。最後以「還寢夢佳期」作收，隱含現實中無由相見，只好寄望於夢裡重逢，全詩至此戛然而止，但覺餘音裊裊，不絕如縷。

UNIT 2-4
醉臥沙場君莫笑，古來征戰幾人回？

　　〈涼州詞〉是一首七絕樂府。據《新唐書・樂志》載：「天寶間樂調，皆以邊地為名，若涼州、伊州、甘州之類。」可見此詩按涼州（今甘肅武威）的樂調來歌唱。就詩題言，涼州屬於西北邊地；就內容言，葡萄酒、夜光杯、琵琶均為西域之特產。因此，這是一首歌詠塞外風情的邊塞詩。

> 涼州詞　王翰
> 葡萄美酒夜光杯，欲飲琵琶馬上催。
> 醉臥沙場君莫笑，古來征戰幾人回？

> 　　白玉杯盛滿了葡萄美酒，我正想舉杯暢飲時，耳際傳來士兵們在馬上彈奏的琵琶曲，軍樂悠揚，令人亢奮。同袍間開玩笑說：縱使醉倒在戰場上，你也別取笑啊！因為自古以來征戰沙場的將士，又有幾個能平安歸來？

　　開篇以「葡萄美酒」、「夜光杯」、「琵琶」等西域特有風物，鋪陳出軍中宴會的繁華熱鬧，酒香四溢，樂音激昂，不難想見。「欲飲琵琶馬上催」一句，歷來有歧義：一作詩人欲暢飲葡萄美酒，馬上琵琶聲卻催促著大夥兒速速整裝出發，前方臨時有突發狀況，戰爭一觸即發。一說馬上琵琶聲聲催促，不是催促將士出征，而是軍中宴會奏軍樂以娛兵士，為大家助興。

　　如作第一解，則弟兄們個個心情沉重，方才還興高采烈，把酒言歡，此時立刻面臨浴血沙場的嚴峻考驗，在這生死一瞬間之際，故而說出這樣感傷的話：「醉臥沙場君莫笑，古來征戰幾人回？」隱含若干的悲慨與無奈。

　　如作第二解，「醉臥沙場君莫笑，古來征戰幾人回？」便成為士兵們歡宴之餘，酒足飯飽後相互調笑語。如此一來，大大降低了悲傷的氣氛，更增添幾許大唐將士以身許國的豪情壯志，詩意似乎更佳。故孫洙《唐詩三百首》評語云：「作曠達語，倍覺悲痛。」施補華《峴傭說詩》亦云：「作悲傷語讀便淺，作諧謔語讀便妙，在學人領悟。」所言甚是！

故宮圖像資料庫典藏

欲飲琵琶馬上催

應考大百科

＊詩句之音節，應作：「葡萄美酒—夜光杯，欲飲—琵琶馬上—催。」其中「葡萄美酒」指「葡萄酒」，「夜光杯」指「白玉杯」，皆為西域的名產。以此呼應詩題「涼州詞」，涼州乃今甘肅武威，即唐時之西域。

＊該詩之語法：1. 省略語法：如詩中「欲飲」之後，省掉「葡萄美酒」四字，即「欲飲葡萄美酒」。2. 倒裝語法：「琵琶馬上」應作「馬上琵琶」，謂士兵在馬上彈琵琶，演奏軍樂。

涼州詞　王翰
七絕樂府
押上平聲十灰韻

首句
葡萄美酒夜光杯，
平起格 首句用韻
杯

次句
欲飲琵琶馬上催
承上啟下之關鍵
催

三句
醉臥沙場君莫笑，

末句
古來征戰幾人回？
回

開篇以「葡萄美酒」、「夜光杯」、「琵琶」等西域特有風物，鋪陳出軍中宴會的繁華熱鬧，酒香四溢，樂音激昂，不難想見。

★此句歷來有歧義：
・**第一解**：詩人欲暢飲葡萄美酒，馬上琵琶聲卻催促著大夥兒速速整裝出發，前方臨時有突發狀況，戰爭一觸即發。

・**第二解**：馬上琵琶聲聲催促，不是催促將士出征，而是軍中宴會奏軍樂以娛兵士，為大家助興。

如作第一解，則弟兄們個個心情沉重，方才還興高采烈，把酒言歡，此時立刻面臨浴血沙場的嚴峻考驗，在這生死一瞬間之際，故而說出這樣感傷的話：「醉臥沙場君莫笑，古來征戰幾人回？」隱含若干的悲慨與無奈。

如作第二解，「醉臥沙場君莫笑，古來征戰幾人回？」便成為士兵們歡宴之餘，酒足飯飽後相互調笑語。如此一來，大大降低了悲傷的氣氛，更增添幾許大唐將士以身許國的豪情壯志，詩意似乎更佳。
佳

活用小精靈

陳陶〈隴西行〉四首之二：「誓掃匈奴不顧身，五千貂錦喪胡塵。可憐無定河邊骨，猶是春閨夢裡人！」首二句刻劃出戰況激烈，將士們為了保家衛國個個奮不顧身，結果呢？——五千名精兵喪命沙場，無一倖存。末二句以映襯法來呈現：可惜啊！那無定河邊白骨纍纍，他們可都是深閨妻子朝思暮想、日夜等待的夢中人！「無定河邊骨」與「春閨夢裡人」恰好形成強烈對比，現實是如此殘酷，夢境是如此虛無，一邊是悲哀淒涼的枯骨，一邊是年輕帥氣的良人，虛實相生，榮枯迥異，進而突顯戰爭帶給人民的巨大痛苦。

UNIT 2-5
欲窮千里目，更上一層樓

〈登鸛雀樓〉是王之渙僅存於世的六首絕句之一，也是唐詩中膾炙人口的佳作。

> **登鸛雀樓　王之渙**
> 白日依山盡，黃河入海流。
> 欲窮千里目，更上一層樓。

> 天空中的太陽被崇山峻嶺擋住以致看不見，黃河河水滔滔不絕地向大海奔流。如果想將千里的景物盡收眼底，那就得登上更高的一層城樓。

詩題為「登鸛雀樓」，前二句描寫登樓所見景色：「白日依山盡，黃河入海流。」用對仗法，寫景由遠而近，但歷來看法不同：或以為詩人黃昏時登樓遠眺，因為白日西沉，隱匿在對面中條山的盡頭看不見了；但見底下黃河之水滔滔向大海奔流而去。或主張詩人白天登樓，太陽被前面的中條山阻擋，而隱蔽在高山的盡頭不可見；只見到下方滾滾黃河之水不斷地向大海奔流。個人認為後者詩意較佳，何以見得？一、登高臨遠時，黃昏日落，光線漸暗，自然比不上白日當空，陽光普照，視野來得遼闊壯觀。二、「白日依山盡」解作太陽被高山遮蔽了，如此一來，更顯對面中條山的挺拔、高峻，間接烘托出鸛雀樓的雄偉壯麗，一舉數得。三、在古詩詞中，「白日西斜」象徵國勢衰頹、君主昏庸、朝綱敗壞等；而「烈日高照」似乎才符合當時的盛唐氣象。

後二句：「欲窮千里目，更上一層樓。」亦為對仗句。此二句雖承前文而

來，寫登樓之事，卻是虛筆；因為它表述一個概念，而非摹狀實況，且其中隱含了深刻的人生哲理。表面上是說想看到更遠的風景，就須登上更高的樓層；其實為人處世何嘗不也如此？想要擁有更開闊的視野、追求更卓越的成就，勢必得力求精進、更上層樓！

全詩雖然僅有短短二十字，樸實無華，淺顯易懂，卻因眼中景所開展的壯闊、心中意所衍生的體悟，融而為一，自然渾成，寫就了此一千古傳唱的曠世名篇。誠如沈德潛《唐詩別裁》所云：「四語皆對，讀來不嫌其排，骨高故也。」可見該詩以風骨取勝，看似不事雕琢，實則千錘百鍊，概括精當，對仗工穩，其詩歌藝術已臻爐火純青之境。

白日登樓意壯闊

＊鸛雀樓：舊址在蒲州（今山西永濟）西南，相傳常有鸛雀棲息於此，故名。鸛雀樓是一座雄偉的三層樓建築，前對中條山，下臨黃河，視野壯闊，故吸引無數騷人墨客前來登臨遠眺，留下不少優秀的文學作品。

＊據沈括《夢溪筆談》記載：唐代李益、王之渙、暢當都寫過〈登鸛雀樓〉，以王之渙的五言絕句意境深遠，名列第一；暢當所作亦為五絕，詩境壯闊，屈居第二；而李益的七言律詩只能敬陪末座。

登鸛雀樓　王之渙
五言絕句

押下平聲十一尤韻

首句　白日依山盡，

仄起格
首句不用韻

次句　黃河入海流。

故宮圖像資料庫典藏

三句　欲窮千里目，

末句　更上一層樓。

對仗

★寫景由遠而近，但歷來看法不同：

・或以為詩人**黃昏時**登樓遠眺，因為**白日西沉**，隱匿在對面中條山的盡頭看不見了；但見底下黃河之水滔滔向大海奔流而去。

・或主張詩人**白天**登樓，**太陽被前面的中條山阻擋**，而隱蔽在高山的盡頭不可見；只見到下方滾滾黃河之水不斷地向大海奔流。

★個人認為後者詩意較佳：

1. 登高臨遠時，黃昏日落，光線漸暗，自然比不上白日當空，陽光普照，視野來得遼闊壯觀。

2.「白日依山盡」解作太陽被高山遮蔽了，如此一來，更顯對面中條山的挺拔、高峻，間接烘托出鸛雀樓的雄偉壯麗，一舉數得。

3. 古詩詞中，「白日西斜」象徵國勢衰頹、君主昏庸、朝綱敗壞等；而「烈日高照」似乎才符合當時的盛唐氣象。

對仗

此二句雖承前文而來，寫登樓之事，卻是虛筆；因為它表述一個概念，而非摹狀實況，且其中隱含了深刻的人生哲理。表面上是說想看到更遠的風景，就須登上更高的樓層；其實為人處世何嘗不也如此？想要擁有更開闊的視野、追求更卓越的成就，勢必得力求精進、更上層樓！

活用小精靈

　　在古詩詞中，不乏勵志的格言佳句，諸如：

　1. 王之渙〈登鸛雀樓〉：「欲窮千里目，更上一層樓。」2. 李白〈行路難〉：「長風破浪會有時，直掛雲帆濟滄海。」3. 劉禹錫〈浪淘沙〉：「千淘萬漉雖辛苦，吹盡狂沙始到金。」4. 鄭板橋〈竹石〉：「千磨萬擊還堅勁，任爾東西南北風。」5. 于謙〈石灰吟〉：「粉身碎骨全不怕，要留清白在人間。」

UNIT 2-6
野曠天低樹，江清月近人

這是一首羈旅思鄉的詩。玄宗開元十七年（729）詩人漫遊吳越，舟行經錢塘江，夜泊建德附近，旅途有感而發之作。「建德江」，即錢塘江上游，在今浙江省境內。

> 宿建德江　孟浩然
> 移舟泊煙渚，日暮客愁新。
> 野曠天低樹，江清月近人。

把船停泊在煙霧迷濛的小洲上，眼見黃昏日落，一段新的旅愁油然而生。遙望遠處曠野遼闊，黯淡的天空，彷彿壓得比樹木還低；江水清澈如許，月影浮現水面，依稀更靠近人了。

此詩首二句寫夜泊：「移舟泊煙渚，日暮客愁新。」「煙渚」，指煙霧籠罩的沙州。「日暮」不但點出題目之「宿」字，同時具承上啟下之作用，既呼應起句「泊」、「煙」二字，亦引起下文之「客愁新」。正因為日暮，所以泊船江渚，夜宿客舟之中；正因為日暮，江畔煙霧濃重，更引發前途茫茫、鄉關何處的愁思。此外，「日暮」還遙啟下文：「野曠天低樹，江清月近人。」由於時值日暮，故觸目所見，為天色昏暗、明月高懸之夜景。「愁」之一字，為通篇詩眼所在。日暮時分，倦鳥尚且知返，何況詩人是飄泊異鄉的遊子，更增添無限鄉愁！下文：「野曠天低樹，江清月近人。」雖為摹景之句，實則景中含情，亦不出思鄉愁緒，可見此一「愁」字貫穿全詩，為客旅夜宿的情感基調。

後兩句則描寫建德江畔的景色：「野曠天低樹，江清月近人。」此二句對仗工巧，借景抒情，極為出色，故為千古傳誦之名句。此處情景交融無間，詩意自然渾成，情韻悠長，耐人尋味。全詩至「江清月近人」句，戛然而止，言有盡而意無窮，表面看似平靜無波，內心其實暗潮洶湧。詩人面對著四野茫茫、江水悠悠，明月孤舟，孑然一身；霎時間，多少旅途惆悵、思鄉之情、仕途失意、人生坎坷，千愁萬緒，紛紛湧上心頭。故沈德潛《唐詩別裁》云：「下半寫景，而客愁自見。」蕭繼宗《孟浩然詩說》亦云：「此詩意境俱佳。末兩句尤見寫生手妙。野曠則念遠，月近則懷孤，總說『客愁』，語雋意婉。」吾人心有戚戚焉。

野曠江清添客愁

＊唐詩講抒情、韻味→主觀的感受

・如本詩孟浩然表面寫景：「移舟泊煙渚，日暮客愁新。野曠天低樹，江清月近人。」實則景中含情，藉旅途景色，處處緊扣「愁」字，委婉道出遊子的思鄉之情。

＊宋詩重議論、說理→客觀的思辨

・如歐陽脩〈畫眉鳥〉：「百囀千聲隨意移，山花紅紫樹高低。始知鎖向金籠聽，不及林間自在啼。」表面寫林間畫眉歌聲比籠中鳥自在，實則藉鳥為喻，表達退隱比當官快樂的想法。

宿建德江　孟浩然

五言絕句

押上平聲十一真韻

首句
移舟泊煙渚，

平起格
首句不用韻

次句
日暮客愁**新**。

故宮圖像資料庫典藏

三句
野曠天低樹，

末句
江清月近**人**。

★此詩首二句寫夜泊：

・「煙渚」，指煙霧籠罩的沙州。

・「日暮」不但點出題目之「宿」字，同時具承上啟下之作用，既呼應起句「泊」、「煙」二字，亦引起下文之「客愁新」。

・此外，「日暮」還遙啟下文：「野曠天低樹，江清月近人。」

★後兩句則描寫建德江畔的景色：

・此處情景交融無間，詩意自然渾成，情韻悠長，耐人尋味。

・全詩至「江清月近人」句，戛然而止，言有盡而意無窮，表面看似平靜無波，內心其實暗潮洶湧。

＊故沈德潛《唐詩別裁》評云：「下半寫景，而客愁自見。」

＊蕭繼宗《孟浩然詩說》亦云：「此詩意境俱佳。末兩句尤見寫生手妙。野曠則念遠，月近則懷孤，總說『客愁』，語雋意婉。」

活用小精靈

詩中「江清月近人」句，以「擬人」法，寫活了江面月亮的倒影，彷彿要來親近人似的，多可愛！

而李白〈月下獨酌〉：「舉杯邀明月，對影成三人。」邀月共飲；袁枚〈春日雜詩〉：「明月有情還約我，夜來相見杏花梢。」赴月之約。——都是把明月擬人化之後，才會有這樣浪漫、多情的詩句。

又張先〈菩薩蠻〉：「明月卻多情，隨人處處行。」明明天涯海角共一月，卻說是明月多情，隨人浪跡天涯，此亦運用「擬人」法。

UNIT 2-7
待到重陽日，還來就菊花

圖解唐詩100：大考最易入題詩作精解

此詩作於孟浩然隱居鹿門山時，受好友之邀，到田莊作客，濃厚的人情味、美麗的農村風光，躍然紙上。

> 過故人莊　孟浩然
> 故人具雞黍，邀我至田家。
> 綠樹村邊合，青山郭外斜。
> 開軒面場圃，把酒話桑麻。
> 待到重陽日，還來就菊花。

老朋友準備好飯菜，邀請我到田莊作客。放眼望去，碧綠的樹木在村邊聚攏，青翠的山巒在城外斜斜地伸展。打開窗戶，我們面對門前的曬穀場和菜圃，一面端起酒杯暢飲，一面閒聊農作物生長的情形。相互約定等到重陽節那天，還要再來這兒一起欣賞菊花。

這是一首五言律詩，選自《孟襄陽集》。首聯寫邀請：「故人具雞黍，邀我至田家。」「雞黍」，泛指田家宴客之酒菜。《後漢書‧獨行傳》載「雞黍約」的典故，此詩則暗示故人之「邀」、詩人之「至」，何嘗不似張劭與范式的雞黍之約？哪怕只是口頭邀約，他也要不惜千里而來，兩人交情不言而喻。

頷聯對仗，寫村景：「綠樹村邊合，青山郭外斜。」「斜（音『霞』）」與「家」、「麻」、「花」同為韻腳，屬下平聲六麻韻。「青山郭外斜」，形容城郭之外每一座青山，傾斜伸展，姿態各異，一個「斜」字，寫活了農村群巒的千姿百態。

頸聯對仗，寫對酌：「開軒面場圃，

把酒話桑麻。」繼頷聯描寫村莊景色後，此處敘述與老友在屋裡飲酒閒聊的情形，打開軒窗，讓戶外美景映入室內，更予人心曠神怡之感。「桑麻」，為農作物或農事之泛稱。「話桑麻」，暗用陶淵明〈歸園田居〉五首之二：「相見無雜言，但道桑麻長。」由於彼此間只有單純的友誼，毫無利害糾葛，見了面，聊天的話題自然都圍繞在農家瑣事之上。

末聯寫重九之約：「待到重陽日，還來就菊花。」平淡寫來，故人待客的熱忱，詩人對田莊及老友的依戀，盡在不言中。楊慎《升庵詩話》云：「刻本脫一『就』字，有擬補者，或作『醉』，或作『賞』，或作『泛』，或作『對』，皆不同。後得善本，是『就』字，乃知其妙。」可見「就」字堪稱為本詩詩眼，孟詩用字之精煉，可見一斑。

通篇純用白描法，質樸真實，淡而有味，看似閒話家常，卻無一句閒語。故沈德潛《唐詩別裁》評云：「孟詩勝人處，每無意求工，而清超越俗，正復出人意表。」所言甚是！

故宮圖像資料庫典藏

故人邀我至田家

應考大百科

* 「借代」：指不直接說出人、事、物的本名，而借用和其相關的名稱來代替。古詩詞裡經常採用這種修辭技巧，使所敘內容達到委婉含蓄之目的。
* 本詩中使用三處「借代」法：1.故人具「雞黍」，借雞黍，代替宴客之酒菜。2.把酒話「桑麻」，借桑麻，泛指農作之事。3.還來就「菊花」，藉由親近菊花，借代為造訪田莊、探視老友。

過故人莊　孟浩然
五言律詩
押下平聲六麻韻

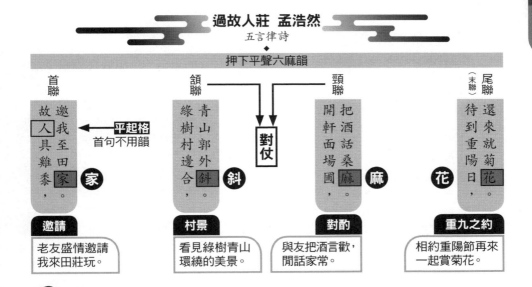

首聯
故人具雞黍，
邀我至田家。
←平起格　首句不用韻
邀請
老友盛情邀請我來田莊玩。

頷聯
綠樹村邊合，
青山郭外斜。
對仗
村景
看見綠樹青山環繞的美景。

頸聯
開軒面場圃，
把酒話桑麻。
對酌
與友把酒言歡，閒話家常。

尾聯（末聯）
待到重陽日，
還來就菊花。
重九之約
相約重陽節再來一起賞菊花。

活用小精靈

　　張潮《幽夢影》云：「對淵博友，如讀異書；對風雅友，如讀名人詩文；對謹飭友，如讀聖賢經傳；對滑稽友，如閱傳奇小說。」可見好朋友就像一本本的好書，多交朋友彷彿多讀書，除了增廣見聞、砥志礪行之外，相互提攜、關懷的溫暖，更是書本無法滿足我們的，因此孔子說：「獨學而無友，則孤陋而寡聞。」（《禮記‧學記》）

　　在漫長的人生旅途中，如能擁有二三知心好友的確是一件幸福的事。如宮廷劇《後宮甄嬛傳》中，沈眉莊與甄嬛的故人之誼著實令人動容。甄嬛遭廢黜出宮時，眉莊再三哀求太后的恩典庇護，不使好友孤苦無依，受盡欺凌。太后問道：「你就對她這樣好？」眉莊回答：「不離不棄，莫逆之交。」甘露寺中，出宮修行的「莫愁（甄嬛）」受人當眾凌辱，孤立無援時，眉莊不惜犯眾怒，也要挺身為她說話，甚至甘願陪著一起受罰。當她拚盡全力，產下靜和公主後，血崩而亡；臨終前，慎重將愛女託付給甄嬛，因為在這深宮之中她能相信的，也只有與自己一路相扶持的好姊妹了！

　　友情所以可貴在於超越利害關係之上，無論孟浩然的忘機友、孔子所謂的同道友人或沈眉莊的莫逆之交，故人情誼皆彌足珍貴，值得我們用一輩子的時間好好守護。

UNIT 2-8
人事有代謝，往來成古今

諸子，諸君也，指同遊之友人。峴山，又名峴首山，在今湖北襄陽城南。詩人懷才不仕，心情苦悶，藉由與諸子登峴山，弔古傷今，寫出對歷史遺跡、人世滄桑的慨嘆。

> 與諸子登峴山　孟浩然
> 人事有代謝，往來成古今。
> 江山留勝跡，我輩復登臨。
> 水落魚梁淺，天寒夢澤深。
> 羊公碑字在，讀罷淚沾襟。

人事盛衰不斷地更迭變化，這樣古往今來便構成了歷史。江山留下歷朝歷代的名勝古蹟，讓我們有機會再度登臨觀賞。我俯瞰山下沔水退落之後，淺淺露出魚梁洲；並感受到天氣逐漸轉寒，雲夢澤的湖水顯得格外深沉。再看看羊祜碑上的文字依舊清晰可辨，讀完後令人不禁悲從中來，淚溼衣襟。

這是一首登臨懷古的詩，首聯：「人事有代謝，往來成古今。」以議論為開端，點出懷古之意。頷聯：「江山留勝跡，我輩復登臨。」明揭登臨的主題。且以「江山勝跡」呼應「人事代謝」、「我輩登臨」呼應「往來古今」，前後照應，布局綿密。要言之，第一句寫人事，第二句寫時間，第三句寫空間，第四句則點題，同時引出後文羊祜登峴山典故；相對於晉代羊祜而言，孟浩然等人確是「復登臨」，用以呼應前文人事之代謝、古今之變遷。

後二聯描寫登臨之所見所聞、所思所感。頸聯：「水落魚梁淺，天寒夢澤深。」「魚梁」，即魚梁洲。據《水經·沔水》注云：「襄陽城東沔水中有魚梁洲，龐德公所居。」末聯：「羊公碑字在，讀罷淚沾襟。」「羊公碑」，相傳羊祜鎮守襄陽時，與友人登峴山飲酒賦詩，曾有江山依舊、人事全非的感嘆。時人於是立碑紀念此事，後人登臨見到碑上的文字，往往為之悲泣不已，故此碑又有「墮淚碑」之稱。（《晉書·羊祜傳》）詩人想到四百多年前的羊祜，為國效力，名垂千古；而自己卻沒沒無聞，毫無作為，不覺感慨萬千，潸然淚下。再呼應前文「水落魚梁淺」，他固然可以效法龐德公淡泊名利，做個逍遙自在的隱逸者，但心中始終放不下黎民百姓，多麼希望像羊公那樣做一番福國利民的事業！頸聯寫登臨所見，於天寒水落之時，愈發引起淒涼之感；所以末聯，在峴山上讀罷墮淚碑，才會因而落淚沾襟。

通篇藉由登臨峴山，興起思古之幽情，藉古抒懷，寄慨蒼涼。故俞陛雲《詩境淺說》評云：「凡登臨懷古之作，無能出其範圍，句法一氣揮灑，若鷹隼摩空而下，盤折中有勁疾之勢，洵推傑作。」可見孟詩歌詠江山勝景之餘，亦有如此情感沉鬱、寄寓遙深之作。

故宮圖像資料庫典藏

龐公羊公遺跡在

*對仗：指上、下二句字數相等、句法相似、詞性相同、平仄相反的句子。通常律詩中間兩聯（頷聯、頸聯）必須對仗；首聯、末聯可以對仗，也可以不對仗。

• 本詩為特例，首聯、頸聯對仗，頷聯、末聯不對仗。

*本詩雖是一首五言律詩，但首聯：「人事有代謝，往來成古今」對仗，頷聯：「江山留勝跡，我輩復登臨」卻不對仗。這種情形古人稱為「偷春格」，即對仗在前，猶如梅花偷春而先開也。

與諸子登峴山 孟浩然
五言律詩
◆
押下平聲十二侵韻

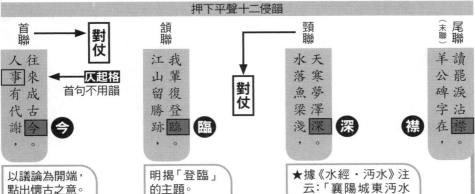

首聯 → 對仗

人 往
事 來
有 成
代 古
謝 今
，ㄟ 。 今

仄起格
首句不用韻

以議論為開端，點出懷古之意。

頷聯

江 我
山 輩
留 復
勝 登
跡 臨
，ㄟ 。 臨

明揭「登臨」的主題。

對仗

頸聯

水 天
落 寒
魚 夢
梁 澤
淺 深
，ㄟ 。 深

★據《水經‧沔水》注云：「襄陽城東沔水中有魚梁洲，龐德公所居。」

★寫登臨所見，於天寒水落之時，愈發引起淒涼之感。

尾聯
（末聯）

羊 讀
公 罷
碑 淚
字 沾
在 襟
，ㄟ 。 襟

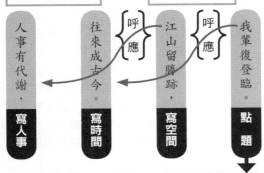

人事有代謝，
寫人事

往來成古今。
寫時間

呼應

江山留勝跡，
寫空間

呼應

我輩復登臨。
點題

引出後文羊祜登峴山典故；相對於晉代羊祜而言，孟浩然等人確是「復登臨」，用以呼應前文人事之代謝、古今之變遷。

★詩人想到四百多年前的羊祜，為國效力，名垂千古；而自己卻沒沒無聞，毫無作為，不覺感慨萬千，潸然淚下。

★在峴山上讀罷墮淚碑，因而落淚沾襟。

俞陛雲《詩境淺說》評云：「凡登臨懷古之作，無能出其範圍，句法一氣揮灑，若鷹隼摩空而下，盤折中有勁疾之勢，洵推傑作。」

UNIT 2-9
夜來蓮花界，夢裡金陵城

圖解唐詩100：大考最易入題詩作精解

玄宗開元二十九年（741），王昌齡赴江寧途中，行經洛陽，曾作〈東京府縣諸公與綦毋潛李頎相送至白馬寺宿〉一詩。相傳李頎針對這首詩而作〈送王昌齡〉。據推測李頎此詩亦寫於同一年，當時他已經離開新鄉縣尉之職，歸隱於洛陽附近的潁陽。

送王昌齡　李頎

漕水東去遠，送君多暮情。
淹留野寺出，向背孤山明。
前望數千里，中無蒲稗生。
夕陽滿舟楫，但愛微波清。
舉酒林月上，解衣沙鳥鳴。
夜來蓮花界，夢裡金陵城。
嘆息此離別，悠悠江海行。

眼看漕河的水向東奔流遠去，傍晚時我為您送別，心情格外慘淡。我倆逗留野寺中，久久才走出來；您走後，回頭發現背後的孤山被落日照得一片明亮。我登高遠眺，眼前數千里一望無際，絕無蒲草、稗草叢生。斜陽籠罩著一艘艘漸行漸遠的船隻，就愛那微微泛起漣漪的清澈水面。我設想您今晚獨自舉杯邀林間的明月對飲，醉了便解衣而眠，伴隨沙洲上的蟲鳴鳥唱。想像您夜裡還置身洛陽白馬寺，睡夢中卻奔馳至目的地南方的金陵城。我正為此次的離別而感傷、嘆息，尤其想到您橫渡江海，隻身遠行。

這是一首送別友人的五言古詩，押下平聲八庚韻，韻腳為「情」、「明」、「生」、「清」、「鳴」、「城」、「行」。全詩可分為三段：

首段為前二句，描寫送別友人，心情慘淡。「漕水東去遠，送君多暮情。」明揭送別的地點（漕水邊）、時間（黃昏時），以及臨別的心情：漕水東流，滔滔不絕，一如離情依依，綿綿不盡；黃昏送別，故言「暮情」，暮色將至，倦鳥歸巢，而他卻送走了摯友，心情自是無限落寞。

次段為三至十二句，緊扣首段「暮情」二字，藉由黃昏景色鋪寫離情，熔敘事、寫景、抒情於一爐，層層渲染，滿紙離愁。「淹留野寺出，向背孤山明。」久留野寺中，流露出彼此間依依不捨之情；孤山明亮，「孤」字借景抒情，點出兩人分開後心緒之孤寂。「前望數千里，中無蒲稗生。」此二句藉由遠望，襯托出對友人遠行的牽掛。「夕陽滿舟楫，但愛微波清。」滿載夕陽餘暉的客船，象徵他滿懷的思念與祝福；就愛水面清波微泛之景致，這裡暗示「君子之交淡如水」，此別在彼此心頭泛起了陣陣漣漪。接著，採「懸想示現」法，想像好友此去飄零異鄉的情景。「舉酒林月上，解衣沙鳥鳴。夜來蓮花界，夢裡金陵城。」設身處地，遙想友人將孤獨地舉杯邀月，解衣醉眠，只有沙洲上的鳥鳴聲相伴，形單影隻。不過，他仍由衷希望好友此去一帆風順，夜裡仍置身洛陽白馬寺，睡夢中卻抵達目的地金陵城。

末段即最後兩句，回歸現實，抒發送別友人的離愁別恨。「嘆息此離別，悠悠江海行。」前句再次點明離情，呼應次句「送君多暮情」；後句則表達對朋友孤身遠行的難捨難分。

野寺孤山林上月

應考大百科

◆漕水：即漕河也，以運漕糧為主的河道。漕，據許慎《說文解字》載：「漕，水轉穀也。」按：由水道轉運、輸送糧食，稱為「漕糧」。

◆淹留：久留。

◆蒲稗：蒲草與稗草。

◆蓮花界：佛寺，此指洛陽白馬寺。

◆金陵城：即今江蘇南京；為六朝古都所在地。因王昌齡將赴江寧（即金陵），故云。

送王昌齡　李頎

五言古詩

押下平聲八庚韻

首段描寫送別友人，心情慘淡。

次段緊扣首段之「暮情」，藉由黃昏景色鋪寫離情，層層渲染，滿紙離愁。

末段回歸現實，抒發送別友人的離愁別恨。

漕水東去遠，送君多暮情。

淹留野寺出，向背孤山明。
前望數千里，中無蒲稗生。
夕陽滿舟楫，但愛微波清。
舉酒林月上，解衣沙鳥鳴。
夜來蓮花界，夢裡金陵城。

悠悠江海行，嘆息此離別。

情

明　生　清　鳴　城

行

寫實　　　　寫實　　懸想示現　　　　寫實

暮情

明揭送別地點：漕水邊、時間：黃昏時，及臨別的心情。

★「淹留野寺出，向背孤山明。」久留野寺中，流露出彼此間依依不捨之情；孤山明亮，「孤」字借景抒情，點出兩人分開後心緒之孤寂。

★「前望數千里，中無蒲稗生。」藉由遠望，襯托出對友人遠行的牽掛。

★「夕陽滿舟楫，但愛微波清。」滿載夕陽餘暉的客船，象徵他滿懷的思念與祝福；就愛水面清波微泛之景致，這裡暗示「君子之交淡如水」，此別在彼此心頭泛起了陣陣漣漪。

★「舉酒林月上，解衣沙鳥鳴。夜來蓮花界，夢裡金陵城。」設身處地，遙想友人將孤獨地舉杯邀月，解衣醉眠，只有沙洲上的鳥鳴聲相伴，形單影隻。不過，他仍由衷希望好友此去一帆風順，夜裡置身洛陽白馬寺，睡夢中抵達南方金陵城。

前句再次點明離情，呼應次句「送君多暮情」；後句則表達對朋友孤身遠行的難捨難分。

漕水東流，滔滔不絕，一如離情依依，綿綿不盡；黃昏送別，故言「暮情」，暮色將至，倦鳥歸巢，而他卻送走了摯友，心情自是無限落寞。

UNIT *2-10*
莫見長安行樂處，空令歲月易蹉跎

詩

圖解唐詩100：大考最易入題詩作精解

魏萬，曾隱居王屋山，是詩人李頎的晚輩友人。後改名魏顥。他跟李白也有交情，相傳李白曾把自己的詩文交給他編成集子；臨別前，還寫了一首〈送王屋山人魏萬還王屋〉長詩送他。〈送魏萬之京〉一詩，應是李頎晚年時送魏萬入京，有感而發之作。

送魏萬之京　李頎
朝聞遊子唱離歌，昨夜微霜初渡河。
鴻雁不堪愁裡聽，雲山況是客中過。
關城曙色催寒近，御苑砧聲向晚多。
莫見長安行樂處，空令歲月易蹉跎。

清晨聽說你高唱離別之歌，昨夜飄下一層薄霜，你一早就要渡過黃河。你這一路上滿懷離愁別恨，不忍聽到鴻雁聲聲哀鳴；何況雲山冷清寂寥，你在客途中更難以度過。潼關的晨曦催促著寒氣逼近京城，京城深秋的搗衣聲，到了傍晚此起彼落。好友啊，請不要以為長安是玩樂的好地方，而白白虛度了寶貴的時光。

這是一首送別友人的七言律詩。首聯：「朝聞遊子唱離歌，昨夜微霜初渡河。」開門見山，點出送別之旨。前句以「朝」字，明揭友人離開的時間在早上；次句追述「昨夜」微霜初降，間接透露今晨好友渡河時天氣微寒。「初渡河」一語雙關，既指微霜剛剛渡過黃河而來，兼指魏萬將渡過黃河進京去。

頷聯：「鴻雁不堪愁裡聽，雲山況是客中過。」以對仗法，想像友人這一路上，滿懷羈旅鄉愁，如何能忍受鴻雁哀鳴？雲山冷寂，客途中又怎麼能捱過呢？此聯亦使用倒裝句法，應作：「不堪愁裡聽鴻雁，況是客中過雲山。」詩人設身處地體會對方的心情，旅途中自然不能忍受失群鴻雁的悲啼，一聲聲、一陣陣莫不觸動著他的鄉關之思；雲山縹緲，僻靜而孤寂，怎不令落寞失意的人倍覺前途茫茫、黯然神傷？詩中以「不堪」、「況是」二虛詞前後呼應，往復頓挫，情意深切。

頸聯：「關城曙色催寒近，御苑砧聲向晚多。」以對仗法，設想友人經過潼關時，清晨天冷，陣陣寒氣逼向京城長安而去；到了晚上，長安城裡婦女趕製冬衣，連夜搗衣聲不絕於耳。此詩尤長於煉句，如此聯用「催」、「向」二字，熔視覺、觸覺、聽覺等感官意象於一爐，虛擬出有聲有色、寒氣逼人的情境，使人彷彿身臨其境。此外，「催寒近」、「向晚多」，同時隱含著韶光易逝、年華易老之意，順勢引出了結尾二句。

末聯：「莫見長安行樂處，空令歲月易蹉跎。」繼中間兩聯採「懸想示現」法，遙想魏萬入京途中、到長安後的見聞、感受，末聯又回歸現實，道出對好友此行的殷殷叮囑：長安雖然繁華熱鬧是玩樂的最佳去處，但請千萬別沉溺於此，別虛擲青春，應該把握有限年光，成就一番豐功偉業。李頎身為長輩，足見其語重心長，愛護之情，關懷之意，溢於言表。

關城曙色催寒近

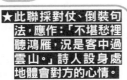

應考大百科

◆魏萬:高宗上元初進士;曾隱居於王屋山,自號「王屋山人」。

◆初渡河:剛剛渡過黃河。按:魏萬家住王屋山,要去長安必須渡過黃河。

◆關城:指潼關。

◆曙色:黎明前的天色。

◆催寒近:指寒氣越來越重,天氣越來越冷。

◆御苑:皇宮的庭苑;此處借代為京城。

◆砧聲:搗衣聲。

◆蹉跎:虛度年華。

送魏萬之京 李頎
七言律詩
押下平聲五歌韻

首聯

朝聞遊子唱離歌,
昨夜微霜初渡河。

◄── 平起格 首句用韻

河
歌

★開門見山,點出送別之旨。

・前句以「朝」字,明揭友人離開的時間在早上;次句追述「昨夜」微霜初降,間接透露今晨好友渡河時天氣微寒。

・「初渡河」一語雙關,既指微霜剛剛渡過黃河而來,兼指魏萬即將渡過黃河進京去。

頷聯

鴻雁不堪愁裡聽,
雲山況是客中過。

過 「過」當讀為平聲

★此聯採對仗、倒裝句法,應作:「不堪愁裡聽鴻雁,況是客中過雲山。」詩人設身處地體會對方的心情。

・以「不堪」、「況是」二虛詞前後呼應,往復頓挫,情意深切。

頸聯

關城曙色催寒近,
御苑砧聲向晚多。

多

★以對仗法,設想友人經過潼關時,清晨天冷,寒氣逼向京城而去;到了晚上,城裡婦女趕製冬衣,連夜搗衣聲不絕。

・「催」、「向」二字,虛擬出有聲有色、寒氣逼人的情境,使人彷彿身臨其境。

・「催寒近」、「向晚多」,同時隱含韶光易逝、年華易老之意,順勢引出了結尾二句。

尾聯(末聯)

莫見長安行樂處,
空令歲月易蹉跎。

跎

★回歸現實,道出對好友此行的殷殷叮囑:長安雖然繁華熱鬧是玩樂的最佳去處,但請千萬別沉溺於此,別虛擲青春,應該把握有限年光,成就一番豐功偉業。

UNIT *2-11*
秦時明月漢時關，萬里長征人未還

圖解唐詩100：大考最易入題詩作精解

　　王昌齡〈出塞〉二首，為詩人早年赴西域時所作；以第一首冠絕古今。誠如王世貞《藝苑卮言》云：「李于鱗（名攀龍）言唐人絕句，當以『秦時明月漢時關』壓卷，……若以有意無意，可解不可解間求之，不免此詩第一耳。」足見該詩妙在「言有盡而意無窮」，悲壯渾成，不見斧鑿痕跡；被明人視為壓卷好詩，當之無愧！

> 出塞 二首之一　王昌齡
> 秦時明月漢時關，萬里長征人未還。
> 但使龍城飛將在，不教胡馬度陰山。

> 　　自秦漢以來，明月就這樣照耀著邊關塞外，但離家萬里、為國長征的壯士至今仍未歸還！如果當年戍守龍城的「飛將軍」李廣還健在，絕不會讓胡人的鐵騎跨過陰山來。

　　這是一首七絕樂府，歌詠邊塞之作。〈出塞曲〉，屬於「鼓吹曲辭」，古時軍中所用樂歌。唐代又有〈塞上曲〉、〈塞下曲〉，都是詠邊疆塞外的樂府詩。王昌齡以邊塞詩著稱，此詩尤為出色，堪稱「神品」。

　　首句先寫景，以明月、關塞勾勒出邊疆情境，營造孤冷、蒼茫的氛圍。「秦時明月漢時關」為互文法，應解作：秦漢時的明月與關塞。接著，轉為敘事：「萬里長征人未還」，謂自古萬里長征的兵士至今仍未回來，從時間、空間上拉出一個無限長久、寬廣的背景，可見將士戰死沙場、一去不復返是古今普遍存在的現象。詩人對為國捐軀者深表同情，間接傳達了反戰的思想。

　　末二句為虛筆，道出前線士卒共同的願望：倘若為漢朝戍守龍城邊地，匈奴聞之喪膽，譽為「飛將軍」的李廣還健在，絕不會允許敵人的鐵蹄踏入陰山半步。一說「龍城飛將」，用漢將衛青奇襲龍城，大破虜軍之典。無論李廣或衛青，短短兩句，寄託了詩人保家衛國、渴望太平的衷心期盼，同時暗諷朝廷缺乏足以擔當大任的將才。

　　故邱燮友《新譯唐詩三百首》評云：「前兩句點題，以秦漢的關塞明月起興，次云，萬里長征的壯士，至今尚未歸來。三四句抒願作結，盼國有良將，邊境自寧，便可以不再有出塞之事，悲涼之中而有壯語。」是知王昌齡作邊塞詩，並非著力於描寫塞外風光，而是將愛國激情融入其中，以雄健的筆力，高度概括邊關征戰之事，熔寫景、抒情、敘事、議論於一爐，同時隱含絃外之音，意在抨擊為政者用人不當、將帥無能。難怪被王世貞評為在「有意無意，可解不可解」之間，此詩自當名列第一，良有以也！

故宮圖像資料庫典藏

龍城飛將今何在

應考大百科

＊王昌齡〈出塞〉二首之二：「驄馬新跨白玉鞍，戰罷沙場月色寒。城頭鐵鼓聲猶振，匣裡金刀血未乾。」

・詩題或作〈從軍行〉、〈行軍〉，《全唐詩》同時收在李白詩作中。歷來對此詩之作者，頗有爭議。

・第二首是說：將軍剛跨上配了白玉鞍的寶馬迎戰，激烈廝殺過後，沙場上只剩月色淒清，使人格外心寒。聽著城頭的戰鼓聲仍在曠野中震盪迴響，乍見將軍匣裡的金刀血跡斑斑，尚未風乾。

 出塞 二首之一  王昌齡

七絕樂府　鼓吹曲辭

押上平聲十五刪韻

首句
秦時明月漢時**關**，

平起格
首句用韻

次句
萬里長征人未**還**。

三句
但使龍城飛將在，

末句
不教胡馬度陰**山**。

★首句**寫景**，以明月、關塞勾勒出邊疆情境，營造孤冷、蒼茫的氛圍。

★「秦時明月漢時關」為互文法，應解作：秦漢時的明月與關塞。

★次句轉為**敘事**，謂自古萬里長征的兵士至今仍未回來，從時間、空間上拉出一個無限長久、寬廣的背景，可見將士戰死沙場、一去不復返是古今普遍存在的現象。

★詩人對為國捐軀者深表同情，間接傳達了反戰的思想。

★末二句為**虛筆**，道出前線士卒共同的願望：倘若為漢朝戍守龍城邊地的「飛將軍」李廣還健在，或當年奇襲龍城、大破虜軍的衛青尚存，絕不允許敵人的鐵蹄踏入陰山半步。

★短短兩句，寄託了詩人保家衛國、渴望太平的衷心期盼，同時暗諷朝廷缺乏足以擔當大任的將才。

活用小精靈

宮廷小說《如懿傳》中，端淑長公主與準噶爾和親，先嫁多爾札為妻，多爾札遇害後，為保大清安定，再改嫁仇人達瓦齊；達瓦齊卻不思姻親之誼，與天山寒部沆瀣一氣，屢犯大清邊境。乾隆皇忍無可忍，出兵準噶爾如箭在弦上。五阿哥永琪為了端淑姑母的事，感觸良多，某日，獨自在上書房賦西漢細君公主〈黃鵠歌〉：「吾家嫁我兮天一方，遠托異國兮烏孫王。穹廬為室兮氈為牆，以肉為食兮酪為漿。居常土思兮心內傷，願為黃鵠兮歸故鄉。」十三歲的永琪對皇額娘如懿說：「但願公主遠嫁在我朝是最後一次。兒臣有生之年，不希望再看到任何一位公主遠離京城。」小小年紀已對邊關之事洞若觀火，兼具理性與感性，讓從小看他長大的如懿很是欣慰。

UNIT 2-12
黃沙百戰穿金甲，不破樓蘭終不還

「從軍行」本為樂府舊題，屬於「相和歌辭」，旨在敘軍旅生活之艱辛。此乃仿古題而作。王昌齡〈從軍行〉七首之四，描寫邊疆將士征戰之苦，以及誓言殺敵報國的豪情。

> 從軍行七首之四　王昌齡
> 青海長雲暗雪山，孤城遙望玉門關。
> 黃沙百戰穿金甲，不破樓蘭終不還。

> 青海湖上烏雲密布，籠罩著祁連山；這荒漠中的孤城，與玉門關遙遙相望。將士們在黃沙滾滾中身經百戰，鎧甲戰衣都被磨破了，但壯志未減，立誓不消滅敵人絕不返回家鄉！

本詩前二句以「孤城」為中心，鳥瞰整個西北邊陲，鋪寫出壯闊的場景。「青海」、「雪山」、「玉門關」，從空間上勾勒出遼闊的邊地景觀，一望無際，大氣磅礴。「長雲」、「暗」，從視覺上烘托出邊城風雨欲來、凝重而嚴肅的戰地氣氛。「遙望」，一則指荒漠中的孤城與玉門關遙遙相望；一則隱含戍邊將士遙望中土，期待早日凱旋而歸的迫切心情。此二句表面寫景，其實呈現邊塞軍士所處的戰鬥環境、所懷的思鄉情緒。

後二句寫征夫身經百戰，保家衛國的決心。至「黃沙百戰穿金甲」句，筆鋒一轉，前文「遙望」所隱藏的心情完全傾瀉而出，前方戰事吃緊，故而思鄉情切。一個「穿」字，點出征戰次數頻繁、戰況異常慘烈，然而征人的豪情壯志並未因此消磨，捍衛疆土的意志反而更加堅定不移。末句：「不破樓蘭終不還。」是兵士誓死殺敵報國，一心保家衛土的豪氣宣言。行文至此，將原來蒼涼、孤寂的詩歌氛圍，轉為豪壯、深沉的報國雄心。

通篇情景交融，在蒼茫的塞外景物中渲染出從軍戰士以身許國、縱死不悔的豪邁與悲壯。此詩有別於漢魏六朝以降悲涼淒苦的長城小調，展現出唐人開闊的視野、博大的胸襟，故為盛唐邊塞詩中的極品。

孤城遙望玉門關

◆青海:指青海湖,在今青海西寧之西。相傳唐大將哥舒翰築城於此,並置神威軍戍守。

◆雪山:即祁連山,山巔終年積雪,故云。

◆玉門關:古關名,是古代中原通往西域諸國的要道。

◆金甲:指將士身上的鐵甲戰衣。

◆樓蘭:漢代西域的國家;此處借代為唐朝西北地區由少數民族建立的政權,泛指敵國之意。至唐代時,樓蘭(今新疆羅布泊一帶)雖已沒落,卻常出現在邊塞詩中。

從軍行七首之四 王昌齡

七絕樂府　相和歌辭

押上平聲十五刪韻

· 「從軍行」本為樂府舊題,屬於「相和歌辭」。
· 此詩仿古題而作,旨在敘軍旅生活之艱辛。
· 王昌齡〈從軍行〉七首之四,描寫邊疆將士征戰之苦,以及誓言殺敵報國的豪情。
· 通篇情景交融,在蒼茫的塞外景物中渲染戰士以身許國、縱死不悔的豪邁與悲壯。

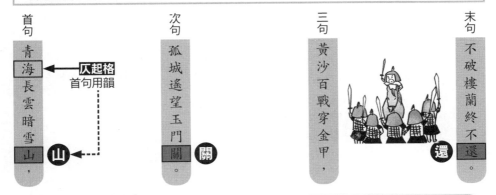

首句　青海長雲暗雪山,　仄起格 首句用韻 山

次句　孤城遙望玉門關。　關

三句　黃沙百戰穿金甲,　甲

末句　不破樓蘭終不還。　還

★本詩前二句以「孤城」為中心,鳥瞰整個西北邊陲,鋪寫出壯闊的場景。

· 此二句表面寫景,其實呈現邊塞軍士所處的戰鬥環境、所懷的思鄉情緒。

★後二句寫征夫身經百戰,保家衛國的決心。

· 至「黃沙百戰穿金甲」句,筆鋒一轉,前文「遙望」所隱藏的心情完全傾瀉而出,前方戰事吃緊,故而思鄉情切。

· 末句:「不破樓蘭終不還。」是兵士誓死殺敵報國,一心保家衛士的豪氣宣言。

⇨將蒼涼、孤寂的詩歌氛圍,轉為豪壯、深沉的報國雄心。

UNIT 2-13
忽見陌頭楊柳色，悔教夫婿覓封侯

圖解唐詩100：大考最易入題詩作精解

王昌齡是盛唐著名的邊塞詩人，然而，如陳琳〈飲馬長城窟行〉所云：「邊城多健少，內舍多寡婦。」詩人在謳歌大漠風光，揮灑立功沙塞的豪情時，不免也關注到閨中思婦的哀怨與思念，閨怨之作便應運而生。由於閨怨詩以描寫深閨女子的怨情為主，除了渲染征婦的邊關之思，還包括名媛、貴婦、宮娥等空閨寂寞、百無聊賴的滿腔幽怨。而王昌齡閨怨詩摹情寫景，莫不自然生動，曲盡其妙，可視為其邊塞詩之外異軍突起的作品。

閨怨　王昌齡

閨中少婦不知愁，春日凝妝上翠樓。
忽見陌頭楊柳色，悔教夫婿覓封侯。

深閨中的少奶奶從來不知道什麼是憂愁，春天時打扮得漂漂亮亮，悠哉地登上翡翠閣樓遠眺四方。無意間看到路邊楊柳青青如許，折柳送別的場景忽然湧現心頭，這才後悔當初不該讓丈夫外出尋求功名。

此詩完全合律，為律絕。由於描寫少婦的心理變化、情感轉折，十分傳神、細膩，故李鍈《詩法易簡錄》評云：「寫閨中嬌憨之態如畫。」黃生《唐詩摘鈔》更譽為「閨情之作，當推此首為第一。」深獲好評。

通篇可分為兩部分：首聯描繪少婦所處的客觀情境：閨中生活養尊處優，與世無爭，無憂無慮，所以「不知愁」；春光明媚，花樣年華，更要細細妝扮美麗容顏，即「春日凝妝」；多美好的一

切！良辰、青春、美貌、清閒、富足……同時為她所擁有，於是她「上翠樓」享受這樣的美麗人生。

末聯筆鋒一轉，當她不經意瞥見路旁青翠碧綠的楊柳春色，心情隨之急轉直下，多美好的季節、多美麗的歲月，本該像蝶戀花般成雙成對，充滿濃情蜜意，誰知心頭忽然湧現折柳送別的場景？她這才深自懊悔當初不該讓良人離鄉背井去追求功名！其中「楊柳」在古詩詞裡往往使人聯想起折柳贈別，象徵離別之意。「覓封侯」，或說建功沙場，拜將封侯；或謂獻身科舉，揚名立萬。無論武將、文臣離家求取功名，勢必冷落了閨中的美麗嬌妻，閨怨之情便油然而生。

據邱燮友《新譯唐詩三百首》評云：「全詩以『不知愁』起，也是全詩的著重點。由於她的『不知愁』，所以『凝妝』，所以『上翠樓』，次句承接巧妙，前兩句也拈出『閨』字。後兩句寫『怨』，用『楊柳色』展示春光，然夫婿出外獵取功名未歸，也是她當初要他去的，如今見春色美好，反生怨悔。對少婦矛盾的心理，刻劃入微。」的確，從「不知愁」到「悔教夫婿覓封侯」，足見少婦心情之轉折。

此詩旨在敍怨情，詩中卻未見「怨」字，而寓託於「悔教夫婿覓封侯」上；欲寫別緒，卻未見「別」字，而隱藏於「楊柳色」之中。可見其概括精當，剪裁合宜，始能達到言簡意賅、形象鮮活的效果。

春日凝妝上翠樓

* 晚唐李商隱〈為有〉:「為有雲屏無限嬌,鳳城寒盡怕春宵。無端嫁得金龜婿,辜負香衾事早朝。」與王昌齡〈閨怨〉頗有異曲同工之處。
* 何焯《義門讀書記》云:「此與『悔教夫婿覓封侯』同意,而用意較尖刻。」的確,王詩較委婉含蓄。
* 屈復《玉谿生詩意》評云:「玉谿(李商隱)以絕世香奩之才,終老幕職,晨入暮出,簿書無暇,與嫁貴婿,負香衾何異?其怨也宜。」點明李詩尚有以貴婦自比,以金龜婿喻己之高才,身負曠世奇才又如何?卻落得懷才不遇、落落寡歡的處境。

閨怨 王昌齡

七言絕句 律絕

押下平聲十一尤韻

* 王昌齡是邊塞詩人,不免也關注到閨婦的哀怨與思念,閨怨詩便應運而生。
* 閨怨詩除了渲染征婦的邊關之思,還包括名媛、貴婦、宮娥等的空閨寂寞。
* 王昌齡閨怨詩摹情寫景曲盡其妙,可視為其邊塞詩之外異軍突起的作品。
* 此詩合律,為律絕。黃生《唐詩摘鈔》譽為「閨情之作,當推此首為第一。」

首聯

平起格 →
首句用韻

閨春
中日
少凝
婦妝
不上
知翠
愁樓

愁樓,。

末聯

悔
教
夫
婿
覓
封
侯

忽
見
陌
頭
楊
柳
色

封侯,。

首聯描繪少婦所處的客觀情境: 「閨中少婦」(青春)、「不知愁」(無憂無慮),「春日凝妝」(良辰、美貌)、「上翠樓」(清閒、富足),同時為她所擁有,她登上閣樓準備享受這樣的美麗人生。

末聯筆鋒一轉,寫她意識到空閨寂寞,虛度年華。 「楊柳」使人聯想起折柳贈別,象徵離別之意。「覓封侯」,無論武將、文臣離家求取功名,勢必冷落了閨中嬌妻,怨情油然而生。

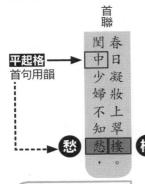

活用小精靈

　　李益〈江南曲〉:「嫁得瞿塘賈,朝朝誤妾期。早知潮有信,嫁與弄潮兒。」〈江南曲〉原為樂府詩「相和歌」的曲名,這是一首文人擬作之樂府詩,語言淺白,樸實無華,具有民歌色彩。

　　首二句敘商人婦埋怨老公為了做生意,一再耽誤了返家的日期。思念之深,等待之久,讓她不禁異想

天開。末二句大發嗔語:早知潮水守信,漲落有固定週期,還不如嫁給弄潮人!

　　其實是潮水「有信」,弄潮兒也未必守信,何況愛情、婚姻的維繫,絕非一個「信」字那麼簡單!這一切只是她的癡心妄想罷了。

UNIT 2-14
洛陽親友如相問，一片冰心在玉壺

芙蓉樓，舊址在今江蘇鎮江城西北隅。辛漸，生平不可考。〈芙蓉樓送辛漸〉，是王昌齡於芙蓉樓送別好友辛漸所賦詩作。詩中除了隱含惜別情意，更闡明詩人高風亮節，絕不同流合汙的人格操守。

> **芙蓉樓送辛漸　王昌齡**
> 寒雨連江夜入吳，平明送客楚山孤。
> 洛陽親友如相問，一片冰心在玉壺。

> 在這冷雨灑滿江天的夜晚，我來到吳地，天明時分送走了好友，感覺那楚山形單影隻，格外孤寂。好友啊，您到了洛陽，如果親友問起我的近況，請轉告他們：我的心依然像玉壺裡的堅冰，晶瑩剔透，纖塵不染。

這是一首七言絕句，由於前、後二聯皆合格律，故為「律絕」。首聯借景抒情，從夜入吳地時，天候不佳，寒雨連江；平明送客後，放眼所見，楚山孤寂；這「寒」、「孤」二字，隱約透露詩人臨別時心境的淒寒，以及分離後孤立無援的切身感受。

末聯為虛筆，採「懸想示現」法，假設辛漸到了洛陽，當地親友向他打聽詩人的消息，要他別忘了以「一片冰心在玉壺」代為回應。末句以玉壺冰借喻自身人品冰清玉潔，心無雜念。誠如沈德潛《唐詩別裁》所云：「言己不牽於宦情也。」猶言自己雖歷經宦海浮沉，卻未受世俗功名利祿玷汙，始終保有初衷。末二句，除了表達對洛陽親友的深情厚意，亦隱含對自身清高、廉潔、溫潤、堅貞等諸多期許，給人留下無限想像空間。

據邱燮友《新譯唐詩三百首》云：「詩中一二兩句寫餞別，所寫的景，『寒雨連江』、『楚山孤』，也能配合別情，故景中有情。三四兩句是託言，如洛陽的親友問起，可以告訴他們客居清廉自守，用『一片冰心在玉壺』作喻，足見作者人格的高尚。」要言之，全詩即景生情，寓情於景，含蓄而蘊藉，使人備覺韻味無窮。

此外，該詩雖以送別為題，卻非句句離愁、語語別緒，而是半敘離別場景，半表詩人情性，且將送別詩常見的山、水意象，改為孤山、寒雨，渲染出離情別意。這種寫法，在唐代送別詩中，可謂別出機杼。

平明送客楚山孤

應考大百科

* **「化用」**：把前人的作品拿來改寫，除了承襲原意外，更要推陳出新，翻出新意，才能精益求精，超越前作。如范仲淹〈岳陽樓記〉化用《孟子・梁惠王下》：「憂以天下，樂以天下」，而抽出「先天下之憂而憂，後天下之樂而樂」的千古名句。
* 如王昌齡化用駱賓王〈送別〉：「離心何以贈？自有玉壺冰。」為「洛陽親友如相問，一片冰心在玉壺。」妙在將自身品德融於詩句中，展現「味極永、調極高，悠然不盡」的興味。
* 清代鼻煙壺上有詩句云：「青雲足下三千士，白玉壺中一片冰。」又化用王昌齡詩而成。

芙蓉樓送辛漸　王昌齡
七言絕句　律絕

押上平聲七虞韻

* 芙蓉樓，舊址在今江蘇鎮江城西北隅。辛漸，生平不可考。
* 〈芙蓉樓送辛漸〉乃詩人於芙蓉樓送別好友辛漸所賦之詩。
* 詩中除了隱含惜別情意，更闡明他不同流合汙的人格操守。
* 這是一首七言絕句，前、後二聯皆合格律，故為「絕律」。

首聯

仄起格
首句用韻

寒雨連江夜入**吳**，
平明送客楚山**孤**。

末聯

洛陽親友如相問，
一片冰心在玉**壺**。

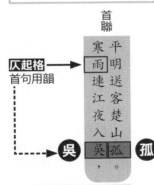

吳　孤

首聯借景抒情，從夜入吳地時，天候不佳，寒雨連江；平明送客後，放眼所見，楚山孤寂；這「寒」、「孤」二字，隱約透露詩人臨別時心境的淒寒，以及分離後孤立無援的切身感受。

末聯為虛筆，採「懸想示現」法，假設辛漸到了洛陽，當地親友向他打聽詩人的消息，要他別忘了以「一片冰心在玉壺」代為回應。末句以玉壺冰借喻自身人品冰清玉潔，心無雜念。

活用小精靈

文學與科學不同，後者講求具體明確，而前者必須保有想像空間。尤其是詩詞，務求含蓄蘊藉，才能引發無限遐想，如本詩「一片冰心在玉壺」，與「兩袖清風不貪汙」意思相同，意境卻大相逕庭。迂迴道出，則具有美感，耐人尋味；平白直說，便庸俗膚淺，乏善可陳。

寫文章也是如此，與其說古仁人志士如何大公無私、憂國憂民，不如化作一句：「先天下之憂而憂，後天下之樂而樂。」化實為虛，讓人自由聯想，方能賦予文句更豐富的含意。

UNIT 2-15
清箏向明月，半夜春風來

關於王昌齡的籍貫，《新唐書》作「江寧人」；《舊唐書》稱「京兆人」；《河嶽英靈集》、《唐才子傳》以為是「太原人」；莫衷一是。其生卒年，或作 690 ～ 701；或作 698 ～ 756；或作 698 ～ 757；眾說紛紜。由於他的重要生平事跡，諸書記載不一，故其詩大多無法繫年，寫作時間不可考。

此詩從題目「古意」可知，應是據古人故事，有感而發，藉以寄寓諷意的作品。

> 古意　王昌齡
> 桃花四面發，桃葉一枝開。
> 欲暮黃鸝囀，傷心玉鏡臺。
> 清箏向明月，半夜春風來。

> 桃花四處綻放，桃葉滿樹盛開，好不美麗！黃昏天色將暗，黃鸝鳥聲聲啼唱，歌聲悅耳動聽；想到溫嶠以玉鏡臺為聘禮，娶得美嬌娘的故事，不禁令人黯然神傷。我對著一輪明月，彈奏清脆嘹亮的古箏曲；半夜裡，引來陣陣溫暖和煦的春風。

這是一首五言古詩，押上平聲十灰韻，韻腳為「開」、「臺」、「來」。

又從「玉鏡臺」一語，可知此詩乃據劉義慶《世說新語‧假譎》所載：溫嶠喪妻。適逢戰亂，動盪不安，他的堂姑母劉氏有個美麗聰慧的女兒，劉氏想替她找個可靠的好人家。溫嶠於是瞎熱心，答應幫忙物色對象。他對堂姑說：「好女婿不容易找，像我這樣的條件如何？」堂姑回答：「兵荒馬亂下，只要讓女兒有個依靠就好，怎敢奢望像你這樣的人才？」幾天後，溫嶠告訴堂姑：

「女婿人選已經找到了，身家、官位都不輸給溫嶠。」因此，以一座玉鏡臺來下聘。堂姑太高興了。直到洞房花燭夜時，新娘子用手揭開紅蓋頭，撫掌大笑說：「我早猜到是你這個老傢伙了，果然如我所料！」原來溫嶠從頭至尾都在替自己作媒，而聰明的準新娘早已看穿了他的把戲。聘禮玉鏡臺，相傳是溫嶠擔任劉越石長史，北伐劉聰時，獲得的一件珍品。

此詩首二句寫景，描寫美麗的春天景致。「桃花四面發，桃葉一枝開。」採「視覺摹寫」法，以對仗方式白描出花葉扶疏、桃紅葉綠的美景。「四面」、「一枝」突顯花葉之繁茂，春意盎然。

次二句由寫景轉而抒情，「欲暮黃鸝囀，傷心玉鏡臺。」傍晚時，黃鸝鳥的歌聲婉轉；從聽覺上摹寫春天晚上鳥語活潑生動。隨即，使人聯想起「玉鏡臺」典故：溫嶠北伐時，獲得一座玉鏡臺，並以此為聘禮，如願抱得美人歸。而詩人不禁感慨：我何時才有機會一展長才？何時才能得到一件像這樣的寶物？何時得以受到美人的青睞？此處美人暗指君主，間接傳達出他希望得君行道，實現平生理想、抱負的心願。正因為無法得償所願，所以才因玉鏡臺之事而黯然神傷。

末二句以景語作結，寓情於景中，情景交融無間。「清箏向明月，半夜春風來。」正因此時春光明媚，別想太多，不如趁此良辰佳景，對著明月彈奏一曲；清亮的古箏樂音，果然在半夜裡引來好風如水，令人心曠神怡！

豔羨溫嶠玉鏡臺

應考大百科

◆古意：以此為詩題，與「擬古」、「效古」類似，多藉由歌詠古人故事以託諷意。

◆黃鸝囀：指黃鸝鳥聲聲啼叫，聲音婉轉動人。囀，鳥鳴也。

◆玉鏡臺：原指玉製的鏡臺；詩中化用劉義慶《世說新語·假譎》之典：晉代溫嶠北伐劉聰時，得玉鏡臺一座，後來以此為聘禮，迎娶其堂姑母劉氏愛女為妻。

◆清箏：清脆嘹亮的古箏樂音。

古意 王昌齡

五言古詩

◆

押上平聲十灰韻

此詩從題目「古意」可知，應是據古人故事，有感而發，藉以寄寓諷意的作品。

首二句	次二句	末二句
桃葉一枝**開**。 桃花四面發，　**開**	傷心玉鏡**臺**， 欲暮黃鸝囀，　**臺**	清箏向明月， 半夜春風**來**。　**來**

★首二句寫景，描寫美麗的春天景致。

· 「桃花四面發，桃葉一枝開。」為對仗；採「視覺摹寫」法，白描出花葉扶疏、桃紅葉綠的美景。「四面」、「一枝」突顯花葉之繁茂，春意盎然。

★次二句由寫景轉而抒情，由溫嶠「玉鏡臺」典故，引發感慨：我何時才能一展長才並受美人青睞？

· 此處美人暗指君主，間接傳達出詩人希望得君行道，實現平生理想、抱負的心願。

★末二句以景語作結，寓情於景中，情景交融無間。

· 「清箏向明月，半夜春風來。」因為春光明媚，不如趁此良辰佳景，對著明月彈奏一曲；清亮的古箏樂音，果然在半夜裡引來好風如水。

活用小精靈

韋固在月光下，巧遇一位自稱負責掌管姻緣的老人。老人告訴他世間男女的緣分都是上天注定的，一但雙方的腳被這紅絲線繫住，哪怕兩人互為仇敵、尊卑有別、相隔遙遠……，終究還是會結為連理，此即所謂「千里姻緣一線牽」也。

老人告訴韋固，他的未婚妻是店北賣菜人家的小女娃。韋固今年十七歲，他不想等這隻醜小鴨長大，於是派人去暗殺小女孩。刺客心虛，刺中眉心一刀，便倉皇逃走了。

轉眼十多年過去了，韋固屢立戰功，深受刺史王泰賞識；王刺史看他未曾娶親，便把女兒許配給他。後來他才發現愛妻其實是岳父大人的義女，妻子幼時家中賣菜，且曾遭人刺殺未遂，眉心留下一道傷疤。這時，韋固終於恍然大悟，──天意不可違啊！

UNIT *2-16*
玉顏不及寒鴉色，猶帶昭陽日影來

王昌齡〈長信怨〉，一題作〈長信秋詞〉，凡五首；以第三首最享盛名。這些詩沿用班婕妤〈怨歌行〉樂府舊題而作。據《後漢書・外戚傳》記載：班婕妤以才學入宮，為趙飛燕所妒，自請移居長信宮供養太后。詩人藉詠班婕妤之幽怨，抒發唐代失寵宮女的悲怨，更隱含了自身懷才不遇的怨懟之情。

> **長信怨**五首之三　**王昌齡**
> 奉帚平明金殿開，且將團扇共徘徊。
> 玉顏不及寒鴉色，猶帶昭陽日影來。

> 天一亮，宮門剛打開，班婕妤就拿起掃帚打掃金殿的亭臺；有時，她卻手執團扇，百無聊賴地徘徊著。她美麗的容顏，竟比不上那烏鴉的姿色；羨慕地還能帶著昭陽殿的餘暉一路飛過來。

這是一首抒發宮怨的七絕樂府，屬於「相和歌辭」；全詩平仄皆合律，亦為律絕。首聯敘事，看似描寫班婕妤幽居深宮的日常瑣事，實則為末聯的滿腔哀怨作鋪陳。

首句「奉帚平明金殿開」，可見她雖為嬪妃，卻不再承歡侍宴，而做些灑掃庭除的雜役。次句「且將團扇共徘徊」，化用班婕妤〈怨歌行〉：

> 新製齊紈素，鮮潔如霜雪。裁為合歡扇，團團似明月。出入君懷袖，動搖微風發。常恐秋節至，涼飈奪炎熱，棄捐篋笥中，恩情中道絕。

藉由秋扇見捐，暗示她已然失寵，只能在深宮內院孤單寂寞地度過此生。

末聯寫景兼抒情，當她抬頭望見烏鴉帶著昭陽殿的餘暉一路飛來，不由得心生感慨：「玉顏不及寒鴉色，猶帶昭陽日影來。」她的美麗容顏竟不如那寒鴉，寒鴉還能享有昭陽殿的日影，而她「紅顏未老恩先斷」，再也無緣受到一丁點兒皇恩。縱使潔白如玉又如何？反比不上那渾身烏黑的老鴉，怎不教她自怨自艾、自傷自憐？這是失意宮娥的心聲，也是落寞才士的寫照，更讓千古傷心人同聲一嘆！

故邱燮友《新譯唐詩三百首》云：「詩中以『奉帚』起興，切合班婕妤奉帚長信殿，供養太后的史實。次句引『團扇』為喻，切合她的〈怨歌行〉，有秋扇見捐之意。三四兩句始點出『怨』字，寫出她雖有『玉顏』，卻不能得寵，並以『寒鴉』作陪襯，寒鴉尚可自由飛往昭陽殿中，得天子餘暉的照映，而她呢？竟長守長信殿中，不得寵幸。詩中拿『昭陽日影』與長信『奉帚』作對比，真有天壤之別。」

通篇用語委婉，不帶任何批判意味，如沈德潛《唐詩別裁》所云：「優柔婉麗，含蘊無窮，使人一唱而三嘆。」

且將團扇共徘徊

應考大百科

◆團扇:圓形的扇子;隱含秋扇見捐之意,喻宮人之失寵。

◆玉顏:潔白如玉的容顏,暗示人品高潔。

◆寒鴉:即烏鴉,象徵品行低劣、思想齷齪之人。

◆昭陽:漢成帝寵趙飛燕,封趙飛燕的妹妹為昭儀,居昭陽殿中;此處借指趙飛燕的住所。

◆日影:太陽的餘暉。古詩詞中,「日」通常可以代表國家、朝廷、君主等;這裡有影射皇上恩寵之意。

長信怨 五首之三 王昌齡

七絕樂府 律絕 相和歌辭

押上平聲十灰韻

· 該詩一題作〈長信秋詞〉,凡五首;以第三首最享盛名。

· 王昌齡〈長信怨〉五首,沿用班婕妤〈怨歌行〉樂府舊題而作。

· 據《後漢書·外戚傳》記載:班婕妤以才入宮,為趙飛燕所妒,自請移居長信宮供養太后。詩人藉詠班婕妤之幽怨,抒發唐代失寵宮女的悲怨,更隱含了自身懷才不遇的怨懟。

首聯

仄起格
首句用韻

奉帚平明金殿開,
且將團扇共徘徊。

末聯

玉顏不及寒鴉色,
猶帶昭陽日影來。

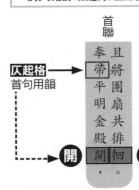

活用小精靈

班婕妤因不見容於趙飛燕,而自請移居長信宮供養太后;她曾賦〈怨歌行〉,藉秋扇見捐,抒發自己「紅顏未老恩先斷」的幽怨之情。

在宮廷劇《後宮甄嬛傳》中,美慧、孤傲的沈眉莊彷彿是漢代班婕妤的翻版。當沈眉莊遭華妃設計「假孕爭寵」一事被禁足期間,又被陷害染上時疫(傳染病),從此她看出皇上是個涼薄之人。洗刷冤屈,解除禁足令後,她再也不對皇上抱以任何希望,轉而勤跑坤寧宮孝敬太后去了。一方面有了太后的照拂,她才能在後宮安身立命;一方面她從太后那兒得到可貴的「真情」,——這是皇上所給不起的!

★首聯敘事,看似描寫班婕妤幽居深宮的日常瑣事,實則為末聯的滿腔哀怨作鋪陳。

· 「奉帚平明金殿開」,可見她雖為嬪妃,卻做些灑掃庭除的雜役。

· 「且將團扇共徘徊」,化用班婕妤〈怨歌行〉之典,藉由秋扇見捐,暗示她已然失寵。

★末聯寫景兼抒情,班婕妤感慨:寒鴉還能享有昭陽殿的日影,而她再也無緣受到一丁點兒皇恩。

· 縱使潔白如玉又如何?反比不上那渾身烏黑的老鴉,怎不教她自怨自艾、自傷自憐?這是失意宮娥的心聲,也是落寞才士的寫照。

UNIT **2-17**
獨在異鄉為異客，每逢佳節倍思親

圖解唐詩100：大考最易入題詩作精解

據《全唐詩》引原詩自注：「時年十七。」可知這是王維十七歲的作品。當時他獨自飄泊於長安、洛陽之間，適逢重陽佳節，思念故鄉諸兄弟，而賦〈九月九日憶山東兄弟〉一詩，抒發重九思親之情。所謂「山東」，指華山以東；由於詩人的家鄉在蒲州河東（今山西永濟），位於華山以東，故稱。

> 九月九日憶山東兄弟　王維
> 獨在異鄉為異客，每逢佳節倍思親。
> 遙知兄弟登高處，徧插茱萸少一人。

> 我獨自流落在外做了異鄉客，每到佳節就加倍思念親人。遙想家鄉的兄弟們此時都在登高望遠，個個身上佩戴著茱萸，可惜只少了我一人。

這是一首律絕。以「每逢佳節倍思親」點題，其中「佳節」呼應詩題之「九月九日」，「思」呼應「憶」，「親」呼應「山東兄弟」，環環相扣，針線綿密。

首聯敘事，記流落異鄉，適逢重陽，格外思念故鄉的親人。「獨在異鄉為異客，每逢佳節倍思親」為實寫。藉由獨自一人，形孤影隻，舉目無親，襯托出每到佳節與親友團聚的時刻，異鄉遊子便加倍思念家鄉的親人。此處以人之孤獨突顯思念的加倍，又因居異鄉、逢佳節，一冷清落寞、一溫馨熱鬧，更突顯思親情切，滿眼淒涼。——藉榮景以敘哀情是也。

末聯採「懸想示現」法抒情，想像家鄉兄弟重陽登高，遍插茱萸，只少他一個。這對兄弟來說固然是遺憾，對孤苦無依的他而言，更是滿懷惆悵、無比悲涼！「遙知兄弟登高處，徧插茱萸少一人。」雖為虛寫，簡筆勾勒出不能與兄弟一同登高的情景。看似敘事兼寫景，實則將獨在異鄉、佳節思親百感交集的情緒全寄託在短短十四字中，意蘊無窮，耐人尋思。

此外，中國人自古有重九登高、佩戴茱萸的習俗，可見這是一首十分應景的重陽詩作。故邱燮友《新譯唐詩三百首》云：「詩中前兩句寫自己流落在外，遇佳節越發思念家人，後兩句寫重陽節的風俗，並遙想家中的兄弟，句句切題。次句明快，已成名句。」俞陛雲《詩境淺說續編》亦云：「杜少陵詩『憶弟看雲白日眠』、白樂天詩『一夜鄉心五處同』，皆寄懷群季之作，此詩尤萬口流傳。詩到真切動人處，一字不可移易也。」認為此詩真切動人，不容更改任何一字，較之杜甫〈恨別〉、白居易〈自河南經亂〉，略勝一籌！

故宮圖像資料庫典藏

徧插茱萸少一人

＊關於重陽節佩戴茱萸的民俗，據《太平御覽》引《風土記》云：「俗於此日，以茱萸氣烈成熟，尚此日，折萸房以插頭，言辟熱氣而禦初寒。」是說茱萸具有避熱祛寒的作用，強調其保健功效。但吳均《續齊諧記》卻著重在它的避邪效果。

• 相傳桓景曾拜高人費長房為師，長房算出桓家九月九日將有災厄，於是指點桓景：「急宜去，令家人各作絳囊盛茱萸以繫臂，登高，飲菊花酒，此禍可消。」桓景照做，結果晚上回家，發現家中雞犬牛羊全死光了，所幸眾人僥倖逃過一劫。

九月九日憶山東兄弟　王維

七絕樂府　律絕

♦

押上平聲十一真韻

• 據《全唐詩》引原詩自注：「時年十七。」
• 他獨自飄泊於長安、洛陽之間，適逢重陽佳節，思念故鄉諸兄弟而作此詩。
• 以「每逢佳節倍思親」點題，其中「佳節」呼應詩題之「九月九日」，「思」呼應「憶」，「親」呼應「山東兄弟」，環環相扣，針線綿密。

首聯
仄起格 → 首句不用韻
獨在異鄉為異客，每逢佳節倍思親。

末聯
遙知兄弟登高處，徧插茱萸少一人。

★首聯敘事，記流落異鄉，適逢重陽，格外思念故鄉的親人。

• 「獨在異鄉為異客，每逢佳節倍思親」為實寫。
• 此處以人之孤獨突顯思念的加倍，又因居異鄉、逢佳節，一冷清落寞、一溫馨熱鬧，更突顯思親情切，滿眼淒涼。——藉榮景以敘哀情是也。

★末聯想像家鄉兄弟重陽登高，徧插茱萸，只少了他一個。

• 「遙知兄弟登高處，徧插茱萸少一人」為虛寫，勾勒出不能與兄弟一同登高的情景。
• 看似敘事兼寫景，實則將獨在異鄉、佳節思親百感交集的情緒全寄託在短短十四字中，意蘊無窮。

活用小精靈

「每逢佳節倍思親」在日常生活中已成為一句耳熟能詳的用語，其出處正是王維〈九月九日憶山東兄弟〉一詩。詩人因重九思親而作，故詩中的佳節指「重陽節」，後來則不限於重陽，舉凡春節、元宵、端午、中秋等，甚至生日、紀念日都算是「佳節」，都是值得開心慶祝的好日子。

對於隻身在外的遊子而言，每逢年節慶典時，總想在家鄉與親友一起歡樂團聚，偏偏人在異地，關山阻隔，看著別人歡度佳節，心中自然興起一股「每逢佳節倍思親」的思鄉之情。

UNIT 2-18
大漠孤煙直，長河落日圓

圖解唐詩100：大考最易入題詩作精解

玄宗開元二十四年（736），吐蕃發兵進攻唐朝屬國小勃律（今克什米爾北）。隔年春天，河西節度使崔希逸出師大捷。王維奉命以監察御史身分赴塞宣慰士卒，此詩作於出塞途中。

> **使至塞上　王維**
> 單車欲問邊，屬國過居延。
> 征蓬出漢塞，歸雁入胡天。
> 大漠孤煙直，長河落日圓。
> 蕭關逢候騎，都護在燕然。

我輕車簡從要去慰勞戍邊的將士，沿途行經的屬國已過了居延海一帶。就像千里飛蓬和北歸的大雁出了漢家關塞，正翱翔於胡地的天空。一望無際的沙漠中，孤煙直上；源遠流長的黃河上，落日渾圓。一到蕭關遇見偵候的騎士，告訴我都護大人已在燕然山。

王維詩以四十歲為界，分為前、後二期：前期多詠送別、出塞等題材，充滿了豪情壯志；後期心情漸趨平淡，始大量創作自然詩。這是一首五言律詩，詩題〈使至塞上〉，顧名思義，是詩人奉使出塞，記述途中見聞之作，屬於前期的詩歌。

首聯不對仗，敘詩人乘坐單車前往慰問邊士，「屬國過居延」歷來有歧義，關鍵在「屬國」一辭：或解作官名「典屬國」，即邊疆使臣，借指王維；或謂少數民族之附屬國。前解是說詩人路過居延海（今內蒙古額濟納旗北）；後解則為行經的屬國已過了居延海。由於王維此行無須經過居延海，故以後解為宜，勾勒出邊塞的遼闊，附屬國直到居延海以外。

頷聯對仗，且為互文，應作：「征蓬、歸雁出漢塞，歸雁、征蓬入胡天。」藉征蓬、歸雁出塞入胡，暗示詩人出使塞外。此聯看似寫景，實則景中含情，因為「征蓬」、「歸雁」都帶有飄泊無依的空虛感，而「出漢塞」、「入胡天」意味著離開熟悉的環境，來到陌生的地方，那份虛無縹緲的感受自然更加強烈。——這何嘗不是詩人內心的寫照？

頸聯亦對仗，為千古傳誦的寫景名句，點染出塞外蒼茫廣闊、雄奇壯麗的景象。其中「大漠」、「長河」意境開闊，氣勢非凡。「孤煙直」，或指古代邊防警報時所燃狼糞之煙，或說是邊地的旋風如孤煙直上。「孤」字，同時隱含王維被排擠出朝，心境上之孤單落寞；他奉命出使邊塞，孑然一身，備覺孤苦飄零。「直」摹狀孤煙之際，亦象徵其正直、堅毅的品格。「落日」原給人一種衰頹、沉落的印象，但此處用一「圓」字，充滿了光明、溫暖，展現盛唐詩人的博大胸襟。此外，「圓」也代表王維儘管生性孤直，飄泊關塞，仍竭力為國效命，希望能有個圓滿的結果。

末聯仍用對仗，「蕭關逢候騎，都護在燕然。」由於王維出使河西，並未經過蕭關（今寧夏固原東南），應是化用何遜〈見征人分別詩〉：「候騎出蕭關，追兵赴馬邑」之典，非實寫。全詩至此戛然而止，至於他如何展開宣慰工作，與詩意無涉，故予以裁切。

奉命出使至塞上

應考大百科

◆問邊：慰問戍邊的將士。

◆征蓬：隨風飄零的蓬草，亦詩人之自喻。

◆歸雁：春天北飛的大雁，亦暗示詩人之北行。

◆大漠：指涼州以北廣大的沙漠。

◆蕭關：一名隴山關，故址在今寧夏固原東南。

◆候騎：負責偵察、通訊的騎兵。

◆都護：唐朝在邊疆設置安西、安北、河西等六大都護府，其長官稱「都護」，負責掌管轄區一切事務。

使至塞上　王維
五言律詩

◆

押下平聲一先韻

首聯	頷聯	頸聯	尾聯（末聯）

首聯

屬國過居延，
單車欲問邊。

平起格
首句用韻

延
邊

頷聯
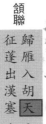 
歸雁入胡天。
征蓬出漢塞，

天

頸聯

長河落日圓。
大漠孤煙直，

圓
然

尾聯（末聯）
都護在燕然。
蕭關逢候騎，

然

對仗（頷聯）

對仗（頸聯）

★首聯敘詩人乘坐單車前往慰問邊士。

・「屬國過居延」中「屬國」一辭：1.官名「典屬國」，借指王維；2.少數民族附屬國。
→前解是說詩人路過居延海（今內蒙古額濟納旗北）；後解則為行經的屬國已過了居延海。

・由於王維此行無須經過居延海，故以後解為宜，勾勒出邊塞的遼闊，附屬國直到居延海以外。

★頷聯為互文，應作：「征蓬、歸雁出漢塞，歸雁、征蓬入胡天。」藉征蓬、歸雁出塞入胡，暗示詩人出使至塞外。

・此聯看似寫景，實則景中含情，因為「征蓬」、「歸雁」都帶有飄泊無依的空虛感，而「出漢塞」、「入胡天」意味著離開熟悉的環境，來到了陌生的地方，那份虛無縹緲的感受自然更加強烈。

★頸聯點染出塞外蒼茫廣闊、雄奇壯麗的景象。

・「大漠」、「長河」意境開闊，氣勢非凡。

・「孤」字，隱含王維被排擠出朝，心境孤單落寞；奉命出使邊塞，備覺孤苦飄零。

・「直」摹狀孤煙之際，亦象徵其正直、堅毅的品格。

・「圓」字，充滿了光明、溫暖，展現盛唐詩人的博大胸襟。

★末聯化用何遜〈見征人分別詩〉：「候騎出蕭關，追兵赴馬邑」之典，非實寫。

UNIT 2-19
賴多山水趣，稍解別離情

此詩作於玄宗開元二十九年（741）春天，王維以侍御史知南選，到了荊州襄陽。後來他溯長江西上，清早時分，行經巴峽途中，有感而發，撰成此詩。

> **曉行巴峽　王維**
> 際曉投巴峽，餘春憶帝京。
> 晴江一女浣，朝日眾雞鳴。
> 水國舟中市，山橋樹杪行。
> 登高萬井出，眺迥二流明。
> 人作殊方語，鶯為故國聲。
> 賴多山水趣，稍解別離情。

> 　　破曉時分直奔巴峽而去，暮春之際我格外思念京城。旭日初升時晴朗的江上，有位女子正在浣衣，耳邊傳來群雞爭鳴聲。水邊城市人在船中做生意，山間橋上人如走在樹梢上。登上高處萬家村落，依稀可見；眺望遠處的閬水、白水二河流，澄淨透明。人們都說著異鄉的方言，黃鶯鳥依舊是故里的啼聲。多虧自己深知山水的情趣，才可稍稍排解別離的鄉愁。

這是一首五言古詩，描寫詩人曉行巴峽沿途所見所聞、所思所感。通篇押下平聲八庚韻，一韻到底，不換韻，韻腳為「京」、「鳴」、「行」、「明」、「聲」和「情」。

首二句敘事兼抒情：「際曉投巴峽，餘春憶帝京。」敘暮春的清晨行走於巴峽途中，此時，他非常掛念長安城內的人情、事物。首句即點明詩題，直截了當，開門見山。

接著，從三至十句都是白描眼前所見景象。三、四句寫當地女子浣衣、群雞爭鳴的情況：「晴江一女浣，朝日眾雞鳴。」此處應作「互文見義」解：「晴江朝日一女浣，朝日晴江眾雞鳴。」勾勒出早晨晴朗的江上，一個女子正在浣洗衣物，同時傳來陣陣雞啼聲不絕於耳。由是可見此地之僻靜，人煙稀少，雞犬相聞。

五、六句記峽中市集、山橋的特殊景觀：「水國舟中市，山橋樹杪行。」水上人家直接在船上做買賣，舟船雲集，人聲鼎沸；山間架起的高橋，感覺行人彷彿走在樹梢上，驚險萬分。一近一遠，一鬧一靜，襯托出一幅活靈活現的巴峽風情畫。

七、八句寫他登高望遠之所見：「登高萬井出，眺迥二流明。」由近處千門萬戶的市井民宅、村人聚落，到遠眺閬、白二水澄澈無染、流向分明，皆屬於對靜態景物的描摹。

九、十句專注於聽覺摹寫：「人作殊方語，鶯為故國聲。」這裡的人們說著詩人陌生的方言，但耳畔傳來聲聲黃鶯鳥的啼唱，卻是他熟悉的故鄉調子。人在異地，民情風俗迥異，唯獨鶯啼鳥唱使人倍感親切，怎能不引起他的思鄉情懷？

末二句明明想抒發離愁別緒，卻故意「正話反說」：「賴多山水趣，稍解別離情。」他已能體會遊山玩水的樂趣，故稍微緩解了離鄉背井的惆悵。這裡以「稍解別離情」自我寬慰，呼應前文「憶帝京」；請注意「稍解」二字，只是稍稍排解而已，他對京城的思念、對家國的眷戀，還是濃得化不開，沿途風光僅能聊作慰藉而已。

此詩重在描繪巴峽景物、風土人情，雖有淡淡的離愁，但信手拈來，敘述清麗，意境雄偉，情緒並不消沉，頗具特色。

曉行巴峽憶帝京

◆巴峽：長江沿岸有明月、黃葛、銅鑼、石洞、雞鳴、黃草等峽；由於位在古巴縣或巴郡境內，統稱為巴峽。
◆際曉：黎明也。
◆女浣：即浣女。浣，音「換」，洗也。
◆水國：水鄉；指臨水的城邑。

◆樹杪：樹梢。杪，音「秒」。
◆萬井：千家萬戶。井，猶言「市井」，即村落也。
◆眺迴：遠望。
◆殊方語：異鄉的語言。
◆賴：多虧。

曉行巴峽　王維
五言古詩
◆
押下平聲八庚韻

· 玄宗開元二十九年（741）春，王維以侍御史知南選，到了荊州襄陽。
· 後他溯長江西上，清早時分，行經巴峽途中，有感而發，撰成此詩。

從三至十句都是白描眼前所見景象

首二句	三、四句	五、六句	七、八句	九、十句	末二句
餘春憶帝京 際曉投巴峽，。	朝日眾雞鳴 晴江一女浣，。	山橋樹杪行 水國舟中市，。	眺迴二流明 登高萬井出，。	鶯為故國聲 人作殊方語，。	稍解別離情 賴多山水趣，。

京
鳴
行
明
聲
情

★首二句敘事兼抒情：敘暮春的清晨行走於巴峽途中，此時，他非常掛念長安城內的人情、事物。
· 首句即點明了詩題，開門見山。

★五、六句記峽中市集、山橋的景觀：水上人家直接在船上做買賣，舟船雲集，人聲鼎沸；山間架起的高橋，感覺行人彷彿走在樹梢上，驚險萬分。

★九、十句專注於聽覺摹寫：這裡的人說著陌生的方言，耳畔卻傳來熟悉的黃鶯鳥啼唱。
· 人在異地，民情風俗迥異，唯獨鶯啼鳥唱聲使人倍感親切。

★三、四句寫當地女子浣衣、群雞爭鳴的情況：勾勒出早晨晴朗的江上，一個女子正在洗衣，陣陣雞啼聲不絕於耳。
·「晴江一女浣，朝日眾雞鳴。」為「互文見義」法。

★七、八句寫他登高望遠之所見：由近處千門萬戶的市井民宅、村人聚落，到遠眺間、白二水澄澈無染、流向分明，皆屬於對靜態景物的描摹。

★末二句「正話反說」，抒發離愁別緒：已能體會遊山玩水之樂，稍微緩解了離鄉背井的惆悵。
· 以「稍解別離情」自我寬慰，呼應前文「憶帝京」。

UNIT 2-20
行到水窮處，坐看雲起時

王維生性淡泊，大約四十歲以後，過著半官半隱的生活，長齋事佛，悠閒自在。此詩即描寫那種自得其樂的閒適之情。

> **終南別業　王維**
> 中歲頗好道，晚家南山陲。
> 興來每獨往，勝事空自知。
> 行到水窮處，坐看雲起時。
> 偶然值林叟，談笑無還期。

> 中年以後我頗愛鑽研佛理，晚年搬到終南山邊居住。一時興起，總是獨來獨往，箇中的快意只有自己才知道。有時走到了水源的盡頭，就坐下來看看遠方雲霧升起的景象。偶然在林間遇見了山中老叟，談笑起來，便忘了要回家。

通篇平仄拗亂，不合格律，只有中間兩聯對仗，但仍可視為一首五言律詩。詩題「終南別業」，即詩人晚年隱居的輞川別墅。

首聯敘事，說明中年以後醉心於佛理，晚年更搬到終南山邊定居。由於題為〈終南別業〉，此「南山」只能是終南山；又王維始終過著亦官亦隱的生活，輞川別墅位於終南山一帶，鬧中取靜，真是理想的住所。

頷聯敘事兼抒情，記興致來時，獨往山中，這種稱心快意，只能意會不容言傳。至於是如何的快意適志，留待下二聯說分明。

頸聯熔寫景、敘事、抒情於一爐，最為膾炙人口。「行到水窮處，坐看雲起時。」既描寫他興來獨行山中之事、坐看雲起之景，亦抒發其超然物外、隨遇而安的自在心情。同時隱含著絕處逢生、峰迴路轉的人生境界：行到水窮處，自然無路可走了，不妨坐下來，欣賞遠方白雲升起時的美景。何須執意前行呢？——當世事不能盡如人意時，或許一個轉念，便能轉出不一樣的天地，相信生命自會找到它的出口。此聯將佛道思想化入詩境中，讓讀者在具象世界裡咀嚼出處世的智慧，蘊意深遠，富含無限禪機。

末聯亦敘事兼抒情，寫與山中父老談笑風生，樂而忘返；不言「樂」字，怡然自得之樂盡在其中矣。此聯造語自然，隱約道出依隨生命遭遇而自在歡笑，樂在其中，彷彿置身世外桃源之境，禪味十足。

誠如邱燮友《新譯唐詩三百首》所評：「後四句連舉兩件勝事，都富禪理。一是尋找水源，直窮水泉處，卻坐看雲起時，此為絕處逢生，無限禪機；一是下山遇林叟，與之言談，忘了回家，自由無礙，毫無牽掛，也是禪趣。」可見這是「詩佛」王維公認最享盛名的禪詩，絕非浪得虛名，細細讀來，果真處處禪意盎然，值得再三低回品味。然而什麼是「禪」？一般所謂「禪」，就狹義而言，即梵語「Dhyana（禪那）」之譯音，也可譯為「靜慮」、「思維修」或「棄惡」等；指在寂靜之中能反問本心，而了知己心的動相，並調伏自身思維，使之屏除執念，歸於清淨。本詩末二聯傳達出境隨念轉、樂而忘歸的生命情懷，恰好符合了悟自心、秉棄我執、回歸清淨的禪境。

晚家南山意自如

應考大百科

◆ 道：此指佛理。

◆ 家：名詞作動詞用，安家也，為「轉品」。

◆ 南山陲：即輞川別墅所在地，在終南山旁邊。陲，邊緣、旁邊。

◆ 興：仄聲，當名詞用，興致也。

◆ 勝事：稱心快意的事。

◆ 值：遇到。

◆ 林叟：住在山林裡的老頭兒。

第2章 盛唐詩歌

終南別業 王維
五言律詩　不合格律

押上平聲四支韻

首聯	頷聯	頸聯	尾聯（末聯）
晚家南山**陲**，中歲頗好道。**陲**	勝事空**自知**，興來每獨往。**知**	坐看雲起**時**，行到水窮處。**時**	談笑無還**期**，偶然值林叟。**期**

仄起格 首句不用韻（首聯旁）

對仗（頷聯）　**對仗**（頸聯）

★首聯敘事，說明中年以後醉心於佛理，晚年更搬到終南山邊定居。

- 詩題為〈終南別業〉，「南山」指終南山；王維始終過著亦官亦隱的生活，輞川別墅位於終南山一帶，鬧中取靜，真是理想的住所。

★頷聯敘事兼抒情，記興致來時，獨往於山中，這種稱心快意，只能意會，不容言傳。

- 至於是如何的快意適志，留待下二聯說分明。

★頸聯熔寫景、敘事、抒情於一爐，最為膾炙人口。

- 「行到水窮處，坐看雲起時。」既描寫他興來獨行山中之事、坐看雲起之景，亦抒發其超然物外、隨遇而安的自在心情；同時隱含著絕處逢生、峰迴路轉的人生境界。

- 此聯將佛道思想化入詩境，讓讀者在具象世界裡咀嚼出處世的智慧，蘊意深遠，富含無限禪機。

★末聯亦敘事兼抒情，寫與山中父老談笑風生，樂而忘返；不言「樂」字，怡然自得之樂盡在其中矣。

- 此聯造語自然，隱約道出依隨生命遭遇而自在歡笑，樂在其中，彷彿置身世外桃源，禪味十足。

055

UNIT 2-21
好客多乘月，應門莫上關

圖解唐詩100：大考最易入題詩作精解

玄宗天寶三載（744）以後，王維買下宋之問的輞川山莊（位於今陝西藍田西南），並在其基礎上營建園林別墅。這時，友人裴迪長期未出仕，兩人經常一起吟詠賦詩、遊山玩水，過著逍遙自得的隱逸生活。

此詩約作於王維與裴迪一同隱居輞川時，因登裴迪之小臺，一時興起，賦詩抒懷。

> 登裴秀才迪小臺　王維
> 端居不出戶，滿目望雲山。
> 落日鳥邊下，秋原人外閒。
> 遠知遠林際，不見此簷間。
> 好客多乘月，應門莫上關。

您平時閒居不必出門，放眼所見，盡是雲霧繚繞的青山。落日西沉時，歸鳥在晚霞中飛去；人們離開後，秋天的原野顯得格外悠閒、靜謐。從前我只知到遙遠的樹林邊散心，沒想到登上這茅簷小臺，同樣能欣賞美麗的景致。好客的主人啊，我會經常乘著月色前來造訪；照應門戶的僮僕，請不要總把院門門上。

首聯是對友人裴迪所說：「端居不出戶，滿目望雲山。」正因為友人家中小臺景色宜人，青山環繞，故言平居不用出門，就能將雲山美景盡收眼底。「望」之一字，呼應詩題之「登」，且兼具承上啟下作用，引出下聯登小臺遠望所見之情景。

頷聯承首聯而來，寫登小臺之見聞：「落日鳥邊下，秋原人外閒。」以對仗法，借景抒情，前句描摹落日西斜、歸鳥飛還，為動態景物；後句點出人群離去後，秋原一片幽靜，使人備感悠閒，因靜態之景引發閒適之情。此聯動靜結合，藉由落日、飛鳥、人相映襯，勾勒出一幅活靈活現的秋原晚景圖。此外，「閒」字堪稱本詩詩眼的所在，此閒既是環境的寧靜之「清閒」，亦主人、客人心境的悠哉自在之「悠閒」。「人外」，應作「世外」解，強調一份與世無爭、遠離塵世喧囂的閒情逸致。

頸聯詩人從自己的角度出發，「遙知遠林際，不見此簷間。」以「流水對」，道出從前只知到遠方樹林邊遊玩，不知這茅簷小臺竟有如此佳景，如今總算開了眼界。這裡用「遠林際」、「此簷間」相對，一遠一近，相互映襯，讚譽裴迪小臺風景優美，令人稱賞！

末聯再以詩人立場，表達對好友小臺的喜愛之情。「好客多乘月，應門莫上關。」他表示日後會經常來訪，希望好客的裴迪叮囑家中應門的僮僕，別總是院門深鎖。言下之意，就是院門應為他而常開；足見其意猶未盡，渴望再度登門造訪。

滿目雲山人悠閒

應考大百科

◆裴秀才迪：即裴迪（716～？），字、號不詳，關中人；曾任蜀州刺史、尚書省郎。王維的好友，兩人曾同時隱居輞川十餘年，詩文唱和，交情匪淺。秀才，古代對讀書人的通稱。

◆端居：指平常居處。

◆遠林際：遠方樹林的邊界。際，邊界也。

◆檐：通「簷」，屋簷也。

◆應門：照應門戶，指守候門戶或應接來人的工作。

登裴秀才迪小臺　王維
五言律詩

押上平聲十五刪韻

首聯

滿目望雲山，
端居不出戶，

山

←平起格
首句不用韻

頷聯

秋原人外閒，
落日鳥邊下，

閒

流水對

頸聯

遙知遠林際，
不見此檐間，

間

對仗

尾聯（末聯）

好客多乘月，
應門莫上關，

關

對仗

★首聯是對友人裴迪所說：正因為友人家中小臺景色宜人，青山環繞，故言平居不用出門，就能將雲山美景盡收眼底。

・「望」之一字，呼應詩題之「登」，且兼具承上啟下作用，引出下聯登小臺遠望所見之情景。

★頷聯承首聯而來，寫登小臺之見聞：借景抒情，前句描摹落日西斜、歸鳥飛還，為動態景物；後句點出人群離去後，秋原一片幽靜，使人備感悠閒，因靜態之景引發閒適之情。

・「閒」字堪稱本詩詩眼，此閒既是環境的寧靜之「清閒」，亦主人、客人心境悠哉自在之「悠閒」。

★頸聯詩人從自己的角度出發，道出從前只知到遠方樹林邊遊玩，不知這茅簷小臺竟有如此的佳景，如今總算開了眼界。

・這裡用「遠林際」、「此檐間」相對，一遠一近，相互映襯，讚譽裴迪小臺風景優美，令人稱賞！

★末聯再以詩人立場，表達對好友小臺的喜愛之情。

・他表示日後會經常來訪，希望好客的裴迪叮囑家中應門的僮僕，別總是院門深鎖。

・言下之意是院門應為他而常開；足見其意猶未盡，渴望再度前來造訪。

閒　詩眼

UNIT 2-22
復值接輿醉，狂歌五柳前

圖解唐詩100…大考最易入題詩作精解

據《舊唐書‧文苑傳》記載：王維晚年買下宋之問藍田別墅，與道友裴迪往來，彈琴賦詩，吟詠終日。此詩即晚年隱居輞川（今陝西藍田）時與裴迪的酬唱之作，旨在描寫鄉居生活的逍遙自得。裴迪，生平不詳，只知是王維的同道友人；因終身未仕，故稱「秀才」。

> 輞川閒居贈裴秀才迪　王維
> 寒山轉蒼翠，秋水日潺湲。
> 倚杖柴門外，臨風聽暮蟬。
> 渡頭餘落日，墟里上孤煙。
> 復值接輿醉，狂歌五柳前。

> 由於天寒，山色漸漸轉變成深綠，潺湲的秋水緩緩地流淌。我拄著手杖站在柴門外，迎著晚風，聆聽黃昏時秋蟬的聲聲嘶鳴。遙望渡頭那兒，留有落日的餘暉；不遠處的村莊，一縷炊煙裊裊而上。又碰見你像接輿一樣喝醉了酒，在我種著五棵柳樹的門前慷慨高歌起來。

這是一首五言律詩，依邱燮友《新譯唐詩三百首》分析：「首句『寒山轉蒼翠』，為單拗，合律。末聯出句『復值接輿醉』，『輿』字孤平，而對句不救，不合律。首聯對起，而頷聯不對，謂之『偷春格』。有謂為蜂腰格者，誤，蓋『蜂腰格』僅頸聯對仗，其他都是散句不對仗的才是。」

首聯分別從視覺、聽覺上，摹寫輞川秋景的變化，一個「轉」，一個「日」，讓當地山光水色頓時鮮活了起來，寒山轉翠，水聲潺湲，到處冷冷清清。

頷聯詩人自己入鏡，點明題中之「閒居」：「倚杖柴門外，臨風聽暮蟬。」從視覺上，勾勒出一個拄杖而立的老頭兒；再從聽覺上，渲染晚風中聲聲淒涼的蟬鳴。此聯敘事、寫景兼抒情，「暮蟬」何嘗不是詩人的化身？時值遲暮之年，面對此情此景，怎不教他滿目淒涼？

頸聯隨著詩人視線的移轉，情境為之轉變：雖然「落日」將沉，餘暉仍然值得珍惜；儘管「孤煙」縹緲，孤直依舊令人嚮往。此聯明為寫景，實則景中含情，間接點出自己如日薄西山，或國事沉淪、朝政隱憂，而他願如那一縷孤煙，永不改其孤忠、耿直，寧可飄然遠去，也絕不同流合汙。

末聯再把裴迪寫進詩中，又遇上酒後興致大發的友人，在詩人面前狂歌醉舞。此聯繪聲繪影，將裴迪形象寫得活色生香，呼應詩題之「裴秀才迪」。其中「接輿」、「五柳」皆用典故，以春秋時佯狂遁隱的楚國隱士比喻裴迪，再以五柳先生自比，都是清高絕俗的象徵。

此詩摹狀秋景，偏於冷色調，但淒清而不悲涼，從寒山、秋水、（老叟）迎風聽暮蟬，固然營造出冷清的秋天氛圍。然而筆鋒一轉，渡頭落日的餘暉、村莊裊裊的孤煙，隨即映入眼簾，給人一種光明、溫暖的感受。最後，還出現一位志趣相投的好友，來到詩人家門前醉飲狂歌，讓孤寂的隱居歲月瞬間多姿多采，熱鬧非凡。故高步瀛《唐宋詩舉要》評云：「自然流轉，而氣象又極闊大。」言之成理！

倚杖臨風聽暮蟬

第2章 盛唐詩歌

應考大百科

*單拗：即近體詩中，五言詩的三、四字或七言詩的五、六字平仄對調。
- 如本詩首句：「寒山轉蒼翠」，平起格首句不用韻的格律，應作：（平）平平仄仄，而此為「平平仄仄平」，恰好三、四字平仄對調。
*雙拗：凡五言詩之出句二、四字用仄聲，對句必於第三字以平聲相救；或七言詩的出句四、六字為仄聲，則於對句第五字用平聲來救。
- 如孟浩然〈與諸子登峴山〉：「人事有代謝，往來成古今。」「事」、「代」皆仄聲，故用「成」（平聲）來救。

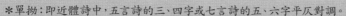

輞川閒居贈裴秀才迪　王維
五言律詩

▶ 押下平聲一先韻

首聯	頷聯	頸聯	尾聯（末聯）
秋水日潺湲， 寒山轉蒼翠。	臨風聽暮蟬， 倚杖柴門外。	墟里上孤煙， 渡頭餘落日。	狂歌五柳前。 復值接輿醉，

平起格 首句不用韻 ←

 湲　 蟬　 煙　前

★首聯分別從視覺、聽覺上，摹寫輞川秋景的變化：
- 一個「轉」，一個「日」，讓當地山光水色頓時鮮活了起來，寒山轉翠，水聲潺湲，到處顯得冷冷清清。

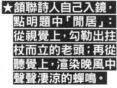
★頷聯詩人自己入鏡，點明題中「閒居」：從視覺上，勾勒出挂杖而立的老頭；再從聽覺上，渲染晚風中聲聲淒涼的蟬鳴。
- 此聯敘事、寫景兼抒情，「暮蟬」何嘗不是詩人的化身？時值遲暮之年，面對此情此景，怎不教他滿目淒涼？

★頸聯隨著詩人視線的移轉，情境為之轉變：雖然「落日」將沉，餘暉仍然值得珍惜；儘管「孤煙」縹緲，孤直依舊令人嚮往。
- 此聯景中含情，間接點出自己如日薄西山，或國事沉淪、朝政隱憂，而他願如那一縷孤煙，永不改其孤忠、耿直，寧可飄然遠去，也絕不同流合汙。

★末聯再把裴迪寫進詩中，又遇上酒後興致大發的友人，在詩人面前狂歌醉舞。
- 此聯繪聲繪影，將裴迪形象寫得活色生香，呼應詩題之「裴秀才迪」。
- 「接輿」、「五柳」皆用典故，以春秋時佯狂遁隱的楚國隱士比喻裴迪，再以五柳先生自比，都是清高絕俗的象徵。

UNIT 2-23
明月松間照，清泉石上流

圖解唐詩100：大考最易入題詩作精解

此詩乃王維晚年隱居輞川時所作，藉由描寫秋晚山居所見景色，流露出他對隱逸山林的嚮往，同時展現恬淡自得、超然物外的心境。這類意境清新，看似質樸無華，實則雋永有味的詩歌，正是王維自然詩的代表作。

山居秋暝 王維

空山新雨後，天氣晚來秋。
明月松間照，清泉石上流。
竹喧歸浣女，蓮動下漁舟。
隨意春芳歇，王孫自可留。

空曠的山谷裡剛下一陣大雨過後，傍晚時分，天氣格外涼爽，帶有幾許秋意。皎潔的月光悄悄照進松林間來，清澈的泉水淙淙流淌在石頭上。竹林間傳出陣陣喧鬧聲，是洗衣的姑娘回來了；蓮葉頻頻晃動，是漁舟歸來划行而過。春天的美景很容易就凋零了，眼前秋景足以令人留連忘返，王孫公子不妨就留在這裡吧！

這是一首五言律詩。首聯不對仗，但前後二句具有因果相承的關係。由於空山在一陣新雨過後，到了夜晚，天氣感覺分外涼爽，充滿秋意。敘秋晚天涼之狀，屬於觸覺摹寫。

頷聯、頸聯皆對仗，為「正對」，即上、下聯意義相同，但從相同觀點來描寫不同的人事或景物。頷聯摹寫靜景：明月照進松林間，清泉流過石頭上。描繪出一幅秋山夜景圖，屬於視覺摹寫。此聯亦採倒裝法，應作：「明月照松間，清泉流石上。」刻意將「照」、「流」二動詞置於句尾，不但使文氣靈動，更讓這片靜態山景瞬間栩栩如生，躍然紙上。

頸聯著重於刻劃人物動態：竹林裡傳來陣陣聲響，原來是洗衣女回來了；蓮葉不停地晃動，竟是歸舟駛進蓮叢間。先從聽覺上，描摹竹葉沙沙作響聲及浣女歸來的喧譁、笑語；次從視覺上，素描漁船擦過蓮葉而歸的景象。藉由倒裝句法，應作：「竹喧浣女歸，蓮動漁舟下。」特意將「歸」、「下」二動詞藏於句中，營造出活潑生動的氛圍，又不落俗套，使人耳目一新。

至末聯，反用《楚辭·招隱士》：「王孫遊兮不歸，春草生兮萋萋」之典故。原意是說春天來了，芳草豐美，召喚外出遠遊的王孫速速歸來；此詩卻謂春草輕易就枯萎了，公子王孫不必急著回去，大可為了眼前秋景，繼續停留在山中。「王孫」也可能指詩人自己，因為出仕對他而言，已無關緊要，無可無不可；他寧可留在秋山空谷中逍遙度日。隱約道出詩人歸隱的情志，或說為心覺摹寫亦無不可。

故邱燮友《新譯唐詩三百首》評云：「全詩著重在一個『暝』字，寫夜景，寫歸人，美得像一幅圖畫，給人一種閒適的感覺。……在這種美好的情調中，當然不忍歸去。東坡嘗謂摩詰詩『詩中有畫，畫中有詩』，信然。」前三聯為實筆，白描秋夜的天氣、山中景致、浣女和歸舟，渲染出閒適自在的鄉居生活，如詩似畫，令人嚮往。末聯轉為虛寫，抒發退隱山中的襟抱。這種虛實相生的寫法，互為補充，讓詩人在造境與寫意之間揮灑自如，方能成此家喻戶曉的傳世名作。

空山新雨晚來秋

應考大百科

◆暝：音「命」，夜晚也。
◆竹喧：既指竹葉沙沙聲，亦洗衣女之喧譁、笑語聲。
◆浣女：洗衣女。
◆隨意：輕易、容易。
◆歇：凋謝、枯萎。

＊本詩多處使用「倒裝」句法：如「天氣晚來秋」➪「晚來天氣秋」；「明月松間照」➪「明月照松間」；「清泉石上流」➪「清泉流石上」；「竹喧歸浣女」➪「竹喧浣女歸」；「蓮動下漁舟」➪「蓮動漁舟下」；「隨意春芳歇」➪「春芳隨意歇」。

山居秋暝 王維
五言律詩

◆

▶ 押下平聲十一尤韻

首聯

空山新雨後，天氣晚來秋。

◀ 平起格 首句不用韻

頷聯

明月松間照，清泉石上流。

對仗（正對）

頸聯

竹喧歸浣女，蓮動下漁舟。

尾聯（末聯）

隨意春芳歇，王孫自可留。

★首聯敘秋晚天涼之狀，為觸覺摹寫。

· 由於空山在一陣新雨過後，到了夜晚，天氣感覺分外涼爽，充滿秋意。

★頷聯摹寫靜態，描繪出一幅秋山夜景圖，屬於視覺摹寫。

· 此聯採倒裝法，刻意將「照」、「流」二動詞置於句尾，不但使文氣靈動，更讓這片靜態山景瞬間栩栩如生，躍然紙上。

★頸聯著重於刻劃人物動態：先從聽覺上，描摹竹葉沙沙作響聲及浣女歸來的喧譁、笑語；次從視覺上，素描漁船擦過蓮葉而歸的景象。

· 藉由倒裝句法，特意將「歸」、「下」二動詞藏於句中，營造出活潑生動的氛圍，又不落俗套，使人耳目一新。

★末聯反用《楚辭·招隱士》：「王孫遊兮不歸，春草生兮萋萋」之典故。

· 是說春草輕易就枯萎了，公子王孫不必急著回去，大可為了眼前秋景，繼續停留在山中。

· 「王孫」也可能指詩人自己，因為出仕對他而言，已無關緊要，無可無不可；他寧可留在秋山空谷中逍遙度日。

UNIT 2-24
但去莫復問，白雲無盡時

圖解唐詩100：大考最易入題詩作精解

這是一首五言古詩。全詩只有六句，篇幅短小，剪裁精當，尤以問答體為之，匠心別具。

> 送別　王維
> 下馬飲君酒，問君何所之？
> 君言不得意，歸臥南山陲。
> 但去莫復問，白雲無盡時。

> 下馬請您喝一杯酒，問您：「將上哪兒去呢？」您說：「平生不得志，要到南山邊隱居。」只管去吧，我不再多問了；當您離開後，只見山中白雲悠悠沒有窮盡的時候。

開頭二句，先以飲酒餞別點題，詩人問友人離開此地打算到哪裡去。三、四句為友人的回答：「君言不得意，歸臥南山陲。」原來是個官場失意人士將歸隱山林，點明遠行者的身分。「南山」或解作終南山，但個人以為不妥，因為隱居終南山向來具有「終南捷徑」之寓意，表示此人並非真心隱退，而是靜待時機，希望能有復出之日。然而細讀末二句，以白雲悠悠、無窮無盡作結，將詩意收在一片雲山縹緲中，超然飄逸，瀟灑自在，可見無論行人或送行人皆已看淡世俗名利，不該懷有東山再起的念頭。因此，「南山」應視為一般名詞，即友人退隱之地。

末二句寫詩人送別友人的心情：「但去莫復問」，是詩人對朋友因「不得意」而歸隱的回應；其中隱含一份同情的理解，既然如此，還有什麼好說的？儘管去吧！畢竟「窮則獨善其身」是所有落

魄書生的選擇。「白雲無盡時」，藉友人離去後，詩人所見雲山縹緲景色，象徵兩人均淡泊名利，陶然忘機，故不為分別而感傷，反倒流露出淡然悠遠的餘韻。誠如沈德潛《唐詩別裁》云：「白雲無盡，足以自樂，勿言不得意也。」回歸自然，逍遙度日，何嘗不是人生美好的歸宿？

吳喬《圍爐詩話》評云：「王右丞五古，盡善盡美矣，觀〈送別〉篇，可入三百。」將此詩與《詩經》相提並論，推崇之意，不言而喻。的確，詩中送別友人，表達勸慰、關愛之情，欣羨友人歸隱的同時，間接也透露出自身的「不得意」，真是一首言淺情深、意蘊無窮的佳作，具有《國風》風味，十分耐人尋思！

雲山縹緲歸去來

應考大百科

*王維另一首五絕〈送別〉:「山中相送罷,日暮掩柴扉。春草明年綠,王孫歸不歸?」末二句化用《楚辭‧招隱士》:「王孫遊兮不歸,春草生兮萋萋。」傳達出盼望友人早日歸來的迫切心情。

‧此詩寫送別,卻從別後寫起,送走了友人,獨自返家,到了黃昏關上柴門,思念之情才油然而生。明年春天來時,心中念念不忘的那位王孫公子不知道回不回來呢?

送別 王維

五言古詩

◆

押上平聲四支韻

全詩只有六句,篇幅短小,剪裁精當,尤以問答體為之,匠心別具。

首二句

問君何所之,
下馬飲君酒。

之 之

次二句

歸臥南山陲。
君言不得意,

陲 陲

末二句

白雲無盡時。
但去莫復問,

時 時

★**開頭二句,先以飲酒餞別點題:**
‧詩人問友人離開此地打算到哪裡去呢?

★**三、四句為友人的回答:**
‧原來是個官場失意人士將歸隱山林,點明遠行者的身分。

★**末二句寫詩人送別友人的心情:**
‧「但去莫復問」,是詩人對朋友因「不得意」而歸隱的回應;隱含一份同情的理解,既然如此,還有什麼好說的?儘管去吧!

‧「白雲無盡時」,藉友人離去後,詩人所見雲山縹緲景色,象徵兩人均淡泊名利,陶然忘機,故不為分別而感傷,反倒流露出淡然悠遠的餘韻。

活用小精靈

宮廷劇《如懿傳》中,「超級暖男」凌雲徹因舊情人魏嬿婉(令妃)為了爭寵,誣陷他與皇后(如懿)之間有染,氣得乾隆皇不但疏遠如懿,還將咱們「凌大人」淨了身成為「凌公公」,並發配到翊坤宮伺候皇后娘娘。海蘭(愉妃)為了保護好姊妹如懿,只好私下賜死了凌雲徹。

凌雲徹臨死前,對三寶(太監)說:「只可惜,天寒風雪時,我不能再為皇后娘娘折下一枝梅花相送了。」然後滿足地點頭,「來年你若是來祭拜,只帶一枝梅花就好。」於是,凌雲徹用他的性命「最後一次」守護他想守護的人──如懿。

世間有一種感情超乎骨肉親情、兒女私情之上,如詩中「但去莫復問」那般相知相惜、情意相通,非筆墨能形容,如海蘭的不離不棄、凌雲徹的癡心守候,皆只能意會無法言說,在漫漫人生旅途中可遇而不可求!

UNIT 2-25
感此傷妾心，坐愁紅顏老

圖解唐詩100：大考最易入題詩作精解

　　李白〈長干行〉二首作於玄宗開元十三年（725）秋末，初遊金陵（今江蘇南京）時。這是第一首，通篇以思婦口吻，自述她與夫婿由青梅竹馬到結為夫婦、伉儷情深，後丈夫遠行，她日夜思念，一心只盼良人早歸，夫妻團聚。

長干行　李白

妾髮初覆額，折花門前劇。
郎騎竹馬來，遶床弄青梅。
同居長干里，兩小無嫌猜。
十四為君婦，羞顏未嘗開。
低頭向暗壁，千喚不一回。
十五始展眉，願同塵與灰。
常存抱柱信，豈上望夫臺？
十六君遠行，瞿塘灩澦堆。
五月不可觸，猿聲天上哀。
門前遲行跡，一一生綠苔。
苔深不能掃，落葉秋風早。
八月蝴蝶來，雙飛西園草。
感此傷妾心，坐愁紅顏老。
早晚下三巴，預將書報家。
相迎不道遠，直至長風沙。

　　當我頭髮剛蓋過前額時，便與你一起折花在門前嬉戲。你騎著竹馬來，我們一起繞著井欄互擲青梅玩耍。你我都住在長干里，兩人從小沒什麼嫌隙、猜忌。十四歲嫁給你為妻，我嬌羞得從沒展露過笑臉。總是低頭面向陰暗的牆角，任你一再呼喚也不敢回頭。十五歲才舒展眉頭，但願與你長相廝守。你常懷堅守信約的心，我哪裡曾想到會登上望夫臺？十六歲你離家遠行，前往瞿塘峽灩澦堆。五月水漲時，行船經過此地極易觸礁，兩岸猿猴聲聲哀鳴直抵天聽。門前我倆徘徊留

下的蹤跡，逐漸長滿了綠色苔蘚。苔蘚深厚掃也掃不掉，樹葉飄落，秋天早早來到。八月裡蝴蝶雙雙飛到西園的草地上。此情此景令我格外感傷，因為擔心容顏一天天衰老。你無論何時從川東一帶回來，請預先捎封家書給我。我將不畏路途遙遠，一直走到七百里外的長風沙（今安徽安慶東）去接你。

　　本詩可分為五段：首段回憶童年兩小無猜的情誼。由於他們是鄰居，也是玩伴，自幼感情融洽。「妾髮初覆額，折花門前劇。郎騎竹馬來，遶床弄青梅。」為「追述示現」法，塑造出一對天真活潑的小兒女形象。

　　次段寫長大後結為連理，她從羞澀到愛戀，情感奔放而率真。「抱柱信」、「望夫臺」二處用典，前者用尾生為了心愛的女子不惜抱著橋柱溺斃之事，象徵夫婿堅守信約；後者用思婦盼夫早歸化為石頭的傳說，表示兩人不會分離，她不必登高遠眺，日夜等待。

　　三段採「懸想示現」法，遙想丈夫出門在外，一路旅途艱險。同時隱含著她無盡的相思與擔憂。

　　四段敘思婦觸景傷情，藉苔深葉落、八月蝴蝶點出時間的推移，以蝴蝶雙飛對照自己的形單影隻。除了孤單寂寞，除了綿綿思念，夫君遲遲未歸，深怕青春易逝、容顏易老，怎不令她愁上加愁？

　　末段想像與遠方的良人對話，以「預言示現」法，探問他何時回家；並表示不管多遠她都樂意前往迎接。傳達出妻子熾熱的愛戀，將思念之情更推深一層。

青梅竹馬恩愛深

應考大百科

◆長干：地名，在今江蘇南京秦淮河畔；是唐代貨物集散之地，為一著名商業區。因此，當時不少長干人以舟為家，以販為業，過著飄泊不定的商旅生活。

◆行：「雜曲歌辭」調名，為古樂府詩之一體。

＊「樂府」本為漢武帝時所設置管理音樂的官府，主要負責採集民間歌謠、制定樂譜等工作。後來，將樂府官署中保存的民間歌謠，也稱作「樂府詩」或「樂府」。

・魏晉以降，文人沿用樂府舊題、仿古樂府之作亦稱「樂府」。

長干行 李白

五古樂府　雜曲歌辭

押 入聲十一陌、上平聲十灰、上聲十九皓、下平聲六麻 韻

・李白〈長干行〉二首作於玄宗開元十三年（725）秋末，初遊金陵（今江蘇南京）時。

・這是第一首，通篇以思婦口吻，自述她與夫婿由青梅竹馬到結為夫婦、伉儷情深，而後丈夫遠行，她日夜思念，一心只盼良人早歸，夫妻團聚。

首段

妾髮初覆額，折花門前劇。
郎騎竹馬來，遶床弄青梅。
同居長干里，兩小無嫌猜。

★首段回憶童年兩小無猜的情誼。

・採「追述示現」法，塑造出一對天真活潑的小兒女形象。

次段

十四為君婦，羞顏未嘗開。
低頭向暗壁，千喚不一回。
十五始展眉，願同塵與灰。
常存抱柱信，豈上望夫臺？

★次段寫長大後結為夫婦，她從羞澀到愛戀，情感奔放而率真。

・「抱柱信」：用尾生為了心愛的女子抱著橋柱溺斃之事，象徵夫婿堅守信約。

・「望夫臺」：用思婦化為石頭的傳說，表示兩人不會分離，她不必望夫早歸。

三段

十六君遠行，瞿塘灩澦堆。
五月不可觸，猿聲天上哀。

★三段採「懸想示現」法，遙想丈夫出門在外，一路旅途艱險。

・同時隱含著她無盡的相思與擔憂。

四段

門前遲行跡，一一生綠苔。
苔深不能掃，落葉秋風早。
八月蝴蝶來，雙飛西園草。
感此傷妾心，坐愁紅顏老。

★四段敘思婦觸景傷情，藉苔深葉落、八月蝴蝶點出時間的推移，以蝴蝶雙飛對照自己的形單影隻。

・除了孤單寂寞，除了綿綿思念，夫君遲遲未歸，深怕青春易逝、容顏易老，怎不令她愁上加愁？

末段

早晚下三巴，預將書報家。
相迎不道遠，直至長風沙。

★末段想像與遠方的良人對話，以「預言示現」法，探問他何時回家；並表示不管多遠她都樂意前往迎接。

・傳達出妻子熾熱的愛戀，將思念之情更推深一層。

UNIT 2-26
危乎高哉！蜀道之難難於上青天

〈蜀道難〉，古樂府題，屬於《相和歌・瑟調曲》。梁簡文帝、劉孝威、陰鏗曾作此詩，皆述蜀道艱險之狀。陰鏗詩末云：「蜀道難如此，功名詎可要？」點出功名難求之意。天寶初年，李白第一次到長安，因友人入蜀，借題發揮，作〈蜀道難〉一詩。

蜀道難　李白

噫吁戲！危乎高哉！蜀道之難難於上青天。蠶叢及魚鳧，開國何茫然。爾來四萬八千歲，始與秦塞通人煙。西當太白有鳥道，可以橫絕峨眉巔。地崩山摧壯士死，然後天梯石棧相鉤連。上有六龍回日之高標，下有衝波逆折之回川。黃鶴之飛尚不得，猿猱欲度愁攀援。青泥何盤盤，百步九折縈巖巒。捫參歷井仰脅息，以手撫膺坐長歎。問君西遊何時還？畏途巉巖不可攀。但見悲鳥號古木，雄飛雌從繞林間。又聞子規啼夜月，愁空山。蜀道之難難於上青天，使人聽此凋朱顏。連峰去天不盈尺，枯松倒挂倚絕壁。飛湍瀑流爭喧豗，砯崖轉石萬壑雷。其險也如此！嗟爾遠道之人，胡為乎來哉？劍閣崢嶸而崔嵬，一夫當關，萬夫莫開；所守或匪親，化為狼與豺。朝避猛虎，夕避長蛇。磨牙吮血，殺人如麻。錦城雖云樂，不如早還家。蜀道之難難於上青天，側身西望長咨嗟。

哎呀！多麼高峻又險阻啊！蜀道真難走啊，簡直比上青天還難。相傳蠶叢和魚鳧建立了蜀國，開國的年代何等飄渺久遠。自此以來，已有四萬八千年之久，才與秦人有所往來。秦地西邊有座太白山，山

徑險峻只有飛鳥才能通過，甚至一路橫伸過來，幾乎連峨嵋山的絕頂也被橫斷。經過山崩地裂犧牲了許多壯士，兩地終於架起了天梯棧道相連接。在山嶺最高處，六龍碰到了，只能拖著太陽神的車子折回；在山谷最深處，有曲折激湍的水流在山石間迴旋著。黃鶴尚且無法飛過，猿猴也擔心無法越過。

青泥嶺上的道路更是迂迴曲折，百步之內縈繞巖巒轉了九個彎。仰頭伸手彷彿可以摸到天上的星辰，不禁使人屏住呼吸，然後以手撫胸長聲嘆息。請問您這次西行何時才回來？那可怕的巖山棧道實在難以登攀！只見鳥雀在古樹上哀鳴，雄雌相隨，飛翔在原始林裡。又聽見杜鵑在月夜下悲啼，連空山也哀愁起來。

蜀道真難走啊，簡直比上青天還難，讓人聽到後嚇得臉色都變了。山峰相連離天不到一尺，枯松倒掛倚貼在絕壁上。急流和瀑布嘩啦啦地爭響，水流浪花打在崖石上，聲似雷鳴。這道路是如此驚險啊！你這位遠道而來的客人，為什麼要來到這裡呢？

劍閣的山勢巍峨高聳，只要一人把守，千軍萬馬也難攻占。駐守的官員若不是心腹，難免要變為豺狼，胡作非為。行經此地，早晚要小心提防那些猛虎與毒蛇；牠們磨牙吸血，殺人無數。錦官城雖是個好地方，還不如早些回家。蜀道真難走啊，簡直比上青天還難，我側身西望，不禁長吁短嘆！

子規月夜啼空山

應考大百科

◆蠶叢及魚鳧：傳說中古蜀國的兩位君王。據揚雄〈蜀王本紀〉載：「蜀王之先，名蠶叢、柏濩、魚鳧、蒲澤、開明。……從開明上至蠶叢，積三萬四千歲。」

◆地崩山摧壯士死：用蜀王派五丁力士迎娶秦五女的神話故事，借喻蜀人開棧道的艱辛。據《華陽國志‧蜀志》載：「（秦）惠王許嫁五女於蜀，蜀遣五丁迎之，還到梓橦，見一大蛇入穴中，一人攬其尾掣之不禁，至五人相助大呼拽蛇，山崩時壓殺五人。」〈蜀王本紀〉亦載：「山崩，秦五女皆上山化為石。」

◆六龍回日：《淮南子》注：「日乘車，駕以六龍。羲和御之。日至此面而薄於虞淵，羲和至此而回六螭。」螭，即龍也。

◆青泥何盤盤，百步九折縈巖巒：《元和郡縣誌》載：「青泥嶺，在縣西北五十三里，接溪山東，即今通路也。懸崖萬仞，山多雲雨，行者屢逢泥淖，故號青泥嶺。」盤盤，曲折貌。百步九折：百步之內拐九道彎。

◆捫參歷井：參（音「餐」）、井，皆星宿名。古人將天上的星宿用來代表地上的州國，稱為「分野」，以便通過觀察天象占卜地上州國的吉凶。而參星為蜀之分野，井星為秦之分野。捫，用手摸。歷，經過。

◆子規：即杜鵑鳥，啼聲似「不如歸去」。《蜀記》載：「昔有人姓杜名宇，王蜀，號曰望帝。宇死，……化為子規。……蜀人聞子規鳴，皆曰望帝也。」

◆喧豗：水石相擊的聲音。豗，音「輝」。

◆砯崖：音「乒崖」，水撞石之聲。

◆崢嶸而崔嵬：皆形容山勢高大貌。

◆一夫當關，萬夫莫開：出自《文選》，如左思〈蜀都賦〉云：「一人守隘，萬夫莫向。」張載〈劍閣銘〉亦云：「一人荷戟，萬夫趑趄。形勝之地，匪親勿居。」

 蜀道難 李白
雜言樂府

詩中一句最少三字，最多九字，也有四、六、八和五、七言參差間用，句法十分奇特。

首段

噫吁戲！危乎高哉！蜀道之難難於上青天。蠶叢及魚鳧，開國何茫然。爾來四萬八千歲，始與秦塞通人煙。西當太白有鳥道，可以橫絕峨眉巔。地崩山摧壯士死，然後天梯石棧相鉤連。上有六龍回日之高標，下有衝波逆折之回川。黃鶴之飛尚不得，猿猱欲度愁攀援。

★首段化用神話、傳說來寫蜀道的窒礙難行及太白山形勢之險峻。

‧「蠶叢及魚鳧，開國何茫然。爾來四萬八千歲，始與秦塞通人煙。」先從時間上，勾勒出蜀地的歷史久遠，無從考證。

‧次從空間上，突顯崇山峻嶺，無法攀越。以蜀王曾派五丁力士迎娶秦五女，結果都壯烈犧牲了，借喻蜀人於太白山上開棧道的艱辛。

‧蜀道難行，連為太陽神拉車的六龍，來到山頂最高處，也只能黯然折回；身手矯捷的黃鶴、猿猴全都望而生畏，無功而返。

UNIT 2-26
危乎高哉！蜀道之難難於上青天（續）

圖解唐詩100：大考最易入題詩作精解

　　李白〈蜀道難〉是一首雜言樂府詩。詩中一句最少三字，最多九字，也有四、六、八和五、七言參差間用，句法十分奇特。

　　通篇可分為四段：首段化用神話、傳說來寫蜀道的窒礙難行及太白山形勢之險峻。「蠶叢及魚鳧，開國何茫然。爾來四萬八千歲，始與秦塞通人煙。」先從時間上，勾勒出蜀地的歷史久遠，無從考證。次從空間上，突顯崇山峻嶺，無法攀越。以蜀王曾派五丁力士迎娶秦五女，結果都壯烈犧牲了，借喻蜀人於太白山上開棧道的艱辛。蜀道難行，連為太陽神拉車的六龍，來到山頂最高處，也只能黯然折回；連身手矯捷的黃鶴、猿猴都望而生畏，無功而返。

　　次段以「預言示現」法，鋪陳從青泥嶺入蜀的沿途景象。由於李白從小在四川長大，蜀道是出入蜀地必經之路，故其艱險難行，箇中滋味他最明白。先用誇飾法，點染青泥嶺上山路曲折，地勢高聳，「捫參歷井仰脅息」，彷彿一仰頭、一伸手便可摸到天上的星辰，令人手撫胸口長聲嘆息。次關心好友何時回來，再三告誡他此路難行。接著，以空山中林鳥悲號、子規夜啼，到處籠罩著一片愁雲慘霧，預示友人此行之所見。

　　三段仍為「預言示現」法，刻劃入蜀途中連山絕壑，水若奔雷的險阻。正因為蜀道難行，比登天還難，使人聞之色變。同樣採誇飾法，「連峰去天不盈尺」、「砯崖轉石萬壑雷」，將蜀道之險阻描寫得繪影繪聲，歷歷在目。「嗟

爾遠道之人，胡為乎來哉？」表達對友人的關懷，同時寄託自身感慨。故邱燮友《新譯唐詩三百首》云：「本詩則用比興言蜀道巉巖難攀，以喻仕途的坎坷；借旅人蹇步難行，以喻失志者的浩歎！」足見詩人「借他人酒杯，澆胸中塊壘」，既因朋友入蜀而發，更藉此抒發他仕途失意的滿腹牢騷。

　　末段強調劍閣的崢嶸、險要，叮嚀好友早日還家，並隱含自己的思歸之情。劍閣形勢險要，易守難攻，「一夫當關，萬夫莫開」；置身當地，須朝夕躲避猛虎與毒蛇，多少人喪命其中。或說詩人有意以此喻仕途之難行，因而興起「不如歸去」的念頭。「所守或匪親，化為狼與豺。」似乎也隱藏著絃外之音，藉以呼籲為政者：四川為天府之國，物產豐美，地勢險阻，宜知人善任，好好防守。

　　李鍈《詩法易簡錄》評云：「蜀道二句凡三見，直以古文章法行之，縱橫馳驟，神變無方，而一歸於自然，大可為化不可為，此太白絕調也。」公認這是李白首屈一指的作品。詩中透過神祕的歷史傳說，任由想像力馳騁，營造出雄奇壯麗、光怪陸離的意境，令人情靈搖盪，悠然神往。相傳李白初見賀知章時，便出示此詩；賀知章未讀畢全詩，已經讚嘆連連，不但給了他一個「謫仙」的稱號，還解下金龜袋換美酒，與他不醉不歸。李白因此聲名大噪，名滿長安。

子規月夜啼空山

應考大百科

◆錦城：即錦官城，今四川成都，古代主錦官所居之處。此處泛指四川。

◆咨嗟：嘆息。

＊據孟棨《本事詩》載：「李太白初自蜀至京師，舍於逆旅，賀監知章聞其名，首訪之，……出〈蜀道難〉以示之，讀未竟，稱歎者數四，號為謫仙。解金龜換酒，與傾盡醉，期不間日，由是稱譽光赫。」

・借代：以同一人、事、物的部分，代替其全體者；如詩中以「朱顏」代替臉色、以「錦城」代替蜀地等。

・借喻：全句省略了「喻體」、「喻詞」，只剩下「喻依」；但「喻體」與「喻依」為具有共同特質的不同事物。如本詩以「蜀道難」借喻為仕途之艱險；應作：仕途艱險宛如蜀道之難行。其中「仕途」與「蜀道」為不同事物，但具有「難」此一共同特點。

蜀道難 李白

雜言樂府

次段

青泥何盤盤，百步九折縈巖巒。捫參歷井仰脅息，以手撫膺坐長歎。問君西遊何時還？畏途巉巖不可攀。但見悲鳥號古木，雄飛雌從繞林間。又聞子規啼夜月，愁空山。

★次段以「預言示現」法，鋪陳從青泥嶺入蜀的沿途景象。

・先用誇飾法，點染青泥嶺上山路曲折，地勢高聳，「捫參歷井仰脅息」，彷彿一仰頭、一伸手便可摸到天上的星辰，令人手撫胸口長聲嘆息。

・次關心好友何時回來，再三告誡他此路難行。

・接著，以空山中林鳥悲號、子規夜啼，到處籠罩著一片愁雲慘霧，預示友人此行所見。

三段

蜀道之難難於上青天，使人聽此凋朱顏。連峰去天不盈尺，枯松倒挂倚絕壁。飛湍瀑流爭喧豗，砯崖轉石萬壑雷。其險也如此！嗟爾遠道之人，胡為乎來哉？

★三段仍為「預言示現」法，刻劃入蜀途中連山絕壑，水若奔雷的險阻。

・同樣採誇飾法，「連峰去天不盈尺」、「砯崖轉石萬壑雷」，將蜀道之險阻描寫得繪影繪聲，歷歷在目。

・「嗟爾遠道之人，胡為乎來哉？」表達對友人的關懷，同時寄託自身感慨。

末段

劍閣崢嶸而崔嵬，一夫當關，萬夫莫開；所守或匪親，化為狼與豺。朝避猛虎，夕避長蛇。磨牙吮血，殺人如麻。錦城雖云樂，不如早還家。蜀道之難難於上青天，側身西望長咨嗟。

★末段強調劍閣的崢嶸、險要，叮嚀好友早日還家，並隱含自己的思歸之情。

・劍閣形勢險要，易守難攻，「一夫當關，萬夫莫開」；置身當地，須朝夕躲避猛虎與毒蛇，多少人喪命其中。

・或說詩人有意以此喻仕途之難行，因而興起「不如歸去」的念頭。

・「所守或匪親，化為狼與豺。」似乎也隱藏著絃外之音，藉以呼籲為政者：四川為天府之國，物產豐美，地勢險阻，宜知人善任，好好防守。

UNIT 2-27
舉杯邀明月，對影成三人

圖解唐詩100：大考最易入題詩作精解

此詩約作於天寶三載（744），李白人在長安，正處於官場失意之時。〈月下獨酌〉原詩有四首，據兩宋本、繆本詩題下皆注：「長安」二字，可見寫於長安。這是第一首，描寫詩人花前月下，獨酌無侶，故邀月、對影成三人，及時行樂的情景。藉以抒發他懷才不遇，孤單落寞之餘，卻仍追求精神上的自由，嚮往光明前景。

月下獨酌　李白

花間一壺酒，獨酌無相親；
舉杯邀明月，對影成三人。
月既不解飲，影徒隨我身；
暫伴月將影，行樂須及春。
我歌月徘徊，我舞影零亂；
醒時同交歡，醉後各分散。
永結無情遊，相期邈雲漢。

我在花叢間擺上一壺美酒，自斟自酌，沒人陪伴。只好舉杯邀請天上的明月共飲，低頭對著地上的身影勸酒，恰好合成三人。但是月、影不解喝酒的樂趣，它們只是徒然跟隨著我。我只能暫且與明月和人影相伴，趁著春光明媚，及時行樂。我唱歌，月兒在天上徘徊；我跳舞，影子隨著我的舞步搖晃。清醒時，咱們一同尋歡作樂；喝醉後，我和月、影各自分開。我願和它們結為忘情之友，相約在高遠的天上再見，永遠不分離。

這是一首五言古詩，前八句用上平聲十一真韻，韻腳為「親」、「人」、「身」、「春」；後六句換韻，改用去聲十五翰韻，韻腳是「亂」、「散」、「漢」。

全詩可分為四段：首段四句點出「月下獨酌」的題旨，從「獨酌無相親」的孤單，到「對影成三人」的不落單，想像力豐富，於花間邀月暢飲、對影乾杯，多詩情畫意！意境絕美，如夢似幻，令人神往。

次段四句寫月、影不解飲，但難得與我相伴，所以當及時行樂。「月既不解飲，影徒隨我身。」應作「互文」解：月、影都不解飲酒之樂，影、月皆徒然伴隨我身邊。至此，瞬間戳破前文邀月、對影，三人共飲的熱鬧場景，又陷入冷清孤寂之境。然而，詩人並不因此感到沮喪，有明月和身影相伴總是好的，故而興起應珍惜良辰美景，及時飲酒作樂的想法。

三段為接下來四句，引出酒後歌舞自娛，醉態百出，熱鬧非凡，再度打破了獨酌無友的孤寂情境。「我歌月徘徊，我舞影零亂。」但見詩人醉後，對月引吭高歌，乘興蹁躚起舞，放浪形骸、狂放不羈的形象，如狀目前。「醒時同交歡，醉後各分散。」說得多瀟灑！畢竟世間沒有不散的筵席，凡事又何必太執著呢？

末段二句以說出心中的願望作結：「永結無情遊，相期邈雲漢。」看似醉言醉語，卻突顯詩人孤高傲岸的性格：畢竟塵世汙濁，知音難覓，故寄情於明月與孤影，期能相伴相隨，相知相惜，直到永遠。

此詩從正面看，對月獨酌，自得其樂；從反面看，形孤影隻，苦中作樂，卻又極其淒涼。故沈德潛《唐詩別裁》評云：「脫口而出，純乎天籟，此種詩人不易學。」所言甚是！

月下花前乾一杯

應考大百科

◆酌:飲酒。

◆無相親:沒有親近的人。

◆舉杯邀明月,對影成三人:舉杯邀請天上的明月共飲,明月、我和地上的影子恰好合成三人。一說我與月下人影、酒中人影,恰成三人。

◆徒:突然、平白地。

◆暫伴月將影:暫且與明月和影子相伴。將,和也。

◆及春:趁著春光明媚時。

◆交歡:一起歡樂。

◆無情遊:忘卻世情的交遊。

◆相期邈雲漢:相約在高遠的天上再見。相期,相互約定。邈,高遠。雲漢,銀河,借代為天空。

月下獨酌 李白
五言古詩

- 此詩約作於天寶三載(744),李白人在長安,正處於官場失意之時。
- 〈月下獨酌〉原詩有四首,據兩宋本、繆本詩題下皆注:「長安」二字,可見寫於長安。
- 這是第一首,描寫詩人花前月下,獨酌無侶,故邀月、對影成三人,及時行樂的情景。

押上平聲十一真韻		押去聲十五翰韻
首段 **次段**	**三段**	**末段**

首段
花間一壺酒,
獨酌無相**親**;
舉杯邀明月,
對影成三**人**。

次段
月既不解飲,
影徒隨我**身**;
暫伴月將影,
行樂須及**春**。

三段
醉後各分**散**。
醒時同交歡,
我舞影零**亂**;
我歌月徘徊,

末段
相期邈雲**漢**。
永結無情遊,

首段四句點出「月下獨酌」的題旨,從「獨酌無相親」的孤單,到「對影成三人」的不落單,想像力豐富,於花間邀月暢飲、對影乾杯,多詩情畫意!意境絕美,如夢似幻,令人神往。

次段四句寫月、影不解飲,但難得與我相伴,所以當及時行樂。「月既不解飲,影徒隨我身。」為「互文」:月、影都不解飲酒之樂,影、月皆徒然伴隨我身邊。至此,戳破三人共飲的熱鬧場景,又陷入冷清孤寂之境。

三段四句引出酒後歌舞自娛,醉態百出,熱鬧非凡,再度打破了獨酌無友的孤寂情境。「我歌月徘徊,我舞影零亂。」但見詩人醉後,對月引吭高歌,乘興踴躍起舞,放浪形骸、狂放不羈的形象。

末段二句以說出心中的願望作結:「永結無情遊,相期邈雲漢。」看似醉言醉語,卻突顯詩人孤高傲岸的性格:畢竟塵世汙濁,知音難覓,故寄情於明月與孤影,期能相伴相隨,相知相惜,直到永遠。

★此詩從正面看,對月獨酌,自得其樂;從反面看,形孤影隻,苦中作樂,又極其淒涼。

★故沈德潛《唐詩別裁》評云:「脫口而出,純乎天籟,此種詩,人不易學。」所言甚是!

UNIT 2-28
且樂生前一杯酒，何須身後千載名？

玄宗天寶元年（742），李白奉詔入京，任翰林供奉；但他並未受重用，終因權臣讒毀、排擠，兩年後，被「賜金放還」，黯然離開長安。〈行路難〉三首，據《唐宋詩醇》以為皆天寶三載，他離京時所作。

行路難 三首之三　李白

有耳莫洗潁川水，有口莫食首陽蕨。
含光混世貴無名，何用孤高比雲月？
吾觀自古賢達人，功成不退皆殞身。
子胥既棄吳江上，屈原終投湘水濱。
陸機雄才豈自保？李斯稅駕苦不早。
華亭鶴唳詎可聞？上蔡蒼鷹何足道？
君不見吳中張翰稱達生，秋風忽憶江東行。
且樂生前一杯酒，何須身後千載名？

別學許由用潁川水來洗耳朵，別學伯夷、叔齊隱居首陽山採薇而食。人生在世貴在能韜光養晦，何必自命清高以白雲、明月相媲美？我看自古以來賢達之士，功成名就後不知急流勇退，最後都死於非命。伍子胥被吳王夫差棄屍於吳江之上，屈原最終抱石自沉汨羅江。陸機如此雄才大略的人又如何能自保？李斯恨自己不能早早退出險惡的政治圈。陸機哪裡還能聽見華亭別墅的鶴唳聲？李斯哪裡還能出上蔡東門牽蒼鷹打獵？您不知吳中的張翰是個曠達之人，因見秋風吹起而想到故鄉江東。他寧可生時喝一杯酒盡情享樂，又怎會在意身後留下千秋萬世的虛名呢？

〈行路難〉為樂府詩，內容以感慨世道艱難、抒發離別情意為主。李白〈行路難〉三首，充滿浪漫色彩，既展現自身政治失意的激憤，同時流露出積極樂觀的豪情壯志。

這是〈行路難〉三首之三，通篇可分為三段：首段為前四句，用二典故：堯想禪讓天下於許由，許由以為汙染了他的耳朵，跑到潁水邊洗耳；伯夷、叔齊在殷商滅亡後，隱居於首陽山，採薇而食，堅決不吃周朝的粟米，終至餓死。說明人生在世應韜光養晦而全生，何必自命清高以喪生？

次段為五至十二句，指出賢達人士不能功成身退，終將引來殺身之禍。如伍子胥被吳王棄屍江上、屈原最終投汨羅江殉國。又陸機於軍中遇害，再也聽不見華亭別墅的鶴唳聲；李斯恨不能及早辭去秦相之位，落得臨刑前感嘆今生再也沒機會攜蒼鷹、黃犬出上蔡東門打獵。可見賢士亦不能強出頭，仍要奉行「含光混世貴無名」的處世原則，須學會適時掩藏自身的鋒芒，否則，將與首段提及那些清高之士一樣，難逃被迫害身亡的厄運。

末段含後四句，化用《晉書・張翰傳》之典：張翰在洛陽為官，因見秋風起，思念家鄉美食，毅然辭官歸隱。有人問他：「為何只貪圖眼前享樂，不考慮為身後留個好名聲？」他回答：「與其身後擁有千古美名，不如現在給我一杯酒！」因此，被大家公認是個曠達、善於養生的人。

詩中引用一堆古人故事，旨在強調品行清高、才能傑出之士終究沒什麼好下場，借古諷今，隱含強烈的批判意味，不如向張翰看齊，順從自己的心意，做個瀟灑、快活的人！

秋風忽憶江東行

應考大百科

- ◆行路難：樂府調名，屬於「雜曲歌辭」。
- ◆有耳莫洗潁川水：語出皇甫謐《高士傳・許由》：「堯讓天下於許由，……由不欲聞之，洗其耳於潁水濱。」
- ◆首陽蕨：出自《史記・伯夷列傳》典故：武王伐紂後，「伯夷、叔齊恥之，義不食周粟，隱於首陽山，采薇而食之，……遂餓死於首陽山。」按：前人誤認薇、蕨為同一種植物，故云。
- ◆含光混世貴無名：強調隱藏鋒芒，與世推移之意。與《高士傳・巢父》：「巢父謂許由曰：『何不隱汝形，藏汝光？』」相似。
- ◆子胥：伍子胥，春秋末吳國大夫。伍子胥輔佐吳王闔閭、夫差，忠心耿耿，卻遭夫差賜屬鏤之劍，遂伏劍而死。後夫差還命人將其屍首投於江中。
- ◆陸機：據《晉書・陸機傳》載：陸機受人誣陷，於軍中被殺害，臨終嘆曰：「華亭鶴唳，豈可復聞乎？」
- ◆李斯稅駕：據《史記・李斯列傳》載：李斯被處腰斬前，感嘆：「斯乃上蔡布衣……可謂富貴極矣。物極則衰，吾未知所稅駕？」稅駕，猶「解駕」，休息也。
- ◆上蔡蒼鷹：據《史記・李斯列傳》：李斯「論腰斬咸陽市。……顧謂其中子曰：『吾欲與若復牽黃犬，俱出上蔡東門逐狡兔，豈可得乎？』」
- ◆秋風忽憶江東行：用《晉書・張翰傳》的典故：張翰在洛陽為官，見秋風起，因思念故鄉吳中的菰菜、蓴羹、鱸魚膾，於是辭官歸里。有人問他：「難道不考慮身後的名聲嗎？」他說：「與其身後擁有好名聲，不如現在給我一杯酒！」大家都稱讚他是個曠達的人。

行路難 三首之三 李白
雜言樂府
◆

〈行路難〉三首，據《唐宋詩醇》以為皆天寶三載（744），李白離京時所作。

首段

有耳莫洗潁川水，有口莫食首陽蕨。含光混世貴無名，何用孤高比雲月？

首段用二典故：堯禪讓天下於許由，許由跑到潁水邊洗耳；伯夷、叔齊「義不食周粟」，餓死於首陽山。說明人應韜光養晦而全生，何必自命清高以喪生？

次段

吾觀自古賢達人，功成不退皆殞身。子胥既棄吳江上，屈原終投湘水濱。陸機雄才豈自保？李斯稅駕苦不早。華亭鶴唳詎可聞？上蔡蒼鷹何足道？

次段指出賢達人士不能功成身退，終將引來殺身之禍；如伍子胥、屈原、陸機、李斯等都難逃被害身亡的厄運。

末段

君不見吳中張翰稱達生，秋風忽憶江東行。且樂生前一杯酒，何須身後千載名？

末段化用張翰思念家鄉美食，而毅然辭官歸隱之典；不如學他做個瀟灑快活的人。

UNIT 2-29
天生我材必有用，千金散盡還復來

此詩的寫作時間歷來說法不一，一般認為當是李白於玄宗天寶三載（744）罷官離京後，漫遊梁、宋間，與友人岑勳、元丹丘相會時所作。

將進酒　李白

君不見、黃河之水天上來，奔流到海不復回？君不見、高堂明鏡悲白髮，朝如青絲暮成雪？人生得意須盡歡，莫使金樽空對月。天生我材必有用，千金散盡還復來。烹羊宰牛且為樂，會須一飲三百杯。岑夫子，丹丘生，將進酒，杯莫停。與君歌一曲，請君為我側耳聽：鐘鼓饌玉不足貴，但願長醉不願醒。古來聖賢皆寂寞，惟有飲者留其名。陳王昔時宴平樂，斗酒十千恣讙謔。主人何為言少錢？徑須沽取對君酌。五花馬，千金裘，呼兒將出換美酒，與爾同銷萬古愁。

您可曾見、黃河的水從天邊流下來，奔流到東海後就不再回頭？您可曾見、從家裡廳堂的明鏡中看到白髮而悲傷，早上還滿頭青絲，傍晚便成了白髮蒼蒼？人生得意時要盡情享受歡樂，別空著酒杯，對此月夜美景。天生我這個人必有其作用，即使千金散盡還可以再賺回來。烹羊宰牛姑且盡情地歡樂吧，一有機會就該喝個三百杯。

岑夫子，丹丘生，快喝酒，別讓杯子停下來。我為您們高歌一曲，請諸位側耳傾聽：鐘樂美食這樣的富貴沒什麼了不起，只願永遠沉醉不願清醒。自古以來，聖人賢者死後都沒沒無聞，只有善飲的人才能

留下美名。就像當年陳思王曹植在平樂觀宴客，雖然一斗美酒價值萬錢，他們仍恣意地歡笑戲謔。主人何必說沒有錢呢？儘管打酒來讓大家一起痛飲。再名貴的五花馬，價值千金的狐皮裘，快叫侍兒拿去換美酒，我要與您們同飲來消除這無盡的憂愁。

通篇可分為兩段：首段緊扣題旨，闡述「人生得意須盡歡」，作為全詩的中心思想。發端三句，黃河之水從天而降，蒼蒼莽莽，奔流入海，足見中國河川之壯麗，更顯「詩仙」才情之奔放，誇張、想像，自然流暢。正因為人生苦短，更應該把握當下，今朝有酒今朝醉；「天生我材必有用，千金散盡還復來。」儘管盡情地享樂，何必顧慮太多？

末段寫勸飲，雖是滿紙酒話，卻不失瀟灑、率真，流露出作者的真性情。其中「鐘鼓饌玉不足貴，但願長醉不願醒。」是他懷才不遇，想一醉解千愁，寄情酒中，不願面對仕途的挫敗、人生的無奈。如唐汝詢《唐詩解》所云：「此懷才不遇，托於酒以自放也。」詩末以「五花馬，千金裘，呼兒將出換美酒，與爾同銷萬古愁。」呼應前段之「人生得意須盡歡」、「千金散盡還復來」，詩人的慷慨激昂、豪情萬丈，於此展露無遺。他把一己的惆悵、失意寫進萬古愁緒之中，讓千古坎壈失職之士同聲一嘆，不愧是大手筆！故嚴羽《評點李太白集》云：「一往豪情，使人不能句字賞摘。蓋他人作詩用筆想，太白但用胸口一噴即是，此其所長。」

人生得意須盡歡

第 2 章 盛唐詩歌

應考大百科

◆將進酒:樂府古題,為漢代鐃歌十八曲之一。

◆高堂:房屋的正廳;一說指父母,但與詩意不合。

◆金樽:華美的酒杯。

◆會須:應該。

◆岑夫子:岑勳,李白的好友。夫子,尊稱。

◆丹丘生:元丹丘,亦李白友人。生,猶今先生之意。

◆鐘鼓:泛指古代富貴人家宴會時所用之樂器。

◆饌玉:精緻的美食。

◆陳王:指陳思王曹植。

◆宴平樂:在平樂觀宴飲。宴,作動詞,宴飲、宴客。平樂(音「勒」)觀(去聲),漢代顯貴娛樂的場所。

◆五花馬:五色花紋的好馬。

 將進酒 李白

雜言樂府

一般認為是李白於玄宗天寶三載(744)罷官離京後,漫遊梁、宋間,與友人岑勳、元丹丘相會時所作。

首段

君不見、黃河之水天上來,奔流到海不復回?君不見、高堂明鏡悲白髮,朝如青絲暮成雪?人生得意須盡歡,莫使金樽空對月。天生我材必有用,千金散盡還復來。烹羊宰牛且為樂,會須一飲三百杯。

★首段緊扣題旨,闡述「人生得意須盡歡」,作為全詩的中心思想。

‧發端三句,黃河之水從天而降,蒼蒼莽莽,奔流入海,足見中國河川之壯麗,更顯「詩仙」才情之奔放。

‧正因為人生苦短,更應該把握當下,今朝有酒今朝醉;「天生我材必有用,千金散盡還復來。」儘管盡情地享樂,何必顧慮太多?

末段

岑夫子,丹丘生,將進酒,杯莫停。與君歌一曲,請君為我側耳聽:鐘鼓饌玉不足貴,但願長醉不願醒。古來聖賢皆寂寞,惟有飲者留其名。陳王昔時宴平樂,斗酒十千恣讙謔。主人何為言少錢?徑須沽取對君酌。五花馬,千金裘,呼兒將出換美酒,與爾同銷萬古愁。

★末段寫勸飲,雖是滿紙酒話,卻不失瀟灑、率真,流露出作者的真性情。

‧「鐘鼓饌玉不足貴,但願長醉不願醒。」是他懷才不遇,想一醉解千愁,寄情酒中,不願面對仕途的挫敗、人生的無奈。呼應前段之「人生得意須盡歡」、「千金散盡還復來」,詩人的慷慨激昂、豪情萬丈,於此展露無遺。

UNIT 2-30
抽刀斷水水更流，舉杯銷愁愁更愁

　　玄宗天寶十二載（753）秋天，李白人在宣城，他擔任祕書省校書郎的族叔李雲將要離開，他在謝朓樓為李雲設宴送行，故而賦此詩。此詩《文苑英華》題作〈陪侍御叔華登樓歌〉，李雲、李華疑似同一人。

> 宣州謝朓樓餞別校書叔雲　李白
> 棄我去者、昨日之日不可留，
> 亂我心者、今日之日多煩憂。
> 長風萬里送秋雁，對此可以酣高樓。
> 蓬萊文章建安骨，中間小謝又清發。
> 俱懷逸興壯思飛，欲上青天攬明月。
> 抽刀斷水水更流，舉杯銷愁愁更愁。
> 人生在世不稱意，明朝散髮弄扁舟。

　　棄我而去的，是昨日的時光已不可挽留；擾亂我心的，是今日的時光令我多麼煩憂。萬里長風吹送著南歸的鴻雁，面對此情此景，正可以登上高樓開懷暢飲。您的文章就像建安文學般風骨遒勁，而我的詩歌一如南朝詩人謝朓那樣清新發越。我們都滿懷豪情逸興，彷彿要飛上青天去摘取那皎潔的明月。好比抽出寶刀去砍流水，水反而流個不停；我舉起酒杯本想消除煩憂，結果倒是愁上加愁。人生在世總不能稱心如意，還不如明天就披頭散髮，乘一葉小舟退隱江湖。

　　這是一首古詩。先用下平聲十一尤韻，中間換為入聲六月韻，詩末再以尤韻收結，通篇氣韻生動，絕不呆板。

　　全詩可分為三段：首段敘離別的煩憂。開頭四句，或可連讀為二句，如此一來，每句長達十一字，情緒鬱發，氣勢懾人。「長風萬里送秋雁，對此可以酣高樓。」以「送」、「酣」二字，點出題旨為「餞別」之作。同時描繪出一幅明朗壯闊的萬里秋空圖，展現詩人豪情萬丈的博大胸襟。

　　次段渲染主、客雙方的豪情逸興，酒酣耳熱之際，異想天開，欲飛上青天摘取明月。「蓬萊文章建安骨，中間小謝又清發。」稱讚族叔李雲的文章具有建安風骨，而李白自己的詩歌如謝朓般清新秀麗。他們都滿懷雄心逸興，「欲上青天攬明月」，當然是虛寫，寫酒後豪語，非實景；從上段言晴空萬里可知，此時並無皓月在天。

　　末段以寫愁思作結。這份憂愁除了送別李雲的離情，自然也包括詩人仕途失意的滿腔憤慨，他特意借題發揮，抒發鬱結於胸的憤懣之情。故邱燮友《新譯唐詩三百首》云：「這首詩與其說是李白餞別校書叔雲，倒不如說李白餞別自己的過去，更來得恰當。」因此，最後兩句：「人生在世不稱意，明朝散髮弄扁舟。」既然人生不如意事十之八九，不如明天就散髮乘舟歸隱江湖來得愜意！此處化用了范蠡助句踐復國後，急流勇退，「乘扁舟浮於江湖」（《史記・貨殖列傳》）的典故。李白試圖藉由退隱江湖，為滿懷煩憂找到一個適當的出口。

　　通篇如歌如訴，情感起伏漲落，一波三折，語言質樸明暢，音調激越高昂，使人讀來情思澎湃，意韻深長。

長風萬里送秋雁

應考大百科

◆謝脁樓：相傳謝脁為宣城太守時，郡治後方有座高齋，名曰「北樓」，後人稱之為「謝公樓」。

◆餞別：設酒食為人送別。

◆校書：即祕書省校書郎，負責掌管朝廷的圖書。校，音「較」。

◆叔雲：即李白的族叔李雲。

◆酣：動詞，暢飲。

◆蓬萊文章：借指李雲的文章。蓬萊，原指東漢時藏書的東觀；由於李雲負責管理圖書工作，故稱。

◆建安骨：東漢建安（196～220）年間，「三曹」和「七子」的詩歌風骨遒勁，世稱「建安風骨」。

◆小謝：指南朝山水詩人謝脁。後世稱謝靈運為「大謝」、謝脁為「小謝」。

◆清發：清新發越的詩風。

◆稱意：稱心如意。

◆散髮：古人習慣束髮戴冠，散髮表示閒適自在，意味著不作官。

◆弄扁舟：乘著小船歸隱江湖。

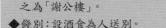

宣州謝脁樓餞別校書叔雲　李白

古詩

玄宗天寶十二載（753）秋天，李白人在宣城，他擔任祕書省校書郎的族叔李雲將要離開，他在謝脁樓為李雲設宴送行，故而賦此詩。

押下平聲十一尤韻	押入聲六月韻	押下平聲十一尤韻
首段	次段	末段

首段（押下平聲十一尤韻）

棄我去者、昨日之日不可留，
亂我心者、今日之日多煩憂。
長風萬里送秋雁，
對此可以酣高樓。

 留 憂 樓

次段（押入聲六月韻）

蓬萊文章建安骨，
中間小謝又清發。
俱懷逸興壯思飛，
欲上青天攬明月。

 發　月

末段（押下平聲十一尤韻）

抽刀斷水水更流，
舉杯銷愁愁更愁。
人生在世不稱意，
明朝散髮弄扁舟。

 流　愁　舟

★首段敘離別的煩憂。

・開頭四句，或可連讀為二句，如此一來，每句長達十一字，情緒鬱發，氣勢懾人。

・「長風萬里送秋雁，對此可以酣高樓。」以「送」、「酣」二字，點出題旨為「餞別」之作。

★次段渲染主、客雙方的豪情逸興，酒酣耳熱之際，異想天開，欲飛上青天摘取明月。

・「蓬萊文章建安骨，中間小謝又清發。」稱讚族叔李雲的文章具有建安風骨，而李白自己的詩歌如謝脁般清新秀麗。

・他們都滿懷雄心逸興，「欲上青天攬明月」。

★末段以寫愁思作結。

・這份憂愁除了送別李雲的離情，也包括詩人仕途失意的滿腔憤慨，他特意借題發揮，抒發鬱結於胸的憤懣之情。

・「人生在世不稱意，明朝散髮弄扁舟。」既然人生不如意事十之八九，不如明天就散髮乘舟歸隱江湖來得愜意！此處用范蠡助句踐復國後，急流勇退，「乘扁舟浮於江湖」的典故。

UNIT 2-31
今日任公子，滄浪罷釣竿

此詩含意幽深，詩旨晦澀，歷來看法不一；不過，大多認為是一首抒發壯志難酬的作品。其創作時間，或謂玄宗開元十三年（725），或說天寶十五載（756）至肅宗至德二載（757）之間，亦無定論。

> **金陵望漢江　李白**
> 漢江回萬里，派作九龍盤。
> 橫潰豁中國，崔嵬飛迅湍。
> 六帝淪亡後，三吳不足觀。
> 我君混區宇，垂拱眾流安。
> 今日任公子，滄浪罷釣竿。

> 長江綿延曲折長達上萬里，分作九條支流如同九條巨龍盤踞。江水氾濫，淹沒了中國，洪水滔天，激流迅疾。自從六朝淪亡以後，吳興、吳郡、會稽等三吳之地已繁華散盡，不足為觀。直到當朝皇上統一了天下，四海昇平，垂衣拱手，無為而治。如今的任公子，無須滄海垂釣，罷竿而去了。

這是一首五言古詩，押上平聲十四寒韻，韻腳為「盤」、「湍」、「觀」、「安」和「竿」。全詩以金陵（今江蘇南京）為中心，描寫他眺望長江流向遠方的所思所感。

通篇可分為兩段：首段包括前六句，藉眼前的長江蜿蜒萬里，氣象壯觀，想像它氾濫成災的慘況，再聯想到自六朝亡國後，沿岸三吳地區已經沒落了。首四句寫景，聚焦於眼前的長江，「漢水回萬里，派作九龍盤。橫潰豁中國，崔嵬飛迅湍。」先用譬喻法，將長

江綿延萬里，分作九條支流，比作九條巨龍盤踞般。由於省略了如、像、彷彿等「喻詞」，故為「略喻」。這裡勾勒出長江下游眾流入海，驚濤駭浪，氣勢磅礡。再以誇飾法，設想當它潰堤而出時，波濤洶湧，洪水又高又急、又猛又大，百姓哀鴻遍野。然後，由江水氾濫聯想起六朝政治的動盪不安，「六帝淪亡後，三吳不足觀。」由於六朝皆定都金陵，此借「六帝」暗點詩題「金陵」。遙想六朝時，儘管政權更迭，時有所聞，但長江畔多麼繁華熱鬧，而今安在哉？不僅如此，連吳興、吳郡、會稽等地也不復昔時光景。

末段含七至十句，筆鋒一轉，承五、六句感慨六朝淪亡、三吳榮景不再，轉而歌頌當朝盛世。「我君混區宇，垂拱眾流安。今日任公子，滄浪罷釣竿。」強調當代皇上統一天下，天下太平，垂拱而治。「眾流安」呼應前文之「漢江」，實為借喻法，以喻政局穩定，國泰民安。結句化用《莊子・外物》「任公子釣大魚」典故，及《孟子・離婁上》「滄浪」一語，表面是說太平盛世，任公子無須滄浪垂釣，故罷竿而去；實則隱含盛世中才子無用武之地，內心充滿淡淡的哀愁。

詩中以長江水勢壯闊，象徵大唐國力鼎盛；因此，想到歷史上定都金陵的六朝，政局動盪；再歌頌當朝聖君、治世，以致像「任公子」這樣的賢才遭到閒置。篇末終於從長江煙波浩瀚、古今歷史興衰中，道出詩人懷才不遇、有志難伸的深沉慨嘆。

我君垂拱眾流安

應考大百科

◆漢江：此指長江。因為漢江，亦稱「漢水」，是長江最長的支流；這裡以支流代替主流，用借代法。

◆派：河流的支流。

◆九龍盤：長江從盧江、潯陽開始分作九條支流，故云。盤，盤踞。

◆橫潰：氾濫。

◆崔嵬：音「催微」，山高貌。

◆迅湍：飛奔而下的激流。

◆六帝：指六朝；三國東吳、東晉、南朝宋、齊、梁、陳六個朝代都建都在金陵（今江蘇南京），統稱「六朝」。

◆三吳：古吳地後分為吳興、吳郡、會稽三處，故稱。

◆我君：指唐代的帝王。

◆混：混合、統一。

◆區宇：全國。

◆垂拱：垂衣拱手，無為而治。

◆眾流安：境內各河川皆順流，此借指國泰民安之意。

◆任公子：比喻有大作為的賢士。出自《莊子·外物》，是說任公子在長江中、下游一帶，用巨大的釣鈎、眾多的釣餌，花了很長的時間等待，終於釣起一條大魚，可以讓許多人都吃飽。

◆滄浪：出自《孟子·離婁上》，有隱者唱〈滄浪之歌〉，表明隱居之志。後世人遂用以借代為隱居垂釣的地方。

金陵望漢江　李白
五言古詩

◆

押上平聲十四寒韻

· 其創作時間，或謂玄宗開元十三年（725），或說天寶十五載（756）至肅宗至德二載（757）之間，亦無定論。

· 全詩以金陵（今江蘇南京）為中心，寫詩人眺望長江流向遠方的所思所感。

首段

漢江回萬里，
派作九龍盤。
橫潰豁中國，
崔嵬飛迅湍。
六帝淪亡後，
三吳不足觀。

盤　湍　觀

★首段借眼前的長江蜿蜒萬里，氣象壯觀，想像它氾濫成災的慘況，再聯想到自六朝亡國後，沿岸三吳地區已經沒落了。

末段

我君混區宇，
垂拱眾流安。
今日任公子，
滄浪罷釣竿。

安　竿

★末段筆鋒一轉，承五、六句感慨六朝淪亡、三吳榮景不再，轉而歌頌當朝盛世。

活用小精靈

　　任公子做了一個大魚鈎，繫上粗大的黑繩，再用五十頭牛牲做釣餌，蹲在會稽山上，把釣竿拋向東海。他每天都來釣魚，但整整一年毫無所獲。

　　某日，大魚終於來吞食魚餌，牽著巨大的釣鈎，急速沉入海中，又迅急揚起脊背騰身而起，掀起如山的白浪，海水劇烈震盪，吼聲驚天地動鬼神，震驚千里之外。

　　任公子將這條大魚釣起後，製作成魚乾分送給大家，從浙江以東至蒼梧以北的百姓，每個人都吃得飽飽的。

UNIT 2-32
兩岸猿聲啼不住，輕舟已過萬重山

詩題一作〈下江陵〉，肅宗乾元二年（759）春天，李白因永王李璘爭位失利，獲罪流放夜郎。行至白帝城（今四川奉節東），忽遇赦免，乘舟東下江陵（今湖北江陵）時賦此詩。也有人主張，此詩作於早年出蜀之際。但根據「千里江陵一日還」句，可知他是返回江陵，而非初到江陵，故宜為晚年之作。

> **早發白帝城　李白**
> 朝辭白帝彩雲間，千里江陵一日還。
> 兩岸猿聲啼不住，輕舟已過萬重山。

> 清晨，我告別了雲霧繚繞的白帝城；坐船順流東下，一天便可回到千里之外的江陵。兩岸猿猴的啼叫聲，不絕於耳；不知不覺間，輕快的小舟已駛過了萬重青山。

這是一首七言絕句，全詩合律，是為律絕。描寫從白帝城東下江陵，順水行舟，朝發暮抵，詩意輕快，不見別情。與詩人晚年遇赦放還，又驚又喜的心情，十分吻合。

首句：「朝辭白帝彩雲間」已點明題旨，早上從白帝城出發，行舟江面時，回望山上的白帝城，高聳入雲，彷彿位在雲煙縹緲的神仙世界。「間」字隱含間隔之意，此刻再回顧雲霧繚繞的白帝城，從前種種，彷如隔世。

次句：「千里江陵一日還」寫行程之短暫，江陵遠在千里外，卻只需一日便可到達。此處利用時空的對比，襯托出船行快速，一路通暢無阻，心情自然無比輕鬆、愜意。「一日還」除了具體交代舟行之迅捷，更暗示著詩人的歸心似箭。

三句：「兩岸猿聲啼不住」一語雙關，既白描沿途的猿啼聲不絕，為聽覺摹寫；亦象徵峽水湍急，儘管猿猴聲聲悲鳴，也挽不住舟行千里之速。船過三峽時，猿啼一聲比一聲淒厲，但這並不影響他快舟馳歸的好心情。

末句：「輕舟已過萬重山」呼應次句，因為輕舟飛馳，穿過層層疊疊的萬重青山，所以從白帝城至江陵一日便可返抵。再採時空對比法，用「輕舟」之飛快、「萬重山」之遙遠，烘托出江上行舟的一帆風順，同時隱藏著歷劫歸來的欣喜若狂。

如用傳統「賦」、「比」、「興」法來分析：首聯鋪陳從白帝城下江陵之情事，為「賦」法。末聯則亦「賦」亦「比」，如敘途中之見聞，一路猿啼聲不斷，卻不影響輕舟飛渡重山，是「賦」法；如寫獲赦歸還之喜悅，借喻先前的外界紛擾、人生風雨，如今皆已度過了，心情之輕鬆、愉快，則為「比」法。

此詩末聯尤為出色，大家有目共睹，如吳昌祺《刪訂唐詩解》云：「插猿聲一句，布景著色之。」清高宗御定《唐宋詩醇》亦云：「順風揚帆，瞬息千里，但道得眼前景色，便疑筆墨間亦有神助。三四設色托起，殊覺自在中流。」良有以也！

故宮圖像資料庫典藏

朝辭白帝彩雲間

應考大百科

◆ 發:啟程。

◆ 白帝:即白帝城,故址在今四川奉節白帝山上。

◆ 彩雲間:由於白帝城在山上,故從江中望去,彷彿高聳入雲間。又因白帝城與巫山相近,此指巫山之雲。

◆ 江陵:即今湖北江陵,距白帝城約一千二百里之遙。

◆ 還:返回。

◆ 啼不住:猿猴啼聲不止;或謂三峽水流湍急,連猿聲也挽不住行舟。

第2章　盛唐詩歌

早發白帝城　李白

七言絕句　律絕

押上平聲十五刪韻

首句

朝辭白帝彩雲間,

平起格　首句用韻

間

次句

千里江陵一日還。

還

三句

兩岸猿聲啼不住,

末句

輕舟已過萬重山。

山

首句已點明題旨,早上從白帝城出發,行舟江面時,回望山上的白帝城,高聳入雲,彷彿位在雲煙縹緲的神仙世界。

次句寫行程之短暫,江陵遠在千里外,卻只需一日便可到達。此處利用時空的對比,襯托出船行快速,一路通暢無阻,心情自然無比輕鬆、愜意。

三句既白描沿途的猿啼聲不絕,亦象徵峽水湍急,儘管猿猴聲聲悲鳴,也挽不住舟行千里之速。船過三峽時,猿啼一聲比一聲淒厲,但這並不影響他快舟馳歸的好心情。

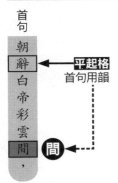

★末句呼應次句,因輕舟飛馳,穿過層層疊疊的萬重青山,所以從白帝城至江陵一日便可返抵。

★再採時空對比法,用「輕舟」之飛快、「萬重山」之遙遠,烘托出江上行舟的一帆風順,同時隱藏著歷劫歸來的欣喜若狂。

UNIT 2-33
相看兩不厭，只有敬亭山

圖解唐詩100：大考最易入題詩作精解

　　詹鍈《李白詩文繫年》將此詩繫於天寶十二載（753），以為與〈登敬亭山南望懷古贈竇主簿〉一詩為前、後之作。應是李白初次到宣城時，獨坐敬亭山（在今安徽宣城北），有感而發的詩作。也有人提出不同看法，認為是肅宗上元二年（761），李白晚年歷經安史之亂、蒙冤受囚、流放赦還之後，生平第七次，也是最後一次來到宣城，獨坐與敬亭山相望，觸景生情，而留下此詩。或說為晚年之作，似乎較符合當時的時空背景；但一切都是後人的臆測之辭，真實情況無從得知。

> 獨坐敬亭山　李白
> 眾鳥高飛盡，孤雲獨去閒。
> 相看兩不厭，只有敬亭山。

　　當所有鳥兒都飛得無影無蹤，天上的孤雲獨自悠閒地飄向遠方。我獨坐望向敬亭山，敬亭山也默默地凝望著我，我們誰也不會感到滿足，看來只有敬亭山能理解我此刻的心情。

　　這是一首五言絕句，描寫獨坐敬亭山之見聞與感受。首二句乍看為寫景，實則景中含情：群鳥皆飛盡，孤雲也獨自悠閒地離去，留下一片靜謐、孤寂的天地，以動襯靜，點出「獨坐」時的寂寥景況。然而「眾鳥高飛盡」，何嘗不意味著周遭親舊個個高升，飛黃騰達，無一例外？「孤雲獨去閒」，象徵只有詩人形孤影隻獨自飄泊到宣城來。或暗示前塵往事如「眾鳥高飛盡」，當繁華散盡時，一切都隨風而逝了。「孤雲獨去閒」隱含著連那一份堅持、那一絲希望、那一位知己……也莫可奈何地飄然遠去。那麼，人生還剩下些什麼呢？

　　後二句抒發獨坐的心情，並照應詩題「敬亭山」。這裡採擬人法，將敬亭山比擬為有血有肉、有感情的人，故能與之「相看」；再發揮文學上的移情作用，因詩人看山愈看愈可愛、愈看愈中意，所以認為山看人亦是如此，故說彼此「兩不厭」。最後，詩人將所有情感託付給眼前的敬亭山。彷彿他獨坐的孤單落寞、生平的懷才不遇、生命的無奈與苦悶……，一切的一切只有與他心靈契合的敬亭山才能明白。「只有敬亭山」句，可謂萬流歸宗，從此敬亭山不再只是一座自然的山，而是詩人精神的依靠、心靈的知音。

　　至南宋，辛棄疾〈賀新郎〉化用此詩末二句，云：「我見青山多嫵媚，料青山、見我應如是！情與貌，略相似。」青山可愛，觀之不足；而人呢？自認無論品格、性情、襟抱、才學各方面皆不減於青山！

獨坐看山山看我

應考大百科

* 「擬人」法：就是把沒有生命的事物，比擬成有血肉、有情思的人。
* 如本詩「孤雲獨去閒」，孤雲「悠閒地」獨自離去，賦予無生命的雲朵以人的情性，故為「擬人」修辭。
* 又「相看兩不厭，只有敬亭山。」能與人相看不厭的對象，自然只有具有對等關係的人了，因此這裡將敬亭山比擬為人，賦予它人的情感、本質、思想、品格……，它才能與人平起平坐，相互理解與欣賞。

獨坐敬亭山 李白

五言絕句

◆

押上平聲十五刪韻

首二句

眾鳥高飛盡，
孤雲獨去**閒**。

←**仄起格**
首句不用韻

閒

末二句

相看兩不厭，
只有敬亭**山**。

山

★首二句乍看為寫景，實則景中含情：

* 群鳥皆飛盡，孤雲也獨自悠閒地離去，留下一片靜謐、孤寂的天地，以動襯靜，點出「獨坐」時的寂寥景況。
* 然而「眾鳥高飛盡」，何嘗不意味著周遭親舊個個飛黃騰達？「孤雲獨去閒」象徵只有他形孤影隻飄泊到宣城來。
* 或暗示前塵往事如「眾鳥高飛盡」，一切都隨風而逝了。「孤雲獨去閒」隱含著連那一份堅持、那一絲希望、那一位知己……也莫可奈何地飄然遠去。

★後二句抒發獨坐的心情，並照應詩題「敬亭山」：

* 這裡採擬人法，將敬亭山比擬為有血有肉、有感情的人，故能與之「相看」；再發揮文學上的移情作用，因詩人看山愈看愈可愛、愈看愈中意，所以認為山看人亦是如此，故說彼此「兩不厭」。
* 最後，詩人將所有情感託付給眼前的敬亭山。彷彿他獨坐的孤單落寞、生平的懷才不遇、生命的無奈與苦悶……，一切的一切只有與他心靈契合的敬亭山才能明白。

活用小精靈

　　李白〈獨坐敬亭山〉一詩，或以為初到宣城時，獨坐望敬亭山，有感而發之作；或以為晚年來宣城，獨坐與敬亭山相望，觸景生情，而賦此詩。

　　相傳敬亭山上，還有一位棄世修道的玉真公主。她是唐玄宗的妹妹，曾在玄宗面前舉薦李白，後來李白被「賜金放還」，讓她憤而辭去公主名銜，散盡家財，到敬亭山修道去了。──不會吧？「相看兩不厭，只有敬亭山。」令李白百看不厭的竟不是青山，而是入山修道的美人，也是一位知己！

　　當然以上傳說可信度不高，那麼「相看兩不厭」，到底是誰看誰呢？或許真的是李白在看山。他「看山不是山」，因為他正在修身養性，故此詩能傳「獨坐」之神。

UNIT 2-34
浮雲遊子意，落日故人情

圖解唐詩100：大考最易入題詩作精解

李白〈送友人〉一詩，寫作時間、地點不明，連題目都曾被懷疑為後人所妄加；但這並不影響它是一首渾然天成的好詩。如朱諫《李詩選注》所云：「句法清新，出於天授。唐人之為短律，率多雕琢，白自腦中流出，不求巧而自巧，非唐人所能及也。」

> **送友人　李白**
>
> 青山橫北郭，白水繞東城。
> 此地一為別，孤蓬萬里征。
> 浮雲遊子意，落日故人情。
> 揮手自茲去，蕭蕭班馬鳴。

青山橫亙於城北，白水環繞著東城。我們在此一分開，您就像那孤飛的蓬草即將登上萬里的旅程。飄忽不定的浮雲，彷彿異鄉遊子飄泊的情意；遲遲不肯西下的落日，恰似遠方老友溫馨的情誼。您揮揮手就此離去，我耳邊只聽到遠行的馬兒發出蕭蕭鳴叫聲。

這是一首五言律詩，首、頸二聯對仗嚴謹；頷聯乍看為「流水對」，語意有相承，但形式又不夠工整，正是李白「天然去雕飾」的作風；末聯不對仗。故清高宗御定《唐宋詩醇》云：「首聯整齊，承則流走，而下聯健勁，結有蕭散之致。大匠運斤，自成規矩。」

首聯描繪送別的場景：「青山橫北郭，白水繞東城。」「橫」勾勒出靜態的山景，「繞」點染出動態的水色，如此靜動相襯，青白相映，突顯山環水繞，空間之遼闊，景致之優美。

頷聯點出送別之意：「此地一為別，孤蓬萬里征。」以「別」字呼應詩題「送友人」；以「孤蓬」借喻即將遠行的友人，是說他此去當如蓬草飄零，孑然一身，孤苦無依。

頸聯以比興手法摹情：「浮雲遊子意，落日故人情。」為略喻法，浮雲浪跡天涯、飄泊無依，彷彿遊子（友人）流落異鄉、無依無靠的情意；落日光明、溫暖且圓滿，恰似老友（詩人）無限思念、關懷與祝福的情意。此聯情景交融，寓情於景，景中含情，且兼寫行人與送行人的別情。以詩人的視角，想到友人此去，如浮雲般飄泊無依；他這老友情誼就像落日似的充實飽滿，遠遠地照拂著，遲遲不忍西斜。離情依依，盡在欲言未言之間。

末聯收在班馬悲鳴聲中，傳達出送別友人的無限哀愁：「揮手自茲去，蕭蕭班馬鳴。」此聯表面敘事、寫景，實則隱含綿綿不絕的離思。詩末藉由聲聲淒厲的班馬鳴叫，寫盡了詩人心中澎湃洶湧的離愁別緒。但作者不直接點明，只用一陣陣班馬悲鳴聲訴說了一切，言有盡而意無窮。

總之，前二聯寫送別之地，後二聯言送友之情。如屈復《唐詩成法》評云：「『青山』、『白水』，先寫送別之地，如此佳景為『孤蓬萬里』對照。『此地』緊接上二句，『一別』，送者、去者合寫。五、六又分寫。『自茲』二字，人、地總結。八止寫『馬鳴』，黯然銷魂，見於言外。」足見此詩布局靈動，構思新穎，利用青山、白水、浮雲、落日、孤蓬、馬鳴等意象，營造出一個有聲有色的送別情境，其中有離愁，也有溫情，故能如此感人肺腑。

青山白水繞東城

 應考大百科

- ◆郭：外城，古代在城的外圍所築的一道城牆。
- ◆白水：清澈的流水。
- ◆蓬：即蓬草，葉子形狀像柳，花呈白色、有毛，秋天枯萎連根拔起，風吹捲飛，故又稱「飛蓬」。
- ◆征：遠行。
- ◆茲：此。
- ◆蕭蕭：馬鳴聲。
- ◆班馬：離群的馬；此指載人遠行的馬。班，許慎《說文》：「班，分瑞玉也。」引申為離別之意。

送友人 李白
五言律詩
◆
押下平聲八庚韻

首聯	頷聯	頸聯	（末聯）尾聯
白水繞東城， 青山橫北郭，	此地一為別， 孤蓬萬里征。	浮雲遊子意， 落日故人情。	蕭蕭班馬鳴。 揮手自茲去，

平起格 首句不用韻（→ 指向首聯）

城

 流水對：不工整

征

 情

 鳴

對仗

★**首聯描繪送別的場景**：「橫」勾勒出靜態的山景，「繞」點染出動態的水色，如此靜動、青白相襯，突顯山環水繞，空間之遼闊，景致之優美。

★**頷聯點出送別之意**：以「別」字呼應詩題「送友人」；以「孤蓬」借喻即將遠行的友人，是說他此去當如蓬草飄零，孑然一身，孤苦無依。

寫送別之地

對仗

★**頸聯以比興手法摹情**：情景交融，兼寫行人與送行人的別情。以詩人的視角，想到友人此去，如浮雲般飄泊無依；他這老友情誼就像落日似的充實飽滿，遠遠地照拂著，遲遲不忍西斜。

寫送友之情

★**末聯收在班馬悲鳴聲中，傳達出送別友人的無限哀愁**：藉由聲聲凄厲的班馬鳴叫，寫盡了詩人心中澎湃洶湧的離愁。但他不直接點明，只用一陣陣班馬悲鳴聲訴說了一切，言有盡而意無窮。

第2章 盛唐詩歌

UNIT 2-35
自古妒蛾眉，胡沙埋皓齒

　　〈于闐採花〉是樂府「雜曲歌辭」的舊題。詩中藉由王昭君故事，感慨君子生不逢時，賢才慘遭埋沒，有志難伸；那些無德無能之輩，反而小人得志，位居要路津。

> 于闐採花　李白
>
> 于闐採花人，自言花相似。
> 明妃一朝西入胡，胡中美女多羞死。
> 乃知漢地多名姝，胡中無花可方比。
> 丹青能令醜者妍，無鹽翻在深宮裡。
> 自古妒蛾眉，胡沙埋皓齒。

　　西域于闐的採花人認為天下花兒都差不多，女人也如此。自從王昭君遠嫁匈奴，當地美女大多羞愧地想尋死。這才知道漢地多出產絕色美人，胡地沒有女子可以相提並論。但像毛延壽那樣的無良畫家，居然能把醜女畫成大美人，讓無鹽女反而搖身一變成為宮裡的王后。自古以來，有不少貌美的女子遭人忌妒、排擠，如王昭君這樣明眸皓齒的美人就被棄置在荒涼的胡地。

　　這是一首樂府詩，用漢朝昭君出塞和番之典，借美人流落胡地，比喻賢士見棄，沉居下僚，平生志意無成。又用劉向《列女傳》故事：齊國無鹽邑之女鍾離春，「臼頭深目，長指大節，卬鼻結喉，肥項少髮。」相貌奇醜無比，反能嫁進宮中，成為齊宣王王后。「無鹽女」後世遂成為醜女的代稱，但往往只取其片面意義，而忽略了鍾離春其實是個才德出眾的奇女子。她憑著自己的智慧、膽識、謀略、見聞入宮觀見齊宣王，並使齊宣王欣然接納諫言。是她的談吐、氣度、學養、胸襟等，無一不讓齊宣王深深懾服，最後才立她為后。李白詩中也只用無鹽女貌醜來映襯王昭君之美貌，以她之得意來對比昭君之失意，並未涉及其內在之美，特此說明。

　　全詩可分為兩段：前六句敘事，旨在襯托出明妃的美貌無雙。「于闐採花人，自言花相似。」首先點明花與美人的相似之處。接著，描寫王昭君這朵豔冠群芳的漢地名花：「明妃一朝西入胡，胡中美女多羞死。乃知漢地多名姝，胡中無花可方比。」這裡採映襯（反襯）法，把胡地美女與王昭君並列一起，昭君之美不禁令胡人女子黯然失色，甚至羞愧欲死。

　　後四句轉而議論，藉由無鹽女封后的典故，明揭美女遭棄、醜女當道，可見世間竟是如此顛倒黑白，是非不分。「丹青能令醜者妍，無鹽翻在深宮裡。」化用毛延壽點破美人圖、無鹽女封為齊王后的典故，指責畫家無良，有錢美化醜貌，無錢醜化美貌；所以，像無鹽女那般的醜人才能飛上枝頭當鳳凰。隱含賢者被棄置，小人卻趨炎附勢，身居高位。「自古妒蛾眉，胡沙埋皓齒。」此處借蛾眉遭嫉妒、美人被埋沒，以喻賢能之士備受排擠，貧無立身之地。詩人意在「借他人酒杯，澆胸中塊壘」，藉以自嘆才優見黜，抒發賢士卻無處一展所長的悲慨。

于闐採花傷明妃

應考大百科

◆于闐：漢代西域國名，故址在今新疆和闐一帶。

◆明妃：即王昭君。王嬙，字昭君，漢代南郡秭歸人。晉代因避司馬昭名諱，改稱「王明君」；後人又稱她為「明妃」。

◆丹青：本為繪畫用的顏料，後引申為繪畫之意；此再用來借代為畫家。

◆無鹽：即齊宣王的正室無鹽女鍾離春，她相貌奇醜，卻因具有內在美而被封為王后。此後「無鹽」一辭，成為醜女的代稱。按：此詩中「無鹽」指外貌醜陋的女子，不強調其才德兼備。

◆蛾眉：本指美人細長的彎眉，此借代為美女。

◆皓齒：本指美人潔白、整齊的牙齒，此借代為美人。

于闐採花　李白

雜言樂府　雜曲歌辭

首段

胡中無花可方比，
乃知漢地多名姝，
胡中美女多羞死。
明妃一朝西入胡，
自言花相似，
于闐採花人，

押上聲四紙韻

詩中藉由王昭君故事，感慨君子生不逢時，賢才慘遭埋沒，有志難伸；那些無德無能之輩，反而小人得志，位居要路津。

末段

胡沙埋皓齒，
自古妒蛾眉，
無鹽翻在深宮裡，
丹青能令醜者妍。

★首段敘事，旨在襯托出明妃的美貌無雙。

・「于闐採花人，自言花相似。」首先點明花與美人的相似之處。

・「明妃一朝西入胡，胡中美女多羞死。乃知漢地多名姝，胡中無花可方比。」這裡採映襯（反襯）法，把胡地美女與王昭君並列一起，昭君之美不禁令胡人女子黯然失色。

★末段轉而議論，藉由無鹽女封后的典故，明揭美女遭棄、醜女當道，可見世間竟是如此顛倒黑白，是非不分。

・「丹青能令醜者妍，無鹽翻在深宮裡。」化用了毛延壽點破美人圖、無鹽女封為齊王后之典，指責畫家無良，有錢美化醜貌，無錢醜化美貌；所以，像無鹽女那般的醜才能飛上枝頭當鳳凰。隱含賢者被棄置，小人卻趨炎附勢，身居高位。

・「自古妒蛾眉，胡沙埋皓齒。」此處借蛾眉遭嫉妒、美人被埋沒，以喻賢能之士備受排擠，貧無立身之地。

🧚 活用小精靈

在宮廷劇《如懿傳》中，出身后族、美慧嫻雅、一心追求美好愛情的烏拉那拉‧青櫻（如懿），與弘曆（乾隆皇）青梅竹馬，相知甚深；最後卻落得斷髮、廢后、禁足，病死深宮內院中，無人聞問的慘況，令人不勝唏噓！

而那位出身卑微、心腸狠毒、行為粗鄙的「心機女」魏嬿婉，只想著如何「上位」，拋棄舊情人，推自己的親娘當「替死鬼」，栽贓、誣陷，壞事做盡；但她竟可以一步登天，從小宮女飛上了枝頭，成為深受皇上寵愛的令妃娘娘。

誰說好人一定有好報？誰說美女一定能得到幸福？誰說賢士一定能獲得賞識？──也許這就是「人生」，人生總有太多的莫可奈何、太多的不合常理。

UNIT 2-36
總為浮雲能蔽日，長安不見使人愁

圖解唐詩100：大考最易入題詩作精解

相傳李白曾遊武昌黃鶴樓，見崔顥〈黃鶴樓〉詩題於壁上，嘆為觀止，遂擱筆而去。後來他到金陵，登臨鳳凰臺，終於有機會大展身手，故賦此詩。然而，此詩創作時間，或說李白被「賜金放還」後，南遊金陵時所作；或說他晚年流放夜郎，遇赦，回來後的作品。

登金陵鳳凰臺 李白
鳳凰臺上鳳凰遊，鳳去臺空江自流。
吳宮花草埋幽徑，晉代衣冠成古丘。
三山半落青天外，二水中分白鷺洲。
總為浮雲能蔽日，長安不見使人愁。

鳳凰臺上曾有鳳凰群聚翱翔，如今鳳凰飛走了，只留下這座空臺，伴隨長江水滾滾向東流。當年吳王宮中的千花百草，早已埋沒在荒幽的小徑中；晉代那些達官貴人，個個長眠於古老的墳墓裡。遠處的三座山峰依然聳立在青天之外，秦淮河被白鷺洲分隔成兩條水道。太陽總是被天上的浮雲遮蔽了，看不見長安城，不禁使我感到十分憂愁。

此詩與崔顥〈黃鶴樓〉頗有異曲同工之妙，平分秋色，同為千古絕唱。

這是一首七言律詩，但頷聯與首聯平仄相同，故不合律。如將頷聯前、後二句的平仄對調，便合乎七律平起格的定式。

首聯詠鳳凰臺。據《江南通志》記載：「鳳凰臺在江寧府城內之西南隅，……宋元嘉十六年，有三鳥翔集山間，文彩五色，狀如孔雀，音聲諧和，眾鳥群附，時人謂之鳳凰。起臺於山，謂之鳳凰山，里曰鳳凰里。」詩人藉此抒發今昔之慨，傳說中的鳳凰、南朝時的樓臺，而今安在哉？唯有江水依舊川流不息。

中間兩聯對仗，寫登臺所見景物。頷聯承前文之慨嘆，憑弔古蹟：三國時東吳的宮殿已被荒草埋沒了，東晉的朝中顯貴也都成了累累的古墳。儘管他們過去曾經風光一時，今非昔比，令人不勝唏噓！頸聯跳脫歷史興亡的感慨，放眼於永恆的自然山水：「三山半落青天外，二水中分白鷺洲。」唯有那矗立青天外的三座山、將秦淮河分成二條水道的白鷺洲，無視於金陵歷史的更迭、人事的變遷，依舊與長江水相互呼應，屹立於這片土地上。

末聯同樣寫遠眺之景物，但借景抒情，點出詩人心中的家國之憂。「總為浮雲能蔽日，長安不見使人愁。」表面是說浮雲遮蔽了白日，讓他望不見京城，徒自發愁。然在古詩詞中，「浮雲」往往暗示小人、「白日」象徵君主，而「長安」是帝京，自然可以代表國家、朝廷。所以，此聯的言外之意是：想到君王為群小蒙蔽，讓人看不見國家前途，實在令作者憂心忡忡。故高步瀛《唐宋詩舉要》評云：「太白此詩全摹崔顥〈黃鶴樓〉，而終不及崔詩之超妙，惟結句用意似勝。」崔、李二詩，孰優孰劣，見仁見智，但詩歌首重絃外之音，倒是千古不變的真理！

鳳凰臺上鳳凰遊

*「吳宮花草」、「晉代衣冠」為借代修辭，用東吳宮中的奇花異草，借指東吳從前的繁華榮景；用東晉權貴的衣服冠帽，借為東晉舊時的達官顯宦；以部分（花草為吳宮繁華的一部分、衣冠為晉代權貴身上的一部分）代替整體（吳宮繁華、晉代權貴），故為「借代」法。

*「總為浮雲能蔽日」、「長安不見使人愁」則為借喻修辭，因為浮雲飄忽不定，總是遮蔽了白日的光芒，一如群小為非作歹，總是蒙蔽了君上；望帝京而不可見，使人心中發愁，同樣地，看不見國家的前途，也令人愁腸百轉。

登金陵鳳凰臺 李白
七言律詩
押下平聲十一尤韻

首聯

鳳凰臺上鳳凰遊，
鳳去臺空江自流。

遊 流

頷聯與首聯平仄相同，不合律。

平起格
首句用韻

頷聯

吳宮花草埋幽徑，
晉代衣冠成古丘。

丘

頸聯

三山半落青天外，
二水中分白鷺洲。

洲

尾聯（末聯）

長安不見使人愁。
總為浮雲能蔽日，

愁

★首聯詠鳳凰臺：詩人藉此抒發今昔之慨，傳說中的鳳凰、南朝時的樓臺，而今安在哉？唯有長江水依舊川流不息。

對仗

★頷聯承前文之慨嘆，憑弔古蹟：儘管三國時東吳的宮殿、東晉的朝中顯貴，曾經風光一時，今非昔比，令人不勝唏噓！

對仗

★頸聯跳脫歷史興亡的感慨，放眼於永恆的自然山水：唯有青山流水、白鷺洲，無視於人事變遷，依舊屹立於金陵。

★末聯同樣寫遠眺之景物，但借景抒情，點出了詩人心中的家國之憂。

· 言外之意是：想到君王為群小蒙蔽，讓人看不見國家前途，實在令他憂心忡忡。

活用小精靈

「長安不見使人愁」句，乍看平易近人，其實用《世說新語‧夙慧》典故，晉明帝小時候回答父皇晉元帝的提問：「長安近？還是太陽近？」他以「長安近。因為有人從長安來，沒聽說有人從太陽來。」展現早慧的一面。

與群臣聚會時，元帝又問兒子相同的問題。明帝卻說：「太陽近。因為抬頭能看見太陽，卻看不見長安。」隱含中原淪陷，國家風雨飄搖之意。李白此詩化用「舉頭見日，不見長安」之意，隱約道出對國事的憂心。

UNIT 2-37
日暮鄉關何處是？煙波江上使人愁

圖解唐詩100：大考最易入題詩作精解

　　崔顥曾遊歷武昌，登黃鶴樓，感慨賦詩，遂成此絕唱。相傳李白為之擱筆，黯然離去。據《唐才子傳》記載：「崔顥遊武昌，登黃鶴樓，感慨賦詩。及李白來，曰：『眼前有景道不得，崔顥題詩在上頭。』無作而去，為哲匠斂手云。」

> ### 黃鶴樓　崔顥
> 昔人已乘黃鶴去，此地空餘黃鶴樓。
> 黃鶴一去不復返，白雲千載空悠悠。
> 晴川歷歷漢陽樹，芳草萋萋鸚鵡洲。
> 日暮鄉關何處是？煙波江上使人愁。

　　從前有仙人已乘黃鶴騰空而去，這裡只留下空蕩蕩的黃鶴樓。傳聞中黃鶴一飛走，再也不曾飛回來；千年後，唯有悠悠白雲徒然久久守候著黃鶴樓。晴朗的江面映照著漢陽一帶茂密的樹木，歷歷在目；鸚鵡洲上花草長得繁茂、美麗，清晰可辨。時至黃昏，眺望遠方，哪裡才是我的家鄉？面對大江煙波浩渺，使人不覺發起愁來。

　　首聯：「昔人已乘黃鶴去，此地空餘黃鶴樓。」「黃鶴樓」，在今湖北武昌西南黃鵠磯上。該樓始建於三國時代，建築宏偉，登臨遠眺，氣勢非凡，歷代吟詠不輟。據《太平寰宇記》載：「昔費文禕登仙，每乘黃鶴於此樓憩駕，故號為黃鶴樓。」由於古仙人嘗乘鶴過此，故傳為美談。

　　頷聯：「黃鶴一去不復返，白雲千載空悠悠。」承前文黃鶴樓典故而來，此處「悠悠」一辭具多義性，既指白雲悠悠，作「安閒自適」解，摹寫雲朵舒展自如之狀；兼指千載悠悠，即歲月之悠久，用以對比美麗傳說的稍縱即逝，同時暗示滄海桑田的人事變化。——以上二聯就黃鶴樓的由來，加以發揮，為虛筆。

　　頸聯：「晴川歷歷漢陽樹，芳草萋萋鸚鵡洲。」改採實寫法，摹狀登樓所見景色。此二句可作互文解，不但說樹木茂盛，歷歷可見；亦指芳草繁密，歷歷如繪。使人聯想起《楚辭·招隱士》：「王孫遊兮不歸，春草生兮萋萋。」進而引出末聯的鄉關之思。「鸚鵡洲」，在今湖北漢陽西南長江中；據說東漢末禰衡曾作〈鸚鵡賦〉，後來遇害，葬身洲上，故稱。詩人登高眺望之際，眼前美景歷歷分明，名士禰衡視死如歸的形象，想必也在他腦中清晰浮現，隱約透露出懷才不遇的感慨，故而引發下文的思鄉愁懷。

　　末聯：「日暮鄉關何處是？煙波江上使人愁。」是為倒裝語法，應作：「日暮何處是鄉關？江上煙波使人愁。」又「日暮鄉關何處是？」為懸問法，不知家鄉在何處；加以放眼江上風煙瀰漫，更興起前途茫茫、不知該何去何從的千愁萬緒。開頭從登臨懷古切入，至此以落寞思鄉作收，通篇即景生情，虛實照應，一氣呵成，廣受好評。如嚴羽《滄浪詩話》評云：「唐人七言律詩，當以崔顥〈黃鶴樓〉為第一。」陸時雍《唐詩鏡》云：「此詩氣格高迥，渾若天成。」沈德潛《唐詩別裁》亦云：「意得象先，神行語外，縱筆寫去，遂擅千古之奇。」

黃鶴一去不復返

應考大百科

＊該詩雖為律詩，但前四句不合格律，為古詩格式；至後四句，始合於詩律。

・頸聯雖對仗工整，然頷聯不對仗，亦違反律詩規定。

・一首五十六字中，「黃鶴」凡三見，「人」、「去」、「空」各二見，皆觸犯了律詩的清規戒律。

・儘管如此，卻不影響其藝術價值，歷來傳誦不絕，連李白都為之折服，無疑是一首曠世奇作。

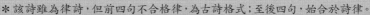

黃鶴樓　崔顥

七言律詩
◆
押下平聲十一尤韻

首聯

昔人已乘黃鶴去，
此地空餘黃鶴樓。（樓）

←**平起格** 首句不用韻

頷聯

黃鶴一去不復返，
白雲千載空悠悠。（悠）悠

頸聯

晴川歷歷漢陽樹，
芳草萋萋鸚鵡洲。（洲）洲

尾聯（末聯）

日暮鄉關何處是？
煙波江上使人愁。（愁）愁

虛筆	寫實

★首聯為「懸想示現」法，就黃鶴樓的傳說：古仙人嘗乘黃鶴過此，加以發揮。

★頷聯承前文黃鶴樓典故而來：「悠悠」，既指白雲悠悠，摹寫雲朵舒展自如之狀；兼指千載悠悠，即歲月之悠久，用以對比美麗傳說的稍縱即逝，同時暗示滄海桑田的人事變化。

★頸聯摹狀登樓所見景色。不但說樹木茂盛，歷歷可見；亦指芳草繁密，歷歷如繪。使人聯想起《楚辭・招隱士》：「王孫遊兮不歸，春草生兮萋萋。」進而引出末聯的鄉關之思。

★末聯：應作「日暮何處是鄉關？江上煙波使人愁。」不知家鄉在何處？放眼江上風煙瀰漫，興起前途茫茫、不知該何去何從的千愁萬緒。

活用小精靈

　　江夏太守黃祖之長子黃射，某日大宴賓客，有人獻上珍奇鸚鵡，便邀名士禰衡作賦以娛嘉賓。禰衡信筆而成〈鸚鵡賦〉，藉神鳥卻淪為玩物，抒發才士不遇之處境。眾人讚不絕口。

　　後來黃祖讀此賦，深怕禰衡才華洋溢，一旦得志將不利於己，於是將他殺害。

UNIT 2-38
寂寂江山搖落處，憐君何事到天涯？

劉長卿生性剛直，曾兩度犯上，遭到貶謫：第一次是肅宗至德三年（758）春天，由蘇州長洲縣尉貶為潘州南巴縣尉；第二次是代宗大曆年間的一個深秋，由淮西鄂嶽轉運留後貶為睦州司馬。從此詩中描寫秋天景象來看，當是詩人第二次遭貶時，途經長沙，探訪賈誼遺址，有感而發之作。

長沙過賈誼宅　劉長卿

三年謫宦此棲遲，萬古惟留楚客悲。
秋草獨尋人去後，寒林空見日斜時。
漢文有道恩猶薄，湘水無情弔豈知？
寂寂江山搖落處，憐君何事到天涯？

> 賈誼被貶謫到長沙來停留了三年，萬古以來，留下和屈原一樣懷才不遇的悲哀。我在秋草中獨自尋覓賈誼的蹤跡，一無所獲；在寒冷的樹林間，徒然望見落日已西斜。漢文帝是一位明君，對賈誼的恩情未免太淡薄；湘江流水本無情，賈誼憑弔屈原又有誰知道？深秋時節，山川寂寥，到處都是飄零景象；我就不明白，賈誼為什麼要到這麼遠的地方來？

這是一首七言律詩，詩人有意借賈誼謫居長沙事，以古喻今，抒發自身二度貶官的惆悵與憤慨。

首聯：「三年謫宦此棲遲，萬古惟留楚客悲。」先從賈誼謫居長沙三年切入，闡明題旨。「三年謫宦」、「萬古」、「楚客悲」，給人一種沉重的悲涼感。「悲」字為本詩詩眼，賈誼悲屈原忠而見放，猶如詩人悲賈誼賢而遭棄，也悲自己因剛直而獲罪。

頷聯：「秋草獨尋人去後，寒林空見日斜時。」以對仗法，白描眼前一片秋草、寒林的蕭瑟景象。此聯巧用賈誼〈鵬鳥賦〉中「主人將去」、「庚子日斜兮」之典故，自然渾成，化用無跡，渲染了秋日訪古的寂寥氛圍。「獨尋」、「空見」襯托出詩人此刻的感受，孤單落寞，滿目淒涼。

頸聯：「漢文有道恩猶薄，湘水無情弔豈知？」詩人透過漢文帝對賈誼恩情淡薄，間接宣洩對時君的不滿；同時感傷賈誼弔祭屈原，白費心機，然而他在此憑弔賈誼，何嘗不也是自作多情呢？此聯對仗工整，借古喻今，看似傷賈誼，實則自傷也。如吳瑞榮《唐詩箋要》所云：「怨語難工，難在瀋宕婉深耳。秋草、湘水二語，猶當雋絕千古。」

末聯：「寂寂江山搖落處，憐君何事到天涯？」以景摹情，謂秋山空寂，草木飄零，詩人反問賈誼為何到這遙遠的地方來？如沈德潛《唐詩別裁》所云：「誼之遷謫，本因被讒，今云何事而來，含情不盡。」末句一個「憐」字，雖憐賈誼，卻也是自傷自憐。昔時賈誼傷屈原被流放，而今詩人同樣傷賈誼流落長沙，他們都意在「借他人酒杯，澆胸中塊壘。」同病相憐，同聲一嘆。

方東樹《昭昧詹言》評云：「首二句敘賈誼宅，三、四過字，五、六入議，收以自己託意。」足見其章法嚴謹，自然精妙。要言之，詩中「悲」、「弔」、「憐」三字，雖嘆賈誼之遭遇，其實字字莫非悲己、弔己、憐己也！

萬古惟留楚客悲

應考大百科

◆賈誼：西漢政論家、文學家，曾因提倡改革，得罪權貴，被貶為長沙王太傅。後召還，再貶為梁懷王太傅；終因梁懷王墮馬身亡，賈誼自責悲傷，一年多後，他亦與世長辭。死時才三十三歲。

◆三年謫宦：言賈誼貶為長沙王太傅，長達三年之久。謫宦，貶官。

◆棲遲：淹留。

◆楚客：指戰國時代楚人屈原，因賈誼貶長沙時，途經湘江，曾作賦以弔屈原。一說指賈誼，因長沙舊屬楚地，故稱。

◆漢文：即漢文帝劉恆。

◆湘水：即湘江。

長沙過賈誼宅 劉長卿
七言律詩

押上平聲四支韻

首聯

三年謫宦此棲**遲**，
萬古惟留楚客**悲**。

← 平起格 首句用韻

遲 悲

頷聯

秋草獨尋人去後，
寒林空見日斜**時**。

時

對仗

頸聯

漢文有道恩猶薄，
湘水無情弔豈**知**？

知

對仗

尾聯（末聯）

寂寂江山搖落處，
憐君何事到天**涯**？

涯

★首聯從賈誼謫居長沙三年切入，闡明題旨。

・「三年謫宦」、「萬古」、「楚客悲」，給人一種沉重的悲涼感。

・「悲」字為本詩詩眼，賈誼悲屈原忠而見放，猶如詩人悲賈誼賢而遭棄，也悲自己因剛直而獲罪。

★頷聯：白描出眼前一片秋草、寒林的蕭瑟景象。

・此聯巧用賈誼〈鵩鳥賦〉中「主人將去」、「庚子日斜兮」典故，自然渾成，渲染了秋日訪古的寂寥氛圍。

・「獨尋」、「空見」襯托出詩人的感受，孤單落寞，滿目淒涼。

★頸聯借古喻今，乍看似傷賈誼，實則自傷也。

・透過漢文帝對賈誼恩情淡薄，間接宣洩對時君的不滿；感傷賈誼弔祭屈原，白費心機，然而他在此憑弔賈誼，何嘗不也是自作多情？

★末聯以景摹情，謂秋山空寂，草木飄零，他反問賈誼為何到這遙遠的地方來？

・一個「憐」字，雖憐賈誼，卻也是自傷自憐。昔時賈誼傷屈原被流放，而今詩人同樣傷賈誼流落長沙，同病相憐，同聲一嘆。

 悲己　 弔己　 憐己

UNIT 2-39
江上幾回今夜月？鏡中無復少年時

　　此詩一題作〈貶睦州祖庸見贈〉，可知乃劉長卿於代宗大曆年間，得罪鄂嶽觀察使吳仲孺，被誣陷貪贓，貶為睦州（今浙江淳安）司馬後，臥病官舍期間所作。至於祖庸是其友人賀蘭侍郎的名或字，不得而知。

> 謫官後臥病官舍簡賀蘭侍郎
> 　　　　劉長卿
> 青春衣繡共稱宜，白首垂絲恨不遺。
> 江上幾回今夜月？鏡中無復少年時。
> 生還北闕誰相引？老向南邦眾所悲。
> 歲歲任他芳草綠，長沙未有定歸期。

> 　　您青春年少，身穿繡服、位居高官，實在非常相稱；而我年紀大了，頭髮白了，空留滿腔遺恨。江上望月幾次能跟今晚一樣渾圓、明亮？看著自己鏡中的容貌衰老，不再像年輕時那般意氣風發。多希望能活著重返朝廷，可是誰來指引我一條回京的明路呢？眼看將要老死睦州，親友們不禁為我傷悲。年年春天來了，芳草碧綠，綿延萬里；可惜我像當年謫貶長沙的賈誼，歸去之日遙遙無期。

　　這是一首平起格首句用韻的七言律詩，押上平聲四支韻，韻腳為「宜」、「遺」、「時」、「悲」、「期」。

　　首聯先用映襯法，點出詩人與好友浮沉之異勢，「青春衣繡共稱宜，白首垂絲恨不遺。」賀蘭侍郎正值青春年少，又身居高位，這是有目共睹、眾所稱宜的事；而我（劉長卿）卻已頭髮斑白，不但遭貶官，且臥病官舍中，只能空留憾恨。誠如《史記・汲鄭列傳》云：

「一貧一富，乃知交態。」最可貴的是二人情誼凌駕於世俗榮辱、得失之上。此聯以「青春衣繡」寫「賀蘭侍郎」的春風得意，以「白首垂絲恨不遺」點明題中詩人「謫官後臥病官舍」，反襯出他的失意。

　　以下皆從詩人本身出發，道盡他謫居睦州後的思想情感。頷聯望月懷思，並感慨時光匆匆，青春稍縱即逝。「江上幾回今夜月？鏡中無復少年時。」今夜月圓，可惜我飄泊異鄉，無法與親友們團圓，共賞明月；攬鏡自照時，驚覺自己已非昔時年少模樣，真是歲月不饒人！此處以「無復少年時」呼應次句「白首垂絲」，摹狀鬢髮斑白、凋殘的老態。

　　頸聯直抒胸臆，身為傳統士大夫最在意的事，莫非憂讒畏譏，去國離鄉，恐虛度光陰，一生志意無成。「生還北闕誰相引？老向南邦眾所悲。」我多渴望活著重返朝中，但誰來指引一條明路？時光飛逝，就怕即將老死於此，辜負親友的期許，害他們傷心難過。「北闕」、「南邦」皆為「借代」，前者為朝廷之代稱，後者借指睦州。「眾」指親朋故舊，當然包括寄贈的對象「賀蘭侍郎」，再次間接點題。

　　末聯借賈誼貶為長沙王太傅典故，抒發懷才不遇、歸期未定的喟嘆。「歲歲任他芳草綠，長沙未有定歸期。」年復一年，每到春天芳草青綠、滋長，綿延不絕；我一如當年的賈長沙，何時才能敲定歸期？何時才能獲召回京？這裡以賈誼自比，隱約寄託才優見黜的無奈與悲慨。

歲歲任他芳草綠

◆青春衣繡共稱宜：一作「青春繡服正相宜」。衣繡、繡服，皆古代高官所穿之朝服；此指友人賀蘭侍郎。據《漢書・百官公卿表上》載：「侍御史有繡衣直指，出討姦猾，治大獄，武帝所制，不常置。」後世遂以「繡服」指侍御史。

◆北闕：本指古代宮殿北面的門樓，是群臣朝見皇帝、上奏章的地方；此引申為朝廷之意。

◆南邦：由於睦州在今浙江淳安，故稱「南邦」。

◆長沙：此指詩人之貶所；暗用當年賈誼貶為長沙王太傅的典故。

謫官後臥病官舍簡賀蘭侍郎 劉長卿

七言律詩

押上平聲四支韻

首聯

青春衣繡共稱 [宜]，

白首垂絲恨不遺。

平起格
首句用韻

 [宜] [遺]

頷聯

鏡中無復少年 [時]？

江上幾回今夜月？

[時]

頸聯

老向南邦眾所 [悲]。

生還北闕誰相引？

[悲]

尾聯（末聯）

長沙未有定歸 [期]。

歲歲任他芳草綠，

[期]

對仗

對仗

★首聯先用映襯法，點出詩人與好友浮沉之異勢。

・以「青春衣繡」寫「賀蘭侍郎」的春風得意，以「白首垂絲恨不遺」點明詩人「謫官後臥病官舍」之近況。

★頷聯望月懷思，並感慨時光匆匆，青春稍縱即逝。

・以「無復少年時」呼應次句「白首垂絲」，摹狀鬢髮斑白、凋殘的老態。

★頸聯直抒胸臆，身為傳統士大夫最在意的事，莫非憂讒畏譏，去國離鄉，恐一生志意無成。

・「北闕」、「南邦」皆為「借代」，前者為朝廷之代稱，後者借指睦州。

・「眾」指親朋故舊，當然包括寄贈的對象「賀蘭侍郎」，再次間接點題。

★末聯借賈誼貶為長沙王太傅典故，抒發懷才不遇、歸期未定的喟嘆。

・以賈長沙自比，隱約寄託才優見黜的無奈與悲慨。

頷、頸、末聯皆從詩人本身出發，道盡他謫居睦州後的思想情感

UNIT 2-40
會當凌絕頂，一覽眾山小

玄宗開元二十四年（736），杜甫二十五歲，開始遊歷天下。他於北遊齊、趙時，寫下〈望嶽〉詩三首，分別吟詠了東嶽泰山、南嶽衡山和西嶽華山。本詩即望東嶽泰山而作，是現存杜詩中最早的作品，通篇洋溢著朝氣蓬勃的年輕氣息，情調高昂，風格明快，具有他早期詩歌開朗豪放的特色。

> **望嶽　杜甫**
> 岱宗夫如何？齊魯青未了。
> 造化鍾神秀，陰陽割昏曉。
> 盪胸生層雲，決眥入歸鳥。
> 會當凌絕頂，一覽眾山小。

泰山有多麼宏偉壯麗？它橫跨了齊、魯兩地，挺拔蒼翠綿延不絕。造物者凝聚了天地間的靈氣賦予它神奇和秀麗，因山勢高峻阻擋了日光照射而將山南、山北區分為明亮面與陰暗面。望著山中層層雲氣蒸騰，令我心胸隨之盪漾；看著倦鳥紛紛急飛歸巢，使人眼眶張大欲裂。有朝一日，我定要攻上峰頂；向下俯瞰，屆時群峰將顯得格外渺小。

詩題「望嶽」，全詩聚焦在一個「望」字之上。「岱宗」，指東嶽泰山（位於今山東泰安北），由於古代帝王祭祀泰山，故被尊為五嶽之首。首二句：「岱宗夫如何？齊魯青未了。」以提問法開篇，自問自答，交代泰山的地理位置和連綿不絕的山勢，營造出氣勢磅礴的詩歌氛圍。

又據《史記·貨殖列傳》載：「故泰山之陽則魯，其陰則齊。」可知泰山的南面是魯地，北面為齊地。三、四句：「造化鍾神秀，陰陽割昏曉。」承前文「青未了」而來，寫泰山的鍾靈毓秀、巍峨壯麗，一個「割」字，突顯其山勢高聳不凡，能將天地間的明暗變化，分割成南邊的明亮面與北邊的陰暗面，山前山後，一明一暗，形成強烈對比。

五、六句：「盪胸生層雲，決眥入歸鳥。」刻劃出詩人眺望泰山之見聞與感受。由於山中雲霧瀰漫，使他心胸盪漾，情感澎湃；又因久久凝望，直到黃昏倦鳥還巢時，故而令他睜眼欲裂，眼界為之開闊。

末二句：「會當凌絕頂，一覽眾山小。」採「懸想示現」法，並化用《孟子·盡心上》：「孔子登東山而小魯，登泰山而小天下」之典，想像自己「登泰山而小天下」的情景。同時隱含詩人的少年豪情、壯志雄心，暗示他將來必能攀登人生的顛峰，實現經世濟民、定國安邦的理想。

此詩前四句狀寫望嶽所見景致，泰山的巍峨蒼翠綿延不絕，聚集天地之靈秀於此，總括了世間的晦明變化。句句緊扣「望」字，由遠景至近景，層遞展開；從白天至傍晚，直線前進。後四句抒發詩人望嶽時的感慨，他多希望能攻頂俯視群巒，間接道出平生遠大的政治抱負。仍繞著「望」字打轉，藉由望嶽之心胸開闊，激起無限壯懷激烈，故浦起龍《讀杜心解》評云：「杜子心胸氣魄，於斯可觀。取為壓卷，屹然作鎮。」良有以也！

登臨泰山望天下

應考大百科

＊「倒裝」法：就是故意顛倒文句在語法上、邏輯上的正常順序，以達到加強語氣、調和音節或錯綜句法等功效，使人耳目一新，為平鋪直述的句子增添活潑生命力。

・如本詩：「盪胸生層雲，決眥入歸鳥。」應作「盪胸層雲生，決眥歸鳥入。」特意將動詞倒裝至第三字。

・王維〈山居秋暝〉：「竹喧歸浣女，蓮動下漁舟。」應作「竹喧浣女歸，蓮動漁舟下。」同樣將動詞倒裝。

望嶽 杜甫
五言古詩

押上聲十七篠韻

首二句	三、四句	五、六句	末二句

首二句

齊魯青未了。
岱宗夫如何？ 了 了

三、四句

陰陽割昏曉。
造化鍾神秀， 曉 曉

五、六句

決眥入歸鳥。
盪胸生層雲， 鳥 鳥

末二句

會當凌絕頂，
一覽眾山小。 小 小

★首二句以提問法開篇，自問自答，交代泰山的地理位置和連綿不絕的山勢，營造出氣勢磅礴的詩歌氛圍。

望

前四句狀寫望嶽所見景致，泰山的巍峨蒼翠綿延不絕，聚集天地之靈秀於此，總括了世間的晦明變化。句句緊扣「望」字，由遠景至近景，層遞展開；從白天至傍晚，直線前進。

★三、四句承前文「青未了」而來，寫泰山的鍾靈毓秀、巍峨壯麗，一個「割」字，突顯其山勢高聳不凡，將天地間的明暗變化，分割成南邊的明亮面與北邊的陰暗面，山前山後，一明一暗，形成強烈對比。

★五、六句刻劃出詩人眺望泰山之見聞與感受。

・由於山中雲霧瀰漫，使他心胸盪漾，情感澎湃；又因久久凝望，直到黃昏倦鳥還巢時，令他睜眼欲裂，眼界為之開闊。

★末二句採「懸想示現」法，並化用《孟子・盡心上》：「孔子登東山而小魯，登泰山而小天下」之典，想像自己「登泰山而小天下」的情景。

・同時隱含詩人的少年豪情、壯志雄心，暗示他將來必能攀登人生的顛峰，實現經世濟民、定國安邦的理想。

望

後四句抒發望嶽的感慨，多希望能攻頂俯視群巒，間接道出平生遠大的政治抱負。仍續著「望」字打轉，藉由望嶽之心胸開闊，激起無限壯懷激烈。

UNIT 2-41
炙手可熱勢絕倫，慎莫近前丞相嗔

天寶十二載（753）春，杜甫四十二歲，人在長安，見楊貴妃兄妹驕奢淫亂，故作此詩以諷之。

圖解唐詩100：大考最易入題詩作精解

麗人行　杜甫

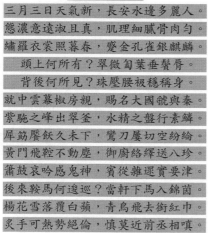

三月三日天氣新，長安水邊多麗人。
態濃意遠淑且真，肌理細膩骨肉勻。
繡羅衣裳照暮春，蹙金孔雀銀麒麟。
頭上何所有？翠微匐葉垂鬢脣。
背後何所見？珠壓腰衱穩稱身。
就中雲幕椒房親，賜名大國虢與秦。
紫駝之峰出翠釜，水精之盤行素鱗。
犀筯厭飫久未下，鸞刀縷切空紛綸。
黃門飛鞚不動塵，御廚絡繹送八珍。
簫鼓哀吟感鬼神，賓從雜遝實要津。
後來鞍馬何逡巡？當軒下馬入錦茵。
楊花雪落覆白蘋，青鳥飛去銜紅巾。
炙手可熱勢絕倫，慎莫近前丞相嗔。

三月三日天氣晴和，長安水邊聚集了許多遊春的名媛淑女。她們姿態濃豔，情意高遠，端莊自然；加以肌膚細嫩，骨肉勻稱，個個都是標緻的美人兒。那繡花的綾羅衣裙映照在暮春的郊野，上面鑲金嵌銀的孔雀和麒麟，格外美麗動人。她們頭上戴著翡翠髻飾的彩葉，一直垂到雙鬢旁；背後可以見到綴滿珍珠的裙腰，顯得多麼穩貼合身。貴妃的親姊妹被冊封為虢國夫人和秦國夫人，她們就在這重重如雲霧的帳幕裡。

用精緻銅釜盛裝的紫駝峰肉，擺在水晶圓盤上的清蒸鮮魚。但貴人們吃膩了這些，手持犀牛角筷，遲遲不肯夾菜；一旁的侍者卻手拿鸞刀，不停地精切細作。太監飛馬回宮報訊，未揚起半點兒灰塵；宮中御廚絡繹不絕送來各種山珍海味。宴席上簫鼓齊奏，纏綿婉轉的樂曲連鬼神都深受感動；賓客、隨從眾多而雜亂，滿座都是高官顯宦。

最後騎著馬、大搖大擺而來的是楊丞相，在車帷旁下馬，直接步入錦毯鋪地的帳篷內。曲江畔楊花飄落如雪，覆蓋在白蘋上；青鳥使者飛來飛去，為她們啣紅巾，傳情達意。這可是一代的紅人，千萬別靠近，丞相會怪罪的！

全詩可分為三段：首段描寫上巳日長安貴戚宴遊的情景。首先點題，麗人遊春。三月三日，古代修禊之俗，於農曆三月上旬巳日舉行。自唐開元以來，長安仕女多在上巳日遊賞曲江。次寫麗人的姿態與體貌，三敘其衣著妝扮，再揭示其身分地位。

次段從飲食、音樂、侍者、貴賓等，白描宴會的盛況。先從飲食說起，「紫駝之峰」，即駝峰，極珍貴的食物。接著，從舉手投足間，對比出貴婦與侍者的區別；再就侍者的忙碌、奔波著筆，次及音樂與貴賓。

三段寫楊國忠到來，藉機突顯其煊赫權勢，不可一世的驕縱。「逡巡」，緩緩而行，謂楊國忠大模大樣，旁若無人。再巧用二典故：一為北魏胡太后私通楊白花事，影射楊國忠與虢國夫人之姦情；二為西王母使者，青鳥傳書之典，借指為他們傳遞消息的人。此二句揭露楊氏兄妹淫亂無恥的醜行。末句「丞相」二字，終於點明是楊國忠。全詩至此，戛然而止，諷刺之意，盡在欲言未言中。

長安水邊多麗人

應考大百科

*「側寫」法:指不直接描繪人、事、物的形象特徵,藉由刻劃旁邊的配角側面突顯主角的重要性。

・白居易〈琵琶行〉中,藉由「善才」佩服她的曲藝、「秋娘」妒忌她的美麗,側寫琵琶女的才貌雙全。

*「正寫」法:即正面描寫,直截了當描寫出人、事、物的形貌;為「側寫」之相反手法。

・本詩中使用「正寫」法:第一段直接勾勒出麗人的姿態、體貌、衣著、妝扮等。

麗人行 杜甫

七言樂府

押上平聲十一真韻

寫三月三日長安曲江畔貴戚宴遊的情景。

就中雲幕椒房**親**,賜名大國虢與**秦**。
背後何所見?珠壓腰被穩稱**身**。
頭上何所有?翠微匎葉垂鬢**脣**。
繡羅衣裳照暮**春**,蹙金孔雀銀麒**麟**。
態濃意遠淑且**真**,肌理細膩骨肉**勻**。
三月三日天氣**新**,長安水邊多麗**人**。

> 麗人遊曲江上巳日,
> 敘麗人的姿態與體貌
> 妝扮與身分敘其衣著

從飲食、音樂、侍者、貴賓等,白描宴會的盛況。

簫鼓哀吟感鬼**神**,賓從雜遝實要**津**。
黃門飛鞚不動**塵**,御廚絡繹送八**珍**。
犀筋厭飫久未下,鸞刀縷切空紛**綸**。
紫駝之峰出翠釜,水精之盤行素**鱗**。

> 音樂與貴賓
> 奔波的侍者
> 貴婦與侍者
> 精緻的飲食

寫楊國忠到來,藉機突顯其煊林的權勢。

炙手可熱勢絕**倫**,慎莫近前丞相**嗔**。
楊花雪落覆白**蘋**,青鳥飛去銜紅**巾**。
後來鞍馬何逡**巡**?當軒下馬入錦**茵**。

> 點明是楊國忠
> 用典影射姦情
> 大搖大擺而來

活用小精靈

　　杜甫〈麗人行〉中,著墨於楊氏兄妹的驕奢與榮寵,無限風光;通篇未及一個貶字,然貶損之意盡在其中。如王籍〈入若耶溪〉云:「蟬噪林愈靜,鳥鳴山更幽。」寫幽靜的山林,卻從蟬鳴鳥叫來做反面烘托。

　　又近來紅透半邊天的宮廷劇《延禧攻略》,戲裡的服裝、布景多以灰冷色調為主,演員服飾、整體構圖等頗受好評。有人研究其色彩搭配,以為這是源於二十世紀義大利藝術家喬治・莫蘭迪所創作一系列靜物作品而命名的神祕灰色調,俗稱「莫蘭迪色」;也有人提出反駁,認為莫蘭迪色屬於亮灰色,而劇中色調更沉穩、灰暗,應稱為「中國傳統色」。無論如何,好比寫作上的反襯法,以褒寓貶、以動寫靜、以樂襯哀,反而能將貶意、靜謐、哀情醞釀得更深沉醇厚;同理,似乎唯有如此濃重沉靜的暗灰色調,才足以突顯清宮中皇親國戚無比的內斂奢華。

UNIT 2-42
人生有情淚霑臆，江水江花豈終極？

圖解唐詩100：大考最易入題詩作精解

肅宗至德元載（756）秋天，杜甫離開鄜州，前往投奔肅宗途中，被安史叛軍所虜，帶至已淪陷的長安。隔年春天，他行至曲江畔，見宮殿門戶緊閉，江頭春意盎然，不覺觸景傷情，賦〈哀江頭〉一詩。

哀江頭　杜甫

少陵野老吞聲哭，春日潛行曲江曲。
江頭宮殿鎖千門，細柳新蒲為誰綠？
憶昔霓旌下南苑，苑中萬物生顏色。
昭陽殿裡第一人，同輦隨君侍君側。
輦前才人帶弓箭，白馬嚼齧黃金勒。
翻身向天仰射雲，一箭正墜雙飛翼。
明眸皓齒今何在？血汙遊魂歸不得。
清渭東流劍閣深，去住彼此無消息。
人生有情淚霑臆，江水江花豈終極？
黃昏胡騎塵滿城，欲往城南望城北。

少陵野老暗自飲泣，春天時偷偷來到曲江邊。江上宮殿全大門深鎖，那些新生的柳絲和菰蒲為誰而轉綠？

回憶皇帝的彩旗儀仗駕臨芙蓉苑時，苑中萬物皆沾了光彩。唐宮第一美人楊貴妃也同車出遊，隨侍在皇上身旁。車前女官帶著弓箭，白馬不時咬著黃金製成的籠頭。只見她們仰身射向天上白雲裡，一箭便射落那雙飛的鳥兒。

美麗的楊貴妃如今在哪裡？鮮血玷汙了她的遊魂再也回不來了。清澈的渭水悠悠向東流去，而玄宗所在的劍閣依然那樣深遠，一走一留，死生異地，彼此都沒了消息。人生有情，淚水沾溼了胸臆，只有江水滔滔、江花開謝哪會有盡頭呢？黃昏時，胡騎揚起滿城的塵土；我想回到城南，卻不禁遙望城北。

這是一首七古樂府，旨在哀傷京師淪落、楊貴妃之死；通篇用入聲韻，更增添哀戚的氣氛。

全詩可分為三段：首段為實寫，敘詩人潛行至曲江畔，面對寥落春景，想到大唐江山正遭胡人蹂躪，不禁百感交集。「江頭宮殿鎖千門，細柳新蒲為誰綠？」江山易主，昔日繁華已逝，江岸冷冷清清，嫩柳新蒲不知為誰而翠綠？以植物萌生新芽之樂景寫國破家亡之哀情，更添無限淒涼。

次段採「追述示現」法，藉唐玄宗、楊貴妃故事，追憶當年的繁華歡樂。「昭陽殿裡第一人」，原指漢成帝皇后趙飛燕，此借指楊貴妃。回想昔時皇帝和貴妃遊曲江的情景，才人著戎裝，帶弓箭，身騎白馬，白馬不時咬著黃金勒。才人仰身向天射，「一箭正墜雙飛翼」，此句一語雙關，既說射中天上的雙飛鳥，也暗喻射中明皇和貴妃，因此才有以下的生離死別之悲。

末段哀悼楊貴妃，使人黯然神傷；最後以胡騎滿城作結，哀長安之淪陷。天寶十五載（756），楊貴妃縊死馬嵬驛，葬於渭水濱；唐玄宗入蜀後，曾停駐在劍閣；而今兩人一死一生，彼此音訊全無。「人生有情淚霑臆，江水江花豈終極？」與「天長地久有時盡，此恨綿綿無絕期」同韻味。「黃昏胡騎塵滿城，欲往城南望城北。」此時唐肅宗在靈武即位，位在長安城北，故詩人遙望城北，盼能早日掃靖胡塵，收復長安。

少陵野老吞聲哭

應考大百科

◆少陵：漢宣帝許皇后之墓，在杜陵（漢宣帝陵墓）附近。杜甫祖籍長安杜陵，也住過少陵，故自號「杜陵布衣」、「少陵野老」。

◆霓旌：音「尼經」，如雲霓般的彩旗，指天子之旗。

◆南苑：指曲江南方的芙蓉苑。

◆輦：音「拈」，天子的車駕。

◆才人：唐代正五品女官，掌管宮中宴寢絲枲之事。

◆嚼齧：音「絕孽」，咬也。

◆清渭東流劍閣深，去住彼此無消息：據仇兆鰲《杜詩詳註》載：「馬嵬驛，在京兆府興平縣（今屬陝西省），渭水自隴西而來，經過興平。蓋楊妃薨葬渭濱，上皇（玄宗）巡行劍閣，是去住西東，兩無消息也。」

哀江頭 杜甫

七古樂府

押入聲二沃、十三職韻

肅宗至德元載（756）秋，杜甫前往投奔肅宗途中，被安史叛軍所虜，帶至已淪陷的長安。隔年春天，他行至曲江畔，見宮殿門戶緊閉，江頭春意盎然，不覺觸景傷情，賦〈哀江頭〉。

首段

少陵野老吞聲哭，春日潛行曲江曲。
江頭宮殿鎖千門，細柳新蒲為誰綠？

曲 綠

次段

翻身向天仰射雲，一箭正墜雙飛翼。
輦前才人帶弓箭，白馬嚼齧黃金勒。
昭陽殿裡第一人，同輦隨君侍君側。
憶昔霓旌下南苑，苑中萬物生顏色。

色 側 勒 翼

末段

黃昏胡騎塵滿城，欲往城南望城北。
人生有情淚霑臆，江水江花豈終極？
清渭東流劍閣深，去住彼此無消息。
明眸皓齒今何在？血汙遊魂歸不得。

得 息 極 北

★首段敘詩人潛行至曲江畔，面對寥落春景，想到大唐江山正遭胡人蹂躪，不禁百感交集。

・「江頭宮殿鎖千門，細柳新蒲為誰綠？」江山易主，昔日繁華已逝，江岸冷冷清清，嫩柳新蒲不知為誰而翠綠？以植物萌生新芽之樂景寫國破家亡之哀情，更添無限淒涼。

★次段藉唐玄宗、楊貴妃故事，追憶當年的繁華歡樂。

・「昭陽殿裡第一人」，原指漢成帝皇后趙飛燕，此借指楊貴妃。回想昔時皇帝和貴妃遊曲江的繁華情景。

・「一箭正墜雙飛翼」，一語雙關，既說射中雙飛鳥，也暗喻射中明皇和貴妃，才有以下的生離死別之悲。

★末段哀悼楊貴妃，使人黯然神傷；最後以胡騎滿城作結，哀長安之淪陷。

・天寶十五載(756)，楊貴妃縊死馬嵬驛，唐玄宗入蜀後，曾停駐在劍閣；一死一生，彼此音訊全無。

・「黃昏胡騎塵滿城，欲往城南望城北。」肅宗在靈武即位，故詩人遙望城北，盼能早日掃靖胡塵，收復長安。

UNIT 2-43
烽火連三月，家書抵萬金

此詩作於肅宗至德二載（757）春天，杜甫四十六歲時，是安史之亂後，他流落到長安的第二年。

春望　杜甫

國破山河在，城春草木深。
感時花濺淚，恨別鳥驚心。
烽火連三月，家書抵萬金。
白頭搔更短，渾欲不勝簪。

> 國都在戰火中淪陷，然而山河依然存在，春天的長安城滿目淒涼，到處草木茂密。我感傷時事、痛恨離亂，看見繁花彷彿也為人落淚、驚心，聽到鳥鳴聲似乎也暗自心驚、啜泣。戰火蔓延了好幾個月，收到一封家書，真值得上萬兩黃金啊。我為此煩憂，頭上白髮越抓越稀少，簡直要插不住簪子了。

這是一首五言律詩，前三聯對仗，末聯不對仗。前兩聯緊扣詩題「春望」而發，寫春天登高所望之景，愁思縈繞；後二聯則敘戰爭帶來的痛苦，簡直教人難以承受。

首聯從京師陷敵，草木逢春，對比出詩人登高遠望的失落感，以榮景襯托哀情。「國破山河在，城春草木深。」「山」，指終南山；「河」，指涇、渭水。據司馬光《溫公續詩話》云：「如此言『山河在』，明無餘物矣；『草木深』，明無人矣。」長安失守，山河仍在，可惜百業蕭條；城裡逢春，但見一片草木繁盛，不過卻杳無人煙。國破家亡，縱使美景當前，詩人也無心賞玩。

頷聯將此國仇家恨，移情於自然景物，採擬人法，讓萬物與詩人同悲。「感時花濺淚，恨別鳥驚心。」為「互文」，應作：感時恨別花、鳥皆為之濺淚、驚心。草木無情，禽鳥無知，不能理解世間戰亂離別之苦，顯然是詩人將心中悲苦移轉至花鳥身上。另一說法，人因感時傷別，見到美麗的花、鳥，不覺觸景傷情，反為之濺淚、驚心，此說亦合題旨。

頸聯訴說對家人的掛念。「烽火連三月，家書抵萬金。」自安史之亂以來，已兩度逢三月，在漫天戰火下，若能收到一封家人寄來的書信，可值萬兩黃金！因為戰亂中，生死難料，見到親人的筆跡，知道大家都平安，心中的感動自是難以言喻。這是兵荒馬亂時人們共同的願望，因此格外觸動人心，成為千古名句。此時，詩人想必正掛心暫住在鄜州城外羌村的妻小，他們是否安然無恙，如能接獲一封報平安的家書，那真是天大的喜悅，比獲得千萬黃金還令人振奮！

末聯藉由白髮稀疏，抒發家恨國仇，無限哀愁。「渾欲不勝簪」，明寫稀疏的頭髮幾乎不能插上髮簪了，亦暗示著脆弱的身心快要無法承受如此的深悲沉恨。

誠如方回《瀛奎律髓》所評：「此第一等好詩，想天寶、至德以至大曆之亂，不忍讀也。」可見這是杜甫感時傷世、憂國憂民的代表作之一。從詩中不難讀出安史之亂期間，人民顛沛流離、到處百廢待興的亂離景象，因此杜甫這類詩作素有「詩史」之譽；其人本於儒家思想，忠君愛國，關懷百姓，悲天憫人的襟抱，故而贏得「詩聖」的美名。

春深遙望滿城悲

應考大百科

◆春望：春天登高遠望。

◆國破：指京城長安被安史亂軍攻陷。國，國都，即長安也。

◆草木深：草木茂密、叢生。

◆烽火：古代邊關在高臺上點燃的火，作為警報之用。此處借指戰爭。

◆家書：寫給家人的書信。按：當時杜甫的家人住在鄜（音「膚」）州城外羌村。

◆抵：值得。

◆渾：簡直。

◆不勝簪：插不上簪子了。不勝（音「生」），受不住。簪，音「卫ㄣ」，一種束髮的首飾；此作動詞，插上髮簪。

春望 杜甫
五言律詩
押下平聲十二侵韻

首聯

國破山河在，城春草木深。 ← **仄起格** 首句不用韻

深

頷聯

感時花濺淚，恨別鳥驚心。 心

頸聯

烽火連三月，家書抵萬金。 金

尾聯（末聯）

白頭搔更短，渾欲不勝簪。 簪

對仗

首聯從京師陷敵，草木逢春，對比出詩人登高遠望的失落感，以榮景襯托哀情。

對仗

頷聯將此國仇家恨，移情於自然景物，採擬人法，讓萬物與詩人同悲。

對仗

★頸聯訴說對家人的掛念。

· 這是兵荒馬亂時人們共同的願望，格外觸動人心，故成為千古名句。

★末聯藉由白髮稀疏，抒發家恨國仇，無限哀愁。

·「渾欲不勝簪」，明寫稀疏的頭髮幾乎不能插上髮簪了，亦暗示著脆弱的身心快要無法承受如此的深悲沉恨。

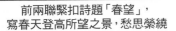

前兩聯緊扣詩題「春望」，寫春天登高所望之景，愁思縈繞

後二聯敘戰爭帶來的痛苦，簡直教人難以承受

·「感時花濺淚，恨別鳥驚心。」為「互文」，應作：「感時恨別花濺淚、驚心，恨別感時鳥驚心、濺淚。」顯然是詩人將心中悲苦移轉至花鳥身上。

· 另一說法，人因感時傷別，見到美麗的花、鳥，不覺觸景傷情，反而為之濺淚、驚心。

UNIT 2-44
明日隔山岳，世事兩茫茫

圖解唐詩100：大考最易入題詩作精解

　　肅宗乾元二年（759）春天，杜甫從洛陽省親後，於返回華州途中，登門造訪友人衛八處士，兩人短暫相聚又再度分別，因而寫下此詩。詩人前一年因上疏救房琯，被貶為華州司功參軍。衛八，是他少年時的好友，家族排行第八，隱居蒲州，名字不可考。據朱鶴齡《杜詩箋注》載：「唐有隱逸衛大經居蒲州。衛八亦稱處士，或其族子。蒲至華，止一百四十里。恐是乾元二年春，在華州時至其家作。」

贈衛八處士　杜甫

人生不相見，動如參與商。
今夕復何夕？共此燈燭光。
少壯能幾時？鬢髮各已蒼。
訪舊半為鬼，驚呼熱中腸。
焉知二十載，重上君子堂。
昔別君未婚，兒女忽成行。
怡然敬父執，問我來何方。
問答乃未已，驅兒羅酒漿。
夜雨剪春韭，新炊間黃粱。
主稱會面難，一舉累十觴。
十觴亦不醉，感子故意長。
明日隔山岳，世事兩茫茫。

　　摯友難得相見，猶如參星與商星此起彼落，難以會面。今夜是怎樣的好日子？竟能和你在燭光下相聚談心。

　　少壯時光又有多少？如今你我皆已鬢髮斑白。打聽老友的消息，大半都已經死去；使我驚呼失聲，心中百感交集。

　　哪知闊別二十年後，還能再度登門拜訪？分別時您尚未成親，現在忽然兒女成行了。您的孩子們高興地來問候父親的摯友，熱情問我從哪裡來。問答還沒結束，您便叫他們去張羅家常酒筵。

　　您冒著夜雨割來春天新生的韭菜，剛煮好一鍋香噴噴摻雜黃粱的米飯。您說我們難得見面，一舉杯就接連喝了十杯酒。連喝十杯我也沒有醉意，感謝您對我情深意長。

　　明天分開後，關山阻隔，人情世事又渺茫不可知。

　　此詩可分為五段：首段含前四句，寫出今夜難得相聚，因此教人格外珍惜。時值安史之亂已三年多，兩京雖然收復，但叛軍仍跋扈，時局動盪不安，百姓流離失所。由此更突顯出相逢的不易，友情的溫暖。

　　次段即五至八句，燭光下，杜甫驚覺好友和自己皆已鬢髮蒼白，感慨青春易逝，故舊凋零，不禁失聲驚呼，難過不已。

　　三段為九至十六句，筆鋒一轉，摹寫詩人與衛八孩子們的互動。用一句「問答乃未已」，輕描淡寫，交代彼此間一來一往的對話，剪裁精當。

　　四段從十七至二十二句，細膩刻劃出老友待客的真摯情誼。亂世中，能和好友在夜裡，伴著燭光，平平安安吃一頓飯，多美好的時光！

　　末段即末二句，敘惜別之情。闊別二十年，好不容易才在今夜重逢敘舊；明天一別後，從此山岳阻隔，世事變幻莫測，下次再見，不知又是何年何月！仇兆鰲《杜詩詳注》評云：「首敘今昔聚散之情，次言別後老少之狀，末感處士款情，因而惜別也。」可見此詩敘事、寫景、抒情兼具，別具淳樸自然的藝術美。

久別重逢在今夕

應考大百科

＊唐詩中描寫與好友重逢的喜悅，如孟浩然〈過故人莊〉：「故人具雞黍，邀我至田家。……開軒面場圃，把酒話桑麻。待到重陽日，還來就菊花。」其心情平靜而愉悅，純樸的農村景色，深厚的老友情誼，使人讀來淡而有味。

＊本詩：「今夕復何夕？共此燈燭光。……主稱會面難，一舉累十觴。十觴亦不醉，感子故意長。明日隔山岳，世事兩茫茫。」同樣寫久別重逢，杜甫卻悲喜交加。想到明日一別，彼此又音訊渺茫，相見之日遙遙無期，心情怎能不沉重？

贈衛八處士 杜甫

五言古詩

◆

押下平聲七陽韻

首段	次段	三段	四段	末段

首段
今夕復何夕？共此燈燭**光**。
人生不相見，動如參與**商**。

次段
訪舊半為鬼，驚呼熱中**腸**。
少壯能幾時？鬢髮各已**蒼**。

三段
問答乃未已，驅兒羅酒**漿**。
怡然敬父執，問我來何**方**。
昔別君未婚，兒女忽成**行**。
焉知二十載？重上君子**堂**。

四段
夜雨剪春韭，新炊間黃**粱**。
主稱會面難，一舉累十**觴**。
十觴亦不醉，感子故意**長**。

末段
明日隔山岳，世事兩茫**茫**。

★首段寫出今夜難得相聚，教人格外珍惜。
· 時值安史之亂已三年多，兩京雖然收復，但叛軍仍跋扈，時局動盪不安，百姓流離失所。
⇨由此更突顯相逢的不易，友情的溫暖。

★次段謂燭光下，杜甫驚覺好友和自己鬢髮蒼白，感慨青春易逝，故舊凋零，不禁失聲驚呼，難過不已。
· 在戰亂中，生命的殞逝是何等匆促！

★三段敘詩人與衛八孩子們的互動。
· 用一句「問答乃未已」，輕描淡寫，交代彼此間一來一往的對話，剪裁精當。

★四段細膩刻劃出老友待客的真摯情誼。
· 亂世之中，能和好友在夜裡，伴著燭光，平平安安吃一頓飯，多美好的時光！

★末段敘惜別之情。
· 闊別二十年，好不容易今夜重逢敘舊；明天一別後，從此山岳阻隔，世事變幻莫測，下次再見，不知又是何年何月！

UNIT 2-45
露從今夜白，月是故鄉明

圖解唐詩100：大考最易入題詩作精解

　　此詩作於肅宗乾元二年（759）秋天，杜甫四十八歲，人在秦州（今甘肅天水）。當時安史之亂未平息，史思明從范陽引兵南下，攻陷汴州，西進洛陽；駐守河陽（今河南孟州）的李光弼與之交戰，大敗史氏叛軍。戰亂紛擾，骨肉離散，使百姓飽受煎熬，杜甫也與諸位弟弟分開，因此格外掛念飄散四方的手足同胞。

> 月夜憶舍弟　杜甫
>
> 戍鼓斷人行，秋邊一雁聲。
> 露從今夜白，月是故鄉明。
> 有弟皆分散，無家問死生。
> 寄書長不達，況乃未休兵。

　　戍樓上的更鼓聲響起後，路上再也沒有行人往來，秋天的邊塞只有一隻孤雁正哀鳴著。從今夜開始節氣就進入白露，還是故鄉的月光最明亮。我與弟弟們都分散了，我們已無家可歸，連個探問生死的地方也沒有。我寄出的家書總是無法送達，何況如今戰爭還沒結束呢！

　　這是一首五言律詩，藉由思念離散的弟弟們，感時傷亂，間接道出戰爭帶來的痛苦，頗具現實意義。

　　首聯描寫兵荒馬亂下，到處冷冷清清，好不悲涼！「戍鼓斷人行，秋邊一雁聲。」從路上杳無人煙，空空蕩蕩，只有戍樓的更鼓聲、失群的孤雁哀鳴相互呼應，聲聲淒楚，令人不忍聽聞。

　　頷聯敘事兼寫景：「露從今夜白，月是故鄉明。」點出此時節氣為白露，時序已入秋，露水凝重，皓月當空，不禁引起心中的思鄉之情。此聯點明詩題之「月夜」，且經由故鄉月明暗藏思念之意，照應題中「憶」字。此二句本是尋常句子：「今夜露白」、「故鄉月明」，但一經倒裝轉換，鏗鏘有力，便營造出動人的詩境，成了千古名句。詩人強調故鄉的月光特別皎潔、明亮，是因為心中思鄉情緒翻騰，恨不得立即奔赴故鄉，與家人團聚，共賞一輪明月。然而戰亂頻仍，回鄉路遙，因此他對故鄉愈加思念，就愈期盼能見到故鄉的明月。

　　頸聯承前文之戰亂、思鄉而來，寫出與弟弟們離居各地、生死未卜的沉痛心情。「有弟皆分散，無家問死生。」直接點出「憶舍弟」之主旨。杜甫有四個弟弟：杜穎、杜觀、杜豐和杜占。原本應同居一處的手足兄弟，如今卻各自分飛，都成了沒有家的人，不知要到哪裡打聽弟弟們的生死安危？此聯側寫出戰爭的殘酷，導致人們家園破碎，骨肉分離，字字淒苦，令人讀之斷腸。

　　末聯抒發心中的擔憂與無奈：「寄書長不達，況乃未休兵。」關山阻隔，寄出的家書經常無法送達親人手中，何況此刻戰火未熄，想要收到家書恐怕難上加難了。此聯與〈春望〉：「烽火連三月，家書抵萬金。」具異曲同工之妙。在戰火蔓延下，還有什麼比得知親人安好更值得欣喜的呢？反之，若未能收到家書，內心的忐忑不安，煩憂牽掛，更是難以言喻。故楊倫《杜詩鏡銓》評云：「淒楚不堪多讀。」確實如此！

戍鼓秋聲憶舍弟

應考大百科

◆舍弟：謙稱自己的弟弟。

◆戍鼓：戍樓上的更鼓。

◆斷人行：指更鼓響起後，就開始宵禁了。

◆秋邊：一作「邊秋」；謂秋天的邊塞。

◆露從今夜白：暗示廿四節氣的「白露」。

◆寄書長不達：寄出的家書總是無法送到。書，家書。長，一直、總是。達，到也。

◆況乃未休兵：何況是戰爭還沒結束。

月夜憶舍弟　杜甫
五言律詩
◆
押下平聲八庚韻

首聯
秋邊一雁聲，
戍鼓斷人行，

仄起格 首句用韻

行　**聲**

★首聯描寫兵荒馬亂下，到處冷冷清清，好不悲涼！

· 從路上杳無人煙，空空蕩蕩，只有戍樓的更鼓聲、失群的孤雁哀鳴相互呼應，聲聲淒楚，令人不忍聽聞。

頷聯
月是故鄉明。
露從今夜白，

明

對仗

★頷聯敘事兼寫景：點出此時節氣為白露，時序已入秋，露水凝重，皓月當空，引起心中的思鄉之情。

· 點明詩題之「月夜」，且經由故鄉月明暗藏思念之意，照應題中「憶」字。

點出「憶舍弟」之主旨 →

頸聯
無家問死生，
有弟皆分散，

生　**兵**

對仗

★頸聯承前文戰亂、思鄉而來，寫出與弟弟們離居各地、生死未卜的沉痛心情。

· 杜甫有四個弟弟：杜穎、杜觀、杜豐和杜占。原本應同居一處的手足兄弟，如今卻各自分飛，都成了沒有家的人，不知要到哪裡打聽弟弟們的生死安危？

側寫出戰爭的殘酷

尾聯（末聯）
況乃未休兵。
寄書長不達，

★末聯抒發心中的擔憂與無奈：關山阻隔，寄出的家書經常無法送達親人手中，何況此刻戰火未熄，想要收到家書恐怕難上加難了。

· 此聯與〈春望〉：「烽火連三月，家書抵萬金。」具異曲同工之妙。

UNIT 2-46
存者且偷生，死者長已矣！

　　肅宗乾元二年（759），郭子儀等節度使率兵圍攻鄴城（今河南安陽）不成，反為安、史叛軍所敗，情勢危急。朝廷於是到處廣徵男丁，以補充兵力。

　　這時，杜甫由左拾遺貶為華州司功參軍。他從洛陽回華州，途經新安、石壕、潼關等地，親眼目睹官吏執行強徵兵政策，作風殘暴，人民苦不堪言，因而將沿路所見亂離景象，寫成著名的「三吏三別」。〈石壕吏〉即是其中一首。

石壕吏　杜甫

暮投石壕村，有吏夜捉人。
老翁逾牆走，老婦出門看。
吏呼一何怒，婦啼一何苦。
聽婦前致詞，三男鄴城戍。
一男附書至，二男新戰死。
存者且偷生，死者長已矣！
室中更無人，惟有乳下孫。
有孫母未去，出入無完裙。
老嫗力雖衰，請從吏夜歸。
急應河陽役，猶得備晨炊。
夜久語聲絕，如聞泣幽咽。
天明登前途，獨與老翁別。

　　我傍晚投宿石壕村，夜裡有差役來強徵兵。老翁翻牆逃走，老婦出門去應付。

　　差役喊得多兇狠，老婦哭得多悲傷。我聽老婦上前說：「我三個兒子都去鄴城戍守。一個兒子捎信回來，說兩個兄弟剛戰死了。活著的人姑且活下去，死去的人永不能復生了。家裡再也沒有其他男丁，只有正在吃奶的小孫子。因為有小孫子在，他母親還沒有離開，但進進

出出連一件完好的衣裳都沒有。我雖然年老力衰，請讓我跟隨您連夜趕回軍營去。趕快到河陽去應徵，還來得及為將士們準備早餐。」

　　夜深了，說話聲逐漸消失，隱約中聽見斷斷續續的哭泣聲。天亮後我繼續趕路，只能與逃過一劫的老翁告別。

　　這是一首五言古詩。全詩可分為三段：首段含前四句，如實描寫詩人夜宿石壕村的所見所聞。「有吏夜捉人」句為通篇重點所在；「捉人」二字，更是耐人尋味！他不用「徵兵」、「點兵」或「招兵」等辭語，卻選擇最粗暴的兩個字，而且還是連夜捉人從軍。戰禍下民不聊生的情況，呼之欲出。

　　次段從「吏呼一何怒」至「猶得備晨炊」共十六句，是詩人親耳聽到官吏與老婦的對話。負責強徵兵的差役捉不到男丁，怒聲斥責；滿腹心酸的老婦上前哭訴：她的三個兒子被徵召到鄴城打仗，目前只有一人倖存，兩個已經陣亡了。家中再無男丁，只剩一個乳臭未乾的小孫子。因為有這小娃兒在，所以媳婦還沒改嫁，另謀出路。老婦為了掩護翻牆逃走的老伴，一心保全照顧幼孫的兒媳，不得不出此下策：自請隨差役連夜回營，表示她雖已衰老，仍可為河陽兵士們料理伙食。

　　末段包括後四句，敘老婦被官吏帶走後，夜裡安靜無聲，依稀彷彿可聽見啜泣聲不絕於耳。天亮了，詩人將離去，只單獨與老翁道別。

　　通篇巧妙地透過敘事手法，抒發對民間疾苦的同情，同時批判官府連夜捉人入伍一事，並表達強烈的譴責之意。

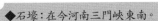

天明獨與老翁別

第2章 盛唐詩歌

應考大百科

- ◆石壕：在今河南三門峽東南。
- ◆投：投宿。
- ◆吏：官吏，此指負責強徵兵的差役。
- ◆逾牆：翻牆。
- ◆走：此指逃跑。
- ◆怒：此指兇狠。
- ◆前致詞：指老婦走上前去說話。
- ◆鄴城：在今河南安陽。
- ◆戍：防守，此指服役。
- ◆附書至：捎信回來。
- ◆更無人：再沒有別的男丁了。
- ◆乳下孫：正在吃奶的孫子。
- ◆去：離開，此指改嫁。
- ◆完裙：完整的衣裳。
- ◆老嫗：老婦人。
- ◆應：響應。
- ◆急應河陽役：趕快到河陽去服役。
- ◆晨炊：早飯。
- ◆泣幽咽：低微斷續的哭聲。
- ◆登前途：踏上前行的路。

石壕吏　杜甫
五言古詩

肅宗乾元二年（759），郭子儀等節度使率兵圍攻鄴城（今河南安陽）不成，反為安、史叛軍所敗，情勢危急。朝廷於是到處廣徵男丁，以補充兵力。

首段

暮投石壕村，有吏夜捉人。
老翁逾牆走，老婦出門看。

次段

吏呼一何怒，婦啼一何苦。
聽婦前致詞，三男鄴城戍。
一男附書至，二男新戰死。
存者且偷生，死者長已矣！
室中更無人，惟有乳下孫。
有孫母未去，出入無完裙。
老嫗力雖衰，請從吏夜歸，
急應河陽役，猶得備晨炊。

末段

夜久語聲絕，如聞泣幽咽。
天明登前途，獨與老翁別。

★首段描寫詩人夜宿石壕村的所見所聞。

・「有吏夜捉人」為通篇重點所在；「捉人」二字，更是粗暴不堪，何況是連夜捉人從軍。

★次段記敘詩人親耳聽到官吏與老婦的對話。

・老婦上前哭訴：她的三個兒子被徵召到鄴城打仗，目前只有一人倖存。家中再無男丁，只剩一個乳臭未乾的孫子。因為有這小娃兒，所以媳婦還沒改嫁。

・老婦為了掩護翻牆逃走的老伴，一心保全照顧幼孫的兒媳，只好自請隨差役連夜回營為河陽兵士們料理伙食。

★末段敘老婦連夜被帶走；天亮後，詩人單獨與老翁道別。

UNIT 2-47
我里百餘家，世亂各東西

此詩作於肅宗乾元二年（759）。杜甫此時所作〈新安吏〉、〈石壕吏〉、〈潼關吏〉、〈新婚別〉、〈垂老別〉和〈無家別〉六詩，合稱為「三吏三別」，堪稱是安史之亂期間最活生生、血淋淋的社會寫實之作。

圖解唐詩100：大考最易入題詩作精解

無家別　杜甫

寂寞天寶後，園廬但蒿藜。
我里百餘家，世亂各東西。
存者無消息，死者為塵泥。
賤子因陣敗，歸來尋舊蹊。
久行見空巷，日瘦氣慘悽。
但對狐與狸，豎毛怒我啼。
四鄰何所有？一二老寡妻。
宿鳥戀本枝，安辭且窮棲？
方春獨荷鋤，日暮還灌畦。
縣吏知我至，召令習鼓鞞。
雖從本州役，內顧無所攜。
近行止一身，遠去終轉迷。
家鄉既蕩盡，遠近理亦齊。
永痛長病母，五年委溝溪。
生我不得力，終身兩酸嘶。
人生無家別，何以為蒸黎？

自從安史之亂以後，農村寂寞荒涼，家園野草叢生。鄉里百餘戶人家，因世道亂離各奔東西。活著的人沒了消息，死去的人化為塵土。我因鄴城兵敗，尋找舊路回到故鄉。久行村中，只見空巷，日色無光，一片悽慘景象。獨自面對一隻隻狐狸，豎起毛來向我怒號。左右鄰居還剩些什麼人呢？只有一兩個老寡婦而已。

我像那宿鳥留戀本枝，怎麼能因為窮困就離開家鄉？春天時扛起鋤頭耕種，直到晚上還忙著澆田。

縣吏知道我回來了，又徵召我去從軍。雖然在本州服役，家中卻無人可為我送別。去近處，還好我子然一身；去遠處，終會感到前途茫茫。其實家鄉已遭破壞殆盡，遠鄉、近城都一樣蕭條。可憐我久病的母親，死了五年也沒好好埋葬。她生了我，卻得不到我的奉養；母子倆飲恨終生。一個人從軍無家可別，這教人民如何活下去？

〈無家別〉假託一個無家可別的男子之口，道出戰亂中家破人亡的悲哀。全詩可分為兩段：首段包括前十四句，敘自稱「賤子」的征人戰後回鄉所見蕭條景象。自從安史之亂以後，到處一片荒涼，他循著舊時路返鄉，發現家園已殘破不堪，親友流離失散，或陰陽兩隔，或剩老弱婦孺死守敝廬，人去樓空，只見狐狸成群出沒。「但對狐與狸，豎毛怒我啼。」生動寫出他與狐狸對峙的情景：狐狸借喻為群小，豎起毛來，朝人怒吼。暗示兵荒馬亂下，尊卑長幼觀念蕩然無存，才會出現如此禽獸橫行、咆哮的僭越之舉。

末段含後十八句，他回家耕種想安定下來，誰知又被縣吏派去服役？這次再應召入伍，家中沒人為他送別，還好所去不遠，要是出門遠征，他仍會感到前途茫茫。戰火蔓延時，遠鄉、近城皆遭破壞殆盡，無一能倖免。臨行前，他想到了生他、養他的母親，「永痛長病母，五年委溝溪。」自從媽媽病逝至今已經五年了，她的屍骨被遺棄在溪谷中，痛恨自己無力奉養母親，也無法為母改葬。如今他又要從軍去，家中連個送別的人也沒有，簡直痛不欲生！

狐狸豎毛怒我啼

◆天寶後：指玄宗天寶十四載(755)安祿山叛變以後。按：此詩採追述法，回顧此人無家之因。

◆廬：房屋。

◆蒿藜：野草。

◆賤子：這位無家者的自稱。

◆陣敗：指鄴城之戰，大敗。

◆日瘦：日光淡薄。

◆怒我啼：對著我發怒、啼叫。

◆鼓鞞：原指古代軍中用來發號進攻施令的大鼓、小鼓；後世用以借代為軍事。鞞，音「皮」。

◆無所攜：家中沒有可以告別的人。攜，離也。

◆終轉迷：終究是前途茫茫、生死難料。

◆五年：從安祿山叛變至這一年，正好是五年。

◆委溝溪：葬身山谷裡。

◆酸嘶：痛哭失聲。

◆蒸藜：指老百姓。

無家別 杜甫
五言古詩

押上平聲八齊韻

· 肅宗乾元二年(759)三月唐軍為安、史叛軍所敗，朝廷實行強徵兵政策。
· 杜甫「三吏三別」六首詩，堪稱安史之亂期間最血淋淋的社會寫實之作。

首段

四鄰何所有？一二老寡妻。
但對狐與狸，豎毛怒我啼。
久行見空巷，日瘦氣慘悽。
賤子因陣敗，歸來尋舊蹊。
存者無消息，死者為塵泥。
我里百餘家，世亂各東西。
寂寞天寶後，園廬但蒿藜。

末段

人生無家別，何以為蒸藜？
生我不得力，終身兩酸嘶。
永痛長病母，五年委溝溪。
家鄉既蕩盡，遠近理亦齊。
近行止一身，遠去終轉迷。
雖從本州役，內顧無所攜。
縣吏知我至，召令習鼓鞞。
方春獨荷鋤，日暮還灌畦。
宿鳥戀本枝，安辭且窮棲？

★首段敘自稱「賤子」的征人戰後回鄉所見蕭條景象。

· 自從安史之亂以後，到處一片荒涼，他循著舊時路返鄉，發現家園已殘破不堪，親友流離失散，或陰陽兩隔，或剩老弱婦孺死守敝廬，人去樓空，只見狐狸成群出沒。

·「但對狐與狸，豎毛怒我啼。」生動寫出他與狐狸對峙的情景：狐狸借喻為鼠小，豎起毛來，朝人怒吼。⇨暗示兵荒馬亂下，尊卑長幼觀念蕩然無存，才會出現如此禽獸橫行、咆哮的僭越之舉。

★末段敘家破人亡，他再度被徵召從軍，臨行前，無人為他送別。

· 他回家耕種想安定下來，誰知又被縣吏派去服役？這次再應召入伍，家中沒人為他送別，還好所去不遠，要是出門遠征，他仍會感到前途茫茫。

· 臨行前，「永痛長病母，五年委溝溪。」他想到自從媽媽病逝至今已經五年了，屍骨一直被遺棄在溪谷中，痛恨自己無力奉養母親，也無法為母改葬。

· 如今他又要從軍去，家中連個送別的人也沒有，簡直痛不欲生！

UNIT 2-48
出師未捷身先死，長使英雄淚滿襟

　　此七言律詩作於肅宗上元元年（760）春天，詩人造訪成都諸葛武侯祠，有感而發，寫下這首傳誦千古的詠史詩。前一年十二月，杜甫剛結束四年顛沛流離的生活，來到成都；並在友人資助下，定居於浣花溪畔。成都為三國時代蜀漢建都的所在，諸葛亮「鞠躬盡瘁，死而後已」的忠臣形象更深植人心，故作者有意藉此詩寄託自身報國無門的悲慨。

蜀相　杜甫

丞相祠堂何處尋？錦官城外柏森森。
映階碧草自春色，隔葉黃鸝空好音。
三顧頻煩天下計，兩朝開濟老臣心。
出師未捷身先死，長使英雄淚滿襟。

> 　　諸葛丞相的祠堂在哪裡呢？就在錦官城外柏樹蓊鬱繁茂的地方。綠草映著臺階，徒自呈現一片春色；黃鸝隔著密葉，兀自唱出美妙歌聲。當年先主劉備屢次向您請教安邦大計，您輔佐先主開國又扶助後主繼業，一片赤膽忠心。可惜幾次出師未能取勝，便病死軍中；古今英雄每每提及您的壯志未酬，不禁流下滿襟熱淚來。

　　前四句寫所見武侯祠風光。首聯以提問法切入，自問自答，開門見山點出武侯祠的所在地——四川錦官城。成都武侯祠在蜀先主廟旁，廟前有古柏樹，相傳為當年諸葛亮親手栽種。頷聯從遠景轉至近景，以視覺、聽覺摹寫法，細膩描繪出武侯祠前綠意盎然、鳥語婉

轉，好一幅美麗的春天景致！此處藉由草木無知、禽鳥無識，渾然不覺人間世事的變化，故能無憂無慮、悠然自在。其中「自」春色，「空」好音，為末聯「長使英雄淚滿襟」預留伏筆。以自然界草木和禽鳥自生自長，不解人間憾恨；間接襯托作者探訪武侯祠，儘管眼前春色無邊，風光明媚，心中卻百感交集。

　　後四句詠所聞諸葛亮事跡。頸聯歌頌蜀相諸葛亮為了報答「三顧茅廬」的知遇之恩，輔佐劉備開國，又扶助劉禪繼業，「鞠躬盡瘁，死而後已」。據《三國志·蜀志·諸葛亮傳》載：「亮悉大眾由斜谷出，以流馬運，據武功五丈原，與司馬宣王（懿）對於渭南……相持百餘日……亮疾病，卒于軍。」末聯：「出師未捷身先死，長使英雄淚滿襟。」謂諸葛亮屢次出師失利，最後不幸身死軍中；想到此事，每每使英雄豪傑為他感慨萬千，淚溼衣襟。故楊倫《杜詩鏡銓》評云：「自始至終，一生功業心事，只用四語括盡，是如椽之筆。」杜甫許身稷與契，志在得君行道，卻一直苦無機會施展平生抱負，這裡不免為諸葛亮的功業未竟掬一把同情淚，意在「借他人酒杯，澆胸中塊壘」！

　　杜甫平生憂國憂民，卻仕途坎坷，一事無成，因此瞻望武侯祠時，心底流露出更深的遺憾。諸葛亮曾得到劉備的賞識與重用，雖然大業未成而辭世，反觀詩人自己連一點兒機會都沒有，怎不教他徒嘆奈何？可見他不只為諸葛亮的功敗垂成，潸然淚下；更為自己的懷才不遇，涕泗縱橫。

錦官城外武侯祠

應考大百科

◆蜀相：指三國時蜀漢丞相諸葛亮(181～234)，字孔明。詩題下注曰：「諸葛亮祠在昭烈(劉備)廟西。」

◆丞相祠堂：四川成都諸葛亮武侯祠，為五胡十六國成漢開國皇帝李雄所建。

◆錦官城：由於蜀錦遠近馳名，古代朝廷設置錦官管理，並在成都西南築錦官城；後世遂為成都之代稱。

◆兩朝開濟：指諸葛亮輔佐劉備、劉禪父子開創帝業。

◆出師未捷：指諸葛亮生前幾次出兵伐魏都未能取勝。

蜀相 杜甫
七言律詩

押下平聲十二侵韻

首聯

錦官城外柏森森，
丞相祠堂何處尋？

> 仄起格
> 首句用韻

韻：森 尋

頷聯

映階碧草自春色，
隔葉黃鸝空好音。

韻：音

頸聯

三顧頻煩天下計，
兩朝開濟老臣心。

韻：心

尾聯（末聯）

出師未捷身先死，
長使英雄淚滿襟。

韻：襟

寫所見武侯祠風光

★首聯以提問法切入，自問自答，開門見山點出武侯祠的所在地——四川錦官城。成都武侯祠在蜀先主廟旁，廟前有古柏樹，相傳為當年諸葛亮親手栽種。

對仗

★頷聯從遠景轉至近景，細膩描繪出武侯祠前綠意盎然、鳥語婉轉，好一幅美麗的春天景致！

・其中「自」春色，「空」好音，為末聯「長使英雄淚滿襟」預留了伏筆。

> 景物無知：悠然自在

詠所聞諸葛亮事跡

對仗

★頸聯歌頌蜀相諸葛亮為了報答「三顧茅廬」的知遇之恩，輔佐劉備開國又扶助劉禪繼業，「鞠躬盡瘁，死而後已」。

★末聯謂諸葛亮屢次出師失利，最後不幸身死軍中；想到此事，每每使英雄豪傑為他感慨萬千，淚溼衣襟。

・杜甫許身稷與契，志在得君行道，卻一直苦無機會施展平生抱負，不免為諸葛亮的功業未竟掬一把同情淚。

> 報國無門：百感交集

UNIT *2-49*
肯與鄰翁相對飲？隔籬呼取盡餘杯

杜甫〈客至〉一詩，作於肅宗上元二年（761）春天。他這年五十歲，來到蜀地，定居於成都草堂。詩下自注：「喜崔明府相過。」由於唐人稱縣令為「明府」，可見詩題中的「客」正是崔縣令。又因杜甫母親姓崔，一說崔明府是其母家親戚；也有人以為，即其舅父白水縣尉崔頊。總之，有客人來訪，他滿懷欣喜之情，溢於言表。

客至　杜甫

> 舍南舍北皆春水，但見群鷗日日來。
> 花徑不曾緣客掃，蓬門今始為君開。
> 盤飧市遠無兼味，樽酒家貧只舊醅。
> 肯與鄰翁相對飲？隔籬呼取盡餘杯。

> 我家屋前屋後都漲滿了春水，只見鷗鳥成群結隊日日飛來。花木扶疏的小徑不曾為客人打掃，今天才為您清掃；這扇柴門不曾為客人開啟，今天才為您打開。距離市集太遙遠，盤中沒有大魚大肉招待您；加上家境清貧，只能用一杯舊釀的薄酒來敬您。如果您肯與隔壁老翁一同對飲，我就隔著籬笆喊他過來喝個盡興。

這是一首對仗工穩、節奏明快的七言律詩。通篇以第一人稱口吻為之，前兩聯寫客至之歡喜，後兩聯寫待客之真摯，語言質樸流暢，風格自然親切，流露出鄉居生活的恬適自得。

首聯：「舍南舍北皆春水，但見群鷗日日來。」摹寫草堂的戶外風光，放眼望去，春水浩渺，茫茫一片。群鷗日日皆來，暗示家中極少有訪客，同時側寫居家環境之幽靜，隱逸生活略顯寂寞。海鷗，在古詩詞中常被隱士視為忘機友，自然樂於親近像杜甫這樣清高的讀書人。

頷聯：「花徑不曾緣客掃，蓬門今始為君開。」是詩人與崔明府兩人的對話，緊扣詩題「客至」二字，場景更換至庭院。此聯使用「互文見義」法，杜甫謙稱草堂小徑未曾打掃、柴門也未曾開啟，今日為了迎接崔明府這位稀客，他才特地清掃花徑、敞開柴扉，足見兩人間情誼之深厚，非比尋常。

頸聯：「盤飧市遠無兼味，樽酒家貧只舊醅。」是詩人迎客入草堂，招呼客人用餐時所說的家常話。主人客氣地說酒菜不夠豐盛，請客人將就飲用，表達竭誠待客的心意，也側寫了兩人間的好交情。此聯呈現主客閒話家常、飲酒用餐的溫馨畫面。

末聯：「肯與鄰翁相對飲？隔籬呼取盡餘杯。」筆鋒一轉，寫詩人與客人飲酒的高昂興致。他徵詢崔明府的意見，想喊鄰家老翁一起飲酒盡興。至於崔明府同意嗎？應該不反對吧！畢竟彼此並無利害糾葛，只有濃濃的人情味，相對乾一杯，何樂而不為？

清代浦起龍《讀杜心解》評云：「首聯興起，次聯流水入題，三聯使『至』字足意，至則須款也。末聯就『客』生情，客則須陪也。」篇首以「群鷗」引興，篇末以「鄰翁」陪結。詩人兼顧空間、時間順序：空間上，從外到內，由大而小；時間上，則寫迎客、待客的過程。銜接流暢，自然渾成。

清掃花徑迎稀客

第 2 章 盛唐詩歌

應考大百科

◆舍南舍北：猶言屋前屋後。舍，房舍也。

◆蓬門：蓬草編製的門戶，表示家境清寒。

◆盤飧市遠無兼味：為「市遠盤飧無兼味」之倒裝。市遠，距離市集遙遠。盤飧，菜餚。兼味，兼有幾種肉類，即有魚又有肉之意。

◆樽酒家貧只舊醅：為「家貧樽酒只舊醅」之倒裝。樽酒，酒器。舊醅，隔年的陳酒；醅，音「胚」，沒過濾的酒。由於古人好飲新酒，詩人家貧，家中只有舊釀，故云。

◆呼取：喊叫，是鄉下人質樸率真的應對方式。

客至　杜甫
七言律詩

押上平聲十灰韻

首聯	頷聯	頸聯	尾聯（末聯）
但見群鷗日日來， 舍南舍北皆春水， ← 平起格 首句不用韻 **來**	花徑不曾緣客掃， 蓬門今始為君開。 **開**	盤飧市遠無兼味， 樽酒家貧只舊醅。 **醅**	肯與鄰翁相對飲， 隔籬呼取盡餘杯。 **杯**

寫客至之歡喜	寫待客之真摯

對仗	**對仗**

★首聯摹寫草堂的戶外風光，放眼望去，春水浩渺，茫茫一片。群鷗日日皆來，暗示家中極少有訪客，同時側寫居家環境幽靜，隱逸生活略顯寂寞。

・海鷗，在古詩詞中常被隱士視為忘機友，自然樂於親近像杜甫這樣清高的讀書人。

★頷聯是詩人與崔明府的對話，緊扣詩題「客至」，場景換至庭院。

・此聯用「互文」手法，應作：「花徑不曾緣客掃，今始為君掃；蓬門不曾緣客開，今始為君開。」

★頸聯是詩人迎客入內，招呼用餐時所說的家常話。

・主人客氣地說酒菜不夠豐盛，請客人將就飲用，表達竭誠待客的心意，也側寫了兩人間的好交情。

★末聯寫詩人與客人飲酒的高昂興致。

・他徵詢崔明府意見，想喊鄰家老翁一起飲酒盡興。至於崔明府同意嗎？——應該不反對吧！畢竟彼此並無利害糾葛，只有濃濃的人情味，相對乾一杯，何樂而不為？

UNIT 2-50
跨馬出郊時極目，不堪人事日蕭條

圖解唐詩100：大考最易入題詩作精解

肅宗上元二年（761），杜甫住在四川成都草堂。看見吐蕃入侵，許多壯丁被徵調至西山三城戍守，各地小軍閥囂張跋扈，國勢日頹，又思及戰亂下，骨肉離散，苦不堪言，故而賦此詩。

野望　杜甫

西山白雪三城戍，南浦清江萬里橋。
海內風塵諸弟隔，天涯涕淚一身遙。
唯將遲暮供多病，未有涓埃答聖朝。
跨馬出郊時極目，不堪人事日蕭條。

西山終年覆蓋著白雪，松、維、保三城都有重兵戍守，南郊外的萬里橋橫跨在錦江之上。由於海內連年戰亂，幾位弟弟與我相隔異地；在遙遠的天涯，只有我一人孤獨地傷心流淚。年紀大了，只能將光陰消磨在病榻上；我沒有點滴的功勳可以報效國家。獨自騎馬外出郊遊，極目遠眺，真不忍心看這局勢一天天敗壞下去。

這是一首七言律詩，藉由野望所見，感慨戰亂頻仍，國勢衰頹，民不聊生的現實。

首聯寫野望之景：「西山白雪三城戍，南浦清江萬里橋。」西山雪嶺白雪皚皚，但見四川松、維、保三州駐守的軍隊，冒著嚴寒保家衛國。萬里橋，相傳蜀漢時，費禕造訪吳國，臨行時，望著此橋對諸葛亮說：「萬里之行，始於此橋。」次句寫詩人但見南浦錦江上橫跨著一座萬里橋，江面煙波浩渺，不禁萌生思鄉之情。可惜萬里橋溝通了江水兩岸的人們，卻無法使他與分散的弟弟們取得聯繫。

頷聯慨嘆骨肉分離，孑然一身。「海內風塵諸弟隔，天涯涕淚一身遙。」詩人想起四處飄零的弟弟們（杜穎、杜觀、杜豐和杜占），不覺感慨萬千。想到海內戰火瀰漫，他又與諸弟分隔幾地，自己孤身飄泊天涯，不禁潸然淚下。古代是大家庭制度，兄弟理應同住一處，如今卻因戰禍相尋，兄弟離居，了無音訊，生死未卜，身為兄長的杜甫，每念及此，心中便覺惴惴不安。他年屆五旬，卻仍流離失所，且戰事又起，山川阻隔，不知何年何月才能返回家鄉？他自傷身世，感到前途茫茫，忍不住涕淚俱下。

頸聯道出畢生理想落空的無奈。「唯將遲暮供多病，未有涓埃答聖朝。」感慨自己年老、多病，不能為國家貢獻微薄心力了。想當年「致君堯舜上，再使風俗淳」（〈奉贈韋左丞丈二十二韻〉）的宏願，而今一事無成，只能落得空自嘆息。如蘇軾〈王定國詩集序〉云：「杜子美……豈非以其流落飢寒，終身不用，而一飯未嘗忘君也歟！」這是杜甫的忠君愛國之志，未嘗因老病、飄泊而改變。

末聯闡明詩旨：「跨馬出郊時極目，不堪人事日蕭條。」以「出郊」點出「野」，「極目」點出「望」，切合題意。詩人跨馬到野外郊遊，極目遠望，看到戰亂中人事蕭條，以此呼應首聯之西山景物、三城戍兵，首尾圓合。但他憂心的不只是自身飄零，兄弟離散，更不忍見到國家衰敗，人民困苦，不時流露出憂國憂民的襟懷。

天涯涕淚一身遙

應考大百科

◆西山：在成都西，主峰雪嶺終年積雪。
◆三城：指松（今四川松潘縣）、維（故城在今四川理縣西）、保（故城在理縣新保關西北）三州。
◆戌：駐軍防守。
◆南浦：南邊近水的地方。

◆清江：指錦江。
◆萬里橋：在成都南門外。
◆風塵：此處借指戰亂。
◆遲暮：年老也。按：杜甫時年五十歲。
◆涓埃：用一滴水、一撮土，比喻極微小。

野望　杜甫
七言律詩

押下平聲二蕭韻

首聯（平起格 首句不用韻）
南浦清江萬里橋，
西山白雪三城戌。（橋）

頷聯
天涯涕淚一身遙，
海內風塵諸弟隔，（遙）

頸聯
未有涓埃答聖朝，
唯將遲暮供多病，（朝）

尾聯（末聯）
不堪人事日蕭條，
跨馬出郊時極目，（條）

對仗

★首聯寫野望之景。
· 西山雪嶺白雪皚皚，四川松、維、保三州駐守的軍隊，冒著嚴寒保家衛國。但見南浦錦江上橫跨著一座萬里橋，江面煙波浩渺，不禁萌生思鄉之情。
· 萬里橋溝通了江水兩岸的人們，卻無法使詩人與分散的弟弟們取得聯繫。

對仗

★頷聯慨嘆骨肉分離，孑然一身。
· 詩人想起四處飄零的弟弟們（杜穎、杜觀、杜豐和杜占），不覺感慨萬千。
· 他年屆五旬，卻仍流離失所；戰事又起，山川阻隔，不知何年何月才能返鄉與諸弟團聚？加上自傷前途茫茫，不禁涕淚俱下。

對仗

★頸聯道出了畢生理想落空的無奈。
· 感慨自己年老、多病，不能為國家貢獻微薄心力了。
· 想當年「致君堯舜上，再使風俗淳」的宏願，而今一事無成，落得空自嘆息。
· 杜甫的忠君愛國之志，未嘗因老病、飄泊而改變。

★末聯闡明詩旨：以「出郊」點出「野」，「極目」點出「望」，切合題意。
· 但他憂心的不只是自身飄零，兄弟離散，更不忍見到國家衰敗，人民困苦，不時流露出憂國憂民的襟懷。

按：「不堪人事日蕭條」，呼應首聯所見西山景物、三州戌兵，首尾圓合。

UNIT 2-51
安得廣廈千萬間？大庇天下寒士俱歡顏

圖解唐詩100：大考最易入題詩作精解

肅宗乾元三年（760）春天，杜甫在成都浣花溪畔建茅屋棲身。不料，隔年八月，大風破屋，大雨又接踵而至，讓他「屋漏偏逢連夜雨」，感慨萬千，因而寫下此詩。

> 茅屋為秋風所破歌　杜甫
> 八月秋高風怒號，捲我屋上三重茅。茅飛渡江灑江郊，高者掛罥長林梢，下者飄轉沉塘坳。南村群童欺我老無力，忍能對面為盜賊？公然抱茅入竹去，唇焦口燥呼不得，歸來倚杖自嘆息。俄頃風定雲墨色，秋天漠漠向昏黑。布衾多年冷似鐵，嬌兒惡臥踏裡裂。床頭屋漏無乾處，雨腳如麻未斷絕。自經喪亂少睡眠，長夜沾濕何由徹？安得廣廈千萬間？大庇天下寒士俱歡顏，風雨不動安如山。嗚呼！何時眼前突兀見此屋？吾廬獨破受凍死亦足！

　　八月深秋狂風怒號，大風捲走了我屋頂上多層茅草。茅草亂飛，渡過了浣花溪，散落在對岸江邊；飛得高的茅草纏繞在高高的樹梢上，飛得低的飄零灑落沉入池塘裡。

　　南村的一群孩童欺負我年老力衰，竟忍心當面搶起東西來？大剌剌地抱著茅草跑進竹林去。我喊到唇乾口燥也喝止不住，回來後拄著手杖獨自嘆息。

　　一會兒風停了但見烏雲密布，深秋的天空漸漸昏暗下來。夜裡，蓋了多年的布被又冷又硬像鐵板似的，孩子們睡相不好把被子都蹬破了。一下雨屋頂漏水，屋內沒有一點兒乾燥的地方，房頂的雨水像麻線一樣不斷往下滴。自從安史之亂後，我睡眠的時間很少，長夜漫漫，

屋漏床濕，怎能挨到天亮？

　　如何能得到千萬間寬敞高大的房屋？普遍地庇護天下的窮書生，讓他們都展開笑顏，房子在風雨中不為所動，安穩如山。唉！什麼時候眼前出現這樣高聳的房屋？屆時即使只有我的茅屋被風吹破，我自己受凍而死也值得了！

　　這是一首七言歌行體，通篇以七言為主，偶或間以九言、二言，句式活潑，道盡茅屋為秋風所破之無奈與心酸。

　　全詩可分為四段：首段白描秋風吹破茅屋，點明題旨；押下平聲三肴、四豪韻。「風怒號」將秋風比擬成一個惡霸，蠻橫不講理，無端「捲我屋上三重茅」而去。

　　次段記「我老無力」為群童所欺，他們竟「公然抱茅入竹去」，不顧我在後頭氣喘吁吁地追喊。只因大家都貧窮，才會展開這場茅草爭奪戰。押入聲十三職韻。

　　三段敘屋破，適逢連夜大雨，又冷又濕，讓詩人一夜無眠。押入聲十三職、九屑韻。寫盡戰亂中，家貧、屋漏，無處安身的痛苦。

　　末段抒發他由衷的心願，但願能有廣廈千萬間安置天下的寒士，讓大家住得安心，這樣就算他一人獨自貧困、受凍而死，也毫無怨言！先押上平聲十五刪韻，後換為入聲一屋、二沃通押。

　　前三段自述家貧，含蓄而壓抑；至末段直抒憂民之情，情緒轉為激越高昂，如此抑揚曲折，完美體現了杜詩沉鬱頓挫的風格。

茅飛渡江灑江郊

應考大百科

◆三重茅：多層茅草。重，音「蟲」。

◆掛罥：掛著。罥，音「眷」，掛也。

◆塘坳：池塘。坳，音「凹」，水邊低地。

◆呼不得：喝止不住。

◆俄頃：不久、一會兒。

◆布衾：布質的被子。衾，被子。

◆惡臥：睡相不好。

◆雨腳：雨點。

◆何由徹：怎麼捱到天亮？徹，徹曉，天亮。

◆大庇：全部遮蔽、掩護。庇，音「必」，遮蔽、掩護。

◆歡顏：喜笑顏開。

◆突兀：高聳貌，此用以形容「廣廈」。

◆見：通「現」，出現。

◆廬：指茅屋。

◆足：值得。

茅屋為秋風所破歌　杜甫
七言歌行體

首段

八月秋高風怒**號**，捲我屋上三重**茅**。茅飛渡江灑江郊，高者掛罥長林梢，下者飄轉沉塘**坳**。

★首段白描秋風吹破茅屋，點明題旨。
・「風怒號」將秋風比擬成蠻橫不講理的惡霸，無端「捲我屋上三重茅」而去。

押下平聲 三肴、四豪 韻

次段

南村群童欺我老無**力**，忍能對面為盜**賊**？公然抱茅入竹去，唇焦口燥呼不**得**，歸來倚杖自嘆**息**。

★次段記「我老無力」為群童所欺，他們竟「公然抱茅入竹去」，不顧我在後頭氣喘吁吁地追喊。只因大家都貧窮，才會展開這場茅草爭奪戰。

押入聲十三職韻

三段

俄頃風定雲墨**色**，秋天漠漠向昏**黑**。布衾多年冷似**鐵**，嬌兒惡臥踏裡**裂**。床頭屋漏無乾處，雨腳如麻未斷**絕**。自經喪亂少睡眠，長夜沾溼何由**徹**？

★三段敘屋破，適逢連夜大雨，又冷又溼，讓詩人一夜無眠。
・寫盡戰亂中，家貧、屋漏，無處安身的痛苦。

押入聲十三職、九屑韻

末段

安得廣廈千萬間？大庇天下寒士俱歡顏，風雨不動安如山。嗚呼！何時眼前突兀見此**廬**？吾廬獨破受凍死亦**足**！

★末段抒發他由衷的心願，但願能有廣廈千萬間安置天下的寒士，讓大家住得安心，這樣就算他一人獨自貧困、受凍而死，也毫無怨言！

押上平聲十五刪韻、入聲一屋、二沃通押

UNIT *2-52*
我生苦飄零，所歷有嗟嘆

杜甫入蜀後，因劍南兵馬使徐知道叛亂，使他被迫流寓梓州（今四川三台）、閬州（今四川閬中）一帶。此詩應作於肅宗寶應元年（762），他飄泊西南時期。其創作動機，據《分門集註杜工部詩》引魯訔（音「銀」）《杜工部詩年譜》云：「《地理志》：『通泉縣，在梓州東南百三十里，去縣十五里有佳山水，俗號沈家坑，公至此眺覽山水而作。』」可見是他行經通泉驛南距離通泉縣十五里的途中所見山水美景，有感而發之作。按：唐代通泉縣，今併入射洪縣。通泉驛，位於今四川射洪縣南。

圖解唐詩100∵大考最易入題詩作精解

通泉驛南去通泉縣十五里山水作　杜甫
溪行衣自溼，亭午氣始散。
冬溫蚊蚋在，人遠鳧鴨亂。
登頓生曾陰，欹傾出高岸。
驛樓衰柳側，縣郭輕煙畔。
一川何綺麗，盡目窮壯觀。
山色遠寂寞，江光夕滋漫。
傷時愧孔父，去國同王粲。
我生苦飄零，所歷有嗟嘆。

我一路沿溪而行，朝霧沾溼了衣服；到正午時，霧氣才逐漸散去。冬天氣候溫暖，蚊蟲聚集；人漸行漸遠，望見遠處野鴨隨地棲息。沿途道路崎嶇，走走停停，彷彿要攀登那重疊的陰雲；歪歪斜斜的山路高出溪岸來。

我看見衰柳旁的驛館，輕煙瀰漫處是縣城所在。放眼遠方，滿川的夕陽斜照多麼綺麗，無比壯觀。山景遙遠而沉寂，夕照下的江面光彩奪目。

我感時傷世卻毫無作為，深覺愧對孔子；我去國離鄉，一如王粲

避難而往荊州依附劉表。我這一生為飄泊無依所苦，因此所到之處皆有所慨嘆。

這是一首五言古詩。通篇押去聲十五翰韻，韻腳為「散」、「亂」、「岸」、「畔」、「觀（作去聲）」、「漫」、「粲」和「嘆」。

全詩可分為三段：首段包括前六句，敘事兼寫景，一面交代遊蹤，一面描寫途中之見聞。首先，以觸覺摹寫法，渲染一路溪行，朝霧弄溼衣服；適逢暖冬，蚊蚋揮之不去。再從視覺上，摹狀沿途野鴨隨地棲息的景致。而「登頓」、「欹傾」，刻劃出來路崎嶇難行，旅途辛勞。

次段含中間六句，純寫景，聚焦於驛前靜態的景色。「驛樓衰柳側，縣郭輕煙畔。」寫近景，衰柳旁的驛館，輕煙瀰漫的縣城，十分幽雅。此處以「驛樓」、「縣郭」點出詩題中「通泉驛」、「通泉縣」，照應題旨。此處詩人從驛樓望見城郭，可知通泉縣已不遠了。接著，眺望遠方，「一川何綺麗，盡目窮壯觀。山色遠寂寞，江光夕滋漫。」描繪壯麗的遠景：夕照下，水光山色何等的綺麗、耀眼，美不勝收！

末段即後四句，轉為抒情，道出他平生一事無成，落魄飄零的悲嘆。「傷時愧孔父，去國同王粲。我生苦飄零，所歷有嗟嘆。」暗用二典故，借孔子感時傷亂，而有嘆鳳、泣麟之舉；王粲去國懷鄉，而有〈登樓賦〉之作。詩人有意以古聖先賢自比，最後托出一生飄泊無依，所到之處莫不充滿了感嘆；可見前述之秀山麗水並不足以舒憂。

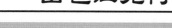

山色江光何綺麗

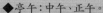

第2章 盛唐詩歌

應考大百科

◆亭午：中午、正午。

◆蚊蚋：泛指蚊蟲。蚋，音「瑞」。

◆鳧鴨：野鴨。鳧，音「服」。

◆攲傾：歪斜。攲，音「漆」。

◆驛樓：供郵傳人員、官吏旅宿的處所。

◆縣郭：縣城也。郭，指外城。

◆滋漫：滋生蔓延。

◆孔父：即孔子；孔子感傷時世，而有嘆鳳、泣麟之舉。語出《論語·子罕》：「子曰：『鳳鳥不至，河不出圖，吾已矣夫！』」是為「嘆鳳」。又《史記·孔子世家》：「西狩獲麟，曰：『吾道窮矣！』」此即「泣麟」。

◆王粲：東漢末王粲為了避亂離開長安，往荊州依附劉表；在荊州作〈登樓賦〉，抒發去國懷鄉的感慨。

通泉驛南去通泉縣十五里山水作 杜甫

七言古詩

押去聲十五翰韻

首段

登頓生曾陰，攲傾出高岸。

冬溫蚊蚋在，人遠鳧鴨亂。

溪行衣自溼，亭午氣始散。

散 亂 岸

次段

山色遠寂寞，江光夕滋漫。

一川何綺麗，盡目窮壯觀。

驛樓衰柳側，縣郭輕煙畔。

畔 觀 漫

末段

我生苦飄零，所歷有嗟嘆。

傷時愧孔父，去國同王粲。

粲 嘆

★**首段敘事兼寫景，一面交代遊蹤，一面描寫途中之見聞。**

· 首先，渲染一路溪行，朝霧弄溼衣服；適逢暖冬，蚊蚋揮之不去。

· 再摹狀沿途野鴨隨地棲息的景致。

· 「登頓」、「攲傾」，刻劃出來路崎嶇難行，旅途辛勞。

★**次段聚焦於驛前靜態的景色。**

· 寫近處衰柳旁的驛館，輕煙瀰漫的縣城，景致十分幽雅。

· 以「驛樓」、「縣郭」點出詩題中「通泉驛」、「通泉縣」，照應題旨。

· 再描繪壯麗的遠景：夕照下，水光山色何等的綺麗、耀眼，美不勝收！

泣麟悲鳳

麒麟、鳳凰是古代傳說中吉祥的禽獸，相傳只有太平盛世才能見到。孔子身處亂世，哀傷世衰道微、禮崩樂壞，因捕獲麒麟而涕泣，又因鳳鳥不至而悲嘆。後世遂濃縮成「泣麟悲鳳」一語，用以哀傷國家衰敗。

★**末段轉為抒情，道出他平生一事無成，落魄飄零的悲嘆。**

· 暗用二典故：借孔子感時傷亂，而有嘆鳳、泣麟之舉；王粲去國懷鄉，而有〈登樓賦〉之作。

· 詩人有意以古聖先賢自比，最後托出一生飄泊無依，不覺心生感慨；可見秀山麗水並不足以舒憂。

UNIT 2-53
斯須九重真龍出，一洗萬古凡馬空

曹霸是盛唐著名的畫馬大師，安史之亂後，落魄潦倒，流落到成都。代宗廣德二年（764）杜甫與他相識，因同情他晚年的遭遇，而寫下此詩。

圖解唐詩100：大考最易入題詩作精解

丹青引贈曹將軍霸　杜甫

將軍魏武之子孫，於今為庶為清門。
英雄割據雖已矣，文采風流猶尚存。
學書初學衛夫人，但恨無過王右軍。
丹青不知老將至，富貴於我如浮雲。
開元之中常引見，承恩數上南薰殿。
凌煙功臣少顏色，將軍下筆開生面。
良相頭上進賢冠，猛將腰間大羽箭。
褒公鄂公毛髮動，英姿颯爽來酣戰。
先帝天馬玉花驄，畫工如山貌不同。
是日牽來赤墀下，迥立閶闔生長風。
詔謂將軍拂絹素，意匠慘澹經營中。
斯須九重真龍出，一洗萬古凡馬空。
玉花卻在御榻上，榻上庭前屹相向。
至尊含笑催賜金，圉人太僕皆惆悵。
弟子韓幹早入室，亦能畫馬窮殊相。
幹惟畫肉不畫骨，忍使驊騮氣凋喪。
將軍畫善蓋有神，偶逢佳士亦寫真。
即今飄泊干戈際，屢貌尋常行路人。
途窮反遭俗眼白，世上未有如公貧。
但看古來盛名下，終日坎壈纏其身。

曹霸將軍是魏武帝曹操的後代子孫，如今卻淪為家境清寒的庶民。三分天下的英雄事蹟已成為往事，曹家的文采風流卻仍留存在您身上。想當年您先臨摹衛夫人的書法，只恨沒能超越王羲之的成就。於是樂在繪畫，不知老年將至，視富貴功名如天上的浮雲。

開元年間您經常被先帝召見，承蒙恩寵，多次登上南薰殿。因為凌煙閣功臣的畫像已褪色，您一揮

筆果然別開生面：良相頭上戴著進賢冠，猛將腰間掛著大羽箭。褒國公、鄂國公毛髮飛揚，雄姿英發準備接受敵人來挑戰。先帝的御馬名叫玉花驄，眾多畫家畫出來的形貌都不相同。當天，玉花驄被牽到殿中紅階下，昂首屹立在紫微宮門前，威風凜凜。皇上命您展開素絹作畫，您苦心經營，摹畫玉花驄的神貌。不一會兒工夫，一匹真龍寶馬躍然紙上，萬古以來的凡馬頓時黯然失色。於是，皇上將玉花驄圖掛在御榻前，與庭前屹立的真馬相對觀賞。玄宗含笑催促左右賞賜您黃金，使養馬、管馬的官員都感到惆悵不已。

您早年的入室弟子韓幹，畫馬也能窮形盡相。但韓幹畫馬只畫壯碩的外表而畫不出牠的骨氣，讓千里馬也喪失了神氣。

您擅長繪畫又能畫出神韻，偶爾遇上名士也替人畫肖像。而今飄泊在戰亂中，屢屢為尋常的路人畫相貌。您晚年落魄，反而遭受世俗的白眼，世上沒人比您更清貧了。只見自古以來有大名望的人，都是終日被坎坷的命運所糾纏。

故宮圖像資料庫典藏

富貴於我如浮雲

應考大百科

◆丹青：原指繪畫時所用的顏料，後借代為繪畫。

◆引：是一種文體，即歌行體。

◆曹將軍霸：著名畫家曹霸，擅長畫人物和馬，頗得唐高宗寵幸，官至左武衛將軍，故人稱「曹將軍」。

◆衛夫人：名鑠，字茂猗，晉代女書法家。「書聖」王羲之曾拜她為師。

◆王右軍：王羲之，字逸少，曾官至右軍將軍，故稱。據《晉書·王羲之傳》載：「善隸書，為古今之冠。」

◆凌煙功臣：指貞觀十七年（643）太宗命閻立本在凌煙閣內為當初一起打天下的二十四位功臣所畫的圖像。

◆褒公鄂公：指褒國公段志玄、鄂國公尉遲敬德，二人皆在凌煙閣二十四功臣圖之中。

◆玉花驄：毛色青白相間的駿馬，唐玄宗之御馬也。

◆赤墀：即丹墀，宮殿前的臺階。

◆閶闔：紫微宮門，名曰「閶闔」。

◆圉人太僕：負責養馬、管理車馬的官吏。

◆騕褭：為周穆王八匹駿馬之一。據《莊子·秋水》載：「騏驥驊騮，一日而馳千里。」

◆寫真：指畫肖像。

◆坎壈：音「砍覽」，坎坷也。

丹青引贈曹將軍霸　杜甫

七言古詩

代宗廣德二年（764），杜甫在成都結識了畫馬大師曹霸，同情他於安史之亂後，落魄潦倒，晚景淒涼，故而賦此詩。

首段

將軍魏武之子孫，於今為庶為清門。英雄割據雖已矣，文采風流猶尚存。學書初學衛夫人，但恨無過王右軍。丹青不知老將至，富貴於我如浮雲。

★首段闡明曹霸不凡的身世，及他志在繪畫，自得其樂。

· 曹霸是三國時代魏武帝曹操的曾孫曹髦之後。唐高宗時，曾官至左武衛將軍；至玄宗末，削籍為庶人。

· 雖然曹操的功業煙消雲散，但三曹父子的文采風流仍保留在曹霸血液中。他先學書法，後醉心於畫畫，樂在其中，非但不知老之將至，且視富貴如天上浮雲。

次段

開元之中常引見，承恩數上南薰殿。凌煙功臣少顏色，將軍下筆開生面。良相頭上進賢冠，猛將腰間大羽箭。褒公鄂公毛髮動，英姿颯爽來酣戰。先帝天馬玉花驄，畫工如山貌不同。是日牽來赤墀下，迥立閶闔生長風。詔謂將軍拂絹素，意匠慘澹經營中。斯須九重真龍出，一洗萬古凡馬空。玉花卻在御榻上，榻上庭前屹相向。至尊含笑催賜金，圉人太僕皆惆悵。

★次段追憶曹霸昔時的風光及出神入化的畫藝。

· 先寫奉詔為凌煙閣二十四功臣重繪畫像。

· 再描摹其畫人物的功力：把褒國公、鄂國公畫得形神畢肖，英姿颯颯，彷彿即將上場與敵人大肆廝殺。

· 三刻劃他為玄宗描繪御馬，將其畫技推至最高潮：這天，皇上命曹霸為愛馬描畫真容。他竭盡所能地在素絹上細細勾勒、默默揣摩；不一會兒工夫，一匹真龍寶馬躍然紙上，令所有的凡馬瞬間黯然失色。曹霸所畫是御榻上的畫像與庭前的真馬維妙維肖，絲毫無別，難怪令皇上嘆為觀止！

UNIT **2-53**
斯須九重真龍出，一洗萬古凡馬空（續）

圖解唐詩100：大考最易入題詩作精解

　　代宗廣德二年（764），杜甫在成都結識了畫師曹霸，同情他於安史之亂後，落魄潦倒，晚景淒涼，故而賦此詩。

　　此詩可分為四段：首段闡明曹霸不凡的身世，及他志在繪畫，自得其樂。由於他是三國時代魏武帝曹操的曾孫曹髦之後，故開篇云：「將軍魏武之子孫，於今為庶為清門。英雄割據雖已矣，文采風流猶尚存。」曹霸於高宗時，曾官至左武衛將軍，深得皇寵；至玄宗末年，因事獲罪，削籍為庶人。雖然曹操的豐功偉業已煙消雲散，但三曹父子的文采風流仍保留在曹霸血液中。「學書初學衛夫人，但恨無過王右軍。丹青不知老將至，富貴於我如浮雲。」說他先學書法，後醉心於畫畫，樂在其中，非但不知老之將至，且視富貴如天上浮雲。

　　次段追憶曹霸昔時的風光及出神入化的畫藝。先寫奉詔為凌煙閣二十四功臣重繪畫像：「開元之中常引見，承恩數上南薰殿。凌煙功臣少顏色，將軍下筆開生面。」再描摹其畫人物的功力：「良相頭上進賢冠，猛將腰間大羽箭。褒公鄂公毛髮動，英姿颯爽來酣戰。」無論文臣武將在他的筆下，莫不栩栩如生，活靈活現。如把褒國公、鄂國公畫得形神畢肖，英姿颯颯，彷彿即將上場與敵人大肆廝殺。三刻劃他為玄宗描繪御馬，將其畫技推至最高潮。首先，「先帝天馬玉花驄，畫工如山貌不同。是日牽來赤墀下，迥立閶闔生長風。」同樣

一匹玉花驄，在一般畫家筆下卻呈現出不同風貌。這天，皇上命曹霸為愛馬描畫真容，他竭盡所能地在素絹上細細勾勒、默默揣摩：「詔謂將軍拂絹素，意匠慘澹經營中。斯須九重真龍出，一洗萬古凡馬空。」不一會兒工夫，一匹真龍寶馬躍然紙上，令所有的凡馬瞬間黯然失色。如此高超的畫功，自然能贏得皇上青睞：「玉花卻在御榻上，榻上庭前屹相向。至尊含笑催賜金，圉人太僕皆惆悵。」一般畫家所畫玉花驄神貌完全不相同（既指與真馬不同，亦謂各人所畫不盡相同），而曹霸所畫御榻上的畫像與庭前真馬維妙維肖，絲毫無別，難怪令皇上嘆為觀止！

　　三段用弟子韓幹畫馬來作反襯：「弟子韓幹早入室，亦能畫馬窮殊相。幹惟畫肉不畫骨，忍使驊騮氣凋喪。」韓幹雖習得其技，卻未得其神，顯然繪畫功力較曹霸略遜一籌。

　　末段回到現實，感慨曹霸今日的處境艱難。「將軍畫善蓋有神，偶逢佳士亦寫真。即今飄泊干戈際，屢貌尋常行路人。」從前他只為貴冑、名士描寫真容，如今迫於生計，必須為尋常人畫像掙錢。故楊倫《杜詩鏡銓》評云：「此又言隨地寫真，慨將軍之不遇。」最後，道出「途窮反遭俗眼白，世上未有如公貧。但看古來盛名下，終日坎壈纏其身。」詩人憐憫曹霸暮年命運坎坷，一貧如洗，遭盡世人的白眼。

富貴於我如浮雲

應考大百科

＊「丹青不知老將至，富貴於我如浮雲。」

- 化用《論語・述而》：「……其為人也，發憤忘食，樂以忘憂，不知老之將至云爾。」孔子自述努力進德修業，讓他發憤起來忘記吃飯，快樂起來忘記憂愁，甚至連老年即將到來都不知道呢！
- 再化用《論語・述而》：「子曰：『飯疏食，飲水，曲肱而枕之，樂亦在其中矣。不義而富且貴，於我如浮雲。』」孔子自述安貧樂道，對於不義之富貴，他視若浮雲，毫不動心。
  ⇨此處用來描寫曹霸樂在繪畫，不知老年將至；安於貧困，視富貴如過眼雲煙。

丹青引贈曹將軍霸　杜甫
七言古詩

弟子韓幹早入室，亦能畫馬窮殊相。幹惟畫肉不畫骨，忍使驊騮氣凋喪。

三段

★**三段用弟子韓幹畫馬作反襯：**韓幹雖習得其技，卻未得其神，顯然繪畫功力較曹霸略遜一籌。

將軍畫善蓋有神，偶逢佳士亦寫真。即今飄泊干戈際，屢貌尋常行路人。途窮反遭俗眼白，世上未有如公貧。但看古來盛名下，終日坎壈纏其身。

末段

★**末段回到現實，感慨曹霸今日的處境艱難。**

- 從前他只為貴冑、名士描寫真容，如今迫於生計，必須為尋常人畫像掙錢。
- 最後，詩人憐憫曹霸暮年命運坎坷，一貧如洗，遭盡世人的白眼。

活用小精靈

　　在干寶《搜神記》中，有一則「馬皮蠶女」的故事：有個女孩的父親長年在遠地工作。她太思念父親了，便對著飼養的馬兒說：「如果你能去把我爹叫回來，我就嫁給你。」那匹馬兒也太神了，真的衝到邊城去，順利將男主人帶回家來。

　　女孩與父親團聚自然非常開心。但當男主人得知女兒與馬的約定後，實在太震驚了，為了女兒的終生幸福，只好一箭射死愛馬，還剝了牠的皮，曬在庭院中。某日，女孩在院中玩耍時，刻意用腳去踢那馬皮，傲驕地說：「憑你這畜牲也想娶我，想得美喲！」隨即，那張馬皮從地面騰起，捲走了女孩，消逝得無影無蹤。

　　幾天後，有人發現馬皮裹著女孩變成了蠶寶寶，正在大樹上吐絲作繭呢！

UNIT 2-54
飄飄何所似？天地一沙鷗

圖解唐詩100⋯大考最易入題詩作精解

　　此詩作於代宗永泰元年（765），劍南節度使嚴武忽然過世，杜甫頓失依靠，遂攜家眷乘舟東下，離開成都，結束了五年寄人籬下的生活。詩中描寫夜晚泊舟時之所見，並抒發他懷才不遇、半生飄泊的淒苦心境。

> 旅夜書懷　　杜甫
>
> 細草微風岸，危檣獨夜舟。
> 星垂平野闊，月湧大江流。
> 名豈文章著？官應老病休？
> 飄飄何所似？天地一沙鷗。

> 　　微風吹拂著江岸的細草，那桅杆高高豎起的小船在夜裡孤獨地停泊岸邊。天空星辰低垂，襯托出原野的平坦遼闊；月影隨波湧動，伴隨江水滔滔向東奔流。我的名聲難道只能因文章而顯著？我真的年老多病該離職退隱了？這一生飄零到底像什麼呢？就像廣大天地間一隻孤伶伶的沙鷗。

　　這是一首五言律詩，前四句寫旅夜所見景物，透過江岸細草、月下孤舟，以及星空曠野、江面月影，烘托出旅途寂寥、景觀壯闊的悲涼氣氛。首聯：「細草微風岸，危檣獨夜舟。」以對仗法，描寫近景；「獨」字一語雙關，既點出獨夜行舟的事實，也寄寓了獨自飄零的感慨。頷聯：「星垂平野闊，月湧大江流。」用對仗法，渲染出遠景。星空低垂，更突顯原野的遼闊，為靜態摹寫；月光倒影，隨波湧動，則為動態摹寫。一靜一動，勾勒出旅夜之所思、所聞。前二聯正好緊扣題目「旅夜」二字。

　　後四句承前文而來，藉景抒情，並以「沙鷗」自比，感嘆平生未獲重用、飄泊無依的滿腹牢騷。頸聯：「名豈文章著？官應老病休？」仍採對仗法，反問自己：難道我該因文學而成名？因老病而退休嗎？又或者難道我真的只能因文學而成名？難道我真的又老又病該退休了嗎？此處採反問法，答案當然是否定的。隱含著絃外之音：明明我不只有文學才華，更有一份政治上的理想抱負；明明我還沒到老病纏身的地步，卻只能罷官求去。多少不甘心，呼之欲出。尾聯：「飄飄何所似？天地一沙鷗。」為提問法，自問自答。末句為借喻，借廣大天地間孤獨無依的沙鷗來代指老來無成、浪跡天涯的自己。後二聯恰好點明詩題中「書懷」二字。

　　通篇以不知航向何方的江岸孤舟為開端，呈現出詩人茫然無依的心緒。再以開闊的視野、浮動的月影等景物，營造出蒼涼悲壯的情境。頸聯採用「反詰見義」法，暗示他平生官場失意，皆與老、病無關，抒發懷才不遇的無奈。最後，託物言志，以翱翔天地間，卻不知何去何從的沙鷗自況；傳達天地之大，自己卻無處安身的感慨。其詩風雄渾沉鬱，抒懷委婉含蓄，情景交融，寄意遙深。故紀昀評云：「通首神完氣足，氣象萬千，可當雄渾之品。」不愧是杜甫詩中的代表作。

故宮圖像資料庫典藏

星夜泊舟嘆飄零

應考大百科

◆危檣：高高豎起的桅杆。危，高也。檣，船上掛風帆的桅杆。

◆平野：平坦廣闊的原野。

◆月湧：指月光倒映江中，隨波湧動。

◆名豈文章「著」：著名。

◆飄飄：本義為飛翔的樣子，此處藉沙鷗之飛翔以寫人的隨處飄泊。

◆沙鷗：水鳥名，因常棲息於沙洲、沙灘上，故名。

旅夜書懷 杜甫
五言律詩
◆
押下平聲十一尤韻

首聯

危檣獨夜舟，
細草微風岸，

◀ **仄起格**
首句不用韻

舟

頷聯

月湧大江流。
星垂平野闊，

流

頸聯

官應老病休？？
名豈文章著？

休

尾聯（末聯）

天地一沙鷗。
飄飄何所似？

鷗

緊扣詩題「旅夜」

點明題目「書懷」

對仗

★**首聯描寫近景：**「獨」字一語雙關，既點出獨夜行舟的事實，也寄寓了他獨自飄零的感慨。

對仗

★**頷聯渲染出遠景：**星空低垂，更突顯原野的遼闊，為靜態摹寫；月光倒影，隨波湧動，則為動態摹寫。

對仗

★**頸聯反問自己：**難道我該因文學而成名？因老病而退休嗎？又或者難道我真的只能因文學而成名？我真的又老又病該退休了嗎？

・隱含絃外之音：明明我不只有文學才華，更有一份政治上的理想抱負；明明我還沒到老病纏身的地步，卻只能罷官求去。

★**尾聯為提問法，自問自答。**

・末句為借喻，借廣大天地間孤獨無依的沙鷗來代指老來無成、浪跡天涯的詩人自己。

127

UNIT 2-55
叢菊兩開他日淚,孤舟一繫故園心

圖解唐詩100:大考最易入題詩作精解

代宗大曆元年(766)秋天,杜甫在夔州,因秋風蕭颯而觸景生情,賦〈秋興〉八首。他自肅宗乾元二年(759)十二月棄官,至今已歷七載,安史之亂後,吐蕃、回紇乘虛而入,藩鎮擁兵割據,內憂外患頻仍,民不聊生。加上嚴武辭世,使他的生活頓失依靠,故離開成都,沿江東下,滯留夔州。

> **秋興 八首之一 杜甫**
> 玉露凋傷楓樹林,巫山巫峽氣蕭森。
> 江間波浪兼天湧,塞上風雲接地陰。
> 叢菊兩開他日淚,孤舟一繫故園心。
> 寒衣處處催刀尺,白帝城高急暮砧。

> 仲秋時露水逐漸凋殘、損傷滿林的楓樹,巫山、巫峽也籠罩在這片蕭瑟陰森的迷霧中。巫峽裡波浪滔天,巫山上空烏雲鋪天蓋地而來,天地間一片陰沉。菊花已經兩度開謝,想到我兩年來未曾回家,不免也兩度傷心落淚;小船還繫在岸邊,雖然我飄零在外,依舊心繫家國。此時,家家戶戶又在趕製禦寒的冬衣;到了傍晚,白帝城上傳來陣陣急促的搗衣聲。

這是一組七言律詩,因秋起興,抒發暮年飄泊、老病交加、生靈塗炭、國家殘破的感慨。全詩格律精工,辭采華茂,沉鬱頓挫,堪稱杜甫詩的典型之作,極具文學藝術價值。本詩為〈秋興〉八首的第一首,描寫因秋而傷羈旅之情,是這組詩的序曲,總括巫山巫峽的秋聲秋色。

此詩可分為兩段:首段旨在白描眼前的秋色:首聯「玉露凋傷楓樹林,巫山巫峽氣蕭森。」開門見山點明時間為「玉露」,即白露,秋天草木搖落,白露為霜;地點為「巫山巫峽」,詩人的所在地。而「凋傷」、「蕭森」二語,下筆凝重,氣氛陰沉,為通篇鋪上一層凋殘破敗的底色。頷聯承「氣蕭森」的悲壯景象而來,「江間波浪兼天湧,塞上風雲接地陰。」以「江間」呼應「巫峽」、「塞上」呼應「巫山」,勾勒出天地間風雲波浪的陰晦蕭森之狀,萬里長江滾滾而來,波濤洶湧,天翻地覆,是實景;「塞上風雲」則寓時事於景物中,當時吐蕃入侵,邊關吃緊,處處籠罩著戰雲,虛實兼之。

末段轉為抒情,因秋景而觸動羈旅情思。頸聯「叢菊兩開他日淚,孤舟一繫故園心。」點出這組詩的主旨:人在夔州,心繫長安。他去年秋天在雲安(今四川雲陽),今年此時在夔州,故云「兩開」,既謂菊開兩度,亦指淚流兩回,足見羈留異鄉,心情悽愴。「故園心」,即思念京城,憂心國事。「繫」字一語雙關:孤舟繫於江畔,而他心繫家國。末聯以秋聲作收,「寒衣處處催刀尺,白帝城高急暮砧。」深秋蕭瑟,冬天即將到來,人們正加緊趕製寒衣,白帝城樓上陣陣晚風傳來急促的搗衣聲。時序由白天推移至夜暮,更見遊子羈旅之情:歲末日晚,砧聲聲聲催促,彷彿催促著他速速踏上歸途,然而他卻無家可歸。此聯關合全詩,具承上啟下之作用,故而引出下一首寫夔州孤城,一氣蟬聯,前後照應,針縷綿密。

玉露凋傷楓樹林

應考大百科

◆玉露:指秋天的霜露;亦暗示「白露」,仲秋時節。

◆巫山巫峽:即夔州(今四川奉節)一帶的長江和峽谷。

◆塞上:指巫山。

◆叢菊兩開:從杜甫離開成都至今,已經過兩個秋天,故言「兩開」。「開」字一語雙關,既指菊花開,又謂淚眼開。

◆故園:這裡指長安。

◆催刀尺:指趕裁冬衣。

◆白帝城:即今奉節城,位於今四川重慶瞿塘峽口的長江北岸。

◆急暮砧:傍晚時急促的搗衣聲。砧:音「真」,搗衣石也。

秋興 八首之一 杜甫
七言律詩
◆
押下平聲十二侵韻

首聯

玉露凋傷楓樹林,
巫山巫峽氣蕭森。

林 森

仄起格
首句用韻

頷聯

江間波浪兼天湧,
塞上風雲接地陰。

陰 陰

頸聯

叢菊兩開他日淚,
孤舟一繫故園心。

心 心

尾聯(末)

寒衣處處催刀尺,
白帝城高急暮砧。

砧

白描眼前的秋色

★首聯開門見山點明時間為「玉露」,即白露,秋天草木搖落,白露為霜;地點為「巫山巫峽」,詩人的所在地。而「凋傷」、「蕭森」二語,下筆凝重,氣氛陰沉,為通篇鋪上一層凋殘破敗的底色。

對仗

★頷聯承「氣蕭森」的悲壯景象而來,以「江間」呼應「巫峽」、「塞上」呼應「巫山」,勾勒出天地間風雲波浪的陰晦蕭森之狀,萬里長江滾滾而來,波濤洶湧,天翻地覆,是實景;「塞上風雲」則寓時事於景物中,當時吐蕃入侵,邊關吃緊,處處籠罩著戰雲,虛實兼之。

因秋景而觸動羈旅情思

對仗

★頸聯點出這組詩的主旨:人在夔州,卻心繫長安。

· 「兩開」,既謂菊開兩度,亦指淚流兩回,羈留異鄉,心情悽愴。

· 「故園心」,即思念京城,憂心國事。

· 「繫」字一語雙關:孤舟繫於江畔,而他心繫家國。

★末聯以秋聲作收,深秋蕭瑟,冬天即將到來,人們正加緊趕製寒衣,白帝城樓上陣陣晚風傳來急促的搗衣聲。

· 時序由白天推移至夜暮,更見遊子羈旅之情:歲末日晚,砧聲聲聲催促,彷彿催促著他速速踏上歸途,然而他卻無家可歸。

UNIT 2-56
彩筆昔曾干氣象，白頭吟望苦低垂

〈秋興〉八首是杜甫五十五歲寓居夔州時，以遙望長安為主題所作的一組七言律詩。這是第八首，採「追述示現」法寫成，回憶他當年春日遊昆吾、御宿川、紫閣峰、渼陂等地的豪情，間接流露出昔盛今衰之感慨。

秋興 八首之八　杜甫
昆吾御宿自逶迤，紫閣峰陰入渼陂。
香稻啄餘鸚鵡粒，碧梧棲老鳳凰枝。
佳人拾翠春相問，仙侶同舟晚更移。
彩筆昔曾干氣象，白頭吟望苦低垂。

> 　　想我從前壯遊長安城，昆吾、御宿沿途道路迂迴曲折，紫閣峰秀麗的倒影映入渼陂中，景色如畫。當時家家戶戶所餘香稻，全是鸚鵡吃剩的；碧綠的梧桐枝雖老，卻仍吸引鳳凰前來棲息。到了春天，仕女們還會拾取翠鳥的羽毛相贈，大夥兒到了傍晚仍要乘舟出遊。當年我文采斐然，曾上〈三大禮賦〉，豪氣干雲；如今頭髮白了，人老才盡，再望向京師，只能低頭苦吟。

　　此詩猶如〈秋興〉八首的結語。杜甫忠愛纏綿，「一飯未嘗忘君」（蘇軾語），故這組因秋感懷的詩作，最後以撫今憶昔的方式來呈現，藉由追憶大唐帝國興盛的往事，感慨如今國勢衰微，風光不再；而他自己也曾意氣風發，滿懷雄心，而今安在哉？如仇兆鰲《杜詩詳注》所評：「八章，思長安勝境，溯舊遊而嘆衰老也。」

　　此詩亦可分為兩段：前段從他的親身經歷出發，鋪寫當時年輕真好，曾目睹大唐治世的熱鬧繁華，物產富庶，盛況空前。首聯描繪他壯遊長安時所見，「昆吾御宿自逶迤，紫閣峰陰入渼陂。」「昆吾」、「御宿」、「紫閣峰」、「渼陂」皆京城名勝風景區，美景如畫，遊人如織，象徵著國家太平，百姓安樂。頷聯轉而摹寫風土景物，「香稻啄餘鸚鵡粒，碧梧棲老鳳凰枝。」回想當年京城的富足、安定：家家戶戶所餘香稻，是鸚鵡吃剩的；國家富強，人們奢侈成性。碧綠的梧桐枝雖老，卻因長治久安，連鳳凰都下凡來棲息。此聯自是誇飾法，極言大唐帝國不可一世的強盛；言下之意，隱含著君臣不思勵圖治，昔日繁華終如過眼雲煙，稍縱即逝。頸聯「佳人拾翠春相問，仙侶同舟晚更移。」似寫他當年在長安時，曾與岑參兄弟宴遊，時值青春年華，又逢春日，四海昇平，佳人相伴、摯友同舟，遊興正濃，至夜不休。——多美好的記憶！

　　後段憶昔傷今，熔家國之慨與一己的身世之悲於一爐，如今國衰人老、好景不再，這正是他秋日感傷賦詩的主因。末聯「彩筆昔曾干氣象，白頭吟望苦低垂。」想當年他曾獻〈三大禮賦〉，獲得唐玄宗賞識，多春風得意！而今呢？歲月不饒人，人老才盡，落魄飄零，國勢中衰，民不聊生，再遙望京師，滿懷苦楚，只能垂首低吟。

　　總之，〈秋興〉八首皆雄渾豐麗，沉著痛快之作。他因秋起興，抒發懷鄉戀闕之情，寄寓慨往傷今之意，獨樹一格，卓然成家。

佳人拾翠春相問

應考大百科

◆昆吾：相傳為漢武帝上林苑地名，在今陝西藍田西。

◆御宿：即御宿川，又稱樊川，在今陝西西安一帶。漢武帝時的離宮別院，後為名勝風景區。

◆逶迤：音「威儀」，道路蜿蜒曲折貌。

◆紫閣峰：為終南名山，又稱佛掌峰，在今陝西西安一帶。

◆渼陂：音「美皮」，唐代風景名勝地。陂，池塘湖泊。按：紫閣峰在渼陂之南，陂中可以看到紫閣峰的倒影。

◆香稻啄餘鸚鵡粒：倒裝句，應作「鸚鵡啄餘香稻粒」，謂家家戶戶所餘香稻粒，都是鸚鵡吃剩的。

◆碧梧棲老鳳凰枝：倒裝句，應作「鳳凰棲老碧梧枝」，謂即使碧梧枝老，仍為鳳凰所棲。

◆拾翠：拾取翠鳥的羽毛。

◆相問：贈送禮物，表示情意。語出《詩經·鄭風·女曰雞鳴》：「知子之順之，雜佩以問之。」

◆仙侶：指春遊之伴侶。

◆彩筆：借指華美的文筆；化用江淹「江郎才盡」之典故。據《南史·江淹傳》載：「又嘗宿於冶亭，夢一丈夫自稱郭璞，謂淹曰：『吾有筆在卿處多年，可以見還。』淹乃探懷中，得五色筆一，以授之。爾後為詩絕無美句，時人謂之才盡。」

◆干氣象：指杜甫於天寶十載（751）曾上〈三大禮賦〉，頗得唐玄宗稱賞。

◆白首：借代為年老。

秋興八首之八 杜甫
七言律詩

押上平聲四支韻

首聯：昆吾御宿自逶迤，紫閣峰陰入渼陂，
平起格 首句用韻
逶 陂

頷聯：香稻啄餘鸚鵡粒，碧梧棲老鳳凰枝，
枝

頸聯：佳人拾翠春相問，仙侶同舟晚更移，
移

尾聯（末聯）：彩筆昔曾干氣象，白頭吟望苦低垂，
垂

追憶美好的過往 | 憶昔傷今，國衰人老

對仗 | **對仗**

★首聯描繪他壯遊長安時所見，「昆吾」、「御宿」、「紫閣峰」、「渼陂」皆京城名勝風景區，美景如畫，遊人如織，象徵著國家太平，百姓安樂。

★頷聯轉而摹寫風土景物，回想當年京城的富足、安定。
·此聯自是誇飾法，極言大唐帝國不可一世的強盛；言下之意，隱含著君臣不思勵精圖治，昔日繁華終如過眼雲煙，稍縱即逝。

★頸聯「佳人拾翠春相問，仙侶同舟晚更移。」似寫他當年在長安時，曾與岑參兄弟宴遊，時值青春年華，又逢春日，四海昇平，佳人相伴、摯友同舟，遊興正濃，至夜不休。

★末聯想當年他曾獻〈三大禮賦〉，獲得唐玄宗賞識，多春風得意！而今呢？歲月不饒人，人老才盡，國勢中衰，再遙望京師，滿懷苦楚，只能垂首低吟。

UNIT 2-57
萬里悲秋常作客，百年多病獨登臺

代宗大曆二年（767）秋天，五十六歲的杜甫離開成都後，曾因病在雲安待了幾個月，才飄泊至夔州。某天，他獨自登上白帝城外的高臺，眺望遠方，百感交集，故而賦此詩。

登高　杜甫

風急天高猿嘯哀，渚清沙白鳥飛迴。
無邊落木蕭蕭下，不盡長江滾滾來。
萬里悲秋常作客，百年多病獨登臺。
艱難苦恨繁霜鬢，潦倒新停濁酒杯。

> 天空高遠，風勢急猛，猿猴哀鳴聲不絕於耳；在水清沙白的江渚上，但見群鳥盤旋飛舞。眼前無窮無盡的樹葉紛紛飄落，長江流水滾滾而來。我飄泊萬里，每到秋天心中格外悲苦，感慨長年客居他鄉；暮年長期疾病纏身，此時又獨自登臺遠眺。目睹國家處境艱難，有感於一生窮困潦倒，無限愁苦與遺憾，更增添了滿頭的白髮；加上罹患肺疾，近來剛戒酒，再也無法借酒排遣滿腔的憂愁。

這是一首七言律詩。詩人透過登高所見長江秋景，勾起老病纏身、萬里飄泊的無奈與悲苦。

前四句摹狀登高所見蕭瑟景致。首聯以「風急」、「天高」、「猿嘯哀」、「渚清」、「沙白」、「鳥飛迴」六組意象，不僅對仗工整，也是絕佳的句中對，短短十四字，字字精煉，構成一幅淒清遼闊的秋景圖。天高風急，猿猴聲聲哀嘯，令人聞之動容；對比出江渚上群鳥迎風翱翔，迴旋飛舞，渾然不知人世悲喜。

頷聯：「無邊落木蕭蕭下，不盡長江滾滾來。」除了描摹眼前景物，秋風颯颯，江水滔滔；而滿天飄落的枯葉和奔流不息的江水，同時象徵韶光易逝，青春年華亦如落葉般凋零，隱含詩人已屆遲暮之年，卻壯志未酬，難掩心中悲涼落寞的慨嘆。

後四句承前四句而來，抒發登高臨遠之感慨。頸聯點出「悲秋」二字，為通篇主旨所在。如羅大經《鶴林玉露》所云：「萬里，地之遠也；悲秋，時之慘淒也；作客，羈旅也；常作客，久旅也；百年，暮齒也；多病，衰疾也；臺，高迥處也；獨登臺，無親朋也。十四字之間含有八意，而對偶又極精確。」詩中寫出離家萬里、秋日蕭條、羈旅異鄉、久客不歸、年邁、多病、登高、無友等八層悲哀，可謂字字珠璣，一氣呵成。末聯：「艱難苦恨繁霜鬢，潦倒新停濁酒杯。」由於本詩押上平聲十灰韻，故韻腳為「哀」、「迴（古音『懷』）」、「來」、「臺」、「杯（古音『抔』）」。詩人目睹國事艱難，加上個人一生潦倒，滿腔苦恨難遣，滿頭白髮頻生；又因肺病剛戒了酒，連借酒消愁也無法如願。走筆至此，真是苦上加苦、愁上添愁，悲傷不能自抑！

全詩四聯皆為對仗，是律詩中的特例。胡應麟《詩藪》讚為古今七言律詩之冠。楊倫《杜詩鏡詮》云：「高渾一氣，古今獨步，當為杜集七言律詩第一。」足見其詩藝高超，把秋日登高的悲慨，寫得如此扣人心絃，千百年來感動了無數讀者。

風急天高猿嘯哀

◆猿嘯哀:指長江三峽一帶猿猴淒屬的鳴叫聲。據酈道元《水經注·江水》引民謠云:「巴東三峽巫峽長,猿鳴三聲淚沾裳。」

◆渚:音「主」,水中的小洲。

◆百年:猶言人的一生,此借指晚年。

◆艱難:既指國家局勢艱難,亦指個人命運多舛。

◆新停酌酒杯:猶言剛戒了酒。詩人晚年因肺疾而戒酒,故曰「新停」。

登高 杜甫
七言律詩

◆

押上平聲十灰韻

首聯
風急天高猿嘯哀,渚清沙白鳥飛迴。

仄起格
首句用韻

哀 迴

頷聯
無邊落木蕭蕭下,不盡長江滾滾來。

來

頸聯
萬里悲秋常作客,百年多病獨登臺。

臺

尾聯（末聯）
艱難苦恨繁霜鬢,潦倒新停濁酒杯。

杯

摹狀登高所見蕭瑟景致

抒發登高臨遠之感慨

對仗

★首聯以「風急」、「天高」、「猿嘯哀」、「渚清」、「沙白」、「鳥飛迴」六組意象,不僅對仗工整,也是絕佳的句中對,短短十四字,字字精煉,構成一幅淒清遼闊的秋景圖。

對仗

★頷聯除了描摹眼前景物,秋風颯颯,江水滔滔:滿天飄落的枯葉和奔流不息的江水,象徵韶光易逝,青春易老,隱含詩人遲暮之年,卻壯志未酬,難掩心中落寞。

對仗

★頸聯點出「悲秋」二字,為通篇主旨所在。

·詩中寫出離家萬里、秋日蕭條、羈旅異鄉、久客不歸、年邁多病、登高、無友等八層悲哀,可謂字字珠璣,一氣呵成。

對仗

★末聯詩人目睹國事艱難,加上個人一生潦倒,滿腔苦恨,白髮頻生;又因肺病剛戒酒,故無法借酒消愁。

·心情真是苦上加苦、愁上添愁,悲傷不能自抑!

UNIT **2-58**
親朋無一字，老病有孤舟

此詩作於代宗大曆三年（768），杜甫辭世前兩年，他時年五十七歲，攜家帶眷從夔州出三峽，暮冬時節，行舟至岳陽。此時的他年老多病，以舟為家，四處飄泊，晚景十分淒涼。

> 登岳陽樓　杜甫
> 昔聞洞庭水，今上岳陽樓。
> 吳楚東南坼，乾坤日夜浮。
> 親朋無一字，老病有孤舟。
> 戎馬關山北，憑軒涕泗流。

> 我從前聽說過洞庭湖的煙波浩瀚，今日終於如願登上岳陽樓來。但見湖面遼闊，彷彿把吳、楚之地分成兩半；洞庭湖氣象宏大，自為天地，日月星辰、大地晝夜都浮現其中。親朋好友們音訊全無，我年老多病，只有一條孤舟可以棲身。聽說北方邊關戰事又起，我憑欄遠望不禁淚流滿面。

這是一首五言律詩，前三聯皆對仗，只有末聯為散句。全詩皆用「賦」法寫成，今昔對照，虛實相生，不但不顯呆板、平直，反而意境開闊，真情動人。通篇可分為兩段：前兩聯描寫洞庭湖景象，氣勢懾人；後二聯自述身世之哀，老病飄泊，又為國事而煩憂。

首聯：「昔聞洞庭水，今上岳陽樓。」開門見山，以今昔對照法，點明「登岳陽樓」之題旨。岳陽樓，在今湖南岳陽，可以俯瞰洞庭湖，煙波浩渺，景色壯觀。

頷聯：「吳楚東南坼，乾坤日夜浮。」摹寫洞庭湖的遼闊景象。湖面彷彿把吳、楚分成兩半；天上的日月星辰、白晝和黑夜輪流浮現在洞庭湖上。此聯虛實交錯，既寫洞庭湖之實景，亦摹狀湖面之虛景，意境壯闊，成為千絕唱。

頸聯：「親朋無一字，老病有孤舟。」抒發心中無限感慨。嘆親朋無消息，是虛境；悲自身老病飄零，為實況。杜甫晚年身體衰弱，百病叢生，又無家可歸，無親可依，舉家住在一葉扁舟上，窮困潦倒，自然有此喟嘆。

末聯：「戎馬關山北，憑軒涕泗流。」他聽說這年八月吐蕃入侵中土，遙望北方關塞，想到戰爭仍未平息，天下蒼生何時才能遠離戰禍？不覺悲從中來，老淚縱橫。北方戰亂是傳聞，為「虛」；憑軒淚流是實情，為「實」。他固然心繫家國，但如今已是風燭殘年，多病之身，舉家飄零，面對國事，已是心有餘而力不足了，只能憑欄遠眺，感慨萬千。

浦起龍《讀杜心解》引黃生語：「寫景如此闊大，自敘如此落寞，詩境闊狹頓異，結語湊泊極難，轉出『戎馬』五字。胸襟氣象，一等相稱。」浦氏按語：「不闊則狹處不苦，能狹則闊境愈空。然玩三、四；亦已暗逗遼遠漂流之象。」綜觀浦、黃二君剖析此詩寫景境界之「遼闊」，及詩人晚年飄泊之「落寞」，互為映襯，可謂深諳杜甫之詩心！

然以邱燮友《新譯唐詩三百首》所評最妙：「末四句，一句一哭，最後禁不住要涕泗交流了。」的確，第五句哭親友，第六句哭自身，第七句哭百姓，末句終於集思念、感慨、憂心於一哭，不由得涕泗縱橫了。

第 2 章 盛唐詩歌

憑軒北眺涕泗流

應考大百科

◆岳陽樓：在今湖南岳陽，下臨洞庭湖，為遊覽勝地。

◆吳楚東南坼：謂洞庭湖彷彿把吳、楚之地分成兩半。吳楚，泛指華中地區，在我國東南方。坼，音「徹」，分裂。

◆乾坤日夜浮：洞庭湖氣象宏大，自為天地，日月星辰、大地晝夜都浮現其中。乾坤，即天地。

◆無一字：音訊全無。字，此指書信。

◆老病：杜甫晚年身患肺疾、風痺、眼疾、耳聾，右臂偏枯，消渴（糖尿病）等病，故稱。

◆戎馬關山北：謂北方邊境仍有戰爭。戎馬，指戰爭。按：代宗大曆三年(768)八月，吐蕃入侵靈武邠（音「賓」）州，郭子儀移朔方，鎮守邠州，以禦蕃兵。

登岳陽樓 杜甫

五言律詩

◆

押下平聲十一尤韻

首聯	頷聯	頸聯	尾聯（末聯）
昔聞洞庭水，今上岳陽樓。	吳楚東南坼，乾坤日夜浮。	親朋無一字，老病有孤舟。	戎馬關山北，憑軒涕泗流。

首聯：←平起格 首句不用韻 樓

頷聯：浮

頸聯：舟 流

寫洞庭湖景之「遼闊」　　　　寫晚年飄泊之「落寞」

對仗
★首聯開門見山，以今昔對照法，點明「登岳陽樓」之題旨。
・岳陽樓，在今湖南岳陽，可以俯瞰洞庭湖，煙波浩渺，景色壯觀。

對仗
★頷聯摹寫洞庭湖的遼闊景象。湖面彷彿把吳、楚分成兩半；天上的日月星辰、白晝和黑夜輪流浮現在洞庭湖之上。
・此聯既寫洞庭湖之實景，亦摹狀湖面之虛景，意境壯闊，成為千古絕唱。

對仗
★頸聯抒發心中無限感慨：嘆親朋無消息，是虛境；悲自身老病飄零，為實況。
・杜甫晚年身體衰弱，百病叢生，又無家可歸，無親可依，舉家住在一葉扁舟上，窮困潦倒，自然有此唱嘆。

★末聯他聽說這年八月吐蕃入侵，遙望北方關塞，想到戰爭仍未平息，天下蒼生何時才能遠離戰禍？不禁老淚縱橫。
・北方戰亂是傳聞，為「虛」；憑軒淚流是實情，為「實」。

親朋無一字	哭親友
老病有孤舟	哭自身
戎馬關山北	哭百姓

憑軒涕泗流	集思念、感慨、憂心於一哭

135

UNIT *2-59*
此行為知己，不覺蜀道難

圖解唐詩100：大考最易入題詩作精解

代宗大曆元年（766），時任宰相、劍南西川節度使的杜鴻漸入蜀平亂，薦表岑參為其幕府。此詩即寫於是年二月，詩人入蜀途中，記錄經五盤嶺之見聞與感受。

早上武盤嶺　岑參

平旦驅駟馬，曠然出五盤。

江回兩崖鬥，日隱群峰攢。

蒼翠煙景曙，森沉雲樹寒。

松疏露孤驛，花密藏回灘。

棧道谿雨滑，畬田原草乾。

此行為知己，不覺蜀道難。

> 清晨時我驅趕著馬車，行經空曠遼闊的五盤嶺。
>
> 嘉陵江曲折回轉，兩岸的石崖對峙；太陽尚未出來，群峰攢聚在一起。曙光中，煙靄籠罩著蒼翠的山色；高聳入雲的樹木幽暗陰沉，充滿了寒意。稀疏的松柏間露出孤立的驛站，繁密的花叢裡隱藏著湍急的河道。雨後，溪邊棧道溼滑難行，實施火耕的田裡荒草乾枯了。
>
> 正因為此次遠行是為了知己，也就不覺得蜀道崎嶇難行。

這是一首五言古詩，押上平聲十四寒韻，韻腳為「盤」、「攢（ㄘㄨㄢˊ）」、「寒」、「灘」、「乾」和「難」。

全詩可分為三段：首段為前二句，敘事，「平旦驅駟馬，曠然出五盤。」以「開門見山」法，交代清早攀登武盤嶺之事。「平旦」呼應題中「早」字，點出時間；「驅駟馬」、「出」呼應「上」字，說明此行是騎馬翻越五盤嶺。五盤嶺空曠、廣闊，故云「曠然」。

次段含中間八句，寫景，由遠而近，描繪出五盤嶺一帶美麗的山野圖景。「江回兩崖鬥，日隱群峰攢。蒼翠煙景曙，森沉雲樹寒。」描摹遠景，從破曉時分，江崖對峙、群峰攢聚的景致，到日出後，煙靄中的山色、樹蔭下的陰森與寒意，善用視覺、觸覺摹寫法，透過明暗、寒暖、山水、雲樹等對比，渲染出遼闊的視野。接著，刻劃近景，「松疏露孤驛，花密藏回灘。棧道谿雨滑，畬田原草乾。」疏松間露出孤立的驛館、花叢間隱藏迂迴的河道、棧道溼滑難行、實施火耕的田裡荒草乾枯，仍從視覺、觸覺上勾勒出一幅別具特色的荒野風情畫。全詩以開合變化的筆法，刻劃遠景近物，視角靈活，疏密有致，層次分明，故能構思出如此別緻的風煙美景，形象生動，如狀目前。

末段包括後二句，以抒情作收，「此行為知己，不覺蜀道難。」由於此番入蜀，乃應友人杜鴻漸之邀，感其知遇之恩，兼託濟國之志，故心情明快、開朗，不畏旅途艱辛。「蜀道難」三字，不禁使人聯想起李白〈蜀道難〉：「蜀道之難難於上青天！」此處暗用李白語，並翻出一層新意：正因為「士為知己者死」，故他不覺得蜀道窒礙難行。其實字裡行間，還是隱含蜀道難行之意；只是為了報答知己、實現平生理想，再艱難也勢在必行。

通篇對偶精工卻不呆板，語言華美而不繁縟，這是岑參融六朝詩豐美華豔、唐詩清新俊逸於一體的典型之作，亦岑詩中的佳作。

群峰蒼翠煙景曙

應考大百科

- ◆五盤嶺：亦稱「七盤嶺」，位於梁州、利州交界處。
- ◆曠然：山勢遼闊貌。
- ◆江回：嘉陵江在此回轉。
- ◆煙景：形容雲霧繚繞的景致。
- ◆曙：音「樹」，日出。
- ◆森沉：低沉、幽暗貌。
- ◆畲田：火耕之田。畲，音「奢」。
- ◆知己：此指杜鴻漸。

早上武盤嶺　岑參

五言古詩

◆

押上平聲十四寒韻

代宗大曆元年（766），時任宰相、劍南西川節度使的杜鴻漸入蜀平亂，薦表岑參為其幕府。岑參入蜀途中，作此詩記錄行經五盤嶺的見聞與感受。

首段	次段	末段

首段

平旦驅駟馬，曠然出五**盤**。

盤

次段

棧道溺雨滑，畲田原草**乾**。
松疏露孤驛，花密藏回**灘**。
蒼翠煙景曙，森沉雲樹**寒**。
江回兩崖鬥，日隱群峰**攢**。

攢　寒　灘　乾

末段

此行為知己，不覺蜀道**難**。

難

★**首段敘事，以「開門見山」法，交代清早攀登武盤嶺之事。**

- 「平旦」呼應題中「早」字，點出時間；「驅駟馬」、「出」呼應「上」字，說明此行是騎馬翻越五盤嶺。五盤嶺空曠、廣闊，故云「曠然」。

★**次段由遠而近，描繪五盤嶺一帶美麗的山野圖景。**

- 描摹遠景，從破曉時分，江崖對峙、群峰攢聚的景致，到日出後，煙靄中的山色、樹蔭下的陰森與寒意，善用視覺、觸覺摹寫法，透過明暗、寒暖、山水、雲樹等對比，渲染出遼闊的視野。
- 接著，刻劃近景，疏松間露出孤立的驛館、花叢間隱藏迂迴的河道、棧道溼滑難行、實施火耕的田裡荒草乾枯，仍從視覺、觸覺上勾勒出一幅別具特色的荒野風情畫。

★**末段以抒情作收，由於此番入蜀，乃應友人杜鴻漸之邀，感其知遇之恩，兼託濟國之志，故心情明快、開朗，不畏旅途艱辛。**

- 「蜀道難」三字，使人聯想起李白〈蜀道難〉：「蜀道之難難於上青天！」此處暗用李白語，並翻出一層新意：正因為「士為知己者死」，故他不覺得蜀道窒礙難行。其實仍隱含蜀道難行之意。

第2章 盛唐詩歌

137

第3章

中唐詩歌

中唐詩歌迥異於重情韻的唐人之作，異軍突起，或謳歌自然，或反映現實，似秋花之孤傲，力求淺白，好奇尚怪，啟發了宋詩講理趣、發議論的靈感。

UNIT **3-1**
昨別今已春，鬢絲生幾縷？

圖解唐詩100：大考最易入題詩作精解

馮著，韋應物的好友。相傳他是一位才德兼備的名士，安貧樂道，先在家鄉隱居，後到長安謀仕，頗有文名，但平生官場失意。

韋應物於代宗大曆四年（769）至十三年在長安，而馮著在大曆四年離京赴廣州，大曆十二年再回京城。此詩極可能作於大曆十二年。因為大曆四年他倆曾道別，如今近十年過去了，久別重逢，友人仍未獲一官半職，韋應物對他深表同情。

> 長安過馮著　韋應物
> 客從東方來，衣上灞陵雨。
> 問客何為來？採山因買斧。
> 冥冥花正開，颺颺燕新乳。
> 昨別今已春，鬢絲生幾縷？

> 客人從東方遠道而來，衣服上還沾著灞陵的雨點兒。問他為什麼前來？他說為了上山砍柴而來買斧頭。百花悄悄地綻放，輕盈的燕子正哺乳著新雛。從前你我一分別，如今又是春天了，我倆鬢髮蒼蒼如白絲線般，不知又生出多少來？

這是一首五言古詩，描寫在長安與好友馮著相逢，熔敘事、抒情、寫景於一爐，以問答方式渲染氣氛。全詩可分為兩段：

首段敘事，點出友人冒雨從東方來，與詩人在長安偶遇。一、二句以「客」呼應詩題的「馮著」：「客從東方來，衣上灞陵雨。」從他衣服上還沾著灞陵的雨點，可知這一路風塵僕僕，為下文在異地喜逢舊友鋪上一層底色。接著，三、四句採問答法，「問客何為來？採山因買斧。」詩人問馮著為何而來？他回答為了「採山」所以進京城買斧

頭。「採山」應指上山砍柴、開墾荒地等事，不禁使人聯想起朱買臣砍柴、陶淵明躬耕，暗示隱者懷才不仕，衣食無著落，為生活所迫的窘境。

末段摹寫眼前春景，兼抒發巧遇老友之感慨。五、六句藉由長安城裡春光明媚，又與故人喜相逢，流露出一股藏不住的喜悅。「冥冥花正開，颺颺燕新乳。」繁花悄悄盛開，燕鳥哺育新雛，春回大地，充滿無限生機與希望。此時大地逢春，而才士的春天又在哪裡呢？所以轉出末二句的喟嘆：「昨別今已春，鬢絲生幾縷？」昔日一別，十年過去了，如今又逢春天，瞧你我鬢髮微白，青春一去不復返。儘管如此，卻不必懷憂喪志，春臨大地，一切仍大有可為。

此詩採自由活潑的古詩形式，吸收了樂府民歌的結構、手法和語言，文字淺白，情意深長，風格清新，節奏明快，是一首耐人尋味的真摯好詩，值得讀者細細咀嚼。

春來花開燕新乳

應考大百科

◆馮著:詩人的朋友。

◆瀟陵:在今陝西西安東;漢文帝之葬所,後稱瀟陵。

◆客:指馮著。

◆冥冥:悄悄地、默默地。

◆颺颺:鳥兒展翅飛翔貌。颺,通「揚」。

◆燕新乳:指新生的乳燕。

◆昨別:從前分別。

◆鬢絲:鬢髮蒼蒼,如白絲線般。

長安過馮著 韋應物
五言古詩
◆
押上聲七麌韻

· 韋應物於代宗大曆四年(769)至十三年在長安,而馮著在大曆四年離京赴廣州,大曆十二年再回京城。此詩極可能作於大曆十二年。

· 因為大曆四年他倆曾道別,如今近十年過去了,久別重逢,友人仍未獲一官半職,韋應物對他深表同情。

首段

末段

客從東方來,衣上瀟陵雨。

問客何為來?採山因買斧。

★首段敘事,點出友人冒雨從東方來,與詩人在長安偶遇。

· 一、二句以「客」呼應詩題的「馮著」。

· 三、四句採問答法,詩人問馮著為何而來?他回答為了「採山」所以進京買斧頭。「採山」指上山砍柴、開墾荒地等事,不禁使人聯想起朱買臣砍柴、陶淵明躬耕,暗示隱者懷才不仕,衣食無著落,為生活所迫的窘境。

★末段摹寫眼前春景,兼抒發巧遇老友之感慨。

· 五、六句藉由長安城裡春光明媚,又與故人喜相逢,流露出一股藏不住的喜悅。

· 轉出末二句的喟嘆:昔日一別,十年過去了,如今又逢春天,瞧你我鬢髮微白,青春年華一去不復返。儘管如此,卻不必懷憂喪志,春臨大地,一切仍大有可為。

冥冥花正開,颺颺燕新乳。

昨別今已春,鬢絲生幾縷?

活用小精靈

朱買臣年輕時家境清寒,靠砍柴維生,但他始終力學不倦,經常背著柴薪,不忘手拿書本,一面讀書。妻子見他年過四十仍一事無成,要求離婚;儘管他苦苦哀求,妻子毅然決然改嫁別人。

幾年後,朱買臣時來運轉,有人推薦他出仕為官。當他衣錦還鄉時,發現前妻和再嫁的丈夫卻貧困無以維生;他暗中救助前妻夫婦,送了許多財物幫助他們度過難關。後來,當前妻得知眼前官人正是朱買臣時,羞愧地自殺而死。

UNIT 3-2
明日巴陵道，秋山又幾重？

唐代自玄宗天寶十四載（755）爆發安史之亂，至代宗廣德元年（763）平定。隨即又發生吐蕃、回紇連年侵擾，及各地藩鎮不斷叛亂，戰禍相尋，一直延續到德宗貞元元年（785），歷時三十年的動盪不安。此詩當作於安史之亂以後，這樣內憂外患頻仍的時期。

據近人彭國棟《澹園詩話》載：「元吳師道引時天彝云：『李益與盧綸為中表，此云外弟，蓋指盧綸。』」然此說有誤。按：李益（746～829），盧綸（739～799），可見盧綸比李益年長，故不可能是李益的表弟。因此李益的「外弟」為何人，不可考。

> **喜見外弟又言別　李益**
> 十年離亂後，長大一相逢。
> 問姓驚初見，稱名憶舊容。
> 別來滄海事，語罷暮天鐘。
> 明日巴陵道，秋山又幾重？

> 　　經過了十年的亂離，長大後我們在異地第一次相逢。初見時問及你的姓氏，使我感到驚訝；等你說出名字，這才想起你以前的容貌。別後世事變化大，猶如滄海桑田，剛談完話，聽見山寺已敲響了晚鐘。明日你要登上巴陵古道，從此不知又隔了幾重秋山？

此為五言律詩，寫久別重逢卻又馬上分離，真是悲喜交加。

前三聯敘分別十年後，歡喜相逢，點明詩題「喜見外弟」。首聯：「十年離亂後，長大一相逢。」詩人與其表弟歷經十年離亂之後，二人長年流落在外，如今竟巧遇彼此，真是欣喜莫名！他倆長大成年後，才第一次見面。「一」字，

帶有意外的欣喜，道盡了亂世中見面不易，因此更加珍惜。

頷聯：「問姓驚初見，稱名憶舊容。」是說彼此問姓稱名以後，有「初見」之「驚」，進而「憶舊容」，內心情緒的波瀾變化，描寫生動、傳神。同時道出亂世裡，人們朝不保夕，能再相見，恍如隔世，故「驚」字，展現詩人內心的激動與驚喜。

頸聯：「別來滄海事，語罷暮天鐘。」意謂二人分別後，世事變化之大，如滄海桑田，令人怵目驚心；重逢時，彼此促膝長談，訴說別後種種，不知覺間時光飛逝，忽聞寺院傳來陣陣晚鐘聲，驚覺已是黃昏了。

末聯呼應題中「又言別」：「明日巴陵道，秋山又幾重？」此詩以「喜」為起，以「別」為終，歡喜相逢，卻又要匆匆離別，真是令人百感交集！表弟將遠去巴陵道，兩人又要分開了，今後不知又要相隔多少重秋山？下次相逢會是何年何月？頗有幾分杜甫〈贈衛八處士〉：「明日隔山岳，世事兩茫茫」的茫然感。

詩中直述真情，從驚喜到無奈，自然流露，足以感人肺腑，尤其身處亂世下，聚散匆匆，也間接透露戰爭帶來的痛苦。通篇語言凝練，樸實無華，但情深意摯，餘韻綿長。陸時雍《詩鏡總論》評云：「李益『問姓驚初見，稱名憶舊容。』撫衷述懷，馨快極美。因之思三百篇，情緒如絲，繹之不盡，漢人曾道隻字不得。」盛推李益此詩綴景言情，可上溯《詩經》風人之旨。

十年離亂一相逢

應考大百科

◆外弟：表弟。

◆十年離亂：指安史之亂。按：安史之亂（755～763），歷時將近十年。

◆別來：指分別十年以來。

◆滄海事：言世事變化之大，如滄海桑田般。

◆巴陵：今湖南岳陽。即詩中外弟將去之處。

喜見外弟又言別　李益

五言律詩

◆

押上平聲二冬韻

首聯	頷聯	頸聯	尾聯（末聯）
十年離亂後，長大一相逢。	問姓驚初見，稱名憶舊容。	別來滄海事，語罷暮天鐘。	明日巴陵道，秋山又幾重？

首聯 **平起格** 首句不用韻 ←

逢

頷聯 容

頸聯 鐘

對仗

對仗

尾聯 重

★首聯謂詩人與其表弟歷經十年離亂之後，二人長年流落在外，如今竟巧遇彼此，真是欣喜莫名！他倆成年後，第一次見面。

・「一」字，帶有意外的欣喜，道盡了亂世中見面不易，因此更加珍惜。

★頷聯謂彼此問姓稱名後，有「初見」之「驚」，進而「憶舊容」，內心情緒波瀾變化，描寫生動、傳神。

・同時道出亂世裡，人們朝不保夕，能再相見，恍如隔世，故「驚」字，展現詩人內心的激動與驚喜。

★頸聯謂二人分別後，世事變化之大，如滄海桑田，令人怵目驚心；重逢時，彼此促膝長談，訴說別後種種，不知覺間時光飛逝，忽聞寺院傳來陣陣晚鐘聲，驚覺已是黃昏了。

★末聯謂表弟將遠去巴陵道，兩人又要分開了，今後不知又要相隔多少重秋山？下次相逢會是何年何月？

・頗有幾分杜甫〈贈衛八處士〉：「明日隔山岳，世事兩茫茫。」的茫然感。

前三聯敘分別十年以後，歡喜相逢，點明詩題「喜見外弟」

★此詩以「喜」為起，以「別」為終，歡喜相逢，卻又要匆匆離別，真是令人百感交集！

★詩中直述真情，從驚喜到無奈，自然流露，足以感人肺腑，尤其身處亂世下，聚散匆匆，也間接透露戰爭帶來的痛苦。

末聯呼應題中「又言別」

UNIT 3-3
高山未盡海未平，願我身死子還生

圖解唐詩100：大考最易入題詩作精解

此詩旨在歌詠《山海經·北山經》所載「精衛填海」的神話。相傳炎帝小女兒名叫女娃，有一天她到東海遊玩，不幸溺水身亡，化作了精衛鳥，從此立下宏願要填平大海；於是，每天、每天銜一點木石投入海中。詩中讚頌精衛填海的精神，那種堅忍不拔、奮鬥到底的毅力，令人佩服！

精衛詞 王建

精衛誰教爾填海？海邊石子青磊磊。
但得海水作枯池，海中魚龍何所為？
口穿豈為空銜石？山中草木無全枝。
朝在樹頭暮海裡，飛多羽折時墮水。
高山未盡海未平，願我身死子還生。

> 精衛鳥啊，誰讓你來填平這廣大的東海？海邊木石蒼青，堆積如山。你發誓要把滄海變成乾涸的水池，屆時海中的魚龍該怎麼辦？
>
> 你嘴角傷痕累累，難道只是銜取堅硬的石頭所致？山中草木全都沒了完整的枝椏。你一大早就在枝頭上忙碌不堪，直到黃昏還要奔赴大海；你奮飛不已以致羽翼折損了，經常落水也不死心。
>
> 只要高山上的木石還沒銜盡，只要大海一天尚未填平；你說：「即使我一身死去，但願子孫繼續完成我的志業！」

全詩可分為三段：首段包含前四句，連用兩個反問句，表達對「精衛填海」之舉的不解。「精衛誰教爾填海？海邊石子青磊磊。」採「開門見山」法，透過與精衛鳥對話來質疑牠填海的動機，因為詩人認為海邊青石磊磊，牠根本填不完，既然如此，何必白費力氣？接著，採「懸想示現」法，「但得海水作枯池，海中魚龍何所為？」假設牠填平了大海，海水枯涸，那麼海底的魚龍又該怎麼辦？虛寫想像中景物。

次段含五至八句，著筆於精衛填海的辛勞。「口穿豈為空銜石？山中草木無全枝。」強調精衛不只銜取石頭，弄得自己滿口是傷；牠還把草木的枝椏全叼光了，導致山中一片光禿景象。極力突顯其不畏艱難，刻苦耐勞，勉力為之。隨即，「朝在樹頭暮海裡，飛多羽折時墮水。」狀其從早到晚勞碌奔波，經常因奮飛不已，而折損了羽翼，墮入水中，搞得自個兒遍體鱗傷。

末段即最後兩句，詩人假託精衛口吻，表達出全力以赴、使命必達的決心。「高山未盡海未平，願我身死子還生。」牠深信即使自己在有生之年不能完成填海大業，也希望子子孫孫能繼承遺志，填平大海。這股傻勁兒不禁令人聯想起立志剷平太行、王屋二山的愚公，當河曲智叟質疑他移山為不智之舉時，他義正辭嚴地反駁道：「雖我之死，有子存焉；子又生孫，孫又生子；子又有子，子又有孫；子子孫孫無窮匱也，而山不加增，何苦而不平？」（《列子·愚公移山》）可見「精衛填海」與「愚公移山」頗具異曲同工之妙，都闡明人定勝天、有志竟成的處世態度。

此詩藉由神話故事，傳達出積極進取、永不放棄的奮戰精神，語言質樸，形象生動，任由想像力馳騁，使精衛填海意象活靈活現，宛然在目。

海邊石子青磊磊

應考大百科

◆精衛：精衛鳥。據《山海經·北山經》載：「發鳩之山，其上多柘木，有鳥焉，其狀如烏，文首白喙赤足，名曰精衛。其鳴自詨，是炎帝之少女，名曰女娃。女娃遊於東海，溺而不返，故為精衛，常銜西山之木石，以堙於東海。」此即「精衛填海」典故之出處。

◆磊磊：形容石頭眾多貌。

◆口穿：嘴角傷痕累累。

◆羽折：羽翼折損了。

◆墮水：猶言落水、溺水。

◆子：此指精衛鳥的後代，即子孫之意。

精衛詞　王建

七言歌行體

首段

精衛誰教爾填海？
海邊石子青磊磊。
但得海水作枯池，
海中魚龍何所為？

★首段連用兩個反問句，表達對「精衛填海」之舉的不解。

· 先採「開門見山」法，透過與精衛鳥對話來質疑牠填海的動機，因為詩人認為海邊青石磊磊地根本填不完，既然如此，何必白費力氣？

· 再採「懸想示現」法，假設牠填平了大海，海水枯涸，海中的魚龍又該怎麼辦？

精衛填海

次段

飛多羽折時墮水。
朝在樹頭暮海裡，
山中草木無全枝。
口穿豈為空銜石？

★次段著筆於精衛填海的辛勞。

· 強調精衛不只銜取石頭，弄得自己滿口是傷；牠還把草木的枝椏全叼光了，導致山中一片光禿景象。極力突顯其不畏艱難，刻苦耐勞，勉力為之。

· 次摹狀其從早到晚勞碌奔波，經常因奮飛不已，而折損了羽翼，墮入水中，搞得自個兒遍體鱗傷。

末段

願我身死子還生。
高山未盡海未平，

★末段假託精衛口吻，表達出全力以赴、使命必達的決心。

· 牠深信即使自己在有生之年不能完成填海大業，也希望子子孫孫能繼承遺志，填平大海。

· 這股傻勁兒不禁令人聯想起立志剷平太行、王屋二山的愚公。

愚公移山

「精衛填海」與「愚公移山」皆闡明人定勝天、有志竟成的處世態度。

UNIT 3-4
到此詩情應更遠，醉中高詠有誰聽？

此詩應作於敬宗寶曆二年（826）春天，當時劉禹錫尚在和州刺史任上，故詩題稱之為「劉使君」。而劉禹錫也有〈張郎中遠寄長句〉一詩答之，約在此前後，當是張籍由水部郎中轉任主客郎中之際。

寄和州劉使君　張籍

別離已久猶為郡，閒向春風倒酒瓶。
送客特過沙口堰，看花多上水心亭。
曉來江氣連城白，雨後山光滿郭青。
到此詩情應更遠，醉中高詠有誰聽？

> 我們分開已經很久了，您依然在治理州郡；清閒時，您一定對著春風頻頻舉杯痛飲。每當送走客人，您想必特意繞道風光明媚的沙口堰；欣賞繁花，則大多登上水心亭。破曉時分，江上霧氣瀰漫郡城上，白茫茫一片；雨後初霽，山色若洗，將城郭點綴得更加青翠欲滴。面對此山光水色，您一定想賦詩寄給遠方的知音，只是您醺醉中高吟一首，有誰能像我一樣側耳傾聽？

這是一首平起格首句不用韻的七言律詩，押下平聲九青韻，韻腳為「瓶」、「亭」、「青」、「聽」。

首聯先點出詩人與劉禹錫的好交情：「別離已久猶為郡，閒向春風倒酒瓶。」感慨與劉禹錫分別日久，好友依舊擔任和州刺史；想像他閒來時，頻頻在春風中痛飲。一個「猶」字，道盡對友人的深切期許，他應該高升；並為他感到無奈，怎麼還在治理郡務？因此，採「懸想示現」法，設想他閒來無事，借酒澆愁的情景。

頷聯承上聯「閒」字而來，正因為才士遭到閒置，所以他藉由登山臨水、賞花飲酒，自我排遣。「送客特過沙口堰，看花多上水心亭。」此亦為「懸想示現」法，想像好友人在和州，公餘閒暇，如何寄情於山水，悠閒度日。按：「沙口堰」、「水心亭」皆為和州名勝區，故以此呼應題中之「和州」。由於張籍長期徙居和州，自然不難想像劉禹錫在沙口堰送別客人，登水心亭看花賞景的畫面。從第二至四句，足見劉禹錫懷才不遇、仕途坎坷的孤寂與無奈。故清人黃生評云：「賦詩飲酒，送客看花，皆極寫使君之閒。夫使君作郡，不宜閒者也，不宜閒而閒，則作郡非其所樂，意在言外矣。」（《唐詩摘抄》）所言甚是！詩中用曲筆寫出劉禹錫乍看悠閒，實則無奈的遭遇。

頸聯用「白」和「青」二字，渲染出江城水氣的氤氳、雨後山川的蒼翠，摹景功力了得！「曉來江氣連城白，雨後山光滿郭青。」藉由家鄉美景，既安慰了這位謫宦於此的朋友，亦流露出對故鄉風土的喜愛之情。此聯與王維〈送邢桂州〉：「日落江湖白，潮來天地青。」頗有異曲同工之妙。

末聯轉為抒情，「到此詩情應更遠，醉中高詠有誰聽？」詩情更遠，醉中高詠，既讚賞了劉禹錫詩藝高超，更以「有誰聽」三字收束全篇，給人留下無限想像空間。和州地處偏僻，劉禹錫縱有滿腔抱負，又有誰來傾聽？身為知音的他卻遠在千里之遙，無從靜聽好友細訴衷曲。

雨後山光滿郭青

（第3章 中唐詩歌）

應考大百科

◆和州：唐代州名，治所在歷陽（今安徽和縣）。

◆劉使君：即劉禹錫。使君，漢代以後對州郡長官的尊稱。按：劉禹錫於穆宗長慶四年（824）至敬宗寶曆二年（826）冬為和州刺史，故稱之為「劉使君」。

◆為郡：治理州郡。

◆沙口堰、水心亭：和州境內的名勝區。

◆江氣：江上的水氣或霧氣。

◆郭：外城也。

寄和州劉使君　張籍

七言律詩

◆

押下平聲九青韻

首聯

閒向春風倒酒瓶，別**離**已久猶為郡，

瓶

← 平起格
首句不用韻

頷聯

看花多上水心**亭**，送客特過沙口堰，

亭

頸聯

雨後山光滿郭**青**，曉來江氣連城白，

青

尾聯（末聯）

醉中高詠有誰**聽**？到此詩情應更遠，

聽

對仗

對仗

★首聯先點出詩人與劉禹錫的好交情。

・一個「猶」字，道盡對友人的深切期許，他應該高升；並為他感到無奈，怎麼還在治理郡務？故採「懸想示現」法，設想他閒來無事，借酒澆愁的情景。

★頷聯承上聯「閒」字而來，正因為才士遭到閒置，所以他藉由登山臨水、賞花飲酒，自我排遣。

・亦採「懸想示現」法，想像好友人在和州，公餘閒暇，如何寄情於山水，悠閒度日。
按：「沙口堰」、「水心亭」皆為和州名勝風景區，故以此呼應題中之「和州」。

★頸聯用「白」和「青」二字，渲染出江城水氣的氤氳、雨後山川的蒼翠，暈景功力了得！

・藉由家鄉美景，既安慰了這位謫宦於此的朋友，亦流露出對故鄉風土的喜愛之情。

足見劉禹錫懷才不遇、仕途坎坷的孤寂與無奈

★末聯轉為抒情：詩情更遠，醉中高詠，既讚賞了劉禹錫詩藝高超，更以「有誰聽」三字收束全篇，給人留下無限想像空間。

・和州地處偏僻，好友縱有滿腔抱負，又有誰來傾聽？身為知音卻遠在千里之遙，無從靜聽他細訴衷曲。

UNIT 3-5
還君明珠雙淚垂，恨不相逢未嫁時

圖解唐詩100：大考最易入題詩作精解

〈節婦吟寄東平李司空師道〉是張籍所創作的一首樂府詩，藉由貞節人妻想事奉夫君，從一而終的心願，來婉拒時任平盧淄青節度使檢校司空、同中書門下平章事李師道的挖角。中唐以後，藩鎮割據日益嚴重，一些擁兵自重的節度使經常利用各種手段拉攏文士、勾結官員，如李師道試圖用高官厚祿收買張籍為其效力。張籍身為朝中官吏，當然不屑轉而依附藩鎮，但又不得不顧及自身安危，故作此詩以明志。由於該詩詩意委婉，真情流露，不但成功拒絕了李師道，更意外成為千古傳誦的名作。

> 節婦吟寄東平李司空師道　張籍
> 君知妾有夫，贈妾雙明珠。
> 感君纏綿意，繫在紅羅襦。
> 妾家高樓連苑起，良人執戟明光裡。
> 知君用心如日月，事夫誓擬同生死。
> 還君明珠雙淚垂，恨不相逢未嫁時。

您明知道我已經有了丈夫，還偏偏送我一對明珠。我感謝您的纏綿情意，把它繫在紅色絲羅上衣。我家的高樓與皇家園林比鄰而居，我的夫君手執長戟在皇宮裡當差。雖然知道您對我一片真心如日月，但我已發誓要與丈夫生死與共。歸還您雙明珠時，我不禁淚流滿面，很遺憾在未出嫁以前沒能遇見您。

此詩可從兩個層面來解讀：一是男女感情上，以節婦的語氣向追求者娓娓道來。點出對方明知她已名花有主，還贈送雙明珠展開熱烈追求。此真情摯意著實令人動容，所以她將定情之物佩戴於紅羅襦（感覺她已然動心了）。但又想到夫家是名門貴冑，丈夫為皇帝心腹重臣（似乎無法割捨自己的身分、地位、名節等）。雖然她知道第三者的一片真心，日月可鑑；但早在成婚之初已許下要與夫婿生同衾、死同穴，患難與共的諾言。幾番天人交戰後，她選擇了遵從禮教、信守婚約，含著淚不捨地歸還那定情的雙明珠，如能在未出嫁前遇見此人，或許她將會做出不同的抉擇。幾許相見恨晚，多少莫可奈何，怎不教人掬一把同情淚？

再從政治上婉拒挖角來看，張籍以節婦（妾）自比，用第三者（君）喻李師道、良人（夫）喻大唐天子；而雙明珠指優渥的薪酬、誘人的利益。開篇即表明李師道您明知我張籍是朝中大臣，還開出那麼好的條件利誘我（隱含譴責之意）。非常感謝您如此看重我，我會放在心上好好考慮（實為客套之語）。可是身為大唐官員，我深信天子可以捍衛國家安全（以朝廷的正統地位，突顯藩鎮割據的名不正、言不順）。雖然知道您的動機光明磊落，但我早在出仕為官時就立下誓言要與天子同進退、共生死（這是張籍真正的心聲）。幾番仔細思量後，只好含淚婉拒您的好意，真遺憾沒能在未出仕前遇見您（純屬場面話，為李師道留點顏面）！

通篇以「比興」手法表明立場，意在言外，情理真摯，人物刻劃細膩傳神，語言富於民歌風味。據說連李師道本人都深受感動，因此不勉強張籍了。

妾家高樓連苑起

應考大百科

＊韓愈曾作〈送董邵南遊河北序〉一文，藉由對友人董邵南科場失意將北遊古燕趙之地，試圖轉投藩鎮，表達委婉勸阻之意；間接道出他反對藩鎮割據分裂，維護國家統一的主張。

＊張籍身為韓愈弟子，自然與他的老師想法一致：身為朝廷命官，報效國家、忠於天子乃天經地義之事，他怎麼可能輕易被李師道收買？又礙於藩鎮強悍，故只能假兒女私情，以人妻口吻，含蓄婉拒。

節婦吟寄東平李司空師道　張籍

雜言樂府

〈節婦吟寄東平李司空師道〉是張籍創作的一首樂府詩，藉由貞節人妻想事奉夫君，從一而終的心願，用以婉拒時任平盧淄青節度使檢校司空、同中書門下平章事李師道的挖角。

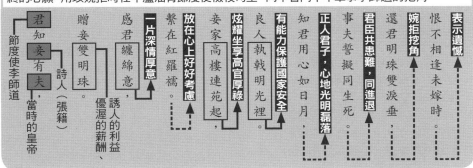

節度使李師道｜當時的皇帝——君知妾有夫，

詩人（張籍）——贈妾雙明珠。

誘人的利益、優渥的薪酬——感君纏綿意，

一片深情厚意——繫在紅羅襦。

放在心上好好考慮——妾家高樓連苑起，

炫耀坐享高官厚祿——良人執戟明光裡。

有能力保護國家安全——知君用心如日月，

正人君子，心地光明磊落——事夫誓擬同生死。

君臣共患難，同進退——還君明珠雙淚垂，

婉拒挖角——恨不相逢未嫁時。

表示遺憾

活用小精靈

　　像本詩中以兒女私情借喻君臣關係的例子，在古典詩詞裡俯拾即是。如曹植〈七哀詩〉：

明月照高樓，流光正徘徊。
上有愁思婦，悲嘆有餘哀。
借問嘆者誰？言是客子妻。
君行逾十年，孤妾常獨棲。
君若清露塵，妾若濁水泥。
浮沉各異勢，會合何時諧？
願為西南風，長逝入君懷。
君懷良不開，賤妾當何依？

曹植此詩借怨婦思念良人，隱含他對君主，也是兄長（曹丕）的情意。他將自身功名無望的心灰意冷，寄託於樓上思婦的哀愁裡。

UNIT 3-6
誰言千里自今夕？離夢杳如關塞長

圖解唐詩100：大考最易入題詩作精解

　　此詩是名妓薛濤的代表作之一，亦歷代送別詩中的佳作。

> ### 送友人　薛濤
> 水國蒹葭夜有霜，月寒山色共蒼蒼。
> 誰言千里自今夕？離夢杳如關塞長。

> 　　在水鄉分離的夜晚，水畔蒹葭為白霜所籠罩；月光寒冷，映照著深青的山色，好一片蒼茫景致！誰說你我千里之別從今晚開始？離別後連相逢的夢也杳然無蹤，一如迢迢關塞般遙遠而漫長。

　　這是一首仄起格首句用韻的七言絕句，押下平聲七陽韻，韻腳為「霜」、「蒼」、「長」。

　　首二句以視覺、觸覺摹寫法，點染送別時的夜景。「水國蒹葭夜有霜，月寒山色共蒼蒼。」詩人登山臨水，看見水畔蒹葭籠罩著一層白霜，月光映照山前亦明亮如霜，而這一派蒹葭與山色「共蒼蒼」的景象，令人不覺心生寒意。此二句乍看語言淺白流暢，摹景生動自然，實則暗用古書中典故。首先，脫胎自《詩經‧秦風‧蒹葭》：「蒹葭蒼蒼，白露為霜。所謂伊人，在水一方。」又與宋玉〈九辯〉：「悲哉，秋之為氣也！蕭瑟兮草木搖落而變衰。憭慄兮若在遠行，登山臨水兮送將歸。」也有異曲同工之處。

　　三句以浪漫的筆調，委婉表達對友人的慰勉之辭。「誰言千里自今夕？」故作瀟灑，採「反問」法寫成：誰說你我千里之別自此開始？不是這樣的，——怎麼說呢？王勃〈送杜少府之任蜀州〉云：「海內存知己，天涯若比鄰。」謝莊〈月賦〉亦云：「美人邁兮音塵闕，

隔千里兮共明月。」言外之意，即使兩人各在天一方，只要彼此相知相惜，心意相通，關山阻隔絕對不是最遙遠的距離。就算別後音訊渺茫，無由相見，亦有何妨？至少我們還能共此一輪明月，皎潔月光將為我倆傳達無限深情。

　　末句回歸現實，抒發為友人送行的離愁別恨。「離夢杳如關塞長。」此句將離別情意寫到迢迢關塞的高遠景物中，藉綿延不盡、遙遙漫長的關塞來比況綿綿不絕、永無止境的離恨悠悠。請注意，她用「離夢」一語，較「離情」、「離愁」、「離恨」等字眼更顯虛無縹緲，難以捉摸。這句與李白〈長相思〉：「天長路遠魂飛苦，夢魂不到關山難」之詩意暗合。「關塞長」使夢魂難以度越，已是不堪；更何況「離夢杳如」，連重逢的美夢近來也作不成。一句之中，層層轉折，將離別之苦推展到了極致。全詩至此戛然而止，言有盡而意無窮，格外耐人尋味！

水國蒹葭夜有霜

應考大百科

◆水國：猶言「水鄉」。

◆蒹葭：音「兼家」，水草名。語出《詩經·秦風·蒹葭》：「蒹葭蒼蒼，白露為霜。所謂伊人，在水一方。」後用「蒹葭」泛指思念遠方的朋友。

◆蒼蒼：形容月光下深青的山色。

◆今夕：今晚也。

◆離夢：指離人盼重逢的夢境。

◆杳如：杳茫無蹤。杳，音「咬」。

送友人　薛濤
七言絕句

◆ 押下平聲七陽韻

首句	次句	三句	末句
水國蒹葭夜有霜，	月寒山色共蒼蒼。	誰言千里自今夕？	離夢杳如關塞長。

仄起格
首句用韻

霜

蒼

長

★一、二句以視覺、觸覺摹寫法，點染送別時的夜景。

· 詩人登山臨水，看見水畔蒹葭籠罩著一層白霜，月光映照山前亦明亮如霜，而這一派蒹葭與山色「共蒼蒼」的景象，令人不覺心生寒意。

· 此二句脫胎自《詩經·秦風·蒹葭》：「蒹葭蒼蒼，白露為霜。所謂伊人，在水一方。」又與宋玉〈九辯〉：「悲哉，秋之為氣也！蕭瑟兮草木搖落而變衰。憭慄兮若在遠行，登山臨水兮送將歸。」近似。

活用小精靈

唐代才女名妓薛濤風流儒雅，人盡皆知；而她所製「薛濤箋」，更不知擄獲多少騷人墨客的心，流傳至今。

薛濤寓居四川成都浣花溪畔，因溪水適合造紙，當地紙業勃興。她嫌坊間箋紙面幅過大，又鍾愛紅色，於是請人以浣花溪水、木芙蓉皮和芙蓉花汁，特製成一款別緻的「深紅小彩箋」，人稱「薛濤箋」或「浣花箋」。

她便以此箋與當時才子名士元稹、白居易、劉禹錫、張籍、杜牧等詩歌酬唱，無限風雅。

★三句以浪漫的筆調，委婉表達對友人的慰勉之辭。

· 故作瀟灑，採「反問」法寫成：誰說你我千里之別自此開始？

· 王勃〈送杜少府之任蜀州〉：「海內存知己，天涯若比鄰。」⇨只要彼此心意相通，關山阻隔不是最遙遠的距離。

· 謝莊〈月賦〉：「美人邁兮音塵闕，隔千里兮共明月。」⇨即使人各一方，無由相見，至少我們還共此一輪明月。

★末句回歸現實，抒發為友人送行的離愁別恨。

· 此句將離別情意寫到迢迢關塞的高遠景物中，藉綿延不盡、遙遙漫長的關塞來比況綿綿不絕、永無止境的離恨悠悠。

· 用「離夢」一語，較「離情」、「離愁」、「離恨」等字眼更顯虛無縹緲，難以捉摸。

UNIT **3-7**
但聞怨響音，不辨俚語詞

　　此詩應作於憲宗元和十年（815）至十四年期間。劉禹錫因賦〈玄都觀桃花〉詩譏諷權貴，二度貶為連州刺史。這是一首樂府詩，詩人於小序中交代了創作緣由與目的：他偶登連州城樓，看到附近農民生活的實況，有感而發，寫成此詩，希望符合古代風人采詩之精神，作為朝廷施政的參考。

插秧歌　劉禹錫

連州城下，俯接村墟。偶登郡樓，適有所感，遂書其事為俚歌，以俟采詩者。

岡頭花草齊，燕子東西飛。田塍望如綠，白水光參差。農婦白紵裙，農夫綠蓑衣。齊唱田中歌，嚶佇如〈竹枝〉。但聞怨響音，不辨俚語詞。時時一大笑，此必相嘲嗤。水準苗漠漠，煙火生墟落。黃犬往復還，赤雞鳴且啄。路旁誰家郎？烏帽衫袖長。自言上計吏，年初離帝鄉。田夫語計吏：「君家儂定語。一來長安罷，眼大不相參。」計吏笑致辭：「長安真大處。省門高軻峨，儂入無度數。昨來補衛士，唯用筒竹布。君看二三年，我作官人去。」

　　山岡上花草整齊，燕子飛來飛去。遠望田埂如線條般，田間水光閃爍不定。農婦穿著白麻布裙，農夫披著綠草蓑衣；一齊唱著田中歌，輕聲細語好似川東民歌〈竹枝詞〉。我只聽到哀怨的曲調聲，不懂俚語，不知歌詞是何意。他們時不時一陣大笑，一定是互相嘲諷、譏笑。水田平坦，秧苗密布羅列，炊煙、燈火逐漸在村落裡出現。大黃狗來回地走著，公雞邊叫邊啄食。

　　路旁是誰家的小夥子？頭戴烏紗帽、身穿大袖衫。他自己說是被派往京城辦事的上計吏，年初才剛離開長安。農夫對計吏說：「您家我可十分熟悉。您一從長安回來，就瞧不起人裝作不認識。」計吏笑著上前答話：「長安真是大得很。省禁大門高大又威嚴，我可進去過無數次。近來有個補衛士的缺額，用一筒竹布就可以。您看二三年以後，我一定作個官去。」

　　全詩可分為兩大段：前十六句為一段，白描出一幅美麗的田園風光、農人在田中插秧的鮮活圖景。首六句先簡筆勾勒連州郊外春光明媚、岡頭花草嶄齊、燕子穿梭飛舞、田埂筆直如線、田水粼粼閃光，農夫、農婦們在這廣漠的田間勞作。——屬於遠景的刻畫，語言清新，風格明朗，具有濃郁的江南水鄉氣息。次六句轉為近景，聚焦於農人一面插秧、一面歌唱的情形。他們以地方俚語唱和，詩人「但聞怨響音」，卻聽不懂歌詞內容。不過，瞧他們「時時一大笑，此必相嘲嗤」，可以感受到村人的熱情與活力。接著四句，再將目光移轉至附近農莊，摹寫水田漠漠、炊煙裊裊、雞犬相聞的景象。

　　後十六句為一段，詩人從農民的眼中，看到「上計吏」大搖大擺地登場。隨即，農人與計吏展開一場生動的對答，計吏不但目中無人，還想透過行賄買官，可鄙可笑的形象躍然紙上。詩中除了關懷農民疾苦，更批判當時普遍存在賣官的歪風，別具現實意義。

男女齊唱田中歌

應考大百科

◆田塍：田埂。塍，音「成」。
◆參差：長短不齊貌；此指稻田水光閃爍，忽明忽暗。
◆白紵裙：白麻布裙。紵，音「住」，麻布。
◆蓑衣：用棕櫚纖維做成的雨衣。
◆嚶佇：細聲細氣，形容相和的聲音。
◆怨響音：指哀怨的曲調。
◆嘲嗤：嘲諷、譏笑。
◆漠漠：密布羅列貌。
◆上計吏：州郡派去向朝廷上報戶口、墾田等的小吏。

◆儂：方言，即「我」的意思。
◆諳：音「安」，熟悉。
◆眼大：眼高，瞧不起人。
◆相參：相互交往。
◆省門：宮廷或官署的門。
◆軒峨：高大貌。
◆無度數：無數次。
◆筒竹布：指一種卷藏於竹筒中的名貴細布。
◆官人：官也。

插秧歌 劉禹錫
五言樂府

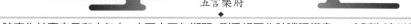

此詩應作於憲宗元和十年（815）至十四年期間；劉禹錫因作詩譏諷權貴，二度貶為連州刺史時。

首段

岡頭花草齊，燕子東西飛。田塍望如線，白水光參差。農婦白紵裙，農夫綠蓑衣。齊唱田中歌，嚶佇如〈竹枝〉。但聞怨響音，不辨俚語詞。時時一大笑，此必相嘲嗤。水準苗漠漠，煙火生墟落。黃犬往復還，赤雞鳴且啄。

首段白描出一幅美麗的田園風光、農人在田中插秧的鮮活圖景。

末段

路旁誰家郎？烏帽衫袖長。自言上計吏，年初離帝鄉。田夫語計吏：「君家儂定諳。一來長安罷，眼大不相參。」計吏笑致辭：「長安真大處。省門高軒峨，儂入無度數。昨來補衛士，唯用筒竹布。君看二三年，我作官人去。」

末段詩人從農民的眼中，看到「上計吏」大搖大擺地登場。隨即，農人與計吏展開一場生動的對答，計吏不但目中無人，還想透過行賄買官，可鄙可笑的形象躍然紙上。

詩中除了關懷農民疾苦，更批判了當時普遍存在賣官的歪風，別具現實意義

UNIT 3-8
東邊日出西邊雨，道是無晴還有晴？

圖解唐詩100：大考最易入題詩作精解

〈竹枝詞〉是古代四川東部的民歌，村民以鼓和短笛伴奏，載歌載舞。劉禹錫於穆宗長慶二年（822）至長慶四年夏天出任夔州刺史時，非常喜愛這類民歌，便採用民歌曲譜，寫作新的〈竹枝詞〉，以描寫當地風土民俗、男女戀情，篇幅短小，純用白描法，語言清新活潑，極富生活氣息。

劉禹錫傳世的〈竹枝詞〉共十一首，可分為兩組：一組九首，另一組二首。大概是詩人前九首完成後，又重新創作二首，不想在九首後加上十首、十一首之題，故又題為〈竹枝詞〉二首。

竹枝詞二首之一　劉禹錫
楊柳青青江水平，聞郎江上踏歌聲。
東邊日出西邊雨，道是無晴還有晴？

楊柳青翠碧綠，江水又寬又平，我聽見情郎在江岸上載歌載舞。東邊太陽出來了，西邊卻開始下起雨來，你說這到底是無「晴」還是有「晴」呢？

此詩以少女的口吻，道出雙方互有好感，但在未能真正確定彼此心意前，就是時下俗稱的「曖昧期」，女孩渴望愛情，不由得患得患失的心理。

前二句從視覺、聽覺上寫景兼敘事：「楊柳青青江水平，聞郎江上踏歌聲。」春天來了，楊柳枝頭青青如也，滿江春水波平浪靜，一望無垠，真是個美好的季節！此時，遠遠聽見心儀的那位小夥子和他的玩伴們正在對岸唱歌跳舞，好不快活！其中「楊柳青青江水平」，意味著春天來了，而春天象徵生命的萌發，花開草綠，蝴蝶、蜜蜂成雙成對，動物開始求偶、繁殖，少女自然也感染了這種氛圍，好想談一場浪漫的戀愛，覓得良人，展開大好人生。「聞郎江上踏歌聲」，事實上她也有個芳心暗許的人兒，那人就在春江的對岸，聽見他與同伴們玩得正開心，她不覺悵然若失。

後二句採「諧音雙關」法，明寫天氣變化莫測，也暗喻情郎的心思似有還無，令人無法捉摸；間接傳達出少女心之多愁善感，飄忽不定。「東邊日出西邊雨，道是無晴還有晴？」乍看似問：東邊豔陽高照，西邊竟飄起毛毛細雨，你說這到底是無晴天、還是有晴天？顯然天氣不是重點，因為「晴」與「情」一語雙關，她是問心上人：你那兒（東邊）陽光普照，歡天喜地；我這兒（西邊）卻陰雨綿綿，心情黯淡、失落。請問你對我這會兒到底是無情意、還是有情意？少女當然希望情郎快樂，但她更希望他不要只顧著玩樂，也該適時來噓寒問暖、獻獻殷勤，難道他不知她此刻正想著他、念著他嗎？敏感細膩、多思多慮的多情少女心，在此展露無遺。

第二首：「楚水巴山江雨多，巴人能唱本鄉歌。今朝北客思歸去，回入紇那披綠羅。」按：楚水巴山，泛指蜀楚之地的山水。北客，詩人自稱。紇那，踏曲的和聲。綠羅，或謂綠色綺羅，或喻綠水微波，或為荔枝之別名，均通。此詩雖不如第一首流暢自然、含蓄蘊藉，但從巴蜀民歌中引發懷鄉之思，風格明快，展現濃厚的地方特色。

楊柳青青江水平

應考大百科

◆竹枝詞：樂府近代曲名，又名〈竹枝〉。其形式類似七言絕句，原為川東民歌，劉禹錫根據民歌創作新詞，流傳甚廣；後代詩人以此題詠男女戀歌、鄉土風俗。

◆巴人：古巴州人。

◆紇那：踏曲的和聲。紇，音「河」。劉禹錫另有〈紇那曲〉二首其一：「楊柳鬱青青，竹枝無限情。周郎一回顧，聽唱紇那聲。」其二：「踏曲興無窮，調同辭不同。願郎千萬壽，長作主人翁。」

竹枝詞二首之一 劉禹錫

七言歌行體

◆

押下平聲八庚韻

· 〈竹枝詞〉是古代四川東部的民歌，村民以鼓和短笛伴奏，載歌載舞。
· 劉禹錫於穆宗長慶二年（822）至長慶四年夏天出任夔州刺史時，便採用民歌曲譜，寫作新的〈竹枝詞〉。

首二句

楊柳青青江水平，
聞郎江上踏歌聲。

★從視覺、聽覺上寫景兼敘事：
· 「楊柳青青江水平」：春天象徵生命的萌發，少女也感染了這種氛圍，好想談一場浪漫的戀愛。
· 「聞郎江上踏歌聲」：她芳心暗許的人就在春江對岸，與同伴們玩得正開心，她不覺悵然若失。

★採「諧音雙關」法，明寫天氣變化莫測，也暗喻情郎的心思似有還無，令人無法捉摸；間接傳達出少女心之多愁善感，飄忽不定。
· 「晴」與「情」一語雙關，她問心上人：你對我這會兒到底是無情意、還是有情意？

末二句

東邊日出西邊雨，
道是無晴還有晴？

晴

活用小精靈

　　「諧音雙關」知多少？——日常生活中，我們常使用此一修辭法，如逢年過節送人蘿蔔（臺語：菜頭），表示「討個好彩頭」；送考生一串粽子，取其「包中」之意；送候選人一把青蒜，預祝「凍蒜（當選）」。

　　宮廷劇《後宮甄嬛傳》中，人物命名也隱含「諧音雙關」的意思：如惠嬪沈眉莊的名字，字面是「眉清目秀，端莊大方」，其實也是「沒裝」之意，她不屑陷溺後宮爭寵的漩渦裡，從頭到尾都「沒裝」，始終保有真實的自己，過想過的生活、愛想愛的人，畢竟人生苦短，裝模作樣多累啊！太醫溫實初，人如其姓名，溫文爾雅，一直忠實守候著最初的那個人。誠如甄嬛所說：「實初，就是開始初識的人。」最後讓眉莊與實初兩人酒後「偷情」，而生下了靜和公主。眉莊難產而死，臨終前，皇上晉封她為惠妃，但她哪裡在乎這些，她拼上一條命為摯愛之人誕下這個小生命，此生足矣！

UNIT **3-9**
萬戶千門成野草，只緣一曲後庭花

圖解唐詩100：大考最易入題詩作精解

　　劉禹錫〈金陵五題〉是一組七言絕句的懷古詩，分別詠金陵（今江蘇南京）的五大名勝：石頭城、烏衣巷、臺城、生公講堂及江令宅。據詩前小序云：「余少為江南客，而未遊秣陵，嘗有遺恨。後為歷陽守，跂而望之。適有客以〈金陵五題〉相示，逌爾生思，欻然有得。」按：歷陽（今安徽和縣），晉代設歷陽郡，到了隋唐，時稱歷陽郡，時稱和州。因此推測，這五首詩當作於穆宗長慶四年（824）至敬宗寶曆二年（826）間，詩人在和州刺史任上。

臺城　劉禹錫

臺城六代競豪華，結綺臨春事最奢。
萬戶千門成野草，只緣一曲後庭花。

　　六朝的皇城一代比一代豪侈華麗，尤其陳後主所建的結綺、臨春、望仙三閣更是窮極奢華。如今萬戶千門的瓊樓玉宇都成了一片荒煙蔓草，只因當年沉迷於一曲〈玉樹後庭花〉。

　　〈臺城〉是〈金陵五題〉中的第三首。所謂「臺城」，即南六朝（東晉、東吳、南朝宋、齊、梁、陳）的朝廷禁省及皇宮所在地。此詩押下平聲六麻韻，韻腳為「華」、「奢（古音讀為『蝦』）」、「花」。

　　前兩句描寫臺城的昔日榮景：「臺城六代競豪華，結綺臨春事最奢。」六朝人崇尚侈靡，貴族更注重享受，因此將皇城妝點得美輪美奐，一朝勝過一朝，其中尤以陳後主所建三閣最是富麗堂皇，窮極奢靡。

　　後二句憑弔六朝往事：「萬戶千門成野草，只緣一曲後庭花。」筆鋒一轉，不過六朝繁華夢斷，一切皆如煙消雲散，而今安在哉？事隔二百多年後，但見萬戶千門的鳳閣龍樓皆成了野草叢生的廢墟，只因當年陳後主沉湎於一曲〈玉樹後庭花〉。當然六朝亡國的原因很多，絕非一曲〈後庭花〉足以國破家亡。此處運用文學的概括性，用一曲〈後庭花〉象徵君主荒淫，縱情聲色，恣意享樂，不思勵精圖治，終至亡國。

　　劉禹錫作此詩，意在借古諷今，君王如不勤政愛民，朝野如不戮力同心，大唐盛世也終將如過眼雲煙，稍縱即逝。六朝滅亡，殷鑑不遠！

　　其餘幾首也是以古喻今之作，時至中唐，國勢由盛而衰，詩人深怕唐代也將步上六朝後塵，終有繁華散盡的時候，所以在詩中一再藉由昔盛今衰之景，借古傷今，希望呼籲為政者應引以為戒。

　　第一首〈石頭城〉，藉由東吳孫權所築石頭城，固若金湯，如今物換星移，僅剩周圍的斷垣殘壁。但見長江的潮水、東邊的明月依舊默默守候著這座寂寞空城。

　　第二首〈烏衣巷〉，描繪昔日橫跨秦淮河的朱雀橋邊，遍地野草都開了花；六朝貴冑雲集的烏衣巷口，已到了落日西斜時分。舊時棲息在王導、謝安家門前的燕子，都紛紛飛入了尋常百姓家。此詩從朱雀橋、烏衣巷的沒落，暗示六朝之覆亡；以「舊時王謝堂前燕，飛入尋常百姓家。」隱喻王、謝家族的衰微，其後代已然成了平民百姓。詩人藉此寄託歷史興亡之慨嘆。

金陵題詠詠臺城

◆秣陵:即金陵;秦始皇怕金陵有王氣,改稱「秣陵」。三國東吳建都於此,改名「建業」;東晉又以此為首都,稱「建康」;南朝宋、齊、梁、陳皆定都於建康。

◆跂:音「氣」,踮起腳跟。

◆迪爾:笑的樣子。迪,音「由」。

◆欻然:忽然。欻,音「忽」。

◆臺城:即六朝朝廷禁省及皇宮所在地,遺址位於今江蘇南京。

◆結綺臨春:二座閣樓名。陳後主曾修築結綺、臨春和望仙三閣,金碧輝煌,窮盡奢華。

◆後庭花:為陳後主所作〈玉樹後庭花〉之簡稱;此曲為靡靡之音,南朝陳不久滅亡,故被視為亡國之音。

臺城 劉禹錫

七言絕句

押下平聲六麻韻

◆〈臺城〉是〈金陵五題〉的第三首。

◆所謂「臺城」,即南六朝(東晉、東吳、南朝宋、齊、梁、陳)的朝廷禁省及皇宮所在地。

首二句

平起格 首句用韻

臺城六代競豪華,
結綺臨春事最奢。

華　奢

★**前兩句描寫臺城的昔日榮景:** 六朝人崇尚侈靡,貴族更注重享受,因此將皇城妝點得美輪美奐,一朝勝過一朝,尤以陳後主所建結綺、臨春和望仙三閣最是富麗堂皇,窮極奢靡。

★**後二句憑弔六朝往事:** 六朝繁華夢斷,一切皆如煙消雲散,而今安在哉?事隔二百多年後,但見萬戶千門的鳳閣龍樓皆成了野草叢生的廢墟,只因當年陳後主沉湎於一曲〈玉樹後庭花〉。

末二句

萬戶千門成野草,
只緣一曲後庭花。

花

活用小精靈

宮廷劇《羋月傳》中,秦王嬴駟與楚國嫡公主羋姝舉行隆重的大婚典禮,羋姝是名正言順的王后,被安排住進椒房殿裡。

其實椒房殿是西漢的宮殿名稱,位在長安城內,屬於未央宮建築群,為皇后所居之所。漢高祖的皇后呂雉就住在長樂宮椒房殿,後來歷任皇后如張嫣(惠帝之后)、竇漪房(文帝之后)、陳阿嬌(武帝之后)等都住椒房殿,從此「椒房」成為皇后的代稱。

之所以稱「椒房殿」,是因為宮殿的牆壁用花椒樹的花朵所製成的粉末進行粉刷,牆壁呈現出粉色,具有芳香氣味,可以防蟲蛀;且花椒具有防寒保暖效果,為古代皇宮中的取暖設備之一。另一說是因為花椒多籽,皇后寢宮,取其「多子」之意,故曰「椒房殿」。

UNIT **3-10**
莫言堆案無餘地，認得詩人在此間

某年秋天，劉禹錫受友人竇員外邀請，前往參觀竇員外在長安崇德里的新居。於是賦此詩相贈，一則稱讚新居景色優美，一則抒發閒適自得的心境、志趣相投的好友情誼。

> 秋日題竇員外崇德里新居　劉禹錫
> 長愛街西風景閒，到君居處暫開顏。
> 清光門外一渠水，秋色牆頭數點山。
> 疏種碧松通月朗，多栽紅藥待春還。
> 莫言堆案無餘地，認得詩人在此間。

> 　　我一直都喜愛街西悠閒的風景，來到您的新居突然喜笑顏開。清亮的月光映照在門外清明渠的水面上，秋色渲染了牆頭邊遠山點點。院子裡種著稀疏幾棵青松，夜間可以欣賞「明月松間照」的景致；庭前還栽種了許多紅色芍藥花，彷彿在等待春天的到來。別說屋內案牘堆積滿地，我正好與您這位詩人在此結為同道友人。

這是一首仄起格首句用韻的七言律詩，押上平聲十五刪韻，韻腳為「閒」、「顏」、「山」、「還」、「間」。

首聯點出好友新居位在街西，環境清幽，使人心情愉悅。「長愛街西風景閒，到君居處暫開顏。」此聯分別以「街西」、「君」、「居處」呼應詩題之「崇德里」、「竇員外」和「新居」，並以「閒」、「開顏」為全詩情感奠定了基調。詩人謫居多年，唯有如此悠閒景致、摯友之誼，足以讓他眉開眼笑、樂開懷。

頷聯白描在友人新居所見美景如畫，屬於靜態的視覺摹寫。「清光門外一渠水，秋色牆頭數點山。」實寫屋外風光，先臨摹夜景，再描繪晝景：月光下，門外清明渠水波蕩漾；秋日裡，牆頭數點青山蒼翠、可愛。「秋色」二字恰好照應題目之「秋日」。

頸聯摹寫院子內的近景。「疏種碧松通月朗，多栽紅藥待春還。」採「虛實相生」法，勾勒出明月映照松間的實景，同時想像明年春天花開滿園的榮景，一實一虛，一碧一紅，一靜謐、一熱鬧，形成強烈的對比。經由此聯一點染，彷彿讓友人新居幽雅的環境瞬間立體起來，春花秋月，各展風情。

末聯緊扣題中「竇員外」來寫，直點「題」字；正因為是題贈竇員外的詩作，那就不得不交代兩人間的好情誼。「莫言堆案無餘地，認得詩人在此間。」此聯將視角移入屋內，新居裡案牘堆積如山，桌上、地上書滿為患，可見主人是一個風雅的讀書人。而作者與這位雅士正是在這裡以詩文會友，談詩論道，結為相知相惜的知心朋友。

通篇以一個「閒」字為詩眼，因為清閒，所以能欣賞好友新居秀麗的風景；因為賦閒，所以能與同道友人在此讀書、作詩，享受詩書的薰陶、友誼的馨香。儘管如此，在「閒」字背後，仍隱藏著才士不遇莫可奈何的苦衷，畢竟傳統士大夫都懷有一份淑世的理想。

秋色牆頭數點山

應考大百科

◆崇德里：唐代京師長安城內地名。據《唐兩京城坊考》引《長安志》載，崇德坊／崇德里在朱雀門西第二街，街西從北第四坊。有清明渠流經此地。

◆清光門外一渠水：清亮的月光映照在門外清明渠的水面上。清光，清亮的光輝，此指月光。一渠水，即清明渠之水。

秋日題竇員外崇德里新居　劉禹錫
七言律詩
押上平聲十五刪韻

首聯
到君居處暫開[顏]，長[愛]街西風景[閒]。
仄起格 首句用韻
顏　閒

頷聯
秋色牆頭數點[山]，清光門外一渠水，
山

頸聯
多栽紅藥待春[還]，疏種碧松通月朗，
還

尾聯（末聯）
認得詩人在此[間]，莫言堆案無餘地，
間

★**首聯點出好友新居位在街西，環境清幽，使人心情愉悅。**
・分別以「街西」、「君」、「居處」呼應詩題之「崇德里」、「竇員外」和「新居」，並以「閒」、「開顏」為全詩情感奠定了基調。
・詩人謫居多年，唯有如此悠閒景致、摯友之誼，足以讓他眉開眼笑、樂開懷。

對仗
★**頷聯白描在友人新居所見美景如畫，屬於靜態的視覺摹寫。**
・實寫屋外風光：月光下，門外清明渠水波蕩漾（夜景）；秋日裡，牆頭數點青山蒼翠、可愛（畫景）。
・「秋色」二字恰好照應題目之「秋日」。

對仗
★**頸聯摹寫院子內的近景。**
・採「虛實相生」法，勾勒出明月映照松間的實景，同時想像明年春天花開滿園的榮景，一實一虛，一碧一紅，一靜謐、一熱鬧，形成強烈的對比。
・經由此聯一點染，彷彿讓好友新居幽雅的環境瞬間立體起來，春花秋月，各展風情。

★**末聯緊扣題中「竇員外」來寫，直點「題」字；正因為是題贈竇員外的詩作，那就不得不交代兩人間的好情誼。**
・將視角移入屋內，新居裡案牘堆積如山，桌上、地上書滿為患，可見主人是一個風雅的讀書人。
・作者與這位雅士正是在這裡以詩文會友，談詩論道，結為相知相惜的知心朋友。

閒
詩眼

159

UNIT **3-11**
田園寥落干戈後，骨肉流離道路中

此詩約作於德宗貞元十五年（799）秋天，白居易二十八歲時。這年二月，宣武節度使董晉死後，部下叛亂；三月，彰義節度使吳少誠又叛亂。朝廷分遣十六道兵馬前往鎮亂，戰事發生在河南境內。此即所謂「河南經亂」。由於南方漕運主要經過河南輸送至關內，故造成「關內阻饑」。據推測詩人當時與幾位弟、妹人在符離（今安徽宿縣），而其大哥在浮梁（今江西景德鎮）、兩位堂哥一在於潛（今浙江臨安），一在烏江（今安徽和縣），還有幾位在祖籍下邽（今陝西渭南）的弟、妹，一家人分散五地，故有此傷亂思親之作。

> 自河南經亂，關內阻饑，兄弟離散，各在一處。因望月有感，聊書所懷，寄上浮梁大兄，於潛七兄，烏江十五兄，兼示符離及下邽弟妹　　白居易
> 時難年荒世業空，弟兄羇旅各西東。
> 田園寥落干戈後，骨肉流離道路中。
> 弔影分為千里雁，辭根散作九秋蓬。
> 共看明月應垂淚，一夜鄉心五處同。

遭遇戰亂和饑荒，祖業蕩然一空，兄弟們飄泊在外，各分西東。戰亂過後田園荒蕪零落，骨肉至親也都分散在異鄉的道路中。我對著自己的身影，好像離群千里之外的孤雁；離開家鄉，一如秋天裡斷了根、隨風飄散的蓬草。我們望著同一輪明月應該同時傷心落淚，因為今晚散居五地的兄弟都是同一種思鄉情懷。

這是一首七言律詩，題目長達五十字，彷彿詩前小序般，交代了此詩創作緣由。詩中描寫自從河南地區經歷戰禍，關內一帶漕運受阻，以致饑荒四起，兄弟們因此流離失散。詩人望月感懷，故作此詩，寄給分隔五地的諸兄和弟妹。

首聯點出因戰亂而鬧饑荒，兄弟離散各地的時空背景。「時難年荒世業空，弟兄羇旅各西東。」極言戰爭所帶來的禍害。這是詩人的切身之痛，也是當時百姓共同的苦難。

頷聯以對仗法，白描戰後家園殘破，人民流離失所的景況。「田園寥落干戈後，骨肉流離道路中。」田地荒蕪，百業蕭條，親人離散，路有餓莩，到處好不悽悽慘慘戚戚！

頸聯仍用對仗，刻劃兄弟離居，人各一方的心情。「弔影分為千里雁，辭根散作九秋蓬。」以「千里雁」、「九秋蓬」為喻，形容自己如孤雁單飛千里外、似秋蓬隨風而飄零，孤苦無依，飄泊流離，不言而喻。

末聯以「懸想示現」法，道出兄弟間濃濃的思念之情。「共看明月應垂淚，一夜鄉心五處同。」先以「明月」點明題中「望月有感」，次寫因月懷人，想像分散五地的手足同胞，今晚共看一輪明月，為了同一種思念之情，而同時潸然落淚。

全詩以「亂」、「離」來寫戰事，景象悲慘；但其中飽含懷鄉、思親之情，情真意摯，足以感人肺腑！誠如蘅塘退士所評：「一氣貫注，八句如一句。」可見其詩意渾然天成，毫無斧鑿痕跡。

圖解唐詩100：大考最易入題詩作精解

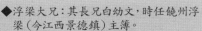

一夜鄉心五處同

第3章 中唐詩歌

應考大百科

◆浮梁大兄：其長兄白幼文，時任饒州浮梁（今江西景德鎮）主簿。

◆於潛七兄：其叔父白季康的長子，時為於潛（今浙江臨安）縣尉。

◆烏江十五兄：其堂兄白逸，時任烏江（今安徽和縣）主簿。

◆符離：在今安徽宿縣內。其父於彭城（今江蘇徐州）作官多年，把家安置在符離。

◆下邽：在今陝西渭南；白居易的祖籍地。

◆時難年荒：遭受戰亂和饑荒。

◆世業：祖上留下來的產業。

◆羈旅：飄泊流浪。

◆寥落：荒蕪零落。

◆干戈：干、戈皆古代兵器名，此借代為戰爭。

◆辭根：草木離開根部，比喻兄弟們離鄉背井。

◆九秋蓬：深秋時隨風飄轉的蓬草。九秋，秋天。

自河南經亂　白居易

七言律詩

◆

押上平聲一東韻

首聯

時難年荒世業空，弟兄羈旅各西東。

← 仄起格
首句用韻

空 東

頷聯

田園寥落干戈後，骨肉流離道路中。

中 中

對仗

頸聯

弔影分為千里雁，辭根散作九秋蓬。

蓬 蓬

對仗

（末聯）尾聯

共看明月應垂淚，一夜鄉心五處同。

同

★首聯點出因戰亂而開饑荒，兄弟離散各地的時空背景。

・這是詩人的切身之痛，也是當時百姓共同的苦難。

★頷聯白描戰後家園殘破，人民流離失所的景況。

・田地荒蕪，百業蕭條，親人離散，路有餓莩，到處好不悽慘！

★頸聯刻劃兄弟離居，人各一方的心情。

・以「千里雁」、「九秋蓬」為喻，形容自己如孤雁單飛、似秋蓬飄零，孤苦無依。

★末聯以「懸想示現」法，道出兄弟間濃濃的思念之情。

・先以「明月」點明題中「望月有感」，次寫因月懷人，想像分散五地的手足同胞，今晚共看一輪明月，為了同一種思念之情，而同時潸然落淚。

全詩以「亂」、「離」來寫戰事，景象悲慘；但其中飽含懷鄉、思親之情，情真意摯，足以感人肺腑！

亂 離

161

UNIT 3-12
在天願作比翼鳥，在地願為連理枝

憲宗元和元年（806），陳鴻與白居易、王質夫三人同遊仙遊寺，談及唐玄宗、楊貴妃之遺事，相與感嘆。於是，白居易賦〈長恨歌〉，陳鴻為之作傳，即〈長恨歌傳〉。

長恨歌　白居易

漢皇重色思傾國，御宇多年求不得。
楊家有女初長成，養在深閨人未識。
天生麗質難自棄，一朝選在君王側。
回眸一笑百媚生，六宮粉黛無顏色。
春寒賜浴華清池，溫泉水滑洗凝脂。
侍兒扶起嬌無力，始是新承恩澤時。
雲鬢花顏金步搖，芙蓉帳暖度春宵。
春宵苦短日高起，從此君王不早朝。
承歡侍宴無閒暇，春從春遊夜專夜。
後宮佳麗三千人，三千寵愛在一身。
金屋妝成嬌侍夜，玉樓宴罷醉和春。
姊妹弟兄皆列土，可憐光彩生門戶。
遂令天下父母心，不重生男重生女。
驪宮高處入青雲，仙樂風飄處處聞。
緩歌慢舞凝絲竹，盡日君王看不足。
漁陽鼙鼓動地來，驚破霓裳羽衣曲。
九重城闕煙塵生，千乘萬騎西南行。
翠華搖搖行復止，西出都門百餘里。
六軍不發無奈何，宛轉蛾眉馬前死。
花鈿委地無人收，翠翹金雀玉搔頭。
君王掩面救不得，回看血淚相和流。
黃埃散漫風蕭索，雲棧縈紆登劍閣。
峨嵋山下少人行，旌旗無光日色薄。
蜀江水碧蜀山青，聖主朝朝暮暮情。
行宮見月傷心色，夜雨聞鈴腸斷聲。
天旋地轉迴龍馭，到此躊躇不能去。
馬嵬坡下泥土中，不見玉顏空死處。

君臣相顧盡霑衣，東望都門信馬歸。
歸來池苑皆依舊，太液芙蓉未央柳。
芙蓉如面柳如眉，對此如何不淚垂？
春風桃李花開日，秋雨梧桐葉落時。
西宮南內多秋草，落葉滿階紅不掃。
梨園子弟白髮新，椒房阿監青娥老。
夕殿螢飛思悄然，孤燈挑盡未成眠。
遲遲鐘鼓初長夜，耿耿星河欲曙天。
鴛鴦瓦冷霜華重，翡翠衾寒誰與共？
悠悠生死別經年，魂魄不曾來入夢。
臨邛道士鴻都客，能以精誠致魂魄。
為感君王輾轉思，遂教方士殷勤覓。
排空馭氣奔如電，升天入地求之遍。
上窮碧落下黃泉，兩處茫茫皆不見。
忽聞海上有仙山，山在虛無縹緲間。
樓閣玲瓏五雲起，其中綽約多仙子。
中有一人字太真，雪膚花貌參差是。
金闕西廂叩玉扃，轉教小玉報雙成。
聞道漢家天子使，九華帳裡夢魂驚。
攬衣推枕起徘徊，珠箔銀屏迤邐開。
雲鬢半偏新睡覺，花冠不整下堂來。
風吹仙袂飄飄舉，猶似霓裳羽衣舞。
玉容寂寞淚闌干，梨花一枝春帶雨。
含情凝睇謝君王，一別音容兩渺茫。
昭陽殿裡恩愛絕，蓬萊宮中日月長。
回頭下望人寰處，不見長安見塵霧。
唯將舊物表深情，鈿合金釵寄將去。
釵留一股合一扇，釵擘黃金合分鈿。
但教心似金鈿堅，天上人間會相見。
臨別殷勤重寄詞，詞中有誓兩心知：
七月七日長生殿，夜半無人私語時；
在天願作比翼鳥，在地願為連理枝。
天長地久有時盡，此恨綿綿無絕期。

應考大百科

◆楊家有女初長成：蜀州司戶楊玄琰有女楊玉環，自幼由叔父楊玄珪撫養，十八歲時，被冊封為壽王李瑁之妃。二十七歲，又被玄宗冊封為貴妃。

◆華清池：即溫泉浴池，在今陝西臨潼驪山下。

◆列土：分封土地。據《舊唐書‧后妃傳》等史書記載：楊貴妃父楊玄琰，累贈太尉、齊國公；母封涼國夫人。叔楊玄珪，為光祿卿；從兄楊銛為鴻臚卿、楊錡為侍御史。從祖兄楊釗，賜名國忠，天寶十一載（752），任右丞相。三位姊姊，分別封為韓國夫人、虢國夫人和秦國夫人。

◆驪宮：即驪山華清宮。

◆漁陽鼙鼓動地來：指玄宗天寶十四載冬，安祿山在范陽起兵叛亂。漁陽，郡名，當時屬於平盧、范陽、河東三鎮節度使安祿山的轄區。鼙鼓，古代騎兵用的小鼓，此借代為戰爭。

◆霓裳羽衣曲：舞曲名，相傳開元年間由西涼節度使楊敬述所獻，後經唐玄宗潤色、作詞，並更為此名。

◆千乘萬騎西南行：天寶十五載六月安祿山攻破潼關，直逼長安而來。玄宗帶楊貴妃等出延秋門向西南方向逃走。按：當時隨行護衛並不多，可見「千乘萬騎」為誇飾法。

◆六軍不發無奈何：天寶十五載玄宗帶楊貴妃等逃難，途經馬嵬驛（今陝西興平北），將士飢疲譁變，要求將貴妃正法。玄宗無奈，乃命高力士賜貴妃自盡。

◆宛轉蛾眉馬前死：楊貴妃遂縊死於馬嵬驛佛堂內。宛轉，形容貴妃臨死前掙扎的樣子。蛾眉，美女之代稱；此指楊貴妃。

◆新睡覺：剛睡醒。覺，音「絕」，醒也。

◆玉容寂寞淚闌干：神色黯淡、淒楚的樣子。闌干，形容涕泗縱橫貌。

長恨歌 白居易
七言歌行體
◆

首段｜漢皇重色思傾國，御宇多年求不得。楊家有女初長成，養在深閨人未識。……雲鬢花顏金步搖，芙蓉帳暖度春宵。春宵苦短日高起，從此君王不早朝。……驪宮高處入青雲，仙樂風飄處處聞。緩歌慢舞凝絲竹，盡日君王看不足。**漁陽鼙鼓動地來，驚破霓裳羽衣曲。** ▶ 第二段之大意

次段｜九重城闕煙塵生，千乘萬騎西南行。翠華搖搖行復止，西出都門百餘里。六軍不發無奈何，宛轉蛾眉馬前死。……蜀江水碧蜀山青，聖主朝朝暮暮情。**行宮見月傷心色，夜雨聞鈴腸斷聲。** ▶ 第三段之大意

三段｜天旋地轉迴龍馭，到此躊躇不能去。馬嵬坡下泥土中，不見玉顏空死處。……梨園子弟白髮新，椒房阿監青娥老。夕殿螢飛思悄然，孤燈挑盡未成眠。……**悠悠生死別經年，魂魄不曾來入夢。** ▶ 末段之大意

末段｜臨邛道士鴻都客，能以精誠致魂魄。……忽聞海上有仙山，山在虛無縹渺間。樓閣玲瓏五雲起，其中綽約多仙子。中有一人字太真，雪膚花貌參差是。……含情凝睇謝君王，一別音容兩渺茫。昭陽殿裡恩愛絕，蓬萊宮中日月長。……臨別殷勤重寄詞，詞中有誓兩心知：七月七日長生殿，夜半無人私語時；在天願作比翼鳥，在地願為連理枝。**天長地久有時盡，此恨綿綿無絕期。** ▶ 點明題意

UNIT 3-12
在天願作比翼鳥，在地願為連理枝（續1）

圖解唐詩100：大考最易入題詩作精解

　　白居易〈長恨歌〉是一首長篇敘事詩，旨在敘述唐玄宗（宋、清為了避諱，皆稱「唐明皇」）、楊貴妃在安史之亂中的愛情悲劇：

　　唐明皇愛好美色，想找一位美女相伴，但治理天下多年來始終未能如願。楊家有個女兒剛長大，嬌養在深閨中，外人不知道。她天生麗質實在很難被辜負，於是有一天被選入宮，侍奉皇帝身旁。她回眸一笑時，千嬌百媚，六宮妃嬪個個顯得黯然失色。春寒料峭時，皇上賜她到華清池沐浴，用溫泉水洗滌那白嫩的肌膚。侍女扶起嬌軟無力的她，這是剛承恩得寵的時候。她鬢髮如雲、顏臉似花，頭戴著金步搖，美麗極了；和皇上在溫暖的芙蓉帳裡共度春夜良宵。只恨春宵短暫，直到太陽高升時才起身，從此君王不再參與早朝了。她討皇上歡心、陪皇上宴飲，一刻不得閒；伴隨皇上春遊，夜夜都由她侍寢。後宮雖然有三千佳麗，皇上卻把所有寵愛都給了她一人。她在金屋中妝扮好，嬌癡地陪侍皇上；玉樓宴罷，她的醉態更添幾許風韻。兄弟姊妹都因她列土封侯，大大光耀了楊家的門楣。於是使天下父母都改變心意，不再重視生兒子，希望生個女孩兒。驪山華清宮內玉宇瓊樓高聳入雲，美妙的音樂隨風飄揚，到處可以聽見。輕歌曼舞、管絃旋律盡能傳神，君王終日觀看卻百看不厭。這時，漁陽叛亂的戰鼓震耳欲聾，宮中停奏《霓裳羽衣曲》。

　　京城內外揚起了漫天煙塵，成千成萬的衛隊車騎擁著皇上往西南避難。車隊走走停停，離開長安才一百多里；整個軍隊停滯不前，要求賜死楊貴妃，皇上也莫可奈何，只得忍痛縊殺愛妃。貴妃頭上的飾品翠翹、金雀、玉搔頭，拋撒滿地，無人收拾。君王欲救不能，掩面而泣，回頭看她慘死之狀，血淚止不住流了下來。軍隊再出發了，黃塵滾滾，一路風雲蕭索，沿著棧道迂迴地登上了劍門山。峨嵋山下行人稀少，旌旗褪色，日月黯淡。儘管蜀地山清水秀，聖主依然朝朝暮暮忘不了舊情。在行宮中，皇上望見月色，滿目淒涼；雨夜裡，聽到風鈴聲，更是柔腸寸斷。

　　叛亂平息後，君王重返長安，路過馬嵬坡，徘徊不忍離去。馬嵬坡的泥土中，再也看不見楊貴妃了，徒然只見她的葬身之所。君臣相對痛哭流涕，東望京門，讓馬兒隨意馱著君王進城來。歸來後，太液池邊的芙蓉，未央宮中的垂柳，臺池苑榭都跟以前一樣。那芙蓉美得像她的臉，柳葉兒好似她的眉，此情此景如何不教人傷心流淚？春風吹開桃李花，秋雨滴落梧桐葉，無時無刻都令人感到悲哀。興慶宮、甘露殿秋草叢生，紅葉落滿臺階也沒人來打掃。當年一班戲子已滿頭白髮，宮女、太監也都年華老去。晚上宮殿中流螢飛舞，一片沉寂；孤燈油盡，君王仍難以入眠。長夜漫漫，細數著一更敲過一更的漏鼓聲；

此恨綿綿無絕期

應考大百科

＊本詩多處提及漢代的帝王、宮殿，用以代指唐代；這是古詩詞常見的寫作手法，主要出於為當代尊長者避諱的緣故。
・「漢皇」重色思傾國：原指漢武帝，此借為唐玄宗。
・「太掖」芙蓉「未央」柳：太掖池、未央宮，原為漢代池臺宮苑，此借指唐代皇宮內苑。
・聞道『漢家天子使』：代稱唐明皇派來的使者。
・「昭陽殿」裡恩愛絕：漢成帝時趙飛燕姊妹的寢宮，此借代為楊貴妃所居宮殿。
＊其他詩作中，同樣採「以漢代唐」的寫法，諸如：
・王昌齡〈從軍行〉七首之四：「不破『樓蘭』終不還。」借漢代西域國家代稱唐朝西北少數民族建立的政權。
・王維〈少年行〉四首之二：「出身『仕漢羽林郎』，初隨『驃騎』戰漁陽。」之四：「『漢家君臣』歡宴終，……將軍佩出『明光宮』。」皆用漢朝官爵名、宮殿名等，代稱唐代之官爵、宮殿。
・張籍〈節婦吟〉：「良人執戟『明光裡』。」借漢朝的明光宮，代指唐代宮殿。

星河閃爍，好不容易捱到天亮時分。鴛鴦瓦上霜花又冷又重，冷冰冰的翡翠被裡，誰與君王同衾共枕眠？陰陽相隔一年多，她的芳魂不曾出現在君王的夢裡。

有位臨邛道士客居長安，據說能以法術招來死者的魂魄。他有感於君王對楊貴妃的思念，於是接受皇命殷勤地去尋找。他騰雲駕霧像電光一樣奔馳，升天入地到處遍尋；上青天，下黃泉，皆一無所獲。忽然聽說海上有一座仙山，山隱約在雲霧氤氳之間。五彩的雲朵裡矗立著玲瓏的樓閣，裡面住著多位溫柔美麗的仙子。其中有一人字太真，肌膚如雪、貌美如花，大致和楊貴妃相似。於是，道士來到金闕西邊，叩響白玉門，把來意告訴侍女小玉，請她轉達給雙成去通報。太真聽說君王的使者到了，從九華帳睡夢中驚醒。拿起衣服，推開枕頭，起身不知如何是好；隨著珠簾、屏風一道道打開，她走了出來。她剛睡醒，鬢髮偏斜一邊，歪戴著花冠，趕緊下堂來。清風吹拂她的衣袖輕輕揚起，就像當年舞著《霓裳羽衣曲》的情景。看她寂寞憂愁的美麗容顏，涕泗縱橫，猶如一枝春天帶雨的梨花。她含情脈脈凝視著天子的使者，託他多謝君王的慰問；可是從馬嵬坡長別以後，彼此的音訊、容貌都渺茫不可知了。以前在昭陽殿裡的姻緣早已斷絕了，從此在蓬萊宮中過著永無止境的孤單歲月。每當回頭俯視人間，看不到長安，只見塵霧瀰漫。她只好用當年的信物來表達無限深情，將鈿盒、金釵讓使者帶回去。將金釵拆成兩股、鈿盒分為兩半，從此金釵留下一股，鈿盒留下一半。但願君王的心意像黃金寶鈿一樣堅定，將來無論天上或人間，總有再見的時候。臨別前，她殷勤地託方士轉達對君王的情意，其中提到一段只有他們兩人才知道的誓言：「當年七月七日在長生殿，夜深人靜時，我倆曾立下山盟海誓：『在天上願作為一對比翼雙飛的鳥兒，在地下願結為一雙並生連理的枝幹。』」即使天地悠悠，也許還有盡頭的一天，但這份至死不渝的遺恨，卻永遠沒有了絕之時。

UNIT 3-12
在天願作比翼鳥，在地願為連理枝（續2）

圖解唐詩100：大考最易入題詩作精解

白居易〈長恨歌〉一詩，可分為四段：前三段演繹唐明皇、楊貴妃間的愛情故事，為寫實；末段以神話方式，虛寫兩人至死不渝的深情。詩人不拘泥於史實，兼採民間傳說、街坊歌謠，任由想像力馳騁，進而創作出這首纏綿悱惻、感人肺腑的長詩。

首段：從「漢皇重色思傾國」至「驚破霓裳羽衣曲」，凡三十二句。寫楊貴妃專寵，集三千寵愛於一身，讓君王耽溺於逸樂，從此不參與早朝；終於招致安祿山叛亂，驚醒了《霓裳羽衣曲》的美夢。詩人以起筆二句統攝全局：「漢皇重色思傾國，御宇多年求不得。」「漢皇」即唐明皇，語出譏諷，故須避諱；「重色」二字，則為重筆諷刺，足見其史筆所在。加上「思傾國」、「御宇多年求不得」，君王重色至此，最後果真「傾國」，語帶雙關。其中以楊貴妃「天生麗質」、「回眸一笑」、「雲鬢花顏」、「承歡侍宴」、「金屋妝成」……以致「盡日君王看不足」，間接描寫唐明皇荒淫無度，敗壞朝綱，終於引起「漁陽鼙鼓動地來」。

次段：自「九重城闕煙塵生」至「夜雨聞鈴腸斷聲」，凡十八句。敘戰亂爆發後，長安城岌岌可危，唐明皇攜眷倉皇奔蜀，途經馬嵬坡，眾兵士要求賜死楊貴妃。入蜀後，君王日夜思念愛妃，悲痛欲絕。本段起筆二句：「九重城闕煙塵生，千乘萬騎西南行。」具承上啟下之作用。「煙塵生」是客觀景象，「西南行」是主觀事實。又因「翠華行復止」、「六軍不發」之主觀情勢，導致楊貴妃遭縊死。「宛轉蛾眉馬前死」、「花鈿委地無人收」、「君王掩面救不得，回看血淚相和流。」白描楊貴妃慘死之狀。而「黃埃散漫風蕭索」、「雲棧縈紆登劍閣」、「旌旗無光日色薄」、「行宮見月傷心色」、「夜雨聞鈴腸斷聲」等，皆詩人因景生情的想像，以「懸想示現」法，設想唐明皇的思念之情。

三段：自「天旋地轉迴龍馭」至「魂魄不曾來入夢」，凡二十四句。記亂平之後，唐明皇返京途中，行經馬嵬坡，憑弔愛妃；回宮後，睹物思人，無時無地不觸景傷情，為詩題〈長恨歌〉之「恨」敷色升溫。

據高步瀛《唐宋詩舉要》云：「每段末二句，皆攝下文。」如首段末二句：「漁陽鼙鼓動地來，驚破霓裳羽衣曲。」即次段之大意；次段「行宮見月傷心色，夜雨聞鈴腸斷聲。」為三段要旨；三段「悠悠生死別經年，魂魄不曾來入夢。」為末段之提要。

末段：從「臨邛道士鴻都客」至「此恨綿綿無絕期」，凡四十六句。以神話情節美化詩境，為本詩畫龍點睛之筆。本段起句憑空招來臨邛道士，蓋蜀地為道教的發祥地，可見詩人神來之筆，亦虛中有實。而道士「能以精誠致魂魄」，正是銜接前段結句「魂魄不曾來入夢」，合榫無痕，不見斧鑿痕跡。末尾以「天長地久有時盡，此恨綿綿無絕期」作結，點明題旨，照應篇首，給人留下餘韻無窮之感。

此恨綿綿無絕期

＊「頂真」法：即前句結尾之文字、辭語，亦為後句開頭之文字、辭語，如此一來，可加強語氣，兼具節奏、聲音上的韻律感，利於誦讀。如本詩就使用了不少「頂真」法：

- 「芙蓉帳暖度**春宵**。**春宵**苦短日高起」
- 「東望都門信馬**歸**。**歸**來池苑皆依舊」
- 「忽聞海上有仙**山**，**山**在虛無縹緲間」
- 「臨別殷勤重寄**詞**，**詞**中有誓兩心知」

長恨歌 白居易
七言歌行體
◆

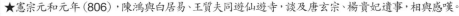

★憲宗元和元年(806)，陳鴻與白居易、王質夫同遊仙遊寺，談及唐玄宗、楊貴妃遺事，相與感嘆。

★於是，白居易賦〈長恨歌〉，陳鴻為之作傳，即〈長恨歌傳〉。

首段

> ★寫楊貴妃專寵，集三千寵愛於一身，讓君王耽溺於逸樂，從此不參與早朝；終於招致安祿山叛亂，驚醒了《霓裳羽衣曲》的美夢。

- 以起筆二句統攝全局：「漢皇」即唐明皇，因「重色」而「思傾國」，又「御宇多年求不得」，最後果真「傾國」，語帶雙關。
- 以楊貴妃「天生麗質」、「回眸一笑」、「雲鬢花顏」、「承歡侍宴」、「金屋妝成」……以致「盡日君王看不足」，間接描寫唐明皇荒淫無度，敗壞朝綱，終於引起「漁陽鼙鼓動地來」。

次段

> ★敘戰亂爆發後，長安城岌岌可危，唐明皇攜眷倉皇奔蜀，途經馬嵬坡，眾兵士要求賜死楊貴妃。入蜀後，君王日夜思念愛妃，悲痛欲絕。

- 本段起筆二句具承上啟下之作用，「煙塵生」是客觀景象，「西南行」是主觀事實。
- 又因「翠華行復止」、「六軍不發」之主觀情勢，導致楊貴妃遭縊死。
- 「黃埃散漫風蕭索」、「雲棧縈紆登劍閣」、「旌旗無光日色薄」、「行宮見月傷心色」、「夜雨聞鈴腸斷聲」等句，皆以「懸想示現」法，設想唐明皇的思念之情。

三段

> ★記亂平之後，唐明皇返京途中，行經馬嵬坡，憑弔愛妃；回宮後，睹物思人，無時無地不觸景傷情，為詩題〈長恨歌〉之「恨」敷色升溫。

據高步瀛《唐宋詩舉要》云：「每段末二句，皆攝下文。」如首段末二句：「漁陽鼙鼓動地來，驚破霓裳羽衣曲。」即次段之大意；次段「行宮見月傷心色，夜雨聞鈴腸斷聲。」為三段要旨；三段「悠悠生死別經年，魂魄不曾來入夢。」為末段之提要。

末段

> ★以神話美化詩境，為本詩畫龍點睛之筆。

- 本段起句憑空招來臨邛道士。道士「能以精誠致魂魄」，正是銜接前段結句「魂魄不曾來入夢」，合榫無痕，不見斧鑿痕跡。
- 以「天長地久有時盡，此恨綿綿無絕期」作結，點明題旨，餘韻無窮。

UNIT 3-13
家田輸稅盡，拾此充飢腸

憲宗元和二年（807），詩人於盩厔（今陝西周至）縣尉任上，作此詩。詩中透過一位撿拾麥穗的貧婦人，披露朝廷橫徵暴斂，百姓民不聊生的痛苦。

觀刈麥　白居易

田家少閒月，五月人倍忙。
夜來南風起，小麥覆隴黃。
婦姑荷簞食，童稚攜壺漿，
相隨餉田去，丁壯在南岡。
足蒸暑土氣，背灼炎天光，
力盡不知熱，但惜夏日長。
復有貧婦人，抱子在其旁，
右手秉遺穗，左臂懸敝筐。
聽其相顧言，聞者為悲傷。
家田輸稅盡，拾此充飢腸。
今我何功德？曾不事農桑。
吏祿三百石，歲晏有餘糧，
念此私自愧，盡日不能忘。

農家很少有清閒的月分，每到五月人們更加忙碌不堪。夜裡颳起南風，覆蓋田壟的小麥已經成熟發黃了。婦女們挑著用竹籃盛的飯菜，小孩子提著用水壺裝的飲料，一起跟隨到田裡給勞動的人送飯食，壯丁們都在南岡收割小麥。他們的雙腳受地面的熱氣燻蒸，脊梁受炎熱的陽光烘烤。忙到精疲力竭，彷彿還不知天氣炎熱，只是希望夏天再長一些。

又見一位貧苦的婦人，抱著孩子站在割麥者身旁，右手拿著從田裡拾起的麥穗，左臂上懸掛著一個破竹筐。聽她望著別人說話，聽到的人都為她感到悲傷。家中田地為了繳納賦稅都已經賣光了，只好撿拾一些麥穗來填飽飢餓的肚子。

如今我何德何能？始終不曾從事農耕和蠶桑。一年領取薪俸三百石米，到了年終還有多餘的儲糧。想到這裡，我的內心非常慚愧，整日不能忘懷。

這是一首五言古詩，全詩以「賦」法寫成，白描農家刈麥的辛勞，男女老少全體總動員；拾穗婦人更是貧無立錐之地，為了繳稅賣光家中田地，如今僅能撿拾麥穗充飢；詩人想到自己不事生產，卻得以終年溫飽，不禁感到慚愧萬分。刈麥者、貧婦人是一層對比，長年辛勤的農夫、不事農桑的官員（詩人自己）又是一層對比，藉此為無數勞苦的農民發聲，充滿悲天憫人的情懷。

通篇可分為三段：首段描寫刈麥者全員出動，不畏辛苦，頂著烈日拚命勞作的情形。「足蒸暑土氣，背灼炎天光，力盡不知熱，但惜夏日長。」為了生活，麥農儘管已經累到體力透支了，仍希望夏天再長一些，多掙點錢以維持家計。

次段藉由拾穗婦人之口，道出更悲慘的遭遇：「家田輸稅盡，拾此充飢腸。」她家為了應付巨額的徵稅，連田地都賣掉了，如今只能抱著孩子，來拾取別人遺落田中的麥穗。「家田輸稅盡」，一作家中收成交稅交光了。「復有貧婦人，抱子在其旁，右手秉遺穗，左臂懸敝筐。」簡筆勾勒出貧婦形象，其面黃肌瘦，衣衫襤褸，可想而知。

末段為詩人的反思，也是神來之筆，他試圖呼籲為政者：取之於民應用之於民，多關心民間疾苦，多為人民謀福祉，不該尸位素餐，愧對自己的薪俸，更愧對人民的辛勞付出！諷諭之意，呼之欲出。

五月田家人倍忙

應考大百科

◆刈：音「億」，割也。

◆隴：通「壟」，田埂。

◆婦姑：媳婦和婆婆，此泛指婦女。

◆荷簞食：揹著用竹籃盛的飯。荷，去聲，揹負也。簞食，音「丹似」，指裝在竹籃裡的食物。

◆餉田：送飯給在田裡勞動的人吃。餉，音「想」。

◆秉遺穗：拿著從田中拾取的麥穗。秉，拿著。

◆輸稅：繳納賦稅。

◆農桑：農耕和蠶桑。

◆吏祿三百石：白居易時任盩屋縣尉，一年薪俸大約三百石米。石，音「但」，古代容量單位，十斗為一石。

◆歲晏：歲末年終。

觀刈麥　白居易
五言古詩

押下平聲七陽韻

全詩以「賦」法寫成，白描農家刈麥的辛勞、貧婦拾麥的辛酸。

首段

田家少閒月，五月人倍忙。
夜來南風起，小麥覆隴黃。
婦姑荷簞食，童稚攜壺漿，
相隨餉田去，丁壯在南岡。
足蒸暑土氣，背灼炎天光，
力盡不知熱，但惜夏日長。

次段

家田輸稅盡，拾此充飢腸。
聽其相顧言，聞者為悲傷。
右手秉遺穗，左臂懸敝筐。
復有貧婦人，抱子在其旁，

末段

念此私自愧，盡日不能忘。
吏祿三百石，歲晏有餘糧，
今我何功德？曾不事農桑。

★首段描寫刈麥者全員出動，不畏辛苦，頂著烈日拚命勞作的情形。

・為了生活，麥農儘管已經累到體力透支了，仍希望夏天再長一些，多掙點錢以維持家計。

★次段藉由拾穗婦人之口，道出更悲慘的遭遇：她家為了應付巨額徵稅，連田地都賣掉了，如今只能抱著孩子，來拾取別人遺落的麥穗。

・「復有貧婦人，抱子在其旁，右手秉遺穗，左臂懸敝筐。」簡筆勾勒出貧婦形象，其面黃肌瘦，衣衫襤褸，可想而知。

★末段是詩人的反思，試圖呼籲為政者：應多關心民間疾苦，多為人民謀福祉，不該愧對自己的薪俸，更愧對人民的辛勞付出！

・諷諭之意，呼之欲出。

刈麥者	對比	貧婦人
農民	對比	官吏

活用小精靈

　　讀完本詩，不禁聯想起米勒的名畫〈拾穗者〉：金黃的陽光照在三位不同年紀的農婦身上，她們貧無立錐之地，彎腰拾取田中麥穗以餬口。相對於農場主人騎在馬背上眺望、監督，貧富懸殊的社會問題在此展露無遺。

UNIT **3-14**
一叢深色花，十戶中人賦

圖解唐詩100：大考最易入題詩作精解

白居易〈買花〉，一名〈牡丹〉，為〈秦中吟〉十首之十。這一組詩歌約作於憲宗元和五年（810）前、後，是他提倡新樂府運動時期的重要代表作。所謂「秦中」，指唐代京城長安一帶。據詩前小序云：「貞元、元和之際，予在長安，聞見之間，有足悲者。因直歌其事，命為〈秦中吟〉。」可見這是他繼承杜甫社會寫實傳統，欲藉風謠以裨補時闕的諷諭詩作。

買花　白居易

帝城春欲暮，喧喧車馬度。
共道牡丹時，相隨買花去。
貴賤無常價，酬直看花數。
灼灼百朵紅，戔戔五束素。
上張幄幕庇，旁織巴籬護。
水灑復泥封，移來色如故。
家家習為俗，人人迷不悟。
有一田舍翁，偶來買花處。
低頭獨長嘆，此嘆無人喻。
一叢深色花，十戶中人賦。

暮春時，長安城中車水馬龍，熱鬧非凡。原來牡丹盛開了，達官貴人紛紛相隨去買花。

牡丹花的價錢貴賤不一，價錢高低視花的品種而定。嬌豔欲滴的牡丹成千上百朵，朵朵鮮紅燦爛；小巧可愛的白牡丹，宛如五捆白絹似的，清新脫俗。

這些花兒上面張有篷帳與簾幕，旁邊編設了籬笆和圍欄，滴水不漏地被照護著。賣花人辛勤地澆灌，還培上最肥沃的土，因此花兒被移植後，顏色依舊鮮豔如昔。家家爭相以買花為俗，人人都迷戀於賞花之事，絲毫不以為奢侈浪費。

有一個老農夫，偶然來到了買花的地方。他不由得低下頭、長聲嘆息，但沒人理解他的感嘆：這一叢深紅色的牡丹花，要價相當於十戶中等人家一年的賦稅。

此詩以長安貴冑相隨買牡丹為題，揭發當時社會上貧富懸殊的矛盾對立。

全詩可分為四段：首段四句開門見山，點明「買花」之旨；敘長安豪貴呼朋引伴，相隨買花的盛況。

次段寫牡丹花的價錢與姿色。花價不一，端視品種、大小、顏色而定。又大又紅的牡丹花，可稱得上價值連城；嬌小可人的白牡丹，也要價不斐。「戔戔五束素」，或形容白花的姿態，如「五束素」般，清新純潔；或指小白花也價格昂貴，相當於五捆白絹的價錢。

三段記賣花人、買花人的行徑。賣花人如何呵護這些牡丹花，「張幄幕」、「織巴籬」、「水灑」、「泥封」，照顧得無微不至，就算花朵被移栽過來，依舊豔麗如故。一切只因有利可圖，買花已成為長安富豪習以為常的風尚、習俗。大家沉迷於買花、賞花，競相追逐、標榜，不惜揮金如土。

末段從田舍翁的嘆息，突顯貧富差距問題。「一叢深色花，十戶中人賦。」如此一來，附庸風雅的京城顯貴、為生活奔波的田舍翁形成強烈的對比，諷刺之意，盡在其中矣。

通篇以「賦」法寫成，語言淺白，如話家常，符合「老嫗能解」的主張；但含意深遠，旨在「惟歌生民病，願得天子知」，希望藉此呼籲為政者正視此一存在已久的社會問題。

灼灼百朵紅牡丹

應考大百科

◆喧喧：喧鬧嘈雜聲。
◆度：過也。
◆酬直：指花的價錢。直，通「值」。
◆灼灼：色彩鮮豔貌。
◆戔戔：細小、微少貌。
◆五束素：原指五捆白絹，此形容白花的姿態；或說是買花的價錢。

◆幃幕：篷帳與簾幕。
◆織：編。
◆巴籬：籬笆也。巴，通「笆」。
◆移來：從市上買來移栽。
◆喻：知道、了解。
◆中人：即中戶，中等人家。唐代按戶口徵收賦稅，分為上、中、下三等。

買花 白居易
五言樂府

去聲 六御、七遇韻通押

★通篇以「賦」法寫成，語言淺白，老嫗能解
★含意深遠，揭發貧富懸殊的社會矛盾對立

首段

帝城春欲暮，喧喧車馬度。
共道牡丹時，相隨買花去。

★敘長安豪貴呼朋引伴，相隨買花的盛況。
・採「開門見山」法，點明「買花」之旨。

次段

灼灼百朵紅，戔戔五束素。
貴賤無常價，酬直看花數。

★寫牡丹花的價錢與姿色。
・又大又紅的牡丹花，可稱得上價值連城；嬌小可人的白牡丹，也要價不斐。
・「戔戔五束素」，或形容白花姿態，如「五束素」般，清新純潔；或指小白花也要相當於五捆白絹的價錢。

三段

家家習為俗，人人迷不悟。
水灑復泥封，移來色如故。
上張幃幕庇，旁織巴籬護。

★記賣花人、買花人的行徑。
・賣花人如何呵護這些牡丹花，「張幃幕」、「織巴籬」、「水灑」、「泥封」，照顧得無微不至，就算花朵被移栽過來，依舊豔麗如故。
・因為買花已成為長安富豪習以為常的風尚、習俗。大家沉迷於買花、賞花，競相追逐、標榜，不惜揮金如土。

末段

一叢深色花，十戶中人賦。
低頭獨長嘆，此嘆無人喻。
有一田舍翁，偶來買花處。

★從田舍翁的嘆息，突顯貧富差距問題。
・「一叢深色花，十戶中人賦。」如此一來，附庸風雅的京城顯貴，為生活奔波的田舍翁形成強烈的對比。

UNIT 3-15
願易馬殘粟，救此苦飢腸

白居易於憲宗元和六年（811）喪母，返回下邽（今陝西渭南），為亡母守孝三年。此詩作於元和七年、八年之間，是他在下邽渭村看見農民遭到春旱秋霜之災後，入冬就斷了炊，不得不採地黃賣給大戶人家餵馬，藉此換取口糧果腹。詩人同情貧民疾苦，故以此為題材，勾勒出一幅活生生、血淋淋的農村寫實圖卷。

采地黃者　白居易

麥死春不雨，禾損秋早霜。
歲晏無口食，田中采地黃。
采之將何用？持以易餱糧。
凌晨荷鋤去，薄暮不盈筐。
攜來朱門家，賣與白面郎。
與君啖肥馬，可使照地光。
願易馬殘粟，救此苦飢腸。

春季乾旱，麥子都枯死了；秋天早早降了霜，禾苗又遭損害。到年底家裡沒東西可吃，只好到田裡採地黃。採了地黃做什麼用呢？打算拿它去換些糧食。

大清早荷著鋤頭出門幹活，直到天黑還採不滿半籮筐。將地黃拿到富貴人家賣給面容白皙的富家子弟。「給您餵肥您的馬兒，能使牠們毛髮閃亮，容光煥發。希望換些馬兒吃剩的飼料，救救我們全家人免再受飢餓之苦。」

這是一首五言古詩，詩人用平易近人的語言，藉由貧民採地黃跟富豪換取馬飼料止飢一事，突顯當時社會上貧富懸殊的不平等現象。

全篇可分為前、後二段：首段含前六句，說明「采地黃」的原因與用途。「麥死春不雨，禾損秋早霜。歲晏無口食，田中采地黃。」由於接連發生天災，莊稼歉收，到了年終家無餘糧，只好到田裡去採地黃。接著，「采之將何用？持以易餱糧。」明揭採集地黃，為的就是換點口糧回來，填飽一家人的肚子。

末段包括後八句，聚焦於「采地黃」、「易餱糧」二事上。「凌晨荷鋤去，薄暮不盈筐。」從早到晚，採集不滿半籮筐，可見這工作極辛勞，吃力又不討好！筆鋒一轉，描寫窮人將辛苦採得的地黃，拿到富貴之家兜售的情景。「攜來朱門家，賣與白面郎。與君啖肥馬，可使照地光。願易馬殘粟，救此苦飢腸。」當他面對「朱門」的「白面郎」，難免要推銷一下地黃的功用，能讓馬兒養得又肥又大，且毛髮有光澤。然後呢？也許那些紈褲子弟毫無購買意願，他才不得不吐露實情：「求求您了！不然，換些馬飼料也好，讓我們一家子得以果腹，不再受此飢腸轆轆之苦。」說得多卑微，簡直是人不如馬！詩人為貧富對立的不公平現象發聲，字裡行間，隱藏著深刻的批判、強烈的譴責。

詩中用「麥死」、「禾損」、「地黃」、「殘粟」等意象，對比「朱門家」、「白面郎」、「肥馬」等人事與景物，貧富不均問題自然浮出檯面，不勞多費言辭，這種寫法頗為高明。首段平鋪直敘，毫無驚人之處；末段結尾卻突起波瀾，傳神描摹出貧苦農民採地黃換取馬飼料的悲苦與無奈。

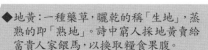

採來地黃易餱糧

應考大百科

◆地黃：一種藥草，曬乾的稱「生地」，蒸熟的即「熟地」。詩中窮人採地黃賣給富貴人家餵馬，以換取糧食果腹。

◆口食：口糧也。

◆易：換取。

◆餱糧：泛指糧食。餱，音「侯」。

◆荷鋤：扛著鋤頭。荷，作去聲。

◆不盈筐：不滿一筐。盈，滿也。

◆朱門家：指富貴人家。

◆白面郎：指養尊處優的富家子弟。

◆啖：音「淡」，給～吃，動詞。

◆馬殘粟：馬吃剩的糧食。

采地黃者　白居易

五言古詩

押下平聲七陽韻

首段

采之將何用？持以易餱糧。

歲晏無口食，田中采地黃。

麥死春不雨，禾損秋早霜。

★首段說明「采地黃」的原因與用途。

・由於接連發生天災，莊稼歉收，到了年終家無餘糧，只好到田裡去采地黃。

・接著，明揭采集地黃，為的就是換點口糧回來，填飽一家人的肚子。

首段平鋪直敘，毫無驚人之處

★末段聚焦於「采地黃」、「易餱糧」二事上。

・從早到晚，采集不滿半籮筐，可見工作之辛勞。

・再描寫窮人將辛苦采得的地黃，拿到富貴之家兜售的情景。

・當他面對「朱門」的「白面郎」，難免要推銷地黃的功用，能讓馬兒養得又肥又大，且毛髮有光澤。

・也許紈褲子弟無購買意願，他才不得不吐露實情：「求求您了！不然，換些馬飼料也好，讓我們一家子得以果腹，不再受此飢腸轆轆之苦。」

末段突起波瀾，描摹出貧苦農民的悲苦與無奈

末段

願易馬殘粟，救此苦飢腸。

與君啖肥馬，可使照地光。

攜來朱門家，賣與白面郎。

凌晨荷鋤去，薄暮不盈筐。

詩人為貧富對立的不公平現象發聲，字裡行間，隱藏著深刻的批判、強烈的譴責。

麥死
禾損
地黃
殘粟

貧　對比　**富**

朱門家

白面郎

肥馬

UNIT 3-16
晚來天欲雪，能飲一杯無？

圖解唐詩100：大考最易入題詩作精解

　　這是一首雪夜邀好友前來共飲的詩作，為五言絕句，完全合律，故為律絕。此詩當作於憲宗元和十年（815）以後，即詩人被貶為江州（今江西九江）司馬時。劉十九，名字不詳，或以為是彭城人劉軻；或以為是嵩陽劉處士，元和末年進士，後隱居於廬山（今江西九江南郊），是白居易在江州結識的朋友。

問劉十九　白居易
綠螘新醅酒，紅泥小火爐。
晚來天欲雪，能飲一杯無？

　　我將浮有淡綠泡沫、新釀好未過濾的米酒，用紅泥的小火爐慢慢地煨著。看來今晚天空又要下雪了，您能來一起喝杯酒嗎？

　　首聯自述溫酒之舉：「綠螘新醅酒，紅泥小火爐。」家常瑣事，信手拈來，卻寫得意象鮮明，活潑生動。從視覺上摹狀出綠酒、紅爐的景物，已有十足的美感；再從火爐溫酒，不斷地升溫，一股暖意不由得湧上心頭，訴諸觸覺的感受。此聯已經營造出一種溫馨、美好的氣氛，令人悠然神往。

　　末聯提出誠摯的邀請：「晚來天欲雪，能飲一杯無？」用語直白，如話家常，平淡寫來，卻隱藏無限友情的溫暖。從觸覺上，雪夜的寒冷，對比前文溫酒的情境，自然格外溫暖。如能喝上一杯「燒酒」，感受好友滿滿的情意，不但身子暖了，心裡更是暖烘烘的！再者，晚來夜幕低垂，天色昏黑，皚皚白雪從天而降，如此黑與白、靜與動相互映襯，又是一場視覺的饗宴。天黑、雪白是屋外黯淡、寒冷的場景，恰好烘托出屋內綠酒、紅爐溫暖而鮮明的景物，天氣嚴寒，終究不敵老友溫厚的情誼，面對此情此景，怎能不邀來摯友喝個盡興？畢竟寒夜客來，已是人生一大樂事；如能再暢飲美酒，燈下談心，共賞雪景，那真是可遇而不可求的賞心樂事，人生至此，夫復何求？

　　詩、酒本一家，白居易天生嗜酒，尤其貶為江州司馬以後，更與酒結下不解之緣，幾乎無日不酒，無酒不詩，晚年甚至自號「醉吟先生」。此首是其飲酒詩中的名作，以「問」為題，又以「問」作結，如邱燮友《新譯唐詩三百首》所云：「詩末點題，真是『不著一字，盡得風流』。」加以通篇純用白描法，不假雕琢，卻字字珠璣，語語真切，言淺而情深，含藏深厚的人情味。故蘅塘退士評云：「信手拈來，都成妙諦，詩家三昧，如是如是！」

故宮圖像資料庫典藏

寒夜溫酒待客來

應考大百科

◆劉十九：白居易的朋友，名字不詳，論者多以為是彭城人劉軻，也有人認為是嵩陽劉處士，河南登封人，元和末進士，後隱居廬山。按：古人對親朋舊友往往以家族排行來稱呼，如元九（元稹）、柳七（柳永）等。

◆綠螘新醅酒：綠螘、新醅酒，皆指新釀的酒。螘，通「蟻」，此指浮在酒上的泡沫。醅，音「胚」，未過濾的酒。

◆雪：此作「下雪」，動詞。

◆無：表示疑問語助詞，等於「嗎」字。

問劉十九　白居易

五言絕句

◆

押上平聲七虞韻

首聯

綠螘新醅酒，｜紅泥小火爐。

仄起格 首句不用韻

爐

末聯

晚來天欲雪，｜能飲一杯無？

無

★首聯自述溫酒之舉：

· 從視覺上摹狀出綠酒、紅爐的景物，已有十足的美感；再從火爐溫酒，不斷地升溫，一股暖意不由得湧上心頭，訴諸觸覺的感受。

★末聯提出誠摯的邀請：

· 從觸覺上，雪夜的寒冷，對比前文溫酒的情境，自然格外溫暖。如能喝上一杯「燒酒」，感受好友滿滿的情意，不但身子暖了，心裡更是暖烘烘的！

· 再者，晚來夜幕低垂，天色昏黑，皚皚白雪從天而降，如此黑與白、靜與動相互映襯，又是一場視覺的饗宴。

· 天黑、雪白是屋外黯淡、寒冷的場景，恰好烘托出屋內綠酒、紅爐溫暖而鮮明的景物，天氣嚴寒，終究不敵老友溫厚的情誼，面對此情此景，怎能不邀來摯友喝個盡興？

活用小精靈

歷史劇《羋月傳》中，當羋月第一次侍寢之後，到北郊行宮拜見嬴夫人。嬴夫人始終是個謎一樣的人物，她是秦王嬴駟的長姊，曾經為了國家遠嫁於魏，又因暗中為母國通風報信，險些送命。最後被秦王贖回，棲身北郊行宮。

無疑嬴夫人對羋月另眼相看，才會如此提點她：「這女兒家一定要學會飲酒，它是忘憂藥，能陪你一輩子，不離不棄。」原來不只騷人墨客樂於與杜康為伍，販夫走卒迷信「一醉解千愁」的傳言，身為後宮女子更不可不知酒的妙處：得意時，它是歡愉的聖品；失勢後，它更是解憂的良藥！畢竟青春美貌是一時的，君王恩寵是一時的，兒女私情也是一時的，唯有酒才能不離不棄、忠實地守候你漫長的一生，陪你哭，陪你笑，陪你瘋狂，陪你沉醉，並讓你從中得到解脫。

UNIT 3-17
同是天涯淪落人，相逢何必曾相識？

圖解唐詩100：大考最易入題詩作精解

　　白居易〈琵琶行〉作於憲宗元和十一年（816）秋天，詩人貶官江州（今江西九江）已一年多，因巧遇年老色衰的琵琶女，而引起他對謫宦生涯的感慨，借題發揮，遂成此詩。

琵琶行　白居易

元和十年，予左遷九江郡司馬。明年秋，送客湓浦口。聞舟船中夜彈琵琶者，聽其音，錚錚然，有京都聲。問其人，本長安倡女，嘗學琵琶於穆、曹二善才。年長色衰，委身為賈人婦。遂命酒，使快彈數曲。曲罷，憫然自敘少小時歡樂事；今漂淪憔悴，轉徙於江湖間。余出官二年，恬然自安，感斯人言，是夕始覺有遷謫意。因為長句，歌以贈之，凡六百一十六言，命曰〈琵琶行〉。

潯陽江頭夜送客，楓葉荻花秋瑟瑟。
主人下馬客在船，舉酒欲飲無管絃。
醉不成歡慘將別，別時茫茫江浸月。
忽聞水上琵琶聲，主人忘歸客不發。
尋聲闇問彈者誰，琵琶聲停欲語遲。
移船相近邀相見，添酒迴燈重開宴。
千呼萬喚始出來，猶抱琵琶半遮面。
轉軸撥絃三兩聲，未成曲調先有情。
絃絃掩抑聲聲思，似訴平生不得志。
低眉信手續續彈，說盡心中無限事。
輕攏慢撚抹復挑，初為《霓裳》後《綠腰》。
大絃嘈嘈如急雨，小絃切切如私語。
嘈嘈切切錯雜彈，大珠小珠落玉盤。
間關鶯語花底滑，幽咽泉流水下灘。
水泉冷澀絃凝絕，凝絕不通聲暫歇。
別有幽愁闇恨生，此時無聲勝有聲。

銀瓶乍破水漿迸，鐵騎突出刀槍鳴。
曲終收撥當心畫，四絃一聲如裂帛。
東船西舫悄無言，唯見江心秋月白。
沉吟放撥插絃中，整頓衣裳起斂容。
自言本是京城女，家在蝦蟆陵下住。
十三學得琵琶成，名屬教坊第一部。
曲罷曾教善才伏，妝成每被秋娘妒。
五陵年少爭纏頭，一曲紅綃不知數。
鈿頭雲篦擊節碎，血色羅裙翻酒汙。
今年歡笑復明年，秋月春風等閒度。
弟走從軍阿姨死，暮去朝來顏色故。
門前冷落車馬稀，老大嫁作商人婦。
商人重利輕別離，前月浮梁買茶去。
去來江口守空船，繞船月明江水寒。
夜深忽夢少年事，夢啼妝淚紅闌干。
我聞琵琶已嘆息，又聞此語重唧唧。
同是天涯淪落人，相逢何必曾相識？
我從去年辭帝京，謫居臥病潯陽城；
潯陽地僻無音樂，終歲不聞絲竹聲。
住近湓江地低溼，黃蘆苦竹繞宅生。
其間旦暮聞何物？杜鵑啼血猿哀鳴。
春江花朝秋月夜，往往取酒還獨傾。
豈無山歌與村笛？嘔啞嘲哳難為聽。
今夜聞君琵琶語，如聽仙樂耳暫明。
莫辭更坐彈一曲，為君翻作〈琵琶行〉。
感我此言良久立，卻坐促絃絃轉急；
淒淒不似向前聲，滿坐重聞皆掩泣。
座中泣下誰最多？江州司馬青衫溼。

江州司馬青衫溼

應考大百科

◆左遷：貶官也。

◆倡女：歌女。

◆善才：技藝高妙的樂師。

◆轉軸撥絃：轉動琵琶上纏繞絲絃的軸，以調音定調。

◆輕攏慢撚抹復挑：攏（左手手指按絃向裡推）、撚（揉絃的動作）、抹（向左拔絃，也稱作「彈」）、挑（反手回撥的動作），均為彈琵琶的指法。

◆霓裳：即《霓裳羽衣曲》。

◆綠腰：音「路腰」，亦作「六么」，琵琶曲名。

◆蝦蟆陵：在長安城東南、曲江附近，是唐代著名的聲色場所。

◆秋娘：此借代為美麗的歌妓。

◆五陵：在長安城外，漢代五座帝王陵寢所在之地，後為豪門貴胄聚集的地方。

◆纏頭：泛指賞給歌女的財物。

◆鈿頭雲篦：兩端鑲有金花的雲紋細梳。篦，音「必」，細密的梳子。

◆浮梁：古縣名，在今江西景德鎮，盛產茶葉。

◆青衫：唐代八、九品文官所穿的官服。

琵琶行　白居易
七言歌行體

首段

潯陽江頭夜送客，楓葉荻花秋瑟瑟。主人下馬客在船，舉酒欲飲無管絃。醉不成歡慘將別，別時茫茫江浸月。忽聞水上琵琶聲，主人忘歸客不發。尋聲闇問彈者誰，琵琶聲停欲語遲。移船相近邀相見，添酒迴燈重開宴。千呼萬喚始出來，猶抱琵琶半遮面。轉軸撥絃三兩聲，未成曲調先有情。絃絃掩抑聲聲思，似訴平生不得志。低眉信手續續彈，說盡心中無限事。輕攏慢撚抹復挑，初為《霓裳》後《綠腰》。大絃嘈嘈如急雨，小絃切切如私語。嘈嘈切切錯雜彈，大珠小珠落玉盤。間關鶯語花底滑，幽咽泉流水下灘。水泉冷澀絃凝絕，凝絕不通聲暫歇。別有幽愁闇恨生，此時無聲勝有聲。銀瓶乍破水漿迸，鐵騎突出刀槍鳴。曲終收撥當心畫，四絃一聲如裂帛。東船西舫悄無言，唯見江心秋月白。

次段

沉吟放撥插絃中，整頓衣裳起斂容。自言本是京城女，家在蝦蟆陵下住。十三學得琵琶成，名屬教坊第一部。曲罷曾教善才伏，妝成每被秋娘妒。五陵年少爭纏頭，一曲紅綃不知數。鈿頭雲篦擊節碎，血色羅裙翻酒汙。今年歡笑復明年，秋月春風等閒度。弟走從軍阿姨死，暮去朝來顏色故。門前冷落車馬稀，老大嫁作商人婦。商人重利輕別離，前月浮梁買茶去。去來江口守空船，繞船月明江水寒。夜深忽夢少年事，夢啼妝淚紅闌干。

末段

我聞琵琶已嘆息，又聞此語重唧唧。同是天涯淪落人，相逢何必曾相識？我從去年辭帝京，謫居臥病潯陽城；潯陽地僻無音樂，終歲不聞絲竹聲。住近湓江地低溼，黃蘆苦竹繞宅生；其間旦暮聞何物？杜鵑啼血猿哀鳴。春江花朝秋月夜，往往取酒還獨傾。豈無山歌與村笛？嘔啞嘲哳難為聽。今夜聞君琵琶語，如聽仙樂耳暫明。莫辭更坐彈一曲，為君翻作〈琵琶行〉。感我此言良久立，卻坐促絃絃轉急；淒淒不似向前聲，滿座重聞皆掩泣。座中泣下誰最多？江州司馬青衫溼。

第3章　中唐詩歌

UNIT 3-17
同是天涯淪落人，相逢何必曾相識？（續 1）

圖解唐詩100：大考最易入題詩作精解

〈琵琶行〉，《全唐詩》題作〈琵琶引〉。「引」、「行」、「歌行」等，皆古樂府詩之一體。由詩前小序可知，詩人從琵琶女的飄零淪落，聯想到自身謫居異鄉、懷才不遇的悲涼，故而寫作此首多達八十八句，共六百一十六字的長詩，意在「借他人酒杯，澆胸中塊壘」。

秋夜我到潯陽江頭為客送行，楓葉紅、荻花白，秋聲瑟瑟。我和客人下了馬，在船上設宴餞別，大家舉杯痛飲，卻無音樂助興。酒喝得不痛快，更傷心將要分別，臨別時夜色茫茫，一輪明月倒映江中。忽然聽見江面傳來琵琶聲，我忘了回去，客人也不想啟程。尋著聲源探問彈琵琶的是何人，琵琶聲停了下來，她想答話又遲遲沒有動靜。我們移船靠近，邀請她出來相見，並叫人添些酒菜、重新點燈，再擺起宴席來。多次邀請，她才緩緩走出來，懷裡的琵琶遮住了半張臉。她先轉緊琴軸，撥動琴絃，試彈了幾聲，尚未奏出曲調，就覺得很有感情。每一條絃上都彈出低沉的聲音，充滿了悲傷情調，彷彿訴說著她平生的不得志。她低著頭隨手連續地彈個不停，用琴聲說盡心中無限的往事。輕輕地攏，慢慢地撚，一會兒抹，一會兒挑；初彈《霓裳羽衣曲》，接著再彈《綠腰》。大絃渾宏悠長，嘈嘈如暴風驟雨；小絃和緩幽細，切切如低聲談心。嘈嘈切切的聲音交錯彈奏，就像大珠小珠落在玉盤裡那樣清脆。一會兒，琵琶聲像黃鶯的啼叫從花間滑下，又像是嗚咽的泉水流過沙灘。一會兒，那聲音變得像下灘的泉水，又冷又澀，到後來絲絃好像凝住不動，凝住不響，聲音也暫時停下來。這時，另有一種幽恨暗暗滋生，此時雖然沒有聲音，卻比有聲音更動人。忽然琵琶聲高奏起來，像銀瓶破裂，水漿四濺，又像戰馬閃躍而出，刀槍齊鳴。曲子彈完後，她用撥子向琵琶中心劃了一下，四條絃一聲轟鳴，彷彿撕裂布帛似的。東、西兩條船上瞬間變得靜悄悄，只見江中映著一輪皎潔的秋月。

她沉吟著收起撥片插在琴絃中，整頓衣裳，露出莊重的神情。她說：「我本是京城女子，家住蝦蟆陵。十三歲學會彈琵琶，在教坊中名列第一部。每彈一曲，都能使音樂大師嘆服；打扮之後，往往令同行名妓嫉妒。京都豪富子弟爭先恐後來送我禮物，每彈奏一曲，收到的彩綢多到數不清。鑲金花的雲紋梳子常因打節拍敲碎了，紅色羅裙也常被酒漬弄髒了。年復一年都在歡笑、打鬧中度過，秋去春來，美好的時光白白消磨了。直到兄弟從軍去，阿姨死了，暮去朝來，我也漸漸衰老了。門前冷冷清清，再也少有車馬經過；年紀大了，只好嫁給商人為妻。商人重利，常輕言別離，上個月他又到浮梁做茶葉生意。我留在江口守著空船，只見一船月色，照得江水也有些寒意。夜裡，忽然夢見少年往事，夢醒時，涕淚縱橫，哭花了臉上的妝容。」

江州司馬青衫溼

應考大百科

＊本詩中有不少形容聲音的辭語，諸如：
- 瑟瑟：形容楓葉、荻花被秋風吹動的聲音。
- 嘈嘈：形容聲音的沉重、抑揚。
- 切切：形容細碎、輕幽、急切的聲音。
- 間關：指黃鶯鳥的鳴叫聲。
- 唧唧：嘆息聲。
- 嘔啞嘲哳：形容聲音之吵雜。

我聽到琵琶的悲泣，早已搖頭嘆息；又聽見她這番訴說，更教人感嘆不已。我倆同是落魄江湖的可憐人，今日相逢何必問是否曾經相識？自從去年我離開了京城，被貶謫到潯陽江畔，經常臥病在床。潯陽地方偏僻，沒有音樂，一年到頭聽不到管絃樂聲。我住在湓江這個低窪潮溼的地方，房子四周長滿了黃蘆和苦竹。在這裡早晚能聽到什麼呢？盡是杜鵑泣血和猿猴的哀鳴。在春江花開時，秋江月夜裡，我經常一個人喝著悶酒。難道沒有山歌和村笛嗎？只是那音調嘶啞、粗澀，實在難聽啊！今晚我聽你彈琵琶、訴衷情，就像聽到仙樂一樣，耳朵一時也清亮起來。請你不要推辭，坐下來再彈一曲，我來為你創作一首〈琵琶行〉。她被我的話感動了，站立許久，回身坐下再轉緊琴絃撥出幾聲急切聲。琵琶的聲音更顯淒涼，不像剛才那麼宏亮，在座的人重聽那曲子，都不禁掩面哭泣。要問在座誰流下的眼淚最多？我這位江州司馬早已淚溼青衫了！

活用小精靈

在宮廷劇《後宮甄嬛傳》中，端妃善彈琵琶，據說她的琵琶技藝還是在王府時，純元皇后所傳授。至於端妃琵琶彈得如何，觀眾沒什麼印象。因為她當年曾奉如今的太后和皇上之命，送墮胎藥給華妃飲用，造成華妃流產。之後遭到華妃強灌紅花，以致病痛纏身，無法生育。端妃總是一副病懨懨的模樣在後宮養病，後來得甄嬛之助，請來溫太醫診治，病情始有好轉。

劇中最令人印象深刻的莫非是那一對「長相思」（古琴）與「長相守」（長笛）了！相傳當年先皇與果郡王生母舒太妃經常在桐華臺上，琴笛合奏，情深似海。先皇駕崩後，「長相守」傳給了愛子果郡王允禮，「長相思」落入當今皇上手中，皇上把它賜給心愛的甄嬛。

後來，甄嬛出宮到甘露寺修行，偶然結識了隱居修道的舒太妃。在舒太妃處，甄嬛彈奏「長相思」，而允禮吹奏「長相守」，兩人琴笛合奏，心有靈犀，沒多久便譜出戀曲。可惜最後如片尾曲〈鳳凰于飛〉云：「望長相思，望長相守，卻空留琴與笛。」允禮遇害後，甄嬛獨自面對著琴與笛，物是人非，百感交集。

UNIT 3-17
同是天涯淪落人，相逢何必曾相識？（續2）

圖解唐詩100：大考最易入題詩作精解

　　白居易原為太子左贊善大夫，元和十年（815）上疏論宰相武元衡遇刺事得罪，又其母因看花墮井而死，他卻賦〈賞花〉、〈新井〉二詩，被認為「甚傷名教」、「不宜治郡」，最後貶為江州司馬。隔年，他江頭送客，巧遇「老大嫁作商人婦」卻獨守空船的琵琶女，才會興起「同是天涯淪落人，相逢何必曾相識」的慨嘆。由於同情琵琶女的身世，更感傷自身宦海浮沉，故詩末以「江州司馬青衫溼」作結，抒發一份天涯淪落的遺恨。

　　詩人於小序中說明創作動機。全詩可分為三段：

　　首段：從「潯陽江頭夜送客」到「唯見江心秋月白」，凡三十八句。起筆敘送客，以下接寫臨別醉飲、苦無管絃相伴、巧逢琵琶女、相邀見面，至「猶抱琵琶半遮面」，琵琶女終於現身了。其中「舉酒欲飲無管絃」，痛飲不成，別離在即，心情黯淡，既回應首句江頭送客，又引發下文「忽聞水上琵琶聲」，點明題旨，環環相扣。下接與琵琶女相見，從「轉軸撥絃」、「絃絃掩抑」、「輕攏慢撚」等一系列純熟的彈奏技巧，及「如急雨」、「如私語」、「大珠小珠落玉盤」、「間關鶯語」、「幽咽泉流」、「水泉冷澀」、「銀瓶乍破」、「鐵騎突出」等一連串形容琵琶聲的美妙，足見此女身懷絕技，非等閒之輩，而「似訴平生不得志」一句，為次段埋下伏筆。

　　次段：自「沉吟放撥插絃中」至「夢啼妝淚紅闌干」，凡二十四句。詩人聽畢琵琶曲之後，轉而傾聽歌女細訴其平生如何不得志：她原為京城女，家居貴胄雲集的蝦蟆陵，十三歲學成絕藝，每彈一曲，深得大師讚嘆；每次妝扮，必令美女妒忌。──好個色藝雙全的奇女子！想當時五陵年少爭相獻彩，名利雙收，風光無限。但好景不長，終至年老色衰，門前冷落，嫁作商婦，而今落得獨守空船，與夜月、寒江相對，偶爾夢見少年往事，今非昔比，她不由得涕泗縱橫，──好不淒涼！

　　末段：自「我聞琵琶已嘆息」至「江州司馬青衫溼」，凡二十六句。詩人從琵琶女的遭遇，興起同病相憐之感，換他現身說法：「我從去年辭帝京，謫居臥病潯陽城。」潯陽位處偏僻、地勢低溼，所見皆黃蘆與苦竹，所聞即鵑啼與猿鳴，取酒獨飲時，唯有嘔啞嘲哳、下里巴人的曲調相伴，道盡謫宦他鄉的苦悶。之後，詩人盛情邀請歌女再彈一曲，並提議「為君翻作〈琵琶行〉」。她不肯輕然諾，站立良久，才促絃再彈，呼應前文「千呼萬喚始出來，猶抱琵琶半遮面」、「整頓衣裳起斂容」，可見她落落大方卻又不失矜持，絕對是個見過世面的女子。結筆：「滿坐重聞皆掩泣」，尤以「同是天涯淪落人」的江州司馬最能感同身受，故而淚溼衣襟。既為琵琶女掬一把同情淚，也為自己仕途坎坷、淪落天涯而傷心落淚。如此以琵琶聲點題，以落淚沾襟作收，為此詩畫下淒美的句號。

江州司馬青衫溼

應考大百科

＊「互文見義」：簡稱「互文」，是省略語法的一種。即上、下文互相參看，文義始為完足；如拘泥於字面意義，僅一知半解，未能掌握全局。如「生兒育女」，應以「互文」解：生養、教育兒子和女兒；如解作：生養兒子、教育女兒，便要貽笑大方了。

・如本詩「主人下馬客在船」採互文法，應作：主人、客人下馬後上了船；而非主人下馬、客人在船上。

・又杜甫〈客至〉：「花徑不曾緣客掃，蓬門今始為君開。」亦為互文，應作：花徑不曾緣客掃，今始為君掃；蓬門不曾緣客開，今始為君開。

琵琶行　白居易
七言歌行體

◆

★首段起筆敘送客，以下接寫臨別醉飲、苦無管絃相伴、巧逢琵琶女、相邀見面，至「猶抱琵琶半遮面」，琵琶女終於現身了。

首段

・「舉酒欲飲無管絃」，痛飲不成，別離在即，心情黯淡，既回應首句江頭送客，又引發下文「忽聞水上琵琶聲」，點明題旨，環環相扣。

・下接與琵琶女相見，從「轉軸撥絃」、「絃絃掩抑」、「輕攏慢撚」等一系列純熟的彈奏技巧，及「如急雨」、「如私語」、「大珠小珠落玉盤」、「間關鶯語」、「幽咽泉流」、「水泉冷澀」、「銀瓶乍破」、「鐵騎突出」等一連串形容琵琶聲的美妙，足見此女身懷絕技，非等閒之輩，而「似訴平生不得志」一句，為次段埋下伏筆。

★次段詩人聽畢琵琶曲之後，轉而傾聽歌女細訴其平生如何不得志：她原為京城女，家居貴冑雲集的蝦蟆陵，十三歲學成絕藝，每彈一曲，深得大師讚嘆；每次妝扮，必令美女妬忌。——好個色藝雙全的奇女子！

次段

・想當時五陵年少爭相獻彩，名利雙收，風光無限。但好景不長，終至門前冷落，嫁作商婦，而今落得獨守空船，與夜月、寒江相對，偶爾夢見少年往事，今非昔比，她不由得涕泗縱橫，——好不淒涼！

★末段詩人從琵琶女的遭遇，興起同病相憐之感，換他現身說法：「我從去年辭帝京，謫居臥病潯陽城。」潯陽位處偏僻、地勢低溼，所見皆黃蘆與苦竹，所聞即鵑啼與猿鳴，道盡謫宦他鄉的苦悶。

末段

・之後，詩人盛情邀請歌女再彈一曲，並提議「為君翻作〈琵琶行〉」。她不肯輕然諾，站立良久，才促絃再彈，呼應前文「千呼萬喚始出來，猶抱琵琶半遮面」、「整頓衣裳起斂容」，可見她絕對是一個見過世面的女子。

・結筆「滿坐重聞皆掩泣」，尤以「同是天涯淪落人」的江州司馬最能感同身受，故而淚溼衣襟。既為琵琶女掬一把同情淚，也為自己仕途坎坷、淪落天涯而傷心落淚。

UNIT **3-18**
人隻履猶雙，何曾得相似？

圖解唐詩100：大考最易入題詩作精解

此詩作於白居易謫居江州期間。按：他在元和十年（815）因武元衡遇刺身亡，論嚴加緝凶事，貶為江州司馬。是年深秋抵達江州，直到元和十三年冬，遷為忠州（今四川重慶）刺史，離開九江。而此詩當作於春、夏之交梅雨季後，可見寫作時間應為元和十一年至十三年之間。

感情　白居易

中庭曬服玩，忽見故鄉履。
昔贈我者誰？東鄰嬋娟子。
因思贈時語，特用結終始。
永願如履綦，雙行復雙止。
自吾謫江郡，漂蕩三千里。
為感長情人，提攜同到此。
今朝一惆悵，反復看未已。
人隻履猶雙，何曾得相似？
可嗟復可惜，錦表繡為裡。
況經梅雨來，色黯花草死。

我在庭院中曝曬服飾、古玩時，忽然看見從故鄉帶來的鞋子。是從前誰送給我的呢？東邊鄰居家的美人兒。我因此想起她送我鞋時說的話，特地用這雙鞋作為定情信物、結為連理。希望永遠像鞋子一樣，雙雙對對一起前進，也一起停止。

自從我貶謫到江州來，離鄉背井，飄泊三千里之外。為了感念那位深情的女子，將此鞋一同攜帶到這裡。今天心情格外惆悵，反反覆覆將它看個不停。想到我與她各自分飛，而鞋子仍完好一雙；我倆的命運哪能和鞋子相比？真是令人嘆息！又令人覺得可惜！這雙外表為錦緞、內裡有刺繡的鞋子。何況幾

> 經梅雨潮溼的天候，鞋子的顏色黯淡了，刺繡的圖案也損毀了。

這是一首五言古詩，藉由一雙從故鄉帶來、昔日情人所贈的鞋，睹物思人，抒發有情人不能終成眷屬的慨嘆。語淺情深，誠摯動人，敘事、抒情皆恰如其分，相輔相成。

通篇可分為兩段，首段從一雙鞋說起：梅雨季過後，天空放晴，詩人在院中曬衣服、器玩，忽然瞥見那雙千里迢迢隨身攜帶的鞋。因為它是昔時家鄉的情人一針一線親手所縫製。記得她贈鞋時，已表明願兩人如此鞋，締結良緣，出雙入對，同進退，永遠不分離。其中「東鄰嬋娟子」，化用宋玉〈登徒子好色賦〉那位絕色美人兒——「東家之子」。賦中云：「此女登牆窺臣三年，至今未許也。」後世遂以「東鄰女」作為主動示愛、求婚的少女之代稱。

末段敘說今日人落了單，而鞋依舊成雙成對，不禁感慨萬千。詩人官場失意，謫宦生涯，心情已夠苦悶；加上兒女私情又不順遂，唯有這雙貼身攜帶、佳人定情的鞋，聊可安慰他的衷腸。拿在手中反覆把玩、細看，他始終覺得人已單飛，而鞋仍成雙，真是人不如鞋！由於將此鞋「反復看未已」，所以一再嗟嘆、惋惜，瞧它表面用錦緞製成，內裡還有精巧的刺繡，多考究的做工！多綿密的針黹！多深刻的情意！然而，再美好的東西也禁不起歲月的摧殘，這雙鞋幾經梅雨溼氣的侵襲，色澤黯淡了，圖飾損壞了。此處暗示隨著歲月變遷，他倆的愛情褪色了，如今各自嫁娶，這份純然真摯的愛早已變質了。

願如履綦人成雙

應考大百科

◆中庭：猶言「庭中」，庭院裡。

◆服玩：服飾、器具、骨董等玩好之物。玩，去聲，名詞。

◆履：鞋子。

◆嬋娟子：即美女。

◆結終始：猶言「結連理」，有始有終，白頭偕老。

◆履綦：本指鞋上的帶子，引申為足跡之意；此處當借代為鞋子。綦，音「齊」也。

◆謫江郡：憲宗元和十年（815），白居易因宰相武元衡遇刺身亡，他越職上表主張嚴緝凶手；加上其母因看花，墮井而死，他卻賦有〈賞花〉、〈新井〉詩；因此被貶為江州（今江西九江）司馬。

◆嗟：嘆息。

◆梅雨：每年初夏時，江淮流域一帶持續陰雨綿綿的天氣形態。因為時值梅子黃熟，故又稱「黃梅天」。

◆花草：猶言「圖案」，指鞋子內裡的刺繡圖案。

感情 白居易

五言古詩

押上聲四紙韻

首段

中庭曬服玩，忽見故鄉履。
昔贈我者誰？東鄰嬋娟子。
因思贈時語，特用結終始。
永願如履綦，雙行復雙止。

末段

況經梅雨來，色黯花草死。
可嗟復可惜，錦表繡為裡。
人隻履猶雙，何曾得相似？
今朝一惆悵，反復看未已。
為感長情人，提攜同到此。
自吾謫江郡，漂蕩三千里。

★首段從一雙鞋說起：梅雨季過後，天空放晴，詩人在院中曬衣服、器玩，忽然瞥見那雙隨身攜帶的鞋。因為它是家鄉的情人一針一線所縫製。記得她贈鞋時，已表明願兩人如此鞋，出雙入對，永不分離。

・「東鄰嬋娟子」，化用宋玉〈登徒子好色賦〉那位「東家之子」。賦云：「此女登牆窺臣三年，至今未許也。」後世以「東鄰女」代指主動示愛的少女。

★末段敘說今日人落了單，而鞋依舊成雙成對，真是人不如鞋！詩人官場失意，心情已夠苦悶；加上兒女私情又不順遂，唯有這雙貼身攜帶、佳人定情的鞋，聊可安慰衷腸。

・再美好的東西也禁不起歲月摧殘，這雙鞋幾經梅雨溼氣的侵襲，色澤黯淡了，圖飾損壞了。——暗示隨著歲月變遷，他倆的愛情褪色了，如今各自嫁娶，這份純然真摯的愛早已變質。

活用小精靈

從男女之間互送的小禮物，便可看出對方心意。

如宮廷劇《延禧攻略》中，魏瓔珞繡功一絕，她曾於七夕時，親手繡了一個別緻的香囊送給始終默默守候她身邊的「超級暖男」——富察·傅恆。

後來，她為了替富察皇后復仇，再度進宮成為皇上的女人。大熱天裡，卻給皇上做了一頂冬天的帽子；雖然皇上也戴得很開心，但送禮的心意卻不可同日而語。

UNIT 3-19
人面不知何處去？桃花依舊笑春風

圖解唐詩100：大考最易入題詩作精解

此詩有一段極富傳奇色彩的本事，據孟棨《本事詩‧情感》記載：崔護科場失意，清明節時，獨遊長安城南。途經一戶栽滿桃花林的宅院，鳥語花香，景色宜人。他一時口渴，便前去敲門討水喝。誰知應門的竟是一位美若天仙的小姑娘？她請崔護進屋小坐。崔護見她貌美，不由得出言挑逗；她含羞帶怯，低頭不語。喝完茶後，她含情脈脈地送走了崔護。

隔年清明節，崔護想起了美麗的她，決定舊地重遊。當他來到宅院前，桃花依舊燦爛，春色依舊迷人，但任憑他怎麼敲門，卻遲遲沒人回應。他大失所望，悵然在門上題下此詩。

題都城南莊　崔護
去年今日此門中，人面桃花相映紅。
人面不知何處去？桃花依舊笑春風。

> 去年的今天在這道門內，美麗的女子、嬌豔的桃花相互映襯，更顯其氣色紅潤，容光煥發。而今如花的紅顏不知上哪兒去了？只有豔紅的桃花依舊迎著春風盡情綻放。

幾天後，崔護又刻意路過此地，偶然間，聽到屋內傳出陣陣哭泣聲。他不禁再度前去敲門。這次，出來開門的是個傷心的老人家。當崔護自報姓名之後，老人家情緒激動，直對著他喊：「你這個殺人凶手！還我女兒的命來！」

原來幾天前那位小姑娘與父親外出，回來時看見門上崔護的題詩，她從此一病不起，滴水不進，終至氣絕身亡；留下悲慟欲絕的老父親，天天以淚洗面。崔護聽完後，也為之痛哭失聲，並要求入內見姑娘最後一面。

崔護坐在床沿，將姑娘的頭移至自己腿上，抱著她的遺體，含淚對她說：「我在這裡！求你醒一醒！」誰知她竟緩緩睜開雙眼？不久，也就完全甦醒，恢復生氣，又活了過來。老父親又驚又喜，答應把愛女許配給他，成就一椿大好姻緣。

此本事真假難辨，不過，確實有助於對該詩的理解。後世也常以此作為文學創作的素材，「人面桃花」典故因此不脛而走。

我們來分析這首詩，前兩句採「追述示現」法，為虛筆：「去年今日此門中，人面桃花相映紅。」多美好的回憶！──去年的今天，嬌羞紅顏與豔紅花朵兩相映襯，人比花嬌，花比人俏，真是美不勝收。

後二句寫景兼抒情，為實寫；以疑問法加視覺摹寫，點出物是人非，使人徒添惆悵。花開越繁茂，不見去年人，心情越加悵然若失。「人面不知何處去？桃花依舊笑春風。」有人以為「不知」二字，語意過於直白，不如改為「而今」較含蓄婉轉，隱藏著對紅顏美人的無限深情與關懷。

此詩將映襯法發揮到淋漓盡致，首先，人面、桃花相襯，「桃花」迎著「春風」綻放，摹狀榮景如錦上添花，是「正襯」；而今昔之異，桃花依舊、人面不知何處去，一樂一哀，形成強烈反差，以樂景襯托哀情更顯哀戚、落寞，則為「反襯」。

人面桃花相映紅

應考大百科

＊「人面桃花」：此成語出自崔護〈題都城南莊〉一詩；後世用以形容女子姿容豔麗，亦含有追念往事，心生感慨之意。

＊《太平廣記》將此詩及其本事改寫成筆記小說：

落第書生崔護，鬱鬱寡歡，在清明節那天，獨自到長安城南踏青。途中，巧遇了一位豔似桃花的姑娘。

隔年清明時節，崔護舊地重遊，但這位姑娘已病得奄奄一息。據姑娘的父親說，自從去年崔護離開後，她就悶悶不樂，茶不思、飯不想，身體也愈來愈虛弱。

崔護知道後，難過地跑到姑娘窗前痛哭流涕，結果那姑娘聽到他的哭聲，居然不藥而癒，恢復了健康。父親喜出望外，決定把女兒嫁給崔護，皆大歡喜。

題都城南莊　崔護

七言絕句

押上平聲一東韻

首二句

去年今日此門中，
人面桃花相映紅。

← 平起格
首句用韻

中　紅

末二句

桃花依舊笑春風。
人面不知何處去？

風

★前兩句採「追述示現」法，為虛筆。多美好的回憶！——去年的今天，嬌羞紅顏與豔紅花朵兩相映襯，人比花嬌，花比人俏，真是美不勝收。

★後二句寫景兼抒情，為實寫；以疑問法加視覺摹寫，點出物是人非，使人徒添惆悵。花開越繁茂，不見去年人，心情越加悵然若失。

・「人面不知何處去？桃花依舊笑春風。」有人以為「不知」二字，語意過於直白，不如改為「而今」較含蓄婉轉，隱藏著對紅顏美人的無限深情與關懷。

活用小精靈

杜牧年輕時到湖州旅遊，邂逅了一名美少女，約好十年後來迎娶。過了十四年，他舊地重遊，想起那名少女；派人四處打聽，才發現女孩已經結婚生子了。他為此悵然賦〈歎花〉詩：「自是尋春去較遲，不須惆悵怨芳時。狂風落盡深紅色，綠葉成陰子滿枝。」都怪自己來遲了，當春光遠離，花朵飄落了，雖說滿樹綠意盎然、結實纍纍也別有一番風味，但他所眷戀的春花不再，怎不教人黯然神傷？

UNIT 3-20
孤舟蓑笠翁，獨釣寒江雪

圖解唐詩100：大考最易入題詩作精解

　　此詩約作於憲宗元和二年（807）以後，是柳宗元因「永貞革新」失敗後，謫居永州時期的詩作。這是一首五言絕句，透過一位寒江獨釣的老漁翁，寫出詩人性格上的清高與孤傲，同時抒發其政治失意的鬱悶之情。

> 江雪　柳宗元
> 千山鳥飛絕，萬徑人蹤滅。
> 孤舟蓑笠翁，獨釣寒江雪。

> 　　連綿不盡的山中不見半隻飛鳥，所有的路上也了無人跡。只有孤伶伶的小船裡，一個披蓑衣、戴斗笠的老漁翁，獨自在滿江白雪中垂釣。

　　本詩押入聲九屑韻，韻腳為「絕」、「滅」、「雪」，聲情頓挫不暢，恰似詩人滿腔憤懣，抑鬱難當。

　　全詩純以「賦」法寫成，用青、白等冷色調為基底，點染出一幅寒江垂釣圖。在這千山萬徑的天地間，不見飛鳥、沒有人煙，偌大白茫茫的世界中，只有一葉渺小的孤舟，船上一位披蓑戴笠的老漁翁，他顯得多麼微乎其微，獨自一人孤伶伶地在滿江白雪中垂釣。整個畫面空靈寂靜，寒氣逼人，不禁令人聯想起《紅樓夢》結局的那句話：「落了片白茫茫大地真乾淨」，這該是詩人歷盡宦海浮沉、人世滄桑後的了悟。

　　前兩句大筆勾勒出遼闊的背景：「千山鳥飛絕，萬徑人蹤滅。」此聯對仗精工，以「絕」、「滅」二字，重彩渲染天地間的一片孤寂。此二句中不見「雪」字，卻處處隱藏雪意，試想若不是冰天雪地，為何千山鳥影絕跡、萬徑人蹤消滅？如此雪天寒凍之景，既是永州的隆冬景致，何嘗不是詩人在政治上的處境？天寒地凍，了無生機，讓人彷彿陷入了絕境。

　　後二句細筆描繪寒江獨釣的主題：「孤舟蓑笠翁，獨釣寒江雪。」聚焦在一艘渺小的孤舟，而舟中還有個更微小的漁翁，他正對抗著鋪天蓋地的飛雪，獨自垂釣寒江。詩人孤高傲岸的本性，在此展露無遺。然而微不足道的他，寧可獨自與惡劣的大環境抗衡，也絕不妥協，絕不畏縮，這是柳宗元「雖千萬人，吾往矣」（《孟子・公孫丑上》）的行事作風。末句以「江雪」二字點題。而「寒」以狀江上之風雪，「孤」舟、「獨」釣之漁翁，在這千山萬徑、生靈滅絕的世界裡顯得多麼渺小無助、孤立無援，此即詩人自身的寫照。

　　沈德潛《唐詩別裁》評此詩云：「清峭已絕。」章燮注《唐詩三百首》亦云：「退士曰二十字可作二十層卻是一片，故奇。」的確，此詩字字精當，絕無閒筆，卻又自然渾成，不見斧鑿之跡，堪稱唐詩中的極品。

　故宮圖像資料庫典藏

千山萬壑寒江雪

應考大百科

◆萬徑：千萬條路。
◆人蹤：人們的蹤跡。
◆滅：消失了。

◆孤舟：孤伶伶的小船。
◆蓑笠翁：披蓑衣、戴斗笠的漁翁。
◆獨釣：獨自垂釣。

江雪 柳宗元
五言絕句

押入聲九屑韻

首二句

千山鳥飛**絕**，
萬徑人蹤**滅**。

絕　**滅**

←平起格
首句用韻

末二句

孤舟蓑笠翁，
獨釣寒江**雪**。

雪

★**前兩句大筆勾勒出遼闊的背景：以「絕」、「滅」二字，重彩渲染天地間的一片孤寂。**

・其中不見「雪」字，卻處處隱藏雪意，試想若不是冰天雪地，為何千山鳥影絕跡、萬徑人蹤消滅？
・如此雪天寒凍之景，既是永州的冬景，何嘗不是詩人在政治上的處境？

★**後二句細筆描繪寒江獨釣的主題：聚焦在一艘渺小的孤舟，而舟中還有個更微小的漁翁，他正對抗鋪天蓋地的飛雪，獨自垂釣寒江。**

・末句以「江雪」二字點題。而「寒」以狀江上之風雪，「孤」舟、「獨」釣之漁翁，在這千山萬徑、生靈滅絕的世界裡顯得多麼渺小無助、孤立無援，此即詩人自身的寫照。

活用小精靈

　　雪，在古典詩詞中象徵淒冷、慘白、迷茫與絕望。置身雪地，彷彿陷入絕境般，寒意逼人，雪花紛飛，心亂如麻，多麼無奈與無助！

　　宮廷劇《延禧攻略》中，皇后病重時，求皇上成全傅恆娶魏瓔珞，皇上為了一己之私心，活生生拆散了傅恆與瓔珞這一對璧人。皇上以瓔珞的性命要脅傅恆答應娶爾晴為妻。傅恆為了保全至愛之人，毅然犧牲自己的婚姻。皇上再讓瓔珞做選擇：一是承認自己愛慕虛榮，刻意勾引傅恆；一是跪遍整個皇宮，俯首認罪。瓔珞當然選擇了後者，她寧可死，也絕不做出違背本心的事。

　　當瓔珞為了重回皇后娘娘身邊，在紫禁城下起第一場雪時，邊走邊跪，口裡喊著：「奴才罪該萬死！」這時，衣裳單薄的她與新婚的傅恆、爾晴夫婦擦身而過，漫天的雪花飛舞，背景音樂放著：「我慢慢地聽著雪落下的聲音，閉著眼睛幻想它不會停，你沒辦法靠近，絕不是太薄情……」傅恆的心碎了，瓔珞的夢也碎了，他倆注定今生無緣在一起。

UNIT 3-21
曾經滄海難為水，除卻巫山不是雲

圖解唐詩100：大考最易入題詩作精解

元稹〈離思〉五首，一般認為是詩人悼念亡妻韋叢之作，當作於憲宗元和四年（809）以後。德宗貞元十八年（802），太子少保韋夏卿之女韋叢下嫁給初入仕途的元稹。元家清貧，韋叢賢慧，克勤克儉，毫無官家千金的驕縱之氣，成為元稹的賢內助；元稹為了前途，四處作官，恩愛夫妻，聚少離多，飽受兩地相思之苦。元和四年，韋叢病逝於京師，七年夫妻從此天人永隔；元稹遊宦他鄉，非但沒見到妻子最後一面，連喪禮都無法趕回來。之後，元稹曾賦〈遣悲懷〉三首，追悼亡妻。〈離思〉五首應與〈遣悲懷〉三首創作時間相近，同為悼亡詩。

離思 五首之四　元稹

曾經滄海難為水，除卻巫山不是雲。
取次花叢懶回顧，半緣修道半緣君。

> 曾經到過渤海，其他地方的旁支細流就不值得一觀了；除了巫山的雲彩，其他地方的雲朵便稱不上是雲了。我匆匆路過花叢間，再也懶得回頭張望；一半是因為潛心修道，一半是因為我的心裡只有你。

這是一首取譬高妙，委婉曲折，意境深遠，又耐人尋味的七言絕句。前三句皆以「比」法為之，屬於借喻格；末句直述緣由，是為「賦」法。

一、二句用典兼借喻：「曾經滄海難為水，除卻巫山不是雲。」先化用《孟子‧盡心上》：「觀於海者難為水，遊於聖人之門者難為言」的典故，藉由滄海波瀾壯闊，非一般小溪、小河所可比

擬，以喻「情人眼裡出西施」，心上人在他心中是那麼獨一無二，絕非其他任何女子可以取代。次用宋玉〈高唐賦〉中「雲雨巫山」之典：楚懷王曾遊雲夢高唐之臺，晝寢時，與巫山神女在夢中纏綿悱惻，臨別前，神女曰：「妾在巫山之陽，高丘之阻。且為朝雲，暮為行雨，朝朝暮暮，陽臺之下。」詩中以巫山雲彩比喻亡妻才德兼備，姿容出眾，其他女子根本無法與之相提並論。此二句用滄海之水、巫山之雲，借喻那人獨占我心，從此再也容不下他人，含有「弱水三千，只取一瓢飲」的意思，表達對愛情的執著專一。

三句：「取次花叢懶回顧」還是借喻格。表面說他匆匆路過花叢，懶得回頭顧盼；其實「花叢」，借喻為美女雲集的歌樓酒館，意謂他已心有所屬，不再流連於花街柳巷。此句呼應前二句，只因亡妻是他的最愛，除了她，任何美女都入不了他的眼，再也沒人能使他動心。末句直抒胸臆：「半緣修道半緣君。」他之所以心如止水，一半因為潛心修道，清心寡慾；一半因為對亡妻刻骨銘心、至死不渝的愛。

元稹是寫情詩的高手，像此詩感動了千千萬萬的癡情男女，但他一生情史精彩：初戀是遠房表妹，即〈會真記〉崔鶯鶯的原形；取得功名後，另娶韋叢為妻；後又邂逅了名妓薛濤；喪妻不久，再納安氏為妾，續娶裴淑為繼室。我們只能說文學與現實畢竟有別，才子風流，多情容易專一難！

心如止水只為你

應考大百科

◆滄海：渤海之通稱。

◆難為：即「不值得一觀」也。

◆取次：倉促、隨意也。此作「匆匆經過」、「漫不經心地路過」解。

◆花叢：此借喻為美女雲集的地方，暗示青樓妓院。

◆半緣：此解作「一半是因為……」。

◆修道：指修煉道家之術。按：修道之人清心寡慾，所以沒興趣尋芳問柳。

離思五首之四　元稹
七言絕句
◆
押上平聲十二文韻

首句
曾經滄海難為水，

平起格
首句不用韻

次句
除卻巫山不是雲。

 雲

三句
取次花叢懶回顧，

末句
半緣修道半緣君。

君

此二句用滄海之水、巫山之雲，借喻那人獨占我心，從此再也容不下他人，含有「弱水三千，只取一瓢飲」的意思，表達對愛情的執著專一。

此句呼應前二句，只因亡妻是他的最愛，除了她，任何美女都入不了他的眼，再也沒人能使他動心。

化用《孟子‧盡心上》：「觀於海者難為水，遊於聖人之門者難為言。」
⇨藉由滄海波瀾壯闊，非一般小溪、小河所可比擬，以喻「情人眼裡出西施」，心上人在他心中是那麼獨一無二，絕非其他任何女子可以取代。

用宋玉〈高唐賦〉中「雲雨巫山」之典：楚懷王曾遊雲夢高唐之臺，晝寢時，與巫山神女在夢中纏綿悱惻，臨別前，神女曰：「妾在巫山之陽，高丘之阻。旦為朝雲，暮為行雨，朝朝暮暮，陽臺之下。」⇨詩中以巫山雲彩喻亡妻才德、姿容皆非其他女子所能相比。

三句還是借喻格：表面說他匆匆路過花叢，懶得回頭顧盼；「花叢」，借喻為美女雲集的歌樓酒館，意謂他已心有所屬，不再流連於花街柳巷。

末句直抒胸臆：他之所以心如止水，一半因為潛心修道，清心寡慾，一半因為對亡妻刻骨銘心、至死不渝的愛。

活用小精靈

「曾經滄海難為水，除卻巫山不是雲。」的確是一句深情款款的話，也就是今天俗稱的「撩妹金句」。

誠如《如懿傳》劇中，乾隆皇也說過幾句打動人心的情話，如「從今以後，你什麼都不用怕，有我在，你放心。」「我心中真正想要的，只有你一人。」「無須打扮，心意相通最重要。」「朕喜歡的地方，一定會有你。」怪不得聰慧的如懿也難逃這種情話攻勢，託付一生的真情。

UNIT **3-22**
秋風生渭水，落葉滿長安

圖解唐詩100：大考最易入題詩作精解

此詩具體創作時間，有待考證；相傳是賈島未中進士以前的作品。那時，詩人在長安結識了一位隱居不仕的朋友——吳處士；後來吳處士離開京城，乘船遠行到福建一帶。詩人十分思念好友，便寫了兩首詩，這是其中一首。

> 憶江上吳處士　賈島
> 閩國揚帆去，蟾蜍虧復圓。
> 秋風生渭水，落葉滿長安。
> 此地聚會夕，當時雷雨寒。
> 蘭橈殊未返，消息海雲端。

自從你乘船遠行到閩地去，經歷了幾度月缺又月圓。回想你我分別時，秋風吹拂著渭水，落葉飄滿整座長安城。記得餞別宴那天晚上，雷雨交加，令人心生寒意。而今你搭乘的船隻還沒返回，你的消息尚遠在大海、雲天的那一端。

這是一首五言古詩，為下平聲一先、上平聲十四寒二韻通押，韻腳為「圓」（一先）及「安」、「寒」、「端」（十四寒）。

首二句緊扣詩題「憶江上吳處士」來寫，「閩國揚帆去，蟾蜍虧復圓。」此二句的主詞為「吳處士」，是說他坐船到閩地去，如今月亮缺了又圓，月復一月，不見遠人歸來，令詩人格外思念，藉此突顯「憶」字；並以「揚帆」呼應題目之「江上」。

中間四句採「追述示現」法，回憶從前兩人分別時的情景，屬於虛寫。三、四句「秋風生渭水，落葉滿長安。」

憶及你我分離時，時間是深秋時節，地點在長安郊外的渭水，當時渭水畔吹起陣陣秋風，長安城滿是落葉堆積。如今可能又到了秋深葉落時分，才讓詩人觸景傷情，感慨良多，更加想念遠方的朋友。五、六句「此地聚會夕，當時雷雨寒。」回想那時在這兒餞別的晚宴上，雷鳴雨落，寒意逼人。此刻雖然不聞雷雨響，但形單影隻，懷人念遠的心情，何嘗不使人淚如雨下、遍體生寒？

末二句回到現實，抒發對友人的憶念想望之情，依舊扣住題旨加以發揮。「蘭橈殊未返，消息海雲端。」由於朋友坐的船還沒回來，詩人也無從取得他的消息，只好遙望遠天的海雲，希望心理上能得到絲毫的慰藉。此處主詞仍為「吳處士」，「蘭橈」、「海雲」正面點出題目之「江上」；而客船未返、消息渺茫，側面照應題中「憶」字。要言之，通篇環繞一個「憶」字，「憶」字堪稱為本詩的詩眼所在。

此詩中間四句，在感情上，既追憶詩人與好友分別時的離情依依，也道出他在秋風中懷思摯友的淒清之情。在章法上，更具承上啟下之作用，一則上承「蟾蜍虧復圓」，月復一月的盼望；一則引出「蘭橈殊未返」，遲遲未獲遠方音訊的掛念。其中「渭水」、「長安」兩句，是長安之秋，物是人非，相思之情，油然而生；又在地域上映襯出「閩國」遠在千里之遙，以及「海雲端」消息獲得不易。針線綿密，層次分明，處處可見詩人構思之嚴謹。

蘭橈未返無消息

應考大百科

◆處士：隱居山林的讀書人。
◆閩國：指今福建一帶。
◆蟾蜍：音「纏除」，即癩蛤蟆。相傳月亮中有蟾蜍，故用以指代月亮。

◆此地：指渭水邊分別之地。
◆蘭橈：原指用木蘭樹作的船槳，後世借代為船隻。橈，音「ㄋㄠˊ」，船槳也。
◆殊：猶。

憶江上吳處士　賈島

五言古詩

下平聲一先、上平聲十四寒韻通押

首二句	次四句	末二句
閩國揚帆去， 蟾蜍虧復**圓**。	當時雷雨**寒**， 此地聚會夕， 落葉滿長**安**， 秋風生渭水，	消息海雲**端**。 蘭橈殊未返，

圓　　**安**　**寒**　　　**端**

★緊扣詩題「憶江上吳處士」來寫，此二句的主詞為「吳處士」。是說他坐船到閩地去，如今月亮缺了又圓，月復一月，不見遠人歸來，令詩人格外思念。

・藉此突顯「憶」字，並以「揚帆」呼應題目之「江上」。

★中間四句採「追述示現」法，回憶從前兩人分別時的情景，屬於「虛寫」。

・三、四句憶及分離時，渭水畔吹起陣陣秋風，長安城滿是落葉堆積。如今可能又到了秋深葉落時分，才讓他觸景傷情，感慨良多，更加想念遠方的朋友。

・五、六句回想餞別的晚宴上，雷鳴雨落，寒意逼人。此刻雖然不聞雷雨響，但形單影隻，懷人念遠，何嘗不使人淚如雨下、遍體生寒？

★回到現實，抒發對友人的憶念想望之情，仍扣住題旨加以發揮。

・朋友坐的船還沒回來，詩人無從取得他的消息，只好遙望遠天的海雲，希望心理上能得到絲毫的慰藉。

・此處主詞仍為「吳處士」，「蘭橈」、「海雲」正面點出題目之「江上」；而客船未返、消息渺茫，側面照應題中「憶」字。

活用小精靈

　　古人藉由詩歌傳達朋友間的思念之情，其中佳作不少。如白居易〈與元微之書〉，文末信手題三韻：「憶昔封書與君夜，金鑾殿後欲明天。今夜封書在何處？廬山庵裡曉燈前。籠鳥檻猿俱未死，人間相見是何年？」這是白居易向友人元稹（字微之）傾訴心中的掛念：先從自身寫起，回想從前寫信給好友是在京城金鑾殿後方天快亮時，而今寫這封信卻在廬山庵裡清晨的燈下。同樣是熬夜寫信，一身在朝中，一謫居在外，真是兩樣情。他倆身在官場不得自由，活得像籠中鳥、檻中猿般，到底何年何月才能再相見呢？

UNIT 3-23
男兒屈窮心不窮，枯榮不等嗔天公

憲宗元和二年（807），李賀通過府試，接著準備進京趕考。結果竟因其父名叫「晉肅」，讀音與「進士」相近，使他的科舉之路因而受阻。隔年冬，他再到長安求仕。最後以宗孫、蔭子、儀狀端正等條件，由宗人薦引，經過考試，在元和四年春天，被任命為奉禮郎；他時年二十歲。

此詩約莫作於元和三年時，時值他遭讒落第以後，長安任職之前。

野歌　李賀

鴉翎羽箭山桑弓，仰天射落銜蘆鴻。
麻衣黑肥衝北風，帶酒日晚歌田中。
男兒屈窮心不窮，枯榮不等嗔天公。
寒風又變為春柳，條條看即煙濛濛。

> 　　手持用烏鴉羽毛做成的箭，拉開用山桑木製成的弓；仰天射落口銜蘆葦疾飛而過的大雁。我穿著又髒又大的粗麻衣，迎著呼嘯的北風；在田野裡燒烤獵物，飲酒高歌，直到暮色四起。
>
> 　　大丈夫雖然懷才不遇，心志卻不能因此沉淪；我憤怒地問老天：為什麼會有尊貴與卑賤這樣不公平的安排？凜冽寒風終會過去，春風即將拂綠枯萎的柳樹；到那時綴滿了嫩綠的柳條，轉眼間樹梢又被濛濛輕煙籠罩著。

這是一首七言古詩，押上平聲一東韻，全詩八句只有第七句未用韻，其餘皆押韻，韻腳為「弓」、「鴻」、「風」、「中」、「窮」、「公」、「濛」。詩題為「野歌」，顧名思義，就是描寫野外射獵、

田中飲酒，抒發豪情萬丈，展現男兒本色的詩作。

通篇可分為兩段：首段包括前四句，緊扣詩題敘事，描述郊野畋獵、縱酒放歌的豪情。「鴉翎羽箭山桑弓，仰天射落銜蘆鴻。」表面寫他仰天射鴻，箭法精準；實則暗示他的才華出眾，進京應舉有望脫穎而出，拔得頭籌。其中良「弓」、好「箭」借喻為詩人傑出的才能，「仰天」則象徵仰望天子腳下的皇城——長安，他要射落的「鴻」正是蟾宮折桂，一舉高中之意。此二句明寫射獵，無意間卻隱含著詩人的理想抱負。「麻衣黑肥衝北風，帶酒日晚歌田中。」乍看寫他狂放不羈、及時行樂的作風，多麼慷慨豪邁！其實是他用來排解遭讒落第、仕途受阻、心中苦悶的一種方式，倒有幾分苦中作樂之意味。

末段含後四句，轉為抒懷，抒發他「屈窮心不窮」的遠大志向，並寄寓了對未來熱切的嚮往之情。「男兒屈窮心不窮，枯榮不等嗔天公。」他勉勵自己儘管落了第，但絕不能懷憂喪志；因為這種「枯榮不等」的情形不是他的錯，一切只怨老天有眼無珠。這裡「天公」借指那些主持科舉的禮部考官。「寒風又變為春柳，條條看即煙濛濛。」他相信寒冬的盡頭便是和煦的春日，屆時又是一片柔條嫩柳、煙霧瀰漫景象，充滿無限生機。末二句借景抒情，他把對前途的信心與展望，寫到春柳在濛濛輕煙中婆娑起舞的意境裡，詩情畫意，造境十分優美。

仰天射落銜蘆鴻

應考大百科

◆野歌:在田野中高聲唱歌。
◆鴉翎羽箭:用烏鴉羽毛做成的箭。
◆山桑弓:用山桑木製成的弓。
◆銜蘆鴻:口銜蘆葦的鴻雁。鴻,即鴻雁,一種群居水邊的候鳥,也稱為「大雁」。相傳大雁經常銜蘆而飛,或說為了躲避獵人,或說為了築巢育雛。銜蘆雁成為一種吉祥的象徵,這種紋飾常出現在衣服、器皿上。

◆麻衣:粗布麻衣。
◆黑肥:形容麻衣又髒又大。
◆屈窮:指有志難伸、懷才不遇。
◆枯榮:指人生的尊貴與卑賤。枯,賤也。榮,貴也。
◆嗔:音「ㄔㄣ」,生氣、發怒。
◆天公:老天。
◆看即:隨即、轉眼。

野歌 李賀

七言古詩
◆
押上平聲一東韻

末段

條條看即煙濛濛
寒風又變為春柳
枯榮不等嗔天公
男兒屈窮心不窮

首段

鴉翎羽箭山桑弓
仰天射落銜蘆鴻
麻衣黑肥衝北風
帶酒日晚歌田中

弓　鴻　風　中

窮　公　濛

★首段緊扣詩題敘事,描述郊野畋獵、縱酒放歌的豪情。

・表面寫他仰天射鴻,箭法精準;實則暗示他的才華出眾,進京應舉有望脫穎而出。其中良「弓」、好「箭」借喻為詩人傑出的才能,「仰天」則象徵仰望天子腳下的長安城,他要射落的「鴻」正是蟾宮折桂,一舉高中之意。

・「麻衣黑肥衝北風,帶酒日晚歌田中。」乍看寫他狂放不羈,及時行樂,其實是用來排解遭讒落第、仕途受阻的苦悶。

★末段抒發他「屈窮心不窮」的遠大志向,並寄寓了對未來熱切的嚮往之情。

・他勉勵自己儘管落了第,但絕不能懷憂喪志;因為這種「枯榮不等」的情形並不是他的錯,一切只怨老天有眼無珠。「天公」借指那些主持科舉的禮部考官。

・他相信寒冬的盡頭便是春日,屆時又是一片柔條嫩柳、煙霧瀰漫景象,充滿無限生機。末二句借景抒情,他把對前途的信心與展望,寫到春柳在濛濛輕煙中婆娑起舞的意境裡,十分優美。

活用小精靈

　　據李商隱〈李賀小傳〉記載:李賀,字長吉,有個姊姊嫁到王家。文中所記大多出自李賀這位姊姊。

　　據說李賀身材纖瘦,雙眉幾乎相連,手指極長,是一位全心全意投入創作的詩人。他經常帶一名書僮,騎著弱驢,出門四處尋找靈感;途中一有觸發,便順手記錄下來,放入隨身攜帶的帛袋裡。回家後,母親看見袋內那些詩稿,總是心疼地說:「這孩子非得嘔出心來才罷休!」吃過晚飯後,他就取出當天所寫草稿,將這些素材逐一補寫成完整的詩作,因此他的作品往往流於拼湊成詩,失之自然渾成。

UNIT 3-24
妝罷低聲問夫婿，畫眉深淺入時無？

朱慶餘〈近試上張水部〉，詩題又作〈閨意獻張水部〉。張水部，即當時擔任水部員外郎的張籍。這是詩人在應考前與準主考官張籍打交道的詩。由於朱慶餘在敬宗寶曆二年（826）進士及第，可見該詩應作於寶曆二年以前。

圖解唐詩100：大考最易入題詩作精解

> 近試上張水部　朱慶餘
> 洞房昨夜停紅燭，待曉堂前拜舅姑。
> 妝罷低聲問夫婿，畫眉深淺入時無？

昨晚洞房花燭夜燈火通明，新娘子一早起床等著天亮要到廳堂拜見公婆。她細細梳妝打扮後，輕聲探問夫婿：「我的雙眉畫得濃淡還合時宜嗎？」

首先，詩題即點明考試將近，或藉由女子閨意，獻詩上呈張水部。提示讀者其中含藏絃外之音，切勿以純寫閨情之作視之。

前二句：「洞房昨夜停紅燭，待曉堂前拜舅姑。」洞房裡徹夜點著紅燭，張燈結綵，喜氣洋洋；但新娘子初來乍到，內心忐忑不安，天沒亮就起床，等待早上要到廳堂拜見公婆。前句寫景；後句雖為敘事，實則隱含新嫁娘初入夫家誠惶誠恐的心情。

後二句：「妝罷低聲問夫婿，畫眉深淺入時無？」為全詩之重點所在。此處採比興手法，藉新娘的口吻，含羞帶怯探問新郎倌：「畫眉深淺入時無？」其實是詩人假新婦之口，詢問準主考官：我這樣的文章合不合時宜？有沒有機會金榜題名？由於事關重大，不便直言，作者只好託言女子閨意，巧妙設問，委婉陳辭。

相傳張籍讀了朱慶餘此詩和其他作品後，也不吝指點後生晚輩，真的作一首〈酬朱慶餘〉詩回贈。詩云：

> 越女新妝出鏡心，自知明豔更沉吟。齊紈未足人間貴，一曲菱歌敵萬金。

同樣用「比興」法，將朱慶餘詩文比喻成越國美女西施，說她攬鏡自照，對於鏡中的花容月貌頗有自信，自知長相明豔動人，不禁也要望「鏡」興嘆一番。其中「出鏡心」三字，暗示文采斐然的朱慶餘出自「鏡湖（亦稱『鑑湖』，位於浙江紹興城西南）」。末二句謂大美人西施一現身，那些穿著華衣美服的貴族女子都不顯得高貴了，只要她開金口唱一曲〈採菱歌〉，別具風韻，自然渾成，堪稱價值連城。言外之意是朱慶餘詩文價值萬金，能令朝中權貴、才士瞬間黯然失色；讚譽之意，溢於言表。

後來，朱慶餘果然不負眾望，一舉得第。他與張籍從此成為官場上的僚友，這件事漸漸傳開來，成為當時文壇的一段佳話。

故宮圖像資料庫典藏

洞房昨夜停紅燭

應考大百科

＊唐人科舉考試，盛行一種「溫卷」的風氣。所謂「溫卷」，即士子於科考前向主考官投刺詩文，事先贏得青睞，以盼來日考場上承蒙賞識、拔擢，增加金榜題名的機會。

• 如朱慶餘〈近試上張水部〉，就是一首典型的干謁詩。那是作者在應考前假託女子閨意，向主考官張籍打聽科考詩文的趨勢，並請求指點像他這樣的風格有沒有可能脫穎而出。

近試上張水部 朱慶餘
七言絕句
◆
押上平聲七虞韻

＊詩題又作〈閨意獻張水部〉；張水部，即水部員外郎張籍。

＊這是朱慶餘在應考進士之前與準主考官張籍打交道的詩作。

＊詩題即點明考試將近，或藉由女子閨意，獻詩上呈張水部。

首段　　　　　　　　　　　　　　　　　　　末段

待曉堂前拜舅姑。

洞房昨夜停紅燭，

←平起格
首句不用韻

姑

妝罷低聲問夫婿，

畫眉深淺入時無？

★前二句敘洞房裡徹夜點著紅燭，張燈結綵，喜氣洋洋；但新娘子初來乍到，內心忐忑不安，天沒亮就起床，等待早上要到廳堂拜見公婆。

• 前句寫景；後句雖為敘事，實則隱含新嫁娘初入夫家誠惶誠恐的心情。

★後二句為全詩重點所在。採比興手法，藉新娘的口吻，含羞探問新郎倌「畫眉深淺入時無？」

• 其實是詩人假新婦之口，詢問準主考官：我這樣的文章合不合時宜？有沒有機會金榜題名？事關重大，不便直言，只好託言女子閨意，巧妙設問，委婉陳辭。

活用小精靈

　　宮廷劇《如懿傳》中，乾隆皇終於可以如願立心愛的如懿為后時，他眼眶泛著淚光懇切地央求如懿：「朕總覺得孤伶伶的，到朕的身邊來，朕想和妳一塊。」從來只在乎情分、不在乎位分的如懿再也不忍拒絕，她說：「姑母問過臣妾，想不想和弘曆（乾隆名）生同衾死同穴，臣妾是想的，只是要和皇上生同衾死同穴，只能是皇后。」

　　如懿封后，冊封典禮場面盛大，奢華而隆重，看她在太和殿上一步一步大器沉穩地走向皇帝身邊，走過了許多風風雨雨，終於攀上世間女子最尊貴的位置，母儀天下，執掌六宮，成為萬民景仰的國母。

　　經過一整天漫長的典禮，洞房花燭夜時四下無人，兩人相視一笑，吐出的第一句話竟是：「早些鬆泛些吧！」多希望他們可以這樣幸福地走下去，直到永遠、永遠！

第4章

晚唐詩歌

晚唐詩作重藻飾、講對仗、諧聲律、用典故，風格華麗綺靡，似冬花之冷豔，文士於時代動盪中試圖透過斟字酌句，恢復六朝詩追求形式之美的傳統。

故宮圖像資料庫典藏

UNIT **4-1**
南朝四百八十寺，多少樓臺煙雨中？

圖解唐詩100：大考最易入題詩作精解

此詩未知其確切寫作時間，據推測當是詩人中年遊宦江南時，鑑於南朝君臣迷信佛法，廣興寺院，終至國破家亡的史事，而賦此詩，意在借古諷今。

> 江南春　杜牧
> 千里鶯啼綠映紅，水村山郭酒旗風。
> 南朝四百八十寺，多少樓臺煙雨中？

千里遼闊的江南大地，到處鶯歌燕舞，綠樹映襯著紅花，好不美麗！在那臨水的村莊、依山的城鎮，隨處可見迎風招展的酒家旗幟。從前南朝興建的許許多多佛寺，如今多少梵宇僧樓滄桑矗立在煙雨濛濛之中？

小杜是寫絕句的高手，這首七言絕句用短短二十八字，描繪出一幅有聲有色的江南春景圖，歷來佳評如潮，享譽古今。

前兩句寫景，以「鶯啼」、「綠映紅」點明詩題之「春」字，繪聲繪影，呈現出江南春天鶯啼燕語，柳綠花紅，酒旗兒隨處飄揚的生動景象。「千里鶯啼綠映紅，水村山郭酒旗風。」在黃鶯鳥聲聲啼唱中，綠樹紅花相互映襯，青山白水彼此環繞，山巔水湄酒家的旗幟一面面隨風搖曳生姿，如此動靜相生、五彩繽紛的畫面，寫活了江南春天的熱鬧非凡、無限生機。然而，楊慎《升庵詩話》云：「千里鶯啼，誰人聽得？千里綠映紅，誰人見得？若作十里，則鶯

啼綠紅之景，村郭、樓臺、僧寺、酒旗，皆在其中矣。」顯然不滿詩人於句首使用誇飾格。但何文煥《歷代詩話考索》云：「即作十里，亦未必盡聽得著，看得見。題云〈江南春〉，江南方廣千里，千里之中，鶯啼而綠映焉，水村山郭無處無酒旗，四百八十寺樓臺多在煙雨中也。此詩之意既廣，不得專指一處，故總而命曰〈江南春〉。」所言甚是！「千里鶯啼」以狀江南遼闊之景，一如下文「南朝四百八十寺」，皆概括之數，不必實指。讀詩應得其意而忘其言，不可拘泥於字面的意思，否則，便成了一知半解。

末二句寫景兼託諷，以「南朝」（偏安江南）、「煙雨」（江南的氣候）照應題中「江南」二字。「南朝四百八十寺，多少樓臺煙雨中？」表面是寫所見南朝遺留下來的眾多寺廟，如今多少佛塔僧院聳立在煙霧瀰漫、細雨迷濛之中？其實是以古喻今，唐朝佛教鼎盛，自中唐以來，朝野上下更是沉迷於佛法，簡直到了無可救藥的地步，所以韓愈不惜冒犯唐憲宗也要上〈論佛骨表〉，落得遠徙潮州的厄運。時至晚唐，佛風愈熾，杜牧同樣感到憂心忡忡，不免將這份擔憂寫進詩中：想當年南朝的繁華富庶，四百八十座金碧輝煌的寺院，如今有多少亭臺樓閣黯然屹立在濃煙細雨中？藉此呼籲世人，殷鑑不遠，莫步上南朝的後塵！

千里鶯啼綠映紅

應考大百科

◆鶯啼：黃鶯鳥的啼叫，泛指春天裡百鳥爭鳴景象。

◆綠映紅：綠樹映襯著花紅，形容美麗的春天景色。

◆山郭：依山的城鎮。郭，本為外城，此解作城鎮。

◆酒旗：豎立於酒鋪門口，用來招攬生意的旗幟。

◆南朝：泛指魏晉南北朝時，偏安江南的六個朝代：東吳、東晉、南朝之宋、齊、梁、陳。

◆四百八十寺：由於南朝君臣篤信佛教，在金陵（今江蘇南京）一帶廣建佛寺。據《南史·循吏·郭祖深傳》記載：「都下佛寺五百餘所。」四百八十寺，極言寺廟之多，非實指。

◆樓臺：樓閣亭臺，此處借指寺院建築。

◆煙雨：江南天氣多煙霧瀰漫、細雨濛濛。

江南春 杜牧

七言絕句

◆

押上平聲一東韻

首二句　　　　　　　　　　　　　　　　　　　　末二句

千里鶯啼綠映紅，　水村山郭酒旗風　←仄起格 首句用韻

紅　風

中

南朝四百八十寺，　多少樓臺煙雨中？

★前兩句寫景，以「鶯啼」、「綠映紅」點明詩題之「春」字，繪聲繪影，呈現出江南春天鶯啼燕語，柳綠花紅，酒旗兒隨處飄揚的生動景象。

・「千里鶯啼」以狀江南遼闊之景，一如「南朝四百八十寺」，皆概括之數，不必實指。

★末二句寫景兼託諷，表面是寫所見南朝遺留下來的眾多寺廟，如今多少佛塔僧院聳立在煙霧瀰漫、細雨迷濛之中？其實是以古喻今，唐朝佛教鼎盛，自中唐以來，朝野上下更是沉迷於佛法，到了無可救藥的地步。

・以「南朝」（偏安江南）、「煙雨」（江南的氣候）照應題中「江南」二字。

活用小精靈

元和十四年（819），韓愈反對唐憲宗迎佛骨入宮，作〈論佛骨表〉：

文中提出佛法是夷狄的道術，非中國所固有。上古時佛法未引入中土，聖明帝王都能享高壽，在位時間長久；自東漢佛法傳入以後，許多帝王「事佛求福，乃更得禍」，如南朝梁武帝虔心禮佛，誦經茹素，甚至三度捨身同泰寺當僧人，但也未得善終，最後因屬下侯景叛亂，被活活餓死於臺城（皇宮），不久亦亡國。

高祖、睿宗時都曾刻意抑制佛教發展，祖宗遺教，不可不遵。如今聖上迎佛骨入京進宮，也許不是迷信，但百姓愚冥會以為陛下真心事佛，將焚頂燒指，解衣散錢，舉國迷信，那可真「傷風敗俗，傳笑四方」了。韓愈還主張將佛骨「投諸水火，永絕根本」，以「斷天下之疑，絕後代之惑」！

別說惹惱了唐憲宗，今天換成我是皇帝，我都會覺得人家禮部辦個宗教活動，韓愈你身為刑部侍郎，干卿底事？

UNIT 4-2
東風不與周郎便，銅雀春深鎖二喬

圖解唐詩100：大考最易入題詩作精解

此詩不知作於何時，應是詩人遊歷古赤壁之戰遺址，有感而發之作。這是一首七言絕句的詠史詩，平仄合律，為律絕。

赤壁　杜牧
折戟沉沙鐵未銷，自將磨洗認前朝。
東風不與周郎便，銅雀春深鎖二喬。

> 一支折斷的鐵戟，沉沒在水底的泥沙中，還沒被銷蝕、損毀；我將它拿來磨光洗淨，辨認出是三國時代東吳將士攻破曹軍的遺物。倘若當年東風不給周瑜方便，「二喬」恐怕早被曹操俘虜了，將她們的青春深鎖在美麗的銅雀臺中。

東漢獻帝建安十三年（208），東吳、蜀漢聯兵，力抗曹操大軍，以寡擊眾，成功阻止了曹操統一天下的野心。這場戰役，史稱「赤壁之戰」，也是確定後來魏、蜀、吳三國鼎立的重要一役。一般公認此戰中，尤以周瑜獻策，採取火攻，將曹營軍艦燒得灰飛煙滅，片甲不留，是致勝的關鍵。杜牧針對周瑜當居首功一說，提出反駁，並發表獨到見解，同時抒發對國家興亡的感慨。

首聯借前朝遺物起興，從拾獲東吳破曹所用的鐵戟寫起：「折戟沉沙鐵未銷，自將磨洗認前朝。」他從水底沉沙中發掘這支折斷的鐵戟，因而引發下文對三國史事的慨嘆。「前朝」指三國時代的東吳，暗中點出了發生赤壁之戰的朝代。

末聯採「懸想示現」法，虛構一個根本不存在的情況：「東風不與周郎便，銅雀春深鎖二喬。」他設想當年如果不颳東風，那麼，歷史將要改寫了；倘若

曹軍大勝，蜀漢、東吳勢必滅亡，如此一來，江東二大美人大喬與小喬應該會成為俘虜，被曹操帶回北方，囚禁在銅雀臺上吧。「銅雀春深鎖二喬」有二解：一、將「二喬」的青春深鎖在銅雀臺中；二、將美麗的「二喬」囚禁在春意盎然、庭院深深的銅雀臺中。意思是金碧輝煌、風光明媚的銅雀臺將成為一座美麗的監獄，永遠禁錮著「二喬」這對姊妹花的青春年華。然而，此事絕無可能發生，因為周瑜大勝曹軍，保住了東吳的江山，也保住了江東二美人。

詩人故意虛擬出東吳兵敗，「二喬」遭俘的情境，主要是認為周瑜勝於僥倖，全靠東風之助，燒向北船，才有這樣圓滿的結局；萬一吹的是西風，火舌反撲，燒向己方，終將一發不可收拾，後果難以想像。他要強調的是，戰爭是何等大事，國家興亡是何等大事，怎能如此缺乏深謀遠慮？像這樣未能「運籌策帷帳之中，決勝於千里之外」（《史記·高祖本紀》），做事全憑運氣的將領，怎不教人憂心忡忡？反觀晚唐君臣，何嘗不也同樣缺乏文韜武略？故將對國勢衰微的憂慮，寄託於詠史詩中。

故宮圖像資料庫典藏

赤壁懷古憶周郎

應考大百科

◆折戟：折斷的戟。戟，音「擠」，古代的一種兵器。

◆銷：銷蝕。

◆將：拿起。

◆認前朝：認出是三國時代東吳將士攻破曹軍的遺物。

◆東風：指火燒赤壁之事。

◆周郎：周瑜，字公瑾，允文允武，精通音律，長相又俊美，為東吳大將，世人多仰慕他，暱稱之為「周郎」。

◆銅雀：即銅雀臺，為曹操所建，供其宴飲行樂之用。

◆二喬：東吳國老喬玄的兩個女兒，皆國色。大喬嫁前國主孫策，小喬嫁大將周瑜，兩姊妹人稱「二喬」。

赤壁 杜牧

七言絕句 律絕

押下平聲二蕭韻

首聯

折戟沉沙鐵未銷，

自將磨洗認前朝。

仄起格 首句用韻

銷 朝

末聯

東風不與周郎便，

銅雀春深鎖二喬。

喬

★首聯借前朝遺物起興，從拾獲東吳破曹所用的鐵戟寫起：他從水底沉沙中發掘這支折斷的鐵戟，因而引發下文對三國史事的慨嘆。「前朝」指三國時代的東吳，暗中點出發生赤壁之戰的朝代。

★末聯採「懸想示現」法，設想當年如果不颳東風，那麼歷史將改寫了；倘若曹軍大勝，蜀漢、東吳勢必滅亡，如此一來，江東二大美人大喬與小喬應該會成為俘虜，被曹操帶回北方，囚禁在銅雀臺上吧。

「銅雀春深鎖二喬」有二解：
1.將「二喬」的青春深鎖在銅雀臺中；2.將美麗的「二喬」囚禁在春意盎然、庭院深深的銅雀臺中。⇨意思是金碧輝煌、風光明媚的銅雀臺將成為一座美麗的監獄，永遠禁錮著「二喬」這對姊妹花的青春年華。

活用小精靈

　　曹操大軍來犯，諸葛亮（字孔明）從西蜀前往東吳，準備聯吳抗魏；但吳將周瑜一心求和，無意出兵。孔明臨機應變，表示同意，並建議他：曹操生性好色，只須獻出「江東二喬」，曹兵必然退去。周瑜聽了臉色大變。孔明舉曹植所作〈銅雀臺賦〉為證：「立雙臺於左右分，有玉龍與金鳳；攬『二喬』於東南分，樂朝夕之與共。」

　　周瑜勃然大怒，因為大喬是孫權的兄嫂，小喬正是他的愛妻；豈有此理？真是欺人太甚！從此，他堅決與曹軍誓不兩立。

　　其實「二喬」即「二橋」，指銅雀臺東南的兩座橋。孔明故意曲解文意，藉此激怒周瑜，以扭轉局勢，達成聯兵抗曹的目的。

UNIT **4-3**
停車坐愛楓林晚，霜葉紅於二月花

圖解唐詩100：大考最易入題詩作精解

杜牧此詩的寫作時間、背景未可知，是他秋天行經山中，傍晚時分，為滿山楓葉所吸引，索性停車，觀賞片片楓紅，有感而發之作。

> ### 山行　杜牧
> 遠上寒山石徑斜，白雲深處有人家。
> 停車坐愛楓林晚，霜葉紅於二月花。

> 我遠遠地沿著寒冷秋山傾斜的石頭小路蜿蜒而上，在那雲霧繚繞的地方，隱約可以看見幾戶人家。我不由得停下車來，只因這傍晚的楓林實在太美了！那經霜染紅的楓葉，竟比二月春花更加紅豔醉人。

這是一首七言絕句，詩中由寒山、石徑、白雲、人家、楓林、霜葉等景物，構成了一幅紅白相間、如詩似畫的秋山行旅圖。

前二句敘事兼寫景，描寫山行所見景致。「遠上寒山石徑斜，白雲深處有人家。」深秋乘車行經山中，花木凋零，天氣微寒，略顯淒清；石徑蜿蜒，綿延而上，一路暢通。放眼車窗外，在那深山雲煙縹緲處，依稀可見幾家房舍。首句以「遠上寒山」點明「山行」之題旨。其中「斜」字呼應「上」字，「白雲」呼應「寒山」，「深」呼應「遠」，環環相扣，勾勒出秋山清幽靜謐的畫面。然而，其詩境寒而不冷，寂而不孤，畢竟在白雲深處還有幾許人煙，使人備覺親切、溫暖。「白雲深處有人家」，一作「白雲生處有人家」亦通；因為在遠方白雲初升起的地方，彷彿有幾間屋舍。此「人家」藏身白雲深處，是尋常人家？或仙人之家？不禁引人遐想。

後二句熔敘事、寫景、抒情於一爐，既敘寫停車賞楓之事，亦寫黃昏時滿林紅葉的美景，且景中含情，隱含了秋晚徘徊楓林間的閒情逸致、賞愛楓紅勝於春花的曠達胸襟。「停車坐愛楓林晚」之「晚」字含意豐富：一、指傍晚，謂乘車山行，從白晝到了向晚時分。二、指晚間的夕照，謂夕照餘暉與遍野楓紅相映成趣，妝點出如此絢麗的秋山美景。三、指時間之晚，出於對楓紅的迷戀不已，故不論天色已晚，仍停車玩賞、逗留；更因駐足良久，觀察入微，而有「霜葉紅於二月花」之妙悟。誠如俞陛雲《詩境淺說續編》云：「詩人之詠及紅葉者多矣。……惟杜牧詩專賞其色之豔，謂勝於春花。當風勁霜嚴之際，獨絢秋光……籠山絡野，春花無此大觀。」不錯，末句以濃墨重彩渲染出楓紅片片的山野奇觀，確實較二月春花更加光彩照人，令人沉醉！可見杜牧胸襟開闊、天性樂觀，面對秋山晚景還能寫出如此明豔動人的詩句，絕無蕭瑟、寂寥之感。

故宮圖像資料庫典藏

白雲深處有人家

應考大百科

◆石徑斜:指由石頭砌成的小路,路面傾斜。斜,音「霞」,傾斜也。
◆白雲深處:一作「白雲生處」。
◆坐:因為。
◆楓林晚:傍晚的楓樹林。

◆霜葉:即楓葉、紅葉;指楓樹的葉子每到秋天,歷經寒霜之後,漸漸轉為紅色。
◆紅於二月花:比二月的春花更加紅豔動人。

山行 杜牧
七言絕句
◆
押下平聲六麻韻

首二句

遠上寒山石徑斜,
白雲深處有人家。

◀仄起格
首句用韻

斜 家

末二句

停車坐愛楓林晚,
霜葉紅於二月花。

花

★前二句敘事兼寫景,描寫山行所見景致。

・首句以「遠上寒山」點明「山行」之題旨。
・「斜」字呼應「上」字,「白雲」呼應「寒山」,「深」呼應「遠」,環環相扣,勾勒出秋山清幽靜謐的畫面。
・「白雲深處有人家」,一作「白雲生處有人家」亦通;因為在遠方白雲初升起的地方,彷彿有幾間屋舍。此「人家」藏身白雲深處,是尋常人家?或仙人之家?不禁引人遐想。

★後二句熔敘事、寫景、抒情於一爐:既敘停車賞楓之事,亦寫黃昏時滿林紅葉的美景,且景中含情,隱含了秋晚徘徊楓林間的閒情逸致、賞愛楓紅勝於春花的曠達胸襟。

「晚」字含意豐富:1.指傍晚,謂乘車山行,從白晝到了向晚時分。2.指晚間的夕照,謂夕照餘暉與遍野楓紅相映成趣,妝點出如此絢麗的秋山美景。3.指時間之晚,出於對楓紅的迷戀不已,故不論天色已晚,仍停車玩賞、逗留;更因駐足良久,觀察入微,而有「霜葉紅於二月花」之妙悟。

活用小精靈

　　每到秋天,楓葉變紅了,楓紅片片,充滿詩情畫意。
　　相傳當年黃帝大戰蚩尤,十戰九敗,最後在玄女的加持下,傳授兵法及一把絕世寶劍,黃帝終於反敗為勝,一舉擒住了大魔頭蚩尤。黃帝震懾於蚩尤的勇猛,斬殺前,一直不敢解開他的手鐐腳銬;直到他身首異處,才將那染血的刑具丟棄在大荒之中。
　　結果不可思議的事發生了,那枷銬竟化成了楓樹,幾千年後,楓葉依舊不改血紅的顏色。

UNIT 4-4
天階夜色涼如水，坐看牽牛織女星

圖解唐詩100：大考最易入題詩作精解

此詩不但寫作時間不確定，連作者都有異說，或以為出自杜牧之手，或說是王建的詩作。儘管如此，並不影響它是一首精美別緻的小詩。

秋夕　杜牧

銀燭秋光冷畫屏，輕羅小扇撲流螢。
天階夜色涼如水，坐看牽牛織女星。

> 秋夜的燭光映照在裝飾美麗的屏風上，增添幾許清冷氛圍；女子手裡拿著一把輕巧的綾羅小團扇，輕輕地撲打飛舞中的螢火蟲。此時露天的石階上，夜色清涼如水，她坐下來，仰望著天上的牛郎星和織女星。

這是一首七言絕句，平仄合律，為律絕。描寫女子秋夜裡撲流螢、看星星的情景，隱約透露出她內心孤寂，生活百無聊賴，對愛情充滿了渴望。女主角可能是大戶人家的少婦，也可能是深宮女子。

首聯刻劃出女子秋夜窮極無聊的生活：「銀燭秋光冷畫屏，輕羅小扇撲流螢。」以「銀燭秋光」點題，明點「秋」字，暗點「夕」字。可發現她身處庭院深深的富貴人家或深宮內院，從室內「銀燭」、「畫屏」擺飾的精美，知她置身雕梁畫棟中，「冷」字摹狀秋夕天氣微寒，同時象徵她所處環境冷清，甚至隱含內心淒冷之意。因為無所事事，所以出了戶外，手拿「輕羅小扇」撲打流螢，打發時間。從小團扇的材質精緻，再度印證她非來自尋常百姓家；且秋夜手執小扇，影射「秋扇見捐」之意，暗

示她是個棄婦，無人賞愛，才會落得處境如此淒涼。

末聯承接前意，續寫女子秋夜裡形單影孤的形象：「天階夜色涼如水，坐看牽牛織女星。」再以「夜色涼如水」點題，明點「夕」字，暗點「秋」字。她獨自漫步，走上了露天的臺階，感受到「夜色涼如水」；此「涼」呼應前文之「冷」，既是秋夜寒涼，亦隱含處境之蒼涼、內心之悲涼。「天階」，一作「天街」，亦通；她獨自走到了京城的街上。走累了，坐下來抬頭看看天上的牛郎星和織女星；天上繁星如恆河沙數，為何獨鍾於「牽牛織女星」？自然是牛郎、織女星最得她心，神話中的愛情雖然淒美，但畢竟他們彼此深愛著對方，她多麼嚮往這樣永恆不變的真情！「坐看」，一作「臥看」；如此一來，這女子少了點兒矜持，多了些許自在與輕狂，索性躺下來仰觀「牽牛織女星」，想想七夕鵲橋相會的情景，多希望自己也能擁有如此美麗的戀情！據陸時雍《唐詩鏡》云：「冷然情致。『坐看』不若『臥看』佳。」吾人深有同感。

又俞陛雲《詩境淺說續編》云：「前三句寫景極清麗，宛若靜院夜涼，見伊人逸致。結句僅言坐看雙星，凡離合悲歡之跡，不著毫端，而閨人心事，盡在舉頭坐看之中。」王文濡《唐詩評注讀本》亦云：「自初夜寫至夜深，層層繪出，宛然為宮人作一幅幽怨圖。」此詩可解作閨怨或宮怨之作。也有人主張，末句藉牛郎、織女相見之難，寄寓君臣際會之難，詩人有意藉此抒發懷才不遇的慨嘆。

輕羅小扇撲流螢

應考大百科

◆銀燭：白蠟燭。

◆秋光：秋夜的燭光。

◆畫屏：裝飾精美的屏風。

◆輕羅小扇：輕薄絲織品製成的小團扇。

◆流螢：飛動的螢火蟲。

◆天階：露天的臺階。一作「天街」，意指京城的街道。

◆坐看：一作「臥看」。

◆牽牛織女星：神話中的牛郎、織女，因彼此相愛而觸犯天條（凡夫與仙女不得結婚生子），最後被迫分離，每年僅七夕可在鵲橋上相會。

秋夕 杜牧

七言絕句 律絕

◆

押下平聲九青韻

首聯

輕羅小扇撲流螢。

銀燭秋光冷畫屏，

仄起格 首句用韻

屏 螢

故宮圖像資料庫典藏

末聯

坐看牽牛織女星。

天階夜色涼如水，

星

★**首聯刻劃出女子秋夜窮極無聊的生活：**

・以「銀燭秋光」點題，明點「秋」字，暗點「夕」字。

・從室內「銀燭」、「畫屏」擺飾的精美，知她置身雕梁畫棟中，「冷」字摹狀秋夕天氣微寒，同時象徵她所處環境冷清，甚至隱含內心淒冷之意。

・因為無所事事，所以手拿「輕羅小扇」撲打流螢，打發時間。

・從小團扇的材質精緻，再度印證她非來自尋常百姓家；且秋夜手執小扇，影射「秋扇見捐」之意，暗示她是個棄婦，無人賞愛，才會落得處境如此淒涼。

★**末聯承接前意，續寫女子秋夜裡形單影孤的形象：**

・再以「夜色涼如水」點題，明點「夕」字，暗點「秋」字。

・此「涼」呼應前文之「冷」，既是秋夜寒涼，亦隱含處境之蒼涼、內心之悲涼。

・天上繁星如恆河沙數，為何獨鍾於「牽牛織女星」？自然是牛郎、織女星最得她心，畢竟他們彼此深愛著對方，她多麼嚮往這樣永恆不變的真情！

＊「坐看」，一作「臥看」；如此一來，這女子少了點兒矜持，多了些許自在與輕狂，索性躺下來仰觀「牽牛織女星」，想想七夕鵲橋相會的情景，多希望自己也能擁有如此美麗的戀情！

＊也有人主張，末句藉牛郎、織女相見之難，寄寓君臣際會之難，詩人有意藉此抒發懷才不遇的慨嘆。

夕陽無限好，只是近黃昏

此詩約作於武宗會昌四年（844）、五年之間，當時李商隱退居太原，往來京城長安，登臨樂遊原，而賦是詩。據詩意看，應是憂國憂君之作。

樂遊原，在曲江北面高原上，因漢宣帝於此建樂遊苑而得名；至此登高臨遠，四望寬敞，整座長安城，一覽無遺。由於唐武宗英敏特達，略似漢宣帝，如任用李德裕為相，克澤潞，取太原，算是晚唐較有作為的君王，彷彿「夕陽無限好」；而武宗內寵王才人，外築望仙臺，又封道士劉玄靜為學士，迷信其道術以致病痛纏身，詩人真替皇上的龍體擔憂，替大唐的前途擔憂，故曰「只是近黃昏」。

> 登樂遊原　李商隱
> 向晚意不適，驅車登古原。
> 夕陽無限好，只是近黃昏。

> 傍晚時分，我心情鬱悶，於是駕車登上長安城南的樂遊原。但見夕陽餘暉無限美好，可惜已經接近黃昏了。

這是一首五言絕句，平仄合律，為律絕。首句「向晚意不適」運用五仄，次句第三字「登」用平聲救之，是「雙拗」。全篇押上平聲十三元韻，韻腳為「原」、「昏」。

首聯敘事，點明「登樂遊原」之題旨：「向晚意不適，驅車登古原。」指出時間是「向晚」，心情「不適（不暢快）」，所以駕車出遊，登臨樂遊原。

末聯寫景兼抒情，描寫登高所見景致，並抒發心中感慨：「夕陽無限好，只是近黃昏。」夕陽美景的確光明、燦爛而溫暖，令人陶醉，流連忘返；只可惜已經接近黃昏，夜幕即將低垂了。其中以「夕陽」呼應前文之「向晚」，照應後文之「黃昏」，具承上啟下之作用。此聯景中含情，情景交融，為千古傳誦的名句，含意相當豐富：一、表面詠黃昏景色，感嘆時光匆匆，美好的一天又將到了盡頭；二、憂心國事，眼看國家日漸衰微，內憂外患頻仍，感傷大唐盛世終如日落西山；三、為武宗而擔憂，皇上這樣奢侈享樂，迷信傷身，江山社稷一步步邁向衰敗；四、字裡行間，不難讀出詩人自傷身世之悲，他已進入中年，卻一事無成，不禁感慨老之將至，歲月不饒人！誠如張爾田《玉谿生年譜會箋》所云：「箋曰：楊氏云，遲暮之感，沉淪之痛，觸緒紛來，可謂此善狀，詩妙處，謂憂唐之衰者，只一義耳。」

邱燮友《新譯唐詩三百首》分析此詩云：「這是一首賦景感傷的詩。……詩中以『向晚』引起，次句切題，三四兩句，以『夕陽』、『近黃昏』補足向晚意。此詩末兩句，……自傷衰老亦可，感身世遲暮亦可，憂晚唐的衰微亦可，詩的寬度大，越能使詩意含蘊無窮。」誠然，詩歌是精緻的語言藝術，能以極少、極簡的文字包含豐富、無盡的意思，真正落實「言有盡而意無窮」者，便是一首上等好詩。

向晚驅車登古原

◆樂遊原：在陝西長安城南，地勢較高，可以登臨遠眺，是唐代京城附近的一處名勝地，每到上巳節（三月三日）、重陽日（九月九日），紅男綠女往往呼朋引伴到此郊遊、玩樂。

◆向晚：傍晚、黃昏時。
◆意不適：心裡不暢快。
◆驅車：駕車。
◆古原：即樂遊原。

登樂遊原 李商隱

五言絕句 律絕

押上平聲十三元韻

首聯

向晚意不適，
驅車登古原。

→ 仄起格
首句不用韻

原

末聯

夕陽無限好，
只是近黃昏。

昏

★首聯敘事，點明「登樂遊原」之題旨：指出時間是「向晚」，心情「不適（不暢快）」，所以駕車出遊，登臨樂遊原。

活用小精靈

　在古典詩詞曲中，詠「夕陽」相關的名句，比比皆是，諸如：

1. 李商隱〈登樂遊原〉：「夕陽無限好，只是近黃昏。」
2. 王維〈使至塞上〉：「大漠孤煙直，長河落日圓。」
3. 趙嘏〈西江晚泊〉：「戍鼓一聲帆影盡，水禽飛起夕陽中。」
4. 汪元量〈湖州歌〉：「夕陽一片寒鴉外，目斷東南四百州。」
5. 馬致遠〈天淨沙・秋思〉：「枯藤老樹昏鴉，小橋流水人家。古道西風瘦馬，夕陽西下，斷腸人在天涯。」
6. 楊慎〈臨江仙〉：「青山依舊在，幾度夕陽紅？」

★末聯寫景兼抒情，描寫登高所見景致，並抒發心中感慨：夕陽美景的確光明、燦爛而溫暖，令人流連忘返；只可惜已經接近黃昏，夜幕即將低垂。

・以「夕陽」呼應前文之「向晚」，照應後文之「黃昏」，具承上啟下之作用。

*此聯含意豐富：
1. 詠黃昏景色，感嘆時光匆匆，一天將盡；
2. 看戰亂頻仍，憂心國家衰微，盛世不再；
3. 為武宗擔憂，皇上奢侈迷信，社稷無主；
4. 他已入中年，至今一事無成，自傷身世。

UNIT 4-6
何當共剪西窗燭？卻話巴山夜雨時

此詩作於宣宗大中五年（851）秋天，應是李商隱赴東川節度使柳仲郢梓州幕府時的作品。當時他滯留巴蜀，妻小寓居長安；由於長安在巴蜀之北，故言「寄北」。在洪邁《萬首唐人絕句》中，此詩題作〈夜雨寄內〉，可見是一首寄給妻子的詩。不過，經後人考證其妻王氏病逝於該年夏、秋之交，因而懷疑此非寄內之作，是寄贈長安之親友。但就詩意而言，若解作「寄內」，則情思委曲，悱惻纏綿；如視為寄友，不免細膩羸弱，傷之纖巧。後世多半主張這是一首寄內詩，極可能因為關山阻隔，人各一方，他並未及時得知妻子死訊，才會在喪妻以後，仍有寄內之作。

> **夜雨寄北　李商隱**
> 君問歸期未有期，巴山夜雨漲秋池。
> 何當共剪西窗燭？卻話巴山夜雨時。

> 你問我幾時回家，但我的歸期還沒確定；今晚，巴蜀一帶正下著傾盆大雨，池塘裡漲滿了秋水。何年何月才能與你一起坐在西窗下剪燭談心？回頭追述今日巴山夜雨的情景。

這是一首平仄合律的七言絕句，為律絕。通篇純用「賦」法，全無比興，卻深婉有味，餘韻無窮。

全詩可分為兩段：首段以歸期未定，身處雨夜中，回覆對方。「君問歸期未有期，巴山夜雨漲秋池。」首句點明題中「寄北」二字，表示此詩將寄給北方的妻子，因為你來信問我北歸之期，但我的歸期未定。次句以「巴山夜雨」點題，白描我人在四川的現況：今晚正下著大雨，深秋豪雨漲滿了整座池塘。人在異鄉，連夜秋雨，內心淒楚，可想而知，自然格外思念家中妻小，多希望早日回家團聚，享受親情的溫暖。

末段為虛筆，採「預言示現」法，設想自己未來返家，與妻子剪燭談心的情景。「何當共剪西窗燭？卻話巴山夜雨時。」這是夫妻倆共同的願望，何時能再聚首？一起「剪燭西窗」，促膝長談；屆時我一定要好好追憶今天巴山夜雨，獨自飄零他鄉的心情。相信妻子也一定很期待這一刻，聽我訴說別後種種。詩末用期待重逢的喜悅，沖淡了前文歸期未定、秋山夜雨的惆悵之情，因此全詩讀來，意境淒清而不悲苦，語言平淡而韻味醇厚，十分耐人咀嚼！誠如俞陛雲《詩境淺說》所評：「清空如話，一氣循環，絕句中最為擅勝。詩本寄友，如聞娓娓清談，深情彌見。」

又邱燮友《新譯唐詩三百首》云：「詩中『巴山夜雨』四字，出現兩次，一方面點題，一方面也強調此詩主旨的所在，借夜雨的迷濛，表達了思念家人心情的迷茫。」李鍈《詩法易簡錄》亦云：「就『歸期』、『夜雨』等字觀之，前人有以此為寄內之詩者，當不誣也。」可見這是一首雨夜寄內思歸之作，無庸置疑。

巴山夜雨漲秋池

應考大百科

- ◆ 寄北：寄給北方的人。一作「寄內」，寄給內人（即妻子）。
- ◆ 巴山：大巴山，此泛指巴蜀一帶。
- ◆ 秋池：秋天的池塘。

- ◆ 何當：何時能夠。
- ◆ 剪燭：剪去燒焦的燭芯，使燈火光明。此含有深夜秉燭長談之意。
- ◆ 卻話：回頭追述。

夜雨寄北　李商隱
七言絕句　律絕

押上平聲四支韻

- 作於宣宗大中五年（851）秋天，詩人赴東川節度使柳仲郢梓州幕府時。
- 當時他滯留巴蜀，妻小寓居長安；由於長安在巴蜀之北，故言「寄北」。
- 可能因關山阻隔，他未及時得知妻子死訊，故在喪妻後，仍有寄內之作。

首聯

君問歸期未有期，
巴山夜雨漲秋池。

仄起格
首句用韻

期　池

★ 首聯以歸期未定，身處雨夜中，回覆對方。

- 首句點明題中「寄北」二字，表示此詩將寄給北方的妻子：你來信問我北歸之期，但我歸期未定。
- 次句以「巴山夜雨」點題，白描我人在四川的現況：今晚正下著大雨，深秋豪雨漲滿了整座池塘。

★ 末段為虛筆，採「預言示現」法，設想自己未來返家，與妻子剪燭談心的情景。

- 道出夫妻倆共同的願望：何時能再聚首？一起「剪燭西窗」，促膝長談；屆時我一定要好好追憶今天巴山夜雨，獨自飄零他鄉的心情。
- 詩末用期待重逢的喜悅，沖淡前文歸期未定、秋山夜雨的惆悵之情。

末聯

卻話巴山夜雨時。
何當共剪西窗燭，

時

活用小精靈

　　所謂「寄內詩」，就是詩人遠行在外，寄回給家中妻子的詩歌。如杜甫〈月夜〉也是一首典型的寄內詩：

今夜鄜州月，閨中只獨看。
遙憐小兒女，未解憶長安。
香霧雲鬟溼，清輝玉臂寒。
何時倚虛幌？雙照淚痕乾。

此詩作於肅宗至德元載（756）秋天，詩人被安祿山叛軍俘虜至長安，因月夜懷念鄜州妻小而作。通篇用虛寫，前三聯採「懸想示現」法，想像閨中妻子月下思念身處飄零的丈夫，兒女年紀小，不懂得掛心父親。末聯則為「預言示現」法兼疑問句，何時才能返家團聚？一同在窗下賞月，讓皎潔月光照乾今日離別的淚水。

UNIT **4-7**
春蠶到死絲方盡，蠟炬成灰淚始乾

李商隱不但身陷「牛李黨爭」的政治風暴中，仕途坎坷；他的情路也不平順，除了妻子王氏，還有一段不被現實接納的地下戀情困擾著他。那是玉陽山靈都觀中的一位女道士，她美慧多才，精通音律，深深吸引著他；但為了前途，為了名聲，他不能正大光明跟她在一起，兩人只好藉由詩箋暗通款曲。後來，還因為這段祕密戀情曝了光，女道士被迫離開玉陽山。

李商隱為這椿不見天日的感情，創作了大量〈無題〉詩，隱晦傳達出心中那片至死無悔的癡情。

無題　李商隱
相見時難別亦難，東風無力百花殘。
春蠶到死絲方盡，蠟炬成灰淚始乾。
曉鏡但愁雲鬢改，夜吟應覺月光寒。
蓬山此去無多路，青鳥殷勤為探看。

> 相見是那麼困難，分別時更是難分難捨；就像到了暮春時節，東風無力，只能任由百花凋零、飄落。一如想到春蠶只有到死了，才能把蠶絲吐盡；蠟燭燒成了灰燼，燭淚才會流乾。你我清晨攬鏡、夜裡苦吟時，就怕那烏黑的雲鬢變成白髮蒼蒼，同時也應感受到周遭的寒意。蓬萊山距離這兒路途並不遙遠，卻只能靠著青鳥殷勤地為我倆傳遞彼此的消息。

這是一首七言律詩，也是一首真摯的情詩，道盡情人間離別相思之苦。

首聯先用「賦」法，再採「比」法寫成。首句直敘普天下離別的共相：「相見時難別亦難」，正因為相見不易，更

突顯離別時的難捨之情。次句以「東風無力百花殘」，借喻離別的無奈，一如暮春時東風羸弱，無力挽留百花殘落，只能任其紛飛飄零。

頷聯運用了對仗、借喻和雙關法，寫出至死不渝的堅貞愛情。「春蠶到死絲方盡，蠟炬成灰淚始乾。」以春蠶吐絲為喻，說我對你的思念也是如此，綿綿不盡，至死方休。又以滴滴燭淚自比，說我對你何嘗不亦如是？就像蠟燭燒光了，化為灰燼，才把燭淚滴乾；我也將為你流盡一生的相思淚。此處以蠶「絲」暗示情「思」，為諧音雙關；又以「燭淚」象徵情人的「眼淚」，則為諧義雙關。

頸聯亦對仗，且為「互文」，應作：「曉鏡、夜吟但愁雲鬢改，夜吟、曉鏡應覺月光寒。」是說你我都擔心年華老去，鬢髮霜白；也都感受到時光匆匆，月夜淒寒；但這些皆不足以阻止我倆堅定的愛情。從「曉」至「夜」、「雲鬢改」，隱含時間流逝的壓力；而從「夜」至「曉」、「月光寒」，影射現實環境的冷酷、無情。儘管青春在思念中悄悄流逝，但真愛無悔，兩人還是要繼續苦戀下去。

末聯用神話中典故，表達對情人深刻的思念與茫然的期待，呼應首句「相見時難別亦難」。「蓬山此去無多路，青鳥殷勤為探看。」用海上蓬萊山借指情人的住所，再用西王母的信使「青鳥」象徵替兩人傳遞訊息的使者，使詩意蒙上一層虛無縹緲之感，恰如兩人渺茫、未可知的將來。但他們仍要突破萬難，探問彼此的消息。全詩至此看似自我寬慰，其實隱藏無盡的悲傷與感慨。

夜吟應覺月光寒

應考大百科

- ◆東風：春風。
- ◆殘：凋落。
- ◆曉鏡：清晨照鏡子。鏡，照鏡子，作動詞用。
- ◆雲鬢：如烏雲般的鬢髮。

- ◆蓬山：即蓬萊山，傳說中的海上仙山；此指心上人住的地方。
- ◆無多路：指路途並不遙遠。
- ◆青鳥：指神話中為西王母傳遞音訊的使者。

第4章 晚唐詩歌

無題 李商隱
七言律詩
◆
押上平聲十四寒韻

首聯

相見時難別亦難，
東風無力百花殘。

仄起格
首句用韻

難　殘

★首聯點出世間離別的共相，以及不得不分開的無奈。

- 先以「賦」法，直敘普天下的離別：正因為相見不易，更突顯離別時的難分難捨。
- 次句借喻離別的無奈，如暮春時東風羸弱，無力挽留百花殘落，任其紛飛飄零。

頷聯

蠟炬成灰淚始乾，
春蠶到死絲方盡。

乾

對仗

★頷聯運用對仗、借喻和雙關法，寫出至死不渝的堅貞愛情。

- 此處以蠶「絲」暗示情「思」，為諧音雙關；又以「燭淚」象徵情人的「眼淚」，則為諧義雙關。

頸聯

曉鏡但愁雲鬢改，
夜吟應覺月光寒。

寒

對仗

★頸聯亦對仗，且為「互文」，應作：「曉鏡、夜吟但愁雲鬢改，夜吟、曉鏡應覺月光寒。」

- 是說你我都擔心年華老去，鬢髮霜白；也都感受到時光匆匆，月夜淒寒。

尾聯（末聯）

蓬山此去無多路，
青鳥殷勤為探看。

看

★末聯用神話中典故，表達對情人深刻的思念與茫然的期待，呼應首句「相見時難別亦難」。

- 用海上蓬萊山借指情人的住所，再用西王母的信使「青鳥」象徵替兩人傳遞訊息的使者，使詩意蒙上一層虛無縹緲之感，恰如兩人渺茫、未可知的將來。
- 全詩至此看似自我寬慰，其實隱藏無盡的悲傷與感慨。

UNIT 4-8
此情可待成追憶，只是當時已惘然

此詩應為李商隱晚年之作，寫作時間不可考，創作動機更是眾說紛紜：或謂悼念亡妻，或謂思念侍兒，或說是自傷身世，或說是自比文才，或說是追憶往事，……也有人認為這是一首愛國詩歌，莫衷一是。據元好問《樂府鼓吹》指出：此為詩人聽瑟有感而作。詩題〈錦瑟〉，取自首句前二字，可見因聽瑟而見物起興，引發心中無限感慨，故而提筆作詩，是極有可能之事。

錦瑟　李商隱

錦瑟無端五十絃，一絃一柱思華年。
莊生曉夢迷蝴蝶，望帝春心託杜鵑。
滄海月明珠有淚，藍田日暖玉生煙。
此情可待成追憶，只是當時已惘然。

> 錦瑟沒來由地有五十條絃，上面每一根柱、每一條絃都令人想起美好的青春年華。我這一生如同莊周夢蝶般似真似幻，曾為是人、是蝶而感到迷惑；又像蜀主望帝化身為杜鵑鳥聲聲悲啼，試圖喚住春天，但春天畢竟離我遠去了。追憶往事滄桑，不禁使我潸然淚下，彷彿置身滄海月明時，是珠光？是淚影？早已分不清；偶爾想起一些賞心樂事來，好比藍田日暖時，良玉生煙，使人喜氣洋洋。但這些感情終究成為回憶的一部分，只是當時為何遇事茫然若失、迷惘困惑呢？

這是一首七言律詩，具有辭藻華美、音韻和諧、對仗精工、用典艱澀，及委婉曲折，隱晦難解等特色，堪稱是李商隱詩的代表作。

首聯或以錦瑟二十五絃為常見，詩中用古意，謂之「五十絃」，隱含「續絃」之意，故將此詩解為悼亡之作，聊備一說。但個人以為「思華年」才是該詩主旨所在；因瑟有五十絃，見物起興，感慨自己年近五旬，不由得追懷逝去的青春年華。

頷聯、頸聯連用四個典故，分別感慨浮生若夢、青春難再、往事滄桑及重溫往昔的歡樂，辭句精美，然語意晦澀，造成閱讀上的隔閡。如王世貞《藝苑卮言》所云：「中二聯是麗語，作『適、怨、清、和』解，甚通。然不解則涉無謂，既解則意味都盡，以此知詩之難也。」其中「莊周夢蝶」，出自《莊子‧齊物論》：「昔者莊周夢為胡蝶，……俄然覺，……不知周之夢為胡蝶與？胡蝶之夢為周與？」點出人生如夢之感。「望帝化為杜鵑」為古代傳說，至於他為何化身杜鵑鳥？或說禪位給臣子，隱居山林，死後化鳥，悲啼泣血。但許慎《說文解字》載：「蜀王望帝，婬其相妻，慚亡去，為子雟鳥。」是說望帝淫亂屬下的妻子，羞愧而死，死後化為杜鵑，聲聲悲啼，試圖挽回美好的青春。「珠有淚」化用張華《博物志》：「南海外有鮫人，水居如魚，不廢續織，其眼泣則能出珠。」意象優美。「藍田日暖，良玉生煙」，則暗用司空圖〈與極浦書〉引戴叔倫評詩之語。

末聯總結人生若夢、青春不再、往事悲、喜四種情懷，只可成為腦海中的記憶，藉此以慨嘆人世滄桑，或云感傷身世、自悼不遇，或追懷過往，皆可。

莊生曉夢迷蝴蝶

應考大百科

◆錦瑟：裝飾華美的瑟。據《史記·封禪書》載：「太帝使秦女鼓五十絃，悲，帝禁不止，故迫其瑟為二十五絃。」瑟，絃樂器，通常為二十五絃。

◆無端：沒來由地。

◆思：應讀去聲，以協格律。「思」字可平仄兩讀，語意不變。

◆莊生曉夢迷蝴蝶：此借莊周夢蝶，真幻難知，比喻人生如夢。

◆望帝春心託杜鵑：蜀國君主望帝死後化身為杜鵑鳥，而杜鵑泣血，似乎想留住春天，但春天畢竟不可留。猶如人們希望青春永駐，但青春終究稍縱即逝。

◆滄海月明珠有淚：借在滄海月明時，見到珠光如淚影般閃爍，象徵想起悲傷往事，令人有泫然欲淚之感。

◆藍田日暖玉生煙：借在藍田日暖之時，良玉生煙，暗示回憶從前賞心樂事，不禁喜氣洋洋。藍田，藍田山，在今陝西藍田東，因盛產美玉而聞名。

錦瑟 李商隱
七言律詩
押下平聲一先韻

首聯
錦瑟無端五十絃，一絃一柱思華年。

【仄起格】首句用韻

絃　年

頷聯
莊生曉夢迷蝴蝶，望帝春心託杜鵑。

鵑

頸聯
滄海月明珠有淚，藍田日暖玉生煙。

煙

尾聯（末聯）
此情可待成追憶，只是當時已惘然。

然

對仗

★首聯或以錦瑟二十五絃為常見，詩中用古意，謂之「五十絃」，隱含「續絃」之意，故將此詩解為悼亡之作，聊備一說。但個人以為「思華年」才是該詩主旨所在；因瑟有五十絃，見物起興，感慨自己年近五旬，不由得追懷逝去的青春年華。

★頷聯、頸聯連用四個典故，分別感慨浮生若夢、青春難再、往事滄桑及重溫往昔的歡樂，辭句精美，然語意晦澀，造成閱讀上的隔閡。

★末聯總結人生若夢、青春不再、往事悲、喜四種情懷，只可成為腦海中的記憶，藉此以慨嘆人世滄桑，或云感傷身世、自悼不遇，或追懷過往，皆可。

莊周夢蝶

【浮生若夢】

鮫人泣珠

張華《博物志》：「南海外有鮫人，水居如魚，不廢績織，其眼泣則能出珠。」

【往事滄桑】

望帝杜鵑

許慎《說文解字》：「蜀王望帝，婬其相妻，慙亡去，為子雟鳥。」

【青春難再】

良玉生煙

司空圖〈與極浦書〉中引戴叔倫評詩語：「藍田日暖，良玉生煙」。

【往昔歡樂】

UNIT 4-9
勸君不用分明語，語得分明出轉難

圖解唐詩100：大考最易入題詩作精解

此詩作於羅隱投靠江東錢鏐時。雖然他五十五歲那年投奔割據江浙一帶的錢鏐，但心中仍對大唐國都——長安城念念不忘，報效朝廷的志意從未改變。身處晚唐惡劣的大環境，加上屢試不第，長年困頓、失意，因此形成了他憤世嫉俗的個性，對於現實黑暗面多所批判。這首七言絕句便在此種情形下應運而生。

鸚鵡　羅隱

莫恨雕籠翠羽殘，江南地暖隴西寒。
勸君不用分明語，語得分明出轉難。

> 鸚鵡啊，不要怨恨被剪去翠綠的羽毛，關進華美的籠子裡；這兒是江南氣候暖和，你的老家隴西卻十分寒冷。勸你別把話說得過於清楚，話說太清楚越受到人們喜愛，屆時你想飛出籠中就更加困難了。

這是一首詠物詩，但不同於一般詩作以「比興」法寫成，而藉由規勸鸚鵡間接吐露自己的心聲。

通篇採用擬人法，用勸告的語氣對鸚鵡說。一、二句點明勸說的對象是籠中鸚鵡，地點在江南。「莫恨雕籠翠羽殘，江南地暖隴西寒。」表面是說鸚鵡啊，你別怨恨被剪去翠羽、關進籠中，瞧那鳥籠多華美！你雖然失去了自由，但從此生活安逸，不愁吃穿。何況這兒氣候溫暖，不像你的家鄉天候嚴寒。可見首二句意在安慰鸚鵡，「既來之，則安之」，應修養出隨遇而安的處世智慧。詩人以鸚鵡自比，他何嘗不是勸自己？別埋怨投身錢鏐幕下，失去展翅高飛的

遠景，想想流浪大半輩子，終於找到安身之所；再看看江南溫暖無比，總強過北方的冰雪寒凍。次句借自然氣候暗示當時的政治環境，雖然來到江南，但這兒相較於北方算是太平、安定，也該知足了！

三、四句針對鸚鵡善於學人言語的特點，加以發揮。「勸君不用分明語，語得分明出轉難。」他由衷地告誡鸚鵡：你說話還是別過於明白，明白的話語將使你更難飛出籠中去。何以見得？——因為討人喜歡，自然不輕易放牠走。絃外之音是奉勸自己要謹言慎行，才不致惹禍上身。因為鸚鵡學舌本無出語招禍的問題，顯然又是詩人的自況。相傳羅隱當年在江東頗受禮遇，但畢竟是寄人籬下，加上他已養成好為譏刺的習氣，不得不處處戒慎恐懼，深怕動輒得咎。遙想三國時才士禰衡也曾受到黃祖的賞識，終因一篇〈鸚鵡賦〉，恃才傲物的本性展露無疑，最後給自己引來了殺身之禍，殷鑑不遠，不可不慎啊！

故宮圖像資料庫典藏

江南地暖隴西寒

◆雕籠：雕飾華美的鳥籠。

◆翠羽殘：鸚鵡被剪去翠綠的羽毛。

◆隴西：隴山以西；傳說中鸚鵡的產地。

◆君：指籠中的鸚鵡。

◆分明語：學人說話維妙維肖，說得句句分明。

◆出轉：指從籠裡出來重獲自由。

鸚鵡　羅隱
七言絕句

押上平聲十四寒韻

首二句

仄起格
首句用韻

江南地暖隴西寒。

莫恨雕籠翠羽殘，

殘　寒

末二句

語得分明出轉難。

勸君不用分明語，

難

★一、二句點明勸說的對象是籠中鸚鵡，地點在江南。

· 表面是說鸚鵡啊，你別怨恨被剪去翠羽、關進籠中，瞧那鳥籠多華美！你雖然失去了自由，但從此生活安逸，不愁吃穿。何況這兒氣候溫暖，不像你的家鄉天候嚴寒。

· 詩人以鸚鵡自比，他何嘗不是勸自己？別埋怨投身錢鏐幕下，失去展翅高飛的遠景，想想流浪大半輩子，終於找到了安身之所；再看看江南溫暖無比，總強過北方的冰雪寒凍。

· 借氣候暗示政治環境，謂江南較北方太平安定。

★三、四句針對鸚鵡善於學人言語的特點，加以發揮。

· 他告誡鸚鵡：你說話還是別過於明白，明白的話語將使你更難飛出籠中去。——因為討人喜歡，自然不輕易放牠走。

· 絃外之音是奉勸自己要謹言慎行，才不致惹禍上身。相傳羅隱當年在江東頗受禮遇，但畢竟是寄人籬下，加上他好譏刺的習氣，不得不處處戒慎恐懼。

活用小精靈

　　宮廷劇《後宮甄嬛傳》中，各宮娘娘飼養的寵物都曾出過事，如皇后養的大肥貓「松子」，害得富察貴人小產、甄嬛脖子上被抓出一道疤痕；寧貴人葉瀾依本是馴獸女出身，仗著皇上寵愛，故意在宮裡養貓，她的貓差點害甄嬛腹中的雙生子枉死。不過也因為她的貓，讓甄嬛瞞天過海，順利產下與果郡王「私通」的一雙兒女。

　　其實甄嬛宮中也有養寵物，那是皇上賞的一隻白毛鸚鵡。有次，甄夫人進宮探望甄嬛，母女倆正要說幾句體己話時，甄夫人突然意識到：「含情欲說宮中事，鸚鵡前頭不敢言。」（朱慶餘〈宮中詞〉）但甄嬛似乎有恃無恐，因為無論她與沈眉莊策劃火燒碎玉軒，或與欣貴人談及安比槐貪汙受賄，都不怕這隻鸚鵡學舌壞了事。仔細一想，那隻鸚鵡好像從來沒開口說過話，——應是甄嬛早在牠身上動了手腳。

UNIT 4-10
兩梁免被塵埃汙，拂拭朝簪待眼明

此詩應作於唐朝滅亡以後，詩人客居閩地時，在羈旅途中追憶長安景物、故國往事，有感而發之作。

> ### 殘春旅舍　韓偓
> 旅舍殘春宿雨晴，恍然心地憶咸京。
> 樹頭蜂抱花鬚落，池面魚吹柳絮行。
> 禪伏詩魔歸淨域，酒衝愁陣出奇兵。
> 兩梁免被塵埃汙，拂拭朝簪待眼明。

暮春時節，旅舍外夜雨剛放晴，恍然間心中憶起長安城。樹梢枝頭，蜜蜂抱著花鬚飛落；池塘水面，魚兒隨著柳絮悠游。唯有禪悟能降伏詩魔，讓心靈回歸無垢之地；只有酒氣能衝破愁陣，使心情如奇兵般突圍而出。我將官帽保存好，不使它遭到塵埃汙損；拭淨朝簪，等待大唐復興那一天。

這是一首仄起格首句用韻的七言律詩，押下平聲八庚韻，韻腳為「晴」、「京」、「行」、「兵」、「明」。

首聯直點詩題「殘春旅舍」，並托出故國之思，為通篇主旨所在。「旅舍殘春宿雨晴，恍然心地憶咸京。」從春殘紅飛、夜雨初晴的旅途中，使他憶起久別的帝京——長安城。懷念他出任翰林學士時的光景，也想到曾遭人排擠出朝的落魄。

頷聯對仗，以「追述示現」法寫成，追憶長安城美好的春光。「樹頭蜂抱花鬚落，池面魚吹柳絮行。」從視覺景物著手，勾勒出樹梢、池面之靜景及蜂抱、魚行、花鬚（花蕊）飄落、柳絮隨風的動景，以靜襯動，柳綠花紅，蜜蜂、游魚，畫面靈動，栩栩如生。飛花、

落絮本為殘春景物，而蜂兒、魚兒卻平添了無窮生機，故不見半點傷春惜別之感。因為詩人帶著曾經沐浴皇恩的深情，回憶這一切皇都風物，筆下莫不充滿光明、美麗與溫暖。

頸聯亦對仗，回到現實，具體寫出他此時客居旅舍中的寂寞與苦悶。「禪伏詩魔歸淨域，酒衝愁陣出奇兵。」他內心無限悲苦，客中無聊，只好以詩抒發情懷；他滿腔愁緒，無從宣洩，只能借酒消愁，為心情找一個出口。如李後主〈相見歡〉所云：「剪不斷，理還亂，是離愁？別是一般滋味、在心頭。」那種亡國之恨縈繞於心，牽牽絆絆，糾葛、拉扯，又豈是三言兩語說得清楚？唯有透過禪悟、痛飲才能短暫忘卻。

末聯筆鋒一轉，寄望於未來：「兩梁免被塵埃汙，拂拭朝簪待眼明。」他要好好保存這頂朝冠，千萬別被塵埃汙染了；言外之意是寧可終生潦倒，也絕不事奉異姓，氣節操守不容被玷汙。他輕輕擦拭朝簪，相信大唐終有復興的一天，多希望能再戴上朝冠，穿上朝服，參與早朝議事。「兩梁（官帽）」、「朝簪（戴朝帽時所用的頭簪）」，借代為唐臣，「免被塵埃汙」暗示人格不能被玷汙，「待眼明」象徵等待大唐光復、政治清明之日的到來。

全詩首聯從「旅舍」、「殘春」切入，點出「憶咸京」之旨。頷聯承「殘春」而來，頸聯承「旅舍」而寫，末聯則以期盼光復唐室，重返朝廷作收，皆緊扣「憶咸京」三字，環環相扣，結構嚴謹，脈絡清晰。

池面魚吹柳絮行

應考大百科

◆殘春：暮春時，花木即將凋殘，故稱。

◆宿雨晴：下了整夜的雨，清晨時放晴。

◆恍然：忽然。

◆咸京：指唐朝京城長安。

◆柳絮行：柳絮隨風飄行、飛舞。

◆詩魔：因為佛家禪理認為作詩是文字的「魔障」，故稱。

◆歸淨域：回歸那潔淨無染的地方。淨域，亦稱「淨土」，佛家語，指無濁無垢之地。

◆兩梁：即「兩梁冠」；古代高級文官所戴的帽子，用縑布做成，有兩道橫脊，故稱。

◆塵埃汙：指沾染上塵埃；暗示投降敵人，變了節。

◆待眼明：等待大唐復興。

第4章 晚唐詩歌

殘春旅舍　韓偓

七言律詩

◆

押下平聲八庚韻

首聯	頷聯	頸聯	尾聯（末聯）
恍然心地憶咸京	池面魚吹柳絮行	酒衝愁陣出奇兵	拂拭朝簪待眼明
旅舍殘春宿雨晴，	樹頭蜂抱花鬚落，	禪伏詩魔歸淨域，	兩梁免被塵埃汙，

仄起格　首句用韻

晴　京　→　晴　京（首句用韻）

行　行　兵　兵　明　明

對仗（頷聯）　**對仗**（頸聯）

★首聯直點詩題「殘春旅舍」，托出故國之思，為通篇主旨所在。

・從春殘紅飛、夜雨初晴的旅途中，使他憶起久別的帝京——長安城。懷念他出任翰林學士時的光景，也想到曾遭人排擠出朝的落魄。

★頷聯採「追述示現」法，追憶長安城美好的春光。

・勾勒出樹梢、池面之靜景及蜂抱、魚行、花蕊飄落、柳絮隨風的動景，以靜襯動，栩栩如生。

・飛花、落絮本為殘春景物，而蜂兒、魚兒卻平添了無窮生機，故不見半點傷春惜別之感。詩人帶著曾沐浴皇恩的深情回憶這一切，筆下充滿光明、美麗與溫暖。

★頸聯回到現實，具體寫出他此時客居旅舍中的寂寞與苦悶。

・他內心悲苦，客中無聊，只好以詩抒發情懷；他滿腔愁緒，無從宣洩，只能借酒消愁，為心情找一個出口。

・亡國之恨縈繞於心，又豈是三言兩語說得清楚？唯有透過禪悟、痛飲才能短暫忘卻。

★末聯寄望於未來：要好好保存這頂朝冠，千萬別被塵埃汙染了；言外之意是寧可終生潦倒，也絕不事奉異姓，氣節操守不容被玷汙。

・「兩梁（官帽）」、「朝簪（戴朝帽時所用的頭替）」，借代為唐臣；「免被塵埃汙」暗示人格不能被玷汙，「待眼明」象徵等待大唐光復、政治清明之日的到來。

UNIT **4-11**
男子受恩須有地，平生不受等閒恩

圖解唐詩100：大考最易入題詩作精解

此詩大約作於僖宗乾符二年（875），是詩人於科舉考試前投贈裴瓚的干謁詩。在唐代，士子在應舉前先向主考官干投行卷的風氣十分發達，此詩應是這種情況下的產物。也就是杜荀鶴希望藉此詩贏得裴侍郎青睞，進而使他在考場中脫穎而出，金榜題名。按常理，他有求於人家應該放低姿態，處處謙遜、恭維，但本詩卻反其道而行，字裡行間依舊保有文士的自尊與傲骨，不至於低聲下氣。

> **投長沙裴侍郎　杜荀鶴**
> 此身雖賤道長存，非謁朱門謁孔門。
> 秖望至公將卷讀，不求朝士致書論。
> 垂綸雨結漁鄉思，吹木風傳雁夜魂。
> 男子受恩須有地，平生不受等閒恩。

> 　　我的身分雖然卑微，卻依舊堅守正道；因此，不去謁見權貴之家的達官顯宦，而來拜謁服膺孔門儒家思想的裴侍郎您。只盼望您這位長者能公平審閱我的詩文，並不希望得到朝中大臣上書特別推薦我。一旦名落孫山，我將歸隱漁鄉在雨夜中垂釣，於風吹落木聲裡傾聽孤雁哀鳴。男子漢大丈夫受人恩惠必須要有立場，我這一生絕不平白無故接受別人施恩。

　　這是一首平起格首句用韻的七言律詩，押上平聲十三元韻，韻腳為「存」、「門」、「論（平聲）」、「魂」、「恩」。

　　首聯以「開門見山」法，揭示全詩主旨：「此身雖賤道長存，非謁朱門謁孔門。」闡明自己地位雖然微賤，人品卻無比高潔，所以不屑趨炎附勢，依附權貴之家，而選擇前來謁見志同道合的孔子門徒。此處以「朱門」借代為朝中顯宦，以「孔門」借指才德兼備的裴侍郎，既稱譽裴侍郎，也標榜自身「良禽擇木而棲」，絕非盲目追求功名利祿。

　　頷聯採正面述說，委婉道出希冀獲得賞識的願望：「秖望至公將卷讀，不求朝士致書論。」希望在考場上得到裴侍郎公平批閱詩文的機會，這是此次干投行卷的最主要目的，但他說得含蓄；並不願意受到朝中大臣特別上書舉薦，因為他對自己有信心，想憑真才實學名登金榜，而非攀龍附鳳。話雖這麼說，但杜荀鶴後來於昭宗大順二年（891）登科，卻是因為宣武節度使朱全忠（朱溫）相助才一舉中第。可見文學作品與真實人品之間還是存在一定的落差。

　　頸聯從反面述說，萬一不幸中箭落馬，他只好黯然歸隱。「垂綸雨結漁鄉思，吹木風傳雁夜魂。」此聯借景抒懷，漁鄉雨夜垂釣，傾聽風吹落葉、孤雁悲啼聲，採「懸想示現」法，從視覺、聽覺上渲染出一幅淒清蕭瑟的江湖隱逸圖景，隱約傳達出懷才不遇的慨嘆。

　　末聯再回到干謁的主題上，「男子受恩須有地，平生不受等閒恩。」強調自己品德崇高，不食嗟來食，就算蒙人提拔也要看對象，絕不會隨隨便便接受別人的恩惠。此聯呼應了首聯的「道長存」、「謁孔門」，頷聯的「秖望至公將卷讀」，既看重裴侍郎，也抬舉了自己，可謂一舉數得。

垂綸雨結漁鄉思

應考大百科

◆裴侍郎：即裴瓚。
◆朱門：權貴之家。
◆秖：通「只」。
◆孔門：孔子儒家的門下。

◆至公：指公正的長者，即裴侍郎。
◆垂綸：釣魚也。
◆地：立場、緣由。
◆等閒：平白無故的意思。

投長沙裴侍郎 杜荀鶴
七言律詩
押上平聲十三元韻

首聯（平起格 首句用韻）
非謁朱門謁孔門，
此身雖賤道長存，
 存 門

頷聯
不求朝士致書論，
秖望至公將卷讀，
 論

對仗

頸聯
吹木風傳雁夜魂，
垂綸雨結漁鄉思，
 魂　恩

對仗

尾聯（末聯）
平生不受等閒恩，
男子受恩須有地，
恩

★首聯以「開門見山」法，揭示全詩主旨：闡明自己地位雖然微賤，人品卻無比高潔，所以不屑趨炎附勢，依附權貴之家，而選擇前來謁見志同道合的孔子門徒。
・此處以「朱門」借代為朝中顯官，以「孔門」借指才德兼備的裴侍郎，既稱譽裴侍郎，也標榜自身「良禽擇木而棲」，絕非盲目追求功名利祿。

★頷聯採正面述說，委婉道出希冀獲得賞識的願望：希望在考場上得到裴侍郎公平批閱詩文的機會，這是此次干投行卷的最主要目的，但他說得含蓄；並不願意受到朝中大臣特別上書舉薦，因為他對自己有信心，想憑真才實學名登金榜，而非攀龍附鳳。

★頸聯從反面述說，萬一不幸中箭落馬，他只好黯然歸隱。
・此聯借景抒懷，漁鄉雨夜垂釣，傾聽風吹落葉、孤雁悲啼聲，採「懸想示現」法，從視覺、聽覺上渲染出一幅淒清蕭瑟的江湖隱逸圖景，隱約傳達出懷才不遇的慨嘆。

★末聯再回到干謁的主題上：強調自己品德崇高，就算蒙人提拔也要看對象，絕不會隨隨便便接受別人的恩惠。
・此聯呼應了首聯「道長存」、「謁孔門」，頷聯「秖望至公將卷讀」，既看重裴侍郎，也抬舉了自己。

UNIT 4-12
至今祠畔猿啼月，了了猶疑恨楚王

　　汪遵的詩大多為懷古之作，或以史明志，委婉道出一己之志向；或借史抒懷，藉以抒發懷才不遇的憤慨；或借史託諷，寄寓歷史興亡的經驗教訓。除此之外，汪詩自然也有一些反映現實生活的作品，別具思想意義。

屈祠　汪遵

不肯迂迴入醉鄉，乍吞忠梗沒滄浪。
至今祠畔猿啼月，了了猶疑恨楚王。

　　不願隨波逐流、與眾人一起過醉生夢死的生活；他滿腔忠誠耿直，最後卻落得自沉汨羅江殉國的命運。直到如今，屈原祠邊的猿猴還對著明月聲聲哀鳴，依稀清楚明白地代他訴說著當年對楚王的怨懟。

　　此首七言絕句歌詠屈原祠堂，故屬於詠古詩。詩中藉由屈原忠君愛國卻屢遭讒言所害，兩度被貶出朝，終因不忍見楚國在群小弄權之下日益衰敗，而自投汨羅江以身殉國的史事，讚頌了愛國詩人屈原憂國憂民的偉大情操，同時批判楚懷王、頃襄王的昏聵誤國之舉。

　　首二句以屈原投江殉國點明題旨，從而歌頌其不屑同流合汙的偉岸人格操守。「不肯迂迴入醉鄉，乍吞忠梗沒滄浪。」正如屈原〈漁父〉所說：「舉世皆濁我獨清，眾人皆醉我獨醒。」因此被朝中權貴排擠，兩度離開郢都（楚國首都），流放異鄉；但他始終潔身自愛，擇善固執，絕不妥協。最後之所以選擇自投汨羅江中，絕不是因為一己之得失榮辱，而是身繫國家安危、百姓禍福，不願見楚國在昏君佞臣把持下逐漸邁向衰亡，他毅然決然以身相殉，置個人死生於度外，只冀望能得人主之一悟。

　　末二句從歷史往事回到現實，如今詩人遊歷屈原祠，但聞祠畔猿聲夜啼，一聲聲、一句句彷彿哭訴著屈原當年對楚王的遺恨。「至今祠畔猿啼月，了了猶疑恨楚王。」這裡用聽覺摹寫法，渲染出祠畔猿啼的淒清景象；再以擬人法，賦予猿聲思想情感，說明牠們的聲聲悲鳴其來有自，原是代屈原抒發殉國時滿腔的遺恨，泣訴對楚王的失望。

　　詩人意在借史抒懷，詩中明寫屈原之忠愛纏綿，才優見黜，最後落得投江身亡的窘境。字裡行間，莫不隱藏著幾分同病相憐的意味，汪遵何嘗不是有才無位？誰來賞識他？給他一個大展長才的機會，他亦想為社稷、蒼生盡一己之心力，所以屈祠畔猿猴哀啼，何嘗不也是他內心的聲聲哀號？

故宮圖像資料庫典藏

乍吞忠梗沒滄浪

應考大百科

◆屈祠：即「屈子祠」，又名「三閭廟」，位在湖南汨羅江畔玉笥山麓，是祭祀愛國詩人屈原的祠廟，素有「中華第一祠」之稱。

◆迂迴：隱含隨波逐流之意。

◆醉鄉：猶言「醉生夢死」。

◆忠梗：亦作「忠鯁」，忠誠耿直。

◆沒滄浪：暗示屈原最後投汨羅江，以身殉國。

◆了了：清楚明白也。

◆楚王：應指楚懷王、頃襄王，因為屈原平生曾被二位楚王放逐，先流放至漢北，後貶逐到江南。

屈祠 汪遵
七言絕句
◆
押下平聲七陽韻

首二句

不肯迂迴入醉**鄉**，
乍吞忠梗沒滄**浪**。

←仄起格
首句用韻

鄉 **浪**

末二句

了了猶疑恨楚**王**。
至今祠畔猿啼月，

王

★首二句以屈原投江殉國點明題旨，從而歌頌其不屑同流合汙的偉岸人格。

· 屈原因「舉世皆濁我獨清，眾人皆醉我獨醒。」而被朝中權貴排擠，兩度離開郢都（楚國首都），流放異鄉；但他始終潔身自愛，擇善固執，絕不妥協。

· 最後所以選擇自投汨羅江中，是不願見楚國在昏君佞臣把持下逐漸邁向衰亡，他毅然決然以身相殉，只冀望能得人主之一悟。

★末二句從歷史往事回到現實，如今詩人遊歷屈原祠，但聞祠畔猿聲夜啼，彷彿哭訴著屈原當年的遺恨。

· 用聽覺摹寫法，渲染出祠畔猿啼的淒清景象；再以擬人法，賦予猿聲思想情感，說明牠們的聲聲悲鳴其來有自，原是代屈原抒發殉國時滿腔的遺恨，泣訴對楚王的失望。

活用小精靈

　　宮廷劇《羋月傳》中，相傳是「霸星」轉世的羋月，乃楚威王心愛的九公主，而屈原是楚國的貴族、官員，自然也要軋上一角。

　　其中有一幕楚王要求屈原教小羋月讀書，屈原當面拒絕了，理由是女子不可以承襲大業，為了江山社稷著想，不宜讓九公主學太多。屈原說：「她天資聰穎，喜兵法，嗜征戰，再習王道之術，將來新君即位，大權旁落，定會猜忌公主駙馬，……與其將來同室操戈，為何不給公主一片寧靜的天空？她做不了雄鷹，也絕不能做。」楚王覺得屈子言之成理，此事便作罷了。不過，後來羋月痛失雙親，孤苦無依時，屈原還是收她為徒，並鼓勵她：「你不是想要做雄鷹嗎？那就想辦法飛起來，離開這個牢籠。」事實證明羋月並沒有讓她的老師屈子失望，日後她真的成為一隻雄鷹，不但飛出了楚宮的牢籠，還翱翔於大秦的天空。

附錄一：重要詩人小傳

盧照鄰　634？～689

　　盧照鄰（634？～689），字昇之，號幽憂子，幽州范陽（今河北涿州）人。自幼聰穎，博學能文，但一生不得志，只做過幾任小官。早年曾獲鄧王李裕賞識，喻為「吾之相如也」，聘為鄧王府典簽。後來入蜀，出任益州新都（今四川成都附近）縣尉；因染上麻瘋病，而辭職北返，寓居洛陽。不料隨著病情加重，加上服食丹藥中毒，導致手足殘廢。晚年不堪病痛纏身，曾作〈釋疾文〉與親屬道別，不久便自沉潁水身亡。盧照鄰工於五、七言歌行體，辭情奔放，與王勃、楊炯、駱賓王，並稱為「初唐四傑」。其〈長安古意〉：「得成比目何辭死，願作鴛鴦不羨仙。」為千古名句。

駱賓王　640？～684？

　　駱賓王（640？～684？），字觀光，婺州義烏（今浙江義烏）人。出身寒門，七歲能賦詩，號稱「神童」；相傳其〈詠鵝詩〉：「鵝、鵝、鵝，曲項向天歌。白毛浮綠水，紅掌撥清波。」作於七歲時。曾擔任道王李元慶幕府屬官，後調為武功主簿、明堂主簿。高宗時，升任朝廷的侍御史。曾被人誣陷入獄，出獄後除為臨海縣丞，故人稱「駱臨海」。高宗駕崩後，武則天以太后之尊臨朝稱制，他參與徐敬業起兵，撰〈討武曌檄〉一文，呼籲各郡縣將士共討武氏。徐敬業兵敗後，駱賓王不知所終。中宗時，詔求其文，得數百篇，今有《駱臨海集》十卷傳世。

杜審言　645？～708

　　杜審言（645？～708），字必簡，祖籍襄陽；其父為河南鞏縣令，因家居鞏縣，亦作鞏縣人。他是「詩聖」杜甫的祖父；擅長五言詩，工文章，頗恃才傲物。少時與李嶠、崔融、蘇味道合稱「文章四友」。進士及第後，出任隰城縣尉，後為洛陽丞。武后因欣賞其詩文，授著作佐郎；官至膳部員外郎。後因勾結張易之兄弟，被流放到峰州；不久，召回任國子監主簿、修文館直學士。杜審言堪稱我國五言律詩的奠基人，其〈和晉陵陸丞早春遊望〉被明人胡應麟譽為初唐五律第一；其〈和李大夫嗣真奉使存撫河東〉（五言排律）長達四十韻，是初唐近體詩中第一長篇。

王　勃　650～676

　　王勃（650～676），字子安，絳州龍門（今山西河津）人。他是隋代大儒王通的孫子，詩人王績的姪孫。六歲能文章，九歲讀顏師古《漢書注》，便指出其中錯誤，撰《指瑕》十卷。十二歲時，以神童被舉薦於朝廷。年十五，對策高第，授朝散郎。他恃才傲物，經常得罪人。後任虢州參軍。曾私匿罪奴曹達，被告發；因擔心事跡敗露，又私自殺害曹達，被以「擅殺官奴」論死。其父受到牽連貶為交趾（今越南北部）縣令。不久，王勃遇大赦，僅被免官。高宗上元二年（675），他坐船前往交趾省親；隔年秋天，返回廣州時，渡海溺水而死。年僅二十七。今有《王子安集》十六卷傳世。

圖解唐詩100：大考最易入題詩作精解

張若虛　660？～720？

張若虛（660？～720？），江蘇揚州人。曾任兗州兵曹。以文辭俊秀，馳名於京師。其詩僅存〈春江花月夜〉、〈代答閨夢還〉二首。而〈春江花月夜〉，描寫細膩、音節和諧，抒發人生無常的感慨，為唐詩代表作之一。聞一多評此詩為「詩中的詩，頂峰上的頂峰」，讚譽有加。後世則肯定其對歷代詩、詞、曲等文學創作之啟發。

張　說　667～730

張說（667～730），字道濟，一字說之，原籍范陽（今河北涿州）。玄宗開元九年（721），任并州（山西太原）長史，曾率二十名騎兵持節安撫突厥部落，還住在首領的牙帳；副使李憲以為不妥，馳書制止。張說回信：「吾肉非黃羊，必不畏食；血非野馬，必不畏刺。士見危致命，此吾效死之秋也。」隔年，任朔方節度使，建議招募壯士以充宿衛，平定了降胡康願子叛亂。他前後三任宰相，主掌文壇三十年之久，封燕國公。善為文章，尤長於碑文、墓誌，當時朝中重要辭章多出自其手，與許國公蘇頲齊名，二人並稱為「燕許大手筆」。有文集三十卷傳世。

張九齡　678～740

張九齡（678～740），字子壽，韶州曲江（今廣東韶關）人，人稱「張曲江」。天資穎悟，七歲能屬文。武周長安二年（702）擢進士，初任祕書省校書郎，因「謗議上聞」，退職返鄉。後又中高第，為左拾遺。開元十年（722），受宰相張說舉薦為司勛員外郎；隔年，再薦為中書舍人。張說辭世後，玄宗召

拜為祕書少監、集賢院學士，副知院事。後遷為檢校中書侍郎、中書令、尚書右丞相等職。其人好名不好利，敢於直諫，因而得罪權貴，貶為荊州長史。不久，辭官歸里。開元二十八年（740），病逝於曲江家中，年六十三。著有《張曲江集》。

王　翰　687～726

王翰（687～726），又作「王瀚」，字子羽，并州晉陽（今山西太原）人。家境富裕，性格放蕩不羈，喜飲酒。睿宗景雲元年（710）進士。因詩才，受并州長史張惠貞賞識，調為昌樂尉；後又獲宰相張說青睞，召為祕書正字，又擢為駕部員外郎。其人生活奢靡，縱情享樂，加上恃才傲物，目中無人，因此備受排擠，出為汝州長史，徙仙州別駕。後又貶為道州司馬，未及到任，便卒於途中。其詩多半散失，〈涼州詞〉一首為古今絕唱；《全唐詩》收錄其詩一卷，僅十四首。

王之渙　688～742

王之渙（688～742），字季凌，并州（今山西太原）人。早年由并州遷居絳州（今山西絳縣），曾任冀州衡水主簿。娶衡水縣令李滌之女為妻。後因遭人誹謗，掛冠求去。從此，在家閒居長達十五年。晚年，復出為文安縣尉；卒於任內。王之渙與其兄之咸、之賁均有文名。天寶年間，和王昌齡、高適、崔輔國等聯吟，而聲名大噪。他尤善五言詩，以描寫邊塞風光為優；〈登鸛雀樓〉、〈涼州詞〉（一名〈出塞〉）為其代表作。《全唐詩》僅收錄他的絕句六首，卻首首堪傳。

詩
圖解唐詩100：大考最易入題詩作精解

孟浩然　689～740

孟浩然（689～740），名浩，字浩然，以字行；襄州襄陽（今湖北襄陽）人，人稱「孟襄陽」。早年隱居鹿門山，四十歲到長安應試，落第而回。曾在祕書省和諸名士聯句，以「微雲淡河漢，疏雨滴梧桐」一聯，震驚四座。與張九齡、王維等詩文唱和，結為知己。他曾隨王維進宮，得以面聖，卻因一句「不才明主棄」得罪了唐玄宗，平白喪失仕進的良機。玄宗開元二十五年（737），張九齡為荊州長史，招聘他為幕府。不久，仍辭官歸里。開元二十八年，孟浩然背部患疽，將癒，適逢王昌齡來訪，兩人縱情飲酒、食鮮，致疾發身亡，年五十二。著有《孟浩然集》。

李　頎　690～751

李頎（690～751），出身於士族趙郡（今河北趙縣）李氏，早年因結交富豪輕薄子弟，揮霍無度而破產。後隱居潁陽（今河南登封），發憤苦讀十年，於玄宗開元二十三年（735）進士及第。一度出任新鄉縣尉，始終未得遷調；天寶十載前，便已辭官退隱。李頎性格超脫，厭薄世俗，與王維、高適、王昌齡等詩人過從甚密，詩名遠播。其詩以邊塞題材為主，風格豪放，慷慨悲涼，尤擅長七言歌行。另有〈琴歌〉、〈聽董大彈胡笳聲兼寄語弄房給事〉、〈聽安萬善吹觱篥歌〉等，是唐代音樂詩中難得的佳作。後人輯有《李頎詩集》，《全唐詩》收錄其詩三卷。

王昌齡　698～757

王昌齡（698～757），字少伯，山西太原人。玄宗開元十五年（727）進士。曾任江寧（今江蘇南京）縣丞，世稱「王江寧」；後因事貶為龍標（今湖南黔陽）縣尉，又有「王龍標」之稱。晚年有感於世事紛擾，棄官隱居江夏。安史之亂爆發後，他在回鄉途中慘遭濠州（今安徽鳳陽）刺史閭丘曉殺害。其詩以七言絕句見長，時稱「詩家夫子王江寧」。陸時雍《詩鏡總論》評云：「王龍標七言絕句，自是唐人騷語，深情苦恨，纍積重重，使人測之無端，玩之無盡。」故又有「七絕聖手」之美譽。存詩一百八十餘首，《全唐詩》編為四卷。

王　維　701～761

王維（701～761），字摩詰，蒲州河東（今山西永濟）人。玄宗開元九年（721）進士及第，安史之亂前，官至給事中。安史之亂爆發後，來不及逃出，被俘，並被迫為官；為了自保，他服藥下痢，佯稱瘖病，被囚於寺中。亂平後，幸有一首〈凝碧詩〉，表達其對朝廷的忠誠，因而減輕罪名。肅宗乾元二年（759），轉為尚書右丞，故世稱「王右丞」。後卒於官，年六十一。其詩文編為《王右丞集》。王維好佛道，其詩充滿禪意，空靈脫俗，閒淡幽靜，已臻天人合一之境，堪稱盛唐自然詩第一大家，素有「詩佛」之譽。

李　白　701～762

李白（701～762），字太白，號青蓮居士。祖籍隴西成紀（今甘肅秦安），先世因罪流徙西域碎葉，他五歲時，隨

父遷居四川綿州青蓮鄉。李白自幼讀書、學劍，及長，任俠好義，有匡世濟民之志。二十五歲離開四川，漫遊各地。天寶初年入京，賀知章讀其詩，嘆為「天上謫仙人」，大力推薦，玄宗召為翰林供奉。他在長安為官三年，終因恃才傲物，不見容於權貴，黯然離去。安史之亂時，永王李璘引兵東巡，招聘李白為幕僚。後永王事敗，李白被流放夜郎（在今貴州境內），中途遇赦放還。晚年依舊四處飄泊，最後投靠族叔李陽冰，病卒於當塗（今安徽當塗），年六十二。李白才氣縱橫，其詩文清逸高妙，世譽為「詩仙」。後人輯有《李太白全集》。

崔　顥　704? ～ 754

　　崔顥（704? ～ 754），汴州（今河南開封）人。玄宗開元十一年（723）進士；曾任伏溝縣尉，官位始終不顯，後遊歷天下。天寶年間，出任監察御史，官至司勳員外郎。少年縱情於聲色，好賭、嗜酒，又重色，相傳他娶妻但擇美貌，一不稱心，便拋棄再娶，前後曾換妻三、四次。如此有才而無行，深為人所詬病。其詩原先多描寫閨情，流於浮豔；後歷遊邊塞，記敘軍旅生活，詩境開闊，風骨凜然，堪與南朝江淹、鮑照相媲美。崔顥喜四處遊歷，吟詩甚勤，人愈來愈瘦，朋友笑他不是因為生病變瘦，而是吟詩吟得人消瘦了。後人輯有《崔顥集》。

劉長卿　709? ～ 780

　　劉長卿（709? ～ 780），字文房，宣城（今安徽宣城）人；郡望河間（今河北河間）。玄宗開元二十一年（733）

進士。曾任監察御史，但因個性耿直，為人誣陷，仕途不順，屢遭貶謫，徙為潘州（今廣東茂名）南巴尉、睦州（今浙江淳安）司馬，終至隨州（今湖北隨縣）刺史，故世稱「劉隨州」。後因時局動盪，而離開隨州。晚年流寓江州，出任淮南節度使幕僚。他擅長五言近體詩，幾乎占全部詩作的五分之四，風格溫雅，冠絕當世，自稱為「五言長城」。劉長卿主要活動於吳越一帶，為大曆詩人的代表。有《劉隨州集》行於世。

杜　甫　712 ～ 770

　　杜甫（712 ～ 770），字子美，祖籍湖北襄陽。少有詩才，早年漫遊吳越等地，與李白、高適等人唱和。玄宗開元、天寶年間，兩度應試不第；獻〈三大禮賦〉，受到玄宗賞識。安史之亂時，他冒險奔赴鳳翔（陝西今陝西鳳翔），謁見肅宗，官拜左拾遺。不久，因上疏救房琯事，被貶為華州司功參軍。後來棄官入蜀，定居於成都（今四川成都）浣花溪畔草堂。後入劍南節度使嚴武幕府，為檢校工部員外郎，世稱「杜工部」。嚴武死後，杜甫舉家出蜀，飄泊於湖北、湖南一帶，最後病逝於洞庭湖舟中，年五十九。杜詩中不時流露出悲天憫人、忠君愛國的胸懷，且題材廣泛、各體兼擅，而有「詩聖」之譽。其詩多以安史之亂為背景，描寫民不聊生的社會現實，故有「詩史」之稱。後人編有《杜工部集》。

岑　參　715 ～ 770

　　岑參（715 ～ 770），祖籍南陽郡，後徙荊州江陵。宰相岑文本曾孫，早歲孤貧，發憤向學；天寶三載（744），

登進士第，後任右內率府兵曹參軍。然他一心想為國家建功立業，平生兩度出塞：天寶八載第一次出塞，在安西四鎮節度使高仙芝幕府掌書記。三年後，返回長安。天寶十三載，第二次出塞，出任安西北庭節度使封常清的判官。前、後駐守安西四鎮（焉耆、龜茲、于闐、疏勒）凡六年。回朝後，為右補闕、起居舍人等職。累官至嘉州刺史，世稱「岑嘉州」。晚年入蜀，依杜鴻漸，卒於成都，年五十六。今有《岑嘉州集》七卷行世。

韋應物　737？～791

韋應物（737？～791），字義博，京兆杜陵（今陝西西安）人。京兆韋氏乃關中大族，其曾祖韋待價為武則天時宰相，祖、父皆在朝為官。韋應物以門資恩蔭補右千牛，又出任羽林倉曹參軍，橫行鄉里，不為鄉人所喜。安史之亂後，他流落失職，始折節讀書。後為洛陽丞、滁州刺史、江州刺史等職，晚年入京為左司郎中、蘇州刺史。罷官後，仍寓居蘇州，卒於蘇州官舍。因曾為江州、蘇州刺史，人稱「韋江州」、「韋蘇州」。其詩風格和王維相近，以描寫山水田園為主，帶有感傷頹廢的意味；白居易〈與元九書〉評云：「高雅閑淡，自成一家之體。」著有《韋蘇州集》。

李　益　746～829

李益（746～829），字君虞，鄭州人；祖籍隴西狄道（今甘肅臨洮）。出生官宦之家，其曾祖、祖、父三代皆為朝中要員。李益於代宗大曆四年（769）及進士第，任鄭縣尉，因久不升官，內心鬱鬱，遂棄官漫遊燕、趙（今河北一帶）間。少有文名，宮中樂工名伶爭相購買其詩作，編曲之後，獻給皇上欣賞。他為人多疑善妒，生怕被「戴綠帽」，故對家中妻妾管束十分嚴苛，不許她們與閒雜人等接觸，因此世人戲稱那些善妒者是患了「李益疾」。幽州節度使劉濟曾邀他入幕；不久，又為邠寧節度使僚屬。他從軍達二十年，風流有詞藻，憲宗聞其名，召為祕書少監、集賢殿學士，又出任侍御史，遷禮部尚書後致仕。有《李益集》傳世。

王　建　767～830

王建（767～830），字仲初，潁川（今河南許昌）人。代宗大曆十年（775）中進士。德宗貞元二年（786），在邢州結識張籍，成為一生的摯友。憲宗元和年間，出任昭應縣丞，後轉為祕書郎。後來在長安，與張籍、韓愈、白居易、劉禹錫等人交遊不輟。文宗太和年間，歷任太常寺丞、陝州司馬、光州刺史，故人稱「王司馬」。相傳王建隨軍塞外期間，成天弓、劍不離身。數年後歸來，定居於咸陽原（今陝西咸陽境內）。他富有才思，所作詩皆極出色，尤以〈宮詞〉一百首別開生面，最為人所稱道。有《王司馬集》傳世。

張　籍　767？～830？

張籍（767？～830？），字文昌，原籍吳郡（江蘇蘇州），後徙居和州烏江（今安徽和縣）。德宗貞元十五年（799）登進士第。憲宗元和初，出任西明寺太祝，長久不得遷調；他時已邁入中年，且眼疾纏身，因此友人孟郊戲賦〈寄張籍〉詩：「西明寺後窮瞎張太祝，縱爾有眼誰爾珍？天子咫尺不

圖解唐詩100：大考最易入題詩作精解

得見，不如閉眼且養真。」後經韓愈推薦，為國子博士，遷水部員外郎、主客郎中。文宗太和二年（828），又出任國子司業。故世稱「張水部」、「張司業」。相傳張籍十分迷戀杜甫詩，故而將杜甫詩集燒成灰燼後，拌以蜂蜜，每天早上吃個三匙，就希望自己詩能寫得像杜甫一樣好。其詩長於樂府，多警句。著有《張司業詩集》八卷。

薛　濤　768～831

　　薛濤（768～831），字洪度，一作宏度，長安（今陝西西安）人。為一代名妓、女詩人。自幼聰慧，八、九歲能賦詩。隨其父薛鄖來蜀地任官，父死後，她與母親寓居成都；十六歲時迫於生計，淪為樂妓。德宗貞元年間，頗得劍南西川節度使韋皋賞識，多次召她入帥府侍宴賦詩。韋皋還突發奇想授予她「校書」一職，雖然朝廷未准，但「薛校書」之名不脛而走。後來武元衡到成都，准她脫離樂籍。薛濤依舊周旋在王公貴冑、騷人墨客、禪師道流之間，豔名遠播。她與元積之間還有一段舊情，可惜未能修成正果。晚年著女冠服，深居簡出，以製箋維生，孤獨終老。其詩以清麗見長，《全唐詩》錄存一卷。

劉禹錫　772～842

　　劉禹錫（772～842），字夢得，河南洛陽人。德宗貞元九年（793）中進士。順宗時，擢屯田員外郎，入為監察御史，和王叔文、柳宗元、呂溫等相善，為「永貞革新」的核心人物。改革失敗後，貶為朗州（今湖南常德）司馬。貶謫期間，他受民間歌謠影響，作〈竹枝詞〉十餘篇。後召還，憲宗元和十年（815），作〈玄都觀桃花〉詩譏諷權貴，

復出為連州刺史。文宗初，回朝任尚書省主客郎中。歷任禮部郎中、蘇州刺史等職，後因足疾，改任太子賓客，世稱「劉賓客」。晚年，曾加檢校禮部尚書、祕書監等虛銜。武宗會昌二年（842）卒於洛陽，年七十一。其詩文俱佳，素有「詩豪」之美譽，著有《劉賓客集》、《劉夢得文集》。

白居易　772～846

　　白居易（772～846），字樂天，晚號香山居士、醉吟先生。祖籍山西太原，生於河南新鄭。出生六、七月時，已能默識「之」、「無」二字；五、六歲即學作詩。十六歲入長安拜謁名詩人顧況，顧氏讀其〈古原草送別〉詩有「野火燒不盡，春風吹又生」句，大為激賞。二十歲後日夜苦讀，致口舌成瘡，手肘成胝。二十九歲中進士，授翰林學士、校書郎，歷任蘇州刺史、河南尹、太子少傅等職。由於平生致力為詩，自述或有人稱他為「詩王」、「詩魔」。會昌六年（846）卒，次年宣宗以詩弔之：「童子解吟〈長恨曲〉，胡兒能唱〈琵琶篇〉。」可見其詩流傳之廣。著有《白氏長慶集》。

崔　護　772～846

　　崔護（772～846），字殷功，博陵（今河北定州）人。德宗貞元十二年（796）進士。文宗太和三年（829），曾出任京兆尹；不久，遷為御史大夫。官至嶺南節度使。其詩風格婉麗，語言清新。《全唐詩》收錄六首，皆為佳作；其中以〈題都城南莊〉一詩廣為流傳，孟棨《本事詩》中還記錄與此詩相關之風流韻事。

柳宗元　773～819

柳宗元（773～819），字子厚，河東解縣（今山西運城）人，世稱「柳河東」。德宗貞元九年（793）進士及第，官至監察御史。順宗永貞元年（805），受王叔文拔擢，任禮部員外郎，參與政治改革。改革失敗後，被貶為永州（今湖南零陵）司馬。謫居永州十年；至元和十年（815），改任柳州（今廣西壯族自治區境內）刺史，政績卓著，頗受百姓愛戴，世稱「柳柳州」。四年後，卒於柳州任上，享年四十七。柳宗元主張「文以明道」，與韓愈同為中唐古文運動領袖，為唐宋古文八大家之一；其詩歌以山水詩成就較高。後人輯有《柳河東集》。

元　稹　779～831

元稹（779～831），字微之，河南洛陽人。由於排行第九，友輩都喚他「元九」。德宗貞元十九年（803）明經科及第，任校書郎。憲宗元和元年（806），授左拾遺，其間雖為皇帝賞識，卻因觸犯權貴，被貶為河南縣尉；後丁母憂，服除，拜監察御史。穆宗時，擢為祠部郎中兼知制誥，入翰林為承旨學士。文宗朝加檢校禮部尚書，歷任尚書左丞、宰相、御史大夫等職。太和五年（831），因暴病，卒於武昌節度使任上，年五十三。他早年與白居易一起提倡新樂府運動，二人並稱「元白」。兩人於元和年間（806～820）所作詩歌，內容重視諷諭性，世稱「元和體」。有《元氏長慶集》傳世。

賈　島　779～843

賈島（779～843），字浪仙，一作閬仙，自號碣石山人，范陽（今河北涿州）人。早歲家貧，科舉又連連失利，故曾落拓為僧，法號無本。十九歲遊長安，以詩為韓愈所知賞；後拜韓愈、張籍、孟郊為師，與王建、李益、馬戴、姚合、朱慶餘等人詩酒來往，酬唱甚密。因膽大有才，詩名轉高，遂還俗應進士舉，然考運不佳，年近五十，始登進士第。為官後，又不善與人相處而遭誹謗，出為遂州長江主簿，世稱「賈長江」。後遷普州司倉參軍，卒於官舍，年六十五。賈島賦詩重推敲，苦吟成句，故又有「詩奴」之稱。

李　賀　790～816

李賀（790～816），字長吉，河南福昌（今河南宜陽）人。為唐朝宗室鄭王李亮的後裔，然已家道中落。其長相巨鼻、濃眉、身材瘦長，留著長長的指甲。體弱多病，不到十八歲，已頭髮斑白。他自幼聰慧，刻苦力學，很年輕便詩名遠播。憲宗元和二年（807），至東都洛陽應試，結識了韓愈、皇甫湜。通過府試後，便到長安應試；卻因其父名「晉肅」，與「進士」音近，而遭有心人士大作文章，阻止他參加科考。韓愈為他抱不平，作〈諱辯〉，以回擊毀謗者。直到元和四年才踏入仕途，擔任奉禮郎；官小位卑，元和七年，又辭官歸里。之後遊歷南北，終因病痛纏身，心中鬱結，經濟拮据，二十七歲便離開了人世。

朱慶餘　826 登進士第

　　朱慶餘，名可久，以字行之，越州（今浙江紹興）人。生卒年不詳。敬宗寶曆二年（826）進士。據范攄《雲溪友議》記載：朱慶餘應試前，嘗賦〈閨意獻張水部〉（或作〈近試上張水部〉）一詩，跟時任主考的水部員外郎張籍打交道。張籍讀完他的詩作，大為嘆賞，贈詩云：「越女新妝出鏡心，自知明豔更沉吟。齊紈未足人間貴，一曲菱歌敵萬金。」當年，朱慶餘果然金榜題名，此事遂傳為美談。

杜　牧　803 ～ 852

　　杜牧（803 ～ 852），字牧之，號樊川居士，京兆萬年（今陝西西安）人。出身官宦之家，祖父即著名宰相杜佑；他約十歲左右喪父，故自稱「某幼孤貧」。杜牧在家族排行第十三，人稱「杜十三」。文宗太和二年（828）中進士。因秉性剛直，受人排擠，在江西、宣歙、淮南諸使做了十年幕僚。三十六歲，遷為京官，又不見容於宰相李德裕，出為黃州、池州、睦州、湖州刺史。晚年累官至中書舍人，由於中書省別名「紫微省」，人稱「杜紫微」。其詩雖為軟香偎紅、綺麗婉約之作，但時時流露出憂國愛民的思想情感。後人為了與杜甫作區別，稱他為「小杜」。著有《樊川文集》二十卷。

李商隱　812 ～ 858

　　李商隱（812 ～ 858），字義山，號玉谿生、樊南生，懷州河內（今河南沁陽）人。九歲，喪父。由於家貧，寡母和年幼的弟妹皆須靠親友接濟；他身為長子，一度替人抄書賺錢，貼補家用。十七歲時，河陽節度使令狐楚愛其才，引為幕府巡官，命與其子令狐絢遊。文宗開成二年（837）經令狐絢引薦登進士第。次年試博學宏詞科，不中。後赴涇原（今甘肅涇川）節度使王茂元幕府掌書記，並娶王氏之女為妻。由於王茂元與李德裕交好，被視為「李黨」；而令狐絢父子屬於「牛黨」。李商隱從此捲入黨爭中，備受排擠，一生仕途坎坷，潦倒以終。他工詩，擅駢文，著有《李義山詩文集》。

羅　隱　833 ～ 910

　　羅隱（833 ～ 910），本名橫，字昭諫，號江東生，浙江餘姚人。其人外貌醜陋，鄉音乖刺，又狂妄自傲，喜譏諷公卿，故從二十歲起，參加科舉考試，一連十次落第，遂改名隱。這期間他的足跡遍及天下，對唐末社會有深刻的認識，自編《讒書》，希望能發揮勸世功用。晚年東歸吳越，成為錢鏐的幕僚；累官錢塘令、節度判官、著作佐郎等。後錢鏐向朱溫（後梁）稱臣，羅隱亦受薦為給事中，世稱「羅給事」。其詩善於提煉民間口語，風格淺易明暢，迥異於當時晚唐的華美詩風。有《江東甲乙集》傳世。

韓　偓　844 ～ 923

　　韓偓（844 ～ 923），字致堯，小字冬郎，號玉山樵人，京兆萬年（今陝西長安）人。自幼聰敏，十歲能作詩，頗得其姨父李商隱之賞識。昭宗龍紀元年（889）進士及第。曾佐河中幕府，召拜左拾遺，歷官翰林學士、中書舍人等職。黃巢亂軍入長安時，他隨昭宗奔鳳

翔，升為兵部侍郎、翰林承旨。後因不依附朱全忠（朱溫），貶濮州（今河南濮陽）司馬，再貶榮懿（今四川中部）縣尉、鄧州（今河南、湖北交界）司馬。昭宗被弒後，他南依閩王王審知。韓偓善於寫作宮詞，辭藻華麗，人稱「香奩體」；一說著有《香奩集》。

杜荀鶴　846～904

　　杜荀鶴（846～904），字彥之，號九華山人，池州石埭（今安徽石臺）人。出身微賤，相傳為杜牧已出之妾所生，排行第十五，故稱「杜十五」。自幼好學，有詩才，然屢試不第；至昭宗大順二年（891），四十六歲時，因宣武節度使朱全忠（朱溫）相助，始以第八名登科。由於他與朱溫素有交情，後又受薦為翰林學士，遷主客員外郎。但杜荀鶴恃勢胡為，恣意羞辱縉紳，為文多主箴刺，因而犯眾怒，眾人欲殺之而後快。其詩或清麗飄逸，或憂傷惋歎，格調頗高；尤以關懷民間疾苦的詩句，最為人所重。在嚴羽《滄浪詩話》中，列有「杜荀鶴體」，可見其獨樹一格。

汪　遵　約877前後在世

　　汪遵，又作江遵、王道，宣州涇縣人。生卒年不詳。家貧，為縣衙小吏以餬口；但經常向人借書，日夜苦讀。後辭退吏役工作，赴京應試，曾遭到同樣在京應考的許棠羞辱，說他是「小吏無禮」。結果汪遵於懿宗咸通七年（866）中進士，許棠卻晚他五年才登第。一般認為至僖宗乾符四年（877）前後，汪遵仍在世。他善作詩，尤長於以絕句詠史。有詩一卷，今已佚。

圖解唐詩100：大考最易入題詩作精解

附錄二：精選唐詩 100 題

1. 盧照鄰〈曲池荷〉

★【B】下列對於花草的描述，哪一項是正確的？〔107 科學園區實驗高中附小教甄〕

（A）浮香繞曲岸，圓影覆華池。常恐秋風早，飄零君不知——菊花（B）尤愛此君好，搔搔緣拂天，子猷時一至，尤喜主人賢——竹（C）眾芳搖落獨暄妍，占盡風情向小園。疏影橫斜水清淺，暗香浮動月黃昏——蘭花（D）不受塵埃半點侵，竹籬茅舍自甘心，只因誤識林和靖，惹得詩人說到今——桂花

解答：（A）出自盧照鄰〈曲池荷〉；荷花 （B）出自蒲松齡〈竹里〉；正確 （C）出自林逋〈山園小梅〉二首之一；梅花 （D）出自王淇〈梅〉；梅花

---

2. 駱賓王〈在獄詠蟬〉

唐代駱賓王的〈在獄詠蟬〉是出名的作品，但是我不喜歡。「露重飛難進，風多響易沉」，說小人讒言的蔽障忠貞，義理甚明，但是，獄中的駱賓王，寄託了太多個人的憤怨不平，蟬倒是無辜的了。比較起來，晚唐的李商隱還是真能聽見蟬聲的人：「五更疏欲斷，一樹碧無情」；那夏日高樹的蟬嘶，無止無休，持續的高音，最後變成一種聽覺上的空白，天荒地老，悽楚惻惻到了極至，而天地依然，只是無動於衷的初始的天地啊！（節錄自蔣勳〈蟬〉）

★【A】依據上文，作者不喜歡駱賓王〈在獄詠蟬〉的原因為何？〔100 四技／二專統測〕

（A）駱賓王僅以蟬自況，個人情緒掩過蟬鳴（B）駱賓王以小人喻蟬，使蟬一直不被認同（C）駱賓王對蟬無動於衷，不如李商隱懂蟬（D）駱賓王在詩中直抒怨憤，完全沒提到蟬

3. 駱賓王〈夏日遊山家同夏少府〉

駱賓王〈夏日遊山家同夏少府〉：「返照下層岑，物外狎招尋。蘭徑薰幽珮，槐庭落暗金。谷靜風聲徹，山空月色深。一遣樊籠累，唯餘松桂心。」

★問答題：試賞析本詩頸聯「谷靜風聲徹，山空月色深。」【2015 大陸高考模擬題】

解答：「谷靜風聲徹，山空月色深。」為對仗，從聽覺、視覺上摹寫「遊山家」之見聞。此聯同時採用對比法，由於「谷靜」，更突顯出風聲之響徹；由於「山空」，更襯托出夜之深、月之明。此二句亦為「互文見義」法，應作：「谷靜、山空風聲徹，山空、谷靜月色深。」正因為山谷幽靜、空曠，風聲才顯得響亮，夜月才益加深沉而明亮。

4. 杜審言〈和晉陵陸丞早春遊望〉

★【A.B.C】複選題：關於下列甲、乙二詩的解讀，正確的是：〔107 學測〕

甲、獨有宦遊人，偏驚物候新。雲霞出海曙，梅柳渡江春。淑氣催黃鳥，晴光轉綠蘋。忽聞歌古調，歸思欲霑巾。（杜審言〈和

晉陵陸丞早春遊望〉）

乙、城闕輔三秦，風煙望五津。與君離別意，同是宦遊人。海內存知己，天涯若比鄰。無為在歧路，兒女共霑巾。（王勃〈送杜少府之任蜀州〉）

＊三秦：陝西關中一帶。

＊五津：岷江中五個渡口。

（Ａ）甲詩藉由「淑氣催黃鳥，晴光轉綠蘋」，點出詩題的「早春」（Ｂ）乙詩藉由「城闕輔三秦，風煙望五津」，照應詩題的地理空間（Ｃ）二詩題材不盡相同，甲詩側重自然景物，乙詩則偏向人生際遇（Ｄ）二詩作者均因長期在外宦遊，故離愁別緒觸景而生，哀傷難抑（Ｅ）二詩皆以思鄉作結，且均藉「霑巾」抒寫遊子落葉歸根的期望

解答：（Ａ）（Ｂ）（Ｃ）正確（Ｄ）乙詩「海內存知己，天涯若比鄰。無為在歧路，兒女共霑巾。」展現出唐人胸襟開闊，不因離別而淚眼相對（Ｅ）乙詩強調男兒志在四方，就算遊宦天涯，也不該學小兒女般離情依依，落淚沾巾

5. 王勃〈送杜少府之任蜀州〉

★【Ｃ】「城闕輔三秦，風煙望五津。與君離別意，同是宦遊人。海內存知己，天涯若比鄰。無為在歧路，兒女共霑巾。」（王勃〈送杜少府之任蜀州〉）下列選項，何者較符合此詩所表達的情感？〔106 各類地方公務員五等〕
（Ａ）沮喪（Ｂ）漠然（Ｃ）曠達（Ｄ）豪邁

6. 張若虛〈春江花月夜〉

★填充題：「江天一色無纖塵，皎皎空中孤月輪。江畔何人初見月？江月何年初照人？人生代代無窮已，江月年年望相似。不知江月待何人？但見長江送流水。」該詩作者是 ＿＿＿＿＿＿＿，篇名是〈＿＿＿＿＿＿＿＿＿〉。〔2015 大陸高考模擬題〕

解答：張若虛／〈春江花月夜〉

7. 張說〈三月三日定昆池奉和蕭令得潭字韻〉

★【Ｄ】桃花因顏色鮮豔美麗，故詩人常藉以比喻美麗的女子。下列詩歌中的桃花，**不具**此喻意的選項是：〔103 學測〕
（Ａ）一夜清風動扇愁，背時容色入新秋。桃花眼裡汪汪淚，忍到更深枕上流（Ｂ）每坐臺前見玉容，今朝不與昨朝同。良人一夜出門宿，減卻桃花一半紅（Ｃ）淺色桃花亞短牆，不因風送也聞香。凝情盡日君知否，還似紅兒淡薄妝（Ｄ）暮春三月日重三，春水桃花滿禊潭。廣樂逶迤天上下，仙舟搖衍鏡中酣

解答：（Ａ）出自韓偓〈新秋〉（Ｂ）出自施肩吾〈佳人攬鏡〉（Ｃ）出自羅虬〈比紅兒詩〉其八十八（Ｄ）出自張說〈三月三日定昆池奉和蕭令得潭字韻〉，指真的桃花，而非美麗的女子

8. 張九齡〈望月懷遠〉

★【Ａ】杜甫〈賓至〉：「老病人扶再拜難」此句杜甫因為年老多病，所以再拜為難。下列詩句亦見其因果關係的是哪一選項？〔104 中山大學師培中心招考〕

圖解唐詩100：大考最易入題詩作精解

（A）滅燭憐光滿（張九齡〈望月懷遠〉）（B）夕陽無限好（李商隱〈登樂遊原〉）（C）主人下馬客在船（白居易〈琵琶行〉）（D）抽刀斷水水更流（李白〈宣州謝朓樓餞別校書叔雲〉）

9. 王翰〈涼州詞〉
★填充題：請寫出以下詩詞的作者＿＿＿＿＿＿〔104 臺北大學轉學考〕

> 葡萄美酒夜光杯，欲飲琵琶馬上催。
> 醉臥沙場君莫笑，古來征戰幾人回？

解答：王翰

10. 王之渙〈登鸛雀樓〉
★【B】以下何者是說明因果關係的唐詩？〔107 屏東縣國小／幼兒園教甄〕（A）床前明月光，疑似地上霜（B）欲窮千里目，更上一層樓（C）人有悲歡離合，月有陰晴圓缺（D）不識廬山真面目，只緣身在此山中

解答：（A）出自李白〈靜夜思〉，不具因果關係（B）出自王之渙〈登鸛雀樓〉，前句是因，後句是果（C）出自蘇軾〈水調歌頭〉，是宋詞（D）出自蘇軾〈題西林壁〉，是宋詩

11. 孟浩然〈宿建德江〉
★【B】《詩詞散論・宋詩》中說：「唐詩以韻勝，故渾雅，而貴蘊藉空靈；宋詩以意勝，故精能，而貴深析透闢。唐詩之美在情辭，故豐腴；宋詩之美在氣骨，故瘦勁。」依上文之定義，請選出下列選項何者具有唐詩依情起興，蘊藉婉曲的韻味？〔107 高雄市國小教甄〕

（A）昨夜江邊春水生，艨艟巨艦一毛輕；向來枉費推移力，此日中流自在行（B）移舟泊煙渚，日暮客愁新。野曠天低樹，江清月近人（C）百囀千聲隨意移，山花紅紫樹高低。始知鎖向金籠聽，不及林間自在啼（D）人在非晴非雨天，船行不浪不風間。坐來堪喜還堪恨，看得南山失北山

解答：（A）出自南宋朱熹〈活水亭觀書有感〉二首之二，藉泛舟比喻學習，下足了苦功，自然熟能生巧，駕馭自如（B）出自唐代孟浩然〈宿建德江〉，詩人行舟經建德江，因野曠而念遠，因月近而懷人（C）出自北宋歐陽脩〈畫眉鳥〉，藉林間畫眉鳥自在地高歌，寄託詩人嚮往隱逸山林的生活（D）出自南宋楊萬里〈小舟晚興〉四首之二，闡述人生沒有絕對的好、壞，悲喜交加，有得必有失的哲理

12. 孟浩然〈過故人莊〉
★【B】「借代」是指不直接說出事物的本名，而借用和它密切相關的事物名稱來代替，詩詞常用這種修辭手法。依照上述原則，下列詩詞所借代的，依序何者正確？〔107 臺南市國小／幼兒園教甄〕

（甲）過盡千「帆」皆不是，斜暉脈脈水悠悠，腸斷白蘋洲。（唐・溫庭筠〈夢江南〉）（乙）自古「紅顏」多薄命，莫怨東風空自嗟。（明・史槃〈櫻桃記〉）（丙）臣本「布衣」，躬耕於南陽。（蜀漢・諸葛亮〈出師表〉）（丁）開軒面場圃，把酒話「桑麻」。（唐・孟浩然〈過故人莊〉）

（A）戰爭、月亮、富貴人家、平民百姓（B）船隻、美人、平民百姓、

農事（C）船隻、美人、富貴人家、
農事（D）國家、月亮、平民百姓、
農事

解答：（甲）帆→船（乙）紅顏→美
女（丙）布衣→平民（丁）桑麻→農
事，故選（B）。

13. 孟浩然〈與諸子登峴山〉
★填充題：請寫出以下詩詞的作者
_____〔106 臺北大學轉
學考〕

人事有代謝，往來成古今。江山留勝
跡，我輩復登臨。水落魚梁淺，天寒
夢澤深。羊公碑字在，讀罷淚沾襟。

解答：孟浩然

14. 李頎〈送王昌齡〉
★填充題：李頎〈送王昌齡〉：「漕水東
去遠，送君多暮情。淹留野寺出，向
背孤山明。前望數千里，中無蒲稗
生。夕陽滿舟楫，但愛微波清。舉酒
林月上，解衣沙鳥鳴。夜來蓮花界，
夢裡金陵城。嘆息此離別，悠悠江海
行。」（按：蓮花界指佛寺，詩中即
洛陽白馬寺。）其中「悠悠江海行」
一句，傳達出作者_____
的心情。〔2018 大陸高考模擬題〕

解答：對友人獨自遠行，形單影孤，
深感掛念與不捨

15. 李頎〈送魏萬之京〉
★【D】「關城曙色催寒近」、「亂花漸
欲迷人眼」、「滄海客歸珠迸淚」、「翠
華想像空山裡」分別為四首詩中對仗
句的上句，選出其下句依序對應正確
的選項：〔102 指考〕

（A）玉殿虛無野寺中／章臺人去骨
遺香／御苑砧聲向晚多／淺草纔能沒
馬蹄（B）章臺人去骨遺香／玉殿虛
無野寺中／淺草纔能沒馬蹄／御苑砧
聲向晚多（C）淺草纔能沒馬蹄／御
苑砧聲向晚多／玉殿虛無野寺中／章
臺人去骨遺香（D）御苑砧聲向晚多／
淺草纔能沒馬蹄／章臺人去骨遺香／
玉殿虛無野寺中

解答：「關城曙色催寒近」應對「御
苑砧聲向晚多」；「亂花漸欲迷人眼」
應對「淺草纔能沒馬蹄」；「滄海客歸
珠迸淚」應對「章臺人去骨遺香」；
「翠華想像空山裡」應對「玉殿虛無
野寺中」→故選（D）。

16. 王昌齡〈出塞〉二首之一
★【C】下列文句，何者不是假設語氣？
〔107 科學園區實驗高中附小教甄〕
（A）但使龍城飛將在，不教胡馬度
陰山（B）苟能充之，足以保四海；
苟不充之，不足以事父母（C）夫束
修自好者，豈無其人？經濟自期，抗
懷千古者，亦所在多有（D）向使四
君卻客而不內，疏士而不用，是使國
無富利之實，而秦無彊大之名也

解答：（A）出自王昌齡〈出塞〉；「但
使」→假使（B）出自《孟子・公
孫丑上》；「苟」→如果（C）出自鄭
燮〈寄弟墨書〉；沒有使用假設語氣
（D）出自李斯〈諫逐客書〉；「向使」
→假使

17. 王昌齡〈從軍行〉七首之四
★填充題：青海長雲暗雪山，孤城遙望
玉門關。_____，不破樓
蘭終不還。〔2016 大陸高考模擬題〕

解答：黃沙百戰穿金甲。

18. 王昌齡〈閨怨〉

★【B】以下何者**未使用**「誇張鋪飾」的表現手法？〔106臺師大轉學考〕（A）劍外忽傳收薊北，初聞涕淚滿衣裳（B）忽見陌頭楊柳色，悔教夫婿覓封侯（C）為人性僻耽佳句，語不驚人始不休（D）千呼萬喚始出來，猶抱琵琶半遮面

解答：（A）出自杜甫〈聞官軍收河南河北〉；涕淚滿衣裳→誇飾（B）出自王昌齡〈閨怨〉；沒有誇飾（C）出自杜甫〈江上值水如海勢聊短述〉；語不驚人始不休→誇飾（D）出自白居易〈琵琶行〉；千呼萬喚→誇飾

19. 王昌齡〈芙蓉樓送辛漸〉

★問答題：請就引文中的四首詩作一一析賞之（無須抄錄詩句，但每一首作品析賞前，請務必標示何人之作）。又文學藝術除了「作品」一要素外，尚有藝術家、世界和欣賞者等三要素，請利用上述引文說明四首詩作和世界、欣賞者有何連結？〔107政大碩士班入學考專業國文〕

宋代王灼《碧雞漫志》卷一：「舊說開元中詩人王昌齡高適王之渙詣旗亭飲梨園伶官亦招妓聚燕三人私約曰我輩擅詩名未定甲乙試觀諸伶謳詩分優劣一伶唱昌齡二絕句云寒雨連江夜入吳平明送客楚帆孤洛陽親友如相問一片冰心在玉壺奉帚平明金殿開強將團扇共徘徊玉顏不及寒鴉色猶帶昭陽日影來一伶唱適絕句云開篋淚沾臆見君前日書夜臺何寂寞猶是子雲居之渙曰佳妓所唱如

非我詩終身不敢與子爭衡不然子等列拜牀下須臾妓唱黃河遠上白雲間一片孤城萬仞山羌笛何須怨楊柳春風不度玉門關之渙揶揄二子曰田舍奴我豈妄哉。」

解答：

1. 王昌齡〈芙蓉樓送辛漸〉：「寒雨連江夜入吳，平明送客楚帆孤。洛陽親友如相問，一片冰心在玉壺。」從滿江寒雨連夜入吳，可知詩人亦冒著寒雨連夜渡江入吳；從平明時分送走了遠行客，望見楚江上舟帆形單影孤，可知無論行人、送行人皆備感孤單。——這是從作者的角度來寫，屬於「藝術家」部分。「一片冰心在玉壺」則透過我們對現實「世界」的認知，「冰心」是如堅冰般高潔、澄澈、冷靜、堅定的心志；而「玉壺」象徵如玉般溫潤、美好、質地堅硬、精純無瑕；用「一片冰心在玉壺」借喻作者人品清高、潔身自愛、堅貞、溫和，始終堅持做一個品格如玉的君子。「洛陽親友如相問」就關照到「欣賞者」，作者特地交代辛漸到了洛陽，如當地親友問起他，別忘了如何答覆。這是一個假設性問題，是作者的懸想，主要是把欣賞者一起拉入詩中，讓讀者更有參與感，使人倍覺親切。

2. 王昌齡〈長信怨〉：「奉帚平明金殿開，強將團扇共徘徊。玉顏不及寒鴉色，猶帶昭陽日影來。」詩中「團扇」在現實「世界」的認知中含有「秋扇見捐」之意，且班婕妤〈怨歌行〉抒發失寵宮人的滿腔幽怨。所以這是一首宮怨詩。「玉顏」如玉般美好的容顏，指青春貌美、品格高潔的女子；指班婕妤。「寒鴉」，又稱「老

235

鴉」、「昏鴉」、「烏鴉」，成了世間醜惡事物的代表。「昭陽」，借指漢成帝皇后趙飛燕的寢宮，亦象徵趙飛燕的權勢、地位。「日影」，太陽餘暉，這裡影射皇上的恩寵。因此，詩中透過這些人們對「世界」的認知，讓「欣賞者」深刻感受到班婕妤獨居長信宮如何孤寂，卻又潔身自愛的滿腔幽怨。同時班婕妤也是作者懷才不遇的化身，又屬於「藝術家」之自我投射。

3. 高適〈哭單父梁九少府〉：「開篋淚霑臆，見君前日書。夜臺何寂寞？猶是子雲居。」「開篋淚沾臆，見君前日書。」是說作者一打開書篋便落淚沾襟，因為看見好友梁九先前寄來的書信。——這是將「藝術家」與「欣賞者」（這首詩是哀悼梁九而作）一起寫入詩中，屬於雙向交流，而非一廂情願地自述情思。「夜臺」在現實「世界」的認知中是墳墓的意思，他說：好友啊，你在夜臺那兒是何等的寂寞？可見梁九辭世了，呼應詩題的「哭」字。「子雲居」，指揚雄的故居草玄堂；是說梁九雖然死了，但他在墳塚裡就像當年揚雄在成都故居一樣，仍舊著書立說、讀書寫作。此處以世人對「揚雄」的認知，一個學者、大作家，比況他的亡友梁九。

4. 王之渙〈涼州詞〉：「黃河遠上白雲間，一片孤城萬仞山。羌笛何須怨楊柳？春風不度玉門關。」前二句是從「藝術家」的角度，摹寫出涼州塞外的壯麗風光：黃河源遠流長、白雲縹緲、雲天遼闊，邊城空曠而孤寂、萬仞高山聳立。「羌笛何須怨楊柳？」將所聽到羌笛吹奏的〈楊柳枝〉曲寫入詩中，與「欣賞者」保持良好互動，以提問方式問道：「羌笛

為何聲聲吹奏著哀怨的〈楊柳枝〉曲？」然後自問自答：在這邊疆塞外和煦的春風本來就吹不到啊！「春風不度玉門關」，在現實「世界」的認知中，「春風」除了指春天溫暖的風，還包括皇上的恩寵、朝廷的德澤、禮樂教化等；「玉門關」，則借代為邊地之意。此句是說邊塞蠻荒未經開墾，缺乏江南的奇花異木，所以春風吹不進來；亦指邊城未收復，邊地居民未蒙受皇恩浩蕩、朝廷的教化與德惠。所以呼應前句羌笛哀怨，因為邊民仰慕中土的繁華富庶、禮樂文化，一心歸順使然。

20. 王昌齡〈古意〉

★【B】王昌齡〈古意〉：「欲暮 _____ 囀，傷心玉鏡臺。」與下列詩句 ___ 中的哪個詞語相同：〔2017 大陸高考模擬題〕

（A）_____ 一去不復返，白雲千載空悠悠。（崔顥〈黃鶴樓〉）

（B）兩個 _____ 鳴翠柳，一行白鷺上青天。（杜甫〈絕句〉四首之三）

（C）含情欲說宮中事，_____ 前頭不敢言。（朱慶餘〈宮中詞〉）

（D）打起 _____ 兒，莫教枝上啼。（金昌緒〈春怨〉）

解答：題目「欲暮『黃鸝』囀，傷心玉鏡臺。」（A）黃鶴（B）黃鸝（C）鸚鵡（D）黃鶯

---

21. 王昌齡〈長信怨〉五首之三

★填充題：請寫出以下詩詞的作者 _____〔106 臺北大學轉學考〕

奉帚平明金殿開，且將團扇共徘徊。
玉顏不及寒鴉色，猶帶昭陽日影來。

解答：王昌齡

22. 王維〈九月九日憶山東兄弟〉
★【B】以下所描述的節日，對應正確的是哪一個？〔107 臺綜大轉學考〕
（A）爆竹在庭，桃符在戶：端午（B）東風夜放花千樹，更吹落星如雨：元宵（C）遙知兄弟登高處，偏插茱萸少一人：春節（D）柔情似水，佳期如夢，忍顧鵲橋歸路：中秋

解答：（A）春節（B）出自辛棄疾〈青玉案・元夕〉；正確（C）出自王維〈九月九日憶山東兄弟〉；重陽（D）出自秦觀〈鵲橋仙〉；七夕

23. 王維〈使至塞上〉
★填充題：王維〈使至塞上〉：
「＿＿＿＿＿＿，＿＿＿＿＿＿。」
描寫詩人出塞後所見到的壯麗風光，意境十分雄渾、開闊。〔2015 大陸高考模擬題〕

解答：大漠孤煙直，長河落日圓。

24. 王維〈曉行巴峽〉

王維〈曉行巴峽〉：「際曉投巴峽，餘春憶帝京。晴江一女浣，朝日眾雞鳴。水國舟中市，山橋樹杪行。登高萬井出，眺迥二流明。人作殊方語，鶯為故國聲。賴多山水趣，稍解別離情。」

★【C】下列對本詩的理解，何者敘述不恰當？〔2017 大陸高考模擬題〕
（A）旭日東升，眾雞鳴唱之際，巴峽鄉邑有個女子正在江邊浣洗（B）水國商人在舟中做生意，遠看陸地的行人走在山中的橋上，彷彿行走在樹

梢（C）詩人登高遠眺，二條流水從田中淌過，分外澄澈、鮮明（D）暮春時節，詩人來到巴峽，眼前山水美景稍稍寬解了他的思鄉之情

25. 王維〈終南別業〉
★【A.B.C】複選題：下列各組文句「」內的詞，前後意義相同的選項是：〔98 學測〕
（A）歸來視幼女，零淚「緣」纓流／「緣」溪行，忘路之遠近（B）行到水窮處，「坐」看雲起時／到則披草而「坐」，傾壺而醉（C）名「豈」文章著？官應老病休／然則臺灣無史，「豈」非臺人之痛歟（D）下馬飲君酒，問君何所「之」／聖人「之」所以為聖，愚人之所以為愚（E）亮無晨風翼，「焉」能凌風飛／古之聖人，其出人也遠矣，猶且從師而問「焉」

解答：（A）皆作「沿著」（B）皆作「坐下」（C）皆作「難道」（D）到／連接詞，無義（E）如何／之，他也

26. 王維〈登裴秀才迪小臺〉
★問答題：王維〈登裴秀才迪小臺〉：「端居不出戶，滿目望雲山。落日鳥邊下，秋原人外閒。遙知遠林際，不見此檐間。好客多乘月，應門莫上關。」試以己意闡釋本詩中的「閒」字。〔2016 大陸高考模擬題〕

解答：「閒」之一字，既點出小臺環境的清幽寧靜，又富有一種人處身於世外的閒適心情。正因為詩人登上靜謐的小臺，遠離了世俗喧囂，才能享有這般悠閒愜意的生活情趣。

附
錄

237

27. 王維〈輞川閒居贈裴秀才迪〉

★【D】下列各句，何者表現人物神態的安閒？〔104成大轉學考〕

（A）主稱會面難，一舉累十觴（杜甫〈贈衛八處士〉）（B）春江花朝秋月夜，往往取酒還獨傾（白居易〈琵琶行〉）（C）遙想公瑾當年，小喬出嫁了，雄姿英發（蘇軾〈念奴嬌〉）（D）倚仗柴門外，臨風聽暮蟬（王維〈贈裴秀才迪〉）

解答：(A)好友情誼(B)良辰美景，獨酌無友（C）憑弔歷史人物（D）閒適自在

28. 王維〈山居秋暝〉

★【D】詩人描寫事物時，往往兼顧視覺與聽覺，以達成「有聲有色」的效果。如王維〈山居秋暝〉：「明月松間照，清泉石上流。竹喧歸浣女，蓮動下漁舟。」便是藉由「視覺—聽覺、聽覺—視覺」的交錯書寫，以營造意境。下列寫法完全相同的選項是：〔100學測〕

（A）岸上北風急，紛紛飛荻花。賈船停擁浪，江戍遠吹笳（B）雨後明月來，照見下山路。人語隔谿煙，借問停舟處（C）古剎疏鐘度，遙嵐破月懸。沙頭敲石火，燒燭照漁船（D）古木無人徑，深山何處鐘。泉聲咽危石，日色冷青松

解答：(A)觸（聽）覺—視覺、視覺—聽覺（B）視覺—視覺、聽（視）覺—聽覺（C）視（聽）覺—視覺、聽覺—視覺（D）視覺—聽覺、聽覺—視覺

29. 王維〈送別〉

★【A】下列詩詞，何者是「提問」之寫法？〔104中區國中教甄〕

（A）下馬飲君酒，問君何所之？君言不得意，歸臥南山陲（B）明月幾時有？把酒問青天。不知天上宮闕，今夕是何年？（C）山中相送罷，日暮掩柴扉。春草明年綠，王孫歸不歸？(D)綠螘新醅酒，紅泥小火爐。晚來天欲雪，能飲一杯無？

解答：(A)出自王維〈送別〉；提問（B）出自蘇軾〈水調歌頭〉；疑問（C）出自王維〈送別〉；疑問（D）出自白居易〈問劉十九〉；疑問

30. 李白〈長干行〉

★【C】李白〈長干行〉：「感此傷妾心，坐愁紅顏老」下列文句「坐」的用法，何者與之相同？〔104中區國中教甄〕

（A）行到水窮處，「坐」看雲起時（B）誰堪「坐」秋思，羅袖拂空床（C）停車「坐」愛楓林晚，霜葉紅於二月花（D）天階夜色涼如水，「坐」看牽牛織女星

解答：題目「坐」→由於、因為。（A）出自王維〈終南別業〉；坐下（B）出自張易之〈出塞〉；坐下（C）出自杜牧〈山行〉；由於、因為（D）出自杜牧〈秋夕〉；坐下

31. 李白〈蜀道難〉

★填充題：劍閣崢嶸而崔嵬，＿＿＿＿，＿＿＿＿；所守或匪親，化為狼與豺。（李白〈蜀道難〉）〔2017大陸高考模擬題〕

解答：一夫當關／萬夫莫開

圖解唐詩100：大考最易入題詩作精解

32. 李白〈月下獨酌〉

★【B】「因雪想高士，因花想美人，因酒想俠客，因月想好友。」張潮文中「因月想好友」一語的感悟與下列何者相近？〔107 東華大學附小教甄〕
（A）可憐明月如潑水，夜半清光翻我室（B）海上生明月，天涯共此時（C）舉杯邀明月，對影成三人（D）月上柳梢頭，人約黃昏後

解答：（A）出自蘇軾〈次韻孔毅甫久旱已而甚雨〉三首之一；寫久旱得雨的欣喜之情（B）出自張九齡〈望月懷遠〉；望著明月，懷念遠方親友（C）出自李白〈月下獨酌〉；詩人與天上的明月、自己的影子共飲（D）出自歐陽脩〈生查子．元夕〉；寫元宵節與佳人相約黃昏後共賞燈景

33. 李白〈行路難〉三首之三

★【A】閱讀下列詩句，最符合詩中所示的人生態度是：有耳莫洗潁川水，有口莫食首陽蕨。含光混世貴無名，何用孤高比雲月？吾觀自古賢達人，功成不退皆殞身。子胥既棄吳江上，屈原終投湘水濱。陸機雄才豈自保？李斯稅駕苦不早。華亭鶴唳詎可聞？上蔡蒼鷹何足道？君不見吳中張翰稱達生，秋風忽憶江東行。且樂生前一杯酒，何須身後千載名？（李白〈行路難〉）〔108 指考〕
（A）顯貴無常，急流勇退（B）養身隱逸，志在清高（C）放浪形骸，任俠行義（D）順處逆境，不求顯達

34. 李白〈將進酒〉

★填充題：人生得意須盡歡，莫使＿＿＿＿＿＿空對月。（李白〈將進酒〉）〔105 東吳大學碩士班入學考〕

解答：金樽

35. 李白〈宣州謝朓樓餞別校書叔雲〉

★【D】根據詩風流派及特色，判斷下列（甲）～（戊）的詩句，依序與作者配對，何者完全正確？〔107 科學園區實驗高中附小教甄〕

（甲）千瓣梅花傲霜雪，春筍遇雨日三尺　（乙）田園寥落干戈後，骨肉流離道路中　（丙）俱懷逸興壯思飛，欲上青天攬明月　（丁）但使龍城飛將在，不教胡馬度陰山　（戊）春蠶到死絲方盡，蠟炬成灰淚始乾

（A）王維、杜甫、李白、賈島、李商隱（B）孟浩然、白居易、李白、王之渙、賀知章（C）王維、杜甫、李白、柳宗元、杜牧（D）孟浩然、白居易、李白、王昌齡、李商隱

解答：（甲）出自孟浩然詠梅花佳句（乙）出自白居易〈自河南經亂〉詩（丙）出自李白〈宣州謝朓樓餞別校書叔雲〉（丁）出自王昌齡〈出塞〉（戊）出自李商隱〈無題〉→故選（D）。

36. 李白〈金陵望漢江〉

★問答題：李白〈金陵望漢江〉：「漢江回萬里，派作九龍盤。橫潰豁中國，崔嵬飛迅湍。六帝淪亡後，三吳不足觀。我君混區宇，垂拱眾流安。今日任公子，滄浪罷釣竿。」其中運用了「任公子」的典故，表達怎樣的思想情感？〔2016 大陸高考模擬題〕

解答：詩末強調當代皇上統一天下，天下太平，垂拱而治。表面是說太平盛世，任公子無須於滄浪垂釣，故罷

竿而去；實則隱含盛世中才子無用武之地，內心充滿淡淡的哀愁。

37. 李白〈早發白帝城〉

★【C】「誇飾」是一種言過其實的修辭手法，依題材可分為時間、空間、情感、物象等。下列屬於「時間誇飾」的是哪一選項？〔105 中山大學師培中心招考〕

（A）西北有高樓，上與浮雲齊。（佚名〈古詩十九首〉）（B）出師未捷身先死，長使英雄淚滿襟。（杜甫〈蜀相〉）（C）朝辭白帝彩雲間，千里江陵一日還。（李白〈早發白帝城〉）（D）亂石崩雲，驚濤裂岸，捲起千堆雪。（蘇軾〈念奴嬌・赤壁懷古〉）

解答：（A）高度的誇飾（B）情感的誇飾（C）時間的誇飾（D）景物的誇飾

38. 李白〈獨坐敬亭山〉

★【D】下列關於詩詞的分析，哪一項**不正確**？〔2017 大陸高考模擬題〕

（A）李白的「相看兩不厭，只有敬亭山」，李商隱的「春蠶到死絲方盡，蠟炬成灰淚始乾」等句，都是詩人把自己的情感經驗移置到景或物之上，屬於審美的移情作用（B）文與可畫竹時，「其身與竹化，無窮出清新」。強調他筆下的竹已成為畫家的化身，這是審美的移情中出現物我兩忘、物我同一的境界（C）鄭板橋〈竹石〉詩：「咬定青山不放鬆，立根原在破岩中。千磨萬擊還堅勁，任爾東西南北風。」從審美移情的觀點來看，詩人欣賞的對象不是竹石，而是投射在竹石中的自我情感（D）在「我見青山多嫵媚，料青山、見我應如是」中，辛棄疾並未使用審美移情的方

式，純粹因為青山翁鬱蒼翠，因而備覺嫵媚、可愛

39. 李白〈送友人〉

★【A.B.E】複選題：下列詩句，表達送別傷情的是：〔106 各類地方公務員五等〕

（A）天下傷心處，勞勞送客亭。春風知別苦，不遣柳條青（B）青山橫北郭，白水繞東城。此地一為別，孤蓬萬里征（C）旅館無良伴，凝情自悄然。寒燈思舊事，斷雁警愁眠（D）群山萬壑赴荊門，生長明妃尚有村。一去紫臺連朔漠，獨留青塚向黃昏（E）嗟君此別意何如？駐馬銜杯問謫居。巫峽啼猿數行淚，衡陽歸雁幾封書

解答：（A）出自李白〈勞勞亭〉；春風知「別」苦（B）出自李白〈送友人〉；此地一為「別」（C）出自杜牧〈旅宿〉；寫旅途的孤單寂寞（D）出自杜甫〈詠懷古跡〉五首之三；憑弔王昭君舊事（E）出自高適〈送李少府貶峽中王少府貶長沙〉；嗟君此「別」意何如

40. 李白〈于闐採花〉

★【A】「側面描寫」是從側面烘托人物形象的寫作手法，下列屬於側面描寫的是哪一選項？〔106 中山大學師培中心招考〕

（A）明妃一朝西入胡，胡中美女多羞死（B）態濃意遠淑且真，肌理細膩骨肉勻（C）兩彎似蹙非蹙籠煙眉，一雙似喜非喜含情目（D）母親烏油油的柔髮像一匹緞子似的垂在肩頭

解答：（A）出自李白〈于闐採花〉；側寫明妃的美貌（B）出自杜甫〈麗

圖解唐詩100：大考最易入題詩作精解

人行〉；正面描寫楊貴妃姊妹的美麗（C）出自曹雪芹《紅樓夢》讚林黛玉之美；正面描寫（D）出自琦君〈髻〉；正面描寫母親的秀髮

41. 李白〈登金陵鳳凰臺〉

★【D】下列詩作中的「愁」字，最能表現對君王家國懷思的是哪一選項？〔103 中山大學師培中心招考〕

（A）新妝宜面下朱樓，深鎖春光一院「愁」。（劉禹錫〈春詞〉）（B）曉鏡但「愁」雲鬢改，夜吟應覺月光寒。（李商隱〈無題〉）（C）日暮鄉關何處是，煙波江上使人「愁」。（崔顥〈黃鶴樓〉）（D）總為浮雲能蔽日，長安不見使人「愁」。（李白〈登金陵鳳凰臺〉）

解答：（A）閨怨的愁（B）憂愁年華老去（C）思鄉之愁（D）憂心「浮雲（象徵小人）能蔽日（象徵君主）」，深怕君主遭小人蒙蔽，而「長安」是唐代首都，故隱含對君王家國的懷思之情

42. 崔顥〈黃鶴樓〉

★【D】請問以下何者為格律嚴謹、符合律詩要求之對偶句？〔107 桃園縣國小／幼兒園教甄〕

（A）人生得意須盡歡，莫使金樽空對月（B）錦瑟無端五十絃，一絃一柱思華年（C）取次花叢懶回顧，半緣修道半緣君（D）晴川歷歷漢陽樹，芳草萋萋鸚鵡洲

解答：（A）出自李白〈將進酒〉；不對偶（B）出自李商隱〈錦瑟〉；不對偶（C）出自元稹〈離思〉五首之四；不對偶（D）出自崔顥〈黃鶴樓〉；對偶工整

43. 劉長卿〈長沙過賈誼宅〉

★【C】劉長卿〈長沙過賈誼宅〉：「三年謫宦此棲遲，萬古惟留楚客悲。秋草獨尋人去後，寒林空見日斜時。漢文有道恩猶薄，湘水無情弔豈知？寂寂江山搖落處，憐君何事到天涯？」主要是在發抒：〔106 新竹東興國中教甄〕

（A）懷家之情（B）旅途之苦（C）不遇之怨（D）無常之悲

44. 劉長卿〈謫官後臥病官舍簡賀蘭侍郎〉

★【C.E】複選題：下列詩句中，藉由江水表達「物是人非」之慨嘆的選項是：〔101 指考〕

（A）移舟泊煙渚，日暮客愁新。野曠天低樹，江清月近人（B）餘霞散成綺，澄江靜如練。喧鳥覆春洲，雜英滿芳甸（C）閒雲潭影日悠悠，物換星移幾度秋？閣中帝子今何在？檻外長江空自流（D）曲終收撥當心畫，四絃一聲如裂帛。東船西舫悄無言，唯見江心秋月白（E）青春衣繡共稱宜，白首垂絲恨不遺。江上幾回今夜月？鏡中無復少年時

解答：（A）出自孟浩然〈宿建德江〉；這是一首羈旅思鄉的詩（B）出自謝朓〈晚登三山還望京邑〉；寫登高望遠所見景色（C）出自王勃〈滕王閣詩〉；「物換星移幾度秋」，感慨物是人非（D）出自白居易〈琵琶行〉；寫琵琶女演奏完畢的情景（E）出自劉長卿〈謫官後臥病官舍簡賀蘭侍郎〉；「江上幾回今夜月？鏡中無復少年時。」感慨物是人非

45. 杜甫〈望嶽〉

★【D】下列選項，何者未使用倒裝句法？〔104 中區國中教甄〕

（A）杜甫〈望嶽〉：「盪胸生層雲，決眥入歸鳥」（B）王維〈山居秋暝〉：「竹喧歸浣女，蓮動下漁舟」（C）《論語・學而》：「不患人之不己知，患不知人也」（D）《古詩十九首・青青河畔草》：「客從遠方來，遺我雙鯉魚」

解答：（A）應作「盪胸層雲生，決眥歸鳥入」（B）應作「竹喧浣女歸，蓮動漁舟下」（C）應作「不患人之不知己，患不知人也」（D）沒有倒裝

46. 杜甫〈麗人行〉

★【D】「側寫」是指不直接描繪人物的容貌或性格，而是藉由其他的人事物來突顯主角。下列選項皆是描繪美女的作品，請問何者不是採用側寫的手法？〔107 科學園區實驗高中附小教甄〕

（A）天生麗質難自棄，一朝選在君王側。回眸一笑百媚生，六宮粉黛無顏色（B）曲罷曾教善才伏，妝成每被秋娘妒。武陵年少爭纏頭，一曲紅綃不知數（C）明妃一朝西入胡，胡中美女多羞死。乃知漢地多名姝，胡中無花可方比（D）三月三日天氣新，長安水邊多麗人。態濃意遠淑且真，肌理細膩骨肉勻

解答：（A）出自白居易〈長恨歌〉；側寫楊貴妃的豔冠群芳（B）出自白居易〈琵琶行〉；側寫琵琶女的才貌雙全（C）出自李白〈于闐採花〉；側寫王昭君美貌過人（D）出自杜甫〈麗人行〉；正面描寫楊貴妃姊妹的外貌出眾

47. 杜甫〈哀江頭〉

★【B.C.D】複選題：寫作時提到某一事物，常運用與該事物密切相關的物件來代替，以求行文的生動變化。如蘇軾〈前赤壁賦〉：「方其破荊州，下江陵，順流而東也，舳艫千里，旌旗蔽空」，以船尾「舳」和船首「艫」代替「船」。下列詩文也運用此種表現方式的選項是：〔103 指考〕

（A）歲寒，然後知松柏之後凋也（B）明眸皓齒今何在？血汙遊魂歸不得（C）沙鷗翔集，錦鱗游泳；岸芷汀蘭，郁郁青青（D）黃巾為害，萍浮南北，復歸邦鄉。入此歲來，已七十矣（E）遙想公瑾當年，小喬初嫁了，雄姿英發，羽扇綸巾，談笑間，強虜灰飛煙滅

解答：（A）出自《論語・子罕》；用「歲寒」借喻亂世，「松柏」借喻君子（B）出自杜甫〈哀江頭〉；用「明眸皓齒」借代美人（C）出自范仲淹〈岳陽樓記〉；用「錦鱗」借代魚兒（D）出自鄭玄〈戒子益恩書〉；用「黃巾」借代黃巾賊（E）出自蘇軾〈念奴嬌・赤壁懷古〉；「羽扇綸巾」形容周瑜神色從容，指揮若定

48. 杜甫〈春望〉

★【A】「國破山河在，城春草木深。感時花濺淚，恨別鳥驚心。烽火連三月，家書抵萬金。白頭搔更短，渾欲不勝簪。（杜甫〈春望〉）」作者心中最深沉的憂慮是什麼？〔107 金門縣國小／幼兒園教甄〕

（A）家國動盪，百姓流離（B）時運不濟，前途茫然（C）田園荒蕪，生活貧困（D）官場失意，升遷無望

圖解唐詩100：大考最易入題詩作精解

49. 杜甫〈贈衛八處士〉

★【B】下列詩句，何者旨在抒發「朋友相聚的情誼」？〔106 新竹東興國中教甄〕

（A）嶺外音書絕，經冬復歷春。近鄉情更怯，不敢問來人（B）主稱會面難，一舉累十觴。十觴亦不醉，感子故意長（C）故人西辭黃鶴樓，煙花三月下揚州。孤帆遠影碧空盡，惟見長江天際流（D）丞相祠堂何處尋？錦官城外柏森森。映階碧草自春色，隔葉黃鸝空好音

解答：（A）出自李頻〈渡漢江〉；寫近鄉情怯（B）出自杜甫〈贈衛八處士〉；寫老友相聚之情誼（C）出自李白〈送孟浩然之廣陵〉；寫送別舊友之惆悵（D）出自杜甫〈蜀相〉；憑弔諸葛亮

50. 杜甫〈月夜憶舍弟〉

★【B】「懷才不遇」是古典詩歌中常見的主題。下列哪一選項**不屬於**這個主題？〔104 中區國中教甄〕

（A）英雄有迍邅，由來自古昔；何世無奇才，遺之在草澤（B）戍鼓斷人行，秋邊一雁聲；露從今夜白，月是故鄉明（C）欲渡無舟楫，端居恥聖明；坐觀垂釣者，徒有羨魚情（D）願欲一輕濟，惜哉無方舟；閒居非吾志，甘心赴國憂

解答：（A）出自左思〈詠史詩〉八首之七；「何世無奇才，遺之在草澤」→懷才不遇（B）出自杜甫〈月夜憶舍弟〉；遊子思鄉（C）出自孟浩然〈望洞庭湖贈張丞相〉；藉由觀人垂釣，暗示想入朝為官，卻無人舉薦→懷才不遇（D）出自曹植〈雜詩〉七首之五；「閒居非吾志，甘心赴國憂」

→懷才不遇

51. 杜甫〈石壕吏〉

★【B】在〈石壕吏〉一詩中，作者記人寫事的主要憑藉是：〔96 臺師大中等學校教甄〕

（A）親眼所目睹（B）親耳所聽聞（C）鄉野之傳說（D）循理而推斷

52. 杜甫〈無家別〉

★【A】杜甫詩擁有「詩史」的稱號，以下詩句何者較能符合這個稱號的特色？〔106 臺師大轉學考〕

（A）我里百餘家，世亂各東西（B）遙憐小兒女，未解憶長安（C）即從巴峽穿巫峽，便下襄陽向洛陽（D）艱難苦恨繁霜鬢，潦倒新停濁酒杯

解答：（A）出自杜甫〈無家別〉；感時傷亂，反映現實（B）出自杜甫〈月夜〉；人在長安，思念妻小（C）出自杜甫〈聞官軍收河南河北〉；戰爭結束，返鄉之喜悅（D）出自杜甫〈登高〉；因老病纏身，不能再飲酒

53. 杜甫〈蜀相〉

★【A.C.E】複選題：下列詠史詩所歌詠的歷史人物，每一選項前後相同的是：〔100 學測〕

（A）他年錦里經祠廟，梁父吟成恨有餘／出師未捷身先死，長使英雄淚滿襟（B）可憐夜半虛前席，不問蒼生問鬼神／雲邊雁斷胡天月，隴上羊歸塞草煙（C）回眸一笑百媚生，六宮粉黛無顏色／一騎紅塵妃子笑，無人知是荔枝來（D）東風不與周郎便，銅雀春深鎖二喬／江東子弟多才俊，捲土重來未可知（E）意態由來畫不成，當時枉殺毛延壽／玉顏流落死天涯，琵琶卻傳來漢家

解答：（A）出自李商隱〈籌筆驛〉；詠諸葛亮，成都城南錦里有武侯祠，祭祀諸葛亮；詩人到此拜謁，並吟誦諸葛亮的〈梁父吟〉／出自杜甫〈蜀相〉，亦詠諸葛亮（B）出自李商隱〈賈生〉，詠賈誼／出自溫庭筠〈蘇武廟〉，詠蘇武牧羊北海邊，滯留匈奴十九年之史事（C）出自白居易〈長恨歌〉，詠楊貴妃／出自杜牧〈過華清宮〉，亦詠楊貴妃（D）出自杜牧〈赤壁〉，詠周瑜／出自杜牧〈題烏江亭〉，詠項羽（E）出自王安石〈明妃曲〉二首之一，詠王昭君／出自歐陽脩〈和王介甫明妃曲二首〉，亦詠王昭君

54. 杜甫〈客至〉

★【B.D】複選題：杜甫〈客至〉：「盤飧市遠無兼味，樽酒家貧只舊醅。」前後二句都各自具有因果關係，下列文句也屬於這種句式的選項是：〔103指考〕

（A）謀閉而不興，盜竊亂賊而不作（B）讒邪進則眾賢退，群枉盛則正士消（C）君子易事而難說也，小人難事而易說也（D）質的張而弓矢至焉，林木茂而斧斤至焉（E）居廟堂之高，則憂其民；處江湖之遠，則憂其君

解答：（A）出自《禮記・禮運・大同》；不具因果關係（B）出自班固《漢書・楚元王傳》；具因果關係（C）出自《論語・子路》；不具因果關係（D）出自《荀子・勸學》；具因果關係（E）出自范仲淹〈岳陽樓記〉；不具因果關係

55. 杜甫〈野望〉

杜甫〈野望〉：「西山白雪三城戍，南浦清江萬里橋。海內風塵諸弟隔，天涯涕淚一身遙。惟將遲暮供多病，未有涓埃答聖朝。跨馬出郊時極目，不堪人事日蕭條。」

★【D】讀完這首詩後，請問下列哪一聯並未使用對仗？〔2016大陸高考模擬題〕

（A）西山白雪三城戍，南浦清江萬里橋（B）海內風塵諸弟隔，天涯涕淚一身遙（C）惟將遲暮供多病，未有涓埃答聖朝（D）跨馬出郊時極目，不堪人事日蕭條

解答：（A）西山白雪三城戍，南浦清江萬里橋（B）海內風塵諸弟隔，天涯涕淚一身遙（C）惟將遲暮供多病，未有涓埃答聖朝（D）跨馬出郊時極目，不堪人事日蕭條→沒有對仗

56. 杜甫〈茅屋為秋風所破歌〉

★【C】「安得廣廈千萬間？大庇天下寒士俱歡顏，風雨不動安如山。嗚呼！何時眼前突兀見此屋？吾廬獨破受凍死亦足！」（杜甫〈茅屋為秋風所破歌〉）傳達出詩人何種情感？〔106公務員初等〕

（A）時不我與卻只能徒呼無奈（B）懷才不遇仍堅持奮鬥不懈（C）悲天憫人的美好理想情懷（D）家徒四壁亦不改安貧樂道

57. 杜甫〈通泉驛南去通泉縣十五里山水作〉

杜甫〈通泉驛南去通泉縣十五里山水作〉：「溪行衣自溼，亭午氣始

圖解唐詩100：大考最易入題詩作精解

散。冬溫蚊蚋在，人遠鳧鴨亂。登頓
生曾陰，欹傾出高岸。驛樓衰柳側，
縣郭輕煙畔。一川何綺麗，盡目窮壯
觀。山色遠寂寞，江光夕滋漫。傷時
愧孔父，去國同王粲。我生苦飄零，
所歷有嗟歎。」

★問答題：作者在此詩中表達出哪些思
想情感？〔2019 大陸高考模擬題〕

解答：觀賞通泉山水的欣喜，生不逢
時的慨歎、飄零異鄉的苦楚、憂國憂
民的愁思。

58. 杜甫〈丹青引贈曹將軍霸〉
★問答題：杜甫〈丹青引贈曹將軍霸〉：
「先帝天馬玉花驄，畫工如山貌不
同。是日牽來赤墀下，迴立閶闔生長
風。詔謂將軍拂絹素，意匠慘澹經營
中。斯須九重真龍出，一洗萬古凡馬
空。」試析詩人如何突顯畫家曹霸高
超的畫技。〔2016 大陸高考模擬題〕

解答：「先帝天馬玉花驄，畫工如山
貌不同。」一般畫家所畫玉花驄神
貌完全不相同（既指與真馬不同，
亦謂各人所畫不盡相同），而曹霸所
畫：「玉花卻在御榻上，榻上庭前屹
相向。」是御榻上的畫像與庭前真馬
維妙維肖，絲毫無別，難怪令皇上
嘆為觀止！此處藉由一般畫家畫功拙
劣，所畫皆為凡馬，突顯出曹霸畫藝
精湛，故能與真馬形神畢肖，令其他
凡馬全都黯淡無光。

59. 杜甫〈旅夜書懷〉
★填充題：杜甫〈旅夜書懷〉：
「＿＿＿＿＿＿＿，＿＿＿＿＿＿＿。」
描繪旅途所見景象的雄渾博大，藉此
反襯出詩人飄泊無依的悲愴之情。

〔2015 大陸高考模擬題〕

解答：星垂平野闊／月湧大江流

60. 杜甫〈秋興〉八首之一
★問答題：試分析杜甫〈秋興〉八首之
一：「玉露凋傷楓樹林，巫山巫峽氣
蕭森。」如何運用景物的意象來抒發
思想情感？〔2017 大陸高考模擬題〕

解答：此詩因秋天傷羈旅之情而作。
「玉露凋傷楓樹林，巫山巫峽氣蕭
森。」開門見山點明此時時間為「玉
露」，即白露，秋天草木搖落，白露
為霜；地點為「巫山巫峽」，詩人的
所在地。而「凋傷」、「蕭森」二語，
下筆凝重，氣氛陰沉，為通篇鋪上一
層凋殘破敗的底色。

61. 杜甫〈秋興〉八首之八
★【A】下列詩句「」內的鳥名，何者
不適合？【102 臺北大學進修學士班
招考】
（A）香稻啄餘鸚鵡粒，碧梧棲老「杜
鵑」枝（B）兩個黃鸝鳴翠柳，一行
「白鷺」上青天（C）漠漠水田飛白
鷺，陰陰夏木囀「黃鸝」（D）含情
欲說宮中事，「鸚鵡」前頭不敢言

解答：（A）出自杜甫〈秋興〉八首
之八；鳳凰（B）出自杜甫〈絕句〉
四首之三；正確（C）出自王維〈積
雨輞川莊作〉；正確（D）出自朱慶
餘〈宮中詞〉；正確

62. 杜甫〈登高〉
★填充題：杜甫〈登高〉：
「＿＿＿＿＿＿＿，＿＿＿＿＿＿＿。」
刻劃出詩人飄泊他鄉，多病纏身之
苦。〔2016 大陸高考模擬題〕

解答：萬里悲秋常作客／百年多病獨登臺

63. 杜甫〈登岳陽樓〉

★填充題：杜甫〈登岳陽樓〉：

「＿＿＿＿＿＿＿。」
描寫洞庭湖遼闊壯麗的景色，而成為千古傳誦的名句。〔2016 大陸高考模擬題〕

解答：吳楚東南坼／乾坤日夜浮

64. 岑參〈早上武盤嶺〉

　　岑參〈早上武盤嶺〉：「平旦驅駟馬，曠然出五盤。江回兩崖鬥，日隱群峰攢。蒼翠煙景曙，森沉雲樹寒。松疏露孤驛，花密藏回灘。棧道谿雨滑，畬田原草乾。此行為知己，不覺蜀道難。」

★問答題：請分析「江回兩崖鬥，日隱群峰攢」之「鬥」、「攢」二字，如何使所描寫的景物靈活生動？〔2017 大陸高考模擬題〕

解答：「鬥」字描寫兩岸崖石嵂崒、交錯，猶如兩獸相鬥般，突顯出江崖陡峭的形勢。「攢」字則描繪群峰相連，彷彿聚集在一起似的，生動刻劃出峰巒重重疊疊的樣貌。

65. 韋應物〈長安過馮著〉

★【C】「客從東方來，衣上灞陵雨。問客何為來？採山因買斧。冥冥花正開，颺颺燕新乳。昨別今已春，鬢絲生幾縷？」（韋應物〈長安過馮著〉），下列的敘述何者正確？〔107 臺南市國小／幼兒園教甄〕

（A）這首詩押詩韻的去聲韻（B）

採山，意為「爬山」（C）冥冥，茂盛的樣子（D）颺颺，風大的樣子。

解答：（A）韻腳：雨、斧、乳、縷→押上聲韻（B）採山→入山砍柴（C）正確（D）颺颺→飛翔的樣子

66. 李益〈喜見外弟又言別〉

★【D】綜合二詩判讀，下列敘述正確的選項是：〔100 指考〕

甲、江城如畫裡，山晚望晴空。兩水夾明鏡，雙橋落彩虹。人煙寒橘柚，□色老梧桐。誰念北樓上，臨風懷謝公。（謝公：南朝齊詩人謝朓）

乙、十年離亂後，長大一相逢。問姓驚初見，稱名憶舊容。別來滄海事，語罷暮天鐘。明日巴陵道，□山又幾重。

（A）均為五言古詩（B）均表達憶舊惜別的情感（C）皆採取「由景入情」的表現手法（D）□中皆填入「秋」，較符合詩境

解答：（甲）出自李白〈秋登宣城謝朓北樓〉，（乙）出自李益〈喜見外弟又言別〉。（A）皆五言律詩（B）（甲）抒發詩人對前賢謝朓的追慕之情（C）（乙）敘事→抒情（D）正確

67. 王建〈精衛詞〉

　　王建〈精衛詞〉：「精衛誰教爾填海？海邊石子青磊磊。但得海水作枯池，海中魚龍何所為？口穿豈為空銜石？山中草木無全枝。朝在樹頭暮海裡，飛多羽折時墮水。高山未盡海未平，願我身死子還生。」

★【B.C】複選題：讀完這首詩後，下列選項何者正確？〔2018 大陸高考模擬題〕

（A）首聯對精衛填海的動機備感認同，故以反問為開端（B）次聯為懸想示現法，想像有一天海水枯乾，海裡的魚龍將陷入困境（C）三、四聯描摹精衛填海的辛苦，勞累奔波，遍體鱗傷（D）該詩辭藻華美，用典精工，堪與六朝宮體詩相媲美

68. 張籍〈寄和州劉使君〉

張籍〈寄和州劉使君〉：「別離已久猶為郡，閒向春風倒酒瓶。送客特過沙口堰，看花多上水心亭。曉來江氣連城白，雨後山光滿郭青。到此詩情應更遠，醉中高詠有誰聽？」

★問答題：試分析劉禹錫所以表現出如此「閒」的原因。〔2018 大陸高考模擬題〕

解答：因為劉禹錫當時於和州刺史任內，長久不得升遷，仕途失意，懷才不遇，對現實頗感不滿，故只能寄情於山水。張籍透過「閒向春風倒酒瓶。送客特過沙口堰，看花多上水心亭」數句，寫出友人的閒情逸致，「閒」字是全詩詩眼所在。此「閒」當然隱藏一份對賢士被閒置、有志難伸的慨嘆。

69. 張籍〈節婦吟寄東平李司空師道〉

★【C】「君知妾有夫，贈妾雙明珠。感君纏綿意，繫在紅羅襦。妾家高樓連苑起，良人執戟明光裡。知君用心如日月，事夫誓擬同生死。還君明珠雙淚垂，恨不相逢未嫁時。」此詩若在現代社會使用，下列何者最適宜？

〔106 公務員高等〕

（A）對事業失敗的感嘆（B）尋求再婚的可能性（C）拒絕對方公司挖角（D）委婉詢問雇主薪資

70. 薛濤〈送友人〉

★【A】下列各組詩句所顯示的季節，相同的是哪一選項？〔106 中山大學師培中心招考〕

（A）水國蒹葭夜有霜，月寒山色共蒼蒼／赤葉楓林落酒旗，白沙洲渚夕陽微（B）沾衣欲溼杏花雨，吹面不寒楊柳風／尋常一樣窗前月，才有梅花便不同（C）初聞征雁已無蟬，百尺樓高水接天／四顧山光接水光，憑欄十里芰荷香（D）一年好景君須記，最是橙黃橘綠時／暖風薰得遊人醉，直把杭州作汴州

解答：（A）出自薛濤〈送友人〉；秋／出自釋道潛〈秋江〉；秋（B）出自釋志南〈杏花〉；春／出自杜耒〈寒夜〉；冬（C）出自李商隱〈霜月〉；秋／出自黃庭堅〈鄂州南樓書事〉；夏（D）出自蘇軾〈贈劉景文〉；秋末冬初／出自林升〈題臨安邸〉；春

71. 劉禹錫〈插秧歌〉

劉禹錫〈插秧歌〉：「岡頭花草齊，燕子東西飛。田塍望如線，白水光參差。農婦白紵裙，農夫綠簑衣。齊唱田中歌，嚶佇如竹枝。」（節選）

★問答題：試分析此詩之寫作風格。〔2019 大陸高考模擬題〕

解答：此詩乃劉禹錫貶為連州刺史時所作，描寫當地農民插秧的情景。這八句描繪出郊外春光明媚、生機蓬勃

的景象：岡頭的花草、飛舞的燕子、筆直的田埂、田水瀰瀰，身穿白紵裙的農婦、披著綠蓑衣的農夫在廣闊的田野中插秧，一面勞作，一面哼著歌兒。此詩純用白描法寫成，語言質樸，風格清新，具有濃厚的民歌風味。

72. 劉禹錫〈竹枝詞〉二首之一

★【C】下列文句中，屬於詞義雙關的選項是：〔107 科學園區實驗高中附小教甄〕

（A）踏盡白蓮根無藕，打破蜘蛛網費絲（倪瓚〈西湖竹枝詞〉）（B）東邊日出西邊雨，道是無晴還有晴（劉禹錫〈竹枝詞〉）（C）相君之面，不過封侯，又危不安；相君之背，貴乃不可言（《史記・淮陰侯列傳》）（D）春蠶到死絲方盡（李商隱〈無題〉）

解答：（A）諧音雙關：憐無「偶」、枉費「思」（B）諧音雙關：道是無「情」還有「情」（C）詞義雙關：「背」（背部）→背叛也（D）諧音雙關：「思」方盡

73. 劉禹錫〈臺城〉

★【A.B.D】複選題：關於下列甲、乙二詩的詩意或作法，敘述適當的是：〔108 學測〕

甲、臺城六代競豪華，結綺臨春事最奢。萬戶千門成野草，只緣一曲後庭花。（劉禹錫〈臺城〉）

乙、鹿耳潮落吼聲遲，閱盡興亡眼力疲。惆悵騎鯨人去後，江山今又屬阿誰？（謝鯉魚〈鹿耳門懷古〉）

臺城：宮禁所在地。

騎鯨：相傳鄭成功騎乘白鯨轉世

（A）甲詩譏刺君王耽溺享樂，導致國破家亡（B）乙詩藉由自然景觀，寄寓歷史滄桑之感（C）二詩均以景物今昔的變化，強化懷古的感傷（D）二詩均運用典故，使意象更鮮明、情感更深刻（E）二詩均透過刻畫景物，具體呈現詩人移動的蹤跡

74. 劉禹錫〈秋日題竇員外崇德里新居〉

劉禹錫〈秋日題竇員外崇德里新居〉：「長愛街西風景閑，到君居處暫開顏。清光門外一渠水，秋色牆頭數點山。疏種碧松通月朗，多栽紅藥待春還。莫言堆案無餘地，認得詩人在此間。」

★問答題：讀完此詩後，您覺得讓詩人「開顏」的原因為何？〔2015 大陸高考模擬題〕

解答：因為友人竇員外的新居落成，周遭景致如畫，加上詩人（劉禹錫）心情閑適、主人（竇員外）品味高雅，兩人志同道合，賓主盡歡。

75. 白居易〈自河南經亂〉

★【D】下列文句「」中詞語與其所代稱事物的搭配，何者錯誤？〔104 第一次中醫師高考〕

（A）但願人長久，千里共「嬋娟」──明月（B）紅顏棄「軒冕」，白首臥松雲──官職（C）田園寥落「干戈」後，骨肉流離道路中──戰事（D）「鐘鼎」山林各天性，濁醪麤飯任吾年──樂器

解答：（A）出自蘇軾〈水調歌頭〉；正確（B）出自李白〈贈孟浩然〉；正確（C）出自白居易〈自河南經亂〉；正確（D）出自杜甫〈清明〉二首之

76. 白居易〈長恨歌〉

★【D】關於兩段以「安史之亂」為背景的詩歌，敘述**不正確**的選項是：〔100 指考〕

> 甲、杜甫〈哀江頭〉:「憶昔霓旌下南苑，苑中萬物生顏色。昭陽殿裡第一人，同輦隨君侍君側。輦前才人帶弓箭，白馬嚼齧黃金勒。翻身向天仰射雲，一箭正墜雙飛翼。明眸皓齒今何在？血汙遊魂歸不得。清渭東流劍閣深，去住彼此無消息。」
>
> 乙、白居易〈長恨歌〉:「驪宮高處入青雲，仙樂風飄處處聞。緩歌慢舞凝絲竹，盡日君王看不足。漁陽鼙鼓動地來，驚破霓裳羽衣曲，九重城闕煙塵生，千乘萬騎西南行。翠華搖搖行復止，西出都門百餘里。六軍不發無奈何，宛轉蛾眉馬前死。」

（A）兩詩均透過唐玄宗、楊貴妃的人生轉變，寓託唐朝國運由盛而衰（B）兩詩對於玄宗赴蜀避難、貴妃死於兵變一事，均有或明或暗的敘述（C）「昭陽殿裡第一人，同輦隨君侍君側」與「緩歌慢舞凝絲竹，盡日君王看不足」，都是寫楊貴妃受唐玄宗寵幸的情形（D）「憶昔霓旌下南苑，苑中萬物生顏色」與「九重城闕煙塵生，千乘萬騎西行」，都是寫戰亂發生、王室倉皇逃離的情形

> 解答：（A）（B）（C）正確（D）「憶昔霓旌下南苑，苑中萬物生顏色」，是回想昔時皇帝出遊的風光景象。

77. 白居易〈觀刈麥〉

★【C】「復有貧婦人，抱子在其旁，右手秉遺穗，左臂懸敝筐。聽其相顧言，聞者為悲傷，『家田輸稅盡，拾此充飢腸。』今我何功德，曾不事農桑，吏祿三百石，歲晏有餘糧。念此私自愧，盡日不能忘。」（節錄自白居易〈觀刈麥〉）貧婦到麥田拾穗的原因為何？〔104 臺北市國中教甄〕（A）勤儉拾穗補貼家用（B）丈夫賭博輸光田產（C）自家收成都已交稅（D）家中沒田故沒收成

78. 白居易〈買花〉

★填充題：有一田舍翁，偶來買花處。低頭獨長嘆，此嘆無人喻。_____，_____。〔2020 大陸高考模擬題〕

> 解答：一叢深色花／十戶中人賦

79. 白居易〈采地黃者〉

> 白居易〈采地黃者〉:「麥死春不雨，禾損秋早霜。歲晏無口食，田中采地黃。采之將何用？持以易餱糧。凌晨荷鋤去，薄暮不盈筐。攜來朱門家，賣與白面郎。與君啖肥馬，可使照地光。願易馬殘粟，救此苦飢腸！」

★問答題：試賞析此詩所採用的對比手法。〔2017 大陸高考模擬題〕

> 解答：詩中以朱門與農家、白面郎與採地黃者、肥馬食地黃與採地黃者飢腸轆轆，無食果腹等相互對比，揭露出當時貧富差距懸殊的社會現象。又突顯出「人不如馬」，加強了對比的效果，揭露深刻，批判犀利。

附錄

80. 白居易〈問劉十九〉

★【C】以下飲酒詩內容，何者**不具有**「憂愁感傷」的情調？〔107 臺綜大轉學考〕

（A）遇酒且呵呵，人生能幾何？

（B）黃菊枝頭生曉寒，人生莫放酒杯乾（C）晚來天欲雪，能飲一杯無？

（D）勸君更盡一杯酒，西出陽關無故人

解答：(A) 出自韋莊〈菩薩蠻〉五闋之四；強顏歡笑，莫可奈何（B）出自黃庭堅〈鷓鴣天〉；時光匆匆，應及時行樂（C）出自白居易〈問劉十九〉；寒夜邀好友共飲，溫馨美好（D）出自王維〈送元二使安西〉；飲酒送別，離情依依

81. 白居易〈琵琶行〉

★【D】「輕攏慢撚抹復挑，初為霓裳後綠腰。大絃嘈嘈如急雨，小絃切切如私語；嘈嘈切切錯雜彈，大珠小珠落玉盤。間關鶯語花底滑，幽咽泉流水下灘。」關於本段文句，下列敘述何者正確？〔102 四技／二專統測〕

（A）文中攏、撚、抹、挑、切、滑皆指彈奏技法（B）霓裳、綠腰、間關皆是曲名（C）「大珠小珠落玉盤」是形容音聲緩慢婉轉（D）「大絃嘈嘈」與「幽咽泉流」皆屬低沉音聲

82. 白居易〈感情〉

★【A】下列詩句「履綦」的含義，何者與白居易〈感情〉較相近？〔104 第二次社會工作師高考〕

中庭曬服玩，忽見故鄉履。昔贈我者誰？東鄰嬋娟子。因思贈時語，特用結終始。永願如履綦，雙行復雙止。自吾謫江郡，漂蕩三千里。為感長情

人，提攜同到此。今朝一惆悵，反復看未已。人隻履猶雙，何曾得相似？可嗟復可惜，錦表繡為裡。況經梅雨來，色黯花草死。（白居易〈感情〉）

（A）宿昔夢顏色，階庭尋履綦（王融〈有所思〉）（B）妾身似秋扇，君恩絕履綦（劉孝綽〈班婕妤〉）（C）履綦無復有，履組光未滅（劉禹錫〈馬嵬行〉）（D）寥寥蕭寺半遺基，遊客經年斷履綦（王安石〈古寺〉）

解答：白居易〈感情〉之「履綦」指鞋子；（A）鞋子（B）足跡（C）「履綦」：鞋底下的飾品；「履組」：鞋面上的絲帶（D）足跡

83. 崔護〈題都城南莊〉

★【A】下列詩句何者**不使用**誇飾法？〔107 桃園縣國小／幼兒園教甄〕

（A）桃花依舊笑春風（B）初聞涕淚滿衣裳（C）力拔山兮氣蓋世（D）君不見黃河之水天上來

解答：(A) 出自崔護〈題都城南莊〉；擬人（B）出自杜甫〈聞官軍收河南河北〉；誇飾（C）出自項羽〈垓下歌〉；誇飾（D）出自李白〈將進酒〉；誇飾

84. 柳宗元〈江雪〉

★【A】柳宗元〈江雪〉：「千山鳥飛絕，萬徑人蹤滅。孤舟蓑笠翁，獨釣寒江雪。」詩中前兩句寫一個大而高的場景，後兩句描寫小而低的場景，請問作者如此布置的用意為何？〔105 成大轉學考〕

（A）前場景為背景，凸顯出後場景中的蓑笠翁（B）後場景為背景，凸顯出前場景中的山色（C）前場景和

圖解唐詩100：大考最易入題詩作精解

後場景都是焦點（D）前場景和後場景都是背景，沒有焦點

85. 元稹〈離思〉五首之四
★【A】「曾經滄海難為水，除卻巫山不是雲。」上述詩句出自下列哪位詩人的創作？〔107 臺南市國小／幼兒園教甄〕
（A）元稹（B）李白（C）白居易（D）李商隱。

> 解答：出自元稹〈離思〉五首之四，故選（A）。

86. 賈島〈憶江上吳處士〉
★【A.C】複選題：詩人喜歡詠月，下列哪些詩句與「月」有關？〔107 各類公務員初等〕
（A）天上分金鏡，人間望玉鉤（B）蘭葉春葳蕤，桂華秋皎潔（C）閩國揚帆去，蟾蜍虧復圓（D）灑空深巷靜，積素廣庭閑（E）離披得幽桂，芳本欣盈握

> 解答：（A）出自李賀〈七夕〉；「金鏡」指圓月，「玉鉤」指眉月（B）出自張九齡〈感遇〉四首之二；描寫蘭、桂（C）出自賈島〈憶江上吳處士〉；「蟾蜍」借指月亮（D）出自王維〈冬晚對雪憶胡居士家〉；詠雪（E）出自柳宗元〈自衡陽移桂十餘本植零陵所住精舍〉；詠桂

87. 李賀〈野歌〉

> 李賀〈野歌〉：「鴉翎羽箭山桑弓，仰天射落銜蘆鴻。麻衣黑肥衝北風，帶酒日晚歌田中。男兒屈窮心不窮，枯榮不等嗔天公。寒風又變為春柳，條條看即煙濛濛。」

★問答題：讀完此詩後，試述作者如何抒發懷才不遇，卻又不甘沉淪的思想情感？〔2018 大陸高考模擬題〕

> 解答：前四句描述郊野畋獵、縱酒放歌的豪情。「鴉翎羽箭山桑弓，仰天射落銜蘆鴻。」表面寫他仰天射鴻，箭法精準；實則暗示他的才華出眾，進京應舉有望脫穎而出，拔得頭籌。其中良「弓」、好「箭」借喻為詩人傑出的才能，「仰天」則象徵仰望天子腳下的皇城——長安，他要射落的「鴻」正是蟾宮折桂，一舉高中之意。此二句明寫射獵，無意間卻隱藏著詩人的理想抱負。「麻衣黑肥衝北風，帶酒日晚歌田中。」乍看寫他狂放不羈、及時行樂的作風，多麼慷慨豪邁！其實是他用來排解遭讒落第、仕途受阻、心中苦悶的一種方式，倒有幾分苦中作樂之意味。
> 後四句轉為抒懷，抒發他「屈窮心不窮」的遠大志向，並寄寓了他對未來熱切的嚮往之情。「男兒屈窮心不窮，枯榮不等嗔天公。」他勉勵自己儘管落了第，但絕不能懷憂喪志；因為這種「枯榮不等」的情形不是他的錯，一切只怨老天有眼無珠。這裡「天公」借指那些主持科舉的禮部考官。「寒風又變為春柳，條條看即煙濛濛。」他相信寒冬的盡頭便是春日，屆時又是一片柔條嫩柳、煙霧瀰漫景象，充滿無限生機。末二句借景抒情，他把對前途的信心與展望，寫到春柳在濛濛輕煙中婆娑起舞的意境裡。

88. 朱慶餘〈近試上張水部〉
★【D】自漢代班婕妤寫出〈搗素賦〉以來，為久去不歸的征人趕製寒衣，期盼良人能早日賦歸，這種幽怨心聲

便成為閨怨詩久吟不衰的課題。細讀下列詩句，何者不是閨怨詩？〔107高雄市國小教甄〕

（A）燕草如碧絲，秦桑低綠枝。當君懷歸日，是妾斷腸時。春風不相識，何事入羅幃（B）梳洗罷，獨倚望江樓。過盡千帆皆不是，斜暉脈脈水悠悠。腸斷白蘋洲（C）子規啼，不如歸，道是春歸人未歸。幾日添憔悴，虛飄飄柳絮飛。一春魚雁無消息，則見雙燕鬥銜泥（D）洞房昨夜停紅燭，待曉堂前拜舅姑。妝罷低聲問夫婿，畫眉深淺入時無

解答：（A）出自李白〈春思〉；抒發女子閨怨（B）出自溫庭筠〈夢江南〉；寫女子盼君早歸（C）出自關漢卿〈大德歌・春〉；抒發閨怨（D）出自朱慶餘〈近試上張水部〉；假託新嫁娘口吻，問水部員外郎張籍：我的詩作有無機會在考試中脫穎而出。

89. 杜牧〈江南春〉
★【B】下列詩詞何者描寫的是秋天景象？〔102 第一次社會工作師高考〕
（A）千里鶯啼綠映紅，水村山郭酒旗風；南朝四百八十寺，多少樓臺煙雨中（B）遙夜泛清瑟，西風生翠蘿。殘螢棲玉露，早雁拂金河。高樹曉還密，遠山晴更多。淮南一葉下，自覺洞庭波（C）樓上晴天碧四垂，樓前芳草接天涯。勸君莫上最高梯。新筍已成堂下竹，落花都上燕巢泥，忍聽林表杜鵑啼（D）東風夜放花千樹，更吹落星如雨。寶馬雕車香滿路，鳳簫聲動，玉壺光轉，一夜魚龍舞。蛾兒雪柳黃金縷，笑語盈盈暗香去。眾裡尋他千百度，驀然回首，那人卻在，燈火闌珊處

解答：（A）出自杜牧〈江南春〉；春（B）出自許渾〈早秋〉三首之一；秋（C）出自周邦彥〈浣溪沙〉；夏（D）出自辛棄疾〈青玉案・元夕〉；春

90. 杜牧〈赤壁〉
★填充題：杜牧〈赤壁〉：
「＿＿＿＿＿＿，＿＿＿＿＿＿。」
用懸想示現法，設想一旦吳蜀聯軍被曹魏打敗，歷史將改寫，將導致令人意想不到的結局。〔2015 大陸高考模擬題〕

解答：東風不與周郎便／銅雀春深鎖二喬

91. 杜牧〈山行〉
★【B】下列選項中何者屬於「先果後因」的因果句？〔106 臺師大碩士班入學考〕
（A）東風無力百花殘（B）停車坐愛楓林晚（C）盤飧市遠無兼味（D）總為浮雲能蔽日，長安不見使人愁

解答：（A）出自李商隱〈無題〉（B）出自杜牧〈山行〉（C）出自杜甫〈客至〉（D）出自李白〈登金陵鳳凰臺〉

92. 杜牧〈秋夕〉
★【C】下列各詩句所詠，皆與節慶有關，何者配對正確？〔102 第一次社會工作師高考〕
（A）遙知兄弟登高處，偏插茱萸少一人：端午（B）競渡深悲千載冤，忠魂一去詎能還：重陽（C）千門萬戶曈曈日，總把新桃換舊符：春節（D）天階夜色涼如水，坐看牽牛織女星：中秋

圖解唐詩100：大考最易入題詩作精解

解答：(A) 出自王維〈九月九日憶山東兄弟〉；從「登高」、「徧插茱萸」，可知是重陽節 (B) 出自張耒〈賀端午〉；從「（龍舟）競渡」、「忠魂」，可知是端午節 (C) 出自王安石〈元日〉；從這天家家戶戶把舊桃符春聯換成新的，可知是農曆新年，即春節；正確 (D) 出自杜牧〈秋夕〉；從「坐看牽牛織女星」，可知是牛郎、織女相會的七夕。

93. 李商隱〈登樂遊原〉

★【B.C.D】複選題：下列詩句均是文學史上名家詩篇的名句摘錄，請仔細閱讀，並選出敘述正確的選項：〔98 指考〕

甲、夕陽無限好，只是近黃昏
乙、感時花濺淚，恨別鳥驚心
丙、舉杯邀明月，對影成三人
丁、花徑不曾緣客掃，蓬門今始為君開
戊、問渠那得清如許，為有源頭活水來
己、不識廬山真面目，只緣身在此山中
庚、白日放歌須縱酒，青春作伴好還鄉

（A）乙戊己都是宋詩 (B) 甲戊己原詩皆為絕句 (C) 乙丁庚都是對仗的詩句 (D) 其中有三項是杜甫的名句 (E) 甲丙庚都是李白的作品

解答：（甲）出自李商隱〈登樂遊原〉（乙）出自杜甫〈春望〉（丙）出自李白〈月下獨酌〉（丁）出自杜甫〈客至〉（戊）出自朱熹〈觀書有感〉二首之一（己）出自蘇軾〈題西林壁〉（庚）出自杜甫〈聞官軍收河南河北〉⇨（A）戊己是宋詩 (B)(C)(D) 皆正確 (E) 只有丙是李白的作品

94. 李商隱〈夜雨寄北〉

★【B】李商隱〈夜雨寄北〉：「君問歸期未有期，巴山夜雨漲秋池。何當共剪西窗燭？卻話巴山夜雨時。」此詩中指向未來時間的詩句是哪兩句？〔104 成大轉學考〕
（A）首兩句 (B) 末兩句 (C) 第一、三句 (D) 第二、四句

95. 李商隱〈無題〉

★【A】以下「」內的數字，何者是實際數目而非概略指稱？〔107 臺綜大轉學考〕
（A）「三」顧頻煩天下計 (B) 東風無力「百」花殘 (C)「千」里鶯啼綠映紅 (D)「萬」紫千紅總是春

解答：(A) 出自杜甫〈蜀相〉；指「三」顧茅廬，三次 (B) 出自李商隱〈無題〉；指眾花 (C) 出自杜牧〈江南春〉；指隨處可見 (D) 出自朱熹〈春日〉；形容花開繁盛，色彩鮮豔貌

96. 李商隱〈錦瑟〉

★李商隱〈錦瑟〉：「＿＿＿＿＿＿＿＿，＿＿＿＿＿＿＿＿。」使用莊生夢蝶、杜鵑啼血的典故，因此有人以為此詩或為悼念亡妻之作。〔2017 大陸高考模擬題〕

解答：莊生曉夢迷蝴蝶／望帝春心託杜鵑

97. 羅隱〈鸚鵡〉

★【A】對下引二詩的解說，正確的選項是：〔103 指考〕

甲、莫恨雕籠翠羽殘，江南地暖隴西寒。勸君不用分明語，語得分明出轉難。（羅隱〈鸚鵡〉）

乙、百囀千聲隨意移，山花紅紫樹高低。始知鎖向金籠聽，不及林間自在啼。（歐陽脩〈畫眉鳥〉）

隴西：唐人認為鸚鵡產自隴山以西

（Ａ）二詩均因鳥的叫聲，而興感抒懷（Ｂ）二詩均對鳥難以放聲高鳴表示惋惜（Ｃ）甲詩中「君」指鸚鵡，也暗指逢迎諂媚者（Ｄ）乙詩以「樹」與「林」比喻無常的仕宦際遇

98. 韓偓〈殘春旅舍〉

韓偓〈殘春旅舍〉：「旅舍殘春宿雨晴，恍然心地憶咸京。樹頭蜂抱花鬚落，池面魚吹柳絮行。禪伏詩魔歸淨域，酒衝愁陣出奇兵。兩梁免被塵埃汙，拂拭朝簪待眼明。」

★問答題：請分析此詩後二聯詩人試圖表達怎樣的情思？〔2015 大陸高考模擬題〕

解答：頸聯回到現實，具體寫出他此時客居旅舍中的寂寞與苦悶。「禪伏詩魔歸淨域，酒衝愁陣出奇兵。」他內心無限悲苦，客中無聊，只好以詩抒發情懷；他滿腔愁緒，無從宣洩，只能借酒消愁，為心情找一個出口。如李後主〈相見歡〉所云：「剪不斷，理還亂，是離愁？別是一般滋味、在心頭。」那種亡國之恨縈繞於心，牽牽絆絆，糾葛、拉扯，又豈是三言兩語說得清楚？唯有透過禪悟、痛飲才能暫時忘卻。

末聯筆鋒一轉，寄望於未來：「兩梁免被塵埃汙，拂拭朝簪待眼明。」他要好好保存這頂朝冠，千萬別被塵埃汙染了；言外之意是寧可終生潦倒，也絕不事奉異姓，氣節操守不容被玷

汙。他輕輕擦拭朝簪，相信大唐終有復興的一天，多希望能再戴上朝冠，穿上朝服，參與早朝議事。「兩梁（官帽）」、「朝簪（戴朝帽時所用的頭替）」，借代為唐臣，「免被塵埃汙」暗示人格不能被玷汙，「待眼明」則象徵等待大唐光復、政治清明之日的到來。

99. 杜荀鶴〈投長沙裴侍郎〉

杜荀鶴〈投長沙裴侍郎〉：「此身雖賤道長存，非謁朱門謁孔門。祇望至公將卷讀，不求朝士致書論。垂綸雨結漁鄉思，吹木風傳雁夜魂。男子受恩須有地，平生不受等閒恩。」

★【Ａ】關於此詩，下列所敘何者正確？〔2019 大陸高考模擬題〕

（Ａ）此詩雖為求仕而作，但作者堅持謹守自己的原則，展現出耿介清高的情懷（Ｂ）「朱門」代表所追求的目標、「孔門」象徵其精神的依歸（Ｃ）詩人希望得到裴侍郎的提拔，尋求出仕的捷徑（Ｄ）詩人表示即使身分卑微，仍胸懷遠志，希望終有功成名就的一天

100. 汪遵〈屈祠〉

★【Ｄ】下列文句所歌詠的對象，何者配對正確？〔107 科學園區實驗高中附小教甄〕

（Ａ）能攻心則反側自消，從古知兵非好戰；不審勢即寬嚴皆誤，後來治蜀要深思——劉備（Ｂ）彎弓征戰作男兒，夢裡曾經與畫眉。幾度思歸還把酒，浮雲堆上祝明妃——王昭君（Ｃ）道與天地參，功滿天地，名滿天地；書留春秋在，知我春秋，罪我春秋——關公（Ｄ）不肯迂迴入

醉鄉，乍吞忠梗沒滄浪。至今祠畔猿
啼月，了了猶疑恨楚王——屈原

解答：（A）出自成都武侯祠的對聯；
詠諸葛亮（B）出自杜牧〈題木蘭廟〉；
詠木蘭從軍（C）出自山西平遙文廟
的的對聯；詠孔子（D）出自汪遵〈屈
祠〉；詠屈原→正確

附錄三：作文金句 100 例

圖解唐詩100：大考最易入題詩作精解

	唐詩金句	出處	釋義	運用
1	常恐秋風早，飄零君不知	盧照鄰〈曲池荷〉	常常擔心秋風來得太早，滿池荷花、荷葉隨之凋零、飄落，讓人來不及飽覽這曲池荷花之美。 按：後世或將荷花比喻成美人，經常擔心青春凋零，郎君來不及珍惜她的美麗容顏。	古代的思婦「常恐秋風早，飄零君不知」，擔心紅顏老去，青春虛度，所以日夜盼著良人早日回家團聚。
2	無人信高潔，誰為表予心？	駱賓王〈在獄詠蟬〉	沒有人相信蟬兒棲身高枝、餐風飲露的節操，又有誰能代我表述這一番心意呢？	小楊含冤入獄，司法一直未能還他清白，所以他在家書中寫道：「無人信高潔，誰為表予心？」只有家人到處為他奔波、請命。
3	一遣樊籠累，唯餘松桂心	駱賓王〈夏日遊山家同夏少府〉	一股腦兒送走了官場的束縛與勞累，只剩嚮往大自然的高潔之心。	部長請辭後，天天帶著夫人遊山玩水，生活愜意。接受採訪時，記者問他未來有何規劃；他只淡淡地說：「一遣樊籠累，唯餘松桂心。」
4	雲霞出海曙，梅柳渡江春	杜審言〈和晉陵陸丞早春遊望〉	海上雲霞燦爛，旭日即將東升；江南的春天隨著紅梅綠柳渡江而來，此時江北才剛回春。 按：此二句對偶工整，意象清新脫俗，且十分討喜，極適合當作春聯用語。	過新年時，爺爺揮毫寫下一副應景的春聯：「雲霞出海曙，梅柳渡江春。」寫出大地回春，萬物滋長，煥然一新的新氣象。
5	海內存知己，天涯若比鄰	王勃〈送杜少府之任蜀州〉	想到四海之內有你這樣的同道好友，即使相隔天涯之遙，也彷彿近在咫尺。	子寧一家人雖然移民國外，但「海內存知己，天涯若比鄰」，我們還是可以透過臉書、視訊等媒介互通消息，情感交流。
6	江畔何人初見月？江月何年初照人？	張若虛〈春江花月夜〉	是哪一個人在江邊最先看見月亮呢？江上的明月又在哪一年最先照見了誰？	「江畔何人初見月？江月何年初照人？」詩人異想天開地提問，雖然這樣的問題並沒有答案，但其中卻隱含了一份對宇宙人生的無限深情。

	唐詩金句	出處	釋義	運用
7	廣樂逶迤天上下，仙舟搖衍鏡中酣	張說〈三月三日定昆池奉和蕭令得潭字韻〉	鈞天廣樂，樂音悠揚，充滿了天上人間；我們駕一葉小舟駛過定昆池，彷彿航過澄澈清明的鏡面般，使人感到酣暢淋漓。	我們雇一艘小船遊湖，並喚幾個唱曲的姑娘到船中獻藝，大夥兒一起飲酒作樂，真是「廣樂逶迤天上下，仙舟搖衍鏡中酣」，好不自在、快活！
8	海上生明月，天涯共此時	張九齡〈望月懷遠〉	茫茫海面上生出一輪皎潔的明月，你我雖人各天涯，卻於此時共賞同一月。	你我分隔兩地，各在天一方，但只要想到「海上生明月，天涯共此時」，彷彿我們可以透過月光傳遞對彼此的思念，感覺也就沒那麼孤獨無依了。
9	醉臥沙場君莫笑，古來征戰幾人回？	王翰〈涼州詞〉	縱使醉倒在戰場上，你也別取笑啊！因為自古以來征戰沙場的將士，又有幾個能平安歸來？	「醉臥沙場君莫笑，古來征戰幾人回？」這是前線兵士們酒後互相調侃的話語。乍聽之下十分灑脫，其實隱藏著多少辛酸與無奈。
10	欲窮千里目，更上一層樓	王之渙〈登鸛雀樓〉	如果想將千里的景物盡收眼底，那就得登上更高的一層城樓。 按：此二句後世引申成如想擁有更高、更廣的眼界，那就得努力提升自己，讓自己登上更高的所在，視野自然更加開闊了。	大學畢業後，小諾了解「欲窮千里目，更上一層樓」的道理，所以決定繼續攻讀研究所。
11	野曠天低樹，江清月近人	孟浩然〈宿建德江〉	遙望遠處曠野遼闊，黯淡的天空，彷彿壓得比樹木還低；江水清澈如許，月影浮現水面，依稀更靠近人了。	夜間露營時，坐在帳棚外喝酒、談心，最能感受到「野曠天低樹，江清月近人」的意境，突然覺得回歸大自然懷抱，無拘無束真好！
12	待到重陽日，還來就菊花	孟浩然〈過故人莊〉	相約等到重陽節那天，還要再來這裡一起欣賞菊花。	今年春天，我和好友到鄉間散心，並約定「待到重陽日，還來就菊花」；沒想到她竟臨時有事爽約了，我只好隻身前往。
13	人事有代謝，往來成古今	孟浩然〈與諸子登峴山〉	人事盛衰不斷地更迭、變化，這樣古往今來便構成了歷史。	「人事有代謝，往來成古今」，我們既是讀歷史的人，同時也是正在「創造」歷史的人。

圖解唐詩100：大考最易入題詩作精解

	唐詩金句	出處	釋義	運用
14	夜來蓮花界，夢裡金陵城	李頎〈送王昌齡〉	想像您夜裡還置身於洛陽白馬寺，睡夢中卻奔馳至目的地南方的金陵城。	「夜來蓮花界，夢裡金陵城。」是詩人設想好友別後飛快抵達目的地的情境，同時隱含祝福一路順風之意。
15	莫見長安行樂處，空令歲月易蹉跎	李頎〈送魏萬之京〉	請您不要以為長安是玩樂的好地方，而白白虛度了寶貴時光。	小諾，你好不容易有機會到第一流學府就讀，一定要好好把握，「莫見長安行樂處，空令歲月易蹉跎」。
16	秦時明月漢時關，萬里長征人未還	王昌齡〈出塞〉二首之一	自從秦、漢以來，明月就這樣照耀著邊關塞外，但離家萬里、為國長征的壯士至今仍未歸來！	姨婆年輕時，先生被日本人徵召到南洋從軍，從此一去不復返；所以她每次讀到「秦時明月漢時關，萬里長征人未還」，總是忍不住潸然淚下。
17	黃沙百戰穿金甲，不破樓蘭終不還	王昌齡〈從軍行〉七首之四	將士們在黃沙滾滾中身經百戰，鎧甲戰衣都被磨破了，但壯志未減，立誓不消滅敵人絕不返鄉！	古裝戲裡的男主角跨上戰馬衝鋒陷陣時，那副雄姿英發的俊俏模樣，以及「黃沙百戰穿金甲，不破樓蘭終不還」的堅毅決心，不知迷死多少螢幕前的姊姊妹妹們？
18	忽見陌頭楊柳色，悔教夫婿覓封侯	王昌齡〈閨怨〉	無意間看到路邊楊柳青青如許，折柳贈別的場景忽然湧現心頭，這才後悔當初不該讓丈夫外出尋求功名。	關太太從前一直鼓勵丈夫爭取升官發財的機會，如今搖身一變成為總裁夫人，每當讀到前人詩句：「忽見陌頭楊柳色，悔教夫婿覓封侯。」她總覺得「心有戚戚焉」。
19	洛陽親友如相問，一片冰心在玉壺	王昌齡〈芙蓉樓送辛漸〉	您到了洛陽，如果親友問起我的近況，請轉告他們：我的心依然像玉壺裡的堅冰，晶瑩剔透、纖塵不染。	您這次返鄉，請代我向親朋故舊問好，「洛陽親友如相問，一片冰心在玉壺」，請轉告他們：我依然潔身自愛，絕對不敢辜負大家的期望與教誨。
20	清箏向明月，半夜春風來	王昌齡〈古意〉	我對著一輪明月，彈奏清脆嘹亮的古箏曲；半夜裡，引來陣陣溫暖和煦的春風。	參加大一新生宿營時，熟諳國樂的古同學為大家彈奏一曲，真是「清箏向明月，半夜春風來」，令人心曠神怡，印象深刻。

	唐詩金句	出處	釋義	運用
21	玉顏不及寒鴉色，猶帶昭陽日影來	王昌齡〈長信怨〉五首之三	美麗的容顏竟比不上那烏鴉的姿色，羨慕牠還能帶著昭陽殿的餘暉一路飛過來。 按：「玉顏」除了指美女，亦謂賢才。「寒鴉」當然借喻為醜惡之人、之物了。「昭陽日影」象徵君主、長官的賞識或厚愛。	小照是個專業的攝影師，卻無故被公司開除了；看到小巴那「二百五」居然成天跟總編身旁，唉，真是「玉顏不及寒鴉色，猶帶昭陽日影來」！一切都是命，怨誰呢？
22	獨在異鄉為異客，每逢佳節倍思親	王維〈九月九日憶山東兄弟〉	我獨自流落在外成了異鄉客，每到佳節就加倍思念故鄉的親人。 按：後世較常引用「每逢佳節倍思親」句，因為看到別人一家團圓歡慶佳節，自然容易突顯出遊子孤單飄零，孑然一身的感受。	安娜來臺工作多年，因為合約的關係無法回國，「每逢佳節倍思親」，看到她年節時與老公、孩子視訊後，總是一個人暗自啜泣，真教人於心不忍！
23	大漠孤煙直，長河落日圓	王維〈使至塞上〉	一望無際的沙漠中，孤煙直上；源遠流長的黃河上，落日渾圓。 按：此二句為千古寫景的名句，氣象宏偉，十分壯麗。	我非常嚮往草原遼闊的大漠風光，真希望有機會到邊疆塞外旅遊，親身體會王維詩中「大漠孤煙直，長河落日圓」的壯麗景色。
24	賴多山水趣，稍解別離情	王維〈曉行巴峽〉	多虧自己深知山水的情趣，才可稍稍排解別離的鄉愁。	她離鄉背井來澳洲打工、遊學，所幸經常與朋友相約出遊，「賴多山水趣，稍解別離情」，才稍稍沖淡那濃得化不開的鄉愁。
25	行到水窮處，坐看雲起時	王維〈終南別業〉	有時走到了水源的盡頭，就坐下來看看遠方雲霧升起的景象。 按：此二句富含哲理，人生何嘗不是如此？「行到水窮處」，彷彿已無路可走了，那又何妨？不如「坐看雲起時」，肯定又是一番不同的境界。隱含絕處逢生之意，勸人不要過於執著，有時一個轉念，便覺「柳暗花明又一村」，一切又有了嶄新的風貌。	從前叱吒商場的女老闆，在公司倒閉後，回家洗手作羹湯，當個快樂的全職媽媽。所謂「行到水窮處，坐看雲起時」，何必感嘆人生走到了山窮水盡？不如換個心情，坐下來欣賞遠天白雲升起時的悠然自在。
26	好客多乘月，應門莫上關	王維〈登裴秀才迪小臺〉	好客的主人啊，我會經常乘著月色來造訪；照應門戶的僮僕，請不要總是閂上院門。	你家的花園真是太美了，「好客多乘月，應門莫上關」，今後我一定會經常來打擾，希望你別嫌我煩才好！

詩
圖解唐詩100：大考最易入題詩作精解

	唐詩金句	出處	釋義	運用
27	復值接輿醉，狂歌五柳前	王維〈輞川閒居贈裴秀才迪〉	又碰上你像接輿一樣喝醉了酒，在我種了五棵柳樹的門前慷慨高歌起來。	鄰居小王是一位狂放不羈的藝術家，每次喝醉後，總喜歡來按門鈴找我談天說地，有時甚至載歌載舞起來。「復值接輿醉，狂歌五柳前」，沒辦法，誰教我是他最要好的小學同學？
28	明月松間照，清泉石上流	王維〈山居秋暝〉	皎潔的月光悄悄照進松林間來，清澈的泉水淙淙流淌在石頭上。	那晚，我們彷彿走進了王維的詩裡：「明月松間照，清泉石上流。」在皎潔月光下，聽著潺潺溪流聲，多希望時間永遠靜止在這一刻。
29	但去莫復問，白雲無盡時	王維〈送別〉	只管去吧，我不再多問了；當您離開後，只見山中白雲悠悠沒有窮盡的時候。	小吳厭倦了競爭激烈的職場生涯，毅然請辭返鄉，準備回去幫雙親務農，當個開心的農場主人。「但去莫復問，白雲無盡時」，儘管去吧！我們這群朋友由衷祝福他！
30	感此傷妾心，坐愁紅顏老	李白〈長干行〉	此情此景令我格外感傷，因為擔心容顏一天天衰老。	古代女生唯一的使命就是相夫教子，所以一旦丈夫遠行，她們只能眼巴巴盼著良人早歸。想到夫君遲遲沒有消息，她們往往「感此傷妾心，坐愁紅顏老」，除此之外別無他法。
31	危乎高哉！蜀道之難難於上青天	李白〈蜀道難〉	多麼高峻又險阻！蜀道真是難走啊，簡直比登上青天還要困難。 按：一般引用後句：「蜀道之難難於上青天」，形容事情或局勢十分艱險，簡直比登天還難！	媽媽要小樂改掉愛玩的個性，從此坐在書桌前好好讀書，準備研究所考試，那簡直如「蜀道之難難於上青天」！
32	舉杯邀明月，對影成三人	李白〈月下獨酌〉	詩人舉杯邀請天上的明月共飲，低頭對著地上自己的身影勸酒，恰好合成三個人。	小王夜間獨飲，我看他形單影隻，怪寂寞的！他卻堅持這是「舉杯邀明月，對影成三人」，——唉，跟李白一樣，真不知是天生浪漫？還是逃避現實？

	唐詩金句	出處	釋義	運用
33	且樂生前一杯酒，何須身後千載名？	李白〈行路難〉三首之三	他寧可有生之年喝一杯酒盡情享樂，又怎會在意身後留下千秋萬世的虛名呢？	茱蒂離婚後，交了幾任小男友，開跑車、穿名牌，出入高級俱樂部，日子過得可開心！又怎會在意前夫一天到晚向人哭訴她如何不安於室、拋夫棄子？唉，「且樂生前一杯酒，何須身後千載名？」活在當下，活得精采最重要！
34	天生我材必有用，千金散盡還復來	李白〈將進酒〉	天生我這個人必定有其作用，即使千金散盡了也還可以再賺回來。 按：此二句引用時，常被分開來：「天生我材必有用」，是強調每個人有每個人的功用，人不必妄自菲薄；「千金散盡還復來」，則把錢財視為身外之物，人應活得自在、瀟灑，千萬別當個守財奴！	◆ 小鈺雖然天生肢體障礙，不良於行，卻有極高的美術天分，素描、國畫、版畫、紙雕……樣樣難不倒他。「天生我材必有用」，他絕對可以成為一位出色的藝術家！ ◆ 努力工作之餘，偶爾也該出國散散心，犒賞一下自己；「千金散盡還復來」，你別老是縮衣節食，錙銖必較，這樣日子過得多乏味！
35	抽刀斷水水更流，舉杯銷愁愁更愁	李白〈宣州謝朓樓餞別校書叔雲〉	好比抽出寶刀去砍流水，水反而流個不停；舉起酒杯本想消除煩憂，結果倒是愁上添愁。	小新失戀了，成天借酒澆愁，奉勸他這是沒用的，因為「抽刀斷水水更流，舉杯銷愁愁更愁」；不如及早振作起來，畢竟天涯何處無芳草，說不定下一個可愛的女孩正在不久的未來等著他呢！
36	今日任公子，滄浪罷釣竿	李白〈金陵望漢江〉	如今的任公子，無須滄海垂釣，罷竿而去了。 按：任公子釣大魚，如今不須釣大魚，讓他罷竿而去；象微賢才被棄置，英雄無用武之地。	陳部長是百年難得一見的財經奇才，可惜因改朝換代，不得不下臺一鞠躬。唉，「今日任公子，滄浪罷釣竿」，他離開，是國家的損失！
37	兩岸猿聲啼不住，輕舟已過萬重山	李白〈早發白帝城〉	兩岸猿猴的啼叫聲，不絕於耳；不知不覺間，輕快的小舟已駛過了萬重青山。 按：後世多引用「輕舟已過萬重山」句，表示步伐、船（車）速之輕快，暢行無阻。	我們騎著摩托車，沿淡金公路急駛而過，飽覽北海岸風光之餘，對於李白〈早發白帝城〉中「輕舟已過萬重山」的意境亦領略一二。

圖解唐詩100：大考最易入題詩作精解

	唐詩金句	出處	釋義	運用
38	相看兩不厭，只有敬亭山	李白〈獨坐敬亭山〉	我獨坐望向敬亭山，敬亭山也默默凝望著我，我們誰也不會感到滿足，看來只有敬亭山能理解我此刻的心情。	我愛臨窗讀書，讀累了，望向對岸的觀音山，腦中不禁浮現李白的詩句：「相看兩不厭，只有敬亭山。」而與我相看兩不厭，只有眼前嫵媚的觀音山了。
39	浮雲遊子意，落日故人情	李白〈送友人〉	飄忽不定的浮雲，彷彿異鄉遊子飄泊的情意；遲遲不肯西下的落日，恰似遠方老友溫馨的情誼。	旅居海外多年，最愛這兩句詩：「浮雲遊子意，落日故人情。」尤其逢年過節收到老朋友的道賀，讓我深深體會到不管離開多久、走得多遠，老友親切的問候、溫暖的關懷，永遠都像太陽一樣令人心頭暖烘烘的。
40	自古妒蛾眉，胡沙埋皓齒	李白〈于闐採花〉	自古以來，有不少貌美的女子遭人忌恨、排擠，一如王昭君那樣明眸皓齒的大美人，就被棄置在荒涼的胡地，抑鬱終老。	我們醫學系系花後來加入國際志工的行列，遠赴遙遠的國度，為貧困的當地人義診、募款、建屋、鑿井……無私奉獻。同學們卻開玩笑說：「自古妒蛾眉，胡沙埋皓齒。」她並不以為意，因為她覺得這是上天賦予她的神聖使命。
41	總為浮雲能蔽日，長安不見使人愁	李白〈登金陵鳳凰臺〉	太陽總是被天上的浮雲遮蔽了，看不見長安城，不禁使我感到十分憂愁。 按：此處「浮雲能蔽日」，象徵小人蒙蔽了君主；「長安」則為國家之借代。後世可以引申為上司被群小蒙騙，使人不禁為一個企業、組織、單位等感到憂心忡忡。	皇霸集團現今佞臣當道，幾個開疆拓土的大功臣或負氣出走，或慘遭打壓，或告老還鄉……旗下員工莫不憂心忡忡，「總為浮雲能蔽日，長安不見使人愁」，希望少董能拿出魄力來，大刀闊斧整治一番。
42	日暮鄉關何處是？煙波江上使人愁	崔顥〈黃鶴樓〉	時至黃昏，眺望遠方，哪裡才是我的家鄉？面對大江煙波浩渺，使人不覺發起愁來。 按：此二句因黃昏日落，看不見故鄉而發愁，是遊子思鄉之語。	王老五退休後，興沖沖地移民水都威尼斯，結果不到一年他又拉著李返臺定居了。問他發生什麼事，他只淡淡地說：「日暮鄉關何處是？煙波江上使人愁。」──原來是想家，想老朋友了！

	唐詩金句	出處	釋義	運用
43	寂寂江山搖落處，憐君何事到天涯？	劉長卿〈長沙過賈誼宅〉	深秋時節，山川寂寥，到處都是飄零的景象，我就不明白，您（賈誼）為什麼要到這麼遠的地方來？ 按：較常引用後句：「憐君何事到天涯？」，意思是不明白你為何會飄泊至這麼遙遠的地方來？	沛珊從護理學校畢業後，自願到偏鄉小診所服務，剛開始因為城鄉差距、民情不同等問題，讓她吃足了苦頭。親友們莫不心疼地說：「憐君何事到天涯？」她卻咬牙苦撐下來，只想把自己的專業發揮在最需要她的地方。
44	江上幾回今夜月？鏡中無復少年時	劉長卿〈謫官後臥病官舍簡賀蘭侍郎〉	江上望月幾次能跟今晚一樣渾圓、明亮？看著自己鏡中的容貌衰老，不再像年輕時那般意氣風發。	幾位中年大叔聚在一塊兒喝酒閒聊，約翰突然有感而發道：「江上幾回今夜月？鏡中無復少年時。」是啊，歲月不饒人，大家都不再是當年意氣風發的小伙子了！
45	會當凌絕頂，一覽眾山小	杜甫〈望嶽〉	有朝一日，我定要攻上峰頂；向下俯瞰，周圍群峰將顯得格外渺小。 按：此二句道出胸中的凌雲壯志，很適合用來勉人或自勉。「會當凌絕頂」，是希望自己有一天能攀越巔峰，對自己的前途充滿信心。	小愷雖然只是一個小小的銷售員，但他相信終有一天，「會當凌絕頂，一覽眾山小」，憑著他的聰明才智與努力不懈，一定能脫穎而出，攀上人生的巔峰。
46	炙手可熱勢絕倫，慎莫近前丞相嗔	杜甫〈麗人行〉	這可是一代的大紅人，千萬別靠近，丞相會怪罪的！	「炙手可熱勢絕倫，慎莫近前丞相嗔。」道盡楊國忠當時在朝中大權在握，作威作福，百姓敢怒不敢言的心聲。
47	人生有情淚霑臆，江水江花豈終極？	杜甫〈哀江頭〉	人生而有情，淚水沾溼了胸臆，只有那江水滔滔、江花開謝哪裡會有盡頭呢？	「人生有情淚霑臆，江水江花豈終極？」或許正因為江水、江花本無情，才可以不管人世如何變遷，始終滔滔奔流、自開自落，絲毫不受影響。人何其不幸，生而有情，反不如江水、江花無憂無慮、無欲無求，活得瀟瀟灑灑！
48	烽火連三月，家書抵萬金	杜甫〈春望〉	戰火蔓延了好幾個月，收到一封家書，真值得上萬兩黃金啊！	「烽火連三月，家書抵萬金」，在戰火蔓延下，收到一封親人寄來報平安的書信，真是比什麼都值得高興！

詩

圖解唐詩100：大考最易入題詩作精解

	唐詩金句	出處	釋義	運用
49	明日隔山岳，世事兩茫茫	杜甫〈贈衛八處士〉	明天我們分開後，關山阻隔，人情世事又渺茫不可知。	古代交通不便，親友間聯繫困難，常常生離就是死別，所以杜甫才會說：「明日隔山岳，世事兩茫茫。」如今情況不同了，隨著科技進步，各種通訊軟體普及，就算你到了海角天邊，只要有心聯絡，距離絕對不成問題。
50	露從今夜白，月是故鄉明	杜甫〈月夜憶舍弟〉	從今夜開始節氣就進入白露了，還是故鄉的月光最明亮。 按：「月是故鄉明」通常單獨被徵引，表達遊子對家鄉的思念，明明天涯共此月，卻老是錯覺故鄉的月亮比較圓、比較亮。	我在旅途中度過中秋節，但始終心繫著臺北，想念自家種的文旦、朋友送的月餅，大夥兒在月光下烤肉的歡樂……「月是故鄉明」，少了熟悉的味道，今年的中秋月感覺似乎也黯淡了不少。
51	存者且偷生，死者長已矣！	杜甫〈石壕吏〉	活著的人姑且活下去，至於死去的人永遠不能復生了！	他們家遭逢變故之後，「存者且偷生，死者長已矣！」堅強的小姊姊彷彿一夕之間長大了，開始學會察言觀色，懂得照顧自己，並保護年幼的弟妹。
52	我里百餘家，世亂各東西	杜甫〈無家別〉	鄉里百餘戶人家，因為世道亂離，各奔東西。	「我里百餘家，世亂各東西。」詩中透過一個九死一生重返家園的士兵，訴說戰亂中人人顛沛流離、家家妻離子散的慘況。
53	出師未捷身先死，長使英雄淚滿襟	杜甫〈蜀相〉	可惜諸葛亮幾次出師討賊都未能獲勝，便病死軍中；此事常使古今英雄為他流下滿襟的熱淚！	當年世大運，我國田徑好手花菲菲因前一晚發生車禍而退出比賽，從此在體壇銷聲匿跡了，真是「出師未捷身先死，長使英雄淚滿襟。」至今提起此事，仍令人惋惜不已！

	唐詩金句	出處	釋義	運用
54	肯與鄰翁相對飲？隔籬呼取盡餘杯	杜甫〈客至〉	如果您肯與隔壁老翁一同對飲，我就隔著籬笆喊他過來喝個盡興。	平安夜我到南部找同學，同學說對面的室友剛好也在房裡，於是邀他過來跟我們一起吃火鍋。就這樣，我與這位室友成為志同道合的好「麻吉」；隔天回臺北時，他抄了杜甫〈客至〉送我，他說他特別喜愛「肯與鄰翁相對飲？隔籬呼取盡餘杯」這兩句詩的人情味，我亦有同感。
55	跨馬出郊時極目，不堪人事日蕭條	杜甫〈野望〉	獨自騎馬外出郊遊，極目遠眺，真不忍心看這局勢一天天敗壞下去。	新冠肺炎來襲期間，我們騎車到郊外散心，所到之處杳無人煙，附近店家大門深鎖，不禁想起杜甫〈野望〉的情景：「跨馬出郊時極目，不堪人事日蕭條。」當時只能默默祈禱疫情趕快結束，大家可以恢復正常生活。
56	安得廣廈千萬間？大庇天下寒士俱歡顏	杜甫〈茅屋為秋風所破歌〉	如何能得到千萬間寬敞高大的房屋？普遍地庇護天下的窮書生，讓他們都住得安心，展開笑顏。	選舉期間，各位候選人都曾提出要廣建國民住宅，讓市民可以「住者有其屋」；恰與杜甫的想法不謀而合，「安得廣廈千萬間？大庇天下寒士俱歡顏」。但隨著選舉落幕，這樣的政見也就不了了之，彷彿那只是一種競選口號而已，民眾聽聽便罷，千萬別當真！
57	我生苦飄零，所歷有嗟嘆	杜甫〈通泉驛南去通泉縣十五里山水作〉	我這一生深為飄泊無依所苦，因此所到之處皆充滿了慨嘆。	杜甫說：「我生苦飄零，所歷有嗟嘆。」或許正因為這樣苦難的一生，他才能寫下這麼多感時傷世、憂國憂民的詩歌。
58	斯須九重真龍出，一洗萬古凡馬空	杜甫〈丹青引贈曹將軍霸〉	不一會兒工夫，一匹真龍寶馬躍然紙上，萬古以來的凡馬頓時黯然失色。 按：此二句亦隱含高人奇士一出現，能令在場凡夫瞬間相形見絀，黯淡無光。	在選秀節目現場，當艾琳娜的天籟美聲一開唱，宛如「斯須九重真龍出，一洗萬古凡馬空」，令所有參賽者霎時間淪為陪襯的綠葉，誰也無法搶奪她迷人的風采！

圖解唐詩100：大考最易入題詩作精解

	唐詩金句	出處	釋義	運用
59	飄飄何所似？天地一沙鷗	杜甫〈旅夜書懷〉	這一生飄零到底像什麼呢？就像廣大天地間一隻孤伶伶的沙鷗。	徐老師熱愛生態攝影，經常飄洋過海，深入蠻荒，捕捉熱帶雨林中動、植物的珍貴鏡頭。他總是戲稱自己「飄飄何所似？天地一沙鷗」。
60	叢菊兩開他日淚，孤舟一繫故園心	杜甫〈秋興〉八首之一	菊花已經兩度開謝，想到我兩年來未曾回家，不免為之傷心、落淚；小船還繫在岸邊，雖然我飄零在外，依舊心繫家國。	榮民伯伯感慨地說：「杜甫詩中『叢菊兩開他日淚，孤舟一繫故園心』，他兩年沒回家就落淚霑襟；何況我們從十幾歲離家，到現在再也不曾回過家，淚水早已哭乾了！」
61	彩筆昔曾干氣象，白頭吟望苦低垂	杜甫〈秋興〉八首之八	當年我文采斐然，曾上〈三大禮賦〉，豪氣干雲；如今頭髮白了，人老才盡，再望向京師，只能低頭苦吟。	「彩筆昔曾干氣象，白頭吟望苦低垂。」杜甫感慨自己年紀大了，意志消沉，才情銳減，不復當年的意氣風發。
62	萬里悲秋常作客，百年多病獨登臺	杜甫〈登高〉	我飄泊萬里，每到秋天心中格外悲苦，感慨長年客居他鄉；暮年疾病纏身，獨自登臺遠眺，真是五味雜陳。	「萬里悲秋常作客，百年多病獨登臺。」可以感受到詩人集所有悲哀於一身，難怪要意志消沉，憔悴衰老！
63	親朋無一字，老病有孤舟	杜甫〈登岳陽樓〉	親朋好友們音訊全無，我年老多病，只有一條孤舟可以棲身。	「親朋無一字，老病有孤舟。」道盡杜甫飄泊異鄉，貧病交迫的晚年生活。
64	此行為知己，不覺蜀道難	岑參〈早上武盤嶺〉	正因為此次遠行是為了知己，所以不覺得蜀道崎嶇難行。 按：此二句含有「士為知己者死」的意思，讀書人樂意為賞識他的人賣命，赴湯蹈火，在所不辭。	詩人心中感激好友的提攜之恩，所以就算翻山越嶺，沿路崎嶇難行，也從不喊半句苦；只因「此行為知己，不覺蜀道難」。
65	昨別今已春，鬢絲生幾縷？	韋應物〈長安過馮著〉	從前你我在春日裡話別，如今又是春天了，我倆鬢髮蒼蒼如白絲線般，不知又生出多少來？	老同學多年不見了，好不容易久別重逢，他們居然互相關心起彼此的白頭髮來，唉，「昨別今已春，鬢絲生幾縷？」
66	明日巴陵道，秋山又幾重？	李益〈喜見外弟又言別〉	明日你要登上巴陵古道，從此不知又隔了幾重秋山？	男、女主角才剛剛團聚，男主角又接獲新的人事命令，即將走馬上任。唉，「明日巴陵道，秋山又幾重？」怎不教他倆為此柔腸寸斷呢？

	唐詩金句	出處	釋義	運用
67	高山未盡海未平，願我身死子還生	王建〈精衛詞〉	只要高山上的木石尚未銜盡，大海還沒填平，精衛鳥說：「即使我一身死去，但願子孫能繼續完成我的志業！」	「高山未盡海未平，願我身子還生。」道出精衛鳥的心聲，與愚公移山精神有異曲同工之處。
68	到此詩情應更遠，醉中高詠有誰聽？	張籍〈寄和州劉使君〉	面對此山光水色，您一定想賦詩寄給遠方的知音，只是您酣醉中高吟一首，有誰能像我一樣側耳傾聽呢？	張籍感慨友人：「到此詩情應更遠，醉中高詠有誰聽？」那是古人的情感；如果是今天便沒有這樣的問題，他可以開直播或錄製影音檔上傳 Youtube，相信一定能吸引同好前來聆聽。
69	還君明珠雙淚垂，恨不相逢未嫁時	張籍〈節婦吟寄東平李司空師道〉	歸還您雙明珠時，我不禁淚流滿面，很遺憾在未出嫁前沒能遇見您。 按：此二句現今多用於兒女私情上，適合用來婉拒別人的追求。	殊殊小姐退了小李所送的定情信物，並附上一張小卡，寫道：「還君明珠雙淚垂，恨不相逢未嫁時。」天啊，這時小李才恍然大悟，原來自己愛上了有夫之婦！
70	誰言千里自今夕？離夢杳如關塞長	薛濤〈送友人〉	誰說友人千里之別從今晚開始？離別後連相逢的夢也杳然無蹤，一如迢迢關塞般遙遠漫長。	薛濤〈送友人〉：「誰言千里自今夕？離夢杳如關塞長。」今人讀來比較沒那麼感動，因為好友遠別了，其實沒什麼大不了，想他時買張機票飛過去探望便罷，何必為此愁眉不展？
71	但聞怨響音，不辨俚語詞	劉禹錫〈插秧歌〉	只聽到哀怨的曲調聲，聽不懂俚語，所以不知歌詞是什麼意思。	詩人聽到鄉間匹夫匹婦邊插秧、邊哼著歌兒，「但聞怨響音，不辨俚語詞」，所以他為那調子填寫新的歌詞，此即〈插秧歌〉。
72	東邊日出西邊雨，道是無晴還有晴？	劉禹錫〈竹枝詞〉二首之一	東邊太陽出來了，西邊卻開始下雨，你說這到底是無「晴」、還是有「晴」呢？	女孩心中懊惱那人不來看她便罷，居然在對岸跟同伴們玩得可開心，所以一語雙關地說：「東邊日出西邊雨，道是無晴還有晴？」——看懂了嗎？是問他對她有無情意？與天氣是晴、是雨沒關係。
73	萬戶千門成野草，只緣一曲後庭花	劉禹錫〈臺城〉	如今萬戶千門的瓊樓玉宇都長滿了荒煙蔓草，只因當年陳後主沉迷於一曲〈玉樹後庭花〉。	「萬戶千門成野草，只緣一曲後庭花。」我們知道南朝陳滅亡的原因很複雜，但詩人以一曲〈玉樹後庭花〉作為借代，這是文學的手法，絕非歷史的真相。

圖解唐詩100：大考最易入題詩作精解

	唐詩金句	出處	釋義	運用
74	莫言堆案無餘地，認得詩人在此間	劉禹錫〈秋日題竇員外崇德里新居〉	別說屋內案牘堆積滿地，我正好與您這位詩人在此結為同道友人。	「莫言堆案無餘地，認得詩人在此間。」足見劉禹錫與竇員外志趣相投，經常一起談詩論文，因而結為知心好友。
75	田園寥落干戈後，骨肉流離道路中	白居易〈自河南經亂〉	戰亂過後田園荒蕪零落，骨肉至親也都分散在異鄉的道路中。	「田園寥落干戈後，骨肉流離道路中。」寫出戰亂中，家園荒蕪、殘破，親人流離失所的現實景況。
76	在天願作比翼鳥，在地願為連理枝	白居易〈長恨歌〉	在天上願作為一對比翼雙飛的鳥兒，在地下願結為一雙並生連理的枝幹。	「在天願作比翼鳥，在地願為連理枝。」這是唐明皇與楊貴妃當年的山盟海誓。無奈天妒良緣，他倆的愛情最後仍以悲劇收場，令人不勝唏噓！
77	家田輸稅盡，拾此充飢腸	白居易〈觀刈麥〉	家中田地為了繳納賦稅都已經賣光了，只好撿拾一些麥穗來填飽飢餓的肚子。	「家田輸稅盡，拾此充飢腸。」貧苦家庭的婦女抱著小孩，一面拾取田中麥穗，一面向人訴說她的窘境。
78	一叢深色花，十戶中人賦	白居易〈買花〉	這一叢深紅色的牡丹花，要價相當於十戶中等人家一年的賦稅了。	「一叢深色花，十戶中人賦。」社會貧富懸殊問題，古代如此，現代何嘗不也如此？明星、貴婦手上一個名牌包動輒幾十萬，那是多少戶普通家庭一整年的生活費了！
79	願易馬殘粟，救此苦飢腸	白居易〈采地黃者〉	希望換些馬吃剩的飼料，救救我們全家人免於再受飢腸轆轆之苦。	「願易馬殘粟，救此苦飢腸。」透過採地黃者的口吻，道出人不如馬的待遇。貧民飢餓難耐，只能兜售地黃，換取馬吃剩的飼料來果腹，真是情何以堪！
80	晚來天欲雪，能飲一杯無？	白居易〈問劉十九〉	看來今晚天空要下雪了，您能來一起喝杯酒嗎？	冷風颼颼的夜裡，友人捎來訊息：「晚來天欲雪，能飲一杯無？」友情的溫暖確實足以抵擋外頭攝氏七、八度的低溫，我不假思索地驅車前往。

	唐詩金句	出處	釋義	運用
81	同是天涯淪落人，相逢何必曾相識？	白居易〈琵琶行〉	你我同是落魄江湖的可憐人，今日相逢何必問是否曾經相識呢？	那晚我失戀了，在酒吧喝著滿杯苦酒；而你剛好也與女友分手，想來借酒澆愁。「同是天涯淪落人，相逢何必曾相識？」漸漸地，我們成了無話不談的好哥兒們。
82	人隻履猶雙，何曾得相似？	白居易〈感情〉	想到我與她各自分飛，而鞋子仍完好一雙；我倆的命運哪能和鞋子相比？	前女友送給小瓜的球鞋一直被好好保存著，但她已成了別人的新娘。每當小瓜看到那雙球鞋，心中真是百感交集，「人隻履猶雙，何曾得相似？」感慨自己比不上那雙鞋！
83	人面不知何處去？桃花依舊笑春風	崔護〈題都城南莊〉	而今如花的紅顏不知上哪兒去了？只有豔紅的桃花依舊迎著春風盡情綻放。	去年社團春遊時，他與學妹曾在桃花樹下拍照、閒聊；而今「人面不知何處去？桃花依舊笑春風。」
84	孤舟蓑笠翁，獨釣寒江雪	柳宗元〈江雪〉	只有孤伶伶的小船裡，一個披蓑衣、戴斗笠的老漁翁，獨自在滿江白雪中垂釣。	「孤舟蓑笠翁，獨釣寒江雪。」──好孤僻、好固執、好清高的老頭兒！天寒地凍時，大家紛紛躲進屋裡取暖，你為何獨自一人垂釣於寒江上？這樣的天氣哪裡能釣到魚？不，你釣的是滿江風雪。
85	曾經滄海難為水，除卻巫山不是雲	元稹〈離思〉五首之四	曾經到過渤海，其他地方的旁支細流就不值得一觀了；除了巫山的雲彩，其他地方的雲朵便稱不上是雲了。 按：此二句通常用在男女愛情上，意思是遇到了最好的人，之後無論再遇見誰都覺得普普通通，無足為觀了。	男主角對女主角說：「曾經滄海難為水，除卻巫山不是雲。」意思是你是我見過最好的女孩，從今以後，再也沒有誰能讓我動心，因為在我心裡你獨一無二，任誰都無法取代！
86	秋風生渭水，落葉滿長安	賈島〈憶江上吳處士〉	回想你我分別時，秋風吹拂著渭水，落葉飄滿了長安城。	那年，「秋風生渭水，落葉滿長安。」你隻身遠行；如今又到了秋風起、落葉飄的季節，仍遲遲不見你歸來的身影。

	唐詩金句	出處	釋義	運用
87	男兒屈窮心不窮，枯榮不等嗔天公	李賀〈野歌〉	大丈夫雖然懷才不遇，心志卻不能因此沉淪；我憤怒地問老天：為什麼會有尊貴與貧賤這樣不公平的安排？ 按：一般較常引用前句：「男兒屈窮心不窮」，意思是男子漢大丈夫人窮志不窮。	「男兒屈窮心不窮」，我鄭元龢再窮困潦倒，也絕不當個靠女人生活的「軟爛男」！
88	妝罷低聲問夫婿，畫眉深淺入時無？	朱慶餘〈近試上張水部〉	她細細梳妝打扮好了，輕聲向夫婿問道：「我的雙眉畫得濃淡可還合時宜？」 按：此詩原是詩人藉由閨意向主考官詢問自己有無機會金榜題名；但後來引用多當作描寫男女之情的內容理解。	「妝罷低聲問夫婿，畫眉深淺入時無？」刻劃新嫁娘初來乍到，想在公婆面前留下美好的第一印象，故含羞帶怯徵詢夫婿的意見。
89	南朝四百八十寺，多少樓臺煙雨中？	杜牧〈江南春〉	從前南朝興建的許許多多佛寺，如今多少梵宇僧樓滄桑矗立在煙雨濛濛之中？	「南朝四百八十寺，多少樓臺煙雨中？」從這兩句詩中，可以讀出兩點訊息：一、南朝佛教鼎盛，因此佛寺林立，蔚為奇觀。二、江南的氣候總是煙雨濛濛，與北方的萬里晴空、一望無際迥異。
90	東風不與周郎便，銅雀春深鎖二喬	杜牧〈赤壁〉	倘若當年東風不給周瑜行個方便，「二喬」恐怕早被曹操俘虜了，將她們的青春深鎖在銅雀臺中。	「東風不與周郎便，銅雀春深鎖二喬。」這兩句詩用現代的語言來說，就是所幸當年東風很「給力」，讓周瑜的火攻戰略很成功，順利擊退了曹營大軍；否則，曹操大勝，東吳亡國，那麼江東二大美人──大喬、小喬可能就成為俘虜，被囚禁在銅雀臺這座美麗的牢籠裡，葬送她們的青春年華。
91	停車坐愛楓林晚，霜葉紅於二月花	杜牧〈山行〉	我不由得停下車來，只因這傍晚的楓林實在太美了！那經霜染紅的楓葉，竟比二月春花更加紅豔醉人。	深秋的奧萬大，楓紅片片，充滿詩情畫意，讓人忍不住想起杜牧〈山行〉：「停車坐愛楓林晚，霜葉紅於二月花。」

圖解唐詩100：大考最易入題詩作精解

	唐詩金句	出處	釋義	運用
92	天階夜色涼如水，坐看牽牛織女星	杜牧〈秋夕〉	此時露天的石階上，夜色清涼如水，她坐下來，仰望著天上的牛郎星和織女星。	七夕是中國情人節，對單身的人來說，「天階夜色涼如水，坐看牽牛織女星」，找個安靜的地方坐下來，抬頭仰望天上的牛郎織女星，想想他們淒美的愛情故事，也是不錯的選擇！
93	夕陽無限好，只是近黃昏	李商隱〈登樂遊原〉	但見夕陽餘暉無限美好，可惜已經接近黃昏時分了。	元伯伯退休了，終於可以好好享受人生，可惜「夕陽無限好，只是近黃昏。」畢竟年紀大了，這樣的愜意生活能持續多久？
94	何當共剪西窗燭？卻話巴山夜雨時	李商隱〈夜雨寄北〉	何年何月才能與你一起坐在西窗下剪燭談心？回頭追述今日巴山夜雨的情景。	李商隱〈夜雨寄北〉是一首寄給妻子的詩，「何當共剪西窗燭？卻話巴山夜雨時。」他只希望早日回家與愛妻剪燭談心，再來聊聊此刻巴山夜雨的心情。
95	春蠶到死絲方盡，蠟炬成灰淚始乾	李商隱〈無題〉	春蠶只有到死了，才能把蠶絲吐盡；蠟燭非得燒成了灰燼，燭淚才會流乾。 按：此二句指人對愛情的執著，以蠶絲借喻為「情思」，以燭淚借喻為「眼淚」；為了追求真愛，他（她）的綿綿情思至死方休，更流乾了一生的淚水。	她為了追求一段不屬於自己的愛情，費盡心思，吃足苦頭，不過她說：「春蠶到死絲方盡，蠟炬成灰淚始乾。」既然愛上了，就要勇往直前，追尋到底。
96	此情可待成追憶，只是當時已惘然	李商隱〈錦瑟〉	但這些感情終究成為回憶的一部分，只是當時為何遇事茫然若失、迷惘困惑呢？	「此情可待成追憶，只是當時已惘然。」也許這就是愛情迷人的地方，撲朔迷離，虛無縹緲，總是令人捉摸不定。
97	勸君不用分明語，語得分明出轉難	羅隱〈鸚鵡〉	勸你別把話說得過於清楚，話說太清楚越受人們喜愛，想飛出籠中就越加困難了。	禰衡〈鸚鵡賦〉中那隻鸚鵡就是外表太美麗，又聰慧，又善辯，才會被剪去羽翅，關進雕花的籠子裡。所以詩人才說：「勸君不用分明語，語得分明出轉難。」奉勸鸚鵡人話不必說得太好，否則這一關進去，想重獲自由可就難了！

圖解唐詩100：大考最易入題詩作精解

	唐詩金句	出處	釋義	運用
98	兩梁免被塵埃汙，拂拭朝簪待眼明	韓偓〈殘春旅舍〉	我將官帽保存好，不使它遭到塵埃汙損；拭淨朝簪，等待大唐復興那一天。	「兩梁免被塵埃汙，拂拭朝簪待眼明。」道盡一位忠臣潔身自愛，由衷地盼望重見大唐盛世的心聲。
99	男子受恩須有地，平生不受等閒恩	杜荀鶴〈投長沙裴侍郎〉	男子漢大丈夫受人恩惠必須要有立場，我這一生絕不平白無故接受別人施恩。	小杜子曾誇口說：「男子受恩須有地，平生不受等閒恩。」話是這樣說啦！但他後來科舉一直考不上，還不是靠亂臣賊子朱溫「關說」才榜上有名。
100	至今祠畔猿啼月，了了猶疑恨楚王	汪遵〈屈祠〉	直到如今，屈原祠邊的猿猴還對著明月聲聲哀鳴，依稀清楚明白地代他訴說著當年對楚王的怨懟。	遊湖南汨羅屈子祠時，腦海中不禁浮現汪遵〈屈祠〉：「至今祠畔猿啼月，了了猶疑恨楚王。」詩人的想像力未免也太豐富了，把屈祠畔的猿啼聲說成是代屈原訴說對楚王的怨懟。日升月落，物換星移，屈原已矣，楚王已矣，其實猿猴悲鳴只是尋常的自然現象而已，人又何必太多情呢？

附錄四：近年唐詩 100 首出題概況

	篇名	出題概況
1	常恐秋風早， 飄零君不知	**檢定考試** 100 高中以下學校及幼稚園教檢；103 嘉義大學教檢模擬題 **教師甄試** 107 科學園區實驗高中附小教甄
2	無人信高潔， 誰為表予心？	**升學考試** 100 四技／二專統測 **教師甄試** 100 中區國小／幼兒園教甄；101 臺南市幼兒園教甄 **公職考試** 103 普考外交／原住民四等
3	一遣樊籠累， 唯餘松桂心	**檢定考試** 大學生中文能力檢測模擬題 **大陸高考** 2015 模擬題
4	雲霞出海曙， 梅柳渡江春	**升學考試** 107 學測 **檢定考試** 96 教育部對外華語教學能力認證 **教師甄試** 96 臺北縣國中教甄；97 中區國小／幼兒園教甄；101 臺南市幼兒園教甄
5	海內存知己， 天涯若比鄰	**升學考試** 103 國中會考模擬題 **檢定考試** 102 高中以下學校及幼稚園教檢 **教師甄試** 95 臺北市國小教甄；97 南臺灣國中教甄；99 中區國中、臺南縣國小附幼教甄；100 師大附中教甄；101 臺南市國小／幼兒園教甄；102 金門縣國中教甄 **公職考試** 100 中華郵政專業職；106 各類地方公務員五等
6	江畔何人初見月？ 江月何年初照人？	**教師甄試** 100 新北市國中教甄；101 臺南市國小／幼兒園教甄；103 桃園縣國中教甄 **公職考試** 103 臺灣菸酒從業評價人員；105 專技高考；106 公務／關務升等考 **大陸高考** 2015 模擬題
7	廣樂逶迤天上下， 仙舟搖衍鏡中酣	**升學考試** 103 學測 **檢定考試** 大學生中文能力檢測模擬題

圖解唐詩100：大考最易入題詩作精解

	篇名	出題概況
8	海上生明月，天涯共此時	**升學考試** 103 國中會考模擬題；104 中山大學師培中心招考 **檢定考試** 104 教檢 **教師甄試** 96 金門縣國中教甄；101 臺南市國小／幼兒園教甄 **公職考試** 105 專技高考
9	醉臥沙場君莫笑，古來征戰幾人回？	**升學考試** 104 臺北大學轉學考 **檢定考試** 99 教檢 **教師甄試** 100 科學園區實驗高中、屏東縣國小附幼教甄 **公職考試** 103 專技高考、板信商銀五職等辦事員招考
10	欲窮千里目，更上一層樓	**檢定考試** 98 高師大教檢模擬題；99 教檢 **教師甄試** 98 臺中教大附小教甄；99 臺北市國小教甄；100 新北金山高中、嘉義高中、金門縣國中、臺北教大附小教甄；101 科學園區實驗高中附小教甄；107 屏東縣國小／幼兒園教甄 **公職考試** 95 中華郵政招考；101 土地銀行新進人員五職等
11	野曠天低樹，江清月近人	**升學考試** 101 指考 **檢定考試** 大學生中文能力檢測模擬題 **教師甄試** 97 臺南縣國中教甄；107 高雄市國小教甄 **公職考試** 102 地方特考五等
12	待到重陽日，還來就菊花	**升學考試** 105 中國醫藥大學學士後中醫招考 **檢定考試** 大學生中文能力檢測模擬題 **教師甄試** 95 花蓮縣中等學校特教教甄；97 花蓮教大附小教甄；100 高雄市國小教甄；102 桃園縣國中教甄；107 臺南市國小／幼兒園教甄 **公職考試** 97 土地銀行五至九職等人員甄試
13	人事有代謝，往來成古今	**升學考試** 106 臺北大學轉學考 **公職考試** 100 地方特考五等；101 律師高考第二試

	篇名	出題概況
14	夜來蓮花界，夢裡金陵城	**檢定考試** 大學生中文能力檢測模擬題 **教師甄試** 98 南臺灣國中教甄；101 新北市國中、屏東縣國小特教班教甄 **大陸高考** 2018 模擬題
15	莫見長安行樂處，空令歲月易蹉跎	**升學考試** 102 指考 **檢定考試** 大學生中文能力檢測模擬題
16	秦時明月漢時關，萬里長征人未還	**升學考試** 95、98 四技／二專統測 **教師甄試** 97 南區國小／幼稚園教甄；98 臺北龍門國中教甄；100 新竹成德高中、屏東縣國小／幼兒園教甄；102 高雄市國小教甄；107 科學園區實驗高中附小教甄
17	黃沙百戰穿金甲，不破樓蘭終不還	**教師甄試** 94 臺北縣國中教甄；99 臺南縣國小附幼教甄 **公職考試** 99 一般行政初等；100 會計師高考 **大陸高考** 2016 模擬題
18	忽見陌頭楊柳色，悔教夫婿覓封侯	**升學考試** 106 臺師大轉學考 **教師甄試** 96 科學園區實驗高中、桃園縣國中教甄；99 科學園區實驗高中、東華大學附小教甄；101、102 屏東縣國小教甄 **公職考試** 100 警察／鐵路升資考
19	洛陽親友如相問，一片冰心在玉壺	**升學考試** 107 政大碩士班入學考專業國文 **教師甄試** 96 金門縣國中教甄；97 臺南縣國中教甄；98 臺南大學附小、中區國小／幼兒園教甄 **公職考試** 99 中華郵政營運職
20	清箏向明月，半夜春風來	**檢定考試** 大學生中文能力檢測模擬題 **教師甄試** 96 臺北縣國中教甄 **大陸高考** 2017 模擬題
21	玉顏不及寒鴉色，猶帶昭陽日影來	**升學考試** 106 臺北大學轉學考 **公職考試** 93 民間公證人普考；103 合作金庫第二次新進人員甄試 **大陸高考** 2009 模擬題

	篇名	出題概況
22	獨在異鄉為異客，每逢佳節倍思親	**升學考試** 103 國中會考模擬題；107 臺綜大轉學考 **檢定考試** 97 高中以下學校及幼稚園教檢 **教師甄試** 96 和美實驗學校高中教甄；98 臺南大學附小教甄；101 新北市國中、臺南市幼兒園教甄
23	大漠孤煙直，長河落日圓	**教師甄試** 96 中區國小／幼兒園教甄；100 科學園區實驗高中教甄 **公職考試** 95 警察／鐵路二等；100 會計師高考、中華郵政專業職；101 臺灣菸酒從業評價人員；103 板信商銀五職等辦事員、造幣廠警衛招考 **大陸高考** 2015 模擬題
24	賴多山水趣，稍解別離情	**教師甄試** 107 臺北市國中教甄 **大陸高考** 2017 模擬題
25	行到水窮處，坐看雲起時	**升學考試** 95、98 學測；102 臺北市高中轉學考 **教師甄試** 100 新竹成德高中教甄 **公職考試** 101 普考身障四等；104 地方特考五等
26	好客多乘月，應門莫上關	**大陸高考** 2016 模擬題
27	復值接輿醉，狂歌五柳前	**升學考試** 104 成大轉學考 **教師甄試** 96 臺北縣高中職聯合教甄、中區國小／幼兒園教甄；101 桃園縣、南區國中教甄 **公職考試** 100 中華郵政專業職；101 關務特考五等
28	明月松間照，清泉石上流	**升學考試** 98 彰師大碩士班招考；100 學測、臺藝大進修學士班招考；105 中國醫藥大學學士後中醫招考 **檢定考試** 大學生中文能力檢測模擬題 **教師甄試** 95 和美實驗學校高中部教甄；97 南投高商、南臺灣國中、花蓮教大附小教甄；99、100 中區國小／幼兒園教甄；102 新北市高中職聯合教甄 **公職考試** 102 普考
29	但去莫復問，白雲無盡時	**教師甄試** 95 和美實驗學校高中部教甄；104 中區國中教甄 **公職考試** 108 地方特考五等

	篇名	出題概況
30	感此傷妾心，坐愁紅顏老	**升學考試** 101 二技統測 **教師甄試** 95 員林家商、嘉義高工、高雄餐旅國中教甄；96 臺北縣高中職聯合、科學園區高中、臺南縣國中教甄；97 臺南縣國小教甄；99 桃園縣、金門縣國中教甄；100 桃園縣國中教甄；104 中區國中教甄 **公職考試** 102 警察／鐵路佐級
31	危乎高哉！蜀道之難難於上青天	**教師甄試** 98 中區國小／幼兒園教甄 **公職考試** 95 警察／鐵路二等；108 關務／身障特考五等 **大陸高考** 2017 模擬題
32	舉杯邀明月，對影成三人	**檢定考試** 102 高中以下學校及幼稚園教檢 **教師甄試** 97 南臺灣國中教甄；98 中區國小／幼兒園教甄；99 中區國中教甄；107 東華大學附小教甄 **公職考試** 100 民航／外交普考五等；102 普考關務／移民／稅務四等
33	且樂生前一杯酒，何須身後千載名？	**升學考試** 108 指考 **教師甄試** 100 桃園縣國中教甄；101 彰化田中高中教甄；104 屏東縣國小教甄 **公職考試** 100 桃園捷運招考；102 警察／鐵路佐級
34	天生我材必有用，千金散盡還復來	**升學考試** 100 臺藝大進修學士班招考；102 二技統測；105 東吳大學碩士班入學考 **教師檢定** 101 高中以下學校及幼稚園教檢 **教師甄試** 97 南科實驗高中、南臺灣國中、南區國小／幼稚園教甄；98 新莊高中教甄；99 臺北市國中、澎湖縣國小／幼稚園教甄；100 新北市國中教甄；102 臺南市國小教甄
35	抽刀斷水水更流，舉杯銷愁愁更愁	**升學考試** 102 臺北市高中轉學考 **檢定考試** 104 教檢 **教師甄試** 107 科學園區實驗高中附小教甄 **公職考試** 100 民航外交普考五等；103 國軍儲備軍官甄試；104 普考；106 公務／關務升等考
36	今日任公子，滄浪罷釣竿	**大陸高考** 2016 模擬題

圖解唐詩100：大考最易入題詩作精解

	篇名	出題概況
37	兩岸猿聲啼不住，輕舟已過萬重山	**升學考試** 105 中山大學師培中心招考；106 二技統測 **檢定考試** 105 高中以下學校及幼稚園教檢 **公職考試** 101 陽信商銀新進人員；103 地方三等
38	相看兩不厭，只有敬亭山	**教師甄試** 99 臺北縣國中、花蓮縣國中、臺南縣國小附幼教甄 **公職考試** 100 民航／外交普考五等、地方特考五等；101 關務特考三等 **大陸高考** 2017 模擬題
39	浮雲遊子意，落日故人情	**升學考試** 96 統測；103 臺中教大碩士班招考 **教師甄試** 100 玉井工商、高雄市國小教甄；101 臺北市國中教甄 **公職考試** 101 臺灣銀行資訊人員；106 各類地方公務員五等
40	自古妒蛾眉，胡沙埋皓齒	**升學考試** 106 中山大學師培中心招考 **檢定考試** 大學生中文能力檢測模擬題
41	總為浮雲能蔽日，長安不見使人愁	**升學考試** 95 私醫聯招；103 私醫聯招、中山大學師培中心招考；104 私醫聯招；106 二技統測 **檢定考試** 103 教檢 **教師甄試** 101 南區國中教甄；102 臺北市、金門縣國中教甄 **公職考試** 97 國軍預備軍官招考；99 警察／鐵路升資考；101 一般行政初等；102 律師／會計師高考
42	日暮鄉關何處是？煙波江上使人愁	**升學考試** 98 國中基測；103 私醫聯招 **檢定考試** 103 教檢 **教師甄試** 95 高雄餐旅國中教甄；99 臺南縣國小附幼教甄；100 新竹成德高中教甄；107 桃園縣國小／幼兒園教甄 **公職考試** 97 國軍預備軍官招考
43	寂寂江山搖落處，憐君何事到天涯？	**教師甄試** 92 臺北市國中教甄；96 新竹科園國小教甄；98 南臺灣國中教甄；99 豐原商職教甄；106 新竹東興國中教甄
44	江上幾回今夜月？鏡中無復少年時	**升學考試** 101 指考 **檢定考試** 大學生中文能力檢測模擬題

	篇名	出題概況
45	會當凌絕頂，一覽眾山小	**升學考試** 105 中國醫藥大學學士後中醫招考 **教師甄試** 97 基隆安樂高中教甄；101 金門縣國小教甄；104 中區國中教甄 **公職考試** 104 警察／鐵路三等
46	炙手可熱勢絕倫，慎莫近前丞相嗔	**升學考試** 96 統測；107 慈濟大學學士後中醫招考 **檢定考試** 大學生中文能力檢測模擬題 **教師甄試** 99 桃園縣國中教甄；107 科學園區實驗高中附小教甄
47	人生有情淚霑臆，江水江花豈終極？	**升學考試** 103 指考 **教師甄試** 102 臺南市幼兒園教甄；108 東華大學附小教甄 **公職考試** 97 普考原住民三等；99 一般行政五等
48	烽火連三月，家書抵萬金	**升學考試** 96 四技／二專統測；100 彰師大轉學考 **教師甄試** 99 高師大教甄模擬題；103 高雄市幼兒園教甄；107 金門縣國小／幼兒園教甄
49	明日隔山岳，世事兩茫茫	**升學考試** 97 指考 **教師甄試** 100 屏東縣國小附幼教甄；101 南區國中教甄；102 金門縣國小教甄；106 新竹東興國中教甄 **公職考試** 102 高考三級、普考地方三等
50	露從今夜白，月是故鄉明	**檢定考試** 大學生中文能力檢測模擬題 **教師甄試** 95 高高屏南國中教甄；96 臺東縣國中教甄；99 臺南縣國小附幼教甄；100 高雄市國小教甄；104 中區國中教甄 **公職考試** 97 華南金控新進人員
51	存者且偷生，死者長已矣！	**升學考試** 101 身心障礙升學大專院校甄試；104 二技統測 **檢定考試** 大學生中文能力檢測模擬題 **教師甄試** 96 臺師大中等學校教甄、104 屏東縣國小／幼兒園教甄 **公職考試** 107 司法四等

附
錄

圖解唐詩100：大考最易入題詩作精解

	篇名	出題概況
52	我里百餘家，世亂各東西	**升學考試** 106 臺師大轉學考 **教師甄試** 96 基隆國中教甄；104 屏東縣國小教甄 **公職考試** 100 會計師高考；101 臺灣銀行資訊人員
53	出師未捷身先死，長使英雄淚滿襟	**升學考試** 98 二技統測；100 學測 **檢定考試** 95、105 高中以下學校及幼稚園教檢 **教師甄試** 97 金門縣、南臺灣國中教甄 **公職考試** 97 國軍預備軍官招考；99 警察／鐵路升資考；101 陽信商銀新進人員；103 專技高考 **大陸高考** 2008、2012 模擬題
54	肯與鄰翁相對飲？隔籬呼取盡餘杯	**升學考試** 103 指考 **教師甄試** 97 南臺灣國中教甄；98 中區國小／幼兒園教甄；100 師大附中、桃園縣國中教甄 **公職考試** 95 普考司法特考三等；101 專利商標審查人員二等、地方特考五等
55	跨馬出郊時極目，不堪人事日蕭條	**大陸高考** 2016 模擬題
56	安得廣廈千萬間？大庇天下寒士俱歡顏	**教師甄試** 96 和美實驗學校高中部教甄；98 嘉義縣國小附幼教甄；100 桃園縣國小附幼教甄； **公職考試** 100 地政士普考；106 公務員初等
57	我生苦飄零，所歷有嗟嘆	**大陸高考** 2019 模擬題
58	斯須九重真龍出，一洗萬古凡馬空	**教師甄試** 96 桃園縣國中教甄 **大陸高考** 2016 模擬題
59	飄飄何所似？天地一沙鷗	**升學考試** 97 二技統測 **教師甄試** 97 南臺灣國中教甄；99 中區國小／幼兒園教甄 **公職考試** 100 一般行政五等；102 普考；103 地方三等；104 普考 **大陸高考** 2015 模擬題
60	叢菊兩開他日淚，孤舟一繫故園心	**教師甄試** 94 臺中市高中以下學校教甄；102 臺南市幼兒園教甄 **大陸高考** 2017 模擬題

	篇名	出題概況
61	彩筆昔曾干氣象，白頭吟望苦低垂	**升學考試** 102 臺北大學進修學士班招考 **教師甄試** 97 南投高商、臺北市、金門縣國中教甄
62	萬里悲秋常作客，百年多病獨登臺	**升學考試** 99 私醫聯招 **教師甄試** 98 臺北縣、金門縣國小／幼兒園教甄；100 新北市國中教甄；102 臺北市國中教甄 **公職考試** 101 關務特考三等 **大陸高考** 2016 模擬題
63	親朋無一字，老病有孤舟	**升學考試** 96 統測；103 私醫聯招 **教師甄試** 102 金門縣國中教甄 **公職考試** 99 國安特考五等；100 地方特考五等 **大陸高考** 2016 模擬題
64	此行為知己，不覺蜀道難	**大陸高考** 2017 模擬題
65	昨別今已春，鬢絲生幾縷？	**教師甄試** 95 和美實驗學校高中部教甄；107 臺南市國小／幼兒園教甄；108 高雄市國中教甄
66	明日巴陵道，秋山又幾重？	**升學考試** 100 指考 **檢定考試** 大學生中文能力檢測模擬題
67	高山未盡海未平，願我身死子還生	**教師甄試** 107 中區國小教甄 **大陸高考** 2018 模擬題
68	到此詩情應更遠，醉中高詠有誰聽？	**大陸高考** 2018 模擬題
69	還君明珠雙淚垂，恨不相逢未嫁時	**升學考試** 104 私醫聯招 **檢定考試** 99 教育部對外華語教學能力認證 **教師甄試** 102 教甄 **公職考試** 100 司法特考五等、調查普考；106 公務員高等
70	誰言千里自今夕？離夢杳如關塞長	**升學考試** 106 中山大學師培中心招考 **檢定考試** 大學生中文能力檢測模擬題

附錄

	篇名	出題概況
71	但聞怨響音， 不辨俚語詞	**大陸高考** 2019 模擬題
72	東邊日出西邊雨， 道是無晴還有晴？	**升學考試** 98 屏東教大碩士班招考 **檢定考試** 95 臺閩地區高中學力鑑定 **教師甄試** 97 金門縣國中教甄；107 科學園區實驗高中附小教甄 **公職考試** 97 一般行政五等；101 臺灣菸酒評價人員；104 司法五等
73	萬戶千門成野草， 只緣一曲後庭花	**升學考試** 108 學測 **檢定考試** 大學生中文能力檢測模擬題
74	莫言堆案無餘地， 認得詩人在此間	**大陸高考** 2015 模擬題
75	田園寥落干戈後， 骨肉流離道路中	**檢定考試** 102 教育部對外華語教學能力認證 **教師甄試** 102 桃園新竹花蓮縣國小聯合教甄 **公職考試** 104 第一次中醫師高考；108 中華郵政專業職
76	在天願作比翼鳥， 在地願為連理枝	**升學考試** 100 指考、臺藝大進修部學士班招考；102 二技統測 **檢定考試** 95、101 高中以下學校及幼稚園教師資格檢定；105、106 臺北市立大學教檢模擬題 **教師甄試** 98 臺北縣教甄 **公職考試** 100 警察／鐵路佐級；104 普考
77	家田輸稅盡， 拾此充飢腸	**教師甄試** 104 臺北市國中教甄 **公職考試** 100 民航／外交五等；103 警察／鐵路佐級
78	一叢深色花， 十戶中人賦	**升學考試** 103 二技統測 **公職考試** 103 桃園捷運招考 **大陸高考** 2020 模擬題
79	願易馬殘粟， 救此苦飢腸	**教師甄試** 107 臺北市國中教甄 **大陸高考** 2017 模擬題

圖解唐詩100：大考最易入題詩作精解

	篇名	出題概況
80	晚來天欲雪， 能飲一杯無？	**升學考試** 98 屏東教大碩士班招考；107 臺綜大轉學考 **教師甄試** 96 新竹科園國小教甄；97 桃園縣國中教甄；99 東華大學附小教甄； 104 中區國中教甄 **公職考試** 103 專技高考
81	同是天涯淪落人， 相逢何必曾相識？	**升學考試** 101 指考；102 四技／二專統測；104 私醫聯招 **檢定考試** 104 教檢 **教師甄試** 95 嘉義高工、金門農工教甄；97 臺南縣國小教甄；98 臺南大學附小 教甄；101 臺南市國小教甄；102 科學園區實驗高中教甄 **公職考試** 99 警察／鐵路升資考
82	人隻履猶雙， 何曾得相似？	**教師甄試** 99 中區國中教甄 **公職考試** 104 第二次社會工作師高考
83	人面不知何處去？ 桃花依舊笑春風	**教師甄試** 95 和美實驗學校高中部教甄；97 臺南縣國中教甄；99 屏東縣國小附 幼教甄；100 香山高中國中部教甄；101 科學園區實驗高中教甄；102 金門縣國中教甄；107 桃園縣國小／幼兒園教甄 **公職考試** 99 社會工作師高考
84	孤舟蓑笠翁， 獨釣寒江雪	**升學考試** 98 屏東教大碩士班招考；105 成大轉學考 **教師甄試** 97 南科實驗高中教甄；98 中區國小／幼兒園教甄；102 金門縣國中 教甄 **公職考試** 101 關務特考三等；103 地方三等
85	曾經滄海難為水， 除卻巫山不是雲	**檢定考試** 95 高中以下學校及幼稚園教檢 **教師甄試** 96 臺東縣國中教甄；107 臺南市國小／ 幼兒園教甄 **公職考試** 98 普考原住民三等
86	秋風生渭水， 落葉滿長安	**教師甄試** 106 中區國小教甄 **公職考試** 107 各類公務員初等
87	男兒屈窮心不窮， 枯榮不等嗔天公	**大陸高考** 2018 模擬題

	篇名	出題概況
88	妝罷低聲問夫婿，畫眉深淺入時無？	**升學考試** 101 私醫聯招 **教師甄試** 95 和美實驗學校高中部、高雄餐旅國中教甄；99 桃園縣國小／幼兒園教甄；107 高雄市國小教甄 **公職考試** 108 臺灣銀行新進人員
89	南朝四百八十寺，多少樓臺煙雨中？	**教師甄試** 98、101 中區國小／幼兒園教甄；102 臺南市幼兒園教甄 **公職考試** 100 中華郵政專業職；102 第一次社會工作師高考
90	東風不與周郎便，銅雀春深鎖二喬	**教師甄試** 101 中區國小／幼兒園教甄 **公職考試** 97 國軍預備軍官招考；102 社會工作師高考；103 臺灣菸酒從業評價人員 **大陸高考** 2015 模擬題
91	停車坐愛楓林晚，霜葉紅於二月花	**升學考試** 99、102 私醫聯招；101 臺中教大碩士班招考；103 二技統測；106 臺師大碩士班入學考 **教師甄試** 97 南科實驗高中教甄；101 臺南市國小教甄
92	天階夜色涼如水，坐看牽牛織女星	**升學考試** 102 中國醫藥大學校內轉系考 **檢定考試** 98 高師大教檢模擬題 **教師甄試** 97 臺南縣國小教甄 **公職考試** 102 第一次社會工作師高考
93	夕陽無限好，只是近黃昏	**升學考試** 98 指考 **檢定考試** 104 教檢 **教師甄試** 96 中區國小／幼兒園、南區國小教甄 **公職考試** 97 關務特考五等；108 警察／鐵路佐級
94	何當共剪西窗燭？卻話巴山夜雨時	**升學考試** 100 二技統測；104 成大轉學考 **教師甄試** 98 中區國小／幼兒園教甄；105 桃園縣國小教甄 **公職考試** 102 地方特考五等

圖解唐詩100：大考最易入題詩作精解

	篇名	出題概況
95	春蠶到死絲方盡，蠟炬成灰淚始乾	**升學考試** 107 臺綜大轉學考 **檢定考試** 98 高師大教檢模擬題 **教師甄試** 98 臺北縣、基隆市國中教甄；99 桃園縣國中教甄；105 桃園縣國小教甄
96	此情可待成追憶，只是當時已惘然	**升學考試** 98 臺北市高中轉學考 **教師甄試** 95 臺南大學附小教甄；98 臺北縣國中教甄；102 臺北市、南臺灣國中教甄 **公職考試** 103 一般行政五等 **大陸高考** 2017 模擬題
97	勸君不用分明語，語得分明出轉難	**升學考試** 103 指考 **教師甄試** 98 臺北縣國中教甄；100 新竹成德高中教甄
98	兩梁免被塵埃汙，拂拭朝簪待眼明	**大陸高考** 2015 模擬題
99	男子受恩須有地，平生不受等閒恩	**大陸高考** 2019 模擬題
100	至今祠畔猿啼月，了了猶疑恨楚王	**教師甄試** 107 科學園區實驗高中附小教甄 **公職考試** 102 普考外交、調查人員四等

附錄五：詩歌創作若干首

化蝶

七古，押下平聲一先韻

不愛脂粉愛詩箋，負笈尼山效古賢。
筆硯同窗形與影，經史文章共鑽研。
十八相送分飛燕，戲水鴛鴦並蒂蓮。
祝家莊上約期定，庭中牡丹望君憐。
樓臺一會恍隔世，相對無語淚漣漣。
霜裡落花花落盡，深閨有夢夢難圓。
強披嫁裳非吾願，妾心既許情意堅。
南郊山下少人行，化蝶黃泉伴君眠。
魂兮魄兮隨風去，朝朝暮暮年復年。

⁂

寒花

五絕，押上平聲十四寒韻

驛外橫疏影，黃昏雪未殘。羅浮人去遠，猶自伴春寒。

⁂

館中讀書二首

其一

七絕，押上平聲十一真韻

入座臺前景趣新，庭中草色碧如茵。《三墳》《五典》神遊遍，忘卻人間寵辱身。

其二

七絕，押下平聲四豪韻

仰望青山景行高，案前隻影伴松濤。吾人立得平生志，暮雨春寒賦〈楚騷〉。

圖解唐詩100：大考最易入題詩作精解

花樣年華二首

其一

七絕，押下平聲六麻韻

蕙質蘭心逸韻佳，琴棋書畫作生涯。紛飛柳絮迎風舞，不及伊人詠雪花。

其二

七絕，押下平聲一先韻

儒雅溫文美少年，詩才史筆足堪憐。鵬飛萬里凌雲志，夜雨微吟五柳前。

無題

七絕，押上平聲六魚韻

平生志趣寄詩書，四壁蕭然意自如。折桂添香終有日，翰林芳院是吾廬。

佛光大學面試有感

七古，押下平聲一先韻

峰迴路轉別有天，佛光普照億萬千。六根未淨緣未了，笑擁詩書度華年。

觀國劇有感

其一

七古，押下平聲七陽韻

國光團慶喜洋洋，翠屏山上暗神傷。
巧雲偏愛海和尚，今生不戀楊大郎。
石秀為全兄弟義，妙計誘殺俏紅妝。
三條人命歸地府，封建禮教太荒唐！
長於斯世何幸運，女權抬頭慰衷腸。
嬋娟堪效東家子，真愛當前莫徬徨。

其二

七古，押上平聲七虞韻

扈家莊上扈家妹，氣宇軒昂萬古無。
軍令如山一聲下，同仇敵愾違者誅。
日月雙刀齊飛舞，陣前生擒幾莽夫。
是非成敗由他去，落草為寇在江湖。
心懷魏闕憂家國，梁山女將名不汙。

———————————— ❋ ————————————

遣憂懷

七古，押上平聲十四寒韻

新聞報導：留美女博士淪為試藥白老鼠，只為賺取不到兩萬元月薪；聞之，不覺為之鼻酸，悵然良久。

時下書生行路難，留美博士更心酸。
畢業工作在哪裡？以身試藥為三餐。
書中不見黃金屋，望眼欲穿秋水寒。
品學兼優乏人問，才貌出眾形影單。
今宵月圓花又好，前途茫茫意闌珊。

圖解唐詩100：大考最易入題詩作精解

主要參考書目

一、古代典籍（依朝代先後排列）

1. 〔唐〕司空圖《二十四詩品》上海：醫學書局　1927 年《歷代詩話》石印本
2. 〔唐〕杜甫《分門集註杜工部詩》上海：上海古籍出版社　2002 年
3. 〔唐〕孟浩然《孟襄陽集》臺北：臺灣中華書局　1966 年
4. 〔唐〕孟棨《本事詩》臺北：臺灣商務印書館　1983 年
5. 〔唐〕殷璠《河嶽英靈集》臺北：臺灣商務印書館　1983 年
6. 〔北宋〕司馬光《溫公續詩話》上海：醫學書局　1927 年《歷代詩話》石印本
7. 〔北宋〕郭茂倩《樂府詩集》臺北：里仁書局　1999 年
8. 〔南宋〕尤袤《全唐詩話》上海：醫學書局　1927 年《歷代詩話》石印本
9. 〔南宋〕洪邁《萬首唐人絕句》臺北：臺灣商務印書館　1983 年
10. 〔南宋〕嚴羽《滄浪詩話》臺北：金楓出版公司　1986 年
11. 舊題〔南宋〕陳師道《後山詩話》臺北：臺灣商務印書館　1983 年據國立故宮博物院藏本影印《景印文淵閣四庫全書》本
12. 〔元〕方回《瀛奎律髓》臺北：臺灣商務印書館　1983 年
13. 〔元〕辛文房《唐才子傳》成都：巴蜀書社　2010 年《文學山房叢書》本
14. 〔明〕王世貞《全唐詩說》臺北：臺灣商務印書館　1983 年
15. 〔明〕王世貞《藝苑卮言》臺北：廣文書局　1967 年
16. 〔明〕朱諫《李詩選注》上海：上海古籍出版社　2002 年據南京圖書館藏明隆慶六年 (1572) 刻本影印
17. 〔明〕胡應麟《詩藪》上海：上海古籍出版社　2002 年
18. 〔明〕唐汝詢《唐詩解》臺南：莊嚴文化　1997 年
19. 〔明〕陸時雍《唐詩鏡》臺北：臺灣商務印書館　1983 年景印《文淵閣四庫全書》本
20. 〔明〕陸時雍《詩鏡總論》北京：中華書局　2014 年
21. 〔明〕楊慎《升庵詩話》明嘉靖間刊本
22. 〔清〕于祉《澹園詩話》上海：上海古籍出版社　2014 年《清詩話三編》本
23. 〔清〕仇兆鰲《杜詩詳注》臺北：臺灣商務印書館　1983 年景印《文淵閣四庫全書》本
24. 〔清〕方東樹《昭昧詹言》上海：上海古籍出版社　2002 年據清光緒十七年（1891）刻本影印
25. 〔清〕王士禎《漁洋詩話》上海：醫學書局　1927 年《清詩話》排印本
26. 〔清〕王夫之《薑齋詩話》上海：醫學書局　1927 年《清詩話》排印本
27. 〔清〕何文煥《歷代詩話考索》上海：醫學書局　1927 年《歷代詩話》石印本

28.〔清〕何焯《義門讀書記》北京：商務印書館 2006 年

29.〔清〕吳昌祺《刪訂唐詩解》上海：上海古籍出版社 2002 年

30.〔清〕吳偉業《梅村詩話》上海：醫學書局 1927 年《清詩話》排印本

31.〔清〕吳喬《圍爐詩話》上海：上海古籍出版社 2002 年據清嘉靖十三年
　　（1534）刻本影印

32.〔清〕沈德潛《唐詩別裁》臺北：臺灣商務印書館 1978 年

33.〔清〕沈德潛《說詩晬話》上海：醫學書局 1927 年《清詩話》排印本

34.〔清〕施補華《峴傭說詩》上海：醫學書局 1927 年《清詩話》排印本

35.〔清〕孫洙輯、〔清〕章燮注疏、〔清〕孫孝根校《唐詩三百首注疏》臺北：蘭
　　臺出版社 1969 年

36.〔清〕徐增《而庵詩話》上海：醫學書局 1927 年《清詩話》排印本

37.〔清〕浦起龍《讀杜心解》臺南：莊嚴文化 1997 年據遼寧大學圖書館藏清
　　雍正二年至三年浦氏寧我齋刻本影印

38.〔清〕高宗御選《唐宋詩醇》臺北：臺灣中華書局 1971 年

39.〔清〕楊倫輯《杜詩鏡銓》臺北：臺灣中華書局 1973 年

40.〔清〕聖祖敕編《全唐詩》（電子資源）國家圖書館轉製

41.〔清〕劉熙載《藝概》上海：上海古籍出版社 2002 年據清同治刻古桐書屋
　　六種本影印

42.〔清〕薛雪《全唐詩話續編》上海：醫學書局 1927 年《清詩話》排印本

43.〔清〕蘅塘退士（孫洙）《唐詩三百首》臺北：臺灣崇賢館 2018 年

二、今人著作（依姓氏筆畫排列）

1. 王文濡《唐詩評注讀本》上海：文明書局 1932 年排印本

2. 李鍈《詩法易簡錄》上海：上海古籍出版社 2002 年

3. 邱燮友《新譯唐詩三百首》臺北：三民書局 2008 年

4. 邱燮友等《唐詩三百首新賞》臺北：五南出版公司 2017 年

5. 俞陛雲《詩境淺說正續編》北京：北京中華書局 2015 年

6. 高步瀛《唐宋詩舉要》臺北：里仁書局 2006 年

7. 張相《詩詞曲語辭匯釋》北京：中華書局 1955 年

8. 張爾田《玉谿生年譜會箋》臺北：中華書局 2019 年

9. 黃生《唐詩摘鈔》合肥：安徽大學出版社 2009 年《黃生全集》本

10. 詹鍈《李白詩文繫年》北京：人民文學出版社 1984 年

11. 魯訔《杜工部詩年譜》臺北：臺灣商務印書館 1983 年

12. 蕭繼宗《孟浩然詩說》臺北：臺灣商務印書館 1985 年

圖解唐詩100：大考最易入題詩作精解

國家圖書館出版品預行編目資料

圖解唐詩100：大考最易入題詩作精解／簡彥
姈著. -- 初版. -- 臺北市：五南圖書出版
股份有限公司, 2021.10
　　面；　公分
　ISBN 978-626-317-139-8(平裝)

1.唐詩

831.4　　　　　　　　　　　110014173

1XJC

圖解唐詩100：
大考最易入題詩作精解

作　　　者 ― 簡彥姈（403.4）

發 行 人 ― 楊榮川

總 經 理 ― 楊士清

總 編 輯 ― 楊秀麗

副總編輯 ― 黃文瓊

責任編輯 ― 吳雨潔

封面設計 ― 姚孝慈

美術設計 ― 劉好音

出 版 者 ― 五南圖書出版股份有限公司

地　　　址：106台北市大安區和平東路二段339號4樓

電　　　話：(02)2705-5066　　傳　　真：(02)2706-6100

網　　　址：https://www.wunan.com.tw

電子郵件：wunan@wunan.com.tw

劃撥帳號：01068953

戶　　　名：五南圖書出版股份有限公司

法律顧問　林勝安律師事務所　林勝安律師

出版日期　2021年10月初版一刷

定　　　價　新臺幣380元

※版權所有·欲利用本書內容,必須徵求本公司同意※

五南
WU-NAN

全新官方臉書

五南讀書趣

WUNAN
Books since1966

Facebook 按讚

1 秒變文青

五南讀書趣 Wunan Books

★ 專業實用有趣
★ 搶先書籍開箱
★ 獨家優惠好康

不定期舉辦抽奬
贈書活動喔！！

經典永恆・名著常在

五十週年的獻禮——經典名著文庫

五南，五十年了，半個世紀，人生旅程的一大半，走過來了。

思索著，邁向百年的未來歷程，能為知識界、文化學術界作些什麼？

在速食文化的生態下，有什麼值得讓人雋永品味的？

歷代經典・當今名著，經過時間的洗禮，千錘百鍊，流傳至今，光芒耀人；

不僅使我們能領悟前人的智慧，同時也增深加廣我們思考的深度與視野。

我們決心投入巨資，有計畫的系統梳選，成立「經典名著文庫」，

希望收入古今中外思想性的、充滿睿智與獨見的經典、名著。

這是一項理想性的、永續性的巨大出版工程。

不在意讀者的眾寡，只考慮它的學術價值，力求完整展現先哲思想的軌跡；

為知識界開啟一片智慧之窗，營造一座百花綻放的世界文明公園，

任君遨遊、取菁吸蜜、嘉惠學子！